徐 松——著

蹈火者

DAO HUO ZHE

四川文艺出版社

图书在版编目（CIP）数据

蹈火者 / 徐松著 . -- 成都：四川文艺出版社，
2023.9
ISBN 978-7-5411-6685-3

Ⅰ. ①蹈… Ⅱ. ①徐… Ⅲ. ①长篇小说 – 中国 – 当代
Ⅳ. ① I247.5

中国国家版本馆 CIP 数据核字 (2023) 第 131250 号

DAOHUO ZHE

蹈火者

徐 松 著

出 品 人	谭清洁
责任编辑	王思鈜
封面设计	魏晓峒
内文制作	史小燕
责任校对	段 敏
责任印制	崔 娜

出版发行　四川文艺出版社（成都市锦江区三色路 238 号）
网　　址　www.scwys.com
电　　话　028-86361802（发行部）　028-86361781（编辑部）

印　　刷	四川五洲彩印有限责任公司		
成品尺寸	168mm×238mm	开　本	16 开
印　张	24.5	字　数	440 千
版　次	2023 年 9 月第一版	印　次	2023 年 9 月第一次印刷
书　号	ISBN 978-7-5411-6685-3		
定　价	78.00 元		

故事纯属虚构，如有雷同，实属巧合。

"爸爸，快一点。"十五岁的儿子刘辜克焱边跑边催促着父亲刘汇海。

刘爸爸双肩背着沉重球包、右肩斜挎着书包、左手拎着暖水瓶，涨红了脸、气喘吁吁地小跑着，步伐上显得有一点吃力，落在后面。

十分钟前在"雅思英语"培训学校接到下课的儿子，他便带着儿子急急忙忙赶往下一个培训点——一公里外的"未来之星"羽毛球培训中心。

前脚刘辜克焱一进入羽毛球培训中心，后脚刘汇海就一屁股坐在门前的石阶上喘着粗气，额头上波浪形的抬头纹更加明显，晃眼一过，感觉面容比实际年龄略显苍老，两鬓少许的银丝白发也被汗水浸湿。

他轻轻地用右手袖口揩去额头汗水，心里万分庆幸：幸好陪儿子来了。

两小时前他还很纠结：如果不陪儿子上兴趣班，这小半天的时间可以在隔壁小区的游泳馆游上一千二百米；也可以把新买的《读者》浏览一遍；还可以宅在家里再刷一遍周星驰的《功夫》。

而现在看着大大咧咧、充满自信、高过自己一头的儿子，尤其学业、体育上和同龄人相比都是出类拔萃，一年获得的各类奖状、荣誉比自己一生的都多，如同常人嘴中的"别人家的孩子"，每隔一段时间，就会给他带来成长的惊喜。

学校老师在微信圈里推送的成绩单，即使隐去了名字，从学号也轻易地辨别出儿子始终是名列前茅的。

学霸是同学羡慕的对象，而学霸爸爸则成为同学家长羡慕的对象，从其他家长的偷窥眼神中，他隐隐有一种背也直了、腰也硬了、胸也挺了、眼睛也有神了的感觉。

搁在以前，他能否结婚都是个问题，现在居然有了儿子，这简直是个奇迹；还是个优秀的儿子，不知是哪一世修来的福报，那绝对是上天的恩赐，所以他的目光常常一刻都不少地落在儿子的身上。

他双手互挽置于胸前，默默无语注视儿子的模样：无论以前在婴儿床前看他熟睡的样子，或者是现在课桌后偷瞄他聚精会神学习的背影，还是以后在球场边旁观他如风之子般跃动的英姿，十几年来都不曾改变过。同样情景下的他都会慢慢地陷入一种莫名其妙的沉思当中，不经意间就会回想起很多年前那个风轻云淡的午后，父亲带着他去见老表刘勇。

而刘勇说过的话，早已镌刻进了他的内心，似乎依然回响在耳旁。

他纹丝不动的沉思注定是甜蜜的，因为笑容会在不经意间爬上脸庞，却又会在意识来临之后，被强制收敛，继续给人不苟言笑、一本正经的模样，反而给旁人怪怪的感觉。

此刻作为旁人的你很难准确地判断他的年龄。他的实际年龄可比台湾明星吴奇隆还小两岁，十五六岁的花季少年，叫他叔叔或爷爷都不会引发歧义。

如果身在重庆，说他是个棒棒儿，晃眼儿确实有点貌似。

如果是在蓉都一家火锅串串店里碰见他，他就是与你擦肩而过的路人甲，一个油腻中年人的形象代理人。

刚才一路小跑而涨红的脸好半天才恢复平常，手心冒汗的他，颇有些不服气地自嘲道：曾经的我还是全国知名的抢险救援尖兵呢！

那——已是很多年前的事了……

第一章

"呜——呜，咣当、咣当……呜——呜，咣当、咣当……"

一辆蒸汽绿皮火车正以每小时五十公里的速度，高速地向北行进在巴蜀大地上。

这一天是公元一九九二年十二月十三日，天气灰暗，太阳若隐若现。

三百名泸州纳溪、合江两县应征青年组成的"东川省消防部队泸州新兵团"，先汽车，再火车，向省会城市蓉都进发。

二十岁的刘汇海一坐上火车就显得很兴奋，这儿摸摸，那儿瞧瞧。这是他生平第一次坐火车，火车上所有的一切对他来说都充满新鲜感。

他老家的小县城是不通火车的，只有到市里才能乘坐，当然，在那个年代大多数人都没有机会乘坐火车，全家最先乘坐火车的是大姐。

那一年他才十五岁，清楚地记得是在元宵节过后，很多很多的年轻人，为实现人生梦想开始向南、向东进发，大姐就是跟随这拨人乘坐火车去了南方。

前年七月过后，二姐和一大拨高考、中考失利的人乘坐火车开始了淘金生涯，在九百六十万平方公里的土地上南来北往、东进西拓，寻找人生逆袭的机会。

当然，每年九月，县里极少数怀揣火红通知书和一颗炙热发烫之心的时代骄子，也到市里乘坐火车，辗转跋涉进入高校，为华丽人生做最后的冲刺。

而在来年的春节前，这三股人流返乡。所有的荣耀、苦楚、尴尬、疲惫、屈辱都抵不上家乡的召唤，滚滚铁流交织成这个古老民族阖家团圆的前奏。

平时寂静的农村，在每一个春节来临之际，就像被点燃的炮仗，瞬间热闹起来了，穿红戴绿的年轻人一扫之前路途的劳累，神采妖娆动人。

一（车）票难求的大姐、二姐紧赶慢赶，总是在除夕夜前带着一身的疲惫回到家里，这一天的晚饭是一家人最齐整、最有仪式感的晚餐，妈妈常说这就是团圆。

之后便是七大姑八大姨们疯疯癫癫地来了又去，鞭炮声、欢笑声、酒令声、歌唱声洋溢在这个烟雾缭绕的小村庄上空。

他并不喜欢这种东家长、西家短的串门方式，甚至在潜意识里，他就不喜欢春节，不知是害怕过节的热闹，还是人多时的窘迫，他有一种想逃离的欲望。

大多数时候他都是躲在角落里静静地聆听大姐、二姐述说外面的故事。

同村的玩伴二狗却是去年十二月份走的，听说也是乘坐火车，也是同着很多人，而他们有的去了雪山，有的去了深林，有的去了戈壁，有的去了礁岛，有的去了城市，都干一件事：站岗放哨，保家卫国。

他早就想乘坐火车去看看外面的世界，可曾经比登天还难，现在却奇迹般地实现了。怎不叫他如梦如幻呢！

难于言表的兴奋使他长时间精神亢奋，即使到了第二日凌晨，坐在硬座座位上的他怎么也无法入睡。

骤降的气温让车窗雾气凝结，仅穿着两件单衣的他倒一点也不觉得冷，相反一直感觉心中有股热浪在涌动。

看着这一节车厢满满的一百人，竟有七八人相识：同学、同族、同村、亲戚、老表。

虽说都是老乡，确切地讲也是未来人生路上的竞争对手。前排左侧那个脸上有颗痣的人是鄢晓华，皮肤黑，不化妆素颜出演非洲黑人或煤炭工人是没有问题的。绰号"鄢大汉儿"的他身体素质特佳，每天可两次三千米长跑，取得平"合江一中"校纪录的成绩，篮球、歌唱水平都小有名气，此刻正胡侃神吹，听得身边的发小邬勇一愣一愣的。

"鄢大汉儿，此去部队服役有何打算？"邬勇问道。

"作为跨世纪的接班人，建功立业不在话下。"鄢晓华露出不屑的眼神，继续说道，"不走回头路，出去了，不混出个名堂来，绝不收兵。"

"什么名堂？"邬勇一脸懵懂地问出了同样也是他期待的答案。

"二十年后，保证干出一番事业。"鄢晓华蒙胧的目光随着那奔放的手势直视远方，仿佛未来触手可及。

"锤子！"邬勇呵呵地笑着，暗想：鄢哥板眼儿真不少，这牛逼都吹上天了。

刘汇海觉得他说的那些东西都是电影里才有的，遥不可及，不知可否。

"你个先人板板！再过八年，就是21世纪，我们可能就是共产主义了，知道什么是共产主义吗？那就是按需分配。"鄢晓华信马由缰地胡说八道，连他自己都信了。

"按需分配，我就坐等啤酒加香烟。"邬勇倒是很配合。

"错，按需分配的前提是劳动，到那时，人的觉悟极大提高，每天一醒来想到的第一件事就是劳动。"

邻座的前后六个人露出了惊愕的表情。

"报告：可以想女朋友不？"

"瞧你那点出息……"落在邬勇脸上的是鄢晓华鄙夷的眼光。

"火场如战场，万一挂了怎么办？"

"挂了就挂了，十八年后又是一条好汉。"

一听到"劳动"二字，刘汇海心里猛地一紧，脸上发烫起来，每天一醒来，身体的那个地方总是硬邦邦的，心里像猫抓般毛糙糙的。想到的第一件事却是一个女孩儿，一个叫张桂芬的女孩，从来就不会想到劳动。他猛然感觉脸发烫，有些不好意思地把头转向了另一侧……

在这热火朝天的环境中居然也有人在睡觉，还张着嘴有节奏打着呼噜，此人叫李勇，仪表堂堂，属于高颜值小鲜肉，情商也很高，即使在陌生环境，短时间也能如鱼得水般与陌生人打成一片。

车厢后排斜靠窗而坐的是孔天兵，他是刘汇海初中一年级的学霸同学，只有初中学历的刘汇海对他只有仰望的份，孔天兵高考考取了师范专科学校，不愿当老师的他瞒着家人来当兵了。

与孔天兵对面而坐一起嚼麻辣鸡丝的两人是秦天和吴智斌，字写得好（包括硬笔、软笔、粉笔），歌唱得好。

对于前面几位他显得就不自信了，还是有些担心，又搓了搓自己的手心，好在同乡的邓祖飞也属于颜值低、学历低、无特长的一类，让他稍微宽了一点心。

他有些想去厕所，猛一个起身，转体刚好与一个人撞了一个熊抱，虽然都不认识，却知道是老乡，两方彼此尴尬一笑，礼让避开。他回头看了那人一眼，四方脸，厚嘴唇，个子比自己略高，长得还很壮实，闷头闷脑冒失鬼一个，一看就知道不是个机灵鬼，四个月后才知道对方和自己同时被分配武警蓉都市第七中队服役，名字叫萧和。

那时两人都不知道，十几年后两人先后被破格提干，并在天安门城楼观看全国阅兵仪式，这当然是后话。

穿上新军装、戴上大红花，告别亲人后，汽车一启动就宣告当兵这件事尘埃落定。

刘汇海随时都会有一种莫名的，如同幻觉一般，极为美妙的兴奋感。

或许在潜意识里就有一种逃离家乡的快感，因为他有点害怕农村繁重劳动带来的苦楚。

记忆中有着几幕是抹不去的，每年四月在插种秧苗之前是家家户户稻田放水集水之时，东川号为天府之国，水资源丰富，几乎没有发生过争抢水源之事，不过当一场二十年不遇的旱灾来临之时，留在他幼年的模糊记忆中的是，这个老家小村庄为争夺水源而发生的那一幕幕血雨腥风的往事。

那时，家家户户的精壮劳力，十八岁以上六十岁以下成年男性都要肩扛一把锄头按时到自家或自村的水源分界线集合，当抽水机抽上来的水潺潺流来，人们总是充满着喜悦与敬畏，对生命的渴望，又要让手攥紧锄头、盯紧时钟，一到时辰，一锄头下去，挖断水路，让水改变方向，流向自家或自村的稻田，村与村争夺后是户与户的争夺，刚刚还称兄道弟同仇敌忾一致对外、死后牌位都要进入本家祠堂的同姓老表、连襟，在生命之水面前一点不含糊，稍有不慎都有可能会为争夺水源刺刀见红、痛下毒手、血流成河，印证了那句"本是同根生，相煎何太急"的古诗。

接下来的工作便是犁田和耙田工序，俗称"三犁三耙"，之后便是播种稻谷。在这过程中，父亲总是套上耕牛，先犁后耙，一圈一圈把稻田碾得平整均匀。

有一次，不知是天灾还是人祸，一大截碎啤酒瓶埋藏在稻田深处，年迈父亲一脚下去，"啊"一声，鲜血染红一大片水域，父亲忍着伤痛取下玻璃碎片，继续套好耕牛，一瘸一拐赶牛犁田，好像什么也没发生过，鲜血随波纹荡漾开来。

他看在眼里，转头背向父亲，心里一紧一紧地痛。

八月中下旬近二十天时间是农忙的时节，他们全家铆足劲，像打了鸡血似的。奶奶、二姐和妈妈负责割稻子，弯腰弓背一次就是两三个钟头，左手抓稻谷，右手握镰刀割稻谷，一步一尺一上午，等抬起背、直起腰时，身体好像是分离的两截，半天才缓过劲来；爷爷和他、大姐则脚踩打稻机，手持稻谷左进右出，翻面右进左出，换稻，最累、最痛是脚，双腿肿胀、青筋暴露。

父亲则装谷挑谷，熟透的稻谷伴着水，两担一共赶超一百七十斤，一上肩则不能停，一步一颤，一荡一颠，顺着节奏赶往一公里外的家。

他偶尔挑过一百斤的稻谷，一上肩则感觉扁担有千斤重，犹如千针刺心，父亲总是让他身体前倾，让扁担压在后背上而不是在锁骨上，一趟来回，后背血肉模糊一大片，全家人一天也不会说几句话，留点力气对抗炎热夏天和繁重的体力活。

偶有的寂静夜晚，他会来到离家不远的池塘边，三下五除二胡乱地洗完脸脚，搓了搓背，斜靠在老槐树下，悠闲地对着东北方向痴痴发呆，那一片火烧云下是一个叫"县城"的地方，令他向往。

记得初中刚毕业时，他和二狗在一个农闲的下午，私自进城了，这是他生平第一次。

三个小时的机耕道后，一座雄伟的县城耸立在他眼前。坝坝电影中的楼房居然是真的，街上的女生真好看，商店里琳琅满目的玩意儿真是稀奇古怪，店铺里飘出令人垂涎欲滴的香味。

依稀记得回家路上，饥肠辘辘的二狗夸下海口：将来一定要生活在县城，成家立业。

一言不发的他茫然地咽着唾沫，怎么样才能生活在县城？他从来就没有想过，即使连镇上他也没想过。

到南方打工？当兵去？这是他们心照不宣的秘密。

因此对于参军，他内心深处是十分向往的。自私一点说，至少可以短时间逃离繁重的劳动，但是当兵对他来说也是奢侈的，无权无势无钱的他们家，拿出家里最后的余粮——五十枚新鲜鸡蛋去赌他的明天是不切实际的。

镇上连他的名字都没有向县上报，当然去年、前年也没报。翻过年，春节之后就要二十一岁了，到广州或者省会蓉都市打工也成了全家人的共识。

在临出发的前一天，命运之神真的眷恋他了，副镇长的儿子在运兵前两天突然反悔，不知哪里听来的东川消防兵特辛劳，还有生命危险，再加上一脉单传，他家爷爷奶奶本就不特别同意。

这样一来镇上必须完成县里的征兵任务，他就被匆忙抓来凑了个数，父亲连客都没来得及请，但还是在最后一天的午后，带着他敲开三房老表刘勇的家门。

刘勇年长汇海七岁，高中毕业，于八年前当兵，三年前返回，凭着视野开阔，脑瓜子灵活，好学习钻研，竟成了先富起来那一小部分人，平时与村长走得很近，空时倒卖粮票、布票、肉票什么的，每年南下广州两趟，总能捎回村里人见也没见、闻也未闻的新鲜玩意儿，低买高卖，三年不到，就盖上了小洋楼，购置了大彩电和摩托车，羡煞旁人。他对人还特和气大方，绝不偷鸡摸狗，不过有时要偷寡妇的床。

父亲省了一次全家人的猪肉钱，特意买了一包"天下秀"香烟，乞请刘勇为马上当兵的他指点迷津，点拨点拨，好在部队图个好前程。

刘勇倒也不客气，接过一整包香烟，优雅地点上一支，吞云吐雾开门见山道："海娃，人不俊！部队首长的女儿是看不上你的；第二，文化不高，考不上军校，提不了干；最好的结局就是学个技术，转志愿兵，十二年回来后就可以在镇上有公职，运气好一点还可以娶杂货店老板的二女儿张桂芬。"

父亲明显听进去了，脸也红晕了些，双手不由自主地在大腿的裤管上来回地搓了搓，本来就只坐了半张椅子的屁股又往前挪了挪，继续央求道："再叙一点，再叙一点，他三哥。"

刘勇长长地吸了一口气，又长长地吐了一圈烟，继续说："不过这十二年的过程比较难熬。

"第一，少说多干，别人不干的，你要干，还要抢到干；第二，万一走岔了，不要怕，从头来过就是了，日久见人心；第三，忠诚很重要；最后一点最重要，记到起，凡事多掂量掂量，吃亏你就赢了，吃亏你就赢了。"

"就这么多？"

"就这么多。"

"没得了？"

"没得了。——噢，海娃，你去三婶那儿絮叨絮叨，我和你爸还有事合计合计。"

片刻沉默后，声音再次响起。

"他幺爸，这里没外人。"堂屋只剩下刘勇和刘汇海父亲时，刘勇接着说，"海娃当兵这件事绝对正确，我只是有点担心他。

"海娃是你们家唯一的男娃，从小体弱多病，活着就不容易，有点溺爱也难免，不过他从小就闷得很，也虚得很，老发呆，不合群。

"他幺爸，你也别多心，书上的说法叫性格内向，他刚才到这儿个把钟头，一句话都没得，丧着一张脸，不讨喜，脸上表情一点变化都没得，眼睛就盯着地下，如果脑袋没有问题，那么他也许就是那种传说中的文曲星下凡、大智若愚、天纵之智的旷世奇才。"

刘勇眯起眼、头一仰，后脑勺靠着太师椅哼哼哈哈吊着曲儿时，父亲知趣地带着刘汇海告辞了。

父子俩喜气洋洋走在回家的田埂路上。

刘勇最后的话在父亲脑海里早已烟消云散不知影踪，他满脑子的"学技术，转志愿兵，娶张桂芬"。

父亲反复唠叨着："这趟没白来，这趟没白来！"

刘汇海同样已经记不清怎么回家的了，也满脑子都是"学技术，转志愿兵，娶张桂芬"。好像张桂芬正牵着小小刘汇海，从田埂上向他跑来。

这一天他有了人生第一个梦想。

实话实说，刘勇的建议在那个年代对于大部分文化不高的农村兵来说，是非常实在的人生规划路线图。

而张桂芬是刘汇海三年初中隔壁班的女同学，也是全班男生眼中最出众的校花。

谈到女孩儿就会脸红的他，有时也会偷偷摸摸、认认真真地观察张桂芬：丹凤眼，一笑起来嘴角微微上翘的樱桃小嘴和那浅浅的酒窝，拨得他内心火烧火燎，而前凸后翘的身材、楚楚动人的背影会时不时出现在他的梦里。

在两年前初中毕业前一周，他想近距离最后目睹一下日思夜想的张桂芬，意念刚一起，他就感觉心跳加速了。

好容易克服掉纠结的心情，来到她的店铺前，初见面，他咧着嘴想微笑，却已脸红脖子粗了，语无伦次，这样目光呆滞的皮笑就有点尴尬，甚至有点猥琐。

只好低着头用大姐给他的零花钱，胡乱买了一些东西落荒而逃，不过她幽幽的体香竟迷醉了他一个月，让他那段时间竟不思饭菜香。

很快，有自知之明的他认清生活的本真：自己就是癞蛤蟆，她就是天鹅，只能在梦境中卿卿我我。

但现在就不一样了，带着人生第一个梦想——"学技术，转志愿兵，娶张桂芬"，辞别父母，他带上憧憬欢喜地踏上了从军之路。

第二章

晚上七点，"东川省消防部队泸州新兵团"中的一百名新兵，顺利到达东川省消防部队新兵训练团、第三新训营——蓉都市武警消防支队五块石新训营，同时到达的还有嘉州一百名新兵、湖南五十名新兵。东川消防总队在九二年一共招收新兵七百五十人，可是部队无法同时提供七百五十人训练的场地，便分成总队基地、消防学校、蓉都支队三个新训营。

面对疲惫极了的新兵们，蓉都市消防支队派出毕业于音乐学院的女干事宋晓梅到新训营看望新战友。

宋晓梅正值如花似玉的年龄，穿着塑身挺拔的马裤呢校官服来到新兵连，身材虽不高，却绰约多姿，加之明眸皓齿的长相，精致的妆容，极像《射雕英雄传》的女主角黄蓉，风采动人。

她一下子就站在身处第一排的刘汇海的面前，半天没合上嘴的他惊叹她宛若天人。

咱当兵的人　有啥不一样

只因为我们都穿着

朴实的军装

咱当兵的人　有啥不一样

自从离开家乡

就难见着爹娘

说不一样　其实也一样

都是青春的年华

都是热血儿郎

说不一样　其实也一样

一样的足迹留给　山高水长

咱当兵的人　就是不一样

头枕着边关的明月

身披着雨雪风霜

……

　　一曲《咱当兵的人》，天籁之声，响彻云霄，余音绕梁三十日都不绝于耳。

　　边走边唱的她，突然伸出右手对准刘汇海，一下子就蒙了的他手足无措，不知怎么应对，站在排头的班长江考，迅速向左后方转头一百三十五度短促的命令道："敬礼、握手！"

　　他握着宋晓梅冰肌玉骨、吹弹可破的手指，全身绯红。

　　当第二曲《战友之歌》响起时，欢乐亢奋的神韵洋溢在新训营二百五十名新兵的脸上。歌曲带来的是美好和希望，带走了一身疲惫。

　　对于很少看电视的他来说，宋晓梅的神形气韵就像春节联欢晚会的明星一样。从此，女神张桂芬的影子在他脑海里就渐行渐远了。

　　刘汇海、鄢晓华、邓祖飞、秦天和湖南籍新兵谢杰西等十一名新兵被分在一连一排一班，连长是他的接兵干部牟良权。

　　牟良权是八六年的兵，籍贯不详，矮而敦实，五官有点向外凸起，身体素质出众，是全省出名的消防业务尖子，全身纵横交错的肌肉像极了川东平原田野上隆起的田埂。性格上有着北方人的豪爽和南方人的精细。心里从不藏事，面部表情丰富，苦与乐、悲与喜在脸上自由切换，完全不留痕迹，妥帖自然。

　　当兵第四个年头，在一个风高夜黑的夜晚，面对两个歹徒，他毫不慌张、沉着面对，一个弓步冲拳，打断三根肋骨；接着一个金鸡侧踢，踹飞三丈远。至此入党、立功、进军校、提干。

　　如遇小事、小问题、小矛盾都交给部属去处理，醉心于下象棋、品美食、看美女、酌小酒、听评书。时不时把皮鞋擦得锃亮，掠掠乌黑亮丽的短发。拿他自己的话说是：发型决定气质，一个人的自信往往是从着装中体现出来的。

　　但工作中面对大演习、大救援、大火灾必定全神贯注、成竹在胸、措置裕如，泰山崩于前而色不改，麋鹿兴于左而目不瞬。这都源于他长期的基层中队生活经验和对战训工作的热爱。

不过，也有一次表现掉了链子：二〇〇八年五月十二日下午二点二十八分汶川特大地震爆发，正在支队十二楼的指挥中心备勤室睡觉的他被突发的剧烈晃动摇醒，翻身一跃而起，只穿个火裤儿，光着脚丫就冲了出去。

急得电话班班长李小勇大叫："穿裤子，牟大队快穿裤子！"

他这才返回，拎起裤子，笼在身上，狼狈下楼。

而楼下面惊魂未定、惴惴不安的同志们看着他后背心星星点点、洞洞眼眼小窟窿时，忍俊不禁偷笑起来，紧张的情绪大大缓解了。

他整个新训期间只关注人数齐不齐，安全风险有没有。训练有军事参谋李大君负责，思想工作有指导员汤勇基负责，管理则全部交给班排长。

只是有一件事情令牟良权纳闷：每天早晨把办公室打扫得干干净净、一尘不染的到底是谁？新训完，牟良权也叫不出三十个新兵的名字。实事求是地讲，前后共有包括刘汇海在内的七名新同志参与打扫办公室，坚持最久的是萧和。这也是新兵快下连队时，他才搞清楚的。

中学生在读书期间每周只有两节体育课，每一节课四十五分钟的运动量，对比瞬间由学生转变成的新兵每周六天、每天八到十个小时不能坐、不能蹲、不能躺、不能靠的操场训练是吃不消的。

年龄只有十六岁的胡燕伟、王涛、赵兴能，富裕家庭娇生惯养的王晓波、谢杰西、韦丹波，读书期间重文化而轻体育的秦天、吴智斌、邬勇，每天的训练都在煎熬。

就连身体壮如牛的肖林辉、鄢晓华、窦曹伟在每天训练后都累的筋疲力尽，晚上九点三十分一过，大家就早早上床休养身体。

漱口、洗脸、洗脚都可以省略，为了应对突如其来的紧急集合，好多人睡觉时穿得越多越好，袜子不脱的大有人在。

新兵连的生活对于新兵来说就用三个字来概括：累！困！饿！

大运动量的训练后，对食物的需求就会激增，九二年的部队生活还是比较清贫的，新兵连的三餐清汤寡水，只管饱，荤菜屈指可数。

每天的早餐，像刘汇海这样的大多数人至少吃四个馒头，而鄢晓华、窦曹伟、肖林辉这样的大高个儿有时吃八个馒头才能饱。

好在负责训练的军事参谋李大君宅心仁厚，训练手段多样且科学合理，防止了大面积的伤痛出现而引发的非战斗减员。

二十一岁的李大君身高一米七八，长得浓眉大眼、俊秀挺拔，俊还是其次，简直就是天纵之才：队列标兵、演说达人、足球大师。

口令清楚、标准的他站在操场上就像舞者精灵：正步踢出来的美感如芭蕾舞一样高贵典雅；齐步走出来如民族民间舞一样优美生动；跑步跑出来如现代舞一样炫酷动感。

三大步伐的互换、队列行进间的变向，动作干净利落、动静分明、节奏变换赏心悦目，给人梦幻般的视觉享受。为此，李大君受到全体新兵的崇拜！

语言风趣幽默，面部表情生动、夸张、传神，多次获得总队演讲比赛桂冠。

足球场上绝对的王者，球风飘逸灵动，像欧洲巨星巴斯滕，后期和支队高文勇、罗进组成的中前场是其他球队的噩梦。

一支七十厘米的戒尺插于后背的外腰带上，头顶领劲，仪表威严，帅到极点。而每天的操课也让他浑身湿透！

"叫江考到我的办公室来一下。"李大君说。

"一班长江考，李参谋有请。"大队文书江西老兵张幻平传话。

东川消防新训团、新训营都是临时机构，所有训兵人员都是抽调机关和基层中队的干部和士兵骨干组成的。李大君和一班长江考、二班长余新锁都来自蓉都市消防二中队。

"江考，你和锁儿留意一下新兵素质，队长黄宽泉让我们挑选一个文书回去。中队文书今年马上就要考学了，考不上就得退伍了，中队训练、灭火有一两个好班长就行了，文化活动就要一个好文书，抄抄笔记，办办墙报，写写书法，最好有点文艺细胞，支队每两年就要搞一次文艺调演。

"中队好班长多的是：你们俩，还有张晓琳、张建国。别忘了，队长黄宽泉是支队业务第一人。没有一个好文书，你们要累死指导员的。"

"我们一班有一个新兵秦天，琴棋书画、吹拉弹唱都还不错，字写得漂亮。"江考看好的是秦天。

"今天全营墙报评比，你们排的墙报就是他办的吧，整体排版、绘画、色彩搭配、软硬笔的确不错。"李大君似乎有点印象了。

"是的，他用湿帕子随便在黑板上画两画，就能写出非常漂亮、劲道十足的镂空字，而毛笔正楷端庄雄伟、气势开阔、浑厚挺拔，只怕有十年以上的功力，堪比印刷体。文章也还不错。"

"那太好了，记着了，多观察，多培养，多锻炼，注意保密。去吧！"

一班长是二十一岁的江考，东川省甘孜州雅江县西俄洛乡地地道道的康巴汉子。一米八〇的身高九十公斤的体重，黝黑的肤色，篮球打得好，毫不夸张地说是蓉都支队篮球第一人。外形、球技和肤色极像NBA巨星皮蓬，天赋爆棚！跟腱细长，体脂率极低，肌肉中白色的快肌纤维比高于常人。敦实的臂部肌肉的爆发力与当今4.0T双涡轮增压发动机一样高达六百匹马力，足以随心所欲支撑着他的身体向天空飞跃，向远方驰骋。篮球智商极高，能从一号位打到五号位。

部队最喜欢的体育运动就是篮球了，没有之一。由单一男性组成的部队集体生活有时候显得沉闷、无聊、压抑。篮球运动可以增加生活的活力、促进人与人之间的友谊、提高身体素质、展现单位文化建设成果。

中国最偏远的乡或镇、最小的学校和部队驻扎最分散的连、排、班也许都有一个简陋的篮球场，而一个县或部队集中驻扎一个团也许都没有一个足球场。

而九二年蓉都市消防新兵营篮球一周双赛就不足为怪了：排与排干；连与连赛；新兵挑战老兵；战士PK干部。操场上总是锣鼓喧天，喊声、加油声、尖叫声此起彼伏。

会打球的新兵就受到更多的青睐，下连队时会被争抢。刘汇海、萧和、邓祖飞等一小部分人却连篮球赛制都看不懂，命运从此分道扬镳。

元旦前的这天，新闻联播后全营开班务会。

新兵营开班务会就像联合国开会一样，没有个同声翻译，那纯粹就是鸡同鸭讲。讲了半天的结果就是常常一句也听不清。当兵的都来自祖国的四面八方，不会说蓉都话，当然也不要求说普通话。

中国语系大致分为南北两种，但是县与县都有细微差别，有时一条河的两岸差别也可能很明显。

刘汇海直到退出现役唱的都是"团结就是你娘（力量）"，他一辈子都分不清鼻音和边音的区别；嘉州市彭山县入伍的胡燕伟曾站在楼道上说："哟喂，光线好海（黑）呕。"李大君愣了半天没有听明白；而来自重庆忠县马灌镇白高村的赵兴能说什么都要加一句"正南其北"；关系兵韦丹波来自蓉都安仁县，对李大君佩服得五体投地："李参谋作古得很！"同样听得大家一头雾水；而来自湖南湘乡的新兵说话叽里旮旯儿完全听不懂；来自雅安市中区的王涛告诉大家："这次乒乓球输了，没关系，下一次一定翻梢，打得他娃儿惊叫唤。"

好在江班长带兵经验丰富，开会时，让大家说话时不要吞字、不要吃字，讲慢一点。

其实在开会前，江考心里就美滋滋的，开训以来第一次内务卫生、队列训练、警容风纪评比，一连一排一班全部夺得桂冠，流动红旗正飘扬一班大门之上。

墙报评比一连一排也是得分最高。最解气的是今天下午的篮球比赛中，以江考、鄢晓华、窦曹伟领衔的一连一排以65：60有惊无险战胜排长李庆、新兵许松、阳连生和谭诣讴为主的二连一排，比赛中江考打得顺风顺水，取得18分、10个助攻、12个篮板的骄人成绩，居功至伟。

进入正题的班务会也是表扬的多，批评的少，气氛很轻松："这段时间，同志们进步非常明显，能够每天提前起床打扫卫生，整理内务，队列训练我们学了立正与稍息、停止间的三面转法、敬礼与礼毕、蹲下与起立、跨立与立正，大家体会动作要领很快，成绩进步很快。当然了，单杠一练习引体向上，邓祖飞一个也完成不了，单杠二练习卷身上，刘汇海要加强练习。

"接下来布置两项任务：第一，明天上午政治学习，由省总队总队长程佳强为大家授课：《中国人民解放军的性质、宗旨、任务》。第二，明天下午彻底打扫环境卫生，晚上元旦会餐，有蓉都市支队领导参加！现需要两名同志自愿参加明天下午至晚上厨房帮厨，现在报名。"

"我去！在老家，我干了半年餐厅。"胖子邓祖飞站了起来。

片刻间全体沉默不语，厨房帮厨是一件又脏又累又烦且全身异味三天不净的苦差事。

"我、我也去。"刘汇海犹豫了一下还是站了起来，声音小得如蚊子叫。

江考环顾四周，见再也没人表态后就说道："好吧，就这样定了。今天的班务会就开到这里。现在大家可以拉拉家常，摆摆龙门阵，有什么意见都讲讲。不准出门，别个班还没有完！"

"江班长，我们这个新兵营有多少名额可以留在蓉都支队？"谢杰西首先发问。

"大约三分之一，七十至八十名。"

"听说，我们一连一至八班大部分的人都留在蓉都支队吧？"秦天接着说。

"应该是吧，毕竟一至八班的新兵都是蓉都支队的干部接的，不过，分在哪里都差不多吧，毕竟蓉都支队的竞争也最激烈。"

"江班长，分在蓉都支队的新兵又有多少会分到郊区中队呢？"邓祖飞有点刨根问底了。

蓉都支队下属的六、九、十中队，分别位于蓉都市较远的武阳县、青白江区、温江区。

"每个中队大约五个人吧。"

"才五个人呀，太少了点吧。"

"消防部队就是这样，点多、线长、面广。郊区中队全部人员总数不超过二十人，城区中队不超过三十人。"

"青白江区的九中队闹鬼吗？"鄢晓华嬉皮笑脸插话道。

"放肆！谁说的？"江考怒吼着。

全班所有人从没看见江班长发火，全部齐刷刷成立正站好。鄢晓华满脸通红，知道闯祸了，脑袋像打了霜的茄子蔫了，耷拉着脑袋嘟囔着："听一连三排九班老乡李勇说的，他是听他们班长熊文军说的。"

熊文军来自九中队。

"以后谁也不能再议论这件事了。"

九中队闹鬼这件事是蓉都市消防支队的禁忌。

刘汇海自始至终都没有开腔，这是他的习惯。心里也在盘算着：要尽最大努力留在蓉都市消防支队。

此时的二连全体新兵正在走廊上蹲马步，这是全营第一次评比后，连长对成绩不满意的新兵的惩罚，五分钟后大腿就有抽筋般的疼痛感，十五分钟后大腿就有电击一样的抽搐感。一半以上的新兵很快就撑不住了。

来自达州市消防支队的吴仕杰连长正背着双手在办公室像急猴三儿一样转来转去："丢脸啊！脸丢大了！内务卫生、队列训练、警容风纪评比，墙报评比完败，一个第一名都没有得到。我训了五年新兵，这还是第一次遇到。"

对荣誉的追求与捍卫，是东川消防这支部队一代又一代传承而来的。

而来自嘉州支队的牟志刚指导员的军旅日记本的扉页上是这样写的：在脱下军装之前，军人就没有真正意义上的凯旋！

"这一次蓉都支队抽调的训兵骨干的确很强。"牟志刚说道，"江考是全省百米消防障碍第一名，篮球也打得好，个人素质很高，心细，很敬业；余新锁单双杠顶呱呱；三班长和四班长严怀金这叔侄俩是全省二节拉梯第一名，前者力量最好，后者爆发力最大；挂钩梯都与牟良权有得一比，输给他们不丢脸。

"老吴你看，每一项得分，我们和他们的第一名差距都不大，得分最低的是他们的三排。只要继续努力，下次还有机会。老吴，按新训计划，今晚还有活动，就这样吧。"牟志刚说话的声音不高，但有一种不容置疑的力量，他还有一个身份就是二连临时党支部书记。

"一排长？"

"到。"张庆闪了出来。

"部队带回，认认真真地开一个高质量的班务会，总结一下这次评比，为什么我们的成绩没有一连好？差距在哪里？下一步努力的方向。"

"是。"张庆领命而去。

牟志刚是嘉州支队八二年的兵，吴仕杰是达州支队八三年的兵，大队也只有大队长和教导员比他俩军龄长，牟志刚当干部时，李大君还是新兵蛋子一个。

部队是很讲究资历的，即使你立的功再多，在老兵面前，也只有端端正正站好，先敬礼的一定是兵龄短的那个。

大队长和教导员对他们俩表示尊重，从来都没有直呼其名，而是姓加职务。一连的年轻军官们对这俩老大哥在方方面面也是礼让三分的。

二十五分钟的马步蹲下来，一半的人走路都不会了，像螃蟹一样横着走，上厕所就更惨了，蹲不下去，胡燕伟把屎拉在了裤裆里。

晚上八点半，一声："信到了。"这是张幻平通知大伙儿家信到了。

收到家信是新兵们最高兴的时候。刘汇海收到二姐代表全家写的信：

> 爸妈身体都很好！勿念。来信也悉你到达蓉都市五块石新训营，对于蓉都这个省会城市，我们全家人都没有待过。你也可以见见世面。你自幼身体孱弱，不善言辞，性格内向，万事尽心尽力就行了，不可强求……
>
> 部队是一所大学校，你要谦虚谨慎，多向别人学习，尊敬别人，强大自己，锻炼身体，讲究卫生，少说多做，祸从口出，对待好处不争不抢，更不能贪妄非分之想。
>
> 我已随大姐再次南下打工去了。这是我的新地址，有难处向二姐说，心里就好受些，但解决问题还得靠你自己。
>
> 从接兵干部（牟良权）的素质来看，你要相信领导、相信干部、相信组织！妈妈很挂念你，多写信回家报喜。大姐、二姐相信你，也祝福你！

眼泪浸润了他的眼眶，二姐是全家学习成绩最好的，当年差二十分没考上大学，因为经济原因没有选择复读，而随大姐南下打工补贴家用。

同班的秦天也收到一封信，他拿着信默默地走开了，喜欢一个人看信是多年养成的习惯。

信是未婚妻王慧芳写来的，同居已一年的王慧芳在他当兵走的同时就搬进秦家，双方父母都认可了这门亲事。信里是王慧芳对他满满的爱和祝福。

不过此刻的秦天却有些惆怅，早熟的他当兵前就知道："当兵三年，不考学，一场空！"由于自己在文科方面的特长，尤其是写作、绘画很受领导器重，考学应该不成问题，一旦考上，这段感情将再接受五年的考验。他不敢往下想。

二连一排三班谭诣讴今天收到五封信：一封是父亲写来的；一封是女朋友写来的；一封是高中同班同学写来的；另外两封是社会上朋友写来的。

他看完全部信时，依然发现父亲没有寄钱来。他开始大骂当玻璃厂厂长的父亲。

而谭厂长则在信中明确告诉乖儿子考上军校则奖励一辆十万元的奥拓牌小汽车。十万元可以在九二年的蓉都买一套两百平方米的大房子。最后，谭诣讴将信撕毁抛在空中，找许松和隔壁班王晓波、龚敏、韦丹波、向树钧吹牛去了。

龚敏矮而敦实，外号"铁坨"，足球踢得好。不料第二年又来了一个自贡籍的龚敏，高而瘦弱，绰号"高杆"，爱好打排球。战友们为了便于区分他们俩，未经他们本人同意，擅自将早一年的叫作龚大敏，而另一个称为龚小敏。

王晓波父母是嘉州市政府官员，从小在蜜罐子里长大，哪吃得了这般苦，偷懒耍滑是家常便饭。

这不，王晓波又神神道道地告诉几个死党："昨天中午的回锅肉总共十三片，全班十二个人，我就干了两片，你们猜我是怎么做到的？"洋盘得很。

"你娃儿不可能手抓噻？"

"当当——当，你们看。"大伙儿看得目瞪口呆：王晓波拽在手中的一双筷子其中一头已经被削得很尖很尖了。

"奇才啊！"

"天才啊！"

第三章

　　寂静的夜晚让清晰的呼吸声成了生命跳动标志。对大多数人来说，似乎才刚刚睡着，口哨就在五块石新训营二、三、四、五楼同时响起："哗哗哗哗——紧急集合！"

　　江考睡得不沉，敏锐地听到哨声骨碌翻身下床，用手大力拍打着床沿："咚咚——咚！"同时打开手电筒，"快起来，紧急集合，不要开灯。"

　　同时他也很纳闷，今天的紧急集合居然保密得如此之好，班长一级完全不知道，有些不爽，心里骂了一句娘，这是新兵连，现在把老兵一起考核了。

　　刘汇海睡得很沉，但听到哨声后的反应也很快，脑袋一片空白，全身的神经都绷紧了，动作慌乱而又机械：穿衣服、打背包、戴军帽、挎水壶、扎腰带，冲了出去。

　　邓祖飞还在打呼噜，谢杰西站起来原地转圈抓梦觉。鄢晓华给他们一人屁股上一脚。

　　睡地铺，跑紧急集合，不吃亏！

　　一分钟后，营值班员牟良权向李大君高声报告："报告参谋同志：全营集合完毕，应到二百七十八人，实到二百七十八人，请指示！值班员——连长牟良权。"

　　"请稍息。"牟良权入，李大君出。

　　"同志们，请稍息，按照训练计划，今晚训练科目——紧急集合，目标二环路西一段A点，以排为单位，排与排前后距离三米，连与连前后距离五米，依次跑步前进。"

　　各排依次鱼贯而出。一连一排跑在最前面，四个班长每人手执一面小红旗跑在队列的最前面。

"呀嗷耶，呀嗷耶……"

"一二三——四，一二三——四。"

"一一二二三三四，一一二二三三四。"

震耳欲聋又标新立异的口号声中彰显着每个排的与众不同。

而要命的是队伍最末位的王晓波、王涛、赵兴能，这些身高刚刚一米六的新战友，使出吃奶的劲才勉强跟得上疾风而进的队伍。

牟良权驾驶着一辆大屁股北京吉普车，载着牟志刚和吴仕杰跟在队伍最后面，注视着路面，防止安全事故发生，同时准备收容掉队的新兵。

牟良权此刻又开始插科打诨："两位哥哥，挑到好兵了吗？"

"好兵都在你们一连。"吴仕杰说。

"不就是一个兵嘛，二位哥哥看上的，我牟良权绝对放人。"

"你娃虚情假意。"牟志刚知道，牟良权在蓉都支队就是一个么排长，说话根本就不着调。

"总是在麻痹大意的时候给敌人最致命的一击。"牟良权自言自语。

"你的意思，今晚再跑一次紧急集合？"吴仕杰一脸疑惑。

"这也不是不可能，想当年我们当新兵的时候就遭过一盘，第二次紧急集合时，三分之一的人都掉队了，不过，受伤可能性极高，安全风险大。"牟志刚很有经验地说道。

只要涉及安全高风险，每个人就得打住，因为大家都明白，都不会拿自己的职业生涯开玩笑。

后来的二〇〇七年，嘉州支队一中队组织三千米长跑，一名新兵猝死，后果就很严重。

"你们看，你们快看，下雨了，蓉都下冬雨了。两位哥老倌，待会儿有多少人上这收容车？预测一下吧。"牟良权开车的同时，把头伸出了车窗外，窗外小雨淅淅沥沥。

"总里程不超过五公里，应该不超过十个人吧。"吴仕杰自信满满。

"是一连人多，还是二连呢？咱们来打个赌，看看哪个连的人多，人多的就请喝酒啊！我那里还有一瓶全兴二曲。"牟良权又犯酒瘾了。

"从概率上讲，各一半吧。"牟志刚看问题比较理性。

"我比较担心你们二连一排那几个打篮球的，全天训练，还打一场篮球，再蹲二十五分钟的马步，五公里全副武装跑，就差一支步枪了。"牟良权的担忧不无道理。

部队在二环路西一段的A点折返，最先上收容车的是二连的胡燕伟，最后一公里时，部队有一点散了，牟良权打开警笛警报，使劲地按着喇叭，提醒着零星的行人和过往的车辆。

队列中刘汇海使出吃奶的劲勉强跟上了步伐，背上三横两竖的被包早已散了架，好在他用右手紧紧地夹住了，左手攥紧了军帽，机械迈着双腿。鄢晓华依旧跑在队列的最前面。

收容车一路走走停停，捡了六顶军帽、七条外腰带、三条内腰带、两个水壶、四个挎包、一床被子。

最后有包括胡燕伟、王晓波在内的九名新同志上了收容车，其中八人是二连的。

牟志刚和吴仕杰的脸挂不住了，彻底爆发了，尤其是吴仕杰，一脸煞白吓人得很。八个人中有四个是二连八班的，班长是他从达州市消防支队带来的优秀班长陈灏，看他的脸色就知道今天陈灏凶多吉少。

二连一排打篮球的一个也没事，全扛过来了。

二连全体人员此刻顶着风和雨站立在操场中，八名掉队的新战友衣衫不整地站在队列最中央，迎来了有生以来最不文明的责骂："你们都是裤裆里面有蛋的人，我警告你们，你们档案当中的高中生真正拥有普通高中毕业证的不到百分之二十，有一部分也许只是小学水平，各显神通在某些民办的职业高中速成班走了一趟，就堂而皇之混进来了，所谓的初中生水分就更多了！"

吴仕杰完全不解气，继续怒吼着："你们当中的另外一部分人，如果不是来当兵，也许一辈子都将面朝黄土背朝天窝在那山沟沟里，父母把你送到部队很不容易，你们都应该懂得珍惜，部队是个大学校、大舞台，只要你们足够努力，就有机会改变人生。

"你们记好了，你们中百分之十的人可以进入军校深造，成为部队干部，百分之二十的人可以学习驾驶技术，百分之十的人可以学习炊事技术，两者之中百分之十的人可以改选志愿兵，实现人生逆袭。"

吴仕杰顿了顿："一排长！"

"到。"张庆应声答道，并向前一步跨出。

"再跑十圈。"

"是！全连向右转，排与排前后距离三米，跑步——走。一二一，一二三——四。"

"一二三——四。"声音响彻云霄。雨越下越大，牟志刚和吴仕杰在操场中纹丝不动，蜡白的脸让人胆寒。

一连全体新兵在寝室玻璃窗旁边一言不发目睹这一幕，四班的邬勇不知那根神经短路了："快看，快看，那个瓜娃子摔倒了，摔惨了！"

摔倒的是二连一排三班的许松，脚肿得老高，虽然掉队了，但他还是在拼命坚持。不过，他并不知道有人正在嘲笑他。

"啪！"一声响亮的耳光，瞬间，邬勇脸上留下五根清晰的手指印。

严怀金瞪着他，向全班人吼道："虽然，他们二连什么都跟我们争，跟我们抢。击败他们是靠我们的实力，但不能嘲笑他们，因为只有他们才是我们以后在火灾现场、救援现场、灾害现场同生死、共进退可以过命的兄弟，是兄弟！你们谁他妈的再给老子乱吼，滚下去，一起跑。"

从来不发火的严怀金可以说是训兵班长里面态度最好的一个了。因为这半年他经历了人生的巅峰时刻，正所谓春风得意马蹄急，没有工夫找你碴。在年前刚刚结束的全省消防业务竞赛上，他获得一个单项第一，两个班组第二，荣获二等功。

过完年，训完兵，就参加部队院校招生，二等功获得者加五十分，对于只有初中文化水平的严怀金来说，考上军校也是板上钉钉的事。两年后成为国家干部，那在他们老家农村，是非常光宗耀祖的事了。想想都是很美妙的。可怜的邬勇，脸肿得老高，严怀金的一只手是可以扛八十多斤二节拉梯的手。

而站在办公室窗边的牟良权正拿着牙签戳鼻孔，他想制造一个喷嚏，人为地打一个喷嚏对他来说是非常惬意的一种享受。

他看着操场上的情景自言自语道："想不到这两个鬼家伙脾气还是那么犟！张幻平？"

"到。"

"去。把我那瓶全兴二曲、几袋牛肉干、豆腐干给二连领导送过去。"

一连三排在所有的评比中都垫底了，这其实没有出乎牟良权的意料，但得分如此之低，就在情理之外了。

他不由得想起一个月前新训营长徐文翔给他的叮嘱。

那时正在泸州接兵的他匆匆赶回蓉都，到支队办公大楼处理个人事务，在四楼楼梯口被警务科长徐文翔（后兼任五块石新训营长）搜到了办公室："看一看，这三个训兵班长怎么安排？"

徐文翔是雅安人，青少年时期获得过雅安地区乒乓球比赛第一名，在瓶颈期转向当兵入伍到了消防部队，三十年的军旅生涯中没有使东川消防部队乒乓球桂冠旁落过，参加北京部局比赛获得过单打亚军。相对于高不可攀的乒乓球技术，大隐隐于市的是他深不可测的游泳功夫。而有幸看过徐文翔游泳的人完全可以用"鱼翔浅底，蛟龙出海"来形容他。

"啥不得了，啥——不得了。"牟良权瞟了一眼训兵班长名册。蓉都支队五中队（牟良权所在中队）班长程鹏，九中队班长熊文军，德阳支队班长阳洪波，这三人的父亲全是消防部队正团职支队长。

"牟良权，全部安在你的一连。"徐文翔在看他的反应。

"一连就一连，我怕还要翻天。不就三个消二代吗，五谷肯定不分，四体应该还算勤快，编在三排，排长让罗国富来干，他哥是嘉州支队支队长，让他们四个人去搞，新兵连不准打骂体罚新兵，他们三个整撇了，老子处罚收拾班长，总不违规吧。"

他以前是徐文翔一个中队的老部下，感情深，说起话来就随便得很："徐科长，你这儿还有烟和茶吗，断粮了，老领导，这五谷到底是哪五谷？"

"良权啊，你要加强学习，你当了六年兵，好不容易提干了，不要像以前话都说不伸抖，要向支队长季忠斌学习，出口就要成章。五谷吗，记好了大米、小麦、花生、豆类、高粱。"

"要得。我一定加强学习，今年就看完四大名著，现正在读'水许'。"牟良权离开时，顺走了一条"红塔山"。

此刻的牟良权已下定决心，天亮就请三个班长到办公室喝茶！

二连的官兵在凌晨两点才上床睡觉，近二十人不同程度地出现腿伤。

第二天早晨七点不到，总队长程佳强就骑着自行车到达了五块石新训营。

得到层层上报的徐文翔，边整理衣服边紧张地询问身旁的李大君，早餐吃什么？当得到的回答是包子时，他感到很满意。

他一路小跑着来到食堂，程佳强已经蹲在墙角旮旯处和新兵们一起吃早饭。

早饭后的新兵授课被集中安排在二楼的礼堂。

不期而至的寒潮让气温断崖式下降，飕飕的冷风从礼堂四面八方的缝隙中吹了进来，穿着两条单裤、两件单衣、中间罩一件军用绒衣的刘汇海被冻得瑟瑟发抖，佝偻着脊背，脑袋恨不得缩进上衣领口，颈脖都已经快找不到了，全身缩成一坨，窝坐在用被子捆绑而成、没有多少支撑力、软软的小马扎上。

由于定制的钢马扎要春节后才能到，在整个新兵连的前期，被子都是晚上盖，白天坐，脏得也快。

小方桌上放着程佳强那本发黄了的笔记本，此刻的他正一笔一画地在一个可移动的简易黑板上写着：

中国人民解放军的性质：中国共产党缔造和领导的，用马列主义、毛泽东思想和邓小平理论武装起来的人民军队，是中华人民共和国的武装力量，是人民民主专政的坚强柱石。

中国人民解放军的宗旨：紧紧地和人民站在一起，全心全意为人民服务。这是中国人民解放军的唯一宗旨。这一宗旨是由中国人民解放军的性质决定的。

中国人民解放军的任务：巩固国防，抵抗侵略，捍卫人民共和国和社会主义制度，保卫人民的和平劳动，全心全意为人民服务。

中国人民解放军在新时期的总方针：建设一支强大的现代化、正规化革命军队。

武警部队八个系列：内卫，边防，消防，警卫，黄金，森林，水电，交通。

身材魁梧的程佳强端坐在讲台上，年龄在四十岁上下，全国消防部队最年轻的正师级干部。

慈祥的面容中带着威严，威严中透着和蔼，炯炯有神的目光，舒缓但铿锵有力的梓潼口音："理解中国人民解放军的性质重点——它是党的军队，国家的军队，人民的军队。

"全心全意为人民服务，这是中国人民解放军的唯一宗旨。这一宗旨是由中国人民解放军的性质决定的。

"中国人民解放军在新时期的总方针是，建设一支强大的现代化、正规化革命军队。

"我们消防部队执行中国人民解放军的三大条令，是公安机关领导下的现役部队。

"第一节课就到这儿吧！——休息十分钟，大家上个厕所。我工作没有做好，给大家道个歉，大衣没有配发下来，天气还十分寒冷。文翔让大家跑两圈暖和一下身子吧。"满脸歉意的程佳强自责地说道。

站在最里侧的刘汇海脸羞得红红的，一言不发，想当然的以为他是在说他。

下午五点左右，蓉都市消防支队政治处主任苏国利中校带两头大肥猪、三十件水果到达新训营看望慰问新兵。

站在队列中的刘汇海已经感觉到一丝严肃紧张的氛围，因为向苏国利报告的是徐文翔本人，陪同的则是教导员张魏萍，当然他还有一个身份——蓉都市消防支队政治处副主任。

连排长全部站在队列之中，班长们纹丝不动、敛臀收腹、沉肩垂肘、头顶领劲，军姿定型的八股劲全用上了。

江考在心里嘀咕着：高大的苏国利虽说是个女同志，但挺拔军装下的威严有一种让人不寒而栗的气场。出生于东北，年龄三十至三十五岁，跨军种调入蓉都市消防支队，全身上下洋溢着黛安娜王妃般的雍容尔雅、高贵迷人的知性美。

此刻的苏国利站在队列中央，用抑扬顿挫的普通话向全体新训营战友祝贺新年："亲爱的新训营全体战友，在新年钟声即将敲响之际，我谨代表蓉都消防支队全体官兵向你们致以最诚挚的节日祝贺！

"亲爱的新战友，你们响应祖国召唤，履行公民义务，应征入伍到东川消防部队服役，你们是部队的新鲜血液，是早晨八九点钟的太阳，是东川消防部队的未来，对于你们的到来，我在这里向你们致以最诚挚的慰问和最崇高的敬礼！同时祝愿大家早日完成从一个老百姓到合格军人的转变。

"各位训兵骨干，你们辛苦了，你们当中有的人放弃了假期，推迟了婚期，有的人还带病坚持工作，也请大家记住，我们抽调的是最优秀的训兵骨干，新训工作是消防部队百年大计的工作，是最重要的基础工作，也是最光荣的工作，希望你们发扬部队优良传统，履职尽责，对待新战友要像父亲对儿子般严格和慈祥，引导他们成长；要像兄长对兄弟般宽厚和耐心，帮助他们前进；要像情侣对爱人般亲切和温暖，做知兵爱兵的贴心人！

"最后，新训营的全体兄弟们，请通过你们，转达我向你们家人的新年祝福。"

此刻，队列中的刘汇海、萧和、向树钧已眼圈发红。

随后，会餐过程中，心细如发的苏国利敬酒时，主动先从二连开始，感动得二连训兵骨干心潮澎湃、感慨万千。

第四章

九三年春节很快就要来临了，李大君为此忧心忡忡，上火积成的火疖子零零星星挂在脸上，时间紧，任务重，他十分想在春节前把齐步和跑步的动作要领教完，二三月份的重点是正步和步枪，四月初接受部局首长的检阅。

接踵而至的是九三年度新兵授衔仪式，新训团三个新训营，包括刘汇海、萧和在内的全省七百五十名新兵完成从一名地方老百姓到合格军人的转变。

戴上新肩章、领花和帽徽的新兵们精神头实足，一整天缠着张幻平给他们照相，好寄回老家去。

当天下午，东川消防总队医院主治医生王兆威、王晓燕和年轻貌美的护士长唐艳丽，到达五块石新训营进行巡诊。

活泼、热情、大方的唐艳丽像春风一样掠过新训营，笑容可掬的面容刺激着前来问诊新兵脑袋里的脑垂体，大量分泌快乐因子内啡肽和多巴胺，为新训提神助力。

当然她也毫不客气地给张魏萍指出：新兵该洗洗澡了，并且以后最多每隔十五天必须洗一次澡，有的战士们衣服都馊臭了。

唐艳丽的好意注定是一场空，到这批新兵下连队一共洗了三次澡。当时蓉都支队的设施设备根本无法解决近三百人的洗澡问题。

张魏萍想想也是，总不能让新兵的第一个春节，就在臭烘烘的氛围中度过吧。不得已拿起电话摇通了二中队："宽泉啊！新兵连近三百人已经一个多月没有洗澡了，听说你们中队有个共建单位，可以解决洗澡问题？"

"没问题，马上办。"电话听筒里传来爽朗的声音。

二中队坐落于蓉都市一环路北四段一百三十八号，与二环路北三段的蓉都冶金实验厂是多年的军地共建单位。

二中队中队长黄宽泉不仅是张魏萍的下级，更重要的是两人的私交非常好。并且，这段时间他非常开心，新婚的妻子张健已有四个月身孕了，工作上正有使不完的劲，所以张魏萍交办的事很快就办好了。

黄宽泉在支队也算个响当当的人物，八三年入伍，达州开县人，城镇兵，臂粗腰圆个子不高，臀部肌肉发达，身体素质极为出众，爆发力异于常人，三十米急速冲刺，蓉都消防部队无人出其右。

本想混三年，回老家安排工作，不承想爱打篮球的他突然有一天脑袋开窍了，竟钻研起消防业务技能来，尤其是挂钩梯攀登训练塔堪称一绝。

挂钩梯攀登训练塔是消防业务中最难的单兵技能，还带有一定的危险性。它对操作者的力量、爆发力、速度、柔韧性、协调性都有很高的要求。它又是战士考军校必考的军事技能之一，很多文书、机关兵、后勤兵都在这个项目上折戟沉沙，因而无缘军校生涯，令人惋惜。

并且此项目短时间根本无法迅速提高成绩，它需要长期的反复锤炼，每提高一秒都是鲜血和汗水累积起来的。

可黄宽泉很快就在训练场上兑现了自己的天赋，在挂钩梯攀登训练塔这个项目上崭露头角。连续四年在全省业务竞赛中夺取桂冠。

作为业务干部的他，为人耿直、性情豪爽、作风泼辣、行事果敢，一个电话就把新兵营的难题给解决了。

就洗澡这种小事在中国的南北方也有截然不同的方式：北方人在大水池里泡澡，南方人在水管下沐浴。

刘汇海在农村时，春、夏、秋季洗澡都在水塘中完成，冬天则烧一大锅热水解决。当他站在蓉都冶金实验厂大车间时，三十个光胴胴要同时洗澡，他还有点害羞。

他站在队列的最后，慢腾腾地脱着衣服，当兵前没有见过空调、冰箱、洗衣机、抽水马桶的他，在模仿别人怎么使用这些设施设备。在以后十几年的城市生活中，他都是在模仿中与这个社会友好相处。二〇〇五年，为庆祝结婚一周年，刘汇海和妻子辜红英奢侈地吃了一次海鲜，他把服务员端上来用于洗手的柠檬水当饮品喝掉了。美丽、贤惠、温柔的辜红英扑哧笑出声来："土包子。"

跑步的训练时间并不长，所以在春节前最后一次的全营队列会操中，刘汇海出错了，具体就是跑步的四步立定，他迈出了第五步。一连一排一班的得分一下就掉下去了，倒数第三名。

喝过茶的三个班长在这段时间各项工作都铆足了劲，会操成绩都有大幅度提高。

一连一排凭着秦天的出色发挥，勉强保住了墙报的第一名，陈灏带的班在警容风纪检查中得分最高。

江考并没有批评指责刘汇海，因为他认为他的工作和训练都很认真。但是其他战友鄙视的目光还是让他无地自容。

晚上熄灯后，床上的他因为自责、内疚久久不能入睡：如果不出错，队列会操的得分就会很高，有可能又是第一名；如果不出错，战友们就不会讨厌我，班长也不会不高兴；我怎么会迈出去那一脚？不迈出去，就不会出错了。

不知不觉中，过度自责的最后演变成有一点痛恨自己，眼泪噙满了眼眶。

江考已经察觉到他在床上辗转反侧了。只是他不知道这竟是刘汇海生命里每隔一段时期就要相遇的习惯罢了。

在那个万般皆下品，唯有读书高的年代里。试卷上的分数是学生的命根；是家长的骄傲；是老师的荣光。溃败是全方位的，不管身为学渣的刘汇海在学习上如何辛苦投入，换回的依旧是刺眼的分数。用尽洪荒之力取得的上限，仅为别人与生俱来的起点。

即使在打架游戏中，刘汇海也是甲乙双方可有可无的添头，落寞是父母心中与邻家小孩比较后的一声叹息；是同学眼中不是对手的熟视无睹；是老师眼中孺子不可教也的可有可无。这种落寞是学渣的宿命，有一种扎心的痛！

从小因为身体里维生素族群吸收不足，脚生长成烂脚丫俗称香港脚，会散发臭秽气味。小学四年级的一天，父亲领着他剪光了头发，因为头上长癣了，再加之十男九痔，很难想象一个人居然同时头顶上流脓，屁股上冒血，脚上生疮。座位后的女同学会不会指指点点呢？后来病治好了，自信心却再也没有拾起来。

二〇〇七年七月政治处副主任代雪冰组织全支队做心理测试时，刘汇海在计算机上做完全部试题后，计算机显示结果为：隐形忧郁症、轻微社交障碍症、神经官能症。

九三年的农历大年初一，灯笼高挂、彩带飘扬、春联满楹的新训营开展丰富多彩的文体活动庆祝春节，在新兵一百米短跑中获得第一名的是鄢晓华，随后增加了一场与新兵骨干的表演赛，他又赢了牟良权，输给了罗国富；在单杠引体向上的比赛中取得前六名成绩的，依次是李勇、孔天兵、谭诣讴、吴智斌、向树钧和赵兴能。

二班长余新锁即兴表演了单杠不下杠一至八练习，引体向上、卷身上、双臂流水上杠、双臂上杠、骑撑前回环半圈、骑撑前回环一圈、支撑后回环、大回环。迎来掌声、尖叫声一片。

下午三点，冬日暖阳，春节活动的重头戏上演了，一连与二连的篮球终极PK，歌声、掌声、口哨声、锣鼓声、加油声响彻营区。

一连的五虎将罗国富、江考、熊文军、鄢晓华、窦曹伟成竹在胸。

二连指导员牟志刚既当队员又当教练，充分发挥二连打球人多的优势，五换五、四换四，充分保障场上队员的体能优势，防守时，让唯一的大高个儿肖林辉镇守三秒区，阳连生死扛江考，只要江考一拿球，许松马上上前协防，传球就无限换防。

而场上的二连球员总有一种无声的默契：让身体壮、无技术、手感冰凉的窦曹伟在外围空位投篮，而这一招居然很奏效。

全场窦曹伟运气也不好，投篮12中1，罚球线上定点投篮7中1。江考越打越急，心态有点失衡，显然一连轻敌导致准备不足，失误频频。

三秒区里的肖林辉护筐能力很强，此役一共摘得19个篮板球，而许松和张庆两翼齐飞的快攻，总能在得分上保持微弱的领先优势。

半场结束，二连以38∶34暂时领先。休息十分钟，全营进入了部队特有的赛歌环节。

吴仕杰抢先站了出来，带领二连声如雷鸣。

"革命歌曲多又多，欢迎一连唱新歌。"吴仕杰这一嗓子石破天惊，近六十米高的训练塔顶两只山雀被惊起，翱翔空中，久久不肯落巢。

"嘿嘿唱新歌嘿嘿唱新歌嘿嘿唱新歌。"全连战士涨红脸、憋足了气、青筋暴起一气呵成，并且字句衔接得非常快，不让一连有插上嘴的机会。

"一二三四五，我们等得好辛苦。"

"嘿嘿好辛苦嘿嘿好辛苦嘿嘿好辛苦。"依旧很快，战士们开始有节奏地跺着脚，整齐地合着拍。

"一二三四五六七，我们等得好着急。"

"嘿嘿好着急嘿嘿好着急嘿嘿好着急。"

"一——连——的亚嘛豁——嘿！"吴仕杰换了一种节奏。

"来—— 一 ——曲亚嘛豁——嘿！快把那歌儿淅沥沥哗啦啦唢呐呐唱起来亚嘛唱起来亚嘛豁——嘿！"训练有素的战士们立马就跟了上来。

牟良权埋着头、踱着步，一眼也不瞅向二连。只是让全连战士在二连每一次轻音节转换时，拍出最响的巴巴掌，吼出"呕呕呕"的气浪，气势上造成一种势均力敌的局面。这也是赛场上失去先机而没有办法的办法。

吴仕杰绝不肯放过这难得机会，向张庆使了个眼神，暗示他乘胜追击。

"一连为什么不唱？"张庆换了一种语调。

"怕羞！"

"为什么怕羞？"

"大姑娘。"

"谁最怕羞？"

"牟连长。"

老虎不发威，你当我是病猫！坐不住的熊文军挽起袖子站了起来，怒视全连，一股洪荒之气从腹部喷薄而出："一连的，注意了：'我是一个兵，来自老百姓'预备——唱！"

我是一个兵，来自老百姓

打败了日本狗强盗，消灭蒋匪军

我是一个兵，爱国爱人民

革命战争考验了我，立场更坚定

嘿嘿枪杆握得紧，眼睛看得清

谁敢发动战争，坚决打他不留情

……

其间有零星的战士们请假去了操场边的大厕所，二连的龚大敏和王晓波是幼儿园、小学同学，当兵前就认识，此刻正互敬着香烟，吞云吐雾间瞟了一眼厕所四周，发现没有干部和班长，颇有同感地抱怨道："约喂！黄喉儿都拉豁了。"

"就是就是，格锤子板板，喉咙都冒烟了。"

"把被子叠得方方正正有棱有角有啥用？踢正步到底有啥用？总不可能踢着正步上战场杀敌吧！总不可能踢着正步上火场灭火吧！"

话音未落，猛然发现李大君竟鬼使神差般站立在其身后，全身僵硬，惊恐表情停顿了足足有五秒钟，香烟从食指和中指间悄无声息地滑落而下。

"来来来，我告诉你们俩叠被子和踢正步有什么用。"李大君和颜悦色地笑着。

"把裤子脱下去，蹲下，拉屎。"他依旧轻言细语地说着，悠然地掏出香烟，放在鼻孔处，轻轻地拧着烟头至烟尾滑过鼻孔。

"我们不拉屎。"两人不知道他葫芦里卖的什么药，把裤子脱到脚踝，蹲了下去。

"不碍事，蹲着舒服，长记性。跟我说：叠被子叠出军人严谨细致、一丝不苟的军人作风；踢正步踢出军人一往无前、勇于牺牲的军人精神！"

"叠被子叠出军人严谨细致、一丝不苟的军人作风；踢正步踢出军人一往无前、勇于牺牲的军人精神！"两人战战兢兢地重复着他的话。

"听不见。"李大君面无表情地掏了掏耳朵。

"叠被子叠出军人严谨细致、一丝不苟的军人作风；踢正步踢出军人一往无前、勇于牺牲的军人精神！"两人的声音提高了八度，厕所外都听得清清楚楚。同时两人双腿开始发抖，脸开始涨红。

"听不见，还是听不见。"李大君抽完了第一支烟。

"叠被子叠出军人严谨细致、一丝不苟的军人作风；踢正步踢出军人一往无前、勇于牺牲的军人精神！"他们俩张大嘴、眼睛鼓成二筒使出吃奶的劲嘶吼了出来。迷漫有粪便味的空气从鼻腔、口腔快速进入，充盈着整个身体。

"我们错了，李参谋，我蹲不起了。"王晓波已经开始用双手扶住厕所蹲位两侧的护栏了，想把屁股努力地向上抬起，却又在李大君严厉的眼神下蹲了下去。

凌厉的寒风从厕所下面的粪便上方空间吹了进来，直灌裤裆。长时间的下蹲，使双腿如灌了铅般沉重，又麻又胀又痛的感觉像毒马蜂锥心一般让人难受，汗水渗出了两人的头皮和后背。

"这声音不错，听见了。好了，再来十遍，你们就自由了。"李大君的笑容充满了关怀。

……

十遍的喊声终于结束了，龚大敏用手撑着护栏努力了三次才勉强站立起来，整整站立一分钟后，才哭丧着脸挪动了一步。

王晓波直接就光着屁股前扑卧倒在厕所里，没有一屁股坐在厕所蹲位上也算万幸了。

此时踏进厕所本想小便的刘汇海看见这惊悚一幕，顿时吓得尿意全无，一溜烟跑到三楼宿舍区上了厕所。

"我们唱完了，二连来接到。"熊文军拉歌的水平也是一等一的强。

"嘿嘿来接到嘿嘿来接到嘿嘿来接到。"一连吼破苍穹的声浪排山倒海般压了过来。

当然迎接一连的是二连整齐划一的嘘声。

"不要慌！不要急！吴连长在定调。"

"嘿嘿在定调嘿嘿在定调嘿嘿在定调。"

"嘘嘘——哔哔。"裁判员徐文翔和张幻平同时吹响了球赛下半场的哨音。

二连一如既往地拼得凶，抢得凶。

当江考在最后三分钟连中两个三分球，比分首次反超二连一分时，牟志刚果断地叫了最后一次暂停。

"注意了注意了！大家精神要集中一点，最后三分钟了。阳连生，再往外顶一顶，不要让江考轻易接到球；许松投篮再坚决一点、果断一点；谭诣讴要冲抢二次篮板球；如果篮板球丢了，肖林辉要第一时间干扰对方长传打快攻。"

"来！最后三分钟拼了。"

"来！拼了。一二三——雄起！"

真正意义上的决战开始了，许松左侧持球向内切入时，与肖林辉来了个挡拆配合，补防的鄢晓华稍一迟疑，就给许松留下一个大空当，他立马急停跳投，篮球空心落网，两分！

平时有点吊儿郎当的谭诣讴拼得大腿抽筋了；阳连生在争抢篮板球时，脑袋撞上了篮球架，昏迷一分钟后，额头上顶着一个鹅蛋大小的包块，又生龙活虎样冲上了场，防守积极拼命，最后三分钟下场。

场下二连的弟兄们一样三军用命，韦丹波、胡燕伟眼睛里冒着火，加油声把嗓子都喊哑了，向树钧把锣鼓都敲碎了。

随着江考最后一球擦筐偏出，二连以50∶49终于取得了新训期间唯一的一场胜利，江考的18分、12助攻、13个篮板毫无意义，气得他把篮球抛得很远很远。而得意的牟志刚将此事吹嘘了半年多。

晚上的卡拉OK随意唱中，鄢晓华惟妙惟肖的歌声"我的未来不是梦"技惊四座。

张幻平门外的公用电话前排了很长很长的队伍。

"邓祖飞下次帮厨那还是你哇？"鄢晓华在这天临睡觉时一本正经地说道，他可不想承担这苦差事。

"我再也不去了，活太多，上厕所都是小跑。"无奈，邓祖飞也不搭理他。

"那刘汇海去？"

"我、我……为什么呀？"本想抵触可气势上已经软了下来。

"你想呀，大家都不去，班长多尴尬，完不成任务，还会挨批的。"

"好吧，我去。"刘汇海想的只要不批评班长，叫他做什么都愿意。

春节后开训的第一天，他就被大家忽悠来帮厨了，而每一次总能遇见萧和。

今天实在是累得够呛，从解放卡车上铲下三吨煤，让他俩全身黢黑，汗透衣衫。

下完煤，还没完，洗车又开始了。刘汇海先用大扫帚把车厢里的煤渣子扫得干干净净，萧和再用自来水软管把车厢冲洗得很亮堂。然后两人又拿起帕子把车头擦拭了一遍。

他们俩隔着车窗惊奇地看着驾驶室内的一切，方向盘、排挡杆、手刹、离合器、油门、刹车踏板对于他们俩来说都是神一般的存在。

"想学呀？我教你。下队后努力工作，明年就可以学了。"志愿兵林平安打着饱嗝过来了，驾着车一溜烟就走了。

车子已经走了很久，刘汇海还抱着大扫把斜靠着墙依旧念念不忘那风驰电掣的铁疙瘩。

他依稀记得在他十一岁那年，村长开回来第一辆小四轮拖拉机，全村人兴奋了三天。

每年油菜开花的季节里，拖拉机总是"突突突"地唱着欢快的歌曲，蹦跳在机耕道上，同龄的十来个小伙伴追着拖拉机奔跑着一里又一里。除了他，其余的人都能双手搭在拖拉机后车斗门上，一蹭地就跃进了车斗里，而他无论如何也爬不上去，当他急得满脸通红、大汗淋漓之时，二姐总会从车上跳下来，陪着他跑了一里又一里。

时间过得真快，不知不觉中各项新训工作都进入收尾阶段。操场上队列训练已成阅兵合练队形，李大君依然斗志昂扬。

"注意了，眼睛不要东瞟西瞄，给我盯紧一个目标，高于水平线十五度的正前方。

"再说一遍，原地踏步时，脚落地的顺序是前脚掌先着地，然后过渡到脚后跟；齐步行进时，是脚后跟先落地，脚尖微微上翘；正步行进时，要全脚掌砸向地面，要狠狠地给我砸下去，假设你的情敌正躺在你的正前面，这一脚砸下去又不犯法的感觉。

"那个你，就是你，眼睛又瞟向别处，我站在前面看得清清楚楚，你们谁在队列动了一下，眼睛珠子一转，主席台上的领导们看得清楚得很。你们谁再东张西望，我把你们眼睛抠出来喂狗。"

队列里满头大汗的刘汇海又紧紧身体。

"刘汇海你不要那么紧张嘛。"李大君在队列中穿梭着说道，"当兵都快三个月了，要学会收放自如，该用劲的地方才用劲，不该用劲的地方就放松，你的脸都有点僵硬了，出汗也最多，不要时时刻刻把八股劲都用上了。"

李大君越是这样说，刘汇海越紧张，脸更红了，腿似乎比刚才还要僵硬一些，更要命的是他总是感觉大家都在盯着他看。

"全体注意了：正步——走！一二一。

"正步一枝花，全靠腰当家，正步霸王花，全靠颈当家。

"一二一，一二——立定。"

"鄢哥，什么是腰当家、颈当家？"队列里的邬勇小声问道。

"找死，闭嘴！就是全身都要硬起的意思。"鄢晓华瞟了一眼远端的李大君，蚰蚰似的回应着。

李大君静默了大约三分钟，他在等这一趟正步扬起的灰尘慢慢地沉降下来。

收腹，提气，紧胸，共鸣，发声。气流自下而上喷薄而出，声震楼宇："向后——转，原地踏步——走。

"一二一，注意排面，一二一，注意眼神，立定。

"这是谁？第五排面第二名——滚出来！"

邬勇猥琐地站在了队列外侧。李大君真是气惨了，真想踹他两脚，血涌上了他铁青的脸，不停地喘着气，告诫着自己，不动手，忍一忍。

"我是说这第五排面的胸线怎么起伏不一致，你偷懒都成精了，不动腿，只摆臂，以为我看不到吧，格老子围到操场跑十圈去。

"其余人员注意：齐步——走！注意排面！

"同志们——辛苦了。"

"为——人民——服务。"回答虽然很机械，但三拍的节奏，霸气十足。

四个方队迈着整齐的步伐依次走过，再次扬起一层呛人的尘灰。站在操场中央的李大君很满意，脸上泛起一片红晕。

他想起自己十六岁参军到部队，十九岁入军校，二十一岁提干，心里美滋滋的。可由于自己是总队机关兵出身，操场上业务技能一窍不通，连给那些业务骨干提鞋都不配，好在队列素质是杠杠的，作为警务处处长胡明忠的嫡传弟子，在全省都排得上号的。这次大阅兵是部队改制以来的第一次，而他将手执国旗第一个通过主席台，这种感觉有点像身后的千军万马都在自己的指挥下通过主席台一样，很爽的！

收操后，士兵们一哄而散，一大群人把"军人服务社"围得水泄不通，刘汇海远远瞧见，暗自纳闷：这还没到取信的点儿。

原来啊，大队来客人了。在"军人服务社"门前，停放着两辆红得耀眼、崭新的摩托车，而这对于他们来说，实属罕物。

"鄢哥，这两辆摩托车一辆有一个屁股（排气管），另外一辆有两个屁股，有什么区别吗？"邬勇蹲在地上，近距离瞅着摩托车向鄢晓华问道。

"当然有两个屁股的肯定要港得多噻。"鄢晓华不屑地说道。

"锤子？"邬勇是真不明白。

"你傻呀！给你打个比方，一个屁股代表一个拳头，我们俩打架，你出一只手，我出两只手，后果会怎么样？"

"知道啦，鄢哥。肯定被你大卸八块，锤成变形金刚——屎壳郎。"

好久众人才散去，刘汇海用手在衣服上使劲地擦了擦，鼓足勇气轻轻地在能照出人影的车身上摸了摸。

这咋与家乡的摩托车不一样呢。他不知道今天看到的是原装进口的本田125和本田250，而在他印象里是重庆嘉陵50。

车座与车把手之间有一个凹槽，"刀儿匠"会骑着它偶尔来村里收售猪肉，一头超过二百斤的乌克兰大白猪被一剖为二，两片叠加放入凹槽，主人就骑着超重的重庆嘉陵50颤颤悠悠地上路。

他也曾经长久地站在村口目送着"刀儿匠"渐渐远去，今天看到的摩托车明显更重、更亮、更精致。他并不清楚，买这辆本田250的钱可以买十辆重庆嘉陵50。

在闲暇时，他就听说这个城市有一种公共汽车带有一条长长的尾巴（电车），会吃人的那种；有一种铁匣子（电梯）可以大变活人，"嗖"就到了三十层楼的楼顶，又"嗖"到了地面，上去是个男的，下来却是女的；最主要的是这里绝对禁止随便尿尿，抓住了就会给你一刀，让你变成太监；上了厕所是要洗手的……

他茫然地看着大门外的城市，心里充满了不安。

步枪训练只有短短的六天，而在刘汇海手上停留的时间只有四个小时，而检验训练成果的时间就在第七天。对消防兵来说，步枪训练本身就是多余的，打靶也就是多余的。

"嘭！嘭！嘭！一号靶刘汇海37环，二号靶鄢晓华23环！三号靶秦天0环、脱靶……十一号靶萧和45环。"

随着张幻平报靶完毕，壕沟里的牟良权对成绩很不满意。

"是不是书读多了，眼睛就近视了？"江考也不满意，百思不得其解又自言自语。

"屁话。这些娃儿，聪明得很，肯定知道消防兵一生只打一次靶，成绩不重要，都偷懒，不认真练，也只有刘汇海和萧和两人做事情都认真得很，老实娃儿，要吃亏！"牟良权说话透着一股狠劲，"尤其是萧和有一股拼命的劲。步枪训练一个卧姿装子弹，就他膝盖与地板碰得咚咚响。江考，谈谈你对鄢晓华和秦天的看法。"

"都是好兵，鄢晓华身体素质非常好，业务上很快就会出成绩。秦天多才多艺，当个好文书不成问题，不过俗话说得好'不三不四搞文艺，流流氓氓干体育'，鄢晓华身上有一股放荡不羁的狂，秦天有一种玩世不恭的痞子气。"江考掏心窝了。

"评价很到位。你这个班长没白当，他们有点恃才傲物了，加强管理，扬长避短就行了。你们黄宽泉队长要文书，我只好在窦曹伟和鄢晓华中选一个了，我还靠他在军事业务比赛中摘金夺银。"

"那刘汇海呢？"江考很关心他。

"刘汇海是我接的兵，一个满身拧巴、爱红脸的老实人，很有韧性，性格内向，内心敏感，只是缺乏主动性。三个月了，我没有发现他的特长、天赋在哪。我们都等不及了，长远来看他的人生不会有什么问题，我现在给你透个底，他留在蓉都市消防支队没问题。对了，再等半个月，就要举行阅兵式了，到时有北京部局的将军来检阅部队，领导很重视此次阅兵，所以有少数人不能参加，你们要做好思想工作。刘汇海心理素质不稳定，营部决定他就不参加了。"

"这不公平，大家都知道刘汇海训练很认真，并且他会因为偶尔的失误或差错长时间自责，在我看来，只有善良的人才会自责，长时间自责。不参加阅兵对他是一种打击，是一种挫折。"江考据理力争。

"我们必须保证阅兵仪式百分之百成功，全新训团有近六十人不能参加此次阅兵，每一个人都是深思熟虑定下来的，人生休论公平！

"江考啊江考，你都是老兵了，依你的素质当个干部都没问题，但那些素质比你低，文化比你高的人考上了军校，古人说不拘一格降人才，这就是人生无常。

"没有参加阅兵就算挫折，那人生的挫折也就太多了，挫折也是人生的一部分。人生不可能一帆风顺，有太多的心酸、挫折和逆境，人生所有的修行，也许都是在为最大的逆境（死亡）做准备，只有心里真正地接受挫折、逆境，才能克服厄运，包括死亡带给我们的恐惧，才能演绎人生喜剧，而非悲剧。一次辍学，一次失恋，一次考试失败，也只是在锻造我们豁达地与命运相处。这是我们人类应该追求的最高级人文精神。但愿我们所有人从今以后的每一步走得更加稳健与自信。"

"毕竟他只有二十岁。"江考也不再坚持了。

"虽然说部队是个大学校，你有百年树人的善念就已经不错了，我们军人随时要有疆场马革裹尸还的思想准备，三年时间怕等不到刘汇海花开了。他的未来在不在部队，很难说。每个人都有与生俱来的使命，使命催生天赋、激发自律，诗人荷马是瞎子；教育家海伦·凯勒是聋、哑、瞎。原力觉醒，每个人都有，只是或大或小、或早或迟。"

"牟连长，其实二连也有几个兵非常优秀，我们可不可以……"

"打住，就此打住，江考你再也不要提这件事了，蓉都支队选兵就在一连一至八班选吧，其他班的新兵是别的支队人员，全省消防是一家，我们大支队做人要厚道，除非那些兵自己找关系留在蓉都。"

这一晚，江考有一点失眠了，这还是人生的第一次，辗转反侧地想如何安慰不能参加阅兵式的刘汇海，服从大局的知，落实到情感上的行，两全却是如此之难。

凌晨四点钟，刘汇海起床站哨了，新训营站哨白天是两个固定哨，而晚上则是一个固定哨、一个流动哨，今晚一班是流动哨，萧和所在的四班为固定哨。

九二年这批兵是下中队才配发军大衣的，蓉都冬季的凌晨温度是零下2度，冷皮又冷心，搓着手、跺着脚的刘汇海半个小时一圈转到了大门口，已有点面熟的萧和正站立在固定哨位上。

"来来，我们交换一下，我来流动流动，都快冻僵了。"萧和开始踢起正步来，大门口距离最远程的训练塔是一百五十米，正步刚好二百步。

"我是框子兵，只要干，就有希望！"萧和劲头十足。十分钟后，满脸红晕的萧和又从训练塔踢了回来。

"来，你也踢两步。一踢就不冷了。"

刘汇海按照萧和的提议踢了不到十米却引来了萧和的大声呼叫："肩膀斜了，肩膀是斜的……"

总队基地训练场环境干净、一尘不染，主席台花团锦簇、彩旗飘扬，盛装而来的人们精神抖擞迎接阅兵式的到来。

和《中国人民解放军进行曲》一起飘荡在总队基地上空的还有宋晓梅银铃般的声音。

"部局陈文其少将，在省长和总队长程佳强的陪同下检阅部队。"

刘汇海和二十名没有参加阅兵式的新战友在张幻平的带领下，把五块石新训营一万三千平方米的操场、车库、食堂、寝室、厕所打扫得干干净净。

没有参加阅兵式，当初他还是懊恼，想去，但又怕失误带来严重的后果，他承担不起，班长也承担不起，谁能承担？他不知道。此刻接受了不能参加阅兵式的事实，他的心情反而趋于平静了。

只是与别人有说有笑不同的是，他完全是一张白脸，眼皮都不曾抬起，没有互动，依旧沉默寡言努力地干着活。相比五天前被告知时的惆怅和遗憾，现在的心已经宽慰了许多。

"由九二年入伍的新战友和中专学员队组成的国旗方队、徒手方队、步枪方队、直流水枪方队、开花水枪方队、干粉枪方队依次通过主席台前。"

他在完成四十斤土豆和三十斤胡萝卜的削皮切片。

"接下来依次通过主席台的是水罐消防车方队、泡沫消防车方队、干粉消防车方队、器材消防车方队、举高消防车方队。"

他在对三十条鲤鱼进行剔鳞破肚。

"消防指挥学校中专九〇级和九一级学员队表演盾牌操和擒敌拳。"

他清洗了三百套碗、盘、碟。

"最后为大家表演楼层综合灭火操。"

他舀饭、端菜、斟酒，静等战友凯旋。

下午两点，五块石第三新训营二百五十名新兵奔赴全省各地基层消防中队。其中二十四名新战友被新训营评为"训练标兵"。他们是：萧和、李勇、鄢晓华、窦曹伟、许松、韦丹波、吴智斌、向树钧……

第五章

凌晨四点，七中队辖区的小官庙后街七十七号院的四层楼房起火了，建筑材料用了大量的木材，火势很快从一楼蹿到了楼顶，楼层全部着火，呈立体燃烧之势。

熊熊的大火如同发情的水牛一般肆无忌惮、气势汹汹，突破外壳的火势裹挟着狂野的风像魔鬼，张牙舞爪地舞动着，随着"噼噼啪啪"的爆裂声吞噬着一切可燃物。

七、二、三、四中队相继被指挥中心调出，刚刚下队的新兵也被带到现场观摩，战训课翁茂桂科长组织大家内攻灭火。

一众新兵被安排站在警戒线外，刚一下车还未凑到跟前的刘汇海，就感觉到一个接一个的火浪由远及近地袭来，脸被烤得火辣辣地疼。

一脸雪白的他惊悸地看着时不时有燃烧着的建（构）筑物、装饰材料"哗啦哗啦"从空中坠落下来，"哐当哐当"地砸在地面。裤兜里瑟瑟发抖的双手已经变得湿漉漉了。

内攻灭火是让消防员进入火场内部进行救人和灭火，将灭火剂直接喷射到燃烧物上，可以更好地发挥灭火剂降温、稀释、阻断、冲击的作用，是火灾初期最高效、最惯用的灭火方法。在没有呼吸器和强光照明灯的年代，其危险性也比较高。

本是增援的二中队居然抢了个头彩，先七中队一步到达火灾现场。李大君绝不放过这争抢头功的机会，带领着战士一阵猛冲猛打，八十毫米直径的水带经三楼楼梯间的分水器出了两支直流水枪，一支在三楼，另一支上了四楼。

老城区完全没有市政消火栓，中队只能长距离接力往前供水，战斗在最初几分钟内，开展并不顺畅。

李大君指挥着江考和余新锁抱着水枪冲上了浓烟密布、最危险的四楼，在牢不可破的黑暗中和令人窒息的高温中摸索前进。

三楼室内的轰燃击穿四楼的木质楼板，失去支撑力的过道瞬间垮塌形成四平方米大的孔洞。

行进于此的水枪手江考踏空楼板极速下坠，附带着下坠之力的水带裹挟了后面的余新锁滑倒在过道上，也向孔洞快速滑去。眼看着余新锁即将滑入孔洞和江考一同坠落十二米深的天井，后果不堪设想。

在这千钧一发的关键时刻，来不及细想的李大君本能地前扑倒地紧紧地抓着水带，并用身体死死地抵住墙角，阻断了两人的下坠。

"余新锁抓紧啊！江考坚持住！我一定把你们拉上来。"李大君冲他们俩大喊着。

"我——挺得——住！"卡在洞口的余新锁紧紧地抓住水带，咬紧双牙，侧身躲避炙烤的火焰。

悬在半空中的江考，全身打着寒战，缓过神来的他终于明白刚刚这一切所发生的原委。

脚下天井的大火正熊熊燃烧，热辐射从下而上，他不由自主地紧了紧双手中的水带，眼泪溢出眼角，他知道他自己坚持不了多久，也许很快就会变成一只烤猪。

三人的呼救声湮灭在嘈杂的火灾现场。

正当三人一筹莫展之际，七中队中队长高文勇带领的侦察小组奇迹般地出现在四楼楼梯间。

三人终于化险为夷安然无恙。

四个中队的十只十九毫米直流水枪从东西两侧的疏散楼梯，从窗口搭立的六米拉梯、九米拉梯进入楼层，直击火点。

三个小时后，大火被扑灭，万幸的是楼房没有整体性垮塌，也没有人员伤亡。

在刘汇海印象中无所不能的江考，在余新锁的搀扶下一瘸一拐地走出大楼。

大吃一惊的他呆立一旁，如断了电的机器人一般，没有言语，僵硬的脸蜡白如灰。

他仿佛突然明白了：副镇长的儿子将当兵这个宝贵的名额让给他是多么明智的选择。

如果他没有来当兵，那一定也在这个城市打工，拿着比津贴高出许多倍的工资，而现在也一定在暖和的被窝里睡大觉了。

他确实因为害怕而纠结：当兵这条路到底选对了吗？

人员撤回途中，七中队的老解放140水罐车熄火了，几乎和刘汇海同岁的老爷车，偶尔罢罢工，大家正习以为常，高文勇正指挥着大家把消防车子推回中队。

二中队的消防车呼啸而去，留下一片嘲笑之声。

刚才，高文勇一行救了江考等三人，李大君一句"谢谢"都没有，现在又趾高气扬地扬长而去。

这也难怪，二中队与七中队都是支队的老牌先进中队，在部队管理、业务竞赛、政工工作、文艺演出、篮球比赛等各个方面都是针尖对麦芒般竞争着。

不知是对荣誉追求的血性，还是同性之间莫名的妒忌。总之两个中队的人，平时你看不惯我，我也瞧不起你。

只是从那以后江考在余下的军旅生涯中，但凡与七中队进行篮球比赛，前三分钟他都不会主动进攻投篮。

"一二——来一把嘛嗬嘿，一二——加把劲嘛嗬嘿。"长江边长大的高文勇一开口就带有江滩号子的韵味，身先士卒吆喝着众人有节奏推车前行。行至红星路口时，与骑自行车上班的支队长季忠斌相遇了，季忠斌随即下车推着自行车跟在队伍后面。

这是刘汇海刚下连队，不到十二小时里第二次见到的这个支队的最高首长。

在七中队欢迎新同志的座谈会上，刘汇海、萧和、罗进、鄢晓华、王晓波等八名新兵第一次看见了这个佩戴上校军衔的支队长：国字脸，浓眉大眼，右下颚有颗黑痣，躯干中正，头颈端正，眼平视前，含笑稳坐，气度超然出众，有一种亲而难犯、不怒自威的气场，给人一种很强的压迫感。

季忠斌是被高文勇拉来给新兵进行传统教育的。

七中队和支队机关同处华兴上街二十号的六层楼内，一楼为敞开式的车库，内置食堂；二楼为七中队的寝室和办公区，三至六楼为支队办公区。

这话匣子一打开就絮絮叨叨两小时。让刘汇海惊奇的是，支队长居然也来自农村，不过人家十九岁就当上了生产队长，并且还是全省第一个搞家庭联产承包责任制的生产队长。

二十岁的季忠斌参军来到蓉都消防部队，当接警员的第一周就把蓉都市所有消防重点单位的电话号码背得滚瓜烂熟。

作为战士防火员的他第一年就摘掉了市政协"消防安全先进单位"的牌子；

第三年就让省委书记、省长、市委书记、市长和东川大学的一众教授们提着灭火器在操场上奔跑。

开挂人生的每一个时间节点都让新战友们血脉偾张。

当兵第四年提干；二十六岁开始连续三年提职，继而主持防火一科工作；三十二岁升为副支队长主管全市防火监督工作；今年年初提为支队长，全面负责本市消防工作。

不过让刘汇海纳闷的是：支队长讲得最多的居然是学习，告诫大家要不断地学习、反复地学习，生命不止、学习不停。

当时的他一听到学习二字就全身起鸡皮疙瘩，发怵得很。

而此刻的季忠斌看见路边几个大娘、阿婆正对推行的消防车和消防队员指指点点、有说有笑，如果这是一种难堪和尴尬，他愿意和队员一起承担。

当兵十五年以来，他深刻地感受到蓉都市发生的巨大变化：八六年一环路建成通车，九二年开始用五年时间共计投入二十七亿元整治府南河，今年（九三年）底二环路将建成通车，能源入川进蓉也论证通过，蓉都市过去的一年（九二年）全市地区生产总值二百六十亿。邓小平南方讲话已经一年有余，改革还将给蓉都市带来更迅猛的变化。而消防队的车辆装备还停留在八十年代初，营房破败不堪，年久未修，已婚干部的住宿问题也没解决，有的一家三口都挤在筒子楼，直接影响适龄军官的婚恋状况。是该给政府打报告申请专项资金了。

第二天下午三点，支队二楼大会议室正召开司令部和基层中队参加的"小官庙"火灾战评会。

"打得好，打得妙，打得呱呱叫，打得只剩个底座。"端起茶杯一口就干的翁茂桂继续传经送宝，"火灾初期，必须贯彻内攻救人的指导思想，内攻过程中，水枪手用充实水柱扫屋顶，看一下垮不垮。扫四周看墙倒不倒，扫地面看有没有窟窿，水枪手站位时，高个子站后面，前低后高，大家都看得清楚，有啥子危险就一起跑。

"在缺水地区作战，大家一定要有水源意识，没有水，我们消防兵也只能是碳灰兵。"

"嘟嘟嘟。"季忠斌一看摩托罗拉中文机，是政府毛副秘书长打过来的。

"忠斌啊，昨天小官庙火灾的起火原因到底是什么？"毛副秘书长问得急。

"原因很简单，一单元一〇二号的厨房煤炉点燃衣服而起。"季忠斌简明扼要回答。

"有没有人为纵火的可能？"他继续发问。

"没有，绝对没有。"他斩钉截铁回答。

"你可要拿稳了！"他最后提醒道。

"党性、人格保证。"他也不含糊。

当听说政府的旧城改造工作中，小官庙后街七十七号院的业主要价太高，与政府的谈判一筹莫展，而这把火让此项工作迎刃而解，季忠斌不禁莞尔。

如果说新兵连的生活是以队列训练、军人养成、条令条例为主，那么基层中队的训练则是体能和消防技能为重，运动量又远比新兵连大许多，当然伙食要好很多，新兵身体素质一个月变个样。

操场上，高文勇手拿记录本，眉毛微蹙向队列中的全体战士通报着第二季度业务考核成绩单。"新兵考核成绩如下：最好的是鄢晓华，100米12秒58；800米2分33秒69；3000米12分30秒58；立定跳远2米59；单杠引体向上22个；双杠臂屈伸27个；原地着装13秒58；两盘水带连接8秒50；30米板障8秒15。这个成绩不错，继续保持。

"综合成绩第二名罗进，100米……第三名是萧和……第四名是刘汇海，100米13秒88；800米2分53秒67；3000米13分30秒58；立定跳远2米29；单杠引体向上12个；双杠臂屈伸20个；原地着装13秒18；两盘水带连接9秒50；30米板障10秒45。这个只能算是马马虎虎，勉强及格。

"王晓波的成绩——"当念到王晓波名字时，高文勇顿了顿，眼睛向上翻起了白眼，如霜如剑之光扫了一眼队列中的王晓波，面无表情地高声说道，"100米14秒88；800米4分58秒67，总共两圈你就走了半圈；3000米未完成；立定跳远2米01；单杠引体向上2个；双杠臂屈伸2个；原地着装16秒18；两盘水带连接11秒50；30米板障未完成。"

不再言语的高文勇心里很清楚，这是个关系兵，训练不刻苦，工作也不认真，来部队就是混日子的。

他心里很不是滋味，妈的！混日子别来七中队嘛，这不是明摆着拖后腿吗，不行，七中队的荣誉和个人前途不能就这样给毁了，他合上了记录本，继续说道："第三季度就要训练百米消防障碍、二节拉梯、挂钩梯等高难度科目了，今天上午最后一个科目3000米长跑，完成后回队吃饭。"

虽然晨跑就超过了3000米，但是一见他那张没有任何表情的脸，老兵们也只是伸了伸舌头，做做鬼脸，一窝蜂地跑出去了。没有人不服气，七中队业务成绩的队史纪录一半以上还是他保持着。作为训练狂人的他在严格训练方面，全支队都是出了名的。

回队的路上，大方的王晓波为每位战友买了一瓶汽水，大家叽叽喳喳地聊着过往趣事。

"要说你这个王晓波嘛，怕苦、怕累，不过人还是很耿直的，上次在卫生队门口碰见个乞丐，二话没说，就捐了五十块，你家关系好，想办法去电话班吧。"

"其实新兵训练中，最认真、最能吃苦的还是萧和与刘汇海，成绩最好的是鄢晓华和罗进。"

"为什么？"

"这是天赋的不同，鄢晓华受父母熏陶从小就在接受体育训练，游泳和篮球都是杠杠的。

"罗进出身干部家庭，父亲是副局长，琴棋书画样样都会，足球场上的小提琴演奏家，他可以脚尖、脚背、脚后跟、脚内侧踢出不同类型的弧线球，有抽踢的前旋球、落叶球、搓踢的回旋过顶球和侧旋球。

"而萧和与刘汇海来自农村，这也不会，那也不会。训练最刻苦，肌肉的力量也不差，但整个人的柔韧性、灵活性、协调性就差了很多，有些东西靠训练是补不起来的。

"说到足球，我悄悄地告诉你们，今晚在市体育中心有一场足球比赛，是我们东川省足球队与八一足球队的比赛，真枪真刀干。我们七中队到时会派一个班、一台车到现场执勤，到时我们就名正言顺地进入内场观看比赛，可带劲了。"

"那我们应该给哪个队加油？东川是我们的第二故乡，而我们和八一队又都是战友加兄弟，两边都是我们自己的足球队。"

"按我说只要踢得好，两边都加油。"

"好耶！好耶！可是我今天晚上七点至九点还有一个哨，怎么办呢？"

"嗨，给新同志换个哨不就行了吗？"

"对！对！换个哨，我们今年年底就要退伍了，都去看，都去看看。"

"刘汇海，今天晚上七点至九点你帮我站个哨，下次还给你。"

"没问题，三班长。"刘汇海没有半点犹豫，爽快地答应了，他只是长时间地暗自自责和懊恼，如果两盘水带连接不卡带，那么他的综合成绩就应该比萧和高，排名就是第三名了，当然刚才高文勇那凌厉的眼光也让他有一种如撞惊雷般的战栗。

对于老兵们所说的天赋一词，他认为就是一个人的命。他动过一刹那的念头，如果不是出生在农村，而在城市，或者说成为别人家的孩子，命运是否会好一些？他认为是肯定的。

大运动量的训练后，大部分战士吃饭时都在磨洋工，厨师班准备的辣椒、臭豆腐、泡菜等开胃菜早就被疯抢一空，只有萧和三刨两咽就下了桌，明眼人都知道，他又去替人换岗了。

下午两点钟，北片区的一、二、七、九中队的干部、战士代表在七中队学习室，集中参加政治教育——片区交叉授课，迎来的是七中队副指导员浦茂明《破除封建迷信　为"谋打赢"提升部队战斗力》。

当看到学习室后排坐着张魏萍和组教科副科长汤勇基时，浦茂明即兴开口道来："参与就是尊重，尊重体现美德，美德源于爱心！战友们，下午好，今天我们共同学习《破除封建迷信　为'谋打赢'提升部队战斗力》。"

"一提到九中队，大家想到了什么？"浦茂明有一点故弄玄虚地顿了顿。

"是凌晨三点听到有女子哭泣的声音？还是明明厨房里没人，却能听到锅碗瓢盆声？或是对面墙上若隐若现的白衣女子像？想想都吓人得很，尤其是一个人孤零零地待在漆黑的夜里时分。"有的战士打了一个寒战。九中队闹鬼这件事是蓉都市消防支队的禁忌，张魏萍和大伙儿充满了好奇。

"好了，我们放松一下，因为我叫不紧张。来！看一场大片。"说完，他开启了卡式录像带机。十五分钟后停止。

"I am sorry very much！"浦茂明有点顽皮样。

"影片是不是非常好看啊！这是八六年由香港鬼才导演徐小明指导，于荣光、徐小明、乌买尔主演的悬疑、武打、枪战、匪帮、爱情片《海市蜃楼》。是不是一点都没有紧张感？让我们来重温影片内容，大家一定记住了女主角乌买尔的红衣骏马、顾盼生辉；还有男主角于荣光的武打动作精准迅捷、行云流水、荡气回肠。但是这些都不是重点，重点是女主角出场的方式——海市蜃楼。让我们看看字典怎样解释的：海市蜃楼实际上是光线穿过大气层时，由于折射而形成的奇幻景象，多出现在海边或沙漠地带。后常用以比喻虚幻的事。"浦茂明抑扬顿挫的声调和夸张的姿态让时间过去了一个小时，而大家没有片刻的无聊感。

"那么，我们在九中队害怕的是什么？恰恰是传说的画面和声音。现在我们大胆设想：九中队所处在的特殊地理位置，天气、光线、温度、湿度、电磁场、以及现在科学技术还没有认知的一种、几种场，在无巧不成书的巧合下形成更复杂的海市蜃楼罢了。"

"原来是这样，有道理，讲得好！"战士们有的松了一口气。

浦茂明趁热打铁，接着讲："哲学上物质存在与否只有两种，是和不是；但我们认知的过程就有一种属于是与不是之间的可能是或可能不是。在九中队闹鬼这件事上我们更倾向于是一种自然现象——类似于一种海市蜃楼现象。"

"我们老家一公司的大门口立着两只大石狮。这又怎么解释呢？"老兵吴功敏很有感悟地提问。

"我们每个人都是带有能量的，就是一种物理场，谁敢说那两只大石狮子没有带有能量场，它打破了一种均衡，建立了一种有利于人类的平衡。当人类现有的科学技术无法做出合理解释时，无知的一小部分人把它的作用简单地归结为镇妖降魔，说成迷信。"

"那我们大胆假设，改变一点六中队建筑物、构筑物的形状或养两只大狼狗也许就会建立一种新的地理物理平衡，从而不再出现让我们害怕的海市蜃楼。"吴功敏反应很快。

"完全正确，只是这个切入点我们人类还没有找到。"浦茂明眼神坚毅、远眺前方、慷慨激昂地继续说道，"人类在大自然面前是非常渺小的，在认知自然、改造自然、利用自然的过程中还有很长一段路要走，九中队的那些画面和声音也许还要时不时地存在，我们完全没有必要心存害怕，科学技术是第一生产力，唯有不断地学习，知识带给我们力量。"他那浑身上下演说家似的气度，给人深信不疑的力量！

张魏萍在笔记本飞快地写道：全支队公开课上推讲！

两个小时的授课结束了！刘汇海感觉到今天的课很新颖，也很震撼。

课后，浦茂明随张魏萍来到四楼的办公室想看看有没有什么书籍可以带走。

"小浦，最近都在看什么书啊？"张魏萍知道他爱看书，也看了不少书。

"七中队好啊，背靠支队，好歹有一个简易的图书室。"浦茂明答非所问，"其他中队除了报纸，书少得可怜。还要自己花钱买书看。"

"小浦，别急，你们的好日子就要来了，季忠斌刚当支队长不到一年，可不得了，马上就要有大动作，最快三至五年，城区中队全变样，车辆应该全部更新换代，中队营房全部新装修，标准的篮球场、图书室、洗澡房、煤改气厨房、晒衣场，全部解决，中队再也不用到蓉都冶金实验厂洗澡了。未来说不定还要修军官住宅楼。"

"那太好了，这一天总算要来了。"浦茂明喜上眉梢，"平时看看《读者文摘》《演讲与口才》《舌战狮城》《民国五总统》和金庸的武侠小说还是盗版的，读书是投资最少的高级娱乐活动。没办法，我穷我读书。"他有些自嘲了。

"张主任，这儿有两张电影票，文化宫电影院与我们中队刚刚建立共建关系，这是赠送的周星驰新电影票。"

"你们刚来就赶上好日子了，我们一家人在单身宿舍住了快十年了。"张魏萍说到这里还是无比感慨。

当看到张魏萍有点惆怅时，浦茂明为避免尴尬，聪明地换了一个话题："张主任，你知道吗，全支队的女干部都说你的身材最标准，一米七五高，一百三十五斤的体重，十几年了都不变，脱衣有肌肉，穿衣显瘦。最重要的是，大伙儿还没看见你怎么运动。"

"呵，你们所说的运动，最快也就每秒十米吧，我们都是喜欢读书之人，爱读书就爱思考，思考和意念、信念、冥想、逻辑活动应该是一种电磁波运动，当然可能还包括梦境，速度有可能接近光速、高达每秒三十万公里，这么高速的运动早就消耗完我的脂肪，你说我怎么长得胖。"张魏萍的见解惊得他目瞪口呆。

晚上七点，刘汇海准时上哨了。身板站得笔直，但并不累。军姿定型的八股劲早就不用了，但那眼神彰显着军人的威严。

"你，你……你，站住，干什么的？"他指着一位身着便服的男子严厉地问道。

"我是总队的，有急事。"来人没有停步，急冲冲地进了大楼。

留下错愕发呆的他。

敞开式的七中队给予哨兵最好的福利就是无聊时打望路过的美女。他见一个摩登女郎从西边的第一个车库到最东边的第七个车库居然用了九十八步，比平常多用了十九步，他得出的结论是女孩儿的高跟鞋不合脚。

不觉中，身穿军装的翁茂桂和此前的便装男已悄然来到跟前。翁茂桂大声呼喊："哨兵，来一下。"

他一回神，马上跑到跟前，立正敬礼："翁科长好。"

"你叫什么名字？"

"刘汇海。"

"你记住了，下次这个人没有出示证件、做好登记就不准让他进来。"翁茂桂指着便装男对他严肃地说道。

"我是总队的李国慧，不好意思。"便装男举起右手到与眉同高的位置，并报以微笑与翁茂桂握手言别。

这下他站在旁边愣住了，后背一下就有了凉悠悠的感觉，眼睛也直了，不知道如何言语了。

片刻之后，翁茂桂继续对刘汇海说道："我是在和他开玩笑，但是没有和你开玩笑，在哨兵履职过程中，职责大于天。"

猛然间他收住了话题，因为他发觉刘汇海的手在发抖，当他看清他肩膀上那火红的一道杠时，他一下就释然了：军政素质过硬的李国慧已经入伍十二年了，长得高鼻深目，一张如刀削斧刻、棱角分明的脸，如电之目英气逼人。军人气场太强了，一个新兵是压不住的。当他转身走到楼梯口时就已经把这件事抛到九霄云外了，因为办公桌上等他处理的文件还很多。

八点五十分，郁闷的罗进下楼来准备上哨了，他原本特想去看足球比赛，却被老兵合理地替换掉了，足球比赛都快结束了，他的气都还没有消，一脚把地上的矿泉水瓶踢得老远，"叮咚……叮咚"滚到了岗亭之外，他看了看纹丝不动的刘汇海。

"你在和谁说话？"罗进在岗亭四周没有发现任何人。

"我没说话。"刘汇海惊奇地说道。

"我明明看见你在说话，嘴巴不停地动。"

"我——没有说话。"他说话的气势明显弱了几分。确实，他没有和别人说话，但是他在自言自语。具体地讲，他在彩排：中队领导批评他站哨失职该如何找理由应答。

他蹑手蹑脚顺走廊路过中队办公室、干部寝室，都没有任何动静。回到寝室，倒上温开水一饮而尽，平复一下心情，他在等待。一刻钟过去了，再过一刻钟就要洗漱就寝了。他知道战友们都在电视室观看《我爱我家》《新白娘子传奇》《包青天》之类的电视剧，不到晚上九点五十是不会回来的。

他把寝室门关上，脱去外衣，迅速趴在水泥地上，一口气就做了七十个俯卧撑。满脸通红的他瘫伏在地上，片刻地喘气，他计划在五分钟后再做一组，当然这只是他的大计划中一个小计划。

门"嘎吱"一声被推开了。

"刘汇海你怎么啦？"是萧和。

他大吃了一惊："没什么。"

"哪里不舒服，需要看医生吗？"萧和看见涨红脸的他蹲下身子关切地问道。

"真的没什么，刚下哨，一个硬币掉到床下了，我正在找。"话说到这儿，他已经站起来了，"有什么事吗？"

"明天要去邮局寄信了，浦指导员让我问问你，有信寄吗？他还说你下队到现在，没有收到信，也没有寄过信，家里有什么难处吗？"

"没有什么问题，一切都好。"他有意回避着萧和的眼光，敷衍地说道，"要写，要写，下来就要写。"

"萧和，把我晒的衣服快收下来。"

"好的，吴老兵，这就来。"

"萧和，快到小卖部帮我买包烟回来。"

"好的，王班长，这就来。"

"萧和，快去看一下，起风了，办公大楼的窗户关完了吗？"

"好的，马上，立刻。"

这最后一句命令还是让刘汇海大吃了一惊，心里隐隐有些不悦，居然来自鄢晓华，显然这个老乡在他们俩面前把自己当成了高人一等的老兵，当起了二传手。

"好了，刘汇海，我去忙了。"萧和屁颠屁颠地忙开了。

熄灯后，躺在床上的他还在思量着写信的事，但他确实没有写信的冲动，虽然部队生活又累又紧张，写到信上依旧稀松平常，只要计划没有完成，目标没有实现，信只能是一种妄想。

八月，由部局同意举办的四省六方消防技能比武大赛在支队五块石训练基地如期举行了。这一天，艳阳高照、花团锦簇、旌旗飘扬、锣鼓喧天、人山人海。

四个省的消防部队当中，军事业务最为精湛的杰出代表汇聚一堂，在赛道上给广大官兵呈现出力量、速度与美的饕餮盛宴。

火红的天映红了观众中刘汇海火红的脸，他满眼的羡慕和崇拜，暗自思量，什么时候能像他们一样冠绝赛道。

在最后一个项目——挂钩梯攀登训练塔的赛道上，黄宽泉深邃的目光冷峻地注视着32.25米外的训练塔。

这条赛道对他来说太熟悉了，曾经训练挂钩梯攀登训练塔的第一年，每一天超过三十次，全年无休，一年就近万次，连续六年的攀爬训练。流下近千斤的汗水，再加之偶有的鲜血，早把32.25跑道浸染成了青褐色。

他的身体素质非常出众，这源于他当兵前就痴迷了近十年的篮球，不过要想把军事业务水平训练到第一，那绝非易事。身高差了李大君一点点，柔韧性不及余新锁，耐力搞不赢江考，爆发力不如严怀金，灵敏性输牟良权半子。

他已经记不清磨破多少双解放胶鞋了，摔坏多少架挂钩梯了，数十次从四楼、或是三楼的窗口摔出，要不是有保险绳保护，后果不堪设想。直接从二楼摔落至地面，都记不清有多少次了，什么手腕扭伤、肌肉撕裂、胫前肌挫伤、跟腱发炎数不胜数。身体常年都散发着悠长的膏药味，如果不着军装，别人猜想他一定是某个中药材厂的一线工人。

今天和他同次异道比赛的是重庆代表队的战友，也是省集训队的队友，也是全省五十米短跑唯一能战胜他的对手。不过他依旧信心满满，他太清楚接下来十五秒内他的身体将做出怎样的动作：第一步出去的距离是七十八厘米，最后一步上梯的距离是九十八厘米。不出意外的话，二楼响梯对手比他快0.15秒，三楼他们将同时响梯，四楼响梯他快0.15秒，最后的优势在0.3秒左右。不会有差错，确切地讲他不会有差错，上梯后的盲爬，成绩也不会差多少。风也只能在屁股后面追。

随着发令员李国慧一声："各——就——各位。"

万籁俱静！心跳也被屏蔽，呼吸延迟，风凝固在空气中。

只见黄宽泉原地跳了两跳，长长地吐了一口气，屈步上前，弯腰，提臀，扶梯，凝神，脚后跟也离开地面。

随着"砰"一声枪响，他如离弦之箭冲了出去，抓梯、起梯、跑梯、搭梯、爬梯、跃梯、抛梯、挂梯、跟梯，双臂上扬、双手交替上攀，脚踩梯蹬交替上爬，梯借人力，梯升人飞。当他跃进四楼的窗台时，时间定格在14秒99，第一名，也是有纪录以来的全国冠军。

正所谓人梯合一、一气呵成，站在楼底操场边上的刘汇海看得目瞪口呆，惊为天人。

这个成绩对于他来说完全匪夷所思，因为他即使空手沿楼梯跑上四楼也要16秒多的时间，更别说还要把近二十五斤重的梯子带到四楼。

这之后的军旅生涯中，每当他站在赛道上，"各就各位"之声响起时，他就会感觉到心跳骤紧、血脉偾张，生命里有一种气血往上涌动的感觉。只是他不知道的是，罗进、鄢晓华、许松也都有同样的体验。

站在四楼窗口的黄宽泉心潮澎湃，久久无语地注视楼下，迎接凌空而起的掌声和欢呼声，敬仰和膜拜的目光。

"第一梯"的美名不胫而走，成为传奇。这是单项比赛中含金量最高的一枚金牌，它同时也确保了蓉都支队团体总分力压重庆支队，冠绝西南。此刻的他就像NBA超级球星乔丹一样：站在世界之巅，受众人瞩目。或者说他就是消防界的乔丹，能在自己的领域到达这样的高度，是多么地荣耀！就如同两天前他目睹了刚刚结束的NBA总决赛中，乔丹率领的公牛队战胜巴克利领衔的太阳队，豪取三连冠，并把总决赛最有价值球员的殊荣收入囊中一样。

一样的欢呼，一样的掌声，一样的激动……

这是黄宽泉一生难得的高光时刻，这种身处巅峰的心灵体验在他以后一生的时光里，将会因为习以为常而逐渐消退。当兵三十余年，官至正团级，在部队管理和灭火救援中有股狠劲儿，战功卓越，在处置液化槽车泄漏事件中名噪一时，两次二等功，八次三等功，全国优秀警察等荣誉称号是黄宽泉三十余年从军的见证。

二〇一九年春节，早已退休的他因摔断右腿在家休养，每移动一步都需要双手借助拐棍才能完成。当听闻蓉都市消防支队在二〇一八年美国举行的世界警察和消防员运动会上摘金夺银，二〇一九年世界警察和消防员运动会又将在蓉都市举行时，拍桌大吼道："想当年……"

第六章

晚饭后的新闻联播报道了中国第一次申奥失败，大家都一阵惋惜，沉默不语。

角落里的刘汇海还波澜不惊，认为北京和悉尼谁成功都与自己没有多大关系，北京和悉尼一样遥不可及，电视上看奥运会都一样。

"丁零零……丁零零……"蓉都市消防支队119指挥中心警铃大作。

"喂，我是蓉都119指挥中心……"

"喂，蓉都支队，这里是总队，火警！

"跨地区增援，四台泡沫车、八台水罐车、六台轻便泵、二十吨泡沫液，一天一夜的随行后勤生活保障，一个小时后在城北五块石基地集结。任务清单接传真，马上送达值班首长。"

七中队走廊正中央，电话员王晓波扯开嗓子大吼道："一二班注意了，十分钟后出黄河泡沫车、东风水罐车跨地区作战，支队油罐车在五块石基地统一加油。吃喝拉撒睡的东西都带齐了。夏天天气热，把喝水的东西都带上。"

带队的浦茂明按要求准点发车。

一听说要跑长途，车上的刘汇海和萧和都有点小兴奋，他们从小在农村长大，很少看见小四轮跑，坐汽车对他们来说，是一件很奢侈的事，淡雅的汽油味如同少女身上那迷人的芳香味。

总队接到报警时火灾已经燃烧整整五个小时了，原来在当日下午的十四时五十五分，由四十六节航空汽油槽车（槽车容量六十吨，实际装载四十吨）和九节货车（装运大蒜）编组的0201次列车，从陕西安康站开出，行至东川省万源县境内的梨子园隧道内时发生爆炸燃烧，四人死亡，十四人受伤，十八节油槽车和五节货车遭到不同程度损坏，爆炸燃烧使西南交通命脉——襄渝铁路停运，是中国铁路史上一次罕见的特大事故。

由于草原消防、铁路消防、航空消防、军队消防、森林消防的主管部门并不在公安部门，因此东川省消防总队的增援力量并不是第一批到达的。

总队指挥车上，总队长程佳强双眉紧锁地看着与火灾相关的传真件，铁道部李部长与公安部消防局的专家组成员正乘飞机赶往现场。后排的副总队长汪庆林正带领战训处的同志们进行图例、绘制、计算、编排等大战前的各项准备工作。

达州消防部队在现场指挥部的指令下已经投入战斗。

南充支队、巴中支队、遂宁支队的增援力量在不同的道路上向同一个目标行进着。

总队和蓉都支队的十五台车组成的增援车队，颠簸在坑坑洼洼的省级公路上，近二十小时的长途跋涉，让大部分人员昏昏欲睡。

坐在车里的胡明忠有点微醺，今天是儿子胡阳八周岁生日，晚餐时和老丈人杨富长喝了两盅。

杨富长是解放战争的南下干部，解放蓉都后就留下来了，转到消防部队工作，是第一批由军转职的消防人，一干就是三十五年，于一九八五年离休，极其疼爱外孙胡阳。

说来奇怪，这个儿子一点也不像胡明忠那般骁勇善战、霸气外露，也不像他外公大气沉稳、足智多谋。反而生性有些懦弱，四岁时听到窗外的消防车警报，吓得哇哇大哭。

刚才在城北五块石基地，他还看见了自己的侄子胡燕伟，对于这个娇生惯养、好逸恶劳、不太争气的侄子，他内心深处希望部队里火热的军旅生活洗去他身上的"骄娇"二气。

李国慧正忙着汇总此次参战消防部队所带的泡沫液总量，计算着让留守人员联系后方泡沫液的供给量。

整个东川消防增援力量在距事发地一公里的第二集结点停了下来，待命等候。

"庆林，你组织国慧、蓉都支队的翁茂桂，再带上一些人组成侦察小组前往事故现场侦察情况，一定要掌握翔实情况。我带明忠去总指挥部报到，领受任务。其他人等，抓紧时间休息，补充油料，建立通信组网，进食解便。"程佳强说完匆匆离去。

近二十小时的车程，让大家有些疲惫。

身材不高的汪庆林站在车门口，眉头紧锁凝望着不远处、火光冲天的隧道口。

年初才刚刚被提任为副总队长的汪庆林，在业内有极佳的口碑，给战友的印象是察事精细、临事果敢。

一双深邃之眼如炬似电。如果说眼睛是一面镜子，那么卑劣、龌龊、邪恶之徒只能从他的眼神中感到令人胆寒的恐惧；善良、正直、忠诚、勇敢之士能从他的眼神中感到同样的力量。

疾步来到最前线，达州支队的战训参谋李文欣、吴仕杰和水枪手陈灏、韦丹波正处于灾害的最前沿。他是叮咛了又叮咛，嘱托了又嘱托：安全第一。

在随后任主官的近二十年时间里，汪庆林一直全力主推"抓基础资料、抓业务基本功、抓基层正规化建设"的三基工作。他坚信，只要有扎实的业务基本功，就能应对错综复杂的火灾形势。

下车换口气的刘汇海见到了许许多多分到南充支队、巴中支队、遂宁支队、达州支队的新兵连战友。

老乡见老乡，两眼泪汪汪，不自觉间围成了一个个小圈子。

"听说这次灭火抢险过程中极有可能发生爆炸。"孔天兵说道。

"那一定要跑快一点，小心把屁股炸成两半。"李勇二冲二冲地说道。

"炸成两半，就凉拌着吃！"鄢晓华笑哈哈地跑开了。

而那一边的嘉州小圈也一样嚷开了锅。

"谭诣讴、许松、龚大敏你们几个整得好啊，居然分在了蓉都支队。"向树钧一半妒忌一半玩笑地说道。

"我爸是厂长，想分哪儿就分哪儿。"谭诣讴鼻子翘得老高了。

"谭诣讴你在九中队遇见鬼了吗？你怕吗？"许松开着玩笑。

"我好怕怕喔！"谭诣讴缩着颈，弓着背，张着嘴，假装露出惊恐状。

"来来，抽支烟压压惊。"龚大敏掏出了香烟。

"我还真想见见女鬼是什么模样！"

"那就娶一个回去，生一堆小鬼。"

"老子是童子之身，百毒不侵，放在哪里都能镇鬼神。"

一群稚气未脱的年轻士兵并不知道，这一次距离死亡如此之近。

刘鼓眼饮食店的老板娘正和三个女儿向救援人员派送免费饭菜。村民张智敏把自家的铁锅、大米、茶叶、蔬菜搬到现场来，免费给大家煮粥熬汤。

"免费饭""免费药""免费茶""免费鞋""免费袜"任意取用，老百姓对人民子弟兵总是倾其所有。军爱民、民拥军的鱼水之情是那么的真切热烈。

两小时后，汪庆林就把现场情况搞清楚了：第一，除了全省消防部队指战员二百八十余名，各种消防车三十九辆（其中企业专职消防队五十余人，消防车八辆），东川省政府、达县地委行署和铁道部还先后调出解放军、武警内卫部队、民兵预备役部队和大批民工、铁路职工、医疗人员近五千余人，分布在事发现场、第二、第三集结点。

　　第二，梨子园隧道长1776米，宽5.6米，总高6.5米（其中拱高2.5米），总容积约54000立方米。南口坡度为4‰，北口坡度为2‰，变坡点约在距北洞口700米处，并有14度弯度。此隧道建造于"文化大革命"时期，无排气孔之类安全设施。

　　第三，该铁路隧道高于汉（陕西汉中）渝（四川重庆）公路约25米，公路下30米（垂直高差）是河滩（此河流是可供灭火使用的唯一水源，水流量充足）。

　　第四，至关重要的一点就是航空汽油槽车爆炸倾覆燃烧，车尾距北洞口35米，车辆基本集中在北半段。北洞口燃烧剧烈、成喷射状燃烧、火焰喷出洞外近40米，强烈的辐射热使人在百米以内难以忍受，燃烧温度高，汽油蒸发就快，有再次爆炸的可能。南洞口温度不高也无火焰，只有少量烟雾。

　　总指挥部内，人员众多，气氛紧张，吵吵闹闹。铁道部门、解放军、武警内卫部队、省委省政府和达县地委行署的有关人员都在向指挥部提建议，有的说可以用灭火弹灭火。问需要多少灭火弹？又回答不出一个所以然来。有的说让其燃烧完毕后自行熄灭。问其还要燃烧多久？却不能回答一个子丑寅卯来。有的说让工兵将洞口炸塌，以窒息灭火。可李部长断然否决，因为他知道，如果这样，必然使隧道遭到更严重的破坏，推迟起复通车的时间，国家经济必然遭受更大的损失。

　　一开始，谁也没有把这个身穿迷彩服，没有佩戴任何军衔的中年人放在眼里。在公安部消防局技术专家的力荐下，疲倦的李部长眯着眼睛给了程佳强15分钟时间。

　　当指挥部所有的人员都安静下来后，程佳强坚定地说道："我们建议用封洞窒息灭火。封洞窒息灭火方案的理论根据是1公斤汽油完全燃烧需耗空气11.1立方米。就是说，如果封住洞口，54000立方米容积的隧道只能使4865公斤汽油完全燃烧。洞内有46节油槽车，共装汽油1840吨。而且，只要封洞成功，一旦洞内空气中氧含量低于14%，则燃烧自行终止。所以，封洞窒息灭火损失最小，是最佳方案。"

　　李国慧轻轻给李部长递上一份手写（画）的简易灭火方案。

犹如一股电流直击天灵盖的李部长，双眼圆睁，脸上又充满了神采，看了看这份图文并茂的方案，又看了看程佳强，声音提高了八度，指着他说道："接着讲，接着讲。"

"就封洞窒息灭火的具体操作我提几点建议：

"第一，成立消防前沿指挥部，组织实施堵洞方案；第二，先封南洞口，再封北洞口；第三，选一辆性能好的黄河泡沫炮车，从最近的火车站开上平板车，由机车头顶推靠近洞口，准备灭火；第四，尽快解决火场供水问题，保证灭火用水强度。具体步骤就是铁路部门在我方技术人员的要求下安装六台大功率的抽水泵。

"第五，按计算的需求量备足沙袋。简单地讲需堆沙袋体积为320立方米。每个沙袋体积为0.144立方米，共需2200余袋泥沙。同时，组织部队、武警官兵、民工、铁路职工编成梯队，做好战前动员和训练，以便在消防水炮将火势压进洞内后，轮番运袋堵洞。第六，采用'一攻、二压、三堵'的步骤。这个步骤就不展开来讲，具体操作，都由我们消防部队来实施，或者带领大家来实施。

"最后就是封堵洞口时注意以下两点问题：第一点，堵洞战斗是军、警、民大兵团联合作战，洞口处狭窄，必须实行统一指挥，采取分梯队轮流作业的战术措施；第二点，随时观察洞口烟雾，若涌出的烟雾增浓，量加大，且蓝黑色浓烟中有紫红颜色出现，即为将要发生爆燃的前兆，应立即下令暂停堵洞作业，加强射水，以避免人员伤亡。"

谦逊、低调的程佳强一气呵成。

李国慧由衷地佩服老总惊人的记忆力和扎实的业务基本功，比自己准备的方案还要翔实。一个省的最高指挥官，仅是一名高中毕业生，又让他这个理科状元很是不服气。

"你们谁还有意见？"李部长询问大家。

环顾四周，一片寂静。

"完全同意你的意见，成立前沿抢险灭火指挥部，你任总指挥。你……你……"李部长有些尴尬，竟不知道眼前这位中年人的名字。

"程佳强，东川消防部队总队长。"部局的工作人员介绍道。

"所有部门、单位必须服从这位程总队长的命令。现在我只有一个要求，你——程佳强站在哪里，我就站在哪里。"眼光中充满信任的李部长指着程佳强说道，语气中带有久违了的轻松。

从河滩到洞口的水平距离为三百米，垂直高差五十五米。为解决供水不足问题，铁路部门在汪庆林的要求下，在河边安装一万八千瓦的手抬机动消防泵四台，通过四条水带干线分别向公路上的三辆消防车供水，经消防车泵加压，出四条水带干线，其中两条干线为平板车上的黄河车供水，另两条子线各接出一支多功能水枪实施掩护。

为防止供水中断，指挥部组织民工在公路边挖蓄水池一个，在灭火进攻前灌满水，以备灭火进攻时使用。

所有准备工作完成，随即展开对南洞口的封堵工作。

第二日凌晨两时，南洞口封堵成功。

上午十时，对北洞口的封堵总攻开始。

距洞口八十米的AB两个高点上，分别站立着口含口哨、手执红旗和绿旗的警戒安全员胡明忠和李国慧。绿旗表示安全，可以进攻；红旗与口哨声代表危险，提醒大家撤退。

翁茂桂站在离洞口最近的黄河消防车车顶，指挥着两名班长，先用水炮射水以降低洞口周围的燃烧强度，随即再喷射泡沫，扑灭洞口内油品溢流火焰。尔后，再将载黄河水炮车的平板车往前推进使其距洞口约二十米处，改用水炮射水，将火焰压进洞口四十米以内。

火焰每退后一步，程佳强和汪庆林的指挥位置就往前延伸一步。

由消防员、解放军、武警官兵、民兵预备役人员、铁路职工五百人组成的突击队，由黄宽泉、牟良权、李文欣、吴仕杰、浦茂明五个分队长带领，在水炮和喷雾水流掩护下，轮番、有序、梯次实施堵洞任务。

沙袋一层一层逐层往上垒压，像砌砖一样垒成堤坝状。为防止沙袋向洞内垮塌，五个分队长指挥大家相互配合，从沙袋垒压至两米高时，逐层加放钢管横担。

时间过去了四个小时，一切都跟预想的一致，向着好的方向发展。

当沙袋垒压至三米高时，北洞口浓烟翻滚，涌出量倍增，且蓝黑色浓烟中有紫红颜色出现。

程佳强一惊，定眼细看。

汪庆林也在同一时间看到了异样的浓烟。不错，马上就要大爆炸了。对讲机传来AB两点上胡明忠、李国慧焦急的呼喊声："浓烟异常，有爆炸的可能。"

"快，吹口哨，摇红旗，让大家撤退。"程佳强边说边打着手势。

汪庆林用手提扩音器不停地高呼："大家往后撤！往后撤退！撤退！"声音被淹没在茫茫人海中。

胡明忠和李国慧使劲地吹着口哨，大幅度地挥舞着红色旗帜。

黄宽泉、牟良权、李文欣、吴仕杰、浦茂明叫嚷着："扔掉沙袋，往后跑！"

突击队员向后方狂奔。

"轰——"一声巨响，地动山摇。碎石从山上雨点般滚下。

洞顶条石被炸得四处横飞，封堵沙袋倾斜坍塌。

退至安全区的刘汇海像大多数人一样双手捂住耳朵，闭着眼，弓着背，缩着腰，蹲在地上哆哆嗦嗦。

突然他感觉到两腿之间一股暖流瞬间喷出，空气中开始弥漫一股尿骚味。

他瞬间就羞红了脸，好在衣裤早就被泡沫液和直流水湿透，要不他就当场露馅儿了。

"邓祖飞，你个熊包，居然尿裤子了，离我远点。"鄢晓华用手捏着鼻子，猫着翻了个身，屁股对着大汗淋漓的邓祖飞。

"别说话，注意战场纪律。"面部肌肉有些僵硬的江考恶狠狠瞪了一眼鄢晓华，原来是飞石击中了他的右大腿，瞬间就鼓起一个大包，他正绞心地痛，牙齿无意间把下嘴唇咬出血印。

爆炸是燃烧的最高阶段，破坏性最强。但同时又消耗掉大量可燃物和氧气。爆炸后燃烧又瞬间降到最低点，随着时间推移，氧气越来越多，就越接近第二次爆炸，乃至第三次、第四次……所以爆炸一过，即是灭火的最佳时机。

程佳强认为应该抓住这稍纵即逝的机会，和汪庆林拼命地命令大家往前封洞。

泡沫炮经过短暂停顿后，继续喷射泡沫。

胡明忠和李国慧又摇动着绿旗，敦促大家向前冲。

畏惧之色依旧挂在瑟瑟发抖的战士脸上。犹豫的人群中没有人动。在这一刹那，第一个冲出人群的是程佳强。

只见他，弯腰、蹬地、抬手、转身、扭腰、沉肩、上扬。七十斤重的沙袋就上了他的肩。大踏步向前……向前……

第二个冲出来的是汪庆林，接着是李文欣、吴仕杰、黄宽泉、牟良权、浦茂明……

突击队员们前赴后继往前冲。

高压泡沫打在隧道洞顶条石后，像暴雨般滴落在程佳强的脸上，站立在最前沿的他纹丝不动。

李国慧多年以后对那个场景久久不忘，一直认为这是老总有意让全体参战人员看见，只有这样才能消除大家的恐惧。

没有人知道的是，两昼夜没有休息的程老总，正遭受着牙龈发炎引发的剧烈疼痛。

第三天傍晚北洞口被封死。

经过一周的冷却降温后，南北洞口被全部启开。

又一周后拉出颠覆残车。

事故二十天后全线恢复通车。

当浦茂明告诉驾驶员可以回家了，扭头一看，全车人横七竖八地酣然入睡了。

刘汇海一身馊臭，满脸络腮胡和杂草般的头发，像猿人一样。一张生无可恋的脸上，鼻孔微弱地出着气。

第七章

当刘汇海和战友们安全返回部队后，才知道七中队已经发生了一件震惊全省的大事件。

王晓波利用中队这段时间人少事多的空窗期，开小差私自离开部队，当了逃兵。

明眼人都知道，王晓波能调到电话班做相对单一、轻松一点的工作，这已经是对他这个关系兵的一种照顾了。

季忠斌一听说此事就毛了，一句"当兵不是过家家，想来就来，想走就走"，就把事件定了性质。

果不其然，最后的处理决定是：开除军籍，案件移交公安机关，并通报当地武装部门。

高文勇很长时间都阴郁着一张脸，今年算是白忙活了，王晓波事件让中队失去了今年所有的评奖评优机会。

刘汇海先是一惊随后有些惆怅，最后暗地里有些小庆幸。

惊是感知到部队纪律的严厉性，任何越雷池半步的侥幸想法都被扼杀在摇篮里了。

惆怅源于这大半年的兄弟情。

庆幸的是自己在实现梦想的道路上少了一个强劲的对手，自己再怎么干，也许都会被那些有关系的人弯道超车。

他为自己有这样的想法而感到震惊和羞愧，但是他又控制不了自己有这样的想法，这是一种真实的存在，他有些无助，却又不能跟任何人讲。

文书考学走后，罗进白天和新兵一起训练，晚上则干起了兼职文书的工作。

罗进是从第一新训营调过来的新兵，父亲是雅安市财政局副局长。

最开始，其他新兵很紧张，但一听说他当兵的唯一且终极目标只有一个——考军校，所有的新兵对他都很友善。

道理也很简单，考军校是与全省、全国的考生竞争。想考学、能考学、有资格考学的本就是少数。

而学技术的名额是分到每个中队的，当兵的十有八九都想学个技术。

雅安市距蓉都一百二十公里，它是东川省历史文化名城和新兴的旅游城市；有川西咽喉、"雨城"之称；东靠蓉都、西连甘孜、南界凉山、北接阿坝；所以是高原向平原过渡的中转站，也是少数民族与汉族交汇的桥头堡。罗进性格中有着高原民族的粗犷和平原蜀人的细腻。

文化程度很高的他，两年后以蓉都市消防支队第一名的成绩考进军校，当文书是人尽其才。他四十五分钟课堂上能完成个人年度总结、班年度总结，并能指出指导员讲课时所出现的引证失误，再加上足球踢得好，很受中队长高文勇喜欢。

高文勇在全支队是第一个被称为"全球通"的人：正手位的前冲弧圈球和高调弧圈球又高、又旋、又飘，再结合抢三板快攻打法，能在21分制的乒乓球比赛中，从徐文翔手中赢下11分；打篮球有点像同一时期NBA球星基德：能突破单打、能远投三分、能妙传助攻；踢足球别称为"蓉都消防支队的马拉多纳"、中场艺术大师，和李大君、罗进为中轴线组成的足球队，年年夺得总队比赛的桂冠。

年底支队消防业务技能考核：一人二带、二人五带、原地着装、原地佩戴空气呼吸器、30米翻越障碍板、100米消防障碍、3000米长跑、挂钩梯上四楼、二节拉梯上二楼、单双杠1至3练习、200米负重跑、水罐车一操法、水罐车二操法、水罐车供水操、泡沫车一操法。又黑又壮还长高了两厘米的刘汇海全部达标，但成绩并不突出。鄢晓华的成绩全部优秀且大部分都超越老兵了。

罗进十五分钟炮制出来的中队年终工作总结中写道："全年出火警一百二十次，参加'全国足球甲级联赛'等各项安全保卫九十八次，参加'蓉都市创建卫生文明城市'冲洗街道累计八十九公里……"

九四年元旦前，七中队在年终总队对支队级班子的考核中被抽中，代表基层中队迎考，考核成绩将纳入总分，直接影响支队最终排名，重要性不言而喻。

好在作为老牌先进的七中队，基础性工作都很扎实，加之不记名次，只算达标率，百分之百通过达标是最低的要求，全支队上上下下信心满满，都在庆幸抽到了上上签。

"一年兵全部参与考核的业务项目是一人二带、原地着装、原地佩戴空气呼吸器、30米翻越障碍板；另外点到的三名同志考核100米消防障碍、二节拉梯上二楼；现有建制二班3000米长跑；一班消防水罐车一操法。任何人不得请假，准备吧，半个小时开考。"李国慧面无表情地宣布。

是骡子是马都要在赛道上见高低。一项一项地考，一项一项地过。

都比较顺利，大部分考核都是一次性通过，刘汇海取得了所在二班3000米考核中的第一名，最后一项是一班的消防水罐车一操法。

罗进和萧和为5、6号员，按要求要在14秒50内肩扛八十五斤重的二节拉梯跑完九十五米的距离，他们俩平时的成绩在13秒50左右。

"萧和，我昨天吃坏了肚子，全身乏力，有点低烧。"满脸煞白的罗进悄悄地对萧和说道。

"我说你今天的成绩怎么有点孬，总队抽考要求不能请假，不能换人，你能坚持吗？"萧和担忧地问道。

"可以坚持，但是成绩不好说，万一……怎么办？还会连累你。"

"能坚持就好办，你在前面扶着梯子，保持住平衡往前跑就行了，我在后面起梯时会往前靠。"萧和说得很轻巧。

"各就各位——预备——开始！"发令的是李国慧。

二班除去驾驶员的七名同志冲出了起跑线。

萧和起梯上肩并不是平时的第七梯蹬，而是靠向罗进的第五梯蹬，这样二节拉梯重量的百分之八十落在了萧和的肩上。

1、2、3、4号员和班长顺利地完成动作冲过了终点，他们俩都在咬牙坚持。所有人都能看出来，罗进的步子很沉重，萧和有些跟跄。

高文勇焦急地看着秒表，悬着的心越收越紧。

"14秒30，好险。"

罗进和萧和几乎是连拉带拽扑过终点的。没有收住脚的两人被梯子压在了地上。

"啊！"萧和面目狰狞地露出了痛苦状，不停地甩动着左手。二节拉梯的上下合梯的不规则滑动直接磨掉了他左手掌一大块皮，殷红的鲜血渗出一大片，看见都叫人心疼。

萧和被送到门诊部敷上了药，因不能沾水，被临时调到电话班听火警电话去了。

罗进有点内疚，总想弥补一下，承担了萧和走后留下来的卫生工作。

当然，没有人知道的是萧和除了完成分配的卫生区域，每周日还会把三楼的公共厕所打扫一遍，三楼上班的是支队领导和政治处的同志，星期天不上班但是也有人使用。

萧和没跟别人说，只是央求刘汇海帮他顶两周。

不过还有一项工作，萧和连刘汇海也没有告诉，那就是他会有意无意地把机关科室的业务用车顺便清洗一下，连与中队工作八竿子都打不到一块儿的防火处的车，他都来者不拒照单全洗。

刘汇海第一次打扫完三楼男厕所，走进女厕所才发现那儿有个像脸盆的东西，盛着半碗水，怪怪的，搞不懂。

不好意思问别人的他，东摸摸，西瞧瞧，鼓捣鼓捣这儿，捣鼓捣鼓那儿，发现顶部有个像按钮一样的东西，他试着缓缓有力压了一下，居然还喷水了，吓了他一大跳。

很久很久以后他才知道那是抽水马桶。对于萧和去三楼打扫卫生，他感觉心里怪怪的、酸酸的。记得刚下队时，中队领导专门说过，禁止大家到三楼以上的楼层去。

盼星星，盼月亮，又一批新兵下队了，刘汇海肩上的红杠杠又多了一道，一批更加稚嫩的面孔在他面前晃动。

当然，从第二年兵中挑选人员去学驾驶的日子很快就要来临了。

这几天他有些焦虑和着急，心里面总有七上八下的感觉。因为在大家私底下的议论中，所有人一直看好萧和。

这天晚上他失眠了，这种情况还是下中队后的第一次，满脑子的"学技术，转志愿兵，娶张桂芬"。

有懊恼、有自责、有反思，三表哥刘勇的话再一次回荡在他的耳边：吃亏你就赢了，吃亏你就赢了。

他感觉这一年来，自己还是干得挺不错的，都是因为萧和。他开始有点记恨他了，总觉得是他影响了自己的成长进步，连续几天他看他的眼神都是怪怪的，有一种熟视无睹的空洞。

选学驾驶员是由全体官兵民主投票产生的，不出意外的是萧和。在走之前的一个星期天，罗进、萧和、刘汇海一起到公园去玩。这是罗进说了很久的事了，上次考核之后，他就想好了，以这种方式来表达谢意。

三人都选了一身干净的武警春秋常服，小领带一系，还蛮精神的，可一到脚下就露出了差别。出身干部家庭的罗进穿的是一双锃亮的皮鞋，而他俩只有泛白的解放鞋。

刘汇海不由自主地往后退了两步，低下了头，心想，要是我也出生在城里该多好啊！

但是一出营房大门，罗进就有点后悔了，因为他俩总是在抬杠，一个说往东，另一个总要说往西。他夹在中间挺难受的。

蓉都市人民公园位于祠堂街少城路，占地十一万余平方米，公园始建于一九一一年，公园有金水溪、金鱼岛、盆景园等著名旅游景点，是一个集园林、文化、文物保护、爱国主义教育、休闲娱乐于一体的综合性公园。

乘坐的公共汽车就是那种带着长长尾巴的电车，四站就到了公园门口，罗进抢先一步到门口去买票。

"王阿姨，你们家老倌儿的兵来了。"

大门口一个穿着白衬衣、蓝裤子、圆角黑鞋，四十岁上下的中年妇女大手一挥，免费进。

三个人诧异地你看看我，我看看你，懵懵懂懂往前走，背后的对话让他们稍微明白了一点点。

"王阿姨，你说你老倌儿是全省消防部队的最高行政长官，当那么大的官，咋不让你换个工作，好免去了日晒雨淋。"一个年轻女娃子羡慕地说道。

"别说这些了，他就是当了将军，我也不可能沾他的光，上次车坏在路上，不得已在临近一个消防中队吃了一顿便饭，硬是让我把饭钱结了，不光结了我一个人的，还要把他的那份也结了，还要中队打收条，搞得人家司务长还以为他是冒牌货。"被称为王阿姨的人笑嘻嘻地说道。

两年后，蓉都市所有的市政公园全部向军人免费开放，五年过后，政府下令公园破墙迎绿，免费向市民开放。

公园门口左右各一棵轩辕柏，直径超过了一米，三个人要手拉手才围得过来。

当然，刘汇海右手使劲握着罗进的手时，左手只是象征性地碰了碰萧和的手。一路走来，数不尽的银杏、朴树、黑壳楠、桃树、柳树、黄葛树。

正值晚春，草青树绿花红，老人遛狗逗鸟，青年男女谈情说爱，小朋友说、笑、跑、跳、藏；小船掠过金水溪人工湖惊起一群白鹭上青天；鱼儿成群结队嬉戏金鱼岛，倒影映衬峰迭峦。

站在耸立的"辛亥秋保路死事纪念碑"下，他们三人只知道这是一九一三年修建的，其余的一概不知。

这其实是刘汇海和萧和第一次因私外出，都市的繁华、美丽的景色、靓丽的佳人还是大大地超出了他们俩的想象。

当兵一年，经历了文书考学，军校学员下队，干部娶妻生子，他们也曾经惆怅、懊恼，后悔最多的，并不是穷出身，而是文化低。

李大君仅仅完成高一的学业，严怀金还是一名初中生。他们都通过读军校成为或即将成为军队干部。而他俩奢望的人生上限仅仅是改选志愿兵，注定他们只能是这座城市的过客。

他现在终于搞懂了农村兵和城镇兵的区别。刘勇一再告诫他要待满十二年，回到家乡就可以到乡镇里上班，而城镇兵只需要三年就可以了。

如果罗进服役三年后，就能到地级市上班，比他的小县城还要繁华。

简单地说，农村兵和城镇兵的区别就是要多付出九年的兵役。别人与生俱来的人生下限，却是他奋斗的上限。他终于明白罗进和他、萧和根本就不是同一类人。

他们在假山广场见过了瀑布飞溅的东西假山；兰草园的九百余盆兰花让他们大开眼界；盆景园的牡丹展览让他们流连忘返。

近正午时分，他们一拐弯来到一大片空地，豁然开朗。人头攒动、人声鼎沸，这里是公园最大的露天茶园——鹤鸣茶社。不远处的一个小舞台上，一个花脸艺人正在锣鼓的伴奏下表演。

只见台上的武生眼发绿光，左手叉腰、右手握拳，迈着紧凑的小碎步，在咚咚、锵锵、嚓嚓、咣咣的伴奏声下画着圆，猛地一甩头，原本红彤彤的关公脸一眨眼就变成了黑漆漆的包公脸；再甩头，又迅疾变成蝴蝶状的五彩脸；三甩头，后又变成了一张绝伦美艳的梅花脸。

刘汇海眼睛片刻未眨，死死地盯着演员，感觉他有可能是扯、吹、抹什么东西吧？才有这种奇妙的效果。

舞台上的表演还在继续，这是那演员第六十二次甩头，变成了反差强烈的鸳鸯脸，最后一甩，武生千奇万变的脸终于定格于一张没有任何色彩的本色脸。

"好！"尖叫声、口哨声、掌声四起。

他们三人被这精彩的演出惊得目瞪口呆，以前从来没有观看过这样神奇的表演，一瞬间就被演员精湛的技艺所深深吸引。

"这是《西游记》中的孙悟空表演。"萧和揣测地说道。

"那是神话故事，只能在电视上有如此特效表演，这分明就是魔术表演。"刘汇海呛得萧和红透了脸。

"曲艺表演：变脸。表演者：刘得华。"眼尖的罗进看见很远处一个小牌牌上写的，便念出声来

这下该刘汇海红脸了。

萧和白了他一眼，一语双关地说道："这变脸比翻书还快。"

"再快，还是小生。"罗进若有所指地说道。

茶社居然没了空位，真是叫好又叫座。

出了公园大门，已是中午一点钟，饥肠辘辘的他们想找点吃的。过大街，往西拐，穿小巷，来到一大片仿古建筑群，路牌显示：宽巷子。

青砖、筒瓦、灰墙、红木、圆柱、拱门、石匾、小洋楼、四合院鳞次栉比。

巷子不宽，顶多三米，路人也不多。

一进入巷子的刘汇海很快就感觉到这里除了很干净，还有一种特别安静的氛围。

即使人与人的交流都特别地轻言细语，神态肃穆而又虔诚，像是怕打搅谁似的。仿佛城市的喧嚣在这里突然就停滞了一般，心灵也很容易沉下来。

拐角处有一临街商铺名为跷脚牛肉面，一个卖面的店。店不大，有十张八仙桌。可能是过了用餐高峰期，客人不多，稀稀拉拉坐了四张。他们仨靠窗坐下。店小二飞奔来到。

"三位兵哥哥，吃点啥？"店小二很有礼貌。

"一份夫妻肺片、一份麻婆豆腐、三碗三两的牛肉面，多放点辣椒和大蒜。"罗进自作主张。

"好嘞，一份夫妻肺片、一份麻婆豆腐、三碗三两的牛肉面，请稍等，沏三碗茶。"店小二扯开了喉咙往内堂喊道。

"我不喝茶，给我来一碗菜汤吧。"罗进说道。

"茶不给钱，免费。菜汤一毛钱一碗。"店小二补充道，征询般地看着他。

"真不要茶，就要菜汤。茶虽然不要钱，来了不喝，倒掉也怪可惜的。"他还是坚持着。

"给我多加点醋。"萧和补充道。

"醋不要钱。"刘汇海掠了一句。

店小二送上来两碗茶，三碗菜汤，说道："老板吩咐的，三碗菜汤也赠送。"

"你们老板很仁义嘛！"刘汇海欢喜地说道。

"此话不假，老板还说，任何世道里都要'重兵尊师敬医'。"

"你们这里很快就要拆了吧，旧城改造，到处都在拆。"三人开始和店小二冲壳子。一路走来，城市变化越来越大，越来越美，到处都是高耸入云的铁塔，到处都是建筑机器的轰鸣声、马达声。

"你们这家招牌店时间不短吧。"萧和恭维地说道。

"在这里只有二十年吧，从祖上传下来的手艺，断断续续有好几百年了。"店小二的回答让他们仨大吃一惊。

闲着也没事，店小二说起了那古老的传说。

大约是北宋仁宗天圣元年，在现在的蓉都市驷马桥有一大户乔姓人家，是东川地区首屈一指的富贵人家，家族经营着盐业、烟草、河运、牲畜（包括东川最大的养牛场）、屠宰、饭馆等业态。

每月的初一、十五就是这方圆几百里大宗物品交易的日子，集市内人群摩肩接踵，乔家家丁都有百十来号人，搬货的、赶牛的、对账的，热闹非凡。

东川另外两大家族王家和刘家都会在这天来与乔家交易。王家主营茶叶和水果；而刘家则是药材和珠宝。

以物易物的交易，量大、人多、活多、时间长，吃饭就成了问题，既要控制吃饭时间，又要随到随吃，还要保证吃饱耐饿。

于是面就成了最佳选择。一早乔家会熬制一大锅牛骨头汤，中午给下力的人每人一碗牛肉面。晶莹的牛油珠子在碗中汤面翻滚开来，清新美味的香菜和小葱、辛辣的大蒜总叫人回味无穷。三大老板躺在太师椅中跷着二郎腿优哉地品尝着美味。

日复一日，年复一年。人们印象中的成功者便是能跷着二郎腿吃着乔家牛肉面的人。

口口相传的"跷脚牛肉面"不胫而走。

由于当时以物易物不利于交易，官制铁钱体重值小，流通不便。乔家、王家、刘家三大管家核实清单、完结账目，请三位老爷在三张家帖上共同签字后，分派各自手下人手执一张，到各档口提货。

战火不断、时世变迁。后来刘王两家落寞了，乔家依旧兴旺，交易的形式却保留下来了，由于语音上的差异，久而久之，有乔家老爷签字的"交子手帖"在蓉都府各商圈得到认可。

"小二哥，多少钱？我们该回中队了。"罗进翻掏着钱包。

"每碗面两块钱，共计十三块。"

罗进给了面钱，正准备起身离开。

店小二还有话说："老板仁义，尤其对有学问的人和当兵的，如果能打折，我就把差价退给你们。"

"不用了，心意领了，你们都是生意人，一分一厘都浸透着血和汗，也不容易。再说了老占便宜，会心生邪意的。"

第八章

萧和打上背包到驾训队学习去了，当晚刘汇海有点寝食难安，好容易从纠结中说服了自己，再大干一年，争取明年学驾驶。迷迷糊糊睡到凌晨两点就被楼下大门口的尖叫声吵醒："出事了，出大事了。"

初夏蓉都华兴上街的夜市热闹非凡，"夜不收"的烧烤店人头攒动，雪花啤酒灌醉不知多少喜欢打牌、唱歌、跳舞的夜猫族，一个醉汉摇摇晃晃猫进了没有围墙——开放式的七中队车库墙角撒尿，站夜哨的鄢晓华只用一拳就将来人打成三根肋骨骨折，瘫倒在地。

第二天早晨，高文勇和浦茂明站在季忠斌的办公室时，才知道受伤的人是锦江公安分局的人，对支队来说，对方有单位就很好处理了，翁茂桂一大早就带上鲜花和慰问品去了医院。

季忠斌怎么也想不通，一拳就成重伤。因为他不知道此时的鄢晓华体能已经"爆棚"，体重一百四十斤，举重一百七十斤，敢和严怀金掰手腕。去年鄢晓华在支队新兵比武竞赛中取得了个人总分第二名的好成绩，而第一名就是被牟良权选到五中队的窦曹伟。

七中队有个不成文的传统，对于擅闯营区的人，通通是：文明劝解，暴力制止。

鄢晓华的泸州话肯定是沟通劝解无效的。季忠斌手一挥，让中队干部下去了，他深知部队军人最不能缺失的就是血性。马上让汤勇基把靠七中队一侧的街面，用颜料画上警戒线。

多年以后谈及此事，老乡邬勇开玩笑说，没有选上学驾驶，鄢晓华把全身的愤怒用那一拳全部打出去了，好在又过了一年，鄢晓华以蓉都支队第十名的成绩和罗进、许松、龚大敏、李勇、邬勇、谢杰西同时考上军校。

一九九七年，这一批军校学员毕业时，大家又一起分回蓉都支队，只有邬勇和军校另外四名学员响应祖国号召，远赴雪域高原，为边疆消防做贡献。

当天晚饭后，高文勇带领老兵分乘两车一前一后浩浩荡荡去向二中队挑战。

高文勇盘算着：自己、鄢晓华、罗进、见习排长张幻平、新兵胡浩文，再加一两个替补，应该有实力挑战篮球霸主——黄宽泉、江考领衔的二中队。

主动参与新兵训练的刘汇海和新兵一起跑在两辆消防车后面。

一九九三年分兵时，黄宽泉要的新兵是秦天，不承想许松和阳连生同时分到二中队，半年不到，二中队篮球队已经横扫支队所属所有大、中队和辖区所有的高中校队，就连隔壁的"工业技术学校"男子篮球校队也俯首称臣，一时风头无两。

不巧！这一天黄宽泉回家庆祝爱女周岁生日。

即使这样，二中队依旧打得有章有法，江考坐镇篮下，阳连生、许松两大主力稳定发挥，再加之张建国、张晓琳以及新兵龚小敏的神勇表现，再次让七中队铩羽而归。

离开二中队的刘汇海一扭头突然发现在中队一侧的尽头，训练塔下孤单地站着一个人，正握着挂钩梯歪歪扭扭地向训练塔跑去，搭梯、跃梯、跟梯。

可是此人的力量和速度不够，导致挂钩梯飞行的高度不够，撞在墙壁上，人和挂钩梯被重重弹回，双双摔倒在地上。

是秦天！他心里不由生出一丝丝怜悯。

此刻准备报考军校的秦天正在苦练挂钩梯，因为按部队规定只要军事业务成绩不及格，文化成绩考得再高也不会被录取的。

瘦弱的身板、纤细的双手，一提起挂钩梯，身体就侧向弯成C字形。一加速身体就歪歪扭扭、跌跌撞撞。

一次次地冲锋，一次次地颓败，他急红了眼，狠狠地把梯子扔向地面，骑坐在梯子上，泪水不争气地流了下来。

很不爽的高文勇让全部人员跟在自己身后绕道一环路西一段的五中队再跑回七中队，全程十一公里。

与五中队老乡窦曹伟、吴智斌短暂叙旧后又匆匆忙忙往回赶。

跑在队伍中的刘汇海被人轻轻地撞了一下胳膊，扭头一看是罗进。

"刘汇海，说句实话，你的身体素质先天条件很一般。"奔跑过程中的罗进有点气紧，断断续续地说道，"百米短跑，13秒50左右的成绩；800米长跑2分30秒左右；立定跳远2米50左右；挂钩梯21秒左右的成绩。这些都很难再提高了。

你想过没有，与其留在战斗班，还不如下到厨师班，如果明年依旧学不了驾驶技术，那还可以学一个等级厨师，将来转志愿兵当司务长还是很有可能的。"

哎！对头哇，我怎么没有想过这些？下炊事班，两条腿走路，两种选择，说干就干，回去就找指导员说道说道这事。

刘汇海听了罗进的话茅塞顿开。打定主意后，感觉身体也轻松多了。

炊事员是一个很辛苦的岗位，一年三百六十五天都需要早起，由于烧煤，大多数时间都是灰头土脸的。

七中队的炊事员调到集训队后，队里现在只剩下一个三年兵吴功敏，并且他多次想请探亲假回乡相亲。

浦茂明正为此焦头烂额，因为没有人愿意主动下炊事班，刘汇海的请求倒还解了他的燃眉之急。

吴功敏带了刘汇海三天就请探亲假回老家去了。独自掌勺的他属于典型的抽风型选手，一顿好、一顿差，挑嘴的战士就是饱三餐、饿两顿。

虽说他来自农村，家务活没少干，再加之整个新兵期间就没少帮厨，烧水煮饭没问题，但要做到色、香、味俱全，显然还差点火候。

这一天的早餐就闯祸了，馒头又黄又小又酸，老面加多了，面粉又没有发泡；稀饭也熬煳了。

虽然大家没有什么怨言，可都没怎么吃。刘汇海看着一盆稀饭和几十个馒头不知怎么办，脸上火辣辣的，怪不好意思的。

浦茂明安慰道："中午把馒头切成片，油炸过后加点白糖端给大家吃；焦煳了的饭去掉，把稀饭的水滗掉，加猪油炒成蛋炒饭，多加点葱就行，保证大家爱吃，下次小心点。碱加多了就要变黄，发久了就要酸，面粉没有发泡有可能是碱过期了，以后做馒头可以加点醪糟，馒头做出来很香的。"

其实他很委屈，自从吴功敏走后，每天都睡不踏实，就怕灶膛里的煤熄灭了或燃烧过了。

下厨房的第一天晚饭后，吴功敏就要求他用细煤把燃烧的煤炭全部覆盖，关上灶门，让其缓慢地阴燃，待第二天早晨，打开灶门，用火钩钩开煤炭，让空气流通，使其完全燃烧。

让他担心的是灶膛闭得太死，燃煤自动熄灭了，或者空气混进去了，燃烧过头熄灭了，那就麻烦了。

为了防止意外，他还准备了许多干柴、一小瓶汽油，再加上一个鼓风机，这样就能应对灶膛熄火、二次点火的局面了。

中午的饭菜总算对付过去了，他发现早晨送来的花鲢斤两有所不足，找人给卖鱼的王师傅带话，叫他过来看看。

下午四点，火急火燎的王师傅匆匆忙忙地赶过来了，一过秤，差三两。

耿直的王师傅马上就退还了三两的鱼钱，委婉地说道，五斤的鱼差三两，就是水分蒸发掉的，也不只三两。

听王师傅这么一说，他想想也是，怪不好意思的。

看着他愁眉苦脸的样子，王师傅还以为他身体不舒服，就关切地多问了一句。

当得知怕煮不好饭菜很苦恼时，王师傅哈哈大笑起来，承诺每天来教他做一个菜。

现炒现卖的王师傅撸起衣袖就干开了。抓起一条活蹦乱跳的花鲢使劲地往地上摔去，左手捡起摔晕的鱼，用水冲洗干净，平放在菜板上，右手拿起菜刀在锅边咣当咣当磨了两下，顺着鱼肚皮就剖开了，并且说道："鱼肉上附着的血膜要清洗干净，肉片切得越薄越好。"

他又打开调味柜看了一下继续说道："东西有点少，但还说得过去。"

王师傅又让刘汇海准备了三斤木耳、五斤青笋头和藕片。

接着用料酒把鱼肉抹了一遍，告诉他这是去腥味，取了些淀粉加水调均匀，又把鱼肉抹了一遍说道："淀粉受热迅速糊化，形成保护层，锁住鱼肉内的水分，使鱼肉保持软嫩的口感。"

开饭的时间临近，王师傅挽起袖口，将一大勺菜籽油倒入锅内，旺火烧成八成热。

然后一口气将泡姜、姜片、蒜片、干辣椒、洋葱、大葱一起倒入持续烧熟。

干炒三分钟后，倒入温水继续加热。待红油汤沸腾后加入泡酸菜、八角、山奈、香叶、草果等。

待二次沸腾后，先加入青笋头大火加热，近六成熟时，加藕片旺火伺候，约八成熟时，同时倒入鱼肉和木耳，一汆而过。

起锅后，在每盆汤中加入芹菜段、香菜、小葱，拌好即可。

这顿饭战士们吃得汗流浃背，眉开眼笑。饭菜一扫而空。

听着战士们的赞誉之词，他又有点懊恼，如果用的是骨头汤而非温水，效果是不是会更好一点呢？

"刘老兵，中午吃什么？"

一个单位不起眼却最不可缺的岗位就是炊事员了。

"吃肥肠和血旺。"刘汇海又要给大家做好吃的了，今天来中队现场指导的是卖猪肉的李师傅。

"好呢，吃肥肠血旺。"

明明是两道菜，偏偏只说一个名。

"这两道菜的制作程序清楚了吗，刘班长？"李师傅边比画着边说道，"煮猪血一定要小火，由外到内慢慢透熟。千万不能用大火，否则猪血容易形成蜂窝眼，且质地变老、变粗，不够细嫩。"李师傅交代清楚后送了一本线装本的《中国烹饪大全》给他，就走了。

将约十五斤鲜猪血用尖刀划成三厘米见方的块后，轻轻地倒入加了一半水的锅中，用盐调味后开小火，慢慢煮约两小时至猪血基本熟透，然后用微火煨着。

肥肠的重点在于洗，不净则带有浓浓的猪屎腥味。他今天早早就起床烧了一大盆热水，把五斤肥肠灌满水，再用长木棍缠着白纱布一寸一寸地往里穿、往里搓，把每一根肥肠的里里外外搓洗了三遍。

然后在另一口锅里加入适量的水，放入姜、大葱和洗净的肥肠，大火烧开后转小火煮约两小时至七成熟，捞起待不烫手后切成两厘米大小的块。

再用红汤将肥肠和土豆块一起熬煮一个小时起锅。

用芹菜末、香菜末、葱花、味精、香油、花椒粉、油酥黄豆、熟白芝麻调制的清汤血旺清爽、细嫩、鲜香，入口化渣、酥而不腻、回味甘爽。

而软软的红汤肥肠，色泽红亮、肉质细嫩、脆而不腻、回味厚重。

饭后，战士们强烈要求将这两道菜作为七中队永久保留的经典菜品。半个月后，所有的食材和佐料都不需要上称了，刘汇海的手一抓一个准。

一九九五年春节期间，支队后勤处供给科副科长赵卫到七中队带班两天，刘汇海更是拿出看家本领，变着花样的八大菜系、十二拼盘让人大饱口福。

一手炒、爆、炸、烧、烤、煮、煎、馏、蒸、卤等厨艺令人叫绝，菜品在两天中绝无重复、绝无雷同。当打着饱嗝的赵卫当众表扬他时，他又一次红了脸。

"怎么样？老高，刘汇海什么意见？"浦茂明关切地问。

"他呀，死脑筋，还是想学驾驶技术，不太愿意学烹饪技术。其实他在烹饪上还很有天赋，只是……"高文勇摇着头说道。

"这也难怪，在农村从来就不认为煮饭是门技术，而驾驶员都是很牛的，俗话说得好'喇叭一响，轮胎一转，丈母娘乐开了花'。再说了，这驾驶员隔三岔五还能休息一下，炊事员一年三百六十五天，每天三顿饭，一刻也不得休。"同样从农村走出来的浦茂明很有感触地说道。

"这一年，刘汇海确实很辛苦，一个人做近四十人的饭菜，夏天一身汗，冬天一身疮。这烧煤搞的他全年都是灰头土脸的。"高文勇感慨地说道。

"今年一环路以内的中队全部完成煤改气，以后食堂那块儿就干净多了。那就尊重他的意见吧，当然也要尊重全体战士的意见。"

五月的一天，高文勇和浦茂明宣布：经民主投票推荐，中队党支部研究决定，刘汇海到驾训队报到学驾驶。同时罗进和鄢晓华参加支队集中复习，准备军校招生考试。

年底驾训队最后一次长途出车训练时，秦天、阳连生、谭诣讴、胡燕伟、邓祖飞、韦丹波等同年兵退出了现役。

这一天驾训队刚进入达州境内，刘汇海的主管教练林平安像发疯似的把车停在路边，收集学员全部的钱，冲进杂货店买光所有的肥皂，一路狂飙向宣汉县昆池乡观池村飞驰。

所在地有西南石油管理局东川分公司的"渡一井"发生井喷事故。达州消防支队第一时间赶到现场处置。

重庆、巴中、南充、广安、广元、绵阳、遂宁消防支队先后被调出，总队长程佳强率司令部及相关人员连夜到达，和西南石油管理局东川分公司一道处理事故。高压喷出的硫化氢早已到达爆炸浓度极限，弥漫在方圆三公里的范围。

"硫化氢是一种易燃易爆的酸性气体，无色，低浓度时有臭鸡蛋气味，有剧毒，水溶液为氢硫酸。为易燃危化品，与空气混合形成爆炸性混合物，遇明火、高热能引起燃烧爆炸。"已是战训处副处长的李国慧记性真好，与抢险救援手册上的解释一字不差。

"西南石油管理局东川分公司抢险救援队在离事故点直线距离两公里处设立前沿指挥部，驾训队送来了五百块肥皂、五百个口罩。"李国慧继续向双眉紧锁、脸色凝重的程佳强汇报着前期处置情况。

"个人防护工作一定要到位。"程佳强忧心忡忡。

"前沿的水枪手都佩戴了空气呼吸器。全部参战人员人手一块肥皂，并详细说明使用注意事项。打湿后涂抹在裸露的皮肤上。"

灾情发生一周后，西南石油管理局东川分公司抢险救援队数次压井失败后，报北京部局同意，指挥部决定在放喷口点火引爆爆炸混合物，泄压封堵压井，并一致同意从消防部队中挑选一名人员执行引爆任务。

这是一项九死一生、几乎有去无回的任务，因为爆炸混合物的爆炸威力远大于TNT炸药。

"共计有一百一十名消防队员请求去执行这项任务，程总派谁去？请您定夺。"李国慧递上了人员名单。

"第一，必须是党员干部，年龄二十八至三十五岁。"程佳强看都没看名单，普通话说得缓慢但很坚定，"第二，本人不能是独生子女。第三，已经结婚生子！"

当达州消防支队的中队干部李文欣站在沉默、凝重的指挥部时，李国慧怕遗漏了什么，再次请示程总："准备酒吗？"

"不用，我要喝庆功酒。"

李文欣决然领命而去。

由于当时工作的需要，这次救险救援工作没有片言只语的对外宣传，而副总队长汪庆林有感而发的诗歌永远压在了箱底。

　　　　我们是逆行者
　　　　朝着相反方向的人群前行
　　　　哪怕前方有再多的未知与恐惧
　　　　我们也不断向前
　　　　因为忠诚是我们不变的追求

　　　　我们是逆行者
　　　　朝着偏远未知的任务前行
　　　　不管时间有多长装备有多重
　　　　我们也不断向前
　　　　因为纪律是我们永远的要求

　　　　我们是逆行者
　　　　朝着火光冲天的建筑前行
　　　　不管烟雾有多呛温度有多高
　　　　我们也不断向前
　　　　因为灭火是我们根本的职责

　　　　我们是逆行者

朝着急迫需要的人民前行
不管那事有多小难度有多高
我们也不断前行
因为人民是我们存在的意义

我们是逆行者
永远的逆行者

第九章

支队在五块石基地位址上新组建成立了特勤一中队，需要生活用煤当燃料，正在达县处理"渡一井"井喷事故无法抽身的林平安，只能通知支队让萧和替自己跑车拉煤，并再三叮咛，只能拉三吨，一斤也不能多。

想在晚饭前赶回部队，因此一分钱都没有多带的萧和，早早地吃过午饭，就驾车上路了。

拉煤的地点是在眉州市仁寿县天鹅乡夹背沟幸福煤矿。还是在他学驾驶的时候，师父带领他跑过两次。

五十公里省级公路，二十公里乡镇道路的路程，对他来说没有任何问题。他哼着军歌，"吧唧吧唧"嚼着炊事班熬制猪油留下来的油渣子，愉快地往目的地赶。

老板是师父的熟人，很仁义，收了三吨的钱，最后一斗剩煤友情赠送给消防队。

萧和紧赶慢赶往回走，天公不作美，刚往回走，雨就淅淅沥沥下了起来，虽说冬季的雨不大，但这场雨似乎没有马上要停的意思，他原本盘算着小半天的车程，所以根本就没有带车篷。行驶了好久，终于驶上省级公路时，才找到一个交叉路面的桥梁下避雨，这一等又是一个多小时。

雨停的时间大约是傍晚的六点过，他又发动汽车继续往回走。路面湿滑，车比往常开得要慢一些。

玉塘村的三道弯是回城的必经之路，在两百米的上坡路段里（坡度达到二十度），有连续三个超过九十度的回头弯，右侧是小山坡，左侧是落差近三十米的麦田。

不少老驾驶员称它为魔鬼路段。林平安每次拉煤都不超过三吨，经过这里时，都是以每小时六十公里的速度，一鼓作气，冲上去的。

萧和驾驶着汽车刚到第一个弯道，就心里发虚，暗暗叫道：不好。

停下来是万万不可能的，更加危险。是福不是祸，是祸躲不过。冲！

三吨多的煤经雨水浸泡，重量增加了不少，由于路面湿滑，速度没有提起来，当他把油门踩到底时，老旧的CA15K解放牌汽车，也只能以每小时四十五公里的速度向前冲。

他的操作已是无懈可击了，当"轰隆隆"的马达声，变成"嗒嗒嗒"的声音时，他知道该降档了：踏离合，出四档，空油门，进三档，踩油门，右满盘，前进。由于CA15K解放牌汽车没有同步器，降档必须两脚离合器，作为林平安最得意的弟子，他严丝合缝地极限操作，不到十分之一秒就完成降档全过程，完全听不到齿轮相卡的声音。

又是"嗒嗒嗒"的声音，左满盘，踏离合，出三档，空油门，踏离合，进二档，踩油门，前进……右满盘，踏离合，出二档，空油门，踏离合，进一档，踩油门，前进。

他身体前倾，双手紧紧地抓住方向盘，咬紧牙齿，汗水大滴大滴地从额头上往外冒，揪紧了的心不住地进行自我暗示：加油，冲上去，能行的！

老旧的车子终究力不负重，在距离坡顶四十米的地方蹒跚着蹦跶了几下就停了下来。

"不好！"萧和心中暗暗叫苦，拉手刹，踩刹车，吃一档。他想用汽车传动轴的阻力，来增加摩擦力从而防止车辆往后滑，否则，有可能车毁人亡。

不好，车子还是在往后缓慢地下滑，急中生智的他忙右打方向盘。"嗤嗤嗤嗤"，是右后车厢与右侧上坡凸出部分相互摩擦的声音，好歹车子磕磕绊绊地被山坡阻挡，停了下来。

他连忙下车，在不远处找到两块大石头，抱起冲过来，俯身塞在左右两个后轮胎下。

"呀——啊！"就在这时，车子又往后耸动了一下，他双手的食指和中指的指甲盖全部被轮胎和石块挤压破，殷红鲜血在皮肤和指甲盖里形成了一大片淤血。巨大的疼痛感让他面目狰狞，不住地在空中使劲地甩起手来。

过了好长时间，他才缓过劲来。下意识地又找来许多木块、石块塞进轮胎下。

寒冷而漫长的冬夜让蜷缩在驾驶室的他瑟瑟发抖，走得太匆忙，连大衣都没带。指尖已经发麻、发木。

他心里不住问，该怎么办？怎么办？

过了大约一顿饭的工夫。没有月亮，没有星星，漆黑的夜里没有一点光。路上也没有行人，偶尔有一闪而过的汽车，没有人注意到他。

冷风嗖嗖地刮，更冷了。可能只有零度，他猜想着。没有发动汽车，费油，如果油用完了，就更危险了。

战友们一定在等我回家，领导肯定很着急了。发动汽车，打开大灯，在驾驶室睡一晚上，等他们来找我？

"不，绝不！"那样我不成败兵了吗？我要当志愿兵，混出名堂才能回家，不能当败兵，不能失败，要像英雄一样回家，我要堂堂正正地把车子开回去。

说干就干，他感觉天也不是太冷，索性脱掉棉衣，拿上铁锹，翻爬上车厢，打开后车厢，煤炭"哗啦"落下一大堆。

他吐了一口唾沫在两只手上，使劲搓了搓双手。

"呀！"他大吼了一声便开始手脚并用，从车上往地下铲煤。两个小时后，全身汗透的他脱去线衣，铲下了大约半车煤。

他关上后车厢，跳上驾驶室，扭动车钥匙。"轰隆——轰隆"。挂一档，握紧方向盘，抬离合，踩油门，松手刹。"咦——"重量减轻了一吨半的汽车笨拙地在坡道上蹦跳了两下，终于缓慢向前了。

老天爷保佑！

"轰隆——轰隆"，他一直没有加挡，战战兢兢地开着汽车行驶了大约四十五米，来到了平坦路面

停车熄火，找出随车所带盛煤的竹筐。

铲煤装筐，弓腰拖筐爬坡前行，累了就改成推，两种姿势切换，不至于四肢过于胀痛。

滑倒了，再起来，继续往前。接着双手扬铲，把煤抛进车厢。刚开始，抛出的煤不是打在车厢上弹回来，就是抛歪了方向，洒落在自己身上。

一筐接一筐，飞奔往回跑。

一筐又一筐，一步一步往前挪，筐沿浸满了血，两只黑手掌中间的老茧磨破了皮，血红的嫩肉每每与铁锹、筐沿碰到，就会有一股锥心的痛；膝盖、袜子和胶鞋磨破了，双脚都冻麻了，没有了知觉；中午到现在没有进一粒米，一口水；全身酸痛的感觉早已过极限。

时有时无的雨水和汗水交织在一起湿透了他的全身，紧咬的牙冠外是紫黑发抖的嘴唇。

这是最后一筐了，他已拖不动了，只能推行，虚弱的身体没有太多的力气，只能完全跪在地面，俯下身子，低着头、弓着背、眯着眼，迷糊中亦步亦跪像朝拜者一样机械地、一点点地贴着地面蠕动前行。

"干就有希望，在哪里都是一样的。我是最牛的！"他一直在顽强地硬撑着。

四十五米的坡道上一条殷红的血道，裹挟着黑色的煤灰蜿蜿蜒蜒顺着坡道向下延伸着，当最后一铲煤划出一道美丽的抛物线稳稳地落进车厢时，天际边刚刚露出一抹鱼肚白。

就这样，近三千斤的煤被他一个人用一个夜晚，平移了四十米，抬高五米。

"来呀！我命由我不由天！"他绷着脸、昂起头、青筋凸起、怒目圆睁，右手举起紧握的铁锹，激昂地指向天空。

不知是否是之前个人的精神意志、肌肉绷得太紧的缘故，现在瞬间松弛下来，身体完全不受控制，萧和双腿一软，一下子就跪在了地上，俯着上半身，耷拉着脑袋，眼泪从眼角处潸然落下。

在特勤一中队出早操的时候，战友们熟悉的CA15K解放牌汽车摇摇晃晃地开进了营区，大家从驾驶室抬下似鬼非人的萧和时，他软绵绵的全身火烧火燎地发烫。

"五十七筐，两万五千五百步。"他那乌七八糟的梦话，谁也听不懂。

两天后，虚弱的萧和才醒过来。守在他身旁的林平安这才松了一口气。

"师父，我把车撞坏了，要处分我吗？"萧和首先想到的是那擦坏了的右后车厢。

"一整台车也没有你的命贵。"林平安怜爱中夹杂着怨言，"你为什么不把车门锁好，搭顺风车回蓉都，也可以就近去仁寿消防队呀？"

"去仁寿消防队，他们会理我吗？"他的问题和他一样傻。

"会的，天下消防是一家。"林平安继续说道，"仁寿中队的指导员是牟志刚，也就是你们新兵连二连的指导员，也是我新兵连的同年兵。"

"师父，不是说，武器是士兵的第二生命吗？我作为一名驾驶员，怎么能丢下汽车独自离开呢？"

一股愚不可教的怒气从心底升起，可林平安转念就发现他的身上有一种东西，似曾相识。

这期驾训队在结业的前一天晚上，林平安叫上刘汇海到自己家里去吃晚饭。

丈二和尚摸不着头脑的刘汇海到了林平安的家里，才发现萧和已经先一步到达了，并被告之今天是师父的生日。

他有点懊悔，早知道就买点水果当礼物了，不过他很快就释然了，因为他发现萧和也没有带礼物。

这是一间筒子楼里的小套二居室，桌上摆了五个人的碗筷，师父师娘是认识了，待刘汇海和萧和坐上桌，才发现当中坐了一位与他俩年龄相仿的紧衣束身妙龄女子。

桌上放着两盆热气腾腾烫菜，很可口，有点像火锅的味道。师父说是她的手艺。

她叫林霞，是师父的亲妹妹，没说一句话，默默地吃了几口饭菜，就借口出去了。

由于师徒三人都没有执勤备战的任务，自然而然地端起了酒杯，林平安很有感慨，回想起当兵的这十二年，不禁红了眼，他俩也知道，年底师父就要复员了，也不会怎么拉话，闷声闷气陪着林平安喝酒。

酒过三巡，林平安的话就多起来了，一高兴居然要给他俩讲一个尘封多年的故事，师母白了他一眼，起身又把菜热了一回。

故事已经是很多很多年前的了。

第十章

　　飞机一进入东川上空，就听见下面稀里哗啦，有人说是在打麻将，如果在二十世纪六七十年代，就还有一种可能就是渠县人民在喝稀饭。而贵福乡一年到头有稀饭吃就不错了。

　　清末民初贵福乡里有一姓林的大户人家，绅家名望，祖上出过武举人，勤俭持家，家业庞大，农工商学，博种多产，有田数十亩，放租也可安逸生活，睦邻广施，外尊内祥。

　　民国五、七、十二年，林家连续生下三个男孩，依次取名兴国、兴族、兴家。

　　林家老爷大喜，捐出土地五亩、白银五十两为乡邻建私学堂一所。

　　一九三七年七月七日，"卢沟桥事变"。月底，二十一岁的大学三年级学生林兴国弃文从军，报考杭州航校第三期飞行学员。

　　老大林兴国中等身材、仪表堂堂，四川大学国文专业的高才生，足球队队长，擅长西洋舞，精通英语、俄语，是学校里的美男子。聪慧的他，半年后便取得初级飞行资格证，时常驾机翱翔在蓝天上。不久被派往战斗机编队训练，接受新"霍克"战机的飞行训练。

　　半年后，林兴国和战友们按照上级指令转场到达蓉都凤凰山机场，开始进行特别轰炸训练。每次飞机飞到川东渠县一带，他都让飞机飞得低一点，看一看故乡的家人。

　　五月的一天午后，林兴国和另外八名战友驾驶的三架"马丁"139WC型轰炸机，先从汉口王家墩机场起飞，中途在宁波栎社机场补充燃油后，其中两架趁夜色远征日本本土。当飞机飞到九州岛上空之际，他们投下一百多万份警告日本当局的传单，震惊世界。

九月，日本飞机频繁轰炸蓉都。上旬的一个午后，二十余架日本战斗机、轰炸机杀气腾腾地扑向蓉都。

林兴国所在的第四大队二十一、二十二中队十八架新"霍克"战斗机从蓉都太平寺机场傲然升空。这是他第四次参加空中战斗了，先前的兴奋、紧张早已被沉着、冷静所代替，与生俱来的胆大、心细、资质超群使他太适合做飞行员了，四次战斗已经击落四架敌机，升任副中队长了。

日军战机凭借着日本强大的工业基础，更新换代非常快。新"霍克"战斗机两年前在综合性能上比日军的九零式战机强，与九五式持平，不及这两年的新飞机九六式和晚一点的九七式，更别说后来的零式战机了。

空战的结果的确与飞机的性能有很大关系，但更重要的是驾驶员的技术、心理状态、天气原因以及求之不得的好运，最后还有最关键的一点——团队的战术打法。

双方战机在德阳上空相遇，林兴国习惯性地把飞机拉得很高，躲在云层之中，待接近敌机之时，他立刻加大油门，发挥新"霍克"战斗机速度快、机动性好的优势俯冲扫射攻击敌机。"突突突"一击致命，一架九零式战机拖着黑烟坠向地面。不过他的座机也被一架九五式敌机咬上了，他握紧操纵杆来了一个漂亮的翻转、拉升、俯冲，再接一个大斜线高速的拉升，成功地甩掉了敌机，马上又寻找第二个目标。

稻田一本驾驶的九零式轰炸机刚投下炸弹，就被林兴国驾驶的新"霍克"战斗机的12.7毫米机关枪打得稀巴烂。而躲在云层中的九五式战斗机也向他的战机射来一束子弹，右翼中弹，受伤的他马上俯冲加速驶离战场。好在新"霍克"战机机身厚实，虽然丧失战斗力，但还能够基本保持飞行状态。当摇摇晃晃的战机迫降在内江的一处草坪上后，飞机彻底毁坏了，林兴国昏厥在机舱里。当地军民马上把他抢救出来，送到蓉都救治。

一九三九年元旦，重伤初愈的林兴国在老家娶了十七岁的大家闺秀杨彩莲。月底林兴国返回部队。

二月，中国空军中最精锐的第四大队从蓉都太平寺机场转场至重庆广阳坝机场驻守，保卫重庆。而林兴国所在的中队继续留在蓉都保卫蓉都和兰州。

兰州是苏联援华的中转站，大部分的援华物资都是先空运至兰州，再发往抗战前线。所以兰州机场自然就成了侵华日军司令部的眼中钉，日本空军对兰州机场和市区的轰炸就是家常便饭了，激烈的空战不可避免。

某日，日军九架"伊"式轰炸机和十二架九七式轰炸机从晋南机场起飞，前往兰州进行轰炸。兰州空军在靖远县上空与敌机展开激战。

蓉都空军的两个中队迅速从太平寺机场起飞,堵截敌机的退路。冲在最前面的林兴国驾驶他的I-16战斗机迅速地绕到一架"伊"式轰炸机身后,不料一阵猛烈的扫射让他只得又远远地避开。他这才发现,原来"伊"式战机的后上方装有一挺12.7毫米机枪。于是,他改变战术,又从后下方贴近另一架敌机。这次他终于顺利地锁定了目标。一阵扫射过后,敌机冒着烟火掉了下去,在半空中炸成了碎片。据后来查明,这架被林兴国击落的轰炸机驾驶员是第十二战队的关口苏雄,这个被日本空军称为"四大天王"之一的王牌驾驶员,轰炸过南京、上海平民的刽子手就这样下了地狱。

一周后日军再次出动九架"伊"式轰炸机对兰州市区进行轰炸,轰炸机编队在五千米高空投下五十四枚五十千克的炸弹,给兰州市造成巨大的破坏。林兴国、毛瀛初、刘炯光和战友们驾驶十二架战机紧急从拱星墩和西古两机场起飞迎敌。

战斗在黄河大桥上空打响。

缠斗中,日军第九十八战队的上田和松尾驾驶的战机被击落,其余七架"伊"式轰炸机全部被击伤。

这一次是本月第五次中日空军大会战了,日军出动三十余架轰炸机在六架战斗机的护航下,分为两个编队同时向兰州和蓉都扑来,妄图炸毁我两地机场。两地的上空展开了中国空军参战以来最为惨烈的厮杀。

一架又一架的中日战机被彼此相互击毁。

林兴国击毁一架日军轰炸机的同时,自己也被敌战斗机击中,高度在逐渐下降,速度在逐渐放慢,而他不撤不退,抱有必死决心,迎着敌机一次次冲锋,做出同归于尽的举措。吓破胆的敌人胡乱地扔下炸弹慌忙撤退了。当他的战机蹦蹦跳跳降落在机场时,他再次因为伤势过重而晕了过去。

一九四一年十二月七日,珍珠港事件爆发,中美英随即向日本宣战。中美英苏建立战略同盟,盟国援华进入高峰期。

次年立春之后,林兴国随队转场昆明,与美国援华空军"飞虎队"并肩作战。

活泼、幽默、谦虚、勇敢、好学的他很受"飞虎队"指挥官陈纳德赏识。陈纳德认为他战斗意志强悍、飞行技术一流、团队配合默契,是整个服役飞行员中战果最辉煌者之一。

而林兴国打心眼里感谢这位把中国抗战事业作为自己毕生奋斗目标的异国将

军，并且非常推崇陈将军的"双机联合作战模式"，能较好地克服飞机性能上的劣势，与日本先进战机相抗衡。

昆明作为盟国援华的中转站和中国远征军远征缅甸的大后方，有着十分重要的战略地位，空袭与反空袭所引发的激烈空战很多。

十月的一个大雾天，日本空军突然袭来，中美联合空军三十七架战机升空迎敌，只有十七架返回基地。

林兴国的战机再也没有……

同月，林兴国的儿子林浩然出生于老家渠县。

在林兴国的遗物中，有一封未曾发出去的家信：

　　吾妻珍重

　　国运不济 倭寇肆虐 战火蔽日

　　义国舍家 聚少离多 愧为伉俪

　　孝敬父母 贤妻良媳

　　偶得一儿 天佑林家

　　天有不测 见信夫罹 自由随愿

　　假时鸿运

　　尊鳏独妪老者 十之三四为国军父母

　　善残缺盲障之士 十之五六为国军兄弟

　　怜寡慰孤 十之七八为国军妻儿

　　吾妻珍重

"卢沟桥事变"的同年八月，十九岁的大一学生林兴族在渠县入伍，加入杨森部二十军一三三师三八九团二营六连任勤务兵。老二林兴族身材魁梧、四肢修长、膂力过人，爱好武术，写一手好字，很快部队开拔前线，边走边训，边走边打。

出安顺，集贵阳，停辰溪，至常德，会长沙，过武昌，经汉口，达上海。

步行，牛车，汽车，木船，轮船，火车，停停走走，用了近二十天的时间。

一路走来，从最初满脑子亢奋的报国热情中逐渐平复下来，尤其是看见不计其数的国军伤员和万人坟墓时，林兴族有点害怕了，进而犹豫了，后悔了，再一次评判这一次当兵的冲动行为是否值得，连一封家书都没有，招呼都没有打，就匆匆上路了，从小家里就付出了巨大的财力供三兄弟上私塾，读国小，国中，进而赴外地进大学求学，现在想来，待完成学业，工科救国，科技强国，难道不能更好地报效这个国家和民族吗？

好在有同县同学羌族青年殷晓峰、张文忠相互陪伴，加之连长见他有文化，字写得好，留在了自己身边，抄抄写写干一些文字工作，连枪都没有配发。林兴族心里盘算着，兴许一年半载就能解甲归田了。

九月底，林兴族所在的连到达上海市区顿悟寺接替友军布防，阻挡日军主力师团的进攻。

战斗于正午时分打响的。猛烈的炮火来自地面和空中，轰炸足足持续了近两个小时，壕沟与掩体瞬间就被摧毁了一大半，张文忠的身体被炸成三块，嘴里的馒头被血浸染成红色。

两个联队的鬼子在八辆坦克的引导下猛烈地向桥亭宅、顿悟寺、蕴藻浜、陈家行一线进攻。

飞机炸弹、榴弹炮弹、迫击炮弹、坦克炮弹像蝗虫般依次光顾着国军的将士们。密集的轰炸刚一停，连长就让大家上阵地。轰隆轰隆的坦克声由远及近，排长刚一冒头，喊了一个打字，就被一颗子弹正中眉心。

林兴族猫在战壕里，胡乱开了一枪。坦克上的机关枪子弹像倾盆大雨般压得大家抬不起头来。对大多数川军来说，这是第一次与坦克作战，根本没有正确的应对之策。

如此劣势的武器与日寇机械化部队的飞机、大炮和坦克作战，怎能抵挡得住！防线很快就被突破了，当一名敌军的三八大盖长长的刺刀捅进班长的小腹，林兴族因恐惧晕过去了。

什么时间醒过来的，他也不知道，漫天黑漆漆的。好不容易从厚厚的死人堆里爬了出来，坑道里全是断肢残腿、殷红的肠子、心肺、脑浆，还有就是未得到救治的重伤员断断续续的哀号和惨叫。

万幸的是殷晓峰还活着，两人抱头的一瞬，泪流满面，压抑着没有哭出声来。一个团的人，半天死了一半，还有五分之一受重伤，能坚持战斗的缩编为一个连。阵地几次易手，关键时刻后援部队的增援，才确保了阵地不丢。

军长杨森每天向阵地增派一个团，连续七昼夜，以死伤超过七千人的代价，使日军未能前进一步。而他们的对手，日本精锐的第十一师团的两个联队也增加到四个联队。

此后的半年时间里，林兴族所在的部队转苏州，战常熟，近南京，到安徽整补，守安庆重任。

林兴族一路转战，听闻沦陷区"三光政策"导致哀鸿遍野、残垣断壁、寸草不生，而在这个多灾多难的国家里，见到的是不管高官富商，还是贩夫走卒都拿起武器义无反顾投身到这场血战之中。

走走停停，边走边学，边走边打，一身德式装备的林兴族俨然有了老兵的派头，官职副班长，作战经验也十分了得，所在的营驻守安庆大王庙一带。

安庆居于武汉和南京之间，战略位置举足轻重，在南京失手后，日军要侵略武汉，就必须先行强占安庆，再利用安庆的机场轰炸武汉，安庆成为日军攻占武汉的大跳板。

一九三八年六月某一日夜，载有波田支队八千人的日本海军中国方面舰队第三舰队一百余艘舰船，在日本航空兵团第三飞行团五十余架各式战机的掩护下向安庆发起进攻。

日军的一个登陆点就是大王庙，日军的舰炮和空中轰炸全面压制了中国江岸防军的火炮。

幸好此次战壕挖得有点特别，在正常的作战壕沟后五米的地方，又有一条很窄的反斜线深壕沟，专门用来躲避炮弹的，缺点就是不便观察战况，两条壕沟由纵向的通道相连。

日军此次登陆前的大轰炸并没有造成太大的杀伤，但是他们前进的速度还是太快了。

当林兴族和战友们进入前沿战壕时，日军已经开始构建滩头阵地，并强占制高点，战斗依旧激烈无比。第一道防线被突破后，伤亡超过了百分之四十，撤退命令到来时，又给林兴族多加了一条，令其带领全排坚守两个小时，为全营断后。

才坚守了一个小时，战斗减员就超过了百分之五十，这仗没法再打了，又一次打退了敌人的进攻后，林兴族趁夜摸黑，扔了几个假人在阵地上，果断地命令仅存十来号人，悄无声息地撤退了，但仅仅撤退不到一公里，林兴族又让大家紧急设伏，突然袭击一下在追击过程中大意的日本兵。就这样撤退中有伏击，撤退中又有反击。巧妙地利用田埂、树林、山洞、溪流等地理环境条件，林兴族指挥的这支小分队打中有藏，撤退与攻击相结合，圆满地完成了断后的任务，并且歼灭敌人二十多人，战损比奇迹般达到了1∶1。

随后，林兴族被任命为少尉排长，手下却无一兵一卒，需回川招募新兵。

完成新兵招募工作的林兴族，还要在半年的时间里，带领全排新兵进行专门训练，内容包括兵器知识、兵器操作、身体检查、体格训练、战术理论、格斗厮杀、手语、旗语、站岗警戒等科目。

一九三九年九月中下旬，第一次长沙保卫战打响了，日军第三十三师团攻占桃树港，继续向福石岭攻击，遭到第二十军的顽强阻击。

初战极为顺利的日军第三十三师团有点骄横了，为了抢头功，想占领渣津后，再进攻平江地区，而后与第六师、上村支队、奈良支队围歼第十五集团军。

没有等待空军的支持就向福石岭疾驰，最前面的两个中队有点脱节，林兴族所在营在福石岭第一道外围防线依托田埂和缓坡，突然向日军发起了攻击，完成阻敌四个小时的任务。

后续日军充分发挥部队火炮猛、机械化速度快的优点，向中国守军阵地发起猛烈进攻。林兴族沉着冷静地指挥全排人员，以有效地射杀坦克后面的日军步兵为主，并安排专人组成的敢死队用汽油瓶、炸药包、成捆的手榴弹来对付敌军坦克和装甲车，用培养的狙击手来消灭敌军的机枪手。

整个长沙会战一个显著的特点，就是战略指导思想始终以逐次撤退抵抗消耗敌人，以空间换时间，拖垮敌军的补给线，寻找战机围歼突进无援之敌。

当林兴族所在的营伤亡到达百分之四十时，团部命令他们向第二道外围防线撤退并与友军设防，继续阻挡敌军前进。敌三十三师团连续三日猛攻，始终未突破福石岭防线，二十七日，敌军出动轰炸机对福石岭阵地实施地毯式轰炸，中国军队伤亡惨重。

而此刻在林兴族头顶英勇的中国空军两架新"霍克"战机决然向八架敌机飞去，在击毁两架轰炸机的同时，也被护航的战斗机击毁，先后撞毁于敌军阵地，引发熊熊大火，损敌无数。而敌轰炸机一名驾驶员跳伞降落在福石岭附近的周庄，两军为抢夺飞行员展开了血腥的激战。双方反复冲杀后的小小石岭尸横遍野，血流成渠，田水尽赤，红遍山岭；大刀钝口，刺刀卷曲，枪托断裂，尸体一层摞一层。

在两个营几乎都要拼光了的情况下，生擒敌军飞行员。殷晓峰的身体被机枪子弹打成了马蜂窝，林兴族左肩和右小腿先后被子弹击中，重伤晕倒。

六个月后，林兴族伤愈归队。

一九四一年秋季的第二次长沙会战揭开序幕，敌我双方在新墙河西岸的四六方展开激战。战斗中我军遭遇敌机轰炸，伤亡惨重。

林兴族挥舞着大刀大喊着砍向敌军。肉搏之中，敌军刺刀再次刺中了他的右腿。在这危难之际，师警卫排突然杀到，血泊之中的林兴族捡回一条命。

日军在拂晓时分突袭我军新墙河北岸的阵地，双方在北岸激烈厮杀，第三次长沙会战由此打响。

仇人见面分外眼红，身为连长的林兴族率领全连，接连杀退日军一个中队的十次进攻，轻重伤员血战不撤，抱着残缺之躯坚守阵地，日军始终无法突破我军防线，即使日军在战场上释放了毒气弹，也无法攻克我军阵地，最后只得集中大炮朝正在厮杀的北岸阵地进行密集炮击。林兴族连与正在缠斗的日军一起，全部被日军大炮炸死。

战后打扫战场无一具全尸。

现在来说说老三。

一九三八年秋，当十五岁的林兴家从国立中学赶回家里时，才得知大哥、二哥从军奔赴前线去了，音信全无，生死未卜。林家老爷和老太太哀求小儿子：为林家家业、香火考虑，不能再上前线了。并锁门囚禁了老三。

第二年，兴国病回，立刻婚配。

一九四○年春，想求学的林兴家说服家人，只身前往昆明，报考了西南联大，成了一名大学生，并牢记家训：两耳不闻窗外事，一心只读圣贤书。

一九四一年二月，根据《中英共同防御滇缅路协议》，当时的中国国民政府组建中国远征军。该军由第五、第六、第六十六军编成，计九个师十万余人。

由于要与英美联军并肩作战，部队需要大量精通英语的军人，所以远征军在一九四一年秋开始在各大高校招收军人。林兴家心如刀割，痛定思痛，一封家书，舍孝尽忠：

父母亲大人，安好！

百事孝为先，体恤孝敬父母，本男儿首责，果谨遵家命，独偏居一隅求学。然今中国狼烟四起，强寇逼境，生灵涂炭，

好男儿挽弓扛枪，保家卫国，奋勇杀敌；

妇孺缝衣送粮；

今僧道医工匠娼丐，出力捐钱赠物；

更有滇川两地近百万妇、孺、老、病、残者，修筑数十座机场和滇缅公路、滇缅铁路。

累累白骨催后人前仆后继。

先祖武举人发迹，慷慨赴国是使命所然，今国将不国，兴家不敢苟且偷生，就让我成全林家满门忠烈吧！

跪别。

　　精通英语和日语的林兴家给国军第五军第二百师师长戴安澜当了卫兵，大约用了小半年的时间学习的枪械、驾驶、游泳、泅渡、谍报、翻译、看图、侦察、警戒、渗透、格斗、自救、生存、传达、手语、旗语等作战技能，于一九四二年二月二十五日，随二百师一万一千人进入缅甸，协同英缅军对日作战，给日军沉重的打击。

　　第五军是国军正面战场五大主力之一，而第二百师是第五军的绝对主力，这支英雄的部队参加过台儿庄、昆仑关等战役，击毙了日军第五师团第十二旅团旅团长中村正雄少将。

　　作为第二百师的主将戴安澜将军，被人们比作北宋民族英雄狄青：智勇过人，勇不可当，所向披靡，战功卓越。

　　三月中旬的同古战役是林兴家从军入缅打响的第一仗，也是当年缅甸战役中最艰苦的一战。

　　同古（又称同吁）是南缅平原上一座小城，人口十一万，南距缅甸首都仰光两百六十公里，北离曼德勒三百二十公里，扼公路、水路、铁路要冲，城北还有一座克永冈机场，是仰曼铁路的重要城市和战略要地。先前驻守于此地的英缅第一师士气极为低落，即不了解敌情，又未做迎战准备，已逃到普罗美去了。

　　进攻之敌是拥有两万余人、武器装备明显优于我部的第五十五师团，此部参加过淞沪会战和长沙会战，部队中老兵居多，战斗力很强。

　　激战十二昼夜，孤军奋战的二百师阻敌数倍，戴安澜将军寝食难安，看着地图，不停地听着下属的汇报，沉着冷静地调兵遣将部署战术措施，应对极度不利之局面。

　　指挥帐篷外，几天未休、眼睛布满血丝的林兴家紧握冲锋枪，警惕地注视着四周和天空，防止意外发生。

　　日军遭到太平洋战争开战以来未曾遇到过的最猛烈抵抗。二百师虽三面受敌，却能御敌于城外，让敌军无法前进一步。

　　恼羞成怒的日本南方军司令官寺内寿一大将急忙派第十八师团和第五十六师团增援五十五师团。

　　战场的均势迅速被打破，二百师陷入困境。

　　好在增援的我第五军新二十二师从日军两个师团的包围圈中，活生生撕开一个口子，从南阳车站背面杀出一条血路，接应二百师转移。

林兴家收拾好有用之物，销毁无法带走的东西，跟随着皮鞋擦得锃亮、军服笔挺、风紧扣扣得严丝合缝的戴安澜将军从容突出重围。

此战二百师以伤亡两千余人的代价，歼敌五千余人，名动欧美。

但接下来的战局急转直下，英国缅甸军司令官亚历山大，这位英军将领两年前在敦刻尔克组织了英法联军大撤退，两年后又在缅甸组织英军大逃亡，可见，他是一个很会指挥撤退和有着丰富逃跑经验的将军。

现在他正带着装备精良的"长腿"部队，以打破吉尼斯世界纪录的速度，逃亡印度。他可以一枪不发、一炮不打一天就逃跑两百公里，一次性连续逃跑一千公里，从而把整个西线拱手让给了日军，并且招呼都没给友军打，让中国远征军的侧翼完全暴露在日军的铁蹄之下，情报不准，远征军成了睁眼的瞎子。

嗅觉极为灵敏的敌五十六师团沿着滇缅公路千里奔袭，直插远征军的后方重镇密支那。从而截断中国远征军回国的后路，继而攻占腊戌、芒市、龙陵，直到中缅边境的咽喉要道惠通桥。

昆明告急！重庆告急！

万不得已，只有炸毁惠通桥，让湍急的怒江成为阻挡日军前进的天堑。

英军的溃逃，让没有空军支持十万中国远征军面对日军装备精良的第十八、第三十三、第五十五、第五十六师团十二万人。

第一次远征军失败了，败在了天时、地利、人和。

经密支那回国也不可能了，没有后援、没有友军、没有给养，中国远征军最后的决定是翻越野人山回国。由此近四万名远征军将士长眠野人山。

为掩护军部和卫生队撤退，二百师在腊戌附近与敌军激战，边打边撤，突然间，大批的日军坦克和装甲车从公路旁杀出，日军的一发迫击炮弹飞过来，师长戴安澜将军腹部受伤，一名团长当场被炸死，林兴家猛然背起受伤的师长，在警卫营的掩护下，一阵猛冲。

黄昏来临了，天色阴暗，日军的包围圈缩小了，林兴家和另外三名战友用简易担架抬着戴安澜将军与警卫营一部分官兵突围，迎面遇到了一股日军，林兴家机智地用日语向日军喊话，日军还以为是自己人，就放他们过去了。

收拾好被打散的部队，辗转进入野人山。

野人山又名枯门岭或胡康河谷山，位于中国和缅甸、印度交界处，位于缅甸最北方，接冰雪皑皑的喜马拉雅山，东西皆为高耸入云的横断山脉所夹持，方圆五六百公里，为迈立开江和亲敦江上源各支流的分水岭。最高点本帕本山，海拔3411米，为缅甸少数海拔超过3000米的高峰之一。

野人山，缅甸语意为"魔鬼居住的地方"。野人山山峦重叠、林莽如海、树林里沼泽绵延不断、河谷山大林密、财狼猛兽横行、瘴疬疟疾蔓延，山区还生活着一些尚处在原始部落时代的野蛮族群，传说中的野人——克钦人。

由于没有医药，戴安澜将军的伤势无法得到医治，伤口开始溃烂，持续高烧，一时昏迷，一时清醒。部队粮食极少，战士们只能吃一些野菜、野果充饥。林兴家偶尔会讨点稀饭、搞点野味和鱼、泥鳅之类的东西来照顾身体每况愈下的戴安澜将军。

最要命的是二百师进入野人山的时季正好是雨季。各种森林疾病快速地传播着。

生病的人必须服用一种叫作奎宁丸的西药。否则病情将越来越重，而这种药，部队储存的非常少。越来越多的重伤员和重病患者不愿拖累大家而自行了断。

看得见的威胁来自敌机的轰炸、野人的偷袭、猛兽的攻击。

而那些看不见的威胁让人防不胜防，且更为致命：硕大的蚊虫铺天盖地袭来，加快着疾病的传染；被雨水喂肥的蚂蟥，成群结队地出现了，它们看到走过的远征军，就悄无声息地纷纷往上爬，向裤管、脖颈、袖筒里拼命地钻，而等到战士们发现它们的时候，身上往往已有了几十条蚂蟥，蚂蟥一半的身体钻入了体内，一半圆滚滚的身体还露在外面。

进山的第九天，连续高烧几天、昏迷不醒的戴安澜将军突然醒来，询问部队情况，林兴家避重就轻安慰着他：部队已全部归建，人员伤亡不大。

之后林兴家即刻赶到最前面开路的尖刀连寻找参谋长，而尖刀连的一个班走累了，躲进一个山洞躺下休息，谁知他们竟再也没有起来。夺走他们生命的就是热带雨林特有的瘴气。

科学的解释瘴气应该是热带雨林中的动植物腐烂后，污浊的臭气不能挥发，积攒而成的有毒气体。就如今人们常说的沼气或天然气。当初三国诸葛亮南征，很多士兵因为不明这种特有的自然现象，倒在了丛丛密林之中。

第十天夜晚，戴安澜将军最后一次醒来，目光逐一望向大家，落在林兴家身上，用尽全身之力发出微弱之声："孩子，回家！"

大家接受不了这个打击，纷纷抱头痛哭，发誓要把戴安澜将军的尸体抬回国。

三天后，因为将军的尸体腐臭，林兴家和战友们只好火化尸体，尸骨放进骨灰盒，林兴家背在后背上，继续走在回国的路上。

部队行进在遮天蔽日、云迷雾锁的树林里，爬山攀岩、涉水渡河，艰难向前。连日来大雨滂沱，疾病肆虐，成群结队的战友倒下去了。

　　缺衣少食的林兴家极度虚弱，阴风魅影、鬼哭狼嚎的幻觉时而萦绕在他的脑海，迷糊中栽进了泥泞的沼泽里去了。战友们把他抢救起来，不久他身体开始发热，神志开始恍惚。在他昏迷的两天的时间里，他总是喃喃自语："回家了。回家了。"

第十一章

躺在床上的林平安两口子待隔壁的林霞睡下后说起话来。

"你今天把他们俩叫来，就是吃顿饭这么简单的事吗？"师母不解地问道。

"当然不是了，林霞也不小了，总要留个后手吧，这两小子模样一般，文化也不高，的确有点委屈了咱林霞，那也是没办法的办法。林霞又不要朋友，过完年就二十三岁了，不小了。"他为了这个妹妹操碎了心。

"林霞没有看上他俩。如果没有生在你们林家，那不是一般的高富帅能娶咱们林霞的。"她愤愤不平地说道。

"我知道，这两个兵人很老实，没有坏心眼，真的成了，对林霞一定好。尤其是那个萧和，对消防事业充满热情、真心和信仰。工作中有一股玩命的精神。比我当年还要猛。

"当然这件事只能慢慢来，还要看他们俩能否转志愿兵，否则一切都免谈。"

隔壁房间床上的林霞蜷缩着身体，辗转难安。她搞不懂，哥哥为什么要告诉这两个兵，她开了一个麻辣烫店，并叫他们有空到店里面去看看。回想起开店的艰难历程，她不禁流泪了，不过，她不后悔。

从小她就和哥哥亲，哥哥还常说，她本来是吃穿不愁、一生荣华富贵的大小姐，可是后来却变了模样儿，当然那已经是梦里的事了……

抗战进入最为艰难的最后两年，国家经济快到崩溃的边缘，非沦陷区的劳苦大众节衣缩食鼎力支持着抗战，川军近三百八十万好男儿上了前线，身为族长的林家老太爷，不断地变卖家产，捐钱捐物，减免地租厚待乡民，当全国人民终于等来抗战胜利之时，渠县林家接到了老大、老二的阵亡通知书和老三的失踪人员名册。

林家老太爷无法接受这个事实，一命呜呼。老太太哭瞎了眼睛，杨彩莲抱着三岁的儿子悲痛欲绝。族人以跪拜的方式将三兄弟的牌位迎送至林家祠堂。

连年战争，林家家势衰微、产业荒芜，三代人贱卖良田、遣返用人，守住家业紧缩银根、节俭度日。

无数人都在有意无意觊觎着林家的家业，好在管家林四勤勉地操持家务，有条不紊地管理着家族产业。林四是林老爷早年在重庆收养的孤儿，随了林家的姓，刚好比林家国大十二岁，右脚有点跛，话不多，庄稼地里的一把好手，林家三兄弟都是在林四的脊背上成长起来的。

老太太思儿成疾、身体每况愈下，整日诵经念佛。杨彩莲裁衣纳鞋，教儿识文断字。

渠县解放前，老太太驾鹤西去。不久土改到来，林家仅存三亩良田，定为富农。孑然一身的林四自立门户，分得良田两亩。

孤儿寡母的生活每况愈下，杨彩莲带着九岁的儿子下田耕种，同时不断地变卖着自己随嫁的私产，补贴家用。林四全力护主，帮衬着林家。

林浩然的腿有点瘸，加之家庭成分不好，招工、考学、参军都不行，直到一九六六年才和一个哑巴女子结婚。

婚后，他对哑女极为疼爱，经常手拉着手一起出工耕田，要有谁对哑女露出鄙夷之色，都将迎来他愤怒的眼神。

只要有一丁点儿好吃的，他一定会给妈妈和哑女留着。他教她认字、画画，还唱歌给她听，当然他必须要做的是给她讲英雄的故事。每当杨彩莲看见这小两口恩恩爱爱时，笑着笑着眼泪就出来了。

一九六八年，哑女生了个大胖儿子，取名林平安，意欲一生平安。杨彩莲松了一大口气，常年紧锁的眉头终于舒展开来。一九七四年林家又添一女，取名林霞。同年杨彩莲病重，拒绝治疗，不久就去世了。

林平安总是背着妹妹一起玩耍：带她钓鱼、网虾、掏蛋、捉鸟、骑牛、吊拖拉机。最远一次，哥哥背着妹妹走了十五里山路，横跨三个乡镇看了生平第一场坝坝电影，高兴得她连续絮叨了三天。

当有人对他们兄妹俩指指点点，说三道四：爷爷是国民党特务、奶奶是臭婊子、爸爸是瘸子，妈妈是哑巴。林平安总是一手拿砖，一手握棍，不要命地冲上去与人搏命。

有一次林平安一个人打三个人，寡不敌众，被别人按在地下打，他不哭也不求饶，趁人不备张口就咬。伤者家属不服，找上门来。哑女妈妈手提一把砍刀就冲了出来，护着兄妹俩，林浩然警告众人：不要欺人太甚。

早前林霞遇上这种事先是哭，再大一点，就不哭了，成为哥哥的小帮手。

初中毕业后，林平安就不去上学了，回到家里成了顶梁柱，照顾着残疾的双亲和小妹。一九八四年春，东川消防部队到渠县接兵，林平安想去当兵。

乡上人员念其可怜，就支了个招，去找接兵干部沟通一下。时任支队防火一科科长的季忠斌，作为接兵团副团长负责渠县四个乡镇的接兵工作。

林平安一见面，就跪下了，把家里情况详细地给季忠斌说了。血气方刚的季忠斌就把他带到了部队。

从小就知道自己家与别人家有些不同的林霞，生活、学习中有一股狠劲，而体现在学习上，就是各方面都很拔尖。

哥哥当兵走后，她每天都要往返八里山路，离家到学校读书、完成所有作业。然后把书包放在学校，一身轻装，一路小跑回到家里，抢着做家务活。

哥哥每年要节省一半的津贴寄回家里。她也知道，读书对于她来说是全家最奢侈的消费。

火热的生活依旧无法温暖她那颗冰冷的心，即使考取了全班第一，获取了助学基金，她呈现给世人的还是那双冰冻的眼睛和冰雕的脸。直到一九八九年情况才好了许多。

这是因为哥哥第一次专门给妹妹写了一封信，告诉她，一定要好好学习，争取考上大学，自己就是文化太少，否则早就考上军校提干了，现在改革开放十一年了，国家和社会需要大量的知识型人才，书越读得多越有用。他年底就有很大可能转为志愿兵，家里的经济情况将会宽松许多。

而在班上，她明显感觉到，那个每次考试都得第一、长得帅帅的男生班长对她有好感，因为她觉得他看她的眼光有一种异样的感觉，含情脉脉的电波天然地带有一种关切、重视、欣赏和一往情深。她对这种感觉是心动的、敏感的、愉悦的、期盼的。

高考结束了，她发挥一般，没考上。帅气的男生邀约几个同学去她家看她，本想鼓励她复读一年，来年再考，但是当大家看了她那一贫如洗的家后，帅男生一句话都没说就默默地走了。

懂事后的她，第一次流泪了。擦干眼泪，收拾好行囊，投奔哥哥来了。那时哥哥刚结婚，嫂子是郊区的农民，独女，母亲走得早，老丈人是村里的书记，历尽千辛将林霞的户口上到了村里，之后不久就去世了。

村里的土地早也租给了工厂，不用种粮了，公粮由工厂代交了，年底还要给村民分红，但是并不多，工作还是要找的。

林霞的第一份工作是在麻辣烫店穿串，工钱根据穿串的数量和卖出去的数量来计算。

这份工作和正常的作息时间差别有点大：星期一至星期五从下午四点上到第二天凌晨两点，星期六、星期日从上午十一点上到第二天凌晨两点。不仅辛苦还伤身体。哥哥让她换个工作，她却说，这是她的第一份工作，不愿轻易辞掉。从最开始手忙脚乱到后来驾轻就熟，很快，林霞穿串和卖串的数量增加了不少。这都源于她的勤快和爱动脑筋，细心的她发现不同的菜品每日的消耗是不一样的，有多有少，而且很有规律。她就把客人爱吃的多准备一些，不爱吃的少弄一点儿。

另外天热的时候，不同食材的保鲜期不一样，保鲜时间久一点的，她就多准备一些；时间短的，少准备点儿就行了。

为了不造成浪费，她还把食材消耗的数量、时段做了个统计，算出大概的平均值和最低值，这样就算来了很多客人，少一两个同事，她也应付得过来。她这样做很为老板节约成本，老板很是满意。

清闲的时候，她总是到后厨去帮忙，磨刀、和面、切菜、蒸饭……很快，她就把各种材质不同的肉，按照主厨的要求，用不同的刀法切成各式各样的肉丁、肉片、肉丝、肉馅儿；蒸出来的米饭一粒粒油滑滑的，晶莹剔透。

每星期她都会把所有的刀磨一遍，先挑选最平整的一块磨刀石，加上少许盐和清水，左手五指平压在刀面上，右手发力平磨，每二十下翻一面，再加少量的盐和清水。半个小时后，厨房里的长刀、短刀、剔骨刀、柴刀、砍刀光泽锋利、焕然一新。

林霞艰辛的付出得到了老板的认可，在一群打工者中，她的工资是最高的，每个月居然能挣到三百元。心细的她很快就估算出老板一个月能挣到三千多元的纯利润，妈呀！想想都是美滋滋的事，自己能开一个这样的店该多好啊。

一次偶然的机会，她随老板娘到荷花池食品食材市场买食料。摩肩接踵的商贩、顾客把市场挤得水泄不通。一两百家买同样食材的商铺鳞次栉比，货品齐全、价格优惠，她从来没有见过这么多人、这么多的商品。

不过她很快就从震惊中清醒过来，人多就意味着商机多，人只要勤快、努力就一定有机会。将来有机会一定开一个属于自己的店。

六个月后，林霞就搞清楚了开麻辣烫全部流程和必要条件。只有麻辣烫底料的熬制方法，每次都是主厨（也就是老板）把所有人赶出去，一个人制作。她也可以理解：手艺不外传。

可她太想把这项关键技术学好了，却不能明说。因此她就在工作中悄悄看、默默记、暗暗尝。

回到哥哥嫂嫂租住的家里，她就凭记忆和感觉给大家做火锅吃。小火慢慢熬着：牛油、豆瓣、葱段、姜片、蒜瓣、草果、丁香、花椒、辣椒、甘蔗、茴香、八角、沙姜按比例添加，使其不断充分交融磨合，味道都还说得过去。

不断地记录、修整，先放什么，后放什么，什么火候放，不断尝试、改进，味道越来越好了，但她总觉得差点什么。

又是六个月，她学会了制作、经营麻辣烫的全部工序，最后为了那个开店的梦想，她和老板摊牌了，她愿意做牛做马用半年的工资换得熬制火锅底料的配方秘籍。

做狗都不行！老板撂下这句话就无情地炒了她的鱿鱼。

这件事在她的预料之中，她并不气馁。她很快又到一家火锅自助餐厅去打工了。这是一家能同时容纳近几百人就餐的高档餐厅，也是蓉都的第一家上档次、上规模的自助火锅店，每客29.8元，随便吃。

她的工作就是同时负责四张餐桌的服务工作。切菜、上菜、打扫卫生、买单、迎客、准备佐料都是她一个人的工作。

生意出奇地好，底料熬制的频率就很快。主厨还是把关很紧，只有他和几个最亲的徒弟参与其中。

不过由于林霞乐于助人，吃苦耐劳，受人待见，笨头呆脑的样子让主厨完全不设防。好几次由于人手不够，都让她在熬制底料过程中帮忙。这也让她在断断续续过程中居然把熬制底料的工序记了大概。这更加坚定了她开店的信心。

一九九五年立春不久，兄妹俩拿出全部的积蓄盘了一个八十平方米的店面，只请了一个小工何凯，一个戴着眼镜，斯斯文文的爱干净的小男生。任何事情都需要她亲力亲为，好在林平安两口子一有空闲就来帮忙。

内堂是个面积约为三十平方米的操作间，三口大锅一字排开，熬煮麻辣烫的底料；一笼蒸笼煮着白米饭；旁边是个大案板；一个冰箱存放的是啤酒和各类饮料；接一个大冰柜，存放着各类食材；剩余的就是些杂七杂八的家什就把这里挤得满满的。

外厅约五十平方米，十张小方桌依次排开，有两张已经摆到人行道上了，大门的左右两侧各立有一个大空调，一台小电视放在半空中，不停地滚动放着武打片。

为了节约成本，她每周去一次荷花池市场，购买回消耗掉的食材，每两天凌晨四点，她都要独自一人骑上自行车穿城到城北的驷马桥蔬菜批发市场，购买便宜的新鲜蔬菜。

备料、熬汤、配料、洗菜、切菜、结账、收钱样样不落，每天忙得晕头转向，可还是愁，生意不好。

好在她不用交税也不用交费，只有一点点卫生费。社区也说了，三百平方米以上的店就要把所有证照办齐，各类税费一分也不能少，她这个小摊摊只能算作是草根经济。

社区的工作人员也还通情达理，对底层人员较为关心，对两兄妹鼓励道，国家对草根经济实行轻税薄赋，有利于调节贫富之间的差距；有利于降低物价水平，让打工者和社会低收入者能更好地生活，提高社会活力；再者，赋税的收取也需要社会成本，抛去社会体系的行政运行成本，计较草根经济的针头线脑有时候是得不偿失的。

林霞最初的想法就是生意好了后一定要开一个三百平方米以上的铺子，可现实却啪啪打脸。

第一个月赚的钱刚好付房租、水电费，何凯的工资也要老本来贴。第二个月依旧没有起色，第三个月过半，账目惨不忍睹。

她坐在空无一人的饭桌上，手不停地发抖，焦啊、急啊、愁啊，已下定决心这个月底就关门去南方。

这天晚上有人点菜时，她支开何凯，满脸通红地往汤锅里加了一点点罂粟壳。

第二天、第三天、第四天的客人来，她依旧咬牙添加罂粟壳。

可是第五天的夜里，她猛然从梦中惊醒。梦中她被警察带走了，哥哥、嫂嫂、瘸腿的父亲、不能说话的母亲哭着向她跑来。

从此她将那玩意儿扔掉了。

一周后，公安、工商、卫生、街办、城管突击联合检查了片区的餐饮行业，关了十多家，林霞的麻辣烫照常营业。

奇怪的是，从那以后生意渐渐好了起来，林霞的脸上也渐渐开颜起来，累并快乐着。

太累时，她都懒得回哥嫂家，打烊后，把外厅的小方桌拼在一起，铺上褥子和衣而睡，她只是要求睡在另一侧的何凯把头别过去，不能看到她那张脏兮兮的脸。

三个月后，她还清了所有欠款，又两年后以嫂嫂的名字分两年付款买下了这个八十平方米的小店。

第十二章

一九九六年春节过后上班不久，由于彼时蓉都市还允许节假日燃放烟花爆竹，所以今天七中队出完警也是凌晨四点，补充完器材装备、燃油、水，又刚好是萧和站岗，六点下岗，睡意全无。

看着满车库和操场烟花爆竹碎片，萧和拿起一个大扫帚就开始打扫卫生，平时一个班十五分钟的工作量，他一个人用了四十五分钟才干完。正当他微汗喘息时，季忠斌支队长匆匆忙忙从外往里赶："萧和怎么你一个人扫地，昨晚七中队接了十一警吧，怎么不多睡一会儿。"

"不累，您不也没睡吗，刚下哨位天快亮，老百姓瞧见脏兮兮的中队多不好啊。"

"昨天你们吃汤圆了吗？没吃今天也要补上啊。"说完，季忠斌匆匆上楼回到办公室，理清思路，起草文件，准备到市委去堵郝书记。

而进入改革的十八个年头，全社会都在唯GDP论，尤其是基层一线的党政领导们，只要能上GDP，一切都要为经济建设让路。还有个别官员认为过多的消防检查，会影响外商投资的积极性。

这一年以来，蓉都市的火灾发生率、死亡率、财产损失率都呈上升势头，季忠斌在公开的一切场合都在呼吁各级政府要加强火灾防控工作，落实政府的主体责任。

但在今年刚刚过去的第一个月，武阳县、安仁县、郫江区就发生了三起有人死亡的火灾。

而分管消防的副市长出差去了国外，一时半刻还回不来。事关老百姓生死大事，季忠斌决定，越级拜见市上的最高领导。而他打听到刚从北京回来的郝书记，今天会在办公室处理日常事务。

因为郝书记到本市任职刚刚三个月，同时还兼任着市长一职，所以他的办公室外早就排起了长队。

"一个上校军官也要见郝书记，预约了吗？"

"不就一个当兵的吗，哪来的自信？"

"来这儿的，不是全国五百强，就是世界一百强，或者省部级官员，郝书记还是省委常委呢。"

挺直地坐在长条凳上的季忠斌不为所动，翻看着随身带来的一本杂志《世界消防》，他有一个好习惯就是，在任何场合都会带笔记本、笔、杂志，以消磨不确定的等待时间。这段时间他对日本消防、英国消防、美国消防的工作动态产生了极大的兴趣。

"秘书同志，请您再帮我报告一声，消防支队的季忠斌有重要的工作汇报。"

"上校同志，请您放心，我一定会的，只是书记正在会见广电总局的领导。一有消息我立刻通知您。"文质彬彬的秘书董理对季忠斌说道。五年前大学刚毕业时，一心想进入部队的他因为视力不过关，转而进入蓉都政府机关，但一直对军人有一种天然的崇敬感。

这一等就是近三个小时，季忠斌还是在别人的羡慕下，跟随董理进到了书记的办公室。

"书记，您好！我是蓉都市消防支队支队长季忠斌，就工作上的事情向您做个汇报。""啪"的一声，挺直了身板的他向郝书记敬了一个军礼。

"噢。我们的英雄队长，你好。"说着，郝书记向他伸出了右手，"不错呀！季队长，我在东川电视台、蓉都电视台、《东川日报》《蓉都日报》《华西都市报》经常见到你身先士卒在抢险救援最前面的画面，比我上镜率都高了不少啊。这也说明，我们的官兵很辛苦啊，代我谢谢大家了，有空去看望大家。小董，给季队长泡杯茶来。"

郝书记的话让季忠斌感到血气上涌，之前还有一点点的紧张也烟消云散了。

"书记，这几年我们蓉都市的经济建设日新月异，方方面面都取得了巨大的成就，但是有极少数领导唯GDP论。加强经济建设的同时忽视了安全生产，对我们消防工作存在误解。"季忠斌尽量说得委婉一些。

"小季，你的意思我明白了。你提的意见相当好，消防工作并不是你们消防部门一家的事，它应该是在政府统一领导下，各个部门齐抓共管，动用社会一切力量共同参与的社会化事情。经济建设同安全生产的确存在矛盾，就好比物质文明和精神文明一样也存在矛盾，但是我们不能对立起来看待这个问题。物质文明和精神文明犹如列车上左右车轮，只有平衡发展，车子才能高速前进。也只有这样，才能体现我们社会主义制度的优越性。"说到这里，他按了一下桌上一个红色按钮。

推门进来的是秘书董理，步履轻盈毫无杂音。

"这是我们北大的高才生，笔杆子董理。"郝书记指着他向季忠斌介绍道。

"小董，可要注意了，部队无小事，以后若再有部队首长前来会谈事务，要第一时间接待。

"忠斌，可以依照交委会和安委会的工作经验，从政府层面成立一个消安委，我来任这第一届的主任，副主任由分管副市长、公安局长、公安局分管副局长和你组成。办公室就设在你们支队，由你来兼任这个办公室的主任，这下消防工作就很好开展了。小董按刚才我说的起草文件，落实下去。

"这第二嘛，就是将消防工作纳入各区市县、各部门年终考核，评先争优与其挂钩，最后与年终奖挂钩，应该没有人与钱过不去吧。考核标准由你们消防部门制定，小董把关，要求就是站位要高。

"第三，政府每季度都要召开有区市县和各部门主要领导参加的办公会议，你——季队长每半年来讲评消防工作十分钟，揭揭短、亮亮丑。这项工作在会前直接与小董联系好就行了。"

沉浸在喜悦之情中的季忠斌与郝书记握手道别。

"还有什么困难吗？"郝书记关切地问道。

"有困难，我们能够克服。"他本想一鼓作气就警官住房问题向书记反映一下，但话到嘴边又咽下去了，等把工作做好了，再向领导提要求，毕竟每年有两次机会见领导。

往回走的过程中，他感到步履轻松多了，天空湛蓝，阳光明媚和煦，所有人都友善可爱。

董理按照书记的要求将季忠斌送到了楼下握手道别。不承想十五年后，两人成为搭档主政一方。

随后的政府消防工作会议按照郝书记的要求开得很成功，各区市县主要负责人都签了《消防责任书》。会议完了后，郝书记又飞往北京开"两会"去了。

疲惫之极的季忠斌睡得很早，凌晨五点被指挥中心的电话吵醒了："北门驷马桥，一辆载有二十吨液化石油气槽车发生泄漏，支队已经调出八个中队，二十台消防车，近一百六十名官兵到现场处置，司令部战训科科长翁茂桂及相关人员已到场指挥处置。"

驷马桥是一座人、车、铁路各自通行的三层跨线桥，顶层是东西走向的铁路成昆线东川段，底层是六米高差、呈南北走向的双向两车车道，中间两外侧是三米高差、呈南北走向的单向人行、自行车、架子车、摩托车通道。

一辆从甘肃开往东川的液化石油气槽车途至驷马桥时，疲倦的驾驶员对路况不熟，贸然地驶进了人行道。顶部的减压阀与铁路桥底部相撞，减压阀撞坏，其根部与车身连接部被撕裂五厘米的口子，高压液化石油气瞬间成喷射状泄漏。

液化石油气是由炼油厂加压、降温、液化得到的无色、挥发性的液体，主要成分为丙烷、丙烯、丁烷、丁烯。汽化后密度大于空气，极易发生燃烧、爆炸。二十吨液化石油气爆炸当量相当于二百八十吨TNT。

季忠斌一到现场，看到整个驷马桥被一大片白雾笼罩着，脑袋"嗡"地炸响，马上让总机给市委、市政府、市公安局、总队值班室打电话报告情况，并把现场情况通报给了铁路局。

在他的记忆里，类似的灾害处置，有文字记载的，仅欧洲有一例：自然排空，用时三十天。

如果采取自然排空的方法，最安全。所有人都没有责任，但是城市和铁路将会长时间停摆，间接损失不可估量，不行，绝对不行！他暗暗下了决心。

只能先转移再导灌。但是转移和导灌过程中，如果发生爆炸，将有大量的官兵牺牲。他拿不定注意。太难了。

警察把警戒区域扩得很大，翁茂桂让三个中队出了八支水枪稀释浓度，其中四支对整个槽车进行稀释，两支水枪对桥底低洼地带进行反复洗消。另外两支水枪在第二道防线稀释空气中的液化气浓度。三个中队负责供水；另外两个中队在一公里外待命。

毛副市长到达现场后成立了总指挥部，下设的抢险指挥部有季忠斌负责，同时传达了郝书记的指示：确保安全的前提下快速处置、科学处置。所有的后果有市委、市政府承担。

此时的季忠斌心里才稍微宽慰了一些，毛副市长拍着他的肩膀说道："郝书记说你有为民为兵的深厚情怀和甘于奉献的高尚情操。下决策吧，子弟兵流汗又流血，我们这届政府绝对不会让子弟兵再流泪了。"

铁路局紧急决定：火车北站途经此条线路南下的所有客货车全部按住不发；所有到客火车全部在火车南站下站；所有到蓉的货车全部在火车东站下站；所有

南下的旅客全部移至火车西站上车；驷马桥这条电气化线路保持停电状态。

交巡警和派出所的同志对道路进行局部戒严，所有从川陕路过来的车辆，经三河场绕道五块石入城。

指挥部的第一道命令：驷马桥方圆十平方公里的区域全部清空。在此区域近十万居民的生活被按下暂停键——学校停课、工厂停工、商店关门、居民疏散。

"你必须发动汽车，按原路退出来，轮胎已经放气了，减压阀已经与桥底面脱离接触。事故是由你造成的，你这是在立功，减少损失，你放心，我们有四支开花直流水枪对准驾驶室进行稀释。"黄宽泉耐着性子不停地动员着肇事的驾驶员。（车子启动时会产生瞬间的高电压，理论上有引爆液化石油气的可能。）

瑟瑟发抖的驾驶员在两名警察的看护下，瘫坐在街沿，埋着头一言不发。

浦茂明、牟良权带领着两个中队的战士准备着棉絮、麻绳、钢丝绳、木棍、铜锤等无火花工具。

身在最前沿的翁茂桂用鼻子使劲地吸了几口空气，向黄宽泉挥了挥手。

驾驶员喘着粗气，冒着冷汗，手脚并用才勉强爬上了汽车，抖动得越来越厉害的右手伸向了开关钥匙……

翁茂桂突然决定让最前沿的四支水枪各撤掉一名水枪手，每支水枪只留一名战斗员，采用卧式姿势射水；其余水枪手全部采用跪式姿势射水。他在赌！

"轰隆"一声，汽车发动了。季忠斌打了一个寒战，脑袋像是被电击一样。

一半的水枪手又冲了上去。

"稳住油门，挂倒挡，看手势，慢慢来，往后倒。"黄宽泉扑了上去，打着手势，指挥车辆往后倒。

导灌前必须进行堵漏，所以车一倒出来，责任区中队的李大君就带领一帮人冲了上去。

先堵撕裂的车身，再堵减压阀。

用棉絮、棕垫把车身有口子的地方大面积覆盖，然后先用麻绳固定，再用铁丝扎紧。

凌晨的接警让战士们都内着背心短裤，外穿中国第三代消防服——老旧单薄的七五式消防服，根本就无法抵御初春的寒冷；开花水一直都打在战斗员身上，全身早已湿透；液化石油气汽化过程中吸收大量的热，泄漏口周围的温度急剧下降，二中队第一批冲上去的队员很快被冻伤了。

新兵陈挺的脸和双手迅速呈现肿胀、红斑，龟裂的皮肤露出殷红血肉。身体不自觉地瑟瑟发抖，他使劲地甩着手又把双手窝在胸前，大口大口地哈着气。

"把湿衣服脱下来，不要命了，后边去。"路过的萧和严厉命令道，随手脱掉自己的干外衣扔给了他。

他有些委屈，双眼噙满泪，茫然地望着眼前这位素不相识的老兵。

新兵都撤退到后面去了，干部、党员、老兵顶在了最前面。

不远处救护车内的唐艳丽红着眼给战士们消炎、涂药、绷扎，紧急处理后，全部转移至市区的大医院。

"医生，我会破相吗？"陈挺依旧平和地问道。

"应该不会，不要太担心。"她鼓励着他。

"破了相，就讨不了老婆，我是三代单传。"

她一时不知如何作答，心里在想，你就不该来当消防兵。

一百件大衣被紧急调运至现场。七中队和五中队的攻坚队员每十分钟轮换。

刘汇海和萧和戴上口罩、一层棉麻手套、两层橡皮手套，和八名战友们作为第六攻坚组冲了上去。

铜锤将木头锤进减压阀口，一会儿又被高压气流冲开，麻绳和铁丝固定的棉絮和棕垫只能减少泄漏量，险情依旧没有排除。

下午一点，指挥部决定将槽车向北移至距离动物园六公里处一空旷的待建工地进行倒罐。

行进中的十六台消防车轮换着用四支水枪，稀释着槽车泄漏的液化石油气在空气中的浓度。

四台消防车将事故第一地点驷马桥的低洼地段彻底洗消。

时间在一分一秒流逝，它泄漏，我稀释。

导罐开始，先是高压平流，后是防爆泵抽取，为防止静电，只能低速进行。

当导罐结束，自然排空，再注水洗消，已是两天过后。

二姐取道蓉都南下广州打工，途中顺道看望刘汇海。见到又高又壮又有点黑的弟弟时，二姐打心眼儿里高兴，这才是标准男子汉的形象，但是当发现他因为爬挂钩梯、二节拉梯，大腿和小腿磕碰得青一块紫一块，还有手掌上厚厚的老茧时，又格外心疼。

二姐临走时欲言又止，好像有什么话想说又没有说。在与中队干部浦茂明交换意见时，她注意到他对刘汇海的评价较好，各个方面都是较好，有一点顾左右而言他的感觉。她琢磨着弟弟离优秀还差一点点。

而浦茂明的意思却是，好归好，与萧和相比，缺乏对消防事业发自内心的喜好、热情和尊崇。

下午两点半起床后，值班班长向浦茂明请示，下午可否跟八中队踢一场足球比赛，八中队西侧一百米的西南民族学院足球场刚刚翻建一新，全塑胶的四百米跑道，整齐划一的草坪足球场，还有穿着各民族漂亮服装的女学生，这些都是吸引大部分中队与八中队踢足球的原因。

八中队的干部不喜欢踢足球，今天直接拒绝了。浦茂明赌气说道："叫排长张幻平教大家唱新歌《我的老班长》。"

谁料不到半个小时，浦茂明扯开嗓门在走廊上大声吼叫："全体人员，带装备，八中队踢足球，快！快！快！"看着浦茂明焦急的神态，刘汇海有一种预感，八中队出事了。

八中队真的出大事了。

一环路南四段五号院是蓉都市消防支队八中队和修理所两家单位，位于蓉都市区的边缘，属于典型的城乡接合部。这里一片方圆五平方公里，是不同肤色人员的聚集地；操不同语言人员的聚集地；是不同信仰人员的聚集地；社会治安状况非常复杂，八中队的队风也要比其他中队的要剽悍一些。

一九九六年夏至不久，八中队新班子成立，中队长牟良权主持全面工作，排长也是他原来的兵——程鹏。

当年八月一日建军节会餐上，牟良权和辖区派出所所长张小虎、辖区武警中队中队长雷涛斗起酒来。

"老张，你说一三一四什么意思？"牟良权开始下套了。

"一生一世。"张小虎答的自信满满。

"不对，一伤一死。喝一个。"

"老牟，那你说女人穿什么衣服最好看？"雷涛是个高手。

"这不废话吗，当然是裙子好看。"牟良权想起他老婆穿连衣裙可好看了。

"不对，应该是穿旗袍！"张小虎插话道。

"都不对，不穿衣服最好看，该你们俩喝一个了。"雷涛有一点小得意。

"有个正事给两个哥哥说一下，"酒桌子上谈公事，张小虎很聪明，"你们二位是知道的，这一带，社会治安状况比较差，我们三家单位能不能都抽点人员组成一个联合巡逻队，不定时路巡和车巡相结合。"

"不行。"牟良权断然拒绝道，"消防中队编制人员少，任务重，响应时间只有一分钟。"

"我这儿没问题，反正都是为老百姓。"雷涛很爽快。

"以后大家有什么事，相互之间多照应着，来，哥儿几个走一个。"

越喝越尽兴。

"你是牟良权，就是一只犬，哈哈，我是虎，专吃你这只犬。"张小虎酒醉有些失态。

"你再敢说一句，老子对你不客气，死娃子，你还蹬鼻子上脸了，要翻天了，怪了！"牟良权很忌讳有人说犬字，瞪红眼一脚跨上了椅子。

"怕个啥！"部队转业下来的张小虎血性十足。"啪！"掏出六四式手枪拍在桌子上，也跨上了椅子。

"嘭！"牟良权摔了一瓶全兴二曲，手握半瓶酒瓶指着张小虎吼道："你要再说，老子要你血溅八中队。"

保持清醒，随时准备出警的程鹏马上按住牟良权，斟满一杯酒解围道："我敬三位哥哥一杯酒。"三人烂醉如泥。

而当天程鹏拒绝了七中队踢足球的邀请，组织全中队车场日活动，牟良权正用牙签剔着牙在电视室观看巴蜀十大笑星之一的李伯清散打评书。

下午三点，一名身着苗族服饰的女大学生突然闪进八中队大门向哨兵张晓琳求救。

门外三名脖子上有刺青、手臂上有文身的社会男青年骂着脏话想往营区大门里面冲。瞬间猜到事情原委的张晓琳一腰带抽了过去。

程鹏拿着消防锹和战友们也冲上去了。十分钟不到，外面就聚集了近百名地痞、流氓、社会闲散人员，围着消防中队，木棍、砍刀、匕首夹杂着谩骂声骤然让气氛紧张起来。

八中队和修理所近四十名官兵手拿消防锹、消防镐、火钩、扳手在拦路杆的另一侧与他们对骂，剑拔弩张，大战一触即发。

牟良权目睹这一切自言自语："老子看一会儿电视都不清静。一群乌合之众要翻天嗦。"

紧急叫来驾驶员张晓琳，让他发动刚刚装配的新消防车——斯太尔JN162，出水口打到高压位置，连接好消防栓，随时准备车顶的消防炮出水。并反复告诫：只要有人胆敢踏进大门一步，你就开炮。同时让炊事班做好战斗准备，又马上拿起电话打给了七中队的浦茂明："浦茂明，抄家伙，踢足球。"

"什么？抄家伙，踢足球。"浦茂明一头雾水。

"对，抄家伙，踢足球。"牟良权拉长了语音。

"明白，马上到，马上到！"

随后，牟良权又给五中队打了个电话。

"张小虎所长吗？过来，带上兄弟们，喝酒看武打片。"牟良权要确保万无一失。

最后，牟良权还给武警中队的雷涛打了个电话。

修理所的副所长熊文军思虑半晌，还是给支队当日值班员汤勇基打了一个电话。汤勇基是在越南参过战，从死人堆里爬出来的老兵，血液中蕴藏着天然的战斗因子，后半辈子人生字典里就没有一个"怕"字，在调出三、四中队后，又给公安分局的副局长——自己的哥哥打了一个电话，哥哥手下有一支三百人的防暴大队。

张小虎所长在接到牟良权和顶头上司的电话后，立刻带领手下二十人，携带手枪、电击棍、辣椒水、手铐等警用装备分乘四辆桑塔纳急忙赶往现场。

瞬间，八中队那一片警笛长鸣、警报彻响，中队西侧一百米的地方，五中队三十名官兵严阵以待。东侧三、四中队五十名官兵也准备充分，北边七中队官兵三十人做好了战斗准备。

不过让人稍感意外的是，身为老兵的刘汇海在车厢里依旧瑟瑟发抖，汗湿双手。

耿直的雷涛第一时间带来全副武装的一个班十二人，从后墙进入八中队，全是最新的军用步枪，明晃晃的刺刀让人胆寒，乌合之众在派出所长到来之际作鸟兽散。

一件六瓶全兴二曲，三兄弟加浦茂明和熊文军，越喝越香醇……

第十三章

所有的人都认为一九九七年夏天来得比以往要早一些、猛一些，炎热的天气使泼向路面的自来水"嗤嗤"地冒着白烟。有人说今年是太阳黑子活动最诡异的一年；也有人说是太阳内部核聚变最活跃的一年；还有人说这是人类破坏大自然所遭受的报应。刘汇海认为这是有生以来最热的一年。

熄灯后不到半小时，他不停地辗转反侧，用凉水擦过的凉席被滚烫的身体压出一片汗渍。背心早就扔一边去了，裤衩都脱到脚踝，心静自然凉，心静自然凉！裸睡的他不停地默念。

一点也不凉快，心也没有静下来，要是出去跑个火警，打打望也好，疲倦之后的身体更容易入睡。

这种意念一起，他就更不容易入睡了，有一种小小的期盼。伴随着吊扇哗啦哗啦地响，一百二十五、一百二十六、一百二十七……他还在默数小羊。

火警响起。二十二时四十五分，火车北站西一路木综厂起火，增援二中队。到达现场后，浦茂明下车转了一圈就回到了车上埋头抽烟，嘀咕着埋怨二中队干部小题大做，糊弄人，根本就不需要增援。

正所谓小火无战术，他让班长组织大家给二中队供水，他满脑子想的都是办公室里的电脑象棋比赛。

很快就回到了中队，只有一班三名战士的战斗服被水打湿了，平铺在车头引擎盖上晾干，刘汇海觉得不尽兴，耷拉着脑袋回寝室继续睡觉。

躺在床上不到五分钟，火警电铃再次响起，还是增援二中队，电子科技大学女生宿舍楼火灾。

刘汇海驾驶的冲锋车刚过一环路，就被总机通知，火势已控制，请返回。

浦茂明还是忍不住骂了一句娘，指挥着大家安全返回。

不一会儿刘汇海就把车子四平八稳地倒进了车库，顺道用凉水把身体又擦洗了一遍，总算上了床，安静下来。

忽然间，他独自开着汽车行驶在空旷的路上，没有行人，也没有车辆，越来越快，前面逐渐模糊起来，越来越暗，像是深不可测的悬崖。

他怕极了，使劲地踩刹车，可是一点用也没有，他想喊救命，可发不出声音来，他感觉身体开始颤抖，冷汗从额头、后背冒了出来……

"啊"的一声，他猛然睁开眼睛，听到火警电铃一直不停地响着，寝室里的灯也亮着，室内的战友都不见了，他急忙一翻身冲了出去……

浦茂明坐进冲锋车才被电话员告知：九眼桥的某部队医院，不明气体泄漏。他的脑袋当即"嗡"一声炸响。

这家部队医院级别高，消防工作一直由部队自己负责。医院大门内的一切情况都不清楚，"六熟悉"只能搞到大门外，不明气体往往都是些有毒有害、可燃性、爆炸性、腐蚀性气体，他不敢往下想，心揪得很紧，期盼着自己是过度担忧。

刘汇海抹去额头的冷汗，颤抖着的右手启动了车子，心里默默地念道，不会有事的，梦都是相反的，然后极为谨慎地驾驶着冲锋车向目的地驶去。

当得知二中队也被调出后，车里的其他战友还开玩笑地说，今天算是给二中队杠上了，全然不知他们俩神经兮兮的紧张状态。

车队一拐上九眼桥，浦茂明灵光一现，下了一道让他余生每一次心有余悸地回忆起这次抢险，都会感到庆幸的命令：车与车之间扩大间距，保持在五十米以上。

第二台车驾驶员萧和点了点刹车，稍微减慢点车速，在要进医院大门时，增援的二中队冲锋车夹了进去，落在了第三的位置。

车队在到达手术室前的最后一个拐弯处，一大片淡黄淡绿色的气体突然成喷射状袭来，迅速地包裹两个中队的冲锋车。

"是氯气，撤！"撤字刚一吼出。浦茂明感到胸口剧烈的恶心，抽搐般的痉挛让他无法呼吸、气促乏力，眼睛开始疼痛，闭眼的同时眼泪也就渗出了，他屏住呼吸，使出最后的力气开门下车，一把将同座位的班长拉下车，和大家相互搀扶着踉跄后撤。

六十米开外，萧和来了个急刹车，排空挡、拉手刹、开车门，跳下车用背心捂着鼻子，眯着眼睛跑到最前面扶起瘫在地上的刘汇海使劲往回拽，不出三十米，又双双瘫在了地上。

随即赶到的支队指挥长翁茂桂快速做出战斗部署：五个中队十一台消防车出八支开花水枪分成四组，每组间隔三十米梯次进攻。

攻坚小组身穿防护服、佩戴呼吸器强攻近战：救人、疏散、稀释、降解、关阀、转移、警戒、洗消。

第二天医院大门照常打开，仿佛什么事情都没发生一样。

输着液、吸着氧的刘汇海从昏迷中微微睁开眼睛，熟悉的两个人映入眼帘。

"氯气本身就是一种具有强烈刺激性和腐蚀性的气体，中毒的机制在于人体吸入氯气之后，气体对呼吸道黏膜产生强烈刺激。与此同时，氯气和呼吸道黏膜当中的水分可以生成次氯酸和盐酸两种成分，同样刺激呼吸道黏膜，导致其发生水肿、渗出，甚至黏膜坏死。其症状就是呼吸困难，伴随咳嗽、胸痛、流泪、眼刺痛、气促、乏力、腹胀等明显症状。"翁茂桂一边走一边向季忠斌详细地介绍着当晚战斗过程。

"嗯，嗯。"季忠斌偶尔点着头，行进中查看着受伤战士的情况，"战士怎么样？"

"七中队、二中队共计十七名战士重度中毒，除开呼吸系统，胳肢窝和裆部也有强烈的灼烧感。需留院观察七天左右，不出意外一周后出院，静养三十天就不碍事了，战士身体好，恢复快。有没有后遗症，不好说，没有相关资料佐证。"

后面一句话，翁茂桂有意压得有些低，长长地吁了一口气后，继续说道："昨晚现场首战中队的浦茂明还是下了一个非常正确的命令，就是梯次进攻拉大间隔距离，从而减少核心区域参战官兵人数，只是命令是通过三级组网——中队频道发出去的，二中队指挥员没有听到，又想争头功，结果就出事了，不过勇气可嘉、士气也还高涨。"

"医院怎么说？"季忠斌全程黑着脸，继续问道。

"医院表示很感谢，安排的都是带空调的高干病房，每两人一名护士定员护理；每人每天五十元的生活标准；出院后给予每名伤者每人每天一百元的营养补助，共计三千元并赠送礼物。"

"他们有什么要求吗？"季忠斌始终还是不悦。

"鉴于事件的敏感性和特殊性，他们希望我们不上报、不报道。医院的主管领导——军区的一位管后勤的将军希望与你见一面。"

"好啊，那就明天请他到我办公室谈。茂桂啊，这里你就别管了，这里交给后勤处的人接手吧。"

而此刻政治处的汤勇基和宋晓梅等一众机关女干部，手捧鲜花看望受伤官兵来了。

第一束鲜花送给了浦茂明，而他并没有太多的回应，他还在为自己的鲁莽而懊恼。

而邻座病床上被窝里的刘汇海正羞得满脸通红，原来他苏醒过来，猛然发现自己竟是全身赤裸、一丝不挂，刚才梦境里他就是这样一丝不挂地站着，一个女孩还捧着鲜花笑盈盈地向他走来……

当宋晓梅移步到他的病床前时，才发现他满脸红霞飞，大滴大滴的汗水从眉头渗出，眼神慌乱低垂，双手紧紧地抓住棉被上角。

她心里一阵酸楚，想到他仅仅比她小半岁，竟然被这次抢险救援吓得神志不清了，随手就剥开一个香蕉递给了他。

谁知他依旧低垂着眼帘，汗水如断线的珠子不断溢出，更加慌乱地摇着头，语无伦次地说道："我……我……"

这一幕不巧被季忠斌无意看在眼里，有些失望地摇了摇头，转身继续对翁茂桂说道："我们这个蓉都市处于国家的大西南中心，西部军区所在地，有大量的驻军和部队后勤部门，上万吨的油库都有好几座，这些地方的消防工作到底怎么样？说实话，我们心底没数啊！"

"我们东川消防、蓉都消防在老大哥面前，级别低啊。"翁茂桂也就实话实说了。

"我们的工作不能有空白点和盲区，借此机会，给军区接洽接洽，把消防监督和灭火救援联动起来。再把铁路和民航拉进来，别忘了，这里也是大西南铁路枢纽中心和全国第五大航空港啊。"

翁茂桂一下就愣住了，深深困扰战训工作的瓶颈问题这样被打开了。

当年年底支队就与军方搞了个"万吨级油库爆炸灭火联合演习"；第二年又与民航蓉都分公司搞了个"飞机迫降联合演习"。

十一月，离退伍还有一个月，七中队符合选改志愿兵资格的只有刘汇海和萧和。中队党支部结合民主测评结果和部队未来长期发展需要确定萧和改选志愿兵，刘汇海退伍回乡。而此刻刘汇海正在车库组织驾驶员进行车场日活动。

"刘班长，五号车无法发动了。"

"泵过油了吗？老解放140就是毛病多。"

"泵过油了，还是不行。"

"化油器清洗了？电瓶有电吗？"

"有电。"

"拿摇手柄，我来摇。"

"好的班长。"

"轰轰"。汽车被摇燃发动，而刘汇海在返抽摇手柄时，慢了一点被摇手柄打成肘关节脱臼，养好伤要三个月时间，不得已滞留部队一年。

萧和在雄壮军歌声中更换了蓝红色的志愿兵肩章，脸上洋溢着暖人的笑容。

浦茂明在一个午后专程到医院看望了刘汇海。

"刘汇海，怎么样了？"浦茂明关切地问道。

"好很多了，夹板已经去掉了，就是要静养，手上还没有力气。"他在老队长面前站得端端正正。

"来年有什么打算？"

"好好工作。"声音渐弱，红着脸的他低下了头。

"部队改选志愿兵是从好中挑优，能留在部队五年以上的兵，没有一个是差的。对于农村来当兵的人，考学之外，能转个志愿兵也是个不错的选择——如不拼命，何以改命？你五年都没有回过家乡了，信也不怎么写，在医院养病，不如回家看看吧。顺便告诉你一个不好的消息，你新兵连的班长江考退伍回家后因病去世了。"

这五雷轰顶的消息让他不知所措，呆若木鸡地站在原地，浦茂明什么时间走的，他都不知道。

他到家时，天已经麻麻黑了，父母和奶奶都很高兴。不过没见着爷爷，他也没往心里去。

第二天，知道消息的大姐一大早就赶回来看他了。二姐和二姐夫并没有回家过春节，而是留在了南方。

这是大姐和二姐的约定，姐妹俩轮流回家过年，每年都回家太费钱，火车票很难买，他们每次回来都只能出高价买站票，四十多个小时还是很难熬的。

春节里外出打工回到老家的人们，把平时寂静的农村搅得无比热闹，结婚的、过生日的、满月的、祝寿的、相亲的，一家赛一家，左邻右舍都在兴奋喜悦中走家串门吃转转饭。

"他三婶，你家的小洋楼盖得真漂亮。"

"呵呵，必须的。"

"刘三叔，你家的闺女在哪儿读书呀？"

"在县一中读高中，明年就要高考了。"

"考中了，一定要请客哈。"

"那你要来哦。"

喜悦的人们笑容满面，这光景是越过越好。

"刘家老三回来了，咋两天没见人呢？"

"谁呀？水娃吗？回来了？"

"当兵怕有五六年了吧，当官了吗？"

"不像吧，提干了，穿皮鞋，老刘家早就请客了，这没动静呀。"

"改选志愿兵了吧？部队第六年留下来的，只能是干部和志愿兵了。"

"还是不像呀，没见他穿四个兜兜的衣服吧。"

"不会是犯了错误吧……"

"这岁数也不小了吧？不当兵，老刘家也该抱孙子了。"

"满打满二十五了，别人家这个年龄的，小孩都打酱酒了。这当兵没提干，没转志愿兵，要钱钱没有，要官官没有，老刘家的房子是村上最破旧的，谁给他家当儿媳？"

"就是就是，现在农村的女孩往镇上嫁，镇上的女孩往县城嫁，要不然就是打工时认识一个情投意合的带回来，要不然结婚还真难，谁给他老刘家生大胖儿子？"

"打牌了。走走——走，打牌去。"

"水娃，陪大姐去转转。"大姐把房间里的刘汇海拽了出来。这两天大姐见他都是把自己锁在房间里，全家人都有点憋得慌，只是他不说，全家人也就不问。

大姐觉得他的手冰凉冰凉的，就暗暗地加了一把劲。两人来到屋后面的小树林，背着背筐的大姐一边捞着枯叶树枝，一边说着："前面的新坟是爷爷的，你去磕个头，上炷香吧。"

"怎么没有通知我了。"早有预感的他悲切地说。

"家里怕影响你工作，耽误了你的前程。爷爷走时，还念叨着你。堂屋里的棺木已经没有了，你应该注意到了。记得从小你就胆小，每次捉迷藏，你都不敢去堂屋，你二姐每次都躲在棺木里面，你呀总是找不着，就来拉我的手，陪你去找。现在，家里还没有给奶奶打棺木，妈妈说要先给你存钱，等你退伍回来娶媳妇用，还好奶奶身体好，要不然……

"家里对你的帮衬确实有限。妈妈常说，你不幸生在咱家，从小多病，没有把你照顾好，她很内疚。如果你长在别人家，一定比现在好过得多。你回来，她脸上还有难得的笑容，平时都是愁眉紧锁的样子。

"其实你二姐呀也很不容易的，她最开始在广州一家塑料玩具厂打工，三个月没有发工资，老板卷款潜逃了，欲哭无泪、任人宰割的二姐没敢给家里父母说；二姐夫在离二姐一百公里外的一家热电钢厂上班，摄氏五十度的高温下，全身赤裸仅穿一条火裤儿，在一个巨大的电风扇旁，汗如雨下、十二小时不间断顺钢、导钢、翻钢。

"水娃呀，你自己的人生你自己走，最后不要后悔就行了。什么时候回来都是咱家里的宝。你在这里转转，我去那边看看，再捞点干柴回去烧。"大姐蹒跚着往前走了，她没有说的是她因为前年一场大病至今还欠着款。

沉默的刘汇海感觉心里空荡荡的，突然他开始有点痛恨自己的无能了，牙齿把下嘴唇咬出了血印，想起因病去世的江考班长，想起了最开始当兵的梦想：学技术，转志愿兵，娶张桂芬。

"呀——啊！"突然一声长啸刺破天空，久久回荡在小树林上空。"啪！"他同时又响亮地扇了自己一耳光。

正月初六，他还没有休完假，就提前回队了。

放下行李，拉来小方凳，站立上去，打开门沿上方的衣橱，从最里面的一个带锁的铁盒子，取出一个牛皮信封，掏出一块红布，层层展开，是一摞厚厚的人民币，这是部队医院的慰问金和这五年从津贴中节约下来的钱，共计叁仟捌佰玖拾壹元贰角整。

顺脚来到邮局全部寄回了家，只在留言处简单地写着：给奶奶打口棺木。

他还是没有着急销假就又一次匆匆外出了，去了师父林平安的家，他家里没有人。

林平安早年复员后，留在本市，应聘进入公交集团成为五十一路公共汽车驾驶员。

离师父家不远处是林霞开的麻辣烫店。犹豫中他还是踱步来到了店的街对面。他记得师父说过让他有空就来坐坐，他说不清来找师父的真实意图，心里存在一点点侥幸希望能碰到她——林霞，一想到她就感觉到心跳加快，脸颊发烫，因为在他的脑海中，她始终还是当年的印象：五官精致，曲线傲人，身材高挑，性感火辣。

好容易说服自己，鼓足了十二分的勇气，忐忑不安地往店里走去，可刚一起步，猛然发现一个熟悉的身影——萧和。

脸瞬间就红了，他感到了强烈的不自在，收住了前进的步伐。

犹豫片刻，他决意返回，虽然有一点小遗憾，还是庆幸发现得早，抽身回走的同时，他反而落得一阵轻松。

每年春节正月初八上班开始到元宵节这段时间，各大单位的事情并不是太多，人员也处在轮休和补假阶段。

自从萧和改选志愿兵后，双休日、节假日干完工作，没有什么事情，他都要去看望一下师父，顺道去麻辣烫店帮帮忙，话不多，快到晚上点名时，就匆匆离开。而林霞呢，不欢迎，不拒绝，也不表态。

今天这一桌客人有点古灵精怪的，垃圾不往渣盘里放，专门往地下扔，萧和已经拖扫了几遍了。

林霞皱起眉头，压制着胸中的怒火。

这下是萧和第四次去打扫卫生了，始终面带微笑，善意地提醒着他们。

"Fuck."这是一句脏话，萧和并不知道意思，但从对方的面部表情大概猜出是一句不文明的话。

林霞扔掉手中的抹布，怒气冲冲地冲过来了。萧和连忙拦着她说道："和气生财，和气生财。"

"你走啊，以后不要来了。"她拗不过他，撇着嘴怒气冲冲地走了。

"唉，你们别走啊，还没付钱嘞。"何凯拦住了这三个不到二十岁想吃霸王餐的小混混。

"怎么着？小爷我吃遍了这几条街，就从来没有给过钱。"带头一位用牙签剔着牙缝，咧着嘴说道。

"在你这儿吃饭，是瞧得起你，别不识相。"另外两人附和道拥了上来。

胆怯的何凯打着哆嗦往后退。

林霞刚要冲上前去时，萧和快她一步横在了前面。

"这几位吃饭忘记带饭钱了，这一顿，我们请了，下回记得把钱带来，我们才欢迎你们再来。"萧和沉气护着身后的林霞，精神高度集中，双眼似剑死死地紧盯着眼前的三个小混混，双手五指已握紧了拳头，指关节"啪啪"地微响。

最前面的小混混突然伸出右手，向萧和的脸上扇了过来。

只见萧和上体微微后仰，躲了过去。随即右脚一蹬，长条板凳直击对方膝盖。

"啪！"遭受重击而失去平衡的小混混身体不由自主地往前倾。萧和满掌老茧的右手顺势抓住对方细皮嫩肉的右手，一个折腕沉肩内收的同时，右脚继续用力蹬住长条板凳。

"啊——啊！好痛，饶命。"涨红了脸的小混蛋半张着嘴，身体不由自主地往下坠，但是由于板凳顶住膝盖，右手被萧和紧紧扣住，重心早已失去，身体又弯不下去，难受得他头上青筋凸起。

整个过程太快了，谁都没看得清楚。等反应过来的另外两人还想往前冲时，萧和左手抄起一把汤勺横在他俩的门面之上，右手反向用劲上扬。

"啊——啊，饶命。"犹如杀猪般的惨叫，前面的小混混蜷缩着身体跪下去了。

另外两人突然面带恐惧之色落荒而逃。因为手握木棍的林平安黑着脸像铁塔一样奔了过来。

晚些时候，当萧和要乘最后一班公交车离去时，林霞破天荒地送到了车站。

"我不会让你受委屈的……"汽车发动的一刹那，萧和鼓起巨大的勇气说道。

第十四章

　　一九九八年的春节过后的第一个工作日，支队办公楼三楼的会议室人声鼎沸，季忠斌在支队党委会上提出，全面拓展消防部队的职能，具体就是要借鉴日本消防全面参与地震救援的事例以及新加坡和英国消防广泛参与社会生活救助的做法。具体就是：有警必出，有灾必救，有险必抢，热情服务。

　　会上并没有想象中那么顺利，大多人都表现出谨慎的乐观。顾虑是很正常的：有的说，全国消防都没有这样干过，这一步是不是迈得太大了；还有的说，作战任务将几何级增加，从概率上讲，势必增加官兵伤亡人数；也有的说，任务的方式变了，作战模式也发生变化，那么车辆、装备、器材、防护也将发生变化，工作量剧增，并且没有经验可借鉴，不太好办；等等。

　　会上，部局挂职锻炼的副支队长魏汉冬，却一反平时开会很少发言的常态，鼎力支持这一举措，发言道："消防部队参与社会救助是军队宗旨的体现（中国人民解放军唯一宗旨是全心全意为人民服务）；第二，是学习国外先进消防理念与国际消防接轨的重要举措；第三，是城市化、都市化进程的需要；第四，是转变政府职能、谋求自我发展的时代要求；第五，是体现纳税人至上、民权理念的最好表现。"

　　副政委苏国利从政治工作的特点上也支持这一举措，认为有助于精神文明建设。

　　会上形成决议，由魏汉冬给全支队官兵集中授课一次，主要目的是：提高认识、统一思想，为蓉都消防全面参与为民抢险服务工作打下坚实的思想基础。

　　七中队先行试点，择机全面推开。

　　谁承想，十年后的"5·12"汶川特大地震中，苏国利率领全支队官兵重剑护民、一战成名，当她面对鲜花、掌声和军功章时，不禁又回想起十年前的那个党委会议，时任支队长的季忠斌力排众议，全面推行抢险救援为民工作，那对于十年后的这场战役简直就是不可思议的预见性。

浦茂明从个人素质、性格特点、业务能力各方面综合考虑，决定让伤愈的刘汇海担任第一任抢险救援班班长，具体负责抢险救援为民工作。

"傅文斌，保险绳固定好了吗？"刘汇海有点忧心地问道。

"刘班长，放心吧，都固定好了。"二年兵傅文斌说道。

一住户把钥匙锁在了七楼的家里，经过仔细观察，刘汇海一行人决定从九楼悬空下到七楼，经窗户入房开门。

当站在九楼的窗台往下看时，感到了一阵眩晕，双脚不由得颤抖起来。他极为惶恐地退到了屋内，有意识眨了眨眼，摇了摇头，努力使自己镇定下来。这是怎么啦，挂钩梯上四楼不是没问题吗？很多年后，他才知道那是轻度的恐高症。

"傅文斌，绳子拽紧了吗？"他为了避免俯视地面而引起的不适，采取了面窗顺下的方式。

"拽紧了，绳子还在我身上打了死结。"傅文斌蹲坐在地上，以增大摩擦力。继续说道，"要不，我下吧。"

"别废话了，我下了！"他还是有点紧张。

"下吧，刘班长，我没问题。"

"我下了！"

他一闭眼，手一松，身体瞬间一个自由落体，绳子一紧，身体马上一次强烈地顿挫感，悬着的心总算归位了，后续的过程就很轻松了。很快一行人就往回走了。

"刘班长，保险绳与窗台摩擦，起毛了，你看一下，还能用吗？"傅文斌仔细地检查了一遍绳索。

"应该还可以用吧，当备用绳吧。"过惯了苦日子的他，习以为常地节俭。

在地面负责警戒的新兵罗和勇挥舞着对讲机对他大声疾呼："刘班长，九眼桥下水。"

他驾驶着抢险救援车，拉着警报向九眼桥驶去。到了九眼桥大伙儿才发现，一大堆警察和支队、中队领导都在现场。

原来市公安局刑警队破获了一起三年前的命案，凶器是一把匕首，被凶手扔进锦江河里，今天警察带着疑犯来指认现场，打捞凶器。不用说，这个任务又落在了消防队身上。

好在区域被锁定在岸边不远的地方。浦茂明安排刘汇海带傅文斌下水打捞，一个由东向西，另一个由西向东搜寻。

初春的河水不太深，刚没到脖子，但十分寒冷。枯水期的锦江水漂浮的污秽之物又脏又臭，沉淀的泥沙、淤泥、杂草形成的河底，踩上去软绵绵又发不上力。

他俩穿着短裤、光脚解放鞋、腰际系着长长的安全绳，深吸一口气便潜了下去，很快他们俩无奈地发现，眼睛根本就看不透浑浊的河水。不得已只能缓慢地往前走着，让双脚去触碰有无坚硬的物体，根据触觉反馈的信息，再决定是否潜入水下以探个究竟。

塑料、卫生巾、油布之类的污秽物挂在了他们俩的身上、头顶、眉眼、耳朵。

第一样被摸上来的是一个铁质门把手；第二样是个榔头；第三样是一把砍刀（被警察否掉了）；第四样是短笛；第五样……

每当他们俩从水中直起身来，污水从头顶哗哗往下流时，岸上大部分人都把脸扭到另一侧。

浦茂明不时看着手表，估计着他们俩能坚持的极限时间，随时准备替换，好在下水之前让他们俩做了热身，下水后又在不停地动，犹如冬泳爱好者一样，一个半小时是他心中的极限。

一个小时后，他们俩估摸着把指定区域已经寻了个遍，但一无所获，向岸上的人摇着头。

警察那边都很懊恼，凶器没有找着，案件就有瑕疵。

"浦队长，要不让他们俩上来休息一下，换两个人再找找。"

"我们可不能包打天下，你们最好要有思想准备。"浦茂明的脸色有些不好看。

"还能坚持吗？"他朝他们俩喊去。

"能。"刘汇海回答着，看了看傅文斌，只见他嘴唇有点发乌了。

"能就坚持，同一片区域，一个由南到北、一个由北到南横向搜寻。"

时间一秒一分地过去。突然，他感觉脚底触碰一大堆软绵绵的土包，用脚使劲踩了踩，然后深吸一口气，一个猛子就扎了下去。

土包是一截网状丝带缠绕的瓦片，下面还压着一个硬邦邦的东西……

半个月时间不到，感谢信、锦旗、慰问品就堆满了一大箱。毛副市长专门给季忠斌打来电话，郝书记非常满意此项工作。

季忠斌在三月五日代表全支队官兵向全社会公开承诺：有警必出，有灾必救，有险必抢，热情服务。

至此消防部队便时常投入更为惊心动魄的为民服务和抢险救援，如取钥匙、取蜂窝、打捞尸体、铁塔救人、气垫救人等急难险重任务中，刘汇海总是冲锋在第一线。

这天熄灯哨刚刚响过，电话班通知抢险救援班长刘汇海：锦江区林荫街七十七号，为独居阿婆李光琼老人抓蛇。这也是他今天第十五次出警了。

听说抓蛇，虎头虎脑的罗和勇显得很兴奋，一如既往地和他一同前往。

刘汇海的童年没有城里同龄人的小人书、玩具、游乐园、棒棒糖、动画片铁臂阿童木，但也有城里孩子接触不到的蛐蛐、蝈蝈、蛇、鼠、蚯蚓。因此抓蛇对于他来说是小菜一碟。

伸手为掌，反手为剪，以迅雷不及掩耳之势，双剪锁制眼镜蛇的脖子，五斤重，二点五米长。看得罗和勇瞠目结舌，崇拜至极。

没有想到的是，第二天，六十四岁的李祖银和六十二岁的李光琼两姐妹，携带锦旗和手工缝制的鞋垫来感谢七中队的官兵。

这也完全出乎刘汇海的预料，他认为那只不过是一件极其普通的事罢了，只要中队领导满意就好，别的都不重要。

当然此事也惊动了已是政治处副主任的汤勇基和蓉都市各大新闻媒体，两位老人拉着刘汇海的手唠唠叨叨的画面上了当地新闻的头条。

而在谈话中，支队官兵也得知李祖银老人生活的花牌坊社区，有一条百年沟渠，淤积不通，全年臭气熏天，严重影响当地居民的生活质量。

"那好办，改天我让刘汇海带领一个班来给你们疏通疏通。"浦茂明把胸脯拍得当当响。

"对对，我们的高压水枪一到，保管它水长流，还你一个水清气爽的生活环境。"汤勇基安抚着两位老人。

可是当刘汇海站在花牌坊街旁的臭水沟犀角河前时，脑袋一阵阵发怵。

花牌坊作为地名从明朝就有了，而右侧的犀角河也有两百年的历史，它全长约一百米，宽四米，深三米。

多少年了，全是建筑垃圾、生活垃圾淤积了整个沟渠，什么铁丝、卫生巾、啤酒瓶、粪便、死猫臭耗子若隐若现在一摊又黑又臭的水下，高压水只是从表面潺湲而过，熏天的臭气让人阵阵发呕。

全班战士面面相觑后，面露难色，低垂着头。

正在此时对讲机传来浦茂明的声音："刘汇海，现场情况怎么样？你们一个班、一台车四个小时能完成任务不？"

"完成……不了。"刘汇海回答得断断续续。

"八个小时呢？"浦茂明有一种不好的预感。

"可能吧？也许吧？有点难。"这样的回答连他自己都不知道算作怎么一回事。

"有生命危险吗？"

"这倒没有，就是……"

"没有危险，那你婆婆妈妈干什么？像个婆娘。刘汇海你记好了，开弓没有回头箭，我们是军人，一口唾沫一个坑，必须给我把工作完成好，完成不好，我就换人，年底你就打背包回家。再说了，我们官兵喝的每一口水，吃的每一粒米都是蓉都市民供给的。李祖银和李光琼两位老人比我们的父母年龄都还要大，你们报答一下她们，是你们的福报，也是一种荣幸。"

"别说了，浦队长，保证完成任务。"刘汇海满脸涨得通红。猛然醒悟，自我思忖道：这是对我的考验，付出总有回报。他又想起老表刘勇的话：吃亏你就赢了，吃亏你就赢了！

面对庞大的工作量、艰苦的工作环境，他并不确定其他战士是否毫无怨言真心实意对待此次清淤任务。

驾驶员吴光伟服役第五年，再过半年就该退伍了，脚上的皮鞋一直都是锃亮锃亮的。

三年兵王小春、刘军强今年也要退伍了，平时的工作就已经是差点点，今天这情况不好说。

其他的战士应该就没问题了。不过他很清楚自己是不能有半点闪失的，即使一个人也要把此次清淤任务完成好。

"下去掏！"刘汇海对着全班人员撂下这句话后，就脱掉外衣，挽起裤脚，穿上雨靴，拿起铁铲跳进了沟渠。

淤泥和污水瞬间淹没了他的膝盖。一个趔趄差点摔倒，十根脚趾不由自主地内缩紧紧抠紧鞋底板。

"谁也不是孬种。"吴光伟也跳了下去，一铲下去，"哧"的一声，淤泥锁住的臭气扑鼻而来，一股臭鸡蛋的味道，刺鼻难闻，熏得他眼睛都睁不开，好在他忍过去了，又是一铲子。

战士们手拿铁镐、铁锹、铁铲纷纷跳入沟渠。

挖泥、装筐、抬升、倒渣、清淤、冲洗，分组协同开干。

第一筐淤泥足足有八十斤重，刘汇海和吴光伟一个"起——"后，就将它高高托起。

瞬间，污水先滴落至头部再顺着袖口、颈部流向了后背、前胸、裆部、双腿，直至雨靴，整个人都臭了。

岸上两个战士再同时将淤泥抬起来，倒在路边暴晒，最后运走倒掉。

初夏的太阳如同火红的消防战车一样火辣辣地照射着大地，十分钟不到，全班战士就汗流浃背了，而雨靴里的污水越积越多，冰凉湿滑，每个人都处于上半身热、下半身冷的难熬处境中，渴了就喝一瓶矿泉水，累了就换换手继续干，手上的茧磨出了血就缠上胶布咬牙干。

新兵柳亚光膀大腰圆，身高近一米八五，头戴钢盔，背靠沟沿蹲下，把一筐筐淤泥顶在头上，起身后再向上托举。

四个小时后，刘汇海感到整个腰酸胀而又麻木，眼冒金星时才招呼着大家休息。

看着社区送来的盒饭，饥肠辘辘的战士们却难以下咽。肠胃里翻滚的是恶心和酸水。大家一个劲地灌着素菜汤。

刘汇海知道下午的任务更加艰巨，带头使劲地吞咽着饭菜。不停地招呼着大家多吃点，再多吃点。

又是五个小时极为辛劳的工作后，也才完成不到五分之一的工作量。其间吴光伟的手被碎玻璃片划开了近六厘米的口子，流血不止。而新兵仁西泽更是遭遇短暂昏厥，还好，都没有退出战斗岗位。

第一天就打爆四条水带、折断四把铁铲、损坏三个竹筐；冲洗用水三十余吨，清淤近十吨。

当筋疲力尽的刘汇海和大家回到中队，吃完晚饭，洗漱后，倒在床上秒睡入梦。

第二天，排长张幻平请示清淤工作时，浦茂明平淡地说道："还是刘汇海带队前往，其余战士全部替换，到达花牌坊之前先顺道总队医院找护士长唐艳丽给每人领一个口罩。"

傍晚，整个人几乎都快散了架的刘汇海一回到中队就倒床入睡，只是后半夜开始持续低烧。

第三天一早，张幻平又到办公室向浦茂明请示清淤工作："刘汇海生病了，这也是连续第三天了，就让我带队前往吧。"

"不用，我能行。"刘汇海笑嘻嘻地拍着胸脯说道。

"还是我带队前往吧，你休息一天吧。"张幻平好心地补充道。

"不用了，还是你去。"浦茂明不容置疑地指着刘汇海说道。

张幻平欲言又止，满脸疑惑。待刘汇海走后，浦茂明才对他说："刘汇海想转志愿兵，志愿兵是一个中队的基石，是连接干部与战士的桥梁，应当具有坚强的意志和高度的自觉。他还有很长的路要走。"

午餐刚过，吴光伟在楼道里呼叫："刘汇海上中央电视台了。"

"今天的《华西都市报》《蓉都日报》《新闻频道》都报道了咱们七中队的清淤工作。"

张幻平看着《华西都市报》，副刊的第三版全是消防官兵清淤的新闻报道，刘汇海的彩色劳动照占据了半幅版面。

"电话班用对讲机问问现场什么情况。"浦茂明命令道。

"浦队长，今天现场又来了一批记者和地方政府领导，现在已经走了。但是犀角河淤泥太多，清淤进展缓慢，可能还需要两天，刘汇海身体不太好。"

"全体紧急集合一个都不留，带上劳动工具和战斗服。"浦茂明吼叫着。

张幻平第一个跳上了车。

花牌坊犀角河两岸的居民从来没有见过这么多消防官兵，七中队近三十名官兵，二中队排长许松、五中队排长谢杰西、三中队排长鄢晓华各自带一个班支援七中队来了。

半空中的霞光旖旎绚烂，夕阳的余晖透过树荫映射在犀角河大条石上闪着斑斑点点的光芒。

带架水枪喷射出六条翻滚的水龙，三十五把铁锹漫天飞舞，四十张年轻、黝黑的脸庞嘶吼出整齐的号子。

《新闻联播》开始时，一条水清气爽的沟渠呈现在两岸居民面前。

很多很多年以后的每一次如数家珍的述说，李祖银和李光琼都会泪光闪闪。

这天晚上，刘汇海是被抬回来的，迷迷糊糊地在床上睡了近十四个小时才醒过来。

醒来后才发现李祖银和李光琼两位老人，还有社区的工作人员，花牌坊的居民代表拿着锦旗、鲜花、水果、鞋垫来看望慰问官兵们了。

当握着刘汇海满是厚茧和伤痕的双手时，两位老人的眼睛湿润了，从此两位老人的心就多了一份牵挂。

每年的春节、八一建军节、老兵退伍之日，她们俩就会拿着手工缝制的鞋垫、糖果，颤颤巍巍出现在不同的消防中队看望消防官兵。

为这份牵挂一走就是二十年，所有的消防官兵都尊称她们是大孃和二孃。

二〇一四年的建军节，都江堰消防大队长龚小敏早早地开完政府工作会，在操场上打篮球，准备着中午的会餐，突然间，大门口的四期士官罗和勇泪眼汪汪边跑边大声朝龚小敏疾呼："二孃来了！二孃来了！"

原来，七十六岁的李光琼老人天不亮就起床了，乘坐了六次公共汽车和区间车，走岔了三次，问了六个人，一定要走完这最后一个消防大队。

龚小敏得知原委后，瞬间泪崩。

时任支队长的冯昆得知情况后，要求都江堰大队照顾好二孃，待午休后派专人专车安全送回。

六月一个中午，蓉都正料军巷砖木结构的同业店铺发生大火，刘汇海多次冲向滚滚浓烟和熊熊烈火中，挟裹一个个已灼热发烫即将爆炸的煤气罐从浓烟大火突围出来，危险排除后。他再次成为媒体争相报道的宠儿。

"刘汇海，你要注意休息，全身上下有三处软组织损伤、右手肘软组织擦伤、右肩肌肉扭伤。"总队医院的医生王晓燕给他检查完无奈地说道。

"我给你擦伤的地方上了药，记住不要沾水，这是红花油，睡觉时把伤痛的地方擦一遍，中队长是浦茂明吧，回头我给他打个电话，让你休息好。"唐艳丽叮嘱道。

"别，千万别给浦队长打电话，我记住了，回去一定休息。"他知道自己不能休息，属于他的时间不多了。

刚出总队医院大门，对讲机就传来了中队电话班的命令：府河横桥有人落水，紧急救援。

原来是一对大四的学生情侣因大学毕业将分赴两地，女方执意分手，男孩一时想不开，说跳就跳河了，几个气泡后，就没有任何踪影了。女孩在河边哭得死去活来。

到达现场的刘汇海早已把医生的忠告抛在了九霄云外，脱去外衣，系上救生绳就下水了。

此时的府河河宽六十米，水不太深，约两米，水流不太急，约每秒一米，河面与河堤有近一米的垂直高差。水浊味臭（雨污未分流），能见度极低（当时消防队并没有配置潜水装置和水下照明工具）。

没有任何犹豫的他深吸一口气就往水下潜。等再次出水换气时，全身都是污渍，黑脸、黑眼、黑嘴。拽绳的罗和勇根本不忍心直视他。

四个小时后，五百米的河道都被他摸了一遍，虽说是夏天，但长时间在水里泡着，他的牙齿不停在颤抖，双手被水泡得雪白皱起了皮。

"刘军强，下去换一下刘汇海。"浦茂明高声地吼道。

"我、我不会游泳。"一班长涩涩地答道。

"不用换人，我还撑得住。"刘汇海急急地说道。

"撑得住，刘汇海你可要给我撑住了，这河道两岸少说也有一万群众，110巡警、120医护人员、殡仪馆的工作人员都在现场，还有媒体记者、家属同学，没有一个说得过去的结果，我们都收不了操。罗和勇快去问清楚，落水的第一落点在哪里？"

又是两小时过后，刘汇海终于在第一落水点摸到了跳河者的尸体。

尸体呈倒直立状，眼、口、耳、鼻全是泥。

"刘汇海把他（尸体）抱上岸来。小心翼翼，死者为大。"浦茂明生怕哪个环节出差错。

他使出吃奶的劲，把尸体拽到岸边，肩扛、头顶、手翻，和战友一道好不容易将尸体送上了岸。

医护人员和殡仪馆的工作人员迅速接手工作。

"咔嚓"一声，疲倦的刘汇海的半身裸照成了第二天报纸的头条。群众的掌声中，一个虚弱女孩一边抽泣一边向消防员逐个弯腰鞠躬。

刘汇海看到女孩茫然、空洞、恍惚的眼神时，整个身体也是一颤一颤地向内缩紧，并不时抖动几下。

他不由得想起自己如果从小如家人所愿，好好学习天天向上，那么今天也许与他们一样，难道与他一样……他瞟了一眼远去的灵车，不由得打了一个寒战。

他感到不可思议的就是这些人，说不要命就可以立刻寻死，他对死，简直怕得要命，私下里把自己归于贪生怕死的那一类。

刚回到中队，便下起大雨来，浦茂明暗自庆幸，否则这救人就不会那么轻松了。

雨还是一直下，阴沉的天好像被捅破了口，哗啦哗啦不断线，办公室的浦茂明皱着眉来回地走来走去，一连十多天的中到大雨，他有一种惴惴不安的感觉，湖北武汉籍战士王俊乐逾假未归。"丁零零——丁零零"，电话骤然响起。

"喂，我是消防七中队。"浦茂明涨红了脸，声音提高了八度。

"浦队长，我是王俊乐，洪水太大了，家都没有了，公路、铁路、航空、通信全断了，我现在在武装部用军用电话线打的电话，武装部已经把我们召集起来了，马上就要上大堤了，如果有个三长两短，浦队长，我探亲时，走得急，向刘汇海、萧和两位班长每人借了一百元，请帮我还给他们俩，抚恤金应该够……"

"王俊乐，王俊乐——"电话听筒里只剩下嘟嘟的忙音，电话断线了。

"狗日的……"浦茂明愤怒地向空中打了一拳。

隔壁的电视正在插播新闻，高亢的男中音传了出来："……冒着酷暑，亲临湖北抗洪抢险第一线指导抗洪工作：'我们的军队发扬不怕疲劳、不怕艰险、连续作战、坚持斗争、坚持奋战，坚持再坚持的精神，我们坚信一定能取得最后的胜利……'"

"电话员，给在金沙城低洼地带排洪的刘汇海提个醒，一定要注意人身安全。"浦茂明一点也不敢大意，双手使劲在胸前交替地搓着，双脚在走廊上来回地走着。

一个月后，当刘汇海孤身一人冒着牺牲的风险成功救下蓉都塔子山公园九天楼顶轻生女子时，已是警务科科长的黄宽泉对他大发雷霆。

"刘汇海你不要命了，你知不知道抢险救援手册的要求和程序是什么？"

"报告黄科长，今天这个救援是新的科目，抢险救援手册根本就没有程序可用，而抢险救援的要求则是必须确保施救者百分之百的安全下，方可施救。"

"你保证了百分之百的安全吗？"

"有一点冒险。"他自知理亏，语气软了一点，赔上笑脸，"谢谢黄科长，这不没事吗？"

"今天施救的保护点低于施救点，中间有七至八米水平距离差，万一下坠，将形成以保护点为圆心的扇形单摆，你娃娃撞上墙壁不死也是重伤，荒唐。

"浦茂明你来做高空施救课题研究，用假人与力学测量仪，弄一个程序出来，下周一交给我。"

"是。"浦茂明答道。

"不要命了。"黄宽泉骂骂咧咧地走了。

不过，当汤勇基带着一大帮记者来采访刘汇海时，却被他拒绝，出乎浦茂明的预料，因为这是一个人人都想出名的时代。号啕大哭的他说出了真相，不能再让母亲在电视上看到抢险救援中的自己。浦茂明刹那间明白了他的眼泪是为母亲而流……

那一年，二十岁的张彩霞正值青春年华，头发黑亮，如瀑布般垂落在肩头，凤眼溢光下面是原装胶原蛋白凝结而成粉嫩粉嫩的脸。嫁进刘家，公婆喜欢、老公疼爱。

第二年（一九六五年）大姐出生了，第六年（一九六九年）二姐出生了。重男轻女的思想压得张彩霞喘不过气来，越来越谨小慎微了。那些生了儿子的媳妇在家里地位显赫，自带仙气的脸上永远洋溢着满满的自信和光环，走起路来，犹如身披金甲圣衣、脚踩七彩祥云般目中无人。

一九七一年农忙，张彩霞正拼命地踩着打谷机，与天抢、与地争，赢了才有好收成。只见娃她三婶（刘勇的母亲）从冬水田埂冲了过来，拽下张彩霞，大吼道："你不要命了！有两个月了吧？"

是的，经镇上的老中医确诊，张彩霞又怀孕了。

她三婶还有一个身份，方圆几十里有名的接生婆。孩子出生了。她三婶勉强挤出笑容："四斤四两，哭声也不响。"掐指一算，"四钱命。命里缺水，身板有点弱，就叫水娃吧。名字贱些，好带！彩霞往后可要把细些。"

她三婶的话太灵验了，四钱命，命贱。活着对刘汇海来说，都有点像奢望，三岁的一天，肚子疼得刘汇海满地打滚、满头大汗，吃啥吐啥，张彩霞二话不说，背起他就往十公里外的镇卫生院赶。

"蛔虫钻胆"听起来都让她胆寒，他疼了六天六夜，她守了六天六夜，吃进大大小小百来十颗药后，病终于好了。

五岁零八十天，刘汇海突然高烧不退、话语不清、迷迷糊糊，两天一夜，镇卫生院没有查出病因。

张彩霞又带着他赶往二十公里外的县医院，他的惊厥和抽搐让她陷入恐慌，歇斯底里的痛哭声给人肝肠寸断的感觉。

县医院依旧查不出病因，又五天五夜，昏睡了七天六夜的他开始翻白眼、吐白沫，憔悴恍惚的她见人就跪："救救水娃！"在她万般无奈之时，一苟姓医生提议：可否按病毒性肺炎来医治。

父亲将家里仅有的一张八仙桌卖掉了，张彩霞将结婚时唯一的花棉袄卖了，十五天后，结清医药费，一家人疲倦回家，她好像老了十岁。从此，全家人对他的照顾更加细致入微。

快到八岁时，孱弱的他才入学读书，大姐和二姐翻字典取学名汇海。

因身体原因，全家人就学业并没有给他任何的压力，他也感觉到了记忆力很差，老记不住别人的名字，三年级后才能叫完全班同学的名字，抽象思维记忆要好一些，学习上虽然比较主动努力，但依然成绩不好。

这段时间，张彩霞在电视上看到他抢险救援的画面，吓得心惊胆战、继而泪流满面："水娃，太拼了！"

二姐来信告诉他，母亲天天盯着东川新闻频道和蓉都新闻报道，已经开始后悔让他当兵了，认为他的工作太危险了，母亲整天快快不乐。

二姐分析得很有道理：他从小被别人瞧不起，不受重视，家庭贫穷，模样一般，活得毫无尊严。现在有一项工作一下子使他变得很重要、成为英雄一般的存在，所以他每一次都全力以赴，总觉得即使搭上性命都在所不惜，自卑、贫穷的人就认为命比纸还贱。

信中还写道：水娃，你不是超人，该认尿的时候就认尿，别总是硬撑着，扛不过了，就回来，你还是我们家最爱的水娃！

所以他从那以后再也不愿接受记者采访了。

国庆后不久，每天的《新闻联播》后，浦茂明都要刘汇海给全中队战士读十分钟的报纸，他很不情愿。

这天他又被叫上讲台上读报纸。

"正确把握国，有企业改革方，向全面理解和贯，彻十五大精神——最近一个时，期在国有企业改革过，程中一，些地方偏，离党的十五大精神和中央确，定的国有企业改革方，向刮起，了'卖企业'之风。中央和国务院领导严肃指出……"

"哈哈……嘻嘻……"完全没有章法的断句和停顿让大家禁不住低声嗤笑起来。

"接着读。"声音来自学习室后面的浦茂明，他正背着手，低着头，像是思考着什么，来回踱着步。

"出席亚太经合组，织第六次领导人非正式会，议后……"

这纯粹就是在浪费大家的时间，王小春想。

"继续读。"

"……法调研强调必，须用法律规，范证券市场……"

"听他读报纸那就是在强奸我的耳朵。"刘军强嘀咕着。

"再读。"

"……会谈表，示中方愿与加方一道为两，国关系进一，步发展继续努力……"

一九九八年一眨眼就画上了句号，对于刘汇海来说，这是极其繁忙与辛苦的一年：出警一千一百八十八次，其中打捞尸体二十六具，各种场合抢救人员十二名。半年就荣立三等功两次，老兵退伍前刚刚把一等功的事迹材料交上去了，对此中队长浦茂明很满意。

即使很多年后，浦茂明给予刘汇海的印象依旧不曾改变，如同第一次见面一样，是不苟言笑的，严肃的表情让人多少有点畏惧，是全支队出了名的工作狂。作为他手下的普通一兵，不知道是幸事还是憾事，不过对于刘汇海来说，更多的是敬佩。因为作为一九八七年入伍的重庆潼南县人，浦茂明这一路走来，并不比他自己轻松。

浦茂明同样来自农村，在部队这所大学校的培养下，再加上自己的勤学苦练，逐渐算得上蓉都支队的通才了。他能指出支队秘书科那些中文系毕业的笔杆子写作材料中的错别字，在借调后勤参与建设都江堰综合救援基地过程中，对建设中的真知灼见又让后勤专业人员由衷佩服。

任战训科长时，所有的大型演习的预案均出自他的手，由其主导编写的《抢险救援战斗条例》，全支队用了近十年才改版。检查中队时从不听中队长口头汇报，而是背着手、勾着头，一人一车一装备地检查，如实表不符，则当众批评让人下不来台。最喜欢的就是半夜突袭检查中队的想定作业、无预案实战演练，很少有中队能一次过关。

夜间检查完工作后，带上随行人员跑到九眼桥吃一碗老妈蹄花儿，回到支队备勤室倒头呼噜呼噜睡大觉也是常规操作。不太科学的生活习惯让他一到中年就发福起来，环膘肥腰。

第十五章

当隔壁王大妈家的菊花黄满花园时，大家知道退伍和改选志愿兵的时间到了。

"今年转志愿兵那肯定是刘汇海。"

"那还用说，奖状、锦旗和感谢信都是一屋子。"会议前战士们议论纷纷。

上午十点，七中队全体人员列队学习室。

浦茂明一脸严肃、通视全场后高声地说道："一年了，所有的工作将要结束了，也该打打总结了。首先是我们七中队获得共青团中央授予的'青年文明号'殊荣。"

全队人员像是蒙了一样，完全搞不懂这是一个什么样的荣誉，只是突然发现一向严肃的浦茂明眉毛也舒展了，嘴角向外拉伸，露出了不太自然、反而有些瘆人的微笑。

浦茂明能不高兴吗？这是全省消防部队唯一一个获得共青团中央的荣誉。

想想三天前的支队年度工作会上，二中队获得年度评比第一名，黄宽泉和李大君看他的眼神全是一种有意无意的蔑视。

现在这个荣誉完全是把二中队——不！是把全支队基层中队都踩在了脚下。作为支部书记的他，终于有一种俯视他人的骄傲。

"浦队长，支队电话——"通信员在楼道内大声疾呼。

座位上的刘汇海一脸轻松，萧和还扭头向他眨了眨眼，竖起了大拇指。

"批准了，命令的文件还没到，现在按纪律执行吧。"

浦茂明返回后通视全场又神情肃穆："本年度改选志愿兵的是——吴光伟。"

座位上的刘汇海感觉心沉到了底，脸色发白，双眼无光像是被钉住一般，思绪混乱，桌面上的左手攥得很紧，桌面下的右手使劲往大腿上拧。

"本年度退伍人员名单：王小春、刘军强……五名同志。"

"浦队长，支队电话——"通信员又在楼道内大声疾呼。

室内大家窃窃私语，傅文斌偷偷转过头来看了一眼刘汇海，他的脸上依旧没有任何表情，茫然地盯着桌面，只是手心里全是汗。

当刘汇海发现有人在看他时，心里的那一点点虚荣心又使他故意掩饰那一份难堪，努力去表现出一种成熟男人的超然，本已绷紧的脸上努力而又勉强地挤出讪笑。

这厚颜强装的笑恰好被萧和看到，一股锥心的痛在他心里燃起，他想不明白，同时也下定决心，散会后要找领导问个明白。

改选志愿兵没有他，退伍人员也没有他，刘汇海也想不明白，难道还要滞留部队一年吗？

浦茂明干咳了两声，嗓音提高了八度继续说道："刘汇海破格提干，命令的文件延后就到，现在仍然履行班长职务，散会后到办公室来一下。"

好半天他都不敢相信，自己突然就成了一名干部，这不是幻觉吧？这不是在做梦吧？他拧了两下自己的大腿，疼！

他知道浦队长是不会在正式场合开玩笑的，再者从战友们惊讶、赞赏的表情里知道，那就是真的。

他云里雾里来到办公室，努力地平复着自己的心情。坐在椅子上的浦茂明和蔼地说道："刘汇海，坐。当兵整整六年了吧！谈谈你的感受。"

"感谢组织的培养，干部的帮助，战友的关心。"他还是有点紧张，小心谨慎道，"让我学了驾驶技术，加入中国共产党，担任班长职务。"

"这些成绩主要是你自己付出努力得到的。"浦茂明打断了刘汇海的话，他不想听这些虚的东西，看来还得他来启发启发，"说说这六年你眼中的变化。"

"蓉都这座城市更加漂亮了，路更宽了，人更多了，楼房更高了，中队也重新装修更漂亮了，新建了图书室、台球室、健身房、晒衣场；新的东风、解放CA141、斯太尔JN162消防车淘汰了老掉牙的解放CA140、黄河JN150消防车，就连轻便泵都统一更换为操作更简单、体积更小、重量更轻便的花球品牌。

"特勤一中队、特勤二中队分别建成投入执勤备战；十一中队、十三中队正在紧张建设之中；三中队、四中队的干部家属楼已修建完毕；预算超两亿元的支队新办公大楼正在选址勘界之中。"

"说说你自己。"浦茂明再次打断。

"荣立三等功两次，一等功还没批准。"

"你的身份已经由一名士兵转变为军官了，但你要记住，这是全支队官兵用肩膀把你抬进干部队伍的。因为全支队都在做抢险救援这项工作。你个人抢险救援的数据在全支队能排第一，但与总数据相比又是微不足道的。

"与此同时你的思想、才干、认知、胸怀能同时达到军官的要求吗？如果有一天你把兄弟们带入火场、抢险救援现场，能把他们平安带回来吗？现在让你继续履行班长职务，也是支队首长的意见，你要用心多看、多想、多听、多学。"浦茂明要给他上一节思想课。

刘汇海从来就没有思考过这些问题，不置可否而无法回答。

"国家因改革开放会越来越富有和强大，就拿蓉都市这个城市来说，楼房越来越多、越来越高；现代化的工厂拔地而起；汽车开始走入寻常百姓家；街道越来越宽，今年年初蓉都第一条绕城高速开建，今年十月一日，投资六十六亿元的三环路又开建了，时代变化很快，你要加紧学习，才能跟上时代的步伐，怎么学习呢？多读书、多思考、多练基本功。

"你看东川消防这几年，年年都把部局举行的防火、灭火岗位资格考试的团体第一名拿回来了。军官的基本功一是操场、二是讲台，切切实实增加才干。"他要给他指一条通向未来的路。

"才，从何而来？是先天而生，还是后天练就？无疑两者兼有。人的任何一种才能，都由先天遗传和后天实践的两种因素组成，但后者是主要的，决定性的。很少很少的人，天生就得到一副好牌：超常智力，充沛精神，得天独厚的环境和命定的幸运。多数人都是平平常常的。也有少数人天生就是一副坏牌，记忆力不佳，孤儿，更糟的是伤残的器官、身体。

"汇海啊！你和萧和都是非常非常普通的人，长相普通、文化较低、情商不高，但是你们俩身上都有一股韧劲、一股拧劲、一种积极向上、无论成败、默默付出、令人震撼的生命力，也是你内心的驱动力，这一点尤为可贵，可以说是一种天赋或是一种使命。现在还要把这种天赋具化为实实在在的技能，《灭火手册》《抢险救援操作规程》这两本书先看着，用心地学。人生不是短程冲刺，而是一场马拉松赛跑，大凡最后的成就者都是从脚下踩出一条路来。

"被中国乒坛称为王后的优秀选手邓亚萍，天资并不高，短短的身材，被拒省队大门外，多少次'能高点就好'的叹息声中，机遇与她失之交臂。但她并不气馁，也未怨天尤人。相反，她更加刻苦，更加勤奋了，多少次走出训练馆，只有星星相伴，多少次踏进饭堂也是菜尽饭空。但她还是练球，吃尽常人不能吃的苦，勤奋终将换来辉煌。正反手弧圈球，奇快的脚下基本功，使她立足于乒坛王国的巅峰。只要勤奋就能弥补缺陷，换来成功。

"有谁不相信，成功与辛勤努力是成正比。当今伟大的物理学家霍金是一位重度瘫痪病人，只有三根手指能动。记住：你还很年轻，一定要多学习、多读书，勤一定能补拙。"

一九九九年的立夏过后，整个城市突然间马蜂就莫名地多了起来，寻求消防队取马蜂窝的电话一下子蜂拥而至。

此刻已是刘汇海取的第四个马蜂窝了，着全套防蜂服的他已大汗淋漓。

新式的防蜂服重量轻，封闭性好；缺点就是不透气，面罩容易起雾，影响视线。

悬于四楼空中的他，首先用杀虫剂把一个直径超过三十厘米的、依附于四楼楼板顶角处的马蜂窝外表面喷了个遍。

然后他熟练地取出随身携带的黑色加厚型塑料袋一举把马蜂窝套个密不透风，最后连根拔掉。末了还要用杀虫剂将顶角处马蜂窝的旧址，密密实实地喷上几遍，防止马蜂重建蜂巢。

取马蜂窝又是一个风险极高的任务，一点都大意不得。因为有灵性的马蜂会沿着安全绳去叮咬安全人员，所以双保险的安全人员也要穿戴防蜂服。为了防止伤及无辜，安全人员的警戒线又扩得很大。所以每取一个马蜂窝都是极费力的事。

当他完成此次任务，满身汗渍地脱下防蜂服时，对讲机传来了七中队基地台的呼叫："刘排长，还有七个马蜂窝待取，请指示。"

"刘排长，从吃过早饭就出来，到现在已经五个小时了，取了四个马蜂窝，要换人不？喘口气不？"

他想了想，说道："好吧。我们再调一个组出来一起取。"随后拿起了对讲机，"拐洞洞，拐洞洞——拐洞九呼叫。"

"拐洞九，拐洞九请讲。我是拐洞洞。"

"调第二组人员出动取马蜂窝。"

"好的，马上调出傅文斌班长所在的二班出动，任务清单已下达。"

他们一行人马不停蹄赶回中队吃完饭后，又出发了。

"小呀嘛小二郎 背着那书包上学堂

不怕太阳晒 也不怕那风雨狂

只怕先生骂我懒呀　没有学问喽

无颜见爹娘……"

"好了，还有最后一个马蜂窝，向最后一个目标——红星路一段七十八号余家大院出发。"他有点倦困了，依然强打着精神。

"拐洞九，拐洞九听到请回话。我是拐洞洞。"

"拐洞洞，拐洞洞，我是拐洞九，请讲，请讲。"

"全部任务取消，马上立刻返回中队。重复一遍，马上立刻返回中队，注意安全。"

他心中无缘无故紧张起来，会不会是中队出了什么事。

当抢险救援车回到中队时，一行人发现大门口站满了机关干部，门岗破天荒地设了双岗。

所有遇到的人都神情黯淡，垂头不语。

中队呈现出一种可怕的寂静，战士们都在自己的寝室里默默无语，办公室浦茂明不知踪影，新任的副指导员张幻平双眼垂泪，正聚精会神地写着什么东西。

他推开寝室门，只看到罗和勇在，急促地问道："中队怎么啦？傅文斌呢？"

"傅文斌牺牲了。"双眼垂泪的罗和勇"哇"的一声哭了出来。

他被这个晴天霹雳的消息震得目瞪口呆，半天才缓过神来。

"今天接到电话班的命令后，傅班长带领我们一行四人，就到现场取马蜂窝了，其实刚开始一切都还顺利。"罗和勇抽泣着，断断续续地说道，"前三个马蜂窝都是高楼层，无支撑，全悬空作业。安全绳本就已经起毛了，我们没有注意的是整个过程中磨损又特别严重，在取第四个马蜂窝时，意外就发生了，不慎从七楼坠下壮烈牺牲。"最后，罗和勇已经泣不成声了。

一说到安全绳起毛了，刘汇海一惊，突然想起大半年前，自己的那根起毛的安全绳，当时没有舍得更换掉。

"快带我去看看那根安全绳。"他心里特别担忧又紧张地说道。

他们俩把整个车库翻了个底朝天都没有找到那根安全绳，库房也没有，二楼生活区的每一个房间都没有（那根断裂的安全绳此刻正摆放在季忠斌的办公桌上）。

"完了，完了。"他感觉整个身体掉进冰窖，凉透了。

第十六章

盛夏的太阳炙烤着大地，空气中的热浪一阵一阵袭来，偶尔掠过的一丝丝风都灼得皮肤发烫。

林霞的麻辣烫生意出奇地好，啤酒和冷饮销得特别好，门口一台大功率空调"呼呼呼"地往外冒着冷气。

中午时分，进来两男两女围坐一桌，明晃晃的校徽别在左胸。林霞一眼就认出其中一位男生是她的高中班长。

她慌忙地躲进后堂，拿出随身携带的小方镜，用袖口擦去汗渍，揩去嘴角的红油，涂抹了淡淡的口红，又拢了拢鬓角的头发，脸上露出久违的笑容。

亲自上前端茶、倒水、上菜、调料，她上的都是最新的茶、最新鲜的菜、最细嫩的肉，分量也足得很，都是她亲自下的刀。

一行人眉开眼笑、酒足饭饱，准备离开。

"老板，结账，多少钱？"班长吆喝着。

"不要钱，班长，你不认识我啦？我是林霞。"她腼腆着露出笑容。

班长愣了一下。

"对不起，你认错人了。"班长丢下一百元大钞，低着头，匆匆离去。

留下满脸通红、眼眶充满泪水的她，呆站在原地。

她憋着没让眼泪流下来，来到后堂，再也绷不住了，紧紧咬着衣袖，泪水哗啦啦地流下来。

跟了她近三年的何凯从后面递上一张热毛巾，说道："今天人多，我负责前厅，你就管好后堂吧。"

人最多的时候，幸好萧和来了，何凯向他挤挤了眼睛。

他立马就感觉到了她似乎很不高兴，一张脸如同霜打的茄子——又蔫又灰。

萧和撒谎说吃过饭了就前前后后忙开了。稍微有点空闲就过来关心她，端水，她不要；递茶，她不喝；扇风，她不理。

"馒头掉进稀饭里——打一个人名。"他使出了浑身法宝来逗她开心。

但是她依旧面无表情、冷若冰霜。

"粥（周）润发，你不知道吧？"他又唱又跳地说道。

"再来一个，排队上厕所——猜一个地名，很有名的。"他把最后一个字拉得很长。

"猜不到吧，是——伦——敦。"他猛然发现她的嘴角往上翘了翘。

"给我一听可乐吧。"她突然开口让他有点欣喜若狂。

当他从冰箱里拿出一听可乐，拉开拉环，递给她时，才发现她的脸上有了少许红晕。

她拿着易拉罐刚端到嘴边，迟疑了一下，慌忙递还给了他："你先喝。"

她又从冰箱里拿出两听可乐，扔给何凯一听，仰头"咕嘟咕嘟"大口地往下灌。

林平安夫妇来的时候已经快要开晚饭了，哥哥把林霞拉到僻静处说了很久，她低着头一句话都没说。

萧和胡乱地吃了点东西，想在晚点名前赶回部队销假。林平安执意送他到车站时，希望他在一个月后的中秋节请三天假，陪林霞回一趟老家，什么事，林平安没说，他也不好问。

川东的达川之行居然成了萧和永生难忘之旅。

乘一天一夜的长途卧铺车后到达县城，搭乘拖拉机后还有三里多的乡间小道，免不了爬坡上坎，萧和总想搭把手时，她却有意无意地躲开了。

当走过一片开阔地后，一片小树林展现在眼前，树林中隐约是一座四合院。

从她激动的表情中，他猜到她的家到了。

当林浩然夫妇出现在他们俩面前时，她突然伸出右手紧紧地拽紧了他的左手。

"叔叔、阿姨你们好。"萧和很自然地随着她的呼喊声脱口而出。脸上的笑容像灿烂的杜鹃花，心里像蜜糖一样甜。

放下行李，萧和就去劈柴。哑巴妈妈双眼含泪地摆动着双手，阻止着他，脸上却笑开了花。

"等他去吧，累不着他的。"林霞插话道。

"你爱他吗？"林浩然在一旁问道。

“以前不爱，现在爱。”她答道。

“他爱你吗？”

“爱！”

“考虑清楚了吗？”

“考虑清楚了，我是冰，他是火；我心中有苦，他心中有情；他是那个能陪我走到底的人，也是能给我兜底的人。”

“走吧，马上就回吧，这里只有痛苦的回忆。蓉都才有你们的幸福，不要寄钱回来了，政府的民政部门已经来慰问过了，社会上的志愿者也来看望过我们了，知足了。

“不要在县城给我们买房了，我和你妈哪儿都不去。万一你幺爷回来会找不到家的。走吧！女儿，他能给你带来幸福就是我们最大的幸福。”

萧和一脸茫然，刚到家一口水都没喝，就又要往回赶，但是看着这一家人和蔼的眼神，他心里虽然不知道怎么回事，但觉得听她的就一定错不了。

一路回走，两个人的手就没有松开过。

萧和在第三天的下午回到中队，就听到哨响：“驾驶员进行特种车操作，其余人员到二中队打篮球。”

二中队的篮球水平一直处于支队争冠的前例，中队长黄宽泉调任支队机关，江考、阳连生退伍后，随着许松、龚小敏等新干部相继分到二中队，始终处于一流方阵。

半场休息时一阵风刮过，二中队营区的国旗哗哗响，而四周树木树叶却一动不动。浦茂明想起了刘汇海正在中队组织驾驶员测试登高平台车，高度越高，风力就越大，有一种不太好的预感，马上带队伍往中队赶。

电话员陈挺自言自语：“哪儿来的妖风？”

电话班火警电话此起彼伏：抢险救援班出动一台车至解放北二路四十七号取钥匙；二十分钟后排长龚小敏带一个班、一台车去老成绵路动物园门口处理交通事故。

当火警电话再次响起时，许松心神不宁，总觉得不安。中队长调离快半年了，指导员回老家休年假了，他已经三个月没离开过中队，热恋两年的女友向他亮起红灯，肚子里正窝着火。

“荷花池火警！荷花池宏正广场二区大楼火警！”陈挺高呼了两遍。（当年驷马桥抢险后，唐艳丽给李大君打了电话后，陈挺就莫名其妙地调到电话班去了。）

许松脑袋"嗡"的一下就炸开了，在二中队待了五年，太了解荷花池片区火灾的复杂性，正是怕什么，来什么。

一九八六年建成的荷花池市场位于蓉都市北大门，紧邻二环路内侧，占地二十六万平方米，建筑面积四十万平方米，营业面积二十万平方米，有近三万家经营户，从业人员超过十万，一九九八年全年交易额达四十五亿元，雄踞全国百强综合性贸易市场第七位，是蓉都市委、市政府重点打造规模最大、最集中的商品集散地；主要经营服装、百货、鞋类、皮具、小家电、工艺品等一千多种商品；市场全年无休，每天都是人山人海、摩肩接踵，不要说消防车，就连人正常通行都困难。

一九九五年建成的宏正广场位于荷花池的核心地带二环路北三段，建筑面积十六万平方米，有近一万家经营户。起火部位是荷花池宏正公司二区大楼的裙楼五层。

二中队勉强还能再出两台车，第二台车也只有驾驶员一人了，当许松坐上首车的指挥位置，回过头来一看，只剩下包括陈挺在内的三名战士，顿时头皮一紧，心往下一沉、凉了半截。

消防车刚一驶出中队大门就看见西北方向、四五公里外的荷花池区域火光冲天，浓烟密布，像蘑菇云一般向上翻滚膨胀，层层叠开，形成连片的、自下而上的圆柱形黑色区域，吞噬着肉眼可视的天际。

宏正广场二区主楼在浓烟中若隐若现。惊恐的表情挂在车上每个人的脸上。

脸色泛白的许松有些手足无措地拿起对讲机，紧急向支队总机请求增援，在陈挺的提示下，又命令抢险救援班和龚小敏立刻归建作战。

整个广场聚集成千上万的商家、小贩、市民、顾客，有的惊慌、有的绝望、有的漠然……

最先到达的交巡警和保安一道，让人员退后，留出安全区域和消防车道。

二中队消防车"嘎"一声停在了宏正广场主楼疏散楼梯口，许松最先跳下车，抬头仰望着绝大多数窗口都在喷射浓烟的大楼，穿戴好个人防护装备后扔下一句："先救人，跟我上。"硬着头皮就踏进了黢黑如铁的火场。

分管战训工作的副支队长翁茂桂到达火场已是七点十分。他在平时生活中都是不苟言笑的，有时沉默得有点吓人，在刘汇海的印象中他是典型的职业军人形象。

在火场外围转了一整圈的翁茂桂上到裙楼五层楼顶，也就是着火楼的楼顶，对整个火场态势大致了解清楚了。

宏正公司二区大楼占地南北宽八十米，东西长一百八十米，西侧的主楼十四层，东侧的裙楼五层，主楼与裙楼通过露天的连廊相连接。其北侧毗邻的"泰安大酒店"，中间有无缝、无窗、无门的实体墙相隔。

第一波参战的八个中队（二、特一、三、五、四、一、七、八）各自为政，无战术章法，通讯紊乱，打得异常艰苦，好在把被困火场的人员全部救下，无人员伤亡，令他稍感欣慰。

翁茂桂马上命令通信科架设局域网，统领指挥系统。同时确立先堵后攻的战术措施。

具体就是利用火场北边为建筑实体防火墙、西侧的露天连廊等建筑屏障堵截火势；南面部署力量层层设防；东面组织精干深入内攻。

令：五中队、特一中队在主楼与裙楼连廊位置架设云梯水炮阻止火势向西蔓延。

令：三中队、四中队在东西长一百四十米处，即二区与一区连廊部分自南向北组成第一道防线（堵击火势向南蔓延），先堵后攻。

令：一中队、八中队在东西长一百米地方，即二区与一区第二连廊处，自南向北组成第二道防线，先堵后攻。

令：二中队、七中队在东西长五十米，也即二区与一区最后一连廊先堵后攻，并组织人员迂回至未燃烧的正东面长距离往火场中心位置进攻。

晚上八点四十分，省公安厅领导、总队领导、蓉都市人民政府领导、市公安局领导相继到达现场组成最高指挥部，一致同意将火场最高指挥权授予翁茂桂全权负责，可调动蓉都市内一切可调动的人员、物资、装备，然后所有在场的领导均站在五楼楼顶，静观事态发展，力劝不退，誓与官兵共赴危难。

晚上九点四十分，第二波增援力量——各郊区消防中队到达现场，包括龚大敏带领六中队两车十二人，罗进带领的九中队两车十二人，李勇带领的十中队两车十二人。

晚上十点四十分，李大君带领四十名学驾驶的老兵赶到现场，全员返回原建制，投身战斗。

后勤处在苏国利带领下也全员到达现场，紧急联系"泰安大酒店"食堂工作人员，起锅造饭供应食品。

空呼充装车也连续工作三个小时，主、备两泵满负荷运行，也往前线更换一百五十余瓶空呼，高压喷嘴发烫发红。操作手吴光伟急得上蹿下跳，一个东北汉，一米八大个儿，快要哭出声。

萧和既当驾驶员又当搬运工，不断向火灾前线运送矿泉水、毛巾、强光照明灯、水带、多功能水枪、空呼瓶，徒步一趟下来也大汗淋漓，这一个通宵，他跑了十九趟。

牟良权全程坚守大楼消防控制室，把数据及时传送到指挥部。

参谋长徐文翔负责地面战斗车辆的停靠集结和取水供水，强忍着椎间盘突出带来的巨大疼痛，一昼夜来回奔走超过四十公里。

汤勇基带领政治处的博士生新干部代雪冰紧急做好战事鼓动工作。

接到传呼通知或收看新闻得知的支队其他警官（包括宋晓梅、向梅逸、乔菊叶等一批女干部；许兰楠、陆竹萱等军校实习学员）相继到达现场，部分文职人员到二十三时左右也到达现场。

卫生局四台救护车到达现场以备急用。

水务局全力确保火场用水量，并指派八台大吨位洒水车到达现场以备不时之需。

公安局一百名交警、巡逻警到达现场指挥疏导交通，部署防控、治安体系。

电、气等友邻单位也派相关技术人员到达协助工作。

附近"好运来"便民店免费向消防官兵提供热水、方便面、毛巾、手电筒。

蓉都大酒店消防保卫部工作人员——退伍战士张晓琳和张建国向指挥部申请加入战斗。

晚上十二点，各战斗小组传回讯息，黄宽泉、严怀金、谢杰西带领特一、五中队官兵，在正西面堵截成功，火势没有向西蔓延，但往火场中心进攻进展缓慢。

战训科高文勇科长带领一中队熊文军、八中队程鹏在第一道防线堵截成功，但向火灾中心区域进展缓慢。

三中队阳洪波、鄢晓华，四中队罗国富、王建在第二道防线堵截成功，但向火灾中心区域进展缓慢。

战斗至此，正应了那句老话：打得英勇，打得顽强，打得也很窝囊。

事后查明，战斗初期进展缓慢的原因是：私营业主为了追求最大利润，偷偷地用铁丝和塑料板把每个摊位从地面到顶捆绑了个严严实实，以增加储存空间。

水枪的充实水柱根本就没有到达燃烧区，而聚集的浓烟和高温让战斗员很难前进半步。

浓烟的浓度是多少不知道，只知道手持照明灯的强光照射的距离不会超过十厘米。

火场内的温度不知道有多高，只知道直流水打到建筑物后经地板回流到枪手位置时，水温烫得身着消防靴的战士们下不了脚。

鄢晓华带领两名战士摸索依墙前行，刚到一拐弯处，一股直流水近距离从侧面打过来，直接打掉空呼面罩，浓烟进入肺部引起剧烈咳嗽，口腔被动打开，又吸了几口浓烟，瞬间昏厥。

反应过来的战士迅速将开花水直接打在鄢晓华的脸上，驱散浓烟，连拉带拽把他抢救出来。

随行的唐艳丽就地进行心肺复苏抢救，随着"啊"的一声，鄢晓华口喘着粗气醒了过来，两眼呆滞无神，全身冷汗湿透。

许多年以后，身为成华区消防大队大队长的鄢晓华端坐在摄像机前面，给广大市民普及楼道电瓶车充电火灾危害时，反复强调电池爆燃挥发大量有毒有害气体能瞬间让人毙命，还有意无意地提到当年的荷花池火灾。

而程鹏在带领战士进攻过程中同样被高位跌落的货物砸中头部，短暂退出战斗后又继续进攻。

而此刻，浦茂明带领许松、刘汇海，身背空气呼吸器，持两部电台，携少量灭火工具组成三人一伍的攻坚小组，长距离迂回至东面进入火场，执行翁茂桂由东向西侦察火情、扑灭火灾的作战任务。

虽然依旧看不见火光，但随着前进距离的增加，烟雾越来越浓，身影就越来越模糊，裸露肌肤越来越强烈的灼热感，让三人预感离燃烧中心区域很近了。

无意间，刘汇海的手被碰了一下，旋即被紧紧抓着，不停地剧烈抖动，他很清楚那是许松的手，只是在黑暗浓烟中看不见罢了。

他很吃惊，许松可是科班出身，指挥学校毕业的佼佼者。

他一下就释然了，原来他也怕。不仅仅是自己怕，别人都怕，心里反而轻松了一些。

浦茂明隔着呼吸面罩努力地吼叫着，刘汇海和许松尽力地分辨着："人与人相隔三米，用救生导向绳相连，防止集体坠落；手电筒抵墙摸索而进，但要防止原地转圈；身体采用前虚后实的步伐，向浓烟和高温方向前进。"

当浦茂明大踏步向前时，刘汇海敬佩地感叹，老队长天生就是为大场面而生的人。

五分钟后，拐过又一排障碍物，突然前面豁然开朗起来，一点烟雾也没有，这里就是整栋建筑的中间天井，恰恰就是它供给燃烧区旺盛空气，火势始终都很猛烈。

这也证明他们三人到达燃烧区域的中心位置。浦茂明随即将这里确定为进攻集结点。

事后测量，他们东拐西转一百米路程，直线距离不过四十米而已。

三人立马在最近室内消火栓取水灭火。

浦茂明和许松组织仁西泽、柳亚光、陈挺、詹胜兵分两组轮流进场灭火作业，更替休息，而刘汇海也坚守到火场最后一秒。

很快阳洪波、王建率领一个攻坚组从西北进攻至着火区。再次投入战斗的鄢晓华率领另一个攻坚组从正南面进攻至着火区。

东川矿务局的矿山救护队也赶来增援，并很快投入战斗。

第二日凌晨两点，火灾被控制住。六点余火被扑灭。

各级领导和相关力量相继撤出，支队防火处一众干部携多种检测器材进入火灾区进行事故调查。

刘汇海作为最后一批撤出的灭火消防员，只有一闪一闪的白眼球和黑眼珠方能被辨别出是活人，一身炭黑，一周后鼻孔还能洗出黑丝。

五天过后的市政府常委会会议决定：对消防支队追加两千万业务经费用于消防装备建设。

参会的苏国利并没有流露出太大的喜悦之情，满脑子都是全身炭黑疲惫之极的刘汇海。

她在想，一定要把官兵的优抚工作做好。思绪未停，进一步回想起荷花池火灾来，二中队面对建筑面积四十万平方米的荷花池综合市场，即使任何工作都不做，也要至少一个月才能粗略完成它的六熟悉工作。

中国消防实行的是兵役制度，每年约有三分之一的战士退伍回乡，二中队辖区大约有一百个消防重点单位，六熟悉工作理论上在现行的制度下完成得不够细致。

苏国利再一次回想起一个月前，自己带队参观访问中国香港消防、日本东京消防、俄罗斯莫斯科消防，她看到了香港消防装备精良、制度完善、被全社会尊崇的社会荣誉感。

日本消防一半以上年龄已过三十五周岁的一线灭火人员，其充沛的体能、娴熟的技能、丰富的战斗经验、崇高的职业精神让她惊讶。

有着深厚文化底蕴的俄罗斯人对消防有着别样的见解，在参观莫斯科消防荣誉史料馆时，其陪同的莫斯科消防负责人巴沙逸夫曾对苏国利说过，每一次出警就是一次远行；是大自然对人类活动的一次惩戒；是一次新平衡的再建立；每一项荣誉都是一首悲壮的诗歌。

一九九九年十二月的最后几天，突然间国人喜欢过西方的节日，狂欢夜、圣诞夜、平安夜、世纪跨年夜的疯狂，让消防部队刚刚参加完全国灭火、防火岗位资格考试的干部们，再次以满腔热情投入防火、灭火战备工作状态中。

一九九九年全年刘汇海出警一千二百二十二次，其中打捞尸体二十具，各种场合抢救人员十五名，受到支队领导的高度肯定。

由于他在抢险救援工作中的巨大贡献，从年初逐渐开始受到各级政府和领导表扬，立功受奖并屡获殊荣。因为要作报告的原因，刘汇海那蹩脚的泸州腔普通话，的确是不行。

第二年的春节刚过，宋晓梅和刚提任警务科副科长的李大君又在指导他怎样作报告。

此刻宋晓梅和李大君的心情完全是冰火两重天，喜得千金的宋晓梅再一次喜从天降：由她和十四中队排长李茂编排并演出以刘汇海事迹为原型的小品《庄严的承诺》，在公安部文艺调演中获得唯一金奖。李茂荣获二等功，而她荣获三等功，这对于不上火场的女干部来说实属不易。

李大君心情郁闷是因为家庭夫妻关系出现裂痕，想当初，他的婚姻被全支队誉为金童玉女般的结合。

那还是一九九五年九月的事：那一天，旭日东升，秋高气爽，花红柳绿。时任二中队副中队长的李大君接待了辖区美资银行花海银行总裁助理秋石。

美女秋石是毕业于西南财经大学的硕士研究生，性感迷人，一米六八的身高、精致的面孔，又粗又黑的剑眉下是妩媚魅惑、勾魂摄魄的丹凤眼，嘴角微微上翘的樱桃小嘴使嘴巴的轮廓非常清晰，言语间似笑非笑的感觉，总让人魂魄齐飞、心驰神往。

她父亲是上市公司高管，母亲在市政府就职，秋石从小被富养，活泼、大方、热情、知性、优雅。多才多艺的她凭借出色的英语能力和协调、公关能力，一进入公司就做了总裁助理——一个非常有前途的岗位。

今天来二中队主要是联系"十一月九日消防演习"的相关事宜。阳光、自信、幽默的李大君随口一句"秋风瑟瑟迎佳人，云破天惊遇仙子"，打动芳心，二人一见钟情，大有相见恨晚之憾，遂坠入爱河。

秋石离开二中队时，便遇上了换哨的龚小敏，平时古灵精怪的他从未见过如此美艳的秋石，一时脑袋短路，竟冒了一句："不是人。"

他永远搞不懂的是：片刻前的陌生人，现在却有心灵相通的依恋。

"你娃给老子说清楚，她怎么就不是人了？"李大君毛了。

秋石俏皮地做着鬼脸跑开了。闯了大祸的龚小敏，没见过李大君发火，硬着头皮瞎编："她、她本来就不是人！《西游记》第十八又二分之一回：话说五百年前的一天风轻云淡，天蓬元帅酒后壮胆调戏广寒宫第一美仙女秋石不成被告发。由于头一天晚上，玉帝才收受天蓬元帅一百颗夜明珠的贿赂，因此处理此事件就支支吾吾，顾左右而言他。不承想秋石不仅貌美，而且性格刚烈，宁死不屈。好在有嫦娥姐姐的庇护，于是溜之大吉，遁落人间……"

当年的圣诞晚会上，李大君和秋石的双人舞快三步、慢三步配合默契、行云流水、优雅别致，令人流连忘返；而男女对唱情真意切，情定终身。

一九九六年的国庆佳节，苏国利作为证婚人在李大君和秋石婚礼现场祝贺："金童玉女，开创了军中好男儿与市场经济女高管婚恋的新篇章。"

婚前是满城尽带黄金甲，婚后是一地鸡毛、一声叹息。看重事业的秋石执意要五年后才考虑是否要小孩，这一点让李家很是不爽；两周才能休息一次的部队生活规律让秋石很不习惯；部队战友聚餐时亦黄亦荤的成人笑话又让秋石尴尬无比；而秋石与外籍顶头上司的贴面礼也让李大君不乐意；每年秋石都会离别三个月赴美参加总公司高管培训又让李大君魂不守舍。

一九九九年七月身为分公司副总裁的秋石与李大君大吵一架后赴美至今未归，李大君有一种非常不好的预感。近半年来有性无吻的夫妻生活，令沟通越来越难了。

新千年的春节刚过，李大君就收到了秋石的律师从美国寄来的离婚协议书。所以此刻的李大君正一肚子的怨气。

"注意眼神，不要紧张，要有自信。"宋晓梅很有经验

"不要急，吐字要清楚一个字一句话要讲清楚。"李大君自己有点急了。

"不要慌，分清前鼻音和后鼻音，四是四，十是十。"她恨不得自己亲自上台替刘汇海讲。

"不行，停，这一段重来……好，很好，就这样，眼神要和大家交流。"

不知是不是他的要求太高，本来严肃庄重的演讲变成吐槽大会，刘汇海再一次面红耳赤，汗流浃背了。

新千年到来，地球没有毁灭，人类依然存在，七角怪兽千年虫也没有出现，

计算机如常运行。刘汇海和战友依旧奔赴蓉城的大街小巷争分夺秒和死神赛跑。

二〇〇〇年对于他来说，有鲜花和掌声，而对于全支队官兵来说就是阴霾和泪水。

四月他在市公安局一号会议大厅向全市公安系统八百名干部作先进事迹报告。

同日，九中队排长胡浩文在赶往马棚堰抢救落水婴儿的途中，踩空彩钢板，跌入卷扬机，右小腿胫骨、腓骨骨折，四级伤残。

十月他在蓉都大学礼堂向蓉都六所高校的一千二百名师生作先进事迹报告。

十二月他因工作突出再次荣立二等功一次。

在距离老兵退伍不到两天的时间，七中队组织最后一次气垫训练，二年兵詹胜兵因训练死亡，副指导员张幻平按领导要求跳气垫还原事故过程时受重伤：腰椎爆裂压缩性骨折陪圆锥马尾损伤，四级伤残。

元旦前一天，四中队抢险救援班驾驶员连续出公差勤务十二小时，疲劳驾车返回中队时，将一雅安籍战士撞成重伤。

第十七章

二○○一年一月，新任支队长苏国利长长地舒了一口气：这倒霉的一年总算过去了。随即签发了她上任以来的第一个命令：任命刘汇海为一中队副连级副中队长。

一中队位于蓉都火车东站的八里庄路二十二号。辖区重点单位大都是大型仓储、库房和军用、民营大型储油罐。让一中队官兵惊讶的是他少得可怜的个人物品中却有上百本书籍：《演讲与口才》《读者》《在北大听演讲》《余秋雨散文集》《金庸全集》。

"成功了！成功了！中国申奥成功了，二○○八年的奥运会在北京！"

通信员在走廊上大声疾呼。战士们欢呼雀跃。

"我要去北京！"

"我要上北京！"

"我要看篮球比赛！"

一怔，刘汇海只觉得胸中血气上涌，随之而来的是一个大胆的念头：二○○八年我可以去北京。

"刘队长，火警！快来人啊！"炊事员站在楼梯口大声呼叫。

"快拉警报啊，瓜戳戳的。"排长何静波吼着的同时顺着楼梯的铜制扶手"滋溜"就滑下去了。

"不是的，是我们的厨房燃起来了。"

何静波这才发现不光是厨房在燃烧，营房外墙的铝制排烟通道也燃烧起来了，一时间火光冲天，浓烟滚滚，一直从底楼的厨房烧到了三楼楼顶的屋檐。

正如后来领导批评指导员、党支部书记熊文军所说，这是典型的反面教材，滑稽至极，愚蠢透顶，开了蓉都消防五十年来的先例。

门口围着一大群市民，有的惊奇，有的慌张，有的疑惑，有的好笑。

事后查明，今天熬制菜油时，突遇临时停气，炊事员只能用柴油煮饭，在泵油过程中，引燃了厨具，加之已使用三年的铝制排烟通道从来就没有清洗过，布满油污，燃烧很快就成立体之势。

何静波指挥着驾驶员倒出泡沫车，打水带，接泡沫枪，出泡沫。

驾驶员心急，一脚油门下去，压力陡然上到了十个，水带被打爆，水带铝制接头飞出去把厨房玻璃门打得稀巴烂，压水带在地面成蛇形蜿蜒乱舞，泡沫液喷涌而出，呈天女散花之式从天而至，把大家淋成落汤鸡一般。

熊文军接到支队的问责电话有十分钟竟一字不语，那段时间里一中队战士都乖得很。

二〇〇一年的除夕之夜，由于蓉都禁放烟花爆竹，一中队的大年之夜的执勤备战较为轻松，通宵只出了三次较小的火警。

刘汇海身着崭新笔挺的马裤呢冬常服，发扬蓉都支队的优良传统，在中央电视台《春节联欢晚会》开始之际上岗守哨迎接新年的到来。

"叔叔，新年好！"晚上八点刚过，他的哨位来了一位稚气未脱的小女孩，手上拿着一件牛奶和一大包水果，敬了一个少先队礼后，双手递上一封信。

懵懂的他打开信纸："有你们的负重前行才有我们的岁月静好，希望你们每次出警都能平安归来，一个都不能少。谢谢你们无私奉献，请为自己的家人保护好自己。再次感恩你们的守护！"

一股暖流涌上心头，他鼻子酸酸的。看着小女孩跑向不远处的桑塔纳轿车，他赶紧立正敬礼，并立刻打开手电筒照向小女孩奔跑的路线，目送着轿车走了很远很远。

检查完夜哨归来，已是凌晨一点了，并无睡意的他打开二姐写来的最后一封信。二姐和他都买了传呼机。条件好一点的干部都买了小灵通或其他品牌的手机。

他每年都将工资和立功受奖的奖金总数的三分之一寄回老家，三分之一存进银行，最后三分之一留着自用。二姐代妈妈写的信不长：第一，钱款已收到，谢谢水娃！往后就不要往家里寄钱了。家里减租了，公路都修到家门口了，农村一天一个样，农民的生活有盼头了。第二，该找个对象，是时候考虑婚姻大事了。第三，努力工作，注意安全，尊敬领导，爱护好战士。

最后二姐骄傲地告诉他，自从他被公安部评为二级英模，破格提干后，村上、镇上所有人对刘家都特别友善，平时对咱爹多颐指气使、指手画脚的徐家、朱家大爷还主动请咱爹去喝了酒，这都是前所未有的事。

前两天合江县的县长在村、镇两级领导的陪同下，还有新闻记者等一大群人的簇拥下，破天荒地下到刘家看望二老，并送来了慰问金和慰问品，在这一带传为佳话。但姐知道这是你拿命拼来的。你在外安心工作，爹妈有我和大姐照顾。提干了，担子更重了。

他随手翻阅抽屉里一大摞的信件，这是全国各地未婚女性给他这位英雄寄来的求爱信。

窈窕淑女，君子好逑。说不清、道不明的原因，初春一个稀松平常的星期天，他约了漂亮的女生王芸在蓉都春熙路米兰咖啡馆见面。

春熙路是年轻人的会面首选地点，也是玩耍、美食、休闲、购物的好地方。眼前的王芸远比照片上的人要漂亮一百倍，乌黑柔滑的秀发及肩，正弥散阵阵暗香，柳叶眉下一双会笑的桃花眼妩媚动人，薄嘴红唇性感迷人，前凸后翘的身材是上天给予蓉都平原女孩儿的恩赐。颜值高是先天而成的话，学历高则是后天努力的结果，二十五岁的王芸还是东川大学法学院硕士研究生、学生会主席，父母都是高校教授。

两年美国游学的经历让她眼界大开，对一般的男孩子都瞧不上眼，美女配英雄、才子遇佳人；在她的眼里，英雄应该像《碟中谍》中汤姆·克鲁斯高大英俊威猛，精通多国语言，身手不凡，以一当十；或是《中南海保镖》中的李连杰帅气阳刚飘逸，攻无不克，战无不胜；而眼前的刘汇海帅气谈不上，高大也不见得。

两杯"勿忘我"咖啡的价格六十八元，还是超出了刘汇海的预想，付钱时，手不经意间抖了一下。交谈很快变得索然无味，他和战友们平凡、枯燥、单调的生活吸引不了王芸太多的兴趣。而王芸一会儿米兰·昆德拉，一会儿托尔斯泰；再跳跃到《儒林外史》《红楼梦》《金瓶梅》的美食指南，最后比较张国荣和莱昂纳多·迪卡普里奥谁更有魅力，同样与他完全不搭界。

当他辞别王芸回到中队后，王芸又和闺蜜一起去吃牛排、唱卡拉OK、喝红酒，疯了一宿才回家。

三年以后，美国留学归来、取得心理学博士学位的王芸在杭州大学的演讲《城市婚姻状况分析》中指出：男女双方除了相同的价值观，物质财富和精神财富也应该大致相当……

当震惊中外的王伟撞机事件发生后，九州沸腾！十二亿国人同仇敌忾！全国各地有人上街游行，有人在美领馆示威，有人冲击美资机构，公安机关维持社会秩序的压力陡增。

此时，蓉都消防支队官兵思想也非常活跃。政治处主任汤勇基随即在支队二楼会议室，对全支队官兵进行第二季度政治教育《中美撞机事件后的思考》。

"战友们，中美撞机事件后，我们看见了有国人游行、示威、谴责，然后是铮铮誓言，将伟大的爱国热忱落实到平凡、具体的工作中，实现民族的伟大复兴，是完全应该理解的，却是远远不够的。当我们拼命地忘我工作时，美国佬就一定在睡大觉吗？他们当然不会打点小麻将，吃点麻辣烫，看点歪录像，而是经济繁荣，科技强盛。对于一个想独霸全球、推行霸权主义的国家和个别政客，总是对野蛮侵权行为百般狡辩抵赖。跟他们谈良知和道义，犹如与恶贯满盈、无恶不作、凶神恶煞和穷凶极恶这四大恶人谈论人性本善。

"脑海中永远抹不去的是银河号事件、李文和事件、袭击我驻南使馆事件以及售台先进武器事件。我们看不见的规则就是：国家与国家的竞争，最终还是经济、科技、军事等综合国力的较量。

"曾几何时，我中华文明屹立世界之巅，贞观之治后的唐朝，开创了经济繁荣、科技领先、文化鼎盛、四夷宾服、千邦来朝、万国来贺的开元盛世，全国人口达八千多万，经济水平冠绝世界。而同时期的欧洲还在中世纪的黑暗之中徘徊；美洲大陆还是人吃人的奴隶社会。他们敢来找事吗？敢来挑事吗？敢来滋事吗？公元六六三年，日本军人在朝鲜半岛被中国唐朝军队打败后，马上派使者赴长安，向唐王表示祝贺，并开始向中国学习。如果我们自身强大，犹如人人都会降龙十八掌，那么我们就不光可以自保，还可以普度众生。

"一向以民族主义正统自居的国人，曾经在明清时期拒绝了西方近代科学技术的传入，闭关自守的中国落伍了，百年后在西方列强面前被动挨打，沦为半殖民地。一百多年前，美国海军准将佩顿率领强大的舰队，强令日本开关。日本战败屈服了，随后还在佩顿登陆处为其建纪念碑，开始向美国学习，甲午海战后日本一跃成为世界一流强国。

"改革开放的中国是个共容多元的社会。但一个声音不能忘：师夷长技以制夷。假以时日，民族复兴的大业必将在我们这一代人身上实现，到那时王伟撞机事件绝对不会重演，祖国也必将完成统一大业。英雄王伟的血不会白流，他时刻警醒着我们消防员：逆行蹈火，砥砺奋进！"

汤勇基引经据典的授课再次让刘汇海感到震撼和力量。

这几天，二班长韩冀忙时显得心急火燎，闲时又心烦意乱。大家知道，想考军校的韩冀，文化底子差，自学起来老是不得要领，进度很慢，为此他很着急。

刘汇海请小区帮忙找的辅导老师——辜红英（东川某专科学校一名大三学生）今天下午到。辜红英二十三岁，东川仁寿人，穿着朴素，袖口与领口洗得有些发毛的白衬衣整洁素雅；眼睛清澈明亮；乌黑亮丽的短发彰显干练柔美。

"刘队长，今天测试了一下韩冀的文化成绩，情况是这样的……"办公室内，他、她和韩冀在一起就考学之事进行了一次全面分析。

"小韩的军事理论和军事技能应该没有多大问题，两科能考180分；语文和政治也还不错估计能考160分，数学和化学的基础都很差，这就是我要给他辅导的重点，现在就重点复习武警消防学院所印发的考试资料，其他学习资料一律不看。我刚才仔细研究了一下前两年的试卷，发现大约有50%的考题是考试资料上的原题，这样的话，数学和化学我们大胆预测都考50分共计100分，这六科一共是440分，去年七科的录取线是450分，最后一科是英语，试卷考试有85分为选择题，最后一道15分的写作题。小韩完全不懂，一道题也不会。现在时间紧，学习任务重，英语就放弃。"

他和韩冀听到要放弃英语，一时瞪大眼睛，说不出话来，流露出惊恐的表情，继续听她的分析。

"放弃英语是集中时间把其他六科复习好，这就叫抓住矛盾的主要方面。同时放弃英语不等于不考，85分选择题，我们蒙！"

沙发上的他已经有点匪夷所思了，和目瞪口呆的韩冀只好静听下文。

"三长一短选一短；三短一长选一长；齐头并进选4D；参差不齐选2B。"

他们俩只剩下瞪目结舌了。

"关于英语小作文，我会写三篇范文，一篇写人，一篇写物，一篇写情。韩冀你考试前死记硬背，直至滚瓜烂熟、倒背如流，考试时能用就用。客观估计英语考30分，你有一个三等功加10分，总分共计480分，上军校应该没问题。"

韩冀长长地松了一口气，有点小兴奋："要得，我除了吃饭、睡觉，其余时间全用来看书。"

"我每周来两次，小韩，遇到不懂的问题，先记在一起，等我来了集中解答。另外，为了增加考试的成功率，我同样会整理八篇语文考试作文范例。题材上包括议论文、散文、说明文、杂文；内容上分为人、物、情、事件等。看考试时能否套用。"

刘汇海明显感觉到她的真诚、热情、细心、耐心和周密。"辜老师，走！我们到外面一起吃个便饭。"

"不用了刘队长，就在下面食堂用餐吧，晚上七点，我还有一个小时的家教课。"

站在食堂里洁净的玻璃窗前，她惊诧于队列中的刘汇海和战士们表情肃穆，眼神清澈透明、单纯无邪、自信笃定。

唱军歌时，音律并不标准，但一字一词铿锵有力，气贯长虹，蓬勃的生命力呼啸而出。尤其是身着凡尔丁军官小西服的他，站在队列正中央，神态自然，张合有度；一步一动，潇洒成像。她瞬间明白了：最帅的男人一定是在工作状态之中。

吃过晚饭，有些不自然的辜红英对送她到大门口的刘汇海说道："你们中队应该建立学习的长效机制，教小韩应对考试的方法也是没有办法的办法，有点投机取巧，而学习和读书应该贯穿一个人的终身，一个是方法论，一个是价值观。"

他望着她远去的背影，心里同样怪怪的感觉，越看越觉得好看，并且她身上有一种非常熟悉的味道，很好闻。

一周后，她用半天时间教会韩冀求解三角形面积和化学酸碱中和反应的注意事项。走时，刘汇海递上装有六百元的信封，笑着说："这是应该给你的课时费。"

"不用了，韩冀和我一样也是农村苦出身，与你们对社会无怨无悔的奉献相比，我做的根本不算什么。"她的拒绝让他不知所措。

"辜老师，当时与介绍你来的小区王阿姨说好了的，一分劳动一分收获，并且韩冀感觉你的辅导有事半功倍的效果。"他听王阿姨说过她家庭的困难。

"以前不了解你们消防兵，现在知道了你们的艰辛和不易，也算是社会对你们的回馈吧！刘队长你别再提这事了，我看了你的英雄事迹材料，就想问问你，真的很危险吗？你真的不怕死吗？"

"从概率上来讲，危险肯定很危险。消防是一门学科，科学工作者经过近百年的研究，已经形成一套成熟的理论体系，用于指导我们的工作。加之国际同行的交流融合，形成各种经验供我们借鉴和参考；同时我们长年累月经过科学、系统、针对性很强的训练；以及可以信赖的团队战友的配合，会将风险降到最低。

"人人都怕死，我也怕死，我们承担的风险要比常人高一些，但我们是军人，职责所在，别无选择。再者我刘汇海一个农民的儿子，没有任何社会关系，没有多少文化，我不冲在前面，自有人冲在前面。消防对我来说更像一门职业，我也要养家糊口，我也要安身立命，如果说努力终得回报，我也是很幸运的人了，确实应该懂得感恩！"

他手一扬，不经意间碰到了辜红英的手，两只手都猛然一缩，他发现她的脸颊瞬间变得绯红，同时也感到自己的心跳骤然加快。

而她还感觉到他身上有一种别人稀缺的优秀品质——替别人着想的善意。

当天晚上，他躺在床上，翻来覆去睡不着觉。同寝室的熊文军明察秋毫："喜欢人家，就去追嘛，一个挺不错的女孩儿，居家过日子就要这样的女孩儿，不虚荣，不做作，不矫情，很实在。拿着——这是星期天的两张电影票。"熊文军同样知道他很矜持、也很胆小，决定送佛送到底。

当韩冀走进考场时，刘汇海和辜红英互留了传呼机号码。八月底他按组织要求携带个人物品赴中国人民公安大学全脱产学习一年。

第十八章

如果说从合江到蓉都带给刘汇海的是惊奇，那么北京带给他的就是惊艳了。首都的繁荣超过了他的想象：第一次坐地铁、第一次用暖气、第一次吃麦当劳……数不清的第一次。

这天是他在北京的第一个星期六，早晨天麻麻亮，他就独自一人走出了校门，喜欢独来独往的他今天要逛逛北京的各大景点。辜红英和二姐不约而同地给他建议：珍惜北京的在职带薪全脱产学习，其间要多读书，多行走，做一个读万卷书、行万里路的实践者。

天空泛起鱼肚白时，他在天安门广场目睹了升国旗仪式，成千上万激动、亢奋的游客中有庄严肃穆默默注视者、有着制服举手敬礼者、有张口轻轻哼唱国歌者，他无意地又一次把手伸进裤兜里捏了捏厚厚的百元钞票，一种满足感油然而生，顺便挺了挺本已经很直的后背。

紧接着他就和大多游客一样瞻仰了位于北京天安门广场中心、用于纪念在人民解放战争和人民革命中牺牲的人民英雄而建立的人民英雄纪念碑。随后往南是毛主席纪念堂。

他随人群远远望见长眠于水晶棺的毛主席遗体，心中百感交集：就是这位老人带领受苦受难的中国人民经过艰苦卓绝的革命斗争夺取了新中国的胜利。

接近九点钟他简单地吃了早餐就来到了位于北京天安门西面的长安街延长线上的中国人民革命军事博物馆，博物馆于一九五九年七月建成，占地面积八万多平方米，建筑面积十五万多平方米，陈列面积四万多平方米，军事博物馆收藏了三十四万多件文物和藏品。别人两个小时就有可能参观完，他足足看了四个小时。

"这是苏联造T-62中型坦克，一九六九年三月，我国边防部队在反击入侵珍宝岛的苏联军队时击毁这辆苏联造T-62中型坦克。当苏军的指挥官要不惜一切代价抢回这辆坦克时，我英勇的边防官兵每一次都痛击来犯之敌，让苏军无功而返，为此苏军一连撤换了三个战场指挥官也无济于事。无奈之下，敌人又将这辆坦克炸沉于江底，我英勇的边防官兵又克服一切困难将坦克打捞起来拉回北京。"这是解说员在向大家介绍当年的情况，"后面的事，大家就应该知道了，我国的自制坦克技术得以突飞猛进的发展。最重要一点就是决定战争胜败最主要的因素是人，而不是一两件新式武器！"

意大利造CV33式超轻型侦察坦克、加拿大造UC-F1式轻型履带牵引车、日本造45式240毫米榴弹炮、美国造M8猎犬装甲车、日本造公路-铁路装甲车、美国造M41式155毫米榴弹炮依次排列，他明白这些都是抗日战争、解放战争、抗美援朝战争缴获的战利品。

当看到击落敌机四架、击伤敌机五架、空军司令员王海曾经驾驶过的苏联造米格-15歼击机时，刘汇海请人帮忙照了一张相片。

"这是中国造'尖兵'侦察卫星返回舱，卫星总重量一千八百千克，由仪器舱和回收舱组成，配有航天摄影系统，运行轨道为近地近圆轨道。一九七五年十一月二十六日，我国第一颗返回式遥感式卫星由长征二号运载火箭成功发射，并准确进入预定轨道，绕地球飞行四十七圈后，十一月二十九日，返回舱按地面指令返回预定地区，标志着中国成为世界上第三个掌握卫星回收技术的国家。"解说员的解说让他心生一种豪迈之情。

他参观完故宫回到学院已经是傍晚七点半了。吃过晚饭，洗漱完毕躺在床上的他感到非常惬意。

此次公安部门举办的英模班共计二十四人，他是年龄最小的，也是唯一的现役军人。两人一间的学员寝室是学院最好的住宿楼，硬件、软件设施非常先进，电话、电视、计算机、空调、暖气一应俱全。同寝室的老哥杨运发是天津的交通警察，每到星期五就坐客车经京津塘高速公路回天津去。

当房间里只有他一个人时，就有让他自己也感到非常苦闷的怪癖：总觉得床下藏有间谍；老觉得房门没有锁好；不自觉地反复用湿毛巾擦拭嘴唇和双手。

此刻他突然莫名地想起萧和来，自从两人同时分到七中队后，两人都铆足了劲，都想跳出农门，而部队优胜劣汰的选择机制下，战友之间的竞争就远多于合作，两人的关系就有点微妙，多了一点猜疑、多了一点妒忌、多了一点漠视。

当兵早期萧和凭借高中学历、性格外向、优异的身体条件，表现得更为出色一些，这让他也很苦恼，也很自责。而萧和过早调到机关工作，这才让他在抢险救援工作中大显身手，一举成名破格提干。身份发生翻天覆地变化后，他的心里有一点怪怪的感觉，有一点歉意？思念？关心？祝福？应该都有一些吧。

他只是不知道：这几天萧和累得一塌糊涂。

进入九月的蓉都迎来连续几日的秋雨，支队大楼旁又破又旧的小楼房是支队库房，这几天漏雨了，几百件棉被、大衣、冬装全都发霉变味了，白天一放晴，萧和就组织七中队的新兵一起把棉被、大衣、冬装全部拿出来晾晒，每两小时翻一面，三天时间就让萧和腰酸背疼、腿抽筋。强忍酸痛连续奋战一周后，所有发霉变味的被装又焕然一新了。萧和马上给支队领导建议：提前发放今年的冬服，又是一周。萧和不停歇一个人连轴转抢在雨季前把一千多人的冬服发放完毕。

当室友杨运发回来时，带来了天津大麻花和"狗不理"包子。并提醒他下次的课前五分钟演讲。

院方很重视中华人民共和国成立后第一个"英模班"的学习和生活，抽调全院最强的师资力量组成教师团队负责授课。

《心理学》老师是留美博士贾秀娥；《公文写作》与《美的哲学》由杨泽都副教授负责授课，并担任这个英模班的教辅员；年轻有为的讲师李尚语风流倜傥，早年毕业于清华大学，是当年学校辩论队的灵魂人物，负责《法学概论》与《文学鉴赏》两门课程。

老师们一个个博古通今、中西融汇、观点犀利、才华横溢。

贾秀娥老师结合心理学的特征，要求二十四名学员每节课前有五分钟的演讲，内容不限，形式多样，既可以讲故事，也可以说文化，针砭时弊；既可以说道说道社会现象，也可以摆谈摆谈个人见解；并以十分的分值记入年终总成绩。

刘汇海马上放下手中一切事务，聚精会神地考虑起即将到来的演讲作业：讲什么呢？他想到了临来北京的最后一个星期天，同年兵、警务科参谋罗进邀请自己、辜红英、许松到他的家乡雅安的一日游……

这天上午，迎来了贾秀娥老师的心理学课程，三十五岁的贾老师齐耳短发、一身束腰连体长裤彰显干练和品位；渊博的知识内衬下温和的笑容散发出优雅的亲和力；语音凝重有力给人无法辩驳的力量："各位同学，昨天，世界聚焦美国，震惊全球的'9·11'事件发生了，世界格局将发生巨变，而我们每个人也应该以变化中的我来应对这个变化的世界。逆向而行的三百四十三名美国消防员在昨天的抢救遇险人员中失联。消防工作是和平时期伤亡最高的职业之一，让我们以热烈的掌声为我们班唯一的现役消防员刘汇海同学致敬和祝福！今天每位同学面前一杯茶水也是刘汇海同学精心为大家准备的蒙顶甘露，下面就有请他为我们讲述川茶的传说。"

刘汇海健步走向讲台，还是有一点拘谨，回想起新兵连班长江考的叮嘱：说话时不要吞字、不要吃字，讲慢一点。

"尊敬的老师，各位学长，大家好！我叫刘汇海，来自东川蓉都消防支队，入伍九年，今年二十九岁了，今天我不讲东川的俊秀和雄伟；不讲蓉都的闲散和灵动。

"摆在大家面前的茶水叫蒙顶甘露，请仔细观看汤中之叶——蒙顶山茶芽。所谓一茶一叶：茶形状纤细，芽外形紧凑多毫，叶整芽全，叶嫩芽壮，色泽嫩绿油润，外形美观；二看汤色澄明透亮、碧清微黄；三吸气闻香，气味幽香如兰、馥郁芬芳；四呷一小口——口感饱满、醇正圆润、滋味鲜爽、浓郁回甜、齿颊留香。"

有人啧啧称奇，有人开始续第二杯了，贾秀娥也满意地点点头。

刘汇海似乎得到某种鼓励，越发有劲了："今天大家品赏的茶叫蒙顶甘露，产于东川雅安的蒙顶山。蒙顶山又名蒙山，坐落于东川省雅安市境内，最高峰上清峰海拔1456米。蒙顶山因'雨雾蒙沫'而得名，雅安市地处东川盆地西南边缘，为著名的雨城，森林覆盖率全国领先，空气质量属上乘，水质上佳，全市多雨湿润。常年雨量2000毫米以上，古称'西蜀漏天'。冬无严寒，夏无酷暑，年平均气温15度左右，一月平均气温5度左右，七月平均气温23度左右。无霜期308天，雨日多达200天左右。秋多绵雨，夏多阵雨。

"由于蒙顶山的海拔高度、土壤、气候等最适合茶叶的生长，因此早在两千多年前的西汉时期，蒙顶山茶祖师吴理真开始在蒙顶山驯化栽种野生茶树，开始了人工种茶的历史。蒙顶甘露作为蒙山茶中的极品，有其独特的制法工艺：沿用明朝的'三炒三揉'制法。蒙顶山茶，由于在加工过程中加入了揉捻工艺，和普通的绿茶相比，滋味更加鲜嫩醇爽。唐宋时期是蒙山茶的极盛时期。从唐玄宗天宝元年——也就是公元742年被列为贡品，作为天子祭祀天地祖宗的专用品，一直沿袭到清代，历经一千二百多年而不间断。而起源于唐宋时期的'茶马互市'让以蒙顶山茶为代表的川茶走向吐蕃、印度、尼泊尔，这些以游牧民族为主的地区多以奶制品为主，过多的脂肪在人体内不易分解，茶叶里的生物碱和茶多酚可以解油腻、助消化、防止燥热的功效成为游牧民族生活的必需品。伴随而来的二次、三次交易，蒙顶山茶也一路向西。而此刻的陆上丝绸之路（北线），经过现在的阿富汗、伊朗、伊拉克、叙利亚到达地中海，以罗马为终点，全长6440公里，横跨亚非欧三大洲。我们依稀能够感觉到在一千多年的时间里，那高原崎岖的小路总有一群勇于冒险的川人，赶着一群骆驼或者骡马把瓷器、丝绸、茶叶、布匹、盐和日用器皿等中原特产送到吐蕃、中亚、西亚和欧洲。

"一千多年以后早已物是人非，茶却还是原来的茶，请大家慢慢品尝。谢谢大家！欢迎到蓉都做客，我在茶马古道等你！"

这是他第八遍演讲他的文稿了，依旧汗湿衣襟，但明显感觉到流畅了许多，只不过前七次是在心里默默地自言自语罢了。

"谢谢刘汇海声情并茂的精彩讲解，使我们在距离雅安两千公里外的北京，却跟随蒙顶甘露来了一次魂动蒙山的茶文化之旅。"随后贾老师步入正题开始今天的授课，"同学们，中国刚刚申办二〇〇八年奥运会成功，今年年底我们还要为加入WTO做最后的努力，我认为希望很大，四十亿外国人不应该忽视十三亿中国人的热情，加入WTO是双赢的结果，现在谁也不应该忽视中国市场经济的地位，未来是一个开放、互通、共荣、联系越来越紧密的社会。人与人的交往会越来越多，学好心理学有助于我们在日常公安工作中更好地与人打交道，从而提高工作效率。

"今天我讲讲人生活的时间状态，最近市面上有一本书——《没有什么放不下》有点火，不过我到目前为止还没有看过，所以就没有资格评价，还有就是生活格言'过去的就让它过去吧'。我们每个人真的能放下过去吗？答案是否定的，全世界有超过一亿的抑郁症患者，而其中每年有超过五十万患者自杀，这就跟每个人生活的时间状态有关，人群中有一部分人，其生活的时间状态表示为过去或者说是昨天。他们性格较为内向多虑、焦虑自责、敏感多思，特立独行、自言自语，对历史和艺术有很高的天赋，产生艺术家、文学家、哲学家、表演家、诗人的比例远高于常人，追求完美是他们人生的标配，但易患抑郁症和焦虑症，其代表人物香港电影人张国荣。第二种就是更小的一部分人，生活的时间状态表示为未来或者是明天，他们也许是对未来具有非凡的前瞻洞察力、战略预判能力的政治强人、商界奇才、军事枭雄、科学天才。第三种人也就是人群中的大多数，其生活时间状态——活在当下（今天），这种人心宽体胖、性格开朗、无忧无虑。

"其实啊，每个人都在这三种时间状态下随意切换而生活，只是停留的时间长与短的问题！这其实都是上天给予我们人类的恩赐。

"对第一种人中的抑郁症患者，我们要多多关心他们、表扬他们、温暖他们，在非创作范畴，尽可能地把他们拉回现实世界。对第二种人，我们要限制他们的权力，谨慎地发挥他们的长处，否则会给地球文明带来不可逆转的灾难……"

刘汇海猛然发现自己是喜欢生活在昨天的一个人。

国庆长假，他回到了蓉都，给辜红英带的是北京土特产"北京果脯"。六日来到支队处理自己的供给关系，顺道看望老乡萧和。

"你这器材库房又热又闷，小心夏天中暑。"他发自内心的好意。

"不碍事，再坚持两年就好了，投资三个亿的新支队大楼、保障分队、七十套干部宿舍年底就动工了。你加油学习，回来就是我的领导了，你看看这满屋的废旧器材——轻便泵、分水器、开花直流水枪，我是分了又分，撤了又撤，重新加工、组装，硬是捣腾出第二春来了，修好了许许多多的器材。为支队节约经费五万多元了，每一个都舍不得扔，都是我的心肝宝贝，说不上那天就用上了。"

"萧和，办公楼四楼的电闸跳了，赶快来修一下。"主楼有人在喊。

"走，汇海给我搭把手。"萧和说完拿起工具箱就和他一前一后往办公楼四楼赶。

"你不拉总闸，就换四楼分闸的铜丝？"他很关切地问。

"不能拉总闸，其余楼层的计算机会死机的，119指挥中心不允许计划外停电。我习惯了带电作业。"

"萧和，三楼女厕所的水管爆了，快来修一下。"

"好的，马上到！"五分钟后，抢修好水管的萧和全身湿透，像落汤鸡似的。

"汇海啊，今天我不请你吃午饭了，就在食堂凑合一下了，中午一点钟，我要到总队仓库拉被装。"

"给！这是给你带的'北京果脯'，甜而不腻、果味浓郁、爽口滑润，很不错的，留在车上吧，这两包给师父师娘带过去。"刘汇海特意从北京带来的，自己一颗也没有舍得吃。

"师父那里我去说，你这次回来去了领导那里吗？"萧和提醒他重点。

"还没有，你知道的，我怕见领导。"他说的是心里话。

"我不要，你拿着它，快去领导办公室坐坐，汇报汇报思想。"萧和又要把"北京果脯"退给他。

"下次吧，我听你的，让我慢慢适应。"他制止了萧和，并说，"一言为定，下次先看领导。替我问候师父，再见，保重！"两人握手告别。

还未出支队大门，刘汇海就改变了注意，他觉得萧和的建议挺好的，自己已经提干了，上下级的关系很重要，即使是为了自己的前途着想，也应该去。

所以他马上鼓起十二分的勇气，向领导的办公室走去。他知道即使是节假日，至少也有一名党委成员值班。

苏国利的办公室门半掩着，从屋内传来的零零碎碎声音中，他轻易地判断出：人在，当然或许还有其他人。

可是，他纠结了半天，脸也逐渐变红，手脚都有些不自在，可还是没有勇气踏进去，他开不了口，也不知道说什么。

随着时间的流逝，他都在领导办公室所在的三楼晃荡了三圈了，当又有其他干部要向苏支队长汇报工作时，他表面一本正经，内心却非常慌乱地溜走了。

五点钟，萧和完成所有工作，又急急忙忙往师父家赶去，林霞在电话里说有重要事情等着他。

当萧和刚一迈进林平安家门口时，林霞即刻上前一步接过他肩上的挎包，笑盈盈地把他拉到了饭桌上。

"都坐下来，我有事要说。"带着笑容的嫂子故作神秘地说，"我们这一片要拆迁了。农村的土地和宅基地全部被政府征用，我们以后都是城镇户口了。"

"啊！"手一抖，夹在林平安筷子间的花生米滑落下来了。

萧和感到一阵窃喜从天而降，不过马上心一紧又惴惴不安起来。

"应该要赔一大套房子和一大笔钱。"林平安呷了一口酒。

"去年红星社区拆迁，户口本上每人赔偿二十五平方米、每人五万元的现金补助。"嫂子说起话来像是在唱歌。

"今年再怎么说也得每人三十平方米、每人十万元的现金补助。要不打死都不签字。"哥哥的话带着一股豪气。

"对！少一分都不签字，隔壁王大妈也是这样说的，还说要赔装修钱。"嫂子嘴里含着一只鸡腿，说话直打嘟嘟。

"我们这家有装修吗？"四人抬头环视着斑驳露沙的墙体，凹凸不平的地面，嘎吱嘎吱响的门窗，空中飞架如蜘蛛网般的照明线。林平安半晌没开腔，低着头，红着眼。

"只是我们家人比较少，才四个人。"林霞喃喃地自言了一句。

"对，我们造人。"嫂子右眼一眨，对林平安抛了个媚眼。

结婚近十年来，林平安一直没有要孩子，他希望条件好一点再要，媳妇跟着他过的都是苦日子，他的心里都很难受。

　　"你们马上把婚结了，立马就要孩子，把孩子户口上上去，这拆迁兴许一时半会还下不来，谈上个一年、两年也是常有的事，如果多三个人，就可以多六十平方米，多二十万元钱，可以分两套房，这是多美的事啊。"嫂子美滋滋打着算盘。

　　林霞的脸红得跟花儿一样，抿着嘴没有笑出声来，不言不语。

　　萧和假装搔着脑袋使劲吃着饭菜，心里早就乐开了花。

　　刘汇海告别萧和后，并没有回到一中队，他决定去见见辜红英，看看对方到底是什么态度，有点小紧张，忐忑地敲开了她居住的出租屋。

　　辜红英租住的小屋在顶层七楼，没有电梯的筒子楼，这样的房子房租便宜。

　　打开门这才发现屋内还有一个女孩——辜红英的闺蜜文文。他平和的心一下就紧张起来了，惶惶的，脸又红红的，不怎么说话。

　　辜红英在小厨房里，下了一锅面条，随便弄了两个菜。客厅里的两个人异常尴尬，文文倒还热情点，有问他才答。

　　吃饭过程中，他依旧不开腔，也许确实没有共同语言，一个人羞羞地低头吃面，菜都忘却了夹。

　　辜红英有点着急，有一茬无一茬照顾着两人的情绪，主动地给他夹菜。

　　她也许不知道，这竟然是他有生以来第一个没有血缘关系的异性给他夹菜。一股暖流向上涌来，他忙把脸埋进碗里，大口地吃着面，思绪起伏，红着眼想，这就是别人口中的爱情吧。

　　晚饭后，辜红英下楼送文文。

　　"这个人模样、才学、气质、情趣都很一般，很木的，配不上你，大学里，你可是我们班有名的才女啊。"文文很认真地对她讲。

　　"你第一次同他见面，不了解他，其实他也是很优秀的，当然不能和你的飞行员男朋友相比。"辜红英与其说是在解释，还不如说是在给自己打气。

　　"红英啊，你可要想清楚，现在不流行找军人了，工资不高，休息时间又少，军嫂就是活寡妇的代名词，他只会给你个空洞的称谓，其余的——全部都是国家的。"

　　她无法反驳好友的劝导，一时无语，心里打着鼓，很纠结。

　　"他刚才哧溜哧溜吃面的情景，在我们那儿就叫'土鳖'，没有人会喜欢的。"文文完全没有发现她情绪上的变化，调侃着。

而此刻的她，心却凉到了底。

"走了？"他问的同时已经把厨房收拾好了。

"走了。"她情绪低落地坐在桌子边打开电脑打字，没有与他言语。

"这么慢，这段时间累了吧，让我来吧。"

"不慢了，每分钟七十个字了。"

当他坐在桌子前后，不到五分钟，她被惊到了。

电脑上的鼠标不停地快闪着，四号正楷像爆米花儿般被炸出来。每分钟至少在一百六十字以上。

"你是怎么做到的？"她很纳闷，眼前的这个男人一个月前才学会开机。

"我没有事就每天打，每天打。吃饭、睡觉、上课、打电脑。"

"那你打什么呀？"她这才发现他两只手的十根指头居然都长出了茧子。

"打讲义、笔记，打《滕王阁序》《千字文》，顺便把它们都背下来了。"他脸带微笑、不慌不忙地说着。

她惊讶地发现了他那与众不同的笑，有几分坚毅，几分坦然，几分从容。

"你能背下来？"她感到无比惊奇，知道这两部作品都很长，且背起来特别难，当年自己也是付出三个月的辛劳才结结巴巴地背了个大概。

"那当然：

腾王阁序
[唐] 王勃

豫章故郡，洪都新府。星分翼轸，地接衡庐。

襟三江而带五湖，控蛮荆而引瓯越。

物华天宝，龙光射牛斗之墟；人杰地灵，徐孺下陈蕃之榻。

雄州雾列，俊采星驰。

台隍枕夷夏之交，宾主尽东南之美。

都督阎公之雅望，棨戟遥临；宇文新州之懿范，襜帷暂驻。

十旬休假，胜友如云。千里逢迎，高朋满座。

腾蛟起凤，孟学士之词宗；紫电青霜，王将军之武库。

家君作宰，路出名区。童子何知？躬逢胜饯。

时维九月，序属三秋。潦水尽而寒潭清，烟光凝而暮山紫。

俨骖騑于上路，访风景于崇阿。

临帝子之长洲，得仙人之旧馆。

层峦耸翠，上出重霄；飞阁流丹，下临无地。

鹤汀凫渚，穷岛屿之萦回；桂殿兰宫，即冈峦之体势。

披绣闼，俯雕甍，山原旷其盈视，川泽纡其骇瞩。

闾阎扑地，钟鸣鼎食之家；舸舰迷津，青雀黄龙之舳。

云销雨霁，彩彻区明。

落霞与孤鹜齐飞，秋水共长天一色。

……"

辜红英看着聚精会神的他，百感交集，眼圈一红，连忙把头别在一边，想起当年自己为了考出农村，差一点就锥刺股头悬梁，而今天这个男人比当年的自己还要狠。

"好了好了，别背了，知道你能干，下楼看场电影吧。"她端来了一杯热气腾腾的蜂蜜水，笑盈盈地递给了他，只是他不知道的是，她的心刚才已越过了万重山。

第十九章

吃过南锣鼓巷的饼；听过前门大街的戏；划过什刹海的船；摄过景山公园的影；拍过颐和园的相；祈过天坛的福；忆过圆明园的史；敲过回音壁的石；听过798艺术区的曲儿；坐过恭王府的凳；跟北京大妈唠过嗑；一年零三个月的北京生活让刘汇海俨然成了地道的北京通了。

北京延庆的八达岭长城迎来平凡游客刘汇海已是二〇〇二年深秋季节，国庆过后的第一场雪，比以往时候来得更晚一些。车窗外北风凛冽，黄叶飘零，雪花飞絮，但他胸中好像有烈火在熊熊燃烧，美丽、真诚、善良、节俭、善解人意的辜红英在过去的这个国庆长假，和自己一起拜见完双方父母，情定今世。

每每想起都会让他心潮澎湃、豪情万丈：你的红唇黏住我的一切；你的体贴让我再次热烈；你的万种柔情融化冰雪；你的甜言蜜语改变季节；管他东南西北风，在我这里只是春风！"不到长城非好汉"，风光秀丽险峻的八达岭长城关城，就在我脚下。

"刘计算机，帮帮忙。这是我的毕业论文初稿五千字，打在计算机上一下。"四十岁的室友杨运发请刘汇海帮忙打字。

"没问题，发哥！半小时搞定。"他很爽快。

"你是一个令人佩服的人。"杨运发伸出了大拇指，"这一年的时间，你不打牌、不喝酒、不吸烟、不唱歌、不跳舞、少聚会，不是在看书，就是在看书。还记得刚来时，对于计算机，我们俩连开机都不会，现在我搞懂了开机，你已经一飞冲天了，打字已经每分钟一百七十个，课件自己做，系统自己装，有人把你的名字都忘了，刘计算机谁人不知，谁人不晓？你翻《新华字典》的神态与我十三岁的儿子极为相似，你的自律能让石头也感动的。"心地善良的杨运发看到他在学习，就一定会端起茶杯到别的寝室看电视去。

今天将迎来李尚语老师的最后一节法学课。大家最喜欢李老师的选修课《文学鉴赏》。他虽然身材不高，课间总是正襟危坐、不苟言笑，但是一站上讲台，他就进入人神互换的状态：态势语丰富，变化莫测，时而上蹿下跳，时而手舞足蹈，时而若悬河，时而口吐珠玑，板书遒劲有力；声音时而高亢嘹亮，时而低吟浅唱，时而声嘶力竭。唾沫与粉末齐飞，嬉笑与癫狂一色，横折竖撇呈中原文化之脉络；孔孟老庄继往圣之绝学；唐诗宋词现国文之神韵；抑扬顿挫展华语之荣耀。在无边无际、无穷无尽又无休的生命张力映衬下，旁若无人地活成地表最强最帅的人！

"同学们，今天是《法学概论》最后一节课，我具体谈谈我对法治的一些感受。违法必究是实行社会主义法治的基本要求之一，是社会主义法治的重要保证。

"但是民间有一说 '民不告，官不究'。这两句话天然就是矛盾的，让我们看看现实中的例子。假如甲重伤乙致残后，给乙方大量的钱物，乙方不予追究。这个事件就有可能不了了之。而在刑法上，重伤致残应受到三年以上十年以下的有期徒刑惩罚。我们法律工作者有可能基于多方面的考虑，也许会睁一只眼、闭一只眼，维持你好我好大家欢喜的局面。这时，潜在的法律意义不是公正，而是和谐。同学们，你们一定要清楚：公正不一定是和谐；和谐也不一定是公正。

"我们再看第二个事例：假如甲乙丙三人同时违反《治安处罚规定》应被罚款五百元。甲是大富翁每一天的收入四千元，交了罚款扬长而去；乙却是贫穷人家，一周的收入为五百元，不愿交罚款，愿意拘留三日；丙是高官，找人疏通关系，免于处罚。在这个案例中甲代表的是握有大量资源、富有、强势群体；乙代表贫穷的弱势群体；丙代表官僚阶层。甲方不缺钱，金贵的是时间；乙方缺钱而拥有大量的时间；丙方很看重尊严。假如我是执法者，我会对甲、乙两者同处拘留三日的处罚；而对丙可以不处罚，而是公布违法信息。"

同学们议论声四起。

"李老师，你重罚甲、丙，而对乙网开一面，是什么意思，我没有搞懂。"这是杨运发的质疑。

"'法不可恕，情可恕；情不可恕，法可恕。'这是清朝的一副对联。我们在具体的刑罚过程中怎样体现这句话的意思呢？我们对大奸大恶之人苟以重罚以引导社会对善的追求，对法律的敬畏；我们对甲、丙苟以重罚，是警醒那些权贵、富豪阶层不可超越法治一丝一毫，彰显公平与正义；我们对乙这样的弱势群体处罚的同时则体现了一种人文关怀。你们都是执法者，手中有很大的权力，自由裁量映射出你们灵魂的善与恶、公与私。"

下午两点，教辅员杨泽都紧急地把大家召集起来，神色凝重："大家马上准备一下，四点钟分六组开始论文答辩，明天上午开毕业典礼，下午全部离京，原单位有重要的工作等着你们。教室门口有口罩请自取。"

"汇海，你知道什么原因让我们提前毕业的吗？是非典，局势好像有点失控了，去年底发现的非典病毒所具有的传播性和不可治愈性，超过了所有人的想象，高层已经撤销了卫生部部长和北京市部长的职务。"杨运发的消息很灵通。

"非典即非典型肺炎。一种由SARS冠状病毒引起的急性呼吸道传染病，世界卫生组织将其命名为重症急性综合征。本病为呼吸道传染性疾病，主要传播方式为近距离飞沫传播或接触患者呼吸道分泌物。发哥，现在开始我们都要戴口罩了。"刘汇海马上从电脑上搜索到相关信息。

"我只看见你的眼睛，汇海你戴了多少层口罩？"

"五层，发哥，欢迎到蓉都做客。"他伸出右手。

两只大手握在了一起。"我在天津等你，如果有了闲钱，不要投股市，要投房产，相信你发哥。"

飞机一降落，刘汇海就被总队医院的救护车接走了。所有从北京和广州公差回来的人员，都要在总队医院隔离。

车上着全套轻型防护服、佩戴护目镜和防护手套的唐艳丽与他隔窗而坐。眼中布满血丝，疲倦至极的她斜靠车窗打着盹。

往日车水马龙的蓉都大道此刻却因空荡、寂静而变得陌生。路口的交警笔直站立，目光坚毅向每一辆路过的救护车敬礼。刘汇海的心里有一种空荡荡的感觉。

车子在转弯时，路旁小区的墙壁上挂着两副标语"安心在家防非典，丈人来了也得撵""今天外出串趟门，明天肺炎找上门"，看得他瘆得慌。

到达医院，测量体温、抽血、化验、消毒后，他被安排在一单人病房隔离。隔壁是前三天参加战训培训从广州回来的鄢晓华。他一见到刘汇海就特别兴奋，压抑、恐慌、憋屈了三天的他不停从窗口探出脑袋与他叽叽喳喳说个不停。

"汇海啊，你知道吗，这个病传染性凶得很，据说看一眼都要遭起。"

"啊。"他不置可否地敷衍着。

"我听说咱们蓉都市都遭了十几例了，好吓人噢。"故作镇静的鄢晓华继续说道。

"嗯。"

"汇海，你可要当心点，医院流动人员多，其实才是最危险的地方。口罩不能取，一层不行，听说北京的医生戴十二层口罩的，反正我戴了六层。你看操场上搭了许多简易帐篷，听说是给那些疑似患者住的。"

"咦。"他这才看到操场上一排排帐篷，感觉那里人员特别多，医生、护士进进出出。

"我马上就要当爸爸了，好像是个儿子，我喜欢儿子，必须是个儿子。汇海，我们都知道你耍了女朋友，记着！出去就把婚结了，谁知道明天和意外，哪一个先来。"他依旧絮絮叨叨，话多得不得了。

"哦！"一说到结婚，刘汇海这才猛然想起辜红英，心里一紧，应该没事！有事早就电话联系了，绝对没事。一低头，手机上一条未读的短消息："我没事，你保重。"

她在他下飞机的时间点留的。他十分懊恼，居然漏过了这条重要的信息。同时他也很纳闷，在北京时想得不得了，怎么一下飞机就不想了呢？低头连忙回了消息。

"刘汇海——来帮个忙，门口有志愿者送饭菜来了，去搭把手，把饭菜抬进来，留住那孕妇，我马上就到。"全副武装的唐艳丽说道。

走到门口。他这才看清楚，孕妇居然是林霞，她和何凯给总队医院的医生、护士、患者、隔离人员送来了饭菜。

他三步并两步来到林霞面前，急切地问道："怎么是你们？"

"按照要求，火锅店关门了，储存的食材我们用不完，就送过来了。"戴着口罩的林霞擦着额头的汗水说道。

"幸亏有你们送过来，病人太多，医院根本无法保障，谢谢你们。"唐艳丽手上拿着一沓钱赶过来。

"我们不要钱。"林霞和何凯连忙摆手拒绝着。

"拿着吧，不能亏了老实人。再说了，不是我的钱，是国家的钱，你们出把力就很不容易了，前两天在跑手续，还怕你们多心了。这里交给我们，你们快回去吧，注意搞好自我防护，不要随便出门，明天不用再送了。"保持着距离的唐艳丽向他们俩挥了挥手。

"我们还要送，只要有病人，我们就一定送。"

"唐医生，你歇歇吧，我叫鄢晓华来帮忙。"刘汇海提议着。

"别，不要叫他，他一惊一乍的，刚来时，体温有点偏高，一哭二闹三上吊的，发起疯来还真可怕，还打坏了我们医院两扇玻璃窗，碰一下门把手就要洗一次手，碰一下床沿又要洗一次手，洗手液一天一瓶都不够他用，平时还是一个非常生猛的人。"娇小的唐艳丽细说着的同时使出惊人的力量，右肩扛着饭桶，左手提着菜盆，斜着身体步履蹒跚地前行着。

每一个女护士拿着饭盒都会找一个僻静的地方单独吃饭。唐艳丽把自己关在一间小屋里，取下双层口罩、护目镜和轻型防护服头套，橡皮镜带在她的额头两侧勒出两道深深的压痕，泛白、水肿的脸，加之板寸头上凌乱、充满汗渍的头发让她不敢直视镜子中的自己。她绝不能让别人、下属、战友看见她现在的这个模样。脱下防护服手套时，是一双皲裂、浮肿、雪白的双手，纹路清晰可见。

她沉默地吞咽着食物，眼泪不争气地滑落下来了。她害怕，不敢细想，一股巨大的、来自北方的恐惧向她袭来。

她丈夫老钟是军区总医院呼吸传染科主任，三天前紧急驰援疫情最严重的北京市了，到现在只收到两次短消息，什么情况一概不知。

好容易吃完饭，她感觉困到了极点，想想也是，连续工作已经十六个小时了，连防护服都不想脱，她嫌麻烦，要保证随时可以投入战斗，她感觉身上最里层的纸尿裤还是干爽的——可一天都没喝水了，倒在地上很快就睡着了。

傍晚八点刚过，手机就传来"嘟嘟，嘟嘟"的声音，唐艳丽一阵窃喜，连忙打开手机，果不其然是老钟发来的短消息："安全！别大意，否则后果很严重。"

她感觉鼻子一酸，眼泪又充满了眼眶，立刻给老钟回复短消息："勿念，保重！"两只哆嗦发抖的手好半天才发出去。她不敢打扰他，她怕！

她知道老钟学医近十五年以来，平时太过于醉心研究病毒，接到驰援的命令还有点小兴奋：总算找到你这个对手了。又想起临走时他一脸的自豪，难得国家和人民如此需要他。

停了好半天，她长长地舒了口气，感觉心情平复了许多，马上给家里打了个电话。

"妞妞，妈妈来电话了。"外婆抱起五岁的妞妞接起了唐艳丽的电话。

"妈妈你什么时候回来呀？"妞妞在电话里撒起了娇。

"妈妈明天就回来，还要打怪兽。"唐艳丽松了一口气，妞妞没有哭，这对她来说太好了。

"妈妈你骗人，天天都说明天回来。可就是不回来，妈妈不要妞妞了。"小孩子的脸说变就变，妞妞又呜呜地哭起来了。

"妈妈爱妞妞，妞妞乖。听妈妈说，妈妈很快就打完怪兽，就会来陪妞妞，给妞妞买个大玩具，是要大狗熊还是变形飞车呢？"电话旁的两个母亲，努力不让自己哭出声来，眼泪却不断线地往下掉。

"要大狗熊，我有大狗熊了。"妞妞又不哭了。

"妈，冰箱里的蔬菜吃完了吗？"她关切地问。

"吃完了，不碍事，社区的工作人员天天都在送，家里不缺。"

"唐艳丽，出警了。"

"妈，不说了，记住测体温，早晚消毒，勤洗手……"

十四天后，鄢晓华和刘汇海先后离开医院，返回中队。让刘汇海百思不得其解的是：鄢晓华的体重先是降了五斤，后又涨了八斤。

抗击非典每天固定程序就是消毒两次，喝中药一次，中队还存有大量的四环素片。

一切外事活动都停止了，公差、勤务取消了；联谊互助也停止了；慰问演出也不办了。所有人员不得请销假，犹如进入战备状态，时间一长，战士们有点烦躁不安了，整天待在电子阅览室打游戏、玩棋牌。刘汇海看在眼里，总觉得这不是事儿，应该找点什么更加有意义的事情给战士们做。

他想起了在北京购买的一个课件：视频初级英语。一时心血来潮，组织全体士兵跟着自己一起学，课件的名称就是"狗狗学英语"，动画形式的。

第一节课大家哈哈大笑，因为在视频中有一个指物跟读。图面上一只猴子，中文普通话为猴子，英语为monkey。因为中队有一个战士叫陶森，面相中凸外凹，毛腺发达，四方脸，手臂特长，绰号就叫猩猩，个儿不高，很敦实。从此，全中队都叫陶森为monkey。

谁知，不到三天，战士们学习的兴趣便消失得干干净净，还有人说，要学习早在学校里就学了；我当中国人打死都不学洋文。刘汇海只有在迷茫中放弃了。

初伏到来之时，"非典"在这片神州大地上总算被消灭殆尽。

这天他很高兴，因为下午辜红英要来看他，午休后正在组织全体人员进行体能训练，突然警铃乍响，辖区地质大学教师公寓三十三层楼发生火灾。早不来，晚不来，辜红英马上就要到时，火警来了。指导员熊文军到支队开会去了，他虽然有些懊恼却也不敢大意，带领何静波和三台消防车赶往现场。

第一台消防车到达着火楼层下面时，火情侦察的同时灭火战斗预先展开，很快就查明基本情况：教师公寓单元式住宅第三十三层一号房，房东在装修期间引发火灾，无人员被困，入户门无法正常打开，消防电梯全部降到了一楼备用，但是地下室消防泵坏了，室内消防栓全没有水，靠市政管网供水的室外消防栓完整好用。

因无人员伤亡，他就很镇定："何静波你带实习排长李智敏、班长江勇、陶森携带装备上到着火楼层，我先关闭底楼室内消防栓的单向阀门，用消防车耦合供水，经倒分叉向室内消防栓向上供水，高压水流理论上大约四十七秒到达着火楼层，你让李智敏和陶森破拆开门，江勇用开花直流水枪做好灭火准备，注意两点：第一防坠落，第二防轰燃、热气浪。"

想想都让何静波有点后怕，李智敏和陶森在破拆时，入户门突然打开，新鲜空气瞬间大量涌入，所引发的轰燃产生大量的热气浪把他俩弹向楼梯间的隔墙上又撞了回来，好在他一开始就用安全绳把四个人套在一起，固定在远端的楼梯护手上。

他把地面的警戒线扩大至一百米左右。五分钟后扑灭火灾，十五分钟后收操完毕。站在人群里的校长兼党委书记柯玉良，长长地舒了一口气，脸色刚刚好转，马上又紧张起来。

一大群无孔不入的记者冲破大门保安的围追堵截，向火场这边狂飙而来。

"完了，完了。"柯玉良脑袋都要炸开了。

一个星期前，省委组织部门才把他作为后备拟提拔对象，列入考察期，没有人员伤亡的火灾经济损失根本就不是个事儿，但经过新闻媒体扩散后的负面影响到底有多大？产生何种政治后果？谁也无法预料。

就在他想回避记者溜之大吉之时，刘汇海主动招呼他到前面来。而他也不知道他葫芦里卖的什么药？只在心里暗暗地、不停地抱怨：这该死的保卫科长李少忠又死哪儿去了，几个记者都搞不定。

他估摸着记者中总有那么少数几个不怕有事，就怕事不大的。你李少忠上噻，要不老子找你来干吗？难道要我这个一校之长跟他们玩阴招。待会儿看老子怎么跟你算总账！

只是出乎他预料的是，经过公安警察学院"公关应急危机处理培训"的刘汇海，处理这一类事件那是信手拈来。本可以把记者朋友全部招呼在一起，明明白白告诉他们今天的事不报道，凭借大家都是熟面孔和消防部队这个金字招牌就可以搞定此事。但他却另想一奇招："各位记者朋友，今天蓉都地质大学的消防演练非常成功。这得益于校方柯校长的高度重视和亲力亲为，预案翔实、组织严密、分工明确、协调配合……"

柯玉良脸上露出了久违的笑容。

当他离开学校大门时，李少忠告诉他，上次说的学校在建军节慰问中队十台计算机的事情已经OK了，并且学校的室内篮球馆、游泳池随便用。

回到中队已经是下午五点钟了，辜红英来了又走了，留下一张纸条："你小心一点，云南白药气雾剂在抽屉里，好好治疗一下你训练受伤的右脚。"

七点一刻，刘汇海正在办公室写半年工作总结，组织大家收看《新闻联播》的何静波慌慌张张地跑进来大声疾呼："江勇抽搐了！江勇抽搐了！"

他急忙赶过去，江勇倒在电视室的一角，还在不停地抽搐。

"马上打120。不要动他！把周围的桌椅板凳、玻璃瓶全部搬开，防止二次伤害。"

"刘队长，应该掐人中，牙齿会咬断舌头的，以前听老人说过。"

"不要动他，抽搐时，全身肌肉收缩，舌头也要收缩，静等医生，防止二次伤害。"他再一次命令道。

晚上何静波平安地把江勇带回中队后，来到办公室向两位主管汇报情况："没什么事了，医生告诫，以后要注意休息，家族有遗传心脏病。"

"今天的运动量确实有点大，先训练，后出火警，不想……"他客观地向熊文军描述当天事件发生的经过。

"下电话班，年底退伍。"熊文军一言定论。

"有点无情吧，江勇考学没考上，想改选士官，平时工作很积极，对部队感情很深。"何静波有点情绪化。

"他的身体有问题，不能适应部队高强度的作战体系要求，就只能退伍回地方，否则会害了他的。身体有问题，地方有民政部门负责解决问题。我会与江勇的父亲通一次电话，沟通情况。如果退伍前的表现一直都好，就上报表彰优秀士兵和嘉奖。"熊文军处理问题很有经验。

这一年的金秋，红色的、黄色的、白色的、紫色的菊花争奇斗艳，映红了刘汇海的眼，也映红了他的天。他和辜红英盛大的婚礼在老家举行。

花夜、正席。张彩霞累了两天、笑了两天，也醉了两天，只是在无人的时候，会不自觉抹去眼角的泪水。

半个月的婚假很快就到期了，刘汇海刚一回到中队，就听到电视室一片欢呼："杨利伟上天了！杨利伟上天了！"

他一愣，不由自主地移步来到电视室，屏住呼吸，当见到载有杨利伟的航天飞船飞向外太空时，他和大多数官兵一样欢呼、激动，一种自豪感油然而生。

可是当电视屏幕下蔚蓝的地球被镜头拉得越来越远、越来越小，宇宙所呈现出来那无穷无尽的黑，让他感到惊悚和胆寒，脸一下就发白了，就觉得整个身心快要沉入无底的深渊。

他眼睛四周一转，瞟了一眼大家。当他发现没有人注意到他脸上表情的剧烈变化，有些心虚地退了出来。

后来他转业的那一年，全家人到三亚旅游，游艇驶向深海，甲板上刘汇海依靠着围栏边，和煦的暖阳照耀在他的脸上，湿润的海风吹过脸庞，愉悦的心情让他感觉心都快飞出来一样。

慢慢地，他又开始紧张起来了，因为他发现蓝蓝的海水变得越来越黑，好像海底有个无比巨大的怪兽张着深不可测的大嘴，只要他一掉下海，随时可以一口将他吞噬掉一样。

他再次感到的眩晕和恐惧，心跳骤然加快，他不得不蹲下身子，紧紧地攥着栏杆。

突然间他有点发狂似的到处寻找儿子刘辜克焱，当看见儿子正兴高采烈地在夹板上欢呼雀跃时，心里稍微有些舒坦，默默地暗示着自己：像他妈就好！像他妈就好！

当刘辜克焱向他招手时，他又艰难地挤出笑容向他们母子挥挥手。

上了岸后，他在"百度"里学到了两个新名词：深海恐惧症和星空恐惧症。

第二十章

当中队花园拐角处几朵梅花零星地爬上花枝时，江勇含泪退伍离队了，何静波红着眼圈背对着营区大门站在二楼办公室的橱窗前，习惯了部队里迎来送往的刘汇海早已调整好心绪，生拉硬拽着他陪自己打乒乓球。

何静波高高抛起手中的乒乓球，准备来个高抛下旋球时，刘汇海腰间新买的小灵通嘟嘟地叫得欢。

本不想接，瞟了一眼发现是一串熟悉的数字，知道是辜红英打过来的。

"我怀孕了！"

这一句话震得他呆立在原地，片刻之后，双手握拳砸向空中，吼了一句："老子总算要当爹了！"

何静波笑了笑说道："我们必须比赛一局二十一分，以示庆祝。"

他高高抛起手中的乒乓球，准备来个高抛上旋球时，刘汇海伸出右手制止了。

他抑制不了内心的喜悦，颤抖的双手好容易拨通了电话给二姐的传呼机留了言，他要把这一消息告诉全家。

何静波静静地等待他完成这一壮举，再次高高抛起手中的乒乓球，准备来个高抛侧旋球时，走道上的李智敏突然亮了一嗓子："支队命令：刘副队长任三中队正连职中队长。请客——吃兔脑壳。"

嬉皮笑脸的李智敏名正言顺地顺走了他一百元大钞。

望着抿嘴偷笑的刘汇海，何静波收起了乒乓球拍，指着他说："笑出声来，笑完了再打。"

他又一次高高抛起手中的乒乓球，准备来个高抛回旋球时，电话班的陶森突然吆喝了一声："政治处内线电话，刘队长马上到三中队报到，三中队的抢险救援车已经在路上了。"

何静波把乒乓球拍扔在球桌上，指着他说道："海哥，你这一辈子都欠我一局乒乓球赛。"

报到时才得知：中队政治指导员龚小敏借调公安厅出差，一个月之前就走了，支队派的代职干部一时半会儿也不能到位。

三中队位于蓉都一环路东三段一百四十七号，辖区面积、单位数量比一中队要大、要多，警情任务也很重。

副中队长孙胜利是刚分下来半年的武警廊坊学院的本科毕业生，文化程度很高，却生性有些懦弱，第一次做自我介绍时，满脸通红，语无伦次；给中队布置工作任务时，只要有老兵找理由顶撞，孙胜利马上收起半分威严，口气变为商量；跟支队领导或是漂亮女孩谈话，头会羞得恨不能埋进地下，手都会发抖。

刘汇海从孙胜利身上看到了早期自己的影子，却有一些纳闷：孙胜利的父亲是部队高干，他出身于富裕的城市家庭。这怎么会呢？

好在代理排长、老熟人王健业务能力很强，不是一般的强，是最强：一九九四年十二月入伍，重庆武隆人，当兵十年一次二等功三次三等功，其他各类表彰无数，部队管理和灭火抢险救援能力非一般人可比，士兵中威信极高，有"兵王"之称。灭火战斗不少于五百次，为人民服务两千次，抢救被困人员三十余次。其战术素养之高超，战斗意志之顽强，单兵战力之强悍，胸怀之广阔，让广大士兵深感叹服。

坊间关于王健的传闻神乎其神：某日王大妈的小猫咪被困在八米高的大树上，王健三步并两步，踏枝攀叶一下就蹿到了树顶，闲庭信步间小猫咪安然无恙。一日，在府南河救人，王健又从陆地猴王变成了水中游龙，一个踏波潜浪就到了遇险人员旁边。

如有人向他求证真伪，他总是笑而不答。

龙泉十陵镇汪家村七组发生的农村火灾是在深夜十一点过，刘汇海带领大家走完区间道路后又上机耕道，到达火场已经是第二日凌晨两点多了。

"全中队把所有的照明工具都用上。"刘汇海清晰地布置着战术，"进攻时，用开花水枪不用直流水枪，防止土墙倒塌；防止漏电、触电；房屋后的猪圈、茅厕、沼气池一定要注意了，谨慎前进。"他有意把孙胜利顶在最前面。

返回途中，与暴雨不期而遇。第三台车的车轮陷入泥坑中，进不了，退不出。

当他冒雨返回至掉队的第三台车时，王健正用铁铲在后轮胎前挖了两三米缓坡路，为防止车轮打滑，王健还把自己的军装垫在路上，指挥着驾驶员开车，吆喝着全车人员有节奏地拉、推、顶、扛。

军服晾干后，肩膀上多了两个窟窿。他自嘲道：自然通风、凉快。

一日，一封信摆在了刘汇海的桌子上，是宜宾市兴文县大坝镇凉水井村一组李常文的父亲寄来的。

他非常感谢中队领导对李常文的教育、关怀和帮助。原来王健以支部的名义给困难士兵李常文家里寄去了慰问金两千元：

他失学两年的妹妹终于重新走进了学校；

患眼疾多年的父亲终于第一次走进了县医院；

奶奶可以每周吃上爱吃的回锅肉。

从此刘汇海会将多余的旧军装交给李长文带回老家，并让同年兵许松、罗进把旧衣服都留下来。

这天晚八点，他找来孙胜利："最近有什么好看的电影？推荐一部，我去租碟。"

"《阿甘正传》，第六十七届奥斯卡获奖大片。"

近两个半小时的电影使他没有一刻的挪动。王健买了点卤菜和三瓶啤酒庆祝孙胜利二十六岁生日。

"海哥，你休息时间可真坐得住，不是看书就在记笔记。也很少和大家一起唱歌、玩牌。这太孤单了吧，换作我早就疯了，真心受不了一个人的孤独。"孙胜利对这点是发自内心地佩服。

"一个人待、不受外界感染真的很舒服。"刘汇海故意屏蔽有些不雅的话，他真实的状态是一个人独处时，就会随心、随性多了。伸个懒腰、放个响屁、骂个爹娘、挖一下鼻孔、抠个脚丫子，再不济打个光胴胴也不用看别人眼色行事，更不会造成影响市容之类的不良后果。

而话到嘴边却是："其实人呀最开始都不喜欢孤独，可是一往人堆里凑，才发现话也不会说了，手、脚都不知道怎么放了，神态也不自然了，别人讲的好像与自己就不在一个谱上，慢慢地就习惯了独处，最后就越来越向往这种孤独的状态了。四周都安静下来了，心就沉下来了，才有可能跟着书中（电影）人物起舞飞驰。犹如身临其境般踏上人生另一种奇妙旅程。"

他的这一番见解让王健和孙胜利都不知道怎么接话了。

"刘队长，政治教育很不好讲，战士们都觉得我讲的有点假、大、空。这明天的政治课，我始终没有备好课。"替龚小敏负责政治工作的孙胜利大倒苦水。

"没有备好课，就不讲。把这个《阿甘正传》用投影仪放给大家看。"他始终认为政治教育是没有固定模式的。

"我有个建议，好的影视作品都是带有正能量的，远比课堂说教带给大家的教育意义大，还有就是振奋人心的体育赛事和好的音乐（歌曲），比如说过几天的NBA总决赛。"王健知道士兵们的诉求。

"对！王健说得对，电影、体育、音乐是没有国界的。"他很赞同他的观点。

"刘队长，你每天都在学习为啥？公安部二级英模、一等功获得者、破格提干的国家干部，你还那么拼，叫我们情何以堪！"孙胜利理解不了这一点。

"马上就要当爹了，我原来文化不高，将来孩子如有疑问，向老爸求解，这也不会，那也不会，会很丢脸的。"他每每想起怀孕的辜红英就格外高兴。当然，这只是一种解释，还有更深层次的原因，他说不出口，他怕别人说他是怪胎。每当去参加一些可有可无的应酬或者与战友打一通麻将后，他都会产生一种深深的负罪感。

唯有在工作、阅读状态中，他才感到一种充实和满足。

孙胜利和刘汇海在此后的一年中，《阿甘正传》看了两遍；《肖申克的救赎》看了三遍；《让幸福来敲门》看了两遍；还和战士们一起看NBA、世界杯、奥运会；看《超级女声》。累并快乐着！

刘汇海拒绝了王健再来一瓶啤酒的想法。让大家休息了，他又到一班寝室去转了转，只见二号员——许瑶的被盖滑落到床底睡得正香，他弯腰躬身小心翼翼地捡起被盖，披在其身上。可被盖刚接触许瑶的身体，他就在睡梦中不停摇摇头，嘴上嘟哝着："不是我！不是我！"

"又做噩梦了吧。"他和中队其他干部一样，对勤快踏实、任劳任怨的一年兵许瑶是很满意的：天水市北道区人士，腼腆内向、言语不多，可是眼神总有些飘忽。

他继续往前走，楼道尽头是炊事班寝室，平时刘汇海很少去，他们的作息时间与战斗班不太一致，让他惊奇的是炊事员安国富并没有睡，而正汗流浃背地喝着热水。

"你在干什么？"他满脸疑惑。

"我、我……我没干什么，刚才和完面，在健身房锻炼了一下。" 安国富语无伦次。

他已经猜到了他在撒谎，但又没有真凭实据。

"早点睡吧。"

八月上旬，支队对当年退伍人员进行第一次摸底调查，二年兵炊事员安国富走或留，自己也没表态，中队干部也拿不定主意。

刘汇海整日都不高兴，就要临产的辜红英无故被不良保险公司给辞退了，虽然他怕辜红英难受不停地安慰，但回到中队独自一人时，还是有点郁闷。

晚上熄灯哨刚过，东三环娇子立交桥发生一起交通事故，有人员被困在驾驶室，伤势严重，支队119指挥中心一次性调集三中队和特勤二中队两个中队前往处置。通讯员拉响警报，叫醒刚刚入睡的刘汇海问派那个干部前往带队处理，他迅速抓起了上衣，大声命令道："孙胜利与一班留下。抢险救援班、二班出动。由我带队，叫上王健。"

三中队抢先特勤二中队一步到达现场，惨烈的现场叫人目不忍睹，长安面包车驾驶员疲劳驾驶过程中打盹，在立交桥上追尾前方东风货车，车头严重变形，货车倒没事，猩红的血液和汽油从面包车底部渗出。

特勤二中队指导员鄢晓华命令二莽子李霆雷抬下液压破拆装备和机动链锯，准备机械破拆救人。不过这个过程有点费时间。

而刘汇海和王健的想法则很简单实用，用大绳将面包车的底盘后亚包固定在其后的消防车前保险杠上，东风货车底盘的承重大梁套在面包车挡风玻璃柔软的A柱上，一拉即开，全程两分钟，120刚好到。驾驶员腿没了，命却保住了。万幸！

临近十二点返回中队，刘汇海下意识地走到炊事班。而此刻炊事员安国富的床上空无一人，他惊出一身冷汗。马上找来孙胜利和王健询问情况商量对策。

王健却在最后狠狠地说，全中队角落旮旯再找一遍，如没有人就一定出去了，不请假私自外出是很严重的违规违纪。

他惊得目瞪口呆，连忙把中队每一寸地都搜遍了，还是无人。王健的脸色苍白："对不住了，兄弟，刘队长、孙副队长你们在办公室等我吧，我很快把他带回来。"

他感到了问题的严重性，与孙胜利在办公室分析了出现问题的一百种可能，结果都错了。十分钟后王健、安国富气喘吁吁一路小跑回来了，安国富勾着头一声不发地站在他面前，王健给他使了使眼色。

三人来到隔壁会议室听王健叙述故事的前因后果，安国富的籍贯是中国十大贫困县的陕西省佛坪县大河坝乡小鱼洞村。家里仅有残疾的老父亲一人，苦心伺候着一亩三分薄地，平时打些短工艰难度日，真的是家徒四壁，土瓦、土墙、土房四面透风，冬冷夏热，家里所有的家当加起来不会超过一千元钱，唯一带电的设备仅是收音机一台。

村里念其可怜，当年隐瞒了一些情况，送安国富当兵去了，临走时老父亲郑重地对儿子说，儿啊，外面世界很大，定有你一个容身之处，如果能奔个好前程，可以不用再回来了，就当从来没有我这个爹，你在外也放宽心，爹能照顾好自个儿。如果要回来最好能带个媳妇回来，这边娶个媳妇最少也要十万元钱，就是把老爹这把老骨头油炸干了，也凑不到这个数啊。安国富不置可否，只有把泪水默默地留在心里，当兵走了。

安国富还真懂事，在部队里付出百分百的热情，全力干好工作。三个月前买菜时认识东川省另外一个贫困县——宜宾市兴文县大坪坝村凉水井组的洗头妹儿杨丽娟。杨丽娟还有一妹一弟，家里不仅穷，还特别重男轻女，初中毕业时在蓉都打工四年了，家里不闻不问。用她自己的话来说，就是家可有可无，已经回不去了。安国富偶尔会带一些饭菜去看望她，并和她聊一会儿天，帮做一些家务活儿。两个苦命的娃在贫困寂寞中产生情愫，相互取暖，而今天刚好遇到她搬家，耽误了一点时间。

三个人面面相觑。

正在此时一个穿着朴素的女孩突然闪了进来，一下跪在刘汇海面前，泪雨滂沱：“求求你们，不要处理安国富。”

他瞬间明白来者的身份，不知为什么，他看着她，竟突然想起二姐和二姐夫来。二姐在广州一家塑料玩具厂打工，三个月没有发工资，老板卷款逃窜了，欲哭无泪、任人宰割的二姐没敢给家里父母说，憋不住才给他打了个电话。当时他赶紧汇了八百元过去。这八百元的私房钱，还是他上半年给辖区单位进行消防培训所得的误餐补助。

刘汇海忙把杨丽娟安抚到隔壁房间。

“你知道多久了？”他有点愤怒，质问王健。

“刚一个月。”

“中队还有谁知道？”

“除了你，全都知道。”

他有些愕然。

"不是有意要隐瞒你，只是你的原则性太强了，大家心照不宣地想帮帮安国富，他太苦了，杨丽娟也太苦了，两个人扛总比一个人扛好一些。"

他不知道该怎么接话，四周沉默着。

沉默，还是沉默。

最后还是王健打破沉默："刘队长你的任何一个决定，我都没有意见，不过如果你想帮他，就装着不知道，任何后果，我王健一个人扛。"

部队明令禁止义务兵与驻地女青年谈恋爱。即使萧和这种情况，也是在他改选志愿兵后，且报上级机关批准才结的婚。这是一条不可逾越的红线！想想也是，正值年少轻狂、荷尔蒙爆棚的年龄，如果都去谈情说爱，谁来扛枪站岗？谁来保家卫国？纪律处分、退出现役、调离原单位，一个都不会少。在通信不发达的年代，调离原单位的结果必定是棒打鸳鸯。

"算我一个。"孙胜利突然插嘴掷地有声。

"屁话！什么时候轮到你们来扛。孙胜利去睡觉吧，王健叫安国富送杨丽娟回去吧，让他好自为之，今年年底退伍。"

回到办公室，刘汇海又想到了无故失业的爱人、因病去世的江考班长、无依无靠的二姐二姐夫。

"呀——啊！"突然一声长啸刺破天空，久久回荡在三中队上空，那一夜很多人都听到了：孙胜利从声音中听出的是憋屈；王健从声音中听出的是愤恨；李长文则从声音中听到的是苦闷；驾驶员李欢从声音中听到的是无奈……

而安国富则把被子蒙着全身凭泪水哗哗地流，嘴角把被盖咬了两个窟窿。十四年后即二〇一八年，武警消防部队集体转制，能联系到的三中队老兵都回来聚会，安国富没有回来，但寄了一张照片给刘汇海和王健，一家三口和年迈的父亲笑容真的很灿烂。

不知不觉儿子刘辜克焱（小名果果）已满百天了，也是今天，三中队所有人员列队欢送包括安国富在内的四名老兵退伍。

二嬢李光琼给果果带来了手工缝制的平安符，并顺道看望退伍老兵。当发现退伍老兵情绪都很低落，心思琢磨着老兵离开部队时，不应该是凄凄惨惨的印象，而应该是昂扬向上的又一次出征，于是把所有人员召集起来。

"安国富是陕西的，李常文是宜宾的……二嬢我当过教师，干过小区干部，做过民政专员，老兵退伍和新兵入伍一样是要戴大红花的，入伍是尽忠，退伍是尽孝，这样的人生才圆满。

"你们要记住：社会生活比当兵打仗还要难，天道酬勤。所以说老兵退伍不是句号，而只是一个冒号，军事养成和部队生活所赋予你们的强健的体魄；忠于职守、团结奉献、忠诚可靠的质量；勇者无畏、敢于牺牲的胆识；甘为人梯、超越自我、百折不挠的精神；再加之军事斗争所培育的独特的洞察力和判断力，当然这些也是任何社会、任何时代不可或缺的高贵生命特征，将铸成你们伟大的事业。

　　"远的如开国元勋毛泽东、周恩来、朱德，百年来为世人所敬仰；近的有优秀转业干部季忠斌，现任新都区委书记；像你们一样原六中队退伍战士谭诣讴，不贪功、不追名、不逐利、不攀禄，默默奉献，甘作无名之英雄，终成警队之精英，现任公安派出所副所长；而退伍战士吴功敏、张晓琳，顺改革之大潮，遵市场之规律，构经济之宏图，事业气浓象彩，现在的他们都有百万家产；原二中队战士秦天，挥毫泼墨、勤学苦练、笔耕不辍、精益求精、在寂寞中癫狂，在孤独中纵横，终成书法大家，现为中国书法协会会员；原七中队战士邓祖飞，子承父业，苦学精研，终成精匠之楷模，其家族生产的红木家具远销欧美，中国制造享誉全球，精艳寰宇。

　　"当然了，也有些人，不走正道，走歪路，锒铛入狱。因此在这儿，二孃我也希望：在今后的日子里，你们退伍的、留队的所人员，尊公序，守良俗，畏法纪。穷则独善其身；达则兼济天下……"

　　二○○五年新年的前两天，支队在特勤二中队隆重集会：市政府统一交房、交车仪式。

　　投资3亿元、占地25亩、建筑面积26000平方米的支队新办公大楼、保障大队；投资8000万元、占地10亩、建筑面积3000平方面积的特勤三中队；投资4000万元、占地8亩、建筑面积2000平方米的十四中队；投资3000万元、占地8亩、建筑面积2000平方米的锦江区政府成龙路专职队；投资3000万元、占地7亩、建筑面积1800平方米的金牛区政府金府路专职队；投资2500万元、占地9亩、建筑面积2000平方米的高新区中和政府专职队统一交付蓉都消防支队使用；而操场上整齐划一停放20辆五十铃高低压泵水罐车、三辆德国进口奔驰牌55米登高平台车、二辆德国进口奔驰牌多功能抢险救援车、一辆奔驰17泡沫车统一交付蓉都消防支队使用。城区中队再次完成消防车辆装备更新换代。

　　队列中的刘汇海早在会前便接到通知，中队将配备那台崭新的奔驰17泡沫车。此刻他的心里那个美呀、那个乐呀，比过年妈妈蒸的年糕还要甜，还要香。

中队原来那辆老掉牙的东风消防车，整车载重3.5吨水，一到火场，首先想到的就是寻找水源，没有水源，心里那个焦、那个愁呀，会把人憋疯的。

现在好了，奔驰17泡沫车整车载重12吨水，50%的火灾都可以不需要寻找水源了。想着从今往后可以打富裕仗，刘汇海有些得意忘形，忘了这是在队列中，居然摇头晃脑般小声地哼唱起来："老子的队伍才开张……"

还好反应快，迅速回过神来，谨慎地四面张望着没有发现异样。不过他无意发现队列中的后勤处处长赵卫、助理员龚大敏、向梅逸、许兰楠、陆竹萱、乔菊叶神情别样。

他突然记起前几天支队召开的二〇〇四年度工作总结会上，后勤处被总队表彰为先进集体。依稀记得赵卫作的工作总结中有废寝忘食、开拓进取、攻坚克难、忘我工作这些词语。

他当然不知道，为了今天这喜人局面，这一群后勤人度过的苦日子。

下午两时，三中队正张灯结彩迎接新年的到来。站在大门口的刘汇海翘首望向不远处的公共汽车站台。今晚的大会餐邀请了所有已婚干战的家属，他估摸着他们母子俩也该到了。

突然间，警铃炸响。"麻婆豆腐"餐馆发生火灾。刘汇海瞥了一眼站台的方向，急忙回跑穿衣蹬车出警。

好在火灾并不太大，可是厨房竟有十余罐液化气，刘汇海不敢大意，和战友们连拖带拽转移到安全区域，全身黢黑。

回到中队他看见两个炊事班的人员抱着儿子在操场上抛来转去，心里一紧一悬的，又不知说什么。

"刘队长，你儿子对着你笑耶，快抱一个。"说着把儿子递到了他面前。

"别！等一会儿，爸爸脏。"一溜烟冲向洗漱间。

片刻过后。把儿子抱在怀里的刘汇海，漫步在冬日暖阳的操场上，花园里盆栽的紫罗兰次第开放、紫泽娇羞、微醺宜人。

此刻的他心里美滋滋：大日子团结紧张严肃活泼，小日子和睦恩爱。过去的一年，中队被评为训练标兵先进单位，安全无事故单位，基层优秀党组织；王健荣立三等功；昆明消防指挥学院毕业的韩冀，被分配到自贡支队，也在前两天寄来了新年礼物——飞利浦电动剃须刀。

辜红英在楼上将他寝室内的衣物进行大扫除。这时电话班传来通知：警务科科长阳洪波马上就到。命令所有人员不准外出，在学习室待命，一个也不能少。

刘汇海眉头一紧，警务科科长李大君上调总队任警务处处长后，接任的便是高大威猛、外刚内柔、毒口佛心的阳洪波，没有任何消息来源预示将要发生的事情。

很快，一辆桑塔纳消防公务车和一辆地方警车开进营房。走下车的是阳洪波和警务参谋李智敏及两名不认识的地方警察。短暂寒暄过后，晴天霹雳，原来是二年兵许瑶在入伍前入室抢劫致人重伤，现在案破抓人来了。

阳洪波眉头紧锁，陷入沉思，那是前年十一月份的事了……

火车从蓉都出发向东北到达宝鸡又折返向西北进入甘肃境内，阳洪波望着窗外，先前一片郁郁葱葱、生机盎然的富饶水乡，现在却是荒芜、光秃、落寞、阴冷的穷山绝谷。

想这上天为什么对蓉都平原如此厚爱，如此钟情，把西北五省的绿和富全部都撒向了这西南一隅？还是几千万年以前，东川盆地地壳下沉，汇聚了太多河流，泽被着巴蜀儿女？

这是三十二岁的阳洪波身为东川省消防部队甘肃接兵团副团长，第一次到天水，也是平生第二次到甘肃。

站在麦积山石窟的栈道上的阳洪波背对石窟，面朝对面的光秃秃的山岭和蔚蓝的天空，惊叹的同时又陷入沉思：这个存有221座洞窟、10632泥塑石雕、1300余平方米壁画所体现的泥塑、绘画艺术闻名世界，被誉为东方雕塑、绘画艺术陈列馆。

其精湛的壁画、浮雕和泥塑，大多为佛教画像，使其憨态可掬、和蔼可亲的工艺技巧又都是中原手法。

丝绸之路带给这里的不仅仅是推动经济上的繁荣，很有可能就是让两大文明在这里相遇、交融。

甘肃这个地方人烟稀少，到处都是荒凉、贫穷和沙漠。长时间距离政治、经济中心都比较遥远，反而有可能成为地理节点上的优势，让以华夏为代表的农耕文明和古波斯为代表的大河文明，在这里进行静静的融和、改良。避免两种文明激烈的碰撞，而引发的战争和杀戮。

参观之时阳洪波总能看见三三两两的参观者中有那些双手合十，匍匐跪拜之人。他突然升起念意：人人拜佛，是求佛祖保佑。那么跪拜的意义就是先放下身段、敬畏外物，谦卑自我、敬重规律。他想如果一个人一生谦虚谨慎、尊重规律，明心净身、敬畏生命，又何须要佛祖保佑呢？一定会逢凶化吉、诸事百顺。

接兵团首先遇到了一个普遍性的社会问题，要接的兵应该是一九八一至一九八五年出生的男青年，而大部分应征男青年的家里兄弟姐妹，少则一两个、多则三四个，独生子女几乎没有。难道是越穷越要生的荒诞逻辑吗？还是政府官员从上至下的某种不作为或是某种默契？

阳洪波感到了一些棘手。要求大家：工作标准一定高；方法一定要细；情况一定要明。地方上对东川消防接兵团很热情：甘肃到东川，天水到蓉都，那是糠箩兜跳到了米箩兜。为了更好地掌握下面的兵员情况，他随机地抽取了一个乡镇，亲自接兵。

天水市北道区元宝乡武装部张部长惊讶地发现：来接兵的干部是一个少校警官，忙热情地介绍当地的情况。

"天水北道区位于秦岭北麓，渭河中上游，地处陕甘川要冲，素称甘肃东大门，盛产花生、花椒、棉花和苹果。"说完，递上一个又红又圆且皮上透印着囍字的大苹果。

"香、甜、脆，好吃。"阳洪波道谢后，直奔主题，"元宝乡紧靠陇海线，宝鸡到天水的铁路沿线吸毒的人比较多吧？"

"吸毒的人哪里都有，我们这里的男娃娃，规矩得很，淳朴得很。你放心，我们元宝乡的兵都是好兵。"张部长把胸脯拍得"当当"作响。

新兵起运前，阳洪波有点犹豫。元宝乡的六个兵，除了一个叫许瑶的，其余都不错。

许瑶给人的感觉怪怪的，谈不上哪里有问题，政审、家访、体检、血液专项检查，都合格。只是他眼神飘忽不定，给人局促不安的感觉。想起他那老实巴交的双亲期盼的眼神，纠结之中还是把他带到了蓉都。

"阳科长，我是咎由自取、罪有应得。"许瑶低着头，哭嚷着。

"好好改造，重新做人。当兵一年零三个月，优秀士兵，灭火战斗七十次，为民服务一百一十余次，抢险救援十八次，其中独立完成救人任务三次，别人可以忘，你自己可别忘了。因为你和别人一样，都是可以的……"

五月一日开始的长假让三中队战士在闲暇之时迎来了和十一中队的一场足球赛。

十一中队成立于二〇〇五年年初，位于锦江区海椒市街三号，指导员许松是刘汇海的同年兵，更是荷花池火灾过命的兄弟。骄阳似火的午后，一中队、十一中队近三十名官兵在东川师范大学的足球场上捉对厮杀，不准恶意犯规，没有裁判，随便上下场，三个小时的你来我往，早已筋疲力尽。

躺在草坪上的刘汇海问身旁的许松："阿松，你是科班出身，部队管理，你给我说道说道。"

"文明其精神，野蛮其体魄。"许松引用了毛主席《体育之研究》中的一句话，又继续说道，"严！一定要严，要让战士对你又爱、又怕、又敬！战士在成长过程中，一定要帮助他们，助他们实现梦想。最后一点就是尽量多的时间和下属在一起。"

下午五点钟，通信员飞奔而来："刘队长，火警！"

"不要慌，讲清楚。"刘汇海一个鲤鱼打挺站了起来。

"塔子上村七组，一农家作坊，三百平方米，化工原料，有爆炸，无人员伤亡！"脑瓜灵活的通信员简述得非常精准。

"哟喂——三百平方米，小菜一碟。汇海，打完火，收操回队，吃完饭，洗完澡，看《新闻联播》没问题！"许松准备带队伍回家。

"走走走，松哥给我扶正扶正。"他谦虚地说道。

火场爆炸燃烧的原因是私营作坊主在操作反应釜时，未控制好温度，高温引发的物理性爆炸，点燃可燃物，最终使化工原料戊烷发生爆炸。

十五分钟后，刘汇海就傻了，呆呆地站在火场旁边，唯一庆幸的是，幸好把许松喊来了，否则后果不堪设想。

其实他到场后一系列操作都还正常，就是把刚刚装备到中队的新式奔驰17泡沫车停在最前面，奔驰17泡沫车的水罐载水量为12吨，700公斤的B类空气泡沫液，运用美国的技术，灭火效率相当于三台6吨重普通蛋白泡沫车。应该说分分钟钟就能搞定的事，谁知没有见过爆炸场面的驾驶员李欢把油门踩得太用力了，空气压缩机的皮带很快就过热被打断了，自重28吨的消防车成了废铁一堆。还有一台10吨的五十铃水罐消防车很快就把水打完了，眼看马上就要灭了的火又熊熊复燃，爆炸声又起！刘汇海找不到新水源，正一筹莫展。

此刻两股雪白的泡沫从三十米开外的东西两侧同时到达燃烧区。许松已从旁观者变成了火场的男一号，正指挥十一中队两台三十五吨重德国进口的马基路斯泡沫车远程作战。

许松分分钟钟就把事情搞定了。赶到现场的支队指挥长——司令部副参谋长牟良权对刘汇海一阵臭骂。

在第二天的支队行政办公会上，支队长苏国利拿着一张当天的日报大发雷霆："你们看看，我们的消防员抱头鼠窜的狼狈相。我们消防队到场后，火灾不是被控制，反而是越烧越大，噼里啪啦的爆炸声响彻半个蓉都市。

"省委、省政府，市委、市政府怎么看我们？蓉都市一千万人民群众怎么看我们？我们还能不能给全市人民提供一个平安、祥和的生活环境？我们还能不能给全市营商环境提供坚强的消防安全保障？

"幸好十一中队提前到达现场，要不然，后果不堪设想。蓉都市作为西南地区最大、发展前景最好的省会城市，将在一个月后召开世界蔬菜博览展销会，全世界的目光都将会聚焦在这里。如果昨天的爆炸再延迟三到五分钟，今天就是我代表全支队到市政府去做检讨，到总队去递交辞呈。

"灭火救援就是要用牛刀杀鸡，为什么没有一次性调集足够的力量灭火？司令部下来要认真总结、反省。后勤处对于新装备没有搞好必要的培训工作，我们的新装备、新器材一天一个样，你们不要再糊里糊涂地混日子了。司令部、后勤处全体干部这个月的工作绩效奖全部扣完。刘汇海必须给处分。"

会场一片寂静。墙上的挂钟嘀嗒嘀嗒声格外清晰。

"刘汇海是我们整整一代消防人用汗水和鲜血培养起来的英雄楷模，他不仅仅代表个人，更是一个集体的体现。处理他，我建议还是要再慎重一些。"政治处主任汤勇基缓缓地说道。

刘汇海怎么也没有想到，支队一纸调令将他平级调到武阳县消防六中队任中队长。

"想不到你们苏支队的心有这么狠，果果还不到一岁，你这叫我们母子俩怎么活？"辜红英双眼通红为他收拾着日用品，继续说道，"这在城区打个火、抢个险，这是在跟人斗，这武阳三圈层的事，都是在跟天搏，你怎么赢得了？"

一脸卡白的他一言不发，他也想不通。

第二十一章

当刘汇海来到这个蓉都市最远、最偏僻、最穷的县中队时，心是拔凉拔凉的。

武阳县地形比较复杂，地势西北高、东南低、南北长、东西窄，有山地、丘陵和平原三种地貌。西北部为山地，中部为丘陵，东南部为冲积平原。山林面积占全县总面积的50%以上。山岭纵横千里、蜿蜒向西并入横断山脉，全县最高峰为海拔高度5364米的苗基岭，最低点是东面的文家场，海拔高度仅为1500米。水资源丰富，境内河川纵横，有大小河流39条，分属于沱江和岷江两个水系。

武阳全县的地域面积有1100平方公里，人口仅为40万，属于典型的地广人稀，全年的财政收入才8亿元。全县城没有一栋高层建筑，县城面积不足8平方公里，有大量的待拆老旧小区。

辜红英借车送他到达六中队大门口时，按了半天喇叭居然没人开门，没人站岗是明摆着的事实。站在车库前的坝子中央，她给了他一个大大的拥抱，忍着泪水，强露欢颜："好好工作，照顾好自己，不要惦记家里，家里的事再大都是小事，单位上的事再小都是大事。"她的转变来自昨晚一整晚思想蜕变的结果，必须要给他卸下包袱，因为他干的事，都是关系人命的事，往往还不是一个人的命。

送走辜红英后，恼羞成怒的他直接去了电话班拉响了火警电铃。

两分钟后，全中队十四名战士才松松垮垮站好队列。当他责问是谁站岗时，队列里冒出一句："没站岗就没站嘛，有什么大惊小怪的。"一期士官赵纯刚白了他一眼。

正要发火的他，突然发现整个队伍中并没有人给他好脸色，连正眼瞧他的都没有几个，他们看他的眼神，就好像是在看与己无关的空气一般。

他明白了现实中的六中队远比想象中还要差，只好无奈解散了队伍，独自在营区转了一圈。

消防中队还是比较大的，占地大约有八亩，三面围墙，夹在两个破败国营大工厂之间，后面一道铁丝网隔开的是一大片河滩地，河道中央的水流已经很小了。

中队建筑只有一栋二层的小楼，一楼有三个车库和两间库房及厨房食堂。整个二楼就是官兵的宿舍和一间会议室，开会、学习、电视、娱乐都在那儿。旁边是一排旧的营房，都是彩钢瓦搭建的，冬天冷，夏天热，分别是厕所、澡堂、两间猪圈。

全中队一个字来形容就是"脏"！三个字就是"脏、乱、差"！到处都是垃圾、到处都是苍蝇，尤其是猪圈食槽里，馊臭的潲水与粪便发出令人发呕的味道，让人一分钟也不想多待。两头瘦骨嶙峋的成年猪一躺一动，发出"嗷嗷"的呻吟声。

跟随他一起转悠的是一条黑黑、近一米高的大狼狗，总是与他保持着三米左右的距离，翻着白眼，露出两排獠牙，恶狠狠地盯着他。

他知道郊区中队有养狗的习惯，但凡穿着军装的人都会相安无事。只是他感觉到它对他也是不友好的。

第二天他就知道这条叫黑子的狗是去年赵纯刚外出时捡回来的，那时它还是一条狗崽子，脏兮兮瘦骨嶙峋的，后脚有外伤。

当时的赵纯刚先是花了半小时给它洗了个热水澡，然后踏遍全县城才找到一家兽医馆，半个月五次敷药才彻底治好它的腿伤。

在中队伙食的保障下，小狗逐渐康复了。为了加强它的营养，赵纯刚还每半个月自掏腰包买来猪骨头、心、肺给它吃，今年就长成一个健硕的小伙。

一个人一条狗形影不离，亲如兄弟。刘汇海不受它待见就不足为奇了。

当灰头土脸的刘汇海回到寝室后，关上房门，躺在床上，心里憋屈极了，全市最差的中队，他看不到希望。

睡了三天三夜后，办公室的电话把他吵起来了。

"刘汇海，还在睡觉吧！"是浦茂明高亢的声音，吓得他翻身起立，在电话机旁边站立端正。"把你调到六中队，你有意见吧？有意见很正常，革命军人是一块砖，哪里需要哪里搬。火没有打好，没挨处分是支队党委对你的厚爱。苏支队长是有意给你加担子，虽然还是中队长，可你现在是党支部书记，一个中队的灵魂和旗手，你可以按照你的意愿建设中队。六中队有问题，证明它的起点低，上升空间就大。没有干不好的工作，只有不想干的人；没有带不好的兵，只有不想带的官。是骡子是马该拉出来遛遛。

"最后我给你敲个警钟，你是近十年、二十年唯一一个士兵提干的人，是全支队抢险救援官兵用肩膀、用汗水、用鲜血乃至生命把你抬进干部队伍的，你是标杆，你是榜样。如果你当不好标杆，当不好榜样，历史依旧会把你淘汰，那时你如何面对这些战友和你的妻儿。

"九八年支队刚开展抢险救援工作时，第一任班长原打算让萧和担任，是他主动推荐你，并极力说服每名干部，让你担任班长，在随后的日子里，他也默默地帮助你，他骄傲于你取得的每一项成绩，逢人就说你比他优秀，选改志愿兵的民主测评，你是全票通过。你不要辜负了战友们对你的好，战友战友不是一般的称谓，是可以生死相托的兄弟。"

电话那头的浦茂明顿了顿，继续说道："顺便告诉你，罗进和鄢晓华参加部局组织的灭火岗位资格考试，取得了全国前十，荣立二等功，将提前晋职晋衔，而谢杰西转业回老家去了。

"就这样吧，再听说你不思进取，睡大觉，我可不仅仅是打电话那么简单，直接一巴掌给你飞过来，你要堕落，你要颓废，你要烂下去，没人管你，可不要辜负这些兵！"电话那头又响起一阵咆哮。

电话已经断了很久，可他依旧举着电话听筒，一动不动地发呆。后背已经湿透，可内心一片冰凉。

房门"嘎吱"一声被推开了，进来的是大嬢和二嬢，手里拿着沉甸甸的鞋垫和水果。不过，一看到他只穿了火裤儿，光着脚丫站在那里，一转身把鞋垫和水果分发给全体战士，不顾大家的挽留，饭都没吃就坐车回去了，留下一句话，等六中队建设好了再来，要不然就再也不来了。

中队里与大嬢和二嬢最熟就是赵纯刚了，他一言不发地把二老送到车站，一旁跟着的是二年兵王昆。

班车即将发车时，手里攥着苹果、红着眼圈的王昆有些哽咽地说道："大嬢二嬢谢谢您们来看我们，也只有你们还记得我们了，很久都没有人来了，所有人都把我们忘了。去年新兵下连队时，是支队领导和你们把我们送下中队，不出意外今年年底欢送老兵退伍仪式上，也将会是支队领导和你们送走我们。支队领导现在长什么样子，我都快忘了。大嬢二嬢保重身体呀！以后就不要来了，太远了。"

此刻羞得满脸通红的刘汇海呆呆站在原地，完全茫然的内心无处安放。浦茂明的话更像针尖一样狠狠地刺痛了他的后背。他有一种冰凉透顶的感觉。

想起比母亲年龄还大的大嬢二嬢那满头大汗的脸，他立刻又羞愧无比。

想起来都有点后怕，部队工作不进则退，我能退下去吗？我对得起我的战友吗？对得起妻子和儿子期盼的眼神吗？对得起自己曾经的付出吗？想到这里，他感觉到心开始往下沉，关键是好像没有底，一个劲儿地往下坠，没有尽头。

"啪！"他狠狠地抽了自己一耳光。他第一次觉得自己太自私了。

干！必须好好干！为战友、为自己，也要为妻子、孩子，还有就是父母，为每一个曾经爱着、帮助过自己的人，我也要拼命好好干。一想到这里，他感觉全身又充满了力量。说干就干，他拿出花名册，一个一个看，一个一个谈。

班长赵纯刚，入伍前就是党员，东川三台人，回族。二〇〇〇年十二月入伍，原特勤一中队班长，他拿起电话给罗进打了一个电话询问情况。

"他是个好兵……"罗进的回答增加了他的信心。

刘汇海立马就找来赵纯刚，递给他一大包狗粮。

"当年你在特勤一中队，打了排长，一个飞扬跋扈之人，因为他是一个支队主要领导的侄儿子，你就被调到这里来了。"

"是他不对，他侮辱我、我的祖先。"

"他不对在先，但是你打人也不对，你把他打得手肘脱臼，说不过去吧。"

"所以我就调到这里来了，毁了我的当兵生涯。本来想考军校的，得罪了领导，一切都成空。"赵纯刚心有不甘。

"那倒未必，关键是你自己放弃了你自己。"

"胳臂拧不过大腿。我还有未来吗？等到一期士官到期，我就滚蛋。"赵纯刚争辩着。

"领导能成其为领导，那他必有过人的胸襟和磊落的品格。只要你自己认识到错误，改过后，做好了你自己，你的成绩谁也不能否定。一切皆有可能！"

"你是说我还有希望。"赵纯刚眼放绿光，接着说道，"你骗我的，你是想我帮你把中队带好，做出点成绩来好离开这个鬼地方吧。"他轻蔑看着他笑了笑。

"随便你怎么想，我们这支部队的存在，是历史选择的结果，那就是正义始终是要战胜邪恶的；这个社会，好人远多于坏人和小人，作为地球唯一的智慧生命，没有走向毁灭，而是一步一步繁荣，肯定是有一定道理的，那就是善大于恶，美多于丑，真胜于假。如若不是这样，人类自身早就把自己给毁灭了。你自己好好想想吧，不是让你相信我，而是要给自己希望。"刘汇海说完就走了。

第二天操课时，赵纯刚第一个站在了排头位置。拿他的话来说，他不会相信谁，但是他要给自己一个念想。

三个新兵还是表现很好的，尤其是来自革命老区大巴山的桂海云，工作认真、刻苦，任劳任怨。

一期士官、文书吴心智还算是尽心尽力。工作任务再多，他也不抱怨，不撂挑子，甚至不多言不多语。他是跨军种从陆军调过来的一期士官，先进连队和后进连队都待过，别人不思进取时，他依然孤独地完成他的大学自学考试，他给别人透露过，不影响工作的情况下，他要为他的将来早做准备。谁当中队长，他并不在意。

"刘队长，这个中队已经是支队最后一名，不可能再烂了，我们都无所谓了，只要您下了决心，是做一天和尚撞一天钟，破罐子破摔还是推倒重建，这都是您的选择，我都尊重您，支持您。"吴心智站立得端端正正，目视前方，面无表情地说道，"不过，我有一件事需要提醒您，您已经来这里三天，应尽快到县消防大队报个到，毕竟郊区中队与城区中队的区别就是郊区中队的直接领导在大队层面。"

刘汇海一拍脑袋，把这件事给忘了。除了人事权在支队，郊区中队的一切事务由大队节制，包括最重要的吃喝拉撒睡等开支。

当他一溜烟赶到公安局五楼消防大队办公室时，等待他的是参谋孙胜利。

"海哥，听说你调过来，我很高兴，六中队有希望了。不过你怎么现在才来，大队长李大君等你都三天了，快进去吧！"孙胜利的热情让他有点意外的感动。

李大君并没有过分的热情。宾主客套落座，简单寒暄后，他对刘汇海并没有提过高的要求，只希望他好自为之。末了，他让刘汇海走之前再到孙胜利那儿去一下。

"海哥，李大队长马上就要到县长那里去开会了，今天让我给你接个风，这是给你的五万块钱，省着点花，一个季度的生活费、油料费、修车费、器材费以及各种办公经费。大队一年的经费才六十万，李大队对你可真好，换别人最多就四万五。走，今天我请你，想当年，你教会了我很多东西。"孙胜利的真心实意确实让他有点窘迫，忙找了个理由辞别他，信心满满地往中队赶。

哨子再次响起，人员也是姗姗来迟。刘汇海有充分的思想准备，耐心地等人员到齐后，平静地说道："让我们一起把家建设好吧。有人说我们六中队是养猪中队，那我们就把猪养好。我们不光要养猪，还要养兔、养狗、养鸡，种菜、种水果，我们这里穷，我们就要自给自足，我和大家一样都是来自农村，先把副业搞起来。常言道，手中有粮，心里才不慌。"

"我们到底是当兵，还是当农民？"王昆嘻嘻哈哈地问道。

"工作时间我们是军人，休息时间我们是兄弟，一起把副业搞好，把家建设好，把部队战斗力提上去，送你们去考学，去学驾驶，学厨师，为你们后半辈子打基础。"

会议室一片寂静。

"刘队长你骗我们的吗？好多年这里都没有战士考学和学驾驶了，学厨师都停止了，现在的炊事员都是外聘了。"王昆并不相信他说的话。

"所有的目标都要靠你们自己去争取，我只是你们的引路人。当你们做得足够好时，我相信支队一定会给大家一个说法的。"他不慌不忙一步一步引导着大家。

"我们做与不做，支队怎么知道，一年只有半年和年终考核来两次。"士兵们七嘴八舌地说道。

"大家不要急。一步一步地听我安排，中队的局面一定会改变的。比如说，年底就有技体能比赛。我们就可以以崭新的面貌，给全支队官兵留下深刻的印象。"

"刘队长，你不是在说笑话吧，我们中队连训练塔都没有，怎么去摘金夺银，挂钩梯怕是要失传了吧？"一期士官邓峰的话引得大家哈哈大笑。

"其实啊，以前的中队长为了提高中队的业务训练成绩，也想了一些好办法，比如把一些好苗子送到邻近的、有训练塔的十四中队去训练。在外驻训的士兵失控漏管，私自外出犯了错误，被除名处理，而中队留守人员人数太少，导致火场作战不利，被上级通报批评。我们这次就放弃高空比赛项目，一心一意突击地面项目和体能项目。"

刘汇海的话至多在大家心里起了一点点波澜，更多的是将信将疑，都是在骑驴看唱本——走着瞧。

这一个月的早操都是十公里长跑。第二天早晨哨子响起后，队列中依然只有三名新兵和班长赵纯刚。

狼狗黑子依偎在刘汇海脚边，呻吟着转圈，随后便跟着队伍跑了出去，五个人跑了整整一个小时。

第二天六个人……

第三天八个人……

第四天十二个人……

他和全体人员平整操场只用了一个上午；他买回四只小猪仔喂养在两间猪圈里；又买回二十只兔子、十只小鸡圈养在后院；刨土搭架种上了小葱、茄子、土豆、花生、苦瓜、西红柿。吃完晚饭，他总会带上三个新兵跨上篮子去给小兔割草。

每天晚上熄灯前，累得腰酸背痛的桂海云都要到家禽房里转一圈，与大白猪拉拉家常，看看小鸡，摸摸小兔，是否又长重了一些。

第二个月的早操是十五公里长跑。必须在一个半小时内返回中队，否则就赶不上饭点了。

三个新兵在星期六和星期天会自觉起床进行十公里长跑。

"刘队长，今天桂海云尿血了。"赵纯刚犹犹豫豫地说道。

"严重吗？他自己有什么反应或要求吗？"刘汇海并没有太着急。

"不太严重。他只是说比他当建筑工人时的劳动量要小一些。"

"给炊事班说，再把生活标准提高一点，每顿饭都要炖汤。中午午休延长半个小时。"刘汇海知道是大运动量训练造成的，他自己也出现了小腿抽筋的现象。

"生活费都超支了。"

"超支也要把生活搞上去，我们自己的蔬菜和家禽马上就要出栏了。再坚持一下。还有今天上午的训练都安排好了吗？"刘汇海已经换好全套训练服了。

不过在走廊的另一头还是有人说着风凉话。

"这样训练有什么好，出了成绩，当干部的就拍屁股走人，我们当兵的谁管？桂海云训练是可以走走过场的。"

"不，以前的生活是安逸，睡醒了就吃，吃饱了就耍，却看不到希望。"

"丁零零——"这是两个月来，警铃第一次响起，大家都有点恍惚。

"刘队长，第一小学一个一年级的学生，把脑袋卡进护栏里了，脖子已经开始肿胀，取不出来。"电话员的声音响彻整个楼道。

"一班全体把洗脸帕带上，快！"刘汇海吆喝大家。

现场已经围着一大堆人，只见一个哇哇大哭的小男孩的脑袋被卡在教学楼二楼阳台两根钢竖栏杆之间。

老师们有的愁眉苦脸、有的暗暗抹泪、有的歇斯底里，有个秃头的中年男子指挥另外两名男老师正使劲地掰栏杆，但效果并不明显。

此人姓黎，是校长。他用满怀希望和疑惑的眼神看着两手空空的消防官兵。

"不要怕，小朋友，叔叔给你买糖吃。"刘汇海边说边想，要是城区中队就好了，这里连液压、电动破拆工具都没有。

"黎校长，你马上找十根毛巾和一瓶润肤液来。"刘汇海不容置疑地命令道。

紧接着他与另外五名战士手执一张张湿润的毛巾，在小男孩卡头的护栏两侧，分上中下六个点位，分别固定相邻外侧的护栏，套在随身携带的消防斧上，开始有节奏地拧。

"一二——加油，一二雄起。"战士们蹲二站四使出吃奶的劲不停地拧着。

毛巾越拧越紧，卡着小男孩脖子的护栏慢慢地向两侧弯曲。黎校长往男孩脖子上抹了许多润肤液，很快就脱离了危险。

下午刚起床，黎校长和另外两位老师就送来了一面锦旗表示感谢。当然这一些，对刘汇海来说已是司空见惯的。

黎校长站在操场上，对于官兵们简陋的生活条件还是感到震惊。

"刘队长，我看见你们这里车库墙和营区围墙如果画上一些图案一定会非常漂亮的。"黎校长大学期间学的是绘画。

"什么图案？"刘汇海完全是丈二和尚摸不着头脑。

"你看过体育公园墙壁上的简笔画吗？画面几乎都是由两种色彩的点、圆和线条构成，简单勾勒出物象基本特征的绘画形式。其主要特点是简约而直观、形象、鲜明、生动活泼，只取形似，不计细节，重点在于概括、简洁的写意与传神。"

想了一会儿的刘汇海说道："想起来了，那有什么用？怎么画上去？"

"那是一种绘画艺术，在部队里就反映官兵生活，是一种部队文化载体，有一种荣誉感和归属感在里面，如果你们想制作，我可以免费帮忙。"黎校长十分真诚。

"好啊。你说，我们该怎么干？"刘汇海一时又急不可耐。

"第一步就是要你们把墙面平整一下，重新刷一道水泥、三道腻子、三道乳胶漆，每一道都要自然风干或晒干，否则会返水（潮），这些原材料，我们县都有生产厂家，很便宜的；我刚好可以用这段时间先绘制草图。第二就是你们给我一些你们训练的照片，给我提供一些素材，我还要在网上找一些。"黎校长说完就愉快地走了。

接下来的日子里，走下训练场的消防官兵摇身一变又成了粉刷工人，有建筑从业经验的桂海云成了绝对主力。

一个月下来，随着乳白色的乳胶漆上到墙面，整个中队一下子就亮堂起来了。刘汇海寻思着，绘制好简笔画就更好看了。他知道城区中队都没有这儿好看。心一横，又花了两千块钱，把围墙顶和大门粉刷了一遍。

黎校长在一个月后送来了十四张简笔画的草图。人物栩栩如生，寓意通俗易懂，有的是甩二带，有的是爬梯子，有的是水枪射水，有的是云梯车高层灭火，有的是业务理论学习，有的是飞檐走壁，有的是水灾救人，有的是车枪连操……

啧啧称奇的刘汇海满心欢喜。不过，黎校长告诉他，一个月后自己因工作需要将调走，只有在一个月的时间里，手把手地教会他们绘制一幅图，剩余的就靠他们自己了。

两根柱子之间的车库墙有四米宽、四米高，一共有四面；围墙则是四米宽、三米高，一共有十面。在黎校长的指导下，刘汇海和战友们先在其中一面墙上，用铅笔每隔十厘米建立坐标方格，确立中心点。

然后依照黄金分割原理，在中心点的四周建立四米宽、二点五米高的画面（围墙则是四米宽二米高）。用粉笔根据草图大小按比例放大相应的倍数，借助圆规和直尺在墙面先画出草图，通过远视来纠正错误。定稿后，买来防水漆按线条，用排笔、毛笔作画。

第一幅画的格子坐标就用了一周的时间，好在消防队天然就是梯子多，人也多，空中和地面相互呼应，慢工出细活。黎校长在作画时反复强调了运笔的技巧和注意事项后，就调走了。

画完第一幅后，大家发现只是局部油漆有点花，远看的效果还是非常好的。

接下来，就是在训练间隙，全队人员分工合作，一班负责打坐标格子，吴心智在二班人员的协助下画草图和上油漆。

每天的日子似乎都一样，大运动量的训练；齐心协力的农业生产；机械、枯燥的绘画。手又麻了，脚又酸了，腰又胀痛了，油漆又上脸了，疲倦的脸上笑容多了起来……

这天的早餐刚刚完毕，电话员就通知刘汇海，马上到公安局局长办公室开紧急会议。

会议室就座的领导有：县长董理、副县长林建、公安局局长刘杨、分管副局长梁学林。刘汇海预感有重要事情。果不其然：有三个"驴友"在山林里失踪了。

年龄分别为二十五、二十六、二十三岁的两男一女于三天前进入山区，一天前与家人失去联系。据最后目击他们的当地林区村民讲是昨天正午十二点钟，地点为沙家嘴。

到现在失联二十小时了。今天上午七点，失踪人员的家属和新闻记者大约有二十人要往林区赶，被公安干警拦下，现安置在县宾馆。

昨天下午六点接到报警，公安局会同应急办已经组织公安干警、联防队员、民兵人员两百余人、分成六个组进山搜寻，无果。

搜寻大队已经陆续搜找了与沙家嘴相邻的虎跳崖、文杏林、浅水滩、象牙坡等方圆近十平方公里的地方，没有任何线索。大家分析，这三人应该被困在最为凶险的狼窝子。

狼窝子方圆有近十平方公里，空中俯瞰成汤勺形状。北面隔一天然河流与原始森林接壤，他们过不去。这个地方有峡谷、陡坡、激流、绝壁、陷阱、沼泽，还有猛兽、群狼、蚊虫、蟒蛇。

据气象部门消息，今天中午开始，有一场持续时间超过十二小时的中等强度降雨。

综合多种因素考虑，指挥部门决定撤回搜寻大队，派遣一个救援小分队前往。

当梁学林介绍完情况后，刘汇海马上就明白了县上领导通知他来开会的目的，随即就站起来了，又不知道怎么表态。他不惧怕带队前往，但能否顺利地把他们找到并救出来，实事求是地讲，没有绝对的把握。所以他不知道怎么说，他从来就不是那种满口跑火车的人。

刘杨反复嘟嘟囔囔着："格老子，这群死娃娃，净添乱。"

林建看出了刘汇海的顾虑，补充道："你们出三到四人，我们挑选了最有经验的猎人林老爹给你们做向导，后勤保障由公安局负责，经沙家嘴进入狼窝子搜寻，副局长梁学林有一个五十人的后援队在现场指挥部——镇政府接应你们。"

最后县长董理语重心长地说道："讲科学，不蛮干，确保自身安全；守纪律，防止森林火灾。尽人事吧，拜托大家了！"

留给刘汇海准备的时间只有一个小时，在后勤上，除了枪，其余的东西只要公安局库房里有，尽管拿。

临走之前刘杨一再告诫他，一定要量力而行，林老爹是一个有丰富经验的老猎人，多听听他的意见，剩余的就听天命吧。

在大队参谋孙胜利来代班之前，他把三天的学习、训练、公差、勤务全部安排好，并专门叮嘱吴心智把蔬菜、瓜果、家禽管理好，把简笔画继续画起走。

由他和桂海云、赵纯刚组成突击小分队，携带四件雨衣、两件大衣、一根三十米长的救生绳，两根十米长的安全绳，三天的干粮和饮用水，三把砍刀，两部可以打电话的对讲机，三枚发烟弹，手电筒和一架军用望远镜乘坐公安局的越野车向山里面进发。

当汽车戛然止于路的尽头时，刘汇海才发现路边站着梁学林和一位身材矮小、头戴斗笠、身披蓑衣、肩背双管猎枪、吸着旱烟的老者。

"最后一支烟，进山就不能再吸烟了。"

他这才看清眼前是位满脸刀刻般皱纹、精神矍铄的老爹，尤其是那一双如桐油发亮、干瘪的手，大胆猜测应该有六十岁了。

"刘队长，这是我老父亲，今年七十多了，朝鲜战场死人堆里爬出来的，在这片山林里摸爬滚打四十多年了，最近三年身体不行了，这次说了很多好话才同意带你们跑一趟。体力活是干不动的，你们悠着点，替我照顾好他。"梁学林红着眼，目送着一行人消失在天际边才返回。

下过雨的山路湿滑无比，三人的负重都超过了二十斤，先前的小兴奋早已土崩瓦解消失殆尽，就只剩下急促的喘气声了。好在林老爹带领着大家另辟蹊径，在看似无路的草丛下、悬崖边、绝壁旁寻觅出一条隐蔽的路来，总能使大家走得稳妥一些。爬坡上坎、攀岩跨沟、翻山越岭，就这样走走停停，一会儿是遮天蔽日的密林，一会儿又是光秃秃的山脊，感觉走了很远很远。回过头来，又发现起点似乎就在身后不远处。

一路走来，寻找着，呼喊着……还是没有消息。

山区空气中的负氧离子比城市里高出至少十倍，刘汇海呼吸清爽多了。左看看，右看看，上看看，下看看，发现都一样，都是层峦叠翠，风吹过"哗哗"的声响后的万籁俱寂。忽然他觉得大山上层层叠叠的树林斗转星移一般，全在脑袋里打旋旋。

"嘿，你干什么呢，醒醒！"林老爹使劲拉了他一把。

他惊恐地摇了摇脑袋，大口地喘息着，努力使自己镇静下来。这才发现自己站在了悬崖边了，再往前一步就将粉身碎骨死无葬身之地，不由自主地打了一个寒战，冷汗瞬间湿透了他的后背。

"这是怎么啦？发生什么事了？"他完全不知道发生什么事了，仿佛生如隔世、恍如梦魇。

"你眩晕了，已经在鬼门关上走了一趟了。人在疲倦状态下，又孤身处于深海、高空、沙漠、草原、林海，四周的景物都是一样的，人啊，往往就会眩晕，出现幻觉乃至恐惧，做出常人无法预料之事。我年轻时在朝鲜战争期间，就亲眼看见过有李承晚部的士兵在白雪皑皑的雪地里举枪自杀的。今天我们已经走了四个多小时，休息一下，前面过了那个山坳，有个山洞，今晚就在那儿过夜，我六年前打猎时在那儿住宿过两天，应该还在。你们年轻人，可以讲讲笑话什么的，拉拉家常，这样可能要好些。"林老爹喘着气，慢腾腾地说道。

大家原地休息着，喝着水，喘吁吁地啃着面包。

"快看，那是什么？"书读得少，眼睛特别好使的桂海云指着远方兴奋地说道。

顺着手指的方向，大家隐约看到两只像狗一样的动物在山谷里奔跑。刘汇海又举起望远镜瞧了个究竟。

"是两只狼。"林老爹举起双管猎枪朝向天空放了两枪。"砰！——砰！"响声划破天际，回声悠远绵长。

两只狼显然是被这枪声吓着了，驻足凝望片刻后，逃了个无影无踪。

正在望远镜里看得津津有味的刘汇海显然有些失望，百思不得其解地望着林老爹。

"这第一嘛，就是试试枪，这枪四年没用，天又下过雨，看看子弹受潮了没。第二嘛，这动物身上都有一股骚味，其实人身上也有一股味道，人闻不出来，但是动物就闻得出来，那两只狼在那儿出现，有可能被困人员就在那儿附近，赶走它们，是保护我们要找的人。这第三嘛，就是我们也走了不少路程了，打一枪也算发个信号，被困人员听见枪声可以主动与我们联系。第四嘛，此次进山狼窝子不是打猎，而是找人，跟其他猎人打个招呼，对天鸣枪是猎人之间的一种语言，他们知道我们有别的事情需要帮忙。"林老爹解释道。

刘汇海心里庆幸着：这次出行，幸好有林老爹，山里的门道可多着了，便说道："那我们马上过去找找看，也许能把人找到！"

"不行，那个地儿，还远得很，这深林里，无遮无挡的，光线好得很，这一眼过去，至少有几十里地，还要翻一座山，明儿下午才能到。"

一行人继续往前走，过山坳七拐八爬约莫两钟头后，来到一小片开阔地，隐藏在满山蔓藤下果然一个小山洞。石床、石灶、石桌、石凳、铁锅，还有木材、米、水，灶里有灰，显然不久之前有人住过。双眉紧锁的林老爹在洞前来回踱步，眼睛在地上仔细寻找着什么。

刘汇海屈身向前探个究竟。草丛中一个硕大的脚印，极不显眼地隐藏在草丛中。脸绷得很紧的林老爹狐疑地自言自语道："不可能呀！"

"这是什么呀？"刘汇海惴惴不安地问道。

"没什么，米和水不要动他们的，用我们自己的，煮饭吃了，早点休息，明天继续赶路。记住刀不离手。"林老爹说完又找了些石头堵在洞口。用铁锅盛满水放在洞口的石头上，从口袋里摸出一根长长的草绳，引燃后吹灭明火，任其呈阴燃状，洞内立刻弥漫着艾草、薄荷、茴香等不知名植物淡淡的味道。他明白这些应该都有驱蚊虫、避蛇鼠功效。

只带了两件大衣，一件给了老爹，三个人裹着衣服、垫着雨衣、横搭着大衣，伴着灶台里余温很快进入梦乡。

醒来后，三人发现身上多了一件大衣，铁锅和地上都撒满了蚊虫、飞蛾的尸体，当然林老爹也不知去向。

林老爹并没有走远，站立在洞口不远的地方正聚精会神地盯着前方，双手紧紧地拽住猎枪。

三人来到跟前，才猛然发现在突兀的巨石后有一头巨大的黑熊，身长超过两米，体重估摸着至少也有四百斤，四肢粗壮，掌厚齿尖，鼻孔喘着粗气，嘴巴滴着黏液，黑眼如剑死死盯着林老爹。

一动不动的三人心跳如擂鼓，汗透背心，颤抖的右手紧紧握着腰间的砍刀，像泥塑一样，站如松，眼如电对视着黑熊，对峙着……

万籁俱寂，一丝风都听得见……

赵纯刚脑袋里一片空白，一分钟有一年般的漫长，足足有五分钟后，大黑熊才一转身跑开了。

"幸好你们赶过来了，如果它冲过来，这两枪没有击中要害的话，我没有把握把它放倒在地。"喘着气的林老爹说道，"幸好是头熊，昨儿晚上我还以为有野人呢！"

"有野人？"桂海云惊恐道。

"说不准。"林老爹说着就往回走，"走，吃了早饭就赶路。"

天并没有亮透，四人就上路了。边走边搜寻。

"老爹，刘杨局长说你是全县最好的猎人，果然名不虚传。老爹你年轻时候一定是打猎最多的吧？"赵纯刚一脸的崇拜。

"万事万物相生相克，彼此共荣循环往复。我打的猎物往往是比较少的，怀孕的母兽我不打；未成年的幼兽我不打；产仔季节我不进山；国家规定的珍稀动物我不打。"

这一路上，桂海云都显得非常纠结，想说话又怕野人和怪兽，不说话又怕眩晕。

"等一下。"林老爹停了下来，蹲下身子。

老爹这一喊声让桂海云的心都提到嗓子眼。

三个人围拢在老爹身旁。赵纯刚急忙问道："老爹，又有什么新情况？"

"你们看！"

"没什么呀？"

"仔细看路！"

刘汇海这才发现前面被杂草、枯叶覆盖的路面确实有一些异样。前面大约有四平方米的路面上的杂草有些枯萎，没有生机。当然这些都必须细看才能发现。

林老爹用手抹去面上的杂草和枯叶，下面是一层竹网覆盖的陷阱，深度达到一米五，下面是一排排倒立的、尖尖的竹钉，任何动物掉下去非死即伤，当然包括人类。

"老爹，你怎么发现的？"刘汇海现在对林老爹佩服得五体投地。

"森林有森林的活法，猎人有猎人的规矩。他在前面留了两处我们猎人才看得懂的标识。"林老爹解释道。

发现这个陷阱就好办了，左边是岩石，没有一个搭手的地方；右边是悬崖，没有给动物留退路，年轻人好办，只有两米宽，跳过去就行了，但是林老爹就不行了，毕竟七十多岁了。桂海云先空手跳过去，剩下的两人，再把随身物品扔过去了也跳过去了。

陷阱两侧相距六米的地方长有许多竹子，这些茂盛的竹子长得非常高，在十几米的上空相互交织在一起。身轻如燕的林老爹攀枝踏杆，噌噌往上蹿，身到高处又借力竹子的韧性横移到另外一根竹子上，双手紧握竹杆，来了一个乾坤倒挂，头朝下，双腿缠夹竹竿顺势而下。一眨眼就越过陷阱来到地面。

"老爹，你这什么功夫呀？身手太敏捷了吧。"桂海云由衷地赞叹道。

"这是五十年前一个浙江战友教我的，叫'竹海飞燕'，老了，不行了。"林老爹暗暗叫苦，这在三四年前根本就不是问题，今天怎么有点头昏眼花的感觉，还好撑下来了。

一路搜寻，一路无果，当然动物的尸体倒见了不少，有几具头盖骨不知是猴子的、大猩猩的还是野人的，谁也分不清，开始时三人还有点发虚，到后面就习惯了，不过发现一个破旧的军用飞机轮胎，还是出乎了大家的意料，林老爹还说，早年他进山，捡到过降落伞上交给政府了。

中午过后不久，总算到了昨天两只狼撒欢的地方，林老爹蹲坐在石头上喘着气，让大家仔细瞧瞧有什么线索没有。

赵纯刚用竹竿翻覆地面的杂草，希望能搜寻到蛛丝马迹；桂海云伸长了脖子尽力张望着；刘汇海透过望远镜把远近高低都搜寻了一遍。一切照旧，一切无果。

刚才那一点点兴奋都降到了冰点。

"快看，那儿有一抹红，是什么东西啊？"眼尖的桂海云指着对面的山崖说道。

刘汇海马上用望远镜扫过去。在云山雾罩中隐隐约约是有一抹红，但是根本不能确认是什么东西。他又把望远镜递给赵纯刚加以确认。

"好像是一条红色的围巾。"赵纯刚也不敢肯定，那儿实在太远，太高了。

林老爹凝视片刻后，果断地向天空放了两枪。枪声划破寂静的山林后，在那条红围巾右侧大约二十米的下方，模模糊糊中有一只胳膊不停地挥舞着一条毛巾，但是依旧没看见人影。

"耶！总算找到了。"刘汇海紧紧地握紧拳头用力地甩了甩。

"刘队长，快给梁学林打电话，肯定有人受伤，有无人员死亡现在还不能确定，叫他们赶快派人来，这里是狼窝子的四坪口。他知道地方。"林老爹急促地呼吸，疲倦地说道。

刘汇海马上给梁学林打了一个电话，报告了这里的情况。

梁学林马上又给刘杨打了一个电话。刘杨告诉梁学林立刻带三十人的队伍去接应他们，包括四名医务工作者和两名媒体记者。

林老爹已经无法再前行了，刘汇海留下一件大衣、一件雨衣和一半的食品给他，继续往前施救。

被困人员位于半山腰一个突兀的平台上，向下距谷底超过一百五十米，向上距峰顶有三十米的距离，向上或向下均为悬崖绝壁，根本就没有道路可攀爬，也不知道他们是怎么到达那个平台的。

三人商量后，先迂回从后山攀爬到山顶，再利用救生绳救人。

四个小时后，他们三人筋疲力尽地到达山顶。当刘汇海试图往绝壁悬崖边站立时，他的腿不停地抖动，并感到了强烈的眩晕，这可是有两百米的垂直高差。

他立马俯下身子，趴在地面，探出脑袋往下看，一片云蒸雾霭、烟气缭绕，分不清的是雾、汽、烟、云，都在随风袅袅飘浮，多看了一会儿，他总感觉山体都在移动，憋了一口气后，使劲向下喊了一句："有——人——吗？"

很快，下面竟然断断续续传来呜呜的哭泣声："有——人。我们——在——

这儿。"

"我们——马上——下来——救你们。"声音长久地在山谷中回荡。

刘汇海想想梁学林一行人已经进山小半天，就果断地释放了第一颗烟幕弹。

大家整理好救生器具，狼吞虎咽般吃了点干粮，小息片刻。

"刘队长，我可以下。"桂海云涨红了脸，牙齿打着战说道。

刘汇海很欣慰地看着他，眼睛有一些湿润。他才十七岁，新兵蛋子一个，女朋友都没有，这种救援自己都是第一次经历，万一有个三长两短，怎么向他的家人交代呀。他有点后悔把他带来，同时也暗暗下定决心，自己下！

"你下什么下，下饺子呀。"笑嘻嘻的赵纯刚揶揄道，"你一个新兵蛋子，滚开！到后面去把绳子给我拽紧了，看老子的绝活，滑绳自救、垂直速降你会吗？二十四种结绳法你会吗？看到起，回去把老子衣服给我洗了。"

"刘队长，先把三十米救生绳放下去，看够得到底不？我在一前一后两棵树上固定一个死结，再固定一个活结。"赵纯刚边说边干，小心翼翼地把大绳往下放。

"绳子——下来——了。"赵纯刚一边戴上手套一边扯起嗓子就喊，"到底——了吗？"

"刚刚——到底——了。"

"刘队长，我带一根安全绳、两根安全腰带、两个安全钩、两个保险钩下去。"说完，没等他说话，赵纯刚就已经双手握绳，骑在悬崖边了，熟练地用安全钩勾住腰间安全带上的保险钩，再"八字"反向套住大绳。

刘汇海刚要阻止，一抬头看见他那坚毅的目光和肩上的软肩章，心里想了想，是该交接传承了，生命轮回一眨眼就来临了。

"眼睛往上看，脚蹬出去后，不要下滑太快，小心过了头，到底后，马上用对讲机报告情况。"刘汇海用胳膊夹住大绳，双手交替缠绕其中，身体后仰着说道。

"我下到底后，一定先骂他们一遍。"赵纯刚一想到老爹就愤愤地说道。

"为什么？"刘汇海皱起了眉头。

"他们不尊重生命，才造成了现在这种局面，难道骂他们两句都不行吗？"他振振有词说道。

刘汇海笑而不语。

"走——"走字一出，赵纯刚双脚一蹬，身体即刻荡在半空中，双手微微松劲，身体随即画出一道优美的弧线飘落而下不见踪影。

绳子的回弹力拽着赵纯刚砸向坚硬的悬崖嶙石，收腹、屈腿、蹬腿，动作完美无瑕一气呵成。

但是攀附在凹凸不平嶙石上的藤蔓，网掉了赵纯刚右脚的胶鞋。随后每一次双腿向悬崖的蹬踏，都会在悬崖上留下右脚深深的血迹。

悬崖突兀山石仅仅不足十平方米，赵纯刚下绳的地方与山石的水平方位差有三米开外。他只得利用双臂和双手的力量，悬停空中横向移动三米，就是这微不足道的距离，使他的脸、腿、手多次划伤。

当他费尽九牛二虎之力安全到达平台，才发现这两男一女，在缺衣少食、昼夜温差较大的情况下，也接近虚脱，好在并无大伤，神志还算清醒。原来他们三人还算比较专业的登山爱好者，只是所有的登山器具在这里跌落山谷，就被困在这里了。

他马上将情况用对讲机向刘汇海做了汇报。

刘汇海马上将情况向梁学林做了汇报。并按照他的要求释放了第二颗烟幕弹，他觉得后援人员应该很快就要到了。

当董理接到林建的报告后，马上带着被困人员家属和新闻媒体记者向大山里赶。

赵纯刚把十米安全绳打成一个救生绳套，先穿过双腿，再扣住后背，并用安全腰带固定，最后用安全钩系在大绳上。

就这样一个接着一个地往上送。

当赵纯刚最后一个上到地面，刘汇海和桂海云的双手因长时间拉拽已是血肉模糊。

后援队伍的及时到达，确保了此次抢险救援的成功。

当桂海云和赵纯刚摸爬上回城的汽车，横七竖八地躺在车厢上，很快就进入了梦乡。

疲倦之极的刘汇海眯缝着眼睛，心里深深地自责，差一点就把这些好战士放弃了。迷迷糊糊中感觉天空又下起了小雨，有人在说话，是公安局的蔡秘书吗？又感觉有人在叫他，想睁开眼却又睁不开，好焦急啊。

"刘队长，醒一醒，进县城了。"

刘汇海坐直了，这才看见窗外灯火阑珊，一片祥和。随口问道："几点了？"

"马上就十点了，刘杨局长叫你马上到他办公室去一趟。"蔡秘书向他竖起了大拇指。

"林老爹怎么样了？"他急切地问道。

"不太好。"他回答道，"你知道吗？林老爹是梁学林的养父，他从朝鲜回来一直没有结婚，梁学林是个孤儿，林老爹收养了他，视为己出，供他上学，娶妻生子。梁学林对林老爹很孝顺，很小的时候就想把名字改过来姓林，林老爹不同意，说生命是亲生父母给的，改名字是忤逆不孝的，坚决不同意。后来梁学林才在姓名中加了一个'林'字，就是为了纪念老爹的养育之恩。再后来，梁学林在县城买了房子，劝说老爹来县城住，而老爹却坚持住在林场，说有战友会从那片林子里走出来的。

"要不是这次特殊情况，梁学林是不会让老爹进山的。毕竟年龄太大了，老爹不止七十多，有人说他有八十多了。刚才林老爹被救护车接走时，梁学林红着眼，一言不发，强忍着。"

听了蔡秘书的话，刘汇海心里像打翻了五味瓶一样很不是滋味。

桂海云和赵纯刚也醒了，在后排悄悄地说着话。

"刘队长不让我下，为什么又同意让你下去救人呢？我本以为刘队长要自己下呢。"桂海云好奇地问。

"别瞎说，你太小，刘队长是为咱们好。"赵纯刚分辩道。

"是为了立功受奖吗？

"不仅仅是，刘队长当然可以下了，记住：鸡就是鸡，鹰就是鹰。生命里所有的付出都回馈于你的成长。再者能有一次为别人拼命的经历，也是一件特别荣耀、骄傲的事！"

"那你下去骂了他们吗？看着林老爹被救护车接走，心里怪难受的。"

"没有，我想刘队长也不希望我骂他们。他们不尊重生命造成了今天的局面，但我们应该尊重生命。"

"报告。"刘汇海的声音依旧洪亮。

"进来。"刘杨从满桌的文件堆抬起了头，看着他接着说道，"回去后，写个报告，我到你们支队给你们请功。"见他又弯身从抽屉里拿出一沓钱说道，"这是五千块钱，拿去给战士们加个餐吧，改善改善生活。"

他愣住了，抢险救援这么多年，表扬倒不少，第一次有给现金的。刘杨很有感触地说道："兄弟们在拼命，好好待他们。买两瓶酒放在那里，春节时董理县长来给大家敬酒。"

这一觉睡得很沉，但是他还是在凌晨三点被哨兵邓峰叫醒了。

"刘队长，快起来看看吧，猪圈里的猪好像生病了。"

他披上衣服赶到猪圈看到一只大肥猪正躺在角落里喘着气，呻吟着，好像生病了。另外一只大肥猪正在转圈圈，时不时抬头呻吟两声。

这深更半夜的，怎么办？如果生病死掉了，那损失可就大了，眼看就出栏了。不行，得找兽医来瞧瞧。

思前想后，他决定给孙胜利打个电话说明了情况，需要帮忙找一名兽医。

"海哥，别客气。严大队长说过中队无小事，我马上电话问问平时联系的派出所。"孙胜利马上给最近的土桥镇派出所打了一个电话。

这种事情对于派出所来说应该是很简单的，半小时后孙胜利开着汽车就把兽医罗勇拳送过来了。真是无巧不成书，与指导员同名同姓，一字不差。

罗勇拳走进猪圈一看就说："没事，要生小猪仔了。准备点热水，把灯泡换一个大一点的，找板子来把风挡一下，把那头公猪赶到另外一个猪圈去。"

刘汇海很纳闷，刚来时大家给我介绍说都是公猪。

"罗师傅有问题吗？"刘汇海还是有点不放心。

"有啥问题？我罗兽医远近闻名，方圆几十里地，大小算个人物，没问题。"罗勇拳已经走进猪圈，蹲下身来，轻轻地抚摸着母猪，"当妈妈了，不怕哈，我们要个干干净净的地方，睡一会就好了。"转过头对着他说道，"打盆温水来，让它喝，它走不动了。"说着又用扫帚把猪圈清扫了一遍。

战士们听说猪要生产了，都起了床，十四颗脑袋好奇地围在猪圈旁。

天刚麻麻亮，英雄母猪产下四只小猪仔。罗勇拳让人熬了些稀饭端给了猪妈妈。每个战士的脸上都洋溢着笑容，桂海云心头一热，感觉一股暖流从脚底升起。

完工后，刘汇海寻思着要怎么感谢罗勇拳，不料他却说，那头公猪健壮得很，哪天给他的母猪配次种就行了。末了告诫他要再修一间猪圈，三个月后就该分圈了。送走罗勇拳后，他才得知，这个兽医还有两份工作：大厨、刀儿匠（杀猪匠）。

二班长邓峰请示他，该出早操了。当他表示不出早操继续睡觉时，所有人都认为是沾了小猪仔的光，他却说不是的，人在疲倦时就该先休息。十中队的中队长李勇就是在疲倦的情况下参加体能竞赛造成了跟腱断裂。

平地、垒板、砌砖、安窗、抹灰、盖瓦、挖沟、架栏，买回食槽后，一间崭新的猪圈就拔地而起了。战士们还给它起了个好听的名字——香格里拉。

战士们每天早饭后都要去猪圈转一圈，这边是酱油葱花香马上就穿越到猪粪尿屎臭，但这些都不妨碍大家饶有兴致地争辩。

"我肯定四个小猪仔全是小男生，因为这是部队，战争让女生走开。"赵纯刚分析得头头是道。

"不一定吧，倒很有可能全是小女生，这里阳气太重，它们是来平衡阴阳的。"吴心智脑洞大开，当然也是无根无据。

"肯定是两男两女，上天让它们成其为猪，已经很难为它们了，再不让它们成双成对，那也说不过去了吧，万事万物有其苦，必有其乐。"刚完成二十公里长跑的桂海云两口就是一个馒头，上气不接下气地说道。

"桂海云，你吃第几个了？"邓峰问道。

"嘿嘿，不多，三个包子，五个馒头。"

"再吃两个，凑齐两斤。"

"新兵连我就要吃十个馒头，现在有牛奶和蛋炒饭，就吃不了了。"

上午的训练依旧热火朝天，在37.5米的赛道上，新老兵正展开二带对抗赛。

"赵纯刚，老子打赌你破不了7秒。"邓峰打趣地说道，他刚才的成绩是7秒03。

"如果破了咋说？"赵纯刚整理好水带，插好水枪，转过头歪着脖子盯着邓峰问道。

"破了，老子给你站一个星期的哨，没破你给我买一盒'红塔山'。"邓峰手挽手于胸前怪笑道。

"儿豁？"

"儿豁！！"

赵纯刚再次整理好分水器，戴好头盔，原地跳了两下，深深地吸了一口气，站在了起点线。

"各就位——预备——开始！"

"始"起身动，迈左腿，右接扣，打右带，天赋神力的赵纯刚右手强力一抖，二十米的双卷衬里消防水带在空中划出一道抛物线，远端头落在数米开外，他已像箭一般蹿了出去。

疾步凌云，接左带，倒腕，翻带，抛出去，接枪，冲刺。如电似光、如风似影、风驰电掣般冲过了终点。

时间定格在6秒66。

"这娃儿是资格潜水员。"邓峰愤愤不平地说道，"平时没得这么好的成绩嘛。"

"赵班长这招好高噢，这叫不见鬼子不挂弦。"桂海云附和着。

"哼。"赵纯刚昂着头，完全对这一群人熟视无睹，思忖着：一群井底之蛙，不去特勤一中队打听打听，想当年，俺还是排得上号的。

"你娃说哪个是鬼子。"邓峰为了避免尴尬，转移了话题，揪着桂海云不放，指着他说，"你，你来操。"

"来就来，谁怕谁。"桂海云嘟囔着站上赛道。

"桂海云，你能不能破8秒？新兵比赛，7秒5以内才能取得名次。"赵纯刚提醒道。

"桂海云，你看，终点线站了一个人。"邓峰弯腰指着前方说道。

"没有啊？"桂海云丈二和尚摸不着头脑。

"你仔细看，昨天晚上电影频道《黄飞鸿》中的十三姨就站在前面，你只有飞快地跑过去，最好在8秒以内才有可能看得清。"

发令过后，桂海云像离弦之箭冲了出去。

"黑子，快追！"狼狗黑子蹿了出去。

"哈哈——哈哈，快咬屁股。"人在跑，狗在追，众人笑弯了腰。

操场边上的刘汇海低着头，来回踱着步。递给赵纯刚一包"红塔山"分给大家。

一说到有烟抽，站在梯子上的吴心智兴奋得差点掉了下来。

对于今天的训练成绩刘汇海是满意的，同时他对自己、对中队上下也是满意的，他知道这就是用没用心罢了。

新兵中的桂海云是最让他吃惊的一个人，因为他对自己太狠了。

桂海云天生是左利手，而消防科目的设置都是按照常人的右利手来设定的。

因此他当兵的第一天就走上了一条远比常人更为艰辛的路。如果只是浑浑噩噩混三年退伍也不难。

显然这不是桂海云想要的结果，他居然让同年兵把自己的左手捆绑于后背，单练右手。

半天，五百次。

终于有一次，五根指头的指甲盖破裂，鲜血直流时，被李大君碰见。大队长随即转身离开，半年没有到过中队操场。

休了探亲假和婚假的指导员罗勇拳回到中队，正赶上消防部队从上而下开通内部网络。支队建立了消防网站，要求基层单位每周投稿，喜欢舞文弄墨的罗勇拳仿佛一下找到了人生的兴奋点，每天逼着吴心智和他一起写文章，几乎是每个工作日都有豆腐块出现在支队网页上，其连载文章"一图一景一文章"引发全支队收看热潮，当然六中队的生活也被全支队所知晓，全支队背地里都羡慕刘汇海是个大财主，肥得流油。

这几天，罗勇拳又叫上吴心智和几个驾驶员把最后两张简笔画画完。

"右边再高一点，坐标格子一定要标准，否则后期作画比例就会失真。吴心智这最后一幅画要把云梯车画上去。"罗勇拳指挥着这一帮人。

"罗指导，我们中队不是没有云梯车嘛，我没啥印象。"吴心智为难地说道。

"没吃过猪肉，难道还没有见过猪跑，拿着。再在网上瞧瞧。"他说着递给他一张云梯车的画报。

正在说话的同时，电话员来报："刘队长，县公安局110转过来的，山林火灾，出不出？"

"出！"

"等一下，每个人都把毛巾带上，把轻便泵的汽油加满。"临走时，刘汇海和罗勇拳取得一致意见：为了应对二次出警，刘汇海仅带八名战士分乘两辆消防车前往，罗勇拳和吴心智等剩余人员坚守岗位，等待下一步指令。

秋高气爽的十月，落叶纷纷，大地一片金黄。山脚下居住的刘二婶在坟前燃烧纸钱时，引燃了干燥的枯叶，风助火势，在山脊的一面一条全长超过三百米由上而下蜿蜒向西的火线，壮观得吓人。

民兵、警察、村民和林业局的林场职工相继到达现场，手持扫把、铁锹进入火场灭火。

当第一辆消防车转过鱼嘴坳时，刘汇海就看见了喷薄向上的火焰和直达天际的烟柱。

停在山脚下，长距离铺设水带出水灭火，没有再生水源的情况下，只能把半山腰下的火扑灭。火势依旧向西快速蔓延。

现场的梁学林揪着刘汇海的上衣袖子说道："想办法保住鹤鸣道观。"

听到"鹤鸣道观"四个字，刘汇海脑袋顿时被电击一般，这是一座座落于深山里的千年古刹。

这也是他就任武阳县后，带领全中队所做的第一个六熟悉场所。鹤鸣道观，相传由东汉顺帝时期的祖师张道陵创立，有道教发源地一说。后经历代扩建，共占地两万余平方米，现有迎仙阁、延祥观、斗姥殿、三圣宫、天师殿五大气势恢宏的全木质建筑群，隐藏于郁郁葱葱的山林之中。位于山顶的道观内没有消防栓系统，只有两口深井作为生活和消防用水。

要命的是鹤鸣道观距火场仅仅不到两公里的距离，也在火势蔓延的方向上。

消防车沿着凹凸不平的乡间公路疾驶到鹤鸣道观所在山底，刘汇海望着迎面通往道观的九百九十九步石梯，每个月的农历十五，这条路上总有来来往往、络绎不绝的香客。

倾斜度超过了三十度、踏步高度超过二十厘米的石梯足足有近两公里长。刘汇海心一横，果断地说道："抬轻便泵！赵纯刚你先拿上机动链锯，先上去，如果火势蔓延过来，锯树开辟隔离带。"

四个新同志面面相觑，撇起了嘴，一片茫然。陈秋实心里暗暗吃惊：妈呀，这十三马力的单缸两冲程"东进"轻便泵，足足有一百斤重。把它抬上去只怕得掉两层皮呀！

"看什么看，走！"邓峰已经把长七米的吸水管扛在了肩上，腰间别上扳手，还抓了一盘水带，大踏步地向前走去。

"一二起——走！"桂海云吆喝着，大家鱼贯而上。四个新兵每人握住轻便泵四个角上的手柄，同时发力，向上抬起向前行。前面的两人尽量放低身段，而后面的两人则举于胸前，保持轻便泵处于水平状态。这样轻便泵的重量大都落于后两人身上。每一步如铅灌身，举步维艰。

刘汇海手持两盘水带走在最后面，同时焦急地注视着火势蔓延的方向。

汗流浃背的四个新兵，向上走到第三十步石梯时，放下轻便泵，用嘴向发红的手心哈着气，前后四人交换着位置继续向前。

"一二起——走。"这一次四人定的目标是，希望能坚持到一百步时才换手。

颤颤巍巍，好容易上到了一百步石梯的位置，刘汇海换下了脸色发白、双腿发软的陈秋实。

"邓峰，你带领其余人员把水带先送上去，然后叫杨观长派人下来接我们。"刘汇海觉得一起走太耗时间了。

时间很快就过去一个小时，火势还是没有控制住，空气中弥漫着越来越重的焦烟味。

体力透支的刘汇海和大家抬着轻便泵，喘着粗气来到了一线天。桂海云的双手全磨破了皮，血染满了双手，他不吭一声，戴上消防手套抢着上。

这里石梯倾斜度超过了六十度，踏步高度超过三十厘米，踏步面最窄处的长度不足三十厘米，宽度不足二十厘米，一个人站立都成问题，怎样把轻便泵送上去成了一个大难题。

好在邓峰带着一大群道观弟子赶来了。片刻之后，八个人在下，踮着脚尖、咬紧牙关、咧着嘴把轻便泵举过头顶，绕过最窄的山石，六个人在上，蹲下身，弯下腰，勾着手连拉带拽把轻便泵拖上去了。

站在山顶天师殿大殿前，刘汇海安排着人铺设好轻便泵、水带、水枪，注视着东面越来越近的火势。

"启动轻便泵、出水。邓峰把迎仙阁、延祥观、斗姥殿、三圣宫、天师殿全部给我浇透。"说着话的他一点也不轻松，因为这种小马力的轻便泵，控火长度最多就五十米。

"刘队长，火势越来越近了，不到三十米了，热辐射和热对流已经炭化古建筑靠外的木墙了。"赵纯刚焦急地问道。

"不等了，砍树。"刘汇海要求赵纯刚用机动链锯锯出一个宽二十米的隔离带来。

"嗡——嗡。"机动链锯发出咆哮的声浪。一棵大树轰然倒下。

"轰隆——轰隆。"一声声雷响，雨噼里啪啦下了起来。

天助我也！两小时后，现场的灭火人员和消防员一道将大火彻底扑灭。

桂海云的手套也浸透了血，血丝和手套粘连在一起，无法取出，痛得他不能自制，全身火烧火燎，像一万只箭穿心一般，硕大的汗水从脸颊流出。

"这是谁干的？"一个干部模样的女同志惊风火扯地吼道，"哪个龟儿子把树砍了，这是犯罪！"

魂飞魄散、惊恐万分的赵纯刚看见同样耷拉脑袋——蔫儿了的刘汇海，手足无措。

"放屁！打森林火灾最好的办法就是开辟隔离带。"李大君的吼声如晴天霹雳般呛得那位女镇长花容失色，呆如木鸡，半天合不上嘴。

"树砍了，栽上新的就是了。"全程陪着董理的林建说道。

"林业局长在哪里？"董理问道。

"在这儿。"一身灰头土脸的中年人出现在大家面前。

"这里的树已经被砍了，你们看栽什么树好了？"董理继续问道。

"我觉得鹤鸣道观四周一圈应该栽种低矮的树木，果树也好，不能栽种长得高于围墙的树。百年大计——安全第一。"中年人说到点子上了。

"这次山火，损失大吗？"董理很关心这点。

"不大，没有人员伤亡，鹤鸣道观毫发未损，烧毁的树木可以算作自然损毁现象，明春我们按计划种植新树苗，很快就能恢复原来的地貌。谢天谢地，谢老天爷的一场雨。"

"你真以为我们的工作是靠天吃饭？"林建面带笑容揶揄道。

旁边的董理笑而不语，他很满意。他满意下属们的工作劲头儿，更满意自己在安全工作上未雨绸缪的神来之笔。

话还要回到年初的一次同学聚会，董理在高中毕业十八周年同学会上，见到了儿时好朋友现在的飞行员同学。

老同学现在以正团职的身份来到了蓉都市所在的军区空军部队任空管办主任。拿他的话说，离开地面的所有东西都该他管。

说者无心，听者有意。思维敏感的董理一下就记着这句话了。

私下里，他向老同学说了他的顾虑，他所在的县山林面积占全县总面积的百分之五十以上，万一发生森林火灾，并失去控制，造成人员和财产重大损失，他作为政府主管领导，是要为领导责任买单的。

聚会后的第二天，耿直的老同学就打来电话说，他所在县的地理坐标显示没有航班经过，口头上原则同意武阳县气象部门自行根据天气状况实施人工影响天气作业。

而在今天，当他第一时间接到山林火灾的报告后，在做出工作部署的同时，给气象局局长提出了在适当时期实施人工增雨作业。

正所谓人心、天时、地利都齐了，泰山都能移。董理想到这儿，不经意间脸庞流露出了转瞬即逝的笑容。

那一边，中年人不动声色地把李大君拉到一旁说道："兄弟，你那支队伍还不错，兼任我们林业部门的灭火队，一年给你们两万元的油料补助。"

"没问题，但是先说好，明天就先把钱打到中队账上。"李大君拉上了刘汇海一起说道。

"见发票就给钱。"中年人把胸脯拍得啪啪响。

刘汇海看着四周一片山林，自己站的位置，近半米的杂草、枯枝、残叶萦绕覆盖着。他随手一拨，一股热气弥出，枝叶上部分干、下面湿，细看还有各类小虫不计其数。

他大吃一惊，他知道中国执行着这个星球上最严格的森林法纪，这些杂草、枯枝、残叶会越积越多，如果偶遇雷电或者生物自身的生化反应产生热能或者明火，一瞬间将成燎原之势，后果将不堪设想……他不敢往下想，只觉得心里空荡荡的，仿佛落入了无底的深渊。

刘汇海茫然地看着鹤鸣道观山门正中央那硕大的"道"字，只觉得越来越模糊，越来越压抑。

忙了大半天，董理把现场交给林业局处理，在林建的陪同下，坐车往回走，他闭着眼，想让思绪停下来，松弛一下。

回想起自一九九二年硕士毕业分配到蓉都市委办公室上班，三年后成为市长专职秘书，去年年初到武阳县任党委副书记、代县长，今年初才转正。他为官之道比之常人不同的地方就是，越是人云亦云的事，他往往会怀疑此事到底靠不靠谱，要不就不感兴趣，交给副职去办。而大多数时候，他那与众不同的逆向思维，常常会剑走偏锋，化腐朽为神奇。他也沾沾自喜于这种独特的判断力，

记得刚上任时，他就力排众议关闭了县上所有的煤矿，理由很简单：事故频发，污染严重。年底财政收入减少，批评指责声四起，他不为所动，坚持己见，绝不松口。而到了今年年初，相邻几个县的煤矿相继发生重大安全事故，相当多的官员都受到了纪律处分。

当大多人都在鼓吹建立工业园区时，他则表现得相当谨慎。他坚决抵制带血的GDP，同样也不需要黑色的GDP。他对引进的工业项目要求很高，对能耗高、污染大、低附加值的家具业、印染业、食品业、化工业、造纸业坚决抵制，而对有着长远发展前景的电子、航空航天、轻材料、汽车工业、仿生生物则青睐有加。

同时，他知道整个蓉都市一千多万人口，对口感好、质量佳、营养丰富的新鲜果蔬需求量大，因此他让农业部门有针对性引导大家种植高附加值的时令果蔬。

靠山吃山，靠水吃水。老祖宗的话不能忘。他依托武阳县的地理特点，在搞活旅游经济过程中提出一个大胆的想法：建雪场，挖温泉。

对于一年有三个月的温度都在零度以下的山区，建设滑雪场，自然条件是没有问题的，只是投资太大，县上没有这个经济条件。对于这一点，他并不着急，他已经联系好深圳华侨城集团前来考察，合作的前景非常乐观。

至于温泉那就太简单了，水是一定能从地底下打出来的，如果水温不够高，就给它加温；矿物质不达标，就给它补齐使其达标；水的形态太清澈，就让它变浑浊。全国的温泉也没有一个统一的标准，不管打出什么来，都叫它温泉，并且

赋予它武阳特色，名字都想好了——武阳白垩纪养生温泉。

接着干什么？要干的实在是太多了，继续挖掘这里古文化特色，把历史重现在人们眼前。设想一下，作为一个资深玩家，早晨在雪山看着蓝天白云滑雪坐橇，接着下山拜访道教发源地，下午顺道泡个温泉，然后徜徉在丝绸之路或是茶马古道，策马于古三国战场，聆听那悠远的战鼓之声，吃着山林里种植的菌子做的菌汤火锅，唱着歌，晚上睡在山下的别墅，呼吸着每立方厘米三万个负氧离子，想不长寿都难。好不惬意……

房地产项目是一个赚钱的香饽饽，而别墅只是房地产项目一部分，他的想法与别人不一样的是，阳宅他要卖，阴宅他也要卖。他让民政局在依山傍水的山坳里修建了大约两平方公里的陵园，对外公开出售墓地。

绿树成荫、青草连天、繁花似锦中的墓碑全部由白金大理石瓷砖镶嵌而成，由于这是整个蓉都市第一个高档陵园，即使不足一平方米的单人墓也要五千元，双人墓则为八千元，一开盘当日即售罄。

是啊，对面的鹤鸣道观一年香火不断，鸣鼓诵经之声，仿佛是对亡灵的庇佑和超度，魂归自然是世人对逝者的祈愿。他暗自得意的是，自己活生生将清明节演化成了武阳的又一个旅游节。

他的雄心就是用三年的时间，让武阳的经济从三圈层的倒数第一蜕变为正数第一。在他的心里还有五年计划、十年计划……当然，他感觉他自己在这个地方待不到十年，因为他坚持认为，不想当将军的士兵不是好士兵……

时间进入十一月份后，中队将迎接全年的两件大事：年末的业务竞赛和老兵退伍。训练也进入一日三练的高强度状态。

简笔画在罗勇拳的指导下已经全部完成，并且在围墙上加盖了一层小红瓦，营房屋顶安装了两盏直射整个操场的射灯，爱好篮球的战士能玩得很晚，整个中队一下子就亮堂起来了。

蔬菜园内，瓜果满园；老中青十头猪分三个猪圈精心喂养；十只母鸡、十只公鸡、十五只兔子在养生音乐的伴奏下茁壮成长，尤其是每只母鸡日均一蛋，为中队官兵提供着蛋白质来源。中队生活完全实现自给自足。

每周的星期一、三、五，训练完毕后，刘汇海都要带上大家到河滩边去割草。特别能吃苦的桂海云，手上的镰刀玩得出神入化，刀面离地不到两厘米，完全是贴着地面飞行，只要片刻的时间就能割满一大筐。

中队十头猪的食量都很大，中队的潲水是不够用的，大家都有点不好意思外出拉潲水，刘汇海请蔡秘书帮忙，每周到公安局食堂拉一次，时间定在星期六傍晚七点钟左右，太早了，熟人多，太迟了也不行，食堂下班了。

公安局是个大单位，人员多，潲水的干货特别多，有馒头、花卷，各样蔬菜，还有肉，油荤很重。中队的猪特别爱吃，长得也快。只是老兵们都不愿意去，他也不强迫。

这一天，他像往常一样把迷彩服上的军衔悄悄地拔掉，带上三名新同志骑上两辆三轮车到公安局食堂拉潲水。

他们两人一组，把潲水缸里的潲水倒在自己携带的木桶里，桂海云手一滑，潲水溅了刘汇海一身，污秽之物发出了令人作呕的馊臭味，他一怔，感到心里闷得慌。

而桂海云像是被吓着了，带着惊慌失措的哭腔连忙道歉说他不是故意的。很快就恢复理智的刘汇海摆摆手，面带笑容，像是什么也没发生一样，招呼着大家，赶快回营。

老兵退伍前的业务竞赛是检验全支队十五个基层中队全年工作的缩影，也是老兵们彰显个人才能的舞台。竞赛分为三个级别，全支队所有新兵全员考核，取单项前十二名；每个中队一名现役干部参加业务考核，取单项前六名；每个中队抽取八名同志（含一名驾驶员）组成一个竞赛队，取单项（组、操）前八名。

比赛是在十一月下旬开始的，深秋的天空阴沉灰暗，浑浊的空气中弥漫尘土的味道，让呼吸变得艰涩难耐。作为计时员的机关干部宋晓梅、向梅逸早早地就戴上了口罩。在北京上过学的刘汇海一看便知这是雾霾天气。

第一天上午进行的是高空项目——挂钩梯和二级拉梯的比赛。赵纯刚是瘦死的骆驼比马大，靠吃老本儿拼了个挂钩梯第六名。刘汇海在干部组获得了挂钩梯第五名的成绩，总分排在倒数第二。虽然有思想准备，但还是让六中队所有人抬不起头来。

刘汇海心里七上八下像打鼓似的，不停在自我暗示，下午的比赛千万不要失误。

下午的竞赛项目是一人二带、百米消防障碍、800米跑。首先是桂海云在新兵组比赛中第一个走上赛道，抛带、接带、打带、接枪、撞线。一气呵成7秒02。刘汇海悬着的心总算落地了，开和了！

赵纯刚一人二带第七名、百米消防障碍第四名；邓峰百米消防障碍第八名、800米跑第六名；桂海云一人二带第一名、800米跑第三名，另外新兵陈秋实还获得了800米跑的第七名。截至第一天全部比赛完，六中队的总分已经排在了全支队第二名的位置了，为历年来最好的一次。

第二天的竞赛项目只有两项——水罐车一操法和3000米跑。真是怕什么来什么，六中队在水罐车一操法中一分未得，名次掉了第五名，刘汇海肺都气炸了，好在还有最后一项3000米跑。

3000米长跑不是新兵必考项目，也不是干部竞赛项目，而是中队竞赛项目，每个中队选派两名同志参加。六中队参加比赛的是桂海云和邓峰，地点是电子科技大学田径场。

刘汇海根据桂海云平时训练后程冲刺好于前半程耐力的特点，量身制定了跟跑战术。

在他看来领跑者产生的热量容易被风吹走，故而对领跑者的体能要求较高。并且一再告诫桂海云要减小摆臂幅度，调整好呼吸，每一圈（400米）控制在220步左右，时间在1分15秒30以内。

"砰！"一声枪响，三十名运动员同时冲出了起跑线。为了抢占较好地跑步位置，选手们挤在了一起。胳膊搅在了一起、手碰着了手、脚蹬着了脚，邓峰在跟跑中，险些跌倒，不过还好勉强守住了第三的位置。

桂海云就没那么幸运了，被挤到了最后。刘汇海眉头紧皱，暗暗叫苦。不得已的情况下，桂海云在第一个弯道处外道发力，以绝对实力强行超越，一个、两个……二十七个，来到了邓峰右侧。最前面两个人是李霆雷和邹峰，一个中队的，鄢晓华和齐春森带的兵，实力很强，拼得很凶，衔接得很紧。这也是一种战术，桂海云不容易插进去。

只见邓峰有意向后压了压后面的选手，并守住外道，防止被超越，桂海云心领神会瞬间就并入内道。前面十名选手紧紧地黏在了一起，甩开后面二十名选手，一致向前。（春节团年，桂海云笑嘻嘻地拿着雪碧就此事对邓峰表示感谢时，邓峰不屑地说道，我们是一个队、一个班的战友，每次交接哨，你都有意帮我多站十五分钟，这些我都记在心里面的，再说了，你的实力比我强，我只做了个顺水人情罢了。听到这里，桂海云赶紧仰头一口把杯中的雪碧喝完，他是怕别人看见他那发红的眼圈。）

两圈，三圈，四圈。前十名选手的位置没有发生任何变化，都咬得很紧。"呼哧呼哧"的呼吸声越来越重。

看台上所有人都屏住了呼吸。在第五圈时，领头的李霆雷暗暗发力，想借此甩掉跟跑的人。而处在第二位的邹峰也想超过他，也在外道发力提速，他往外道靠了靠，别了一下他，他的步频节奏出现了紊乱，失速了一点点。桂海云抓住稍纵即逝的机会，从内道超越了邹峰，他尝试继续超越李霆雷时，没有成功。

此后，邹峰再也没能追赶上他们俩。第一集团只剩下李霆雷和桂海云绝尘而去。

第七圈，最后200米，桂海云依旧紧紧地咬住了李霆雷，但是奇怪的是，他并没有想超越他的意图。

气喘吁吁的李霆雷使出最后的洪荒之力，保住了第一冲过了终点。让他心有余悸也感到身后的呼吸声曾经离他是如此之近。

刘汇海扼腕叹息，有点失望。好在邓峰也获得了第五名，团体总分上升到了第二名。他也感到很欣慰、很满足。

"哎，那个人怎么还在跑呀。比赛都结束了，瓜兮兮的。"看台上的人群也是议论声一片。

抬头望去，桂海云还在跑道上独自奔跑，好在参谋长高文勇（竞赛委员会总裁判长）及时地制止住了。

原因却让人有些啼笑皆非。原来在训练时，每到最后一圈，刘汇海都要提醒他，该加速了，该冲刺了。而此次比赛，所有的无关人员都被撵上了看台，没有人给桂海云提个醒。他还傻乎乎地认为还有最后一圈。

当刘汇海赶到他身旁时，他还蹲在地上呜呜地哭。

"我可以超过他的，我能拿第一的，我真笨！"桂海云十分地不心甘。

"下次吧，还有机会。每年有两次业务竞赛。争取明年再拿第一。"他安慰道。

"我真笨……"他越安慰，桂海云呜呜地哭得越凶。刘汇海看着他，猛然觉得他很像当年的自己，不对！更像萧和，做任何事情都有一股拼命的劲，把自己的命、信仰乃至一切都交给了消防。

老兵退伍前一天的晚上，刘汇海和罗勇拳把全部战士召集到会议室开会。

"战友们，我们中队的王昆，明天将退出现役了，让我们用热烈的掌声感谢他对部队的付出，同时给予他最良好的祝愿。"刘汇海真诚地说道。

"啪啪——啪啪！"掌声过后，他继续说道："这大半年以来，在大家的共同努力下，中队取得了一些令人称道的成绩。我们的副业也获得了大丰收，友邻单位也给予了一些工作经费，我和罗指导商量了一下，并请示大队同意，给予农村籍战士王昆补助三千元。不过要说明的是，这个钱只能用于你回到地方上学习驾驶技术的学费。第二，留队的人员每人购买一套李宁牌篮球服（鞋）。第三，凡是中队人员参加地方函授学习的，凭毕业证书报销学费，吴心智在今年获得了法律专业的函授大专文凭，今天奖励学费两千八百元。第四，前期在支队组织的业务竞赛取得名次的战士，我们再次给予奖励：桂海云一千元；赵纯刚八百元；邓峰六百元；陈秋实两百元……"

会议室内掌声一片，王昆泪如泉涌，哭得稀里哗啦，其他人大部分脸上洋溢笑容的同时，也有一些惋惜、愧疚、后悔、嫉妒包含在里面。

元旦前后的隆冬日子里，天空经常起雾。

早操队列后面的同志往往看不见排头兵，西北某地的武警内卫部队在街面出早操时，被暴徒驾驶大货车蓄意撞击，死伤数人。

蓉都消防支队马上命令所有单位均不得在营区外出早操。

刘汇海和战士们在篮球场边又安装了两副单双杠，买来杠铃和哑铃等简易的健身器材，成立了一个健身俱乐部，时常在车库里比画着。

日子就像沙漏一样无声地溜走了，蔬菜换了一季又一季。大寒小寒杀猪过年，大队长李大君确定了春节会餐的日子后，刘汇海又找来兽医罗勇拳来帮忙杀年猪。

自从上次给罗兽医的猪配了种后，双方就熟稔起来。一来二往，刘汇海才摸清了他的小九九，居然想把闺女往消防队嫁。看上的是赵纯刚，说他为人很实诚。

说到杀年猪，大伙儿都很兴奋，但是不愿意杀那两头最老的猪，也不愿意杀四头小猪仔，最后从买来的猪中挑选了一头最大的。

当罗勇拳嘴里念念有词："猪娃娃你莫怪，你本是人们的一碗菜，今年去了明年来，畜生快快去投胎。"他的徒弟已牵出了猪，悠悠地往前走，当他和徒弟们将猪按在板凳上一刀刺进猪的颈部，随着"哗"的一声，猪血流了一盆。四蹄还在胡乱地蹬，嘴巴还在嗷嗷地叫。

战士们脸上的喜悦和兴奋早已不见了，都变成了茫然，默默地走开了。狼狗黑子眼里噙满了泪水，恐惧地跑开了，一整天不见踪影。这天饭桌上的肉剩了很多很多。

后来赵纯刚在隔壁树林里找到了黑子，半蹲着抚摸着它的脑袋，打趣道："兄弟，我不会那样对你的，放心吧！我一定会给你养老送终的。"

刘汇海开始有点懊恼和后悔了，平时厨师在房屋后面杀个鸡或兔，大家都不觉得什么，可今天看到与自己朝夕相处，并为之付出很多的猪被杀，心里面还是很难受，他暗暗给自己提了个醒，以后再也不在营区杀猪了。

当赵纯刚无意间得知，罗勇拳想招他为上门女婿时，咆哮道："他就是个凶神恶煞的屠夫，鬼才愿意当他女婿。"

中队春节团年会餐定在腊月二十六，李大君让刘汇海准备四桌饭菜时，他想不通中队才十二号人，怎么准备这么多？

随着鞭炮声的响起，人们感觉到春节的氛围越来越浓，包饺子、贴春联，食堂内灯火通明，齐了，齐了，菜上齐了；酒开了，满上，倒满；人来了，来了。

李大君陪同着董理、林建、刘杨，林业局、地震局、国土局、民政局的领导一大堆人，喜气洋洋地来了。

刘汇海习惯性地手足无措、语无伦次了。

"刘队长、罗指导，苏支队长到了大门口了。"哨兵陈秋实跑着来报告。

大门口的苏国利在高文勇和科长浦茂明的陪同下，正看着大门口墙上挂着的铭牌。

一般中队只有两块铭牌，而六中队却挂了六块，多出四块是："武阳县林业局灭火分队""武阳县地震局抢险救援分队""武阳县国土局地质灾害救援分队""武阳县消防宣传科普基地"。

"六中队的工作搞到支队前面去了。"高文勇的话里隐约有些担忧。

"是啊，我们作为政府的一个职能部门，公安机关的一个警种，当险情来临时，不分职责内外，急百姓所急，忧政府所忧，排险化危，是公安现役军人职责所在。我们消防员注定了就是要向死而生、逆向而行。吃苦受累都不怕，只是伤亡的可能性从概率上讲，就会增加。正是青春年华，一定要强调安全规程。"苏国利百感交集地说道。由于工作太忙的缘故，这个最远的中队，已经许久没来过了，听说这个曾经最差中队，变化有点大，她始终坚信人比环境重要。

她并没有一步就到食堂，她知道那里将会有一场战役，她需要在清醒时刻先找到答案。

她在车库围墙处驻足凝眸，望着墙上的简笔画中战士那天真无邪的笑容，她也笑了。

李大君、罗勇拳、刘汇海一路小跑过来了。刘汇海想起了大半年来，自己被责罚处理，发配到这里来，眼圈一下就红了，倔强地把头转向侧面。

浦茂明怒眼盯着他，长叹一口气，重重地跺了一下脚。

"我不请自来，欢迎吗？"苏国利笑眯眯望着刘汇海。

"请都请不来。"李大君连忙把大家迎往食堂。中队的书记是刘汇海,但是真正的主人却是李大君。

全支队十五个中队,二十二个大队,团年会餐能把支队领导请来的,也是少数,何况今天还来了两位党委成员。

食堂内,董理一行人已是起立迎接,李大君为宾客双方逐一介绍后,分两桌坐下。

李大君开场白一过,反客为主的是董理,只见他端起酒杯指着六中队官兵,就敬上了右首的苏国利:"苏支队长,我第一杯酒敬您,您带了一支好队伍,武阳县的消防官兵,和平时期最可爱的人,每次急、难、险、重的任务都没有拉稀摆带,给政府是扎起了,真不容易啊!干了!"他把酒杯低低地碰了一下她的酒杯。

这话很受听,娃儿就是要别人表扬,自己批评,很长脸。虽然不胜酒力,她还是一口就干了。

"这第二杯酒,就是给您汇报一下,记得去年我上任后第一次回市里开市长办公会,就被您批评,又羞又臊、恼火得很。到现在我都是如履薄冰、战战兢兢,真怕哪里出了纰漏。"董理继续说道。

"县长说严重了,我天大的胆也不敢批评您呀。"她在努力地回忆,还是没有印象,不过想到今天此行的目的,欲言又止。她要找个机会。

"当时的场面我还记忆犹新,作为市消安委副主任的您,首先通报了半年火灾情况,凡是有亡人火灾的区、市、县一把手都被您点了名,我知道凡是被点名的,年终先进就没有了。我们县没有亡人火灾,但是在落后营房建设上被您点了名。你不知道啊,我们县是真穷呀,财政收入首先保工资,保全县四十五万人的吃饭问题。当然今年我保证无论如何也要把官兵们的营房重新迁建。

"还有就是你们这个李大君天天把我扭到,说是房子又漏水了,不通电了,地震要垮了,再不修就不能住人了。我决定了,八百万,十五亩地,修新营房,按照一流方案设计,保证三十年不过时,满足未来城市三十年发展的消防需求,过完年就动工。干了!"

两个小酒杯又碰了一下。虽然酒精很刺喉咙,但这一杯酒对她来说还是很爽口的,今天此行的目的已经达到了。

"苏支队长,请你别见怪,营房算是新修了,但是也抽了我的老底,车辆器材装备您让我缓一缓,我们还要多渠道争取经费。"董理也算是交心窝子了。

她马上就明白了话里的意思,指着浦茂明说道:"你过来一下。"

浦茂明马上端起酒杯就过来，恭敬地站在她后面。

"每年部局、总队给我们这种欠发达地区的车辆器材装备有多少？"她问道。

"我们是省会城市，总队没有给，部局三年才两百多万的车辆器材装备，有点少。"他丈二和尚摸不着头脑。

"下一批到了，不要再撒胡椒面，全部给六中队。"她义正词严地说道。

两人愉快地喝下第三杯酒。

董理又想起了什么，四下张望寻找着。

机灵的梁学林拽来了民政局局长。

"我让你给官兵准备的东西带来了吗？"董理问道。

"带来了。"局长从兜里摸出一个信封，里面是一沓钱。

董理说道："这是政府给消防官兵的春节慰问金，交给李大君，你还有什么民政上的好事给苏大姐汇报汇报。"

"我们准备给六中队和中队长刘汇海申报蓉都市委、市政府、市军分区'拥军优属、拥政爱民'先进单位和个人。"

"好啊！"她一脸红晕。当然所有人都认为这是酒精的作用。

李大君接过钱，反手递给了刘汇海，又过来把局长拽走了，他生怕他再给她敬酒。

中队人员由于执勤备战的需要只能喝饮料，所以气势如虹的高文勇、浦茂明、李大君在酒桌上大战四方，一来不能在地方客人面前丢了威，二来让大家都高兴高兴，偷得片刻的放松，准备随时转入紧张的执勤备战，因为武阳县并没有禁放烟花爆竹。

让刘杨奇怪的是林建居然主动和当地政府官员碰杯致意，很少与公安、消防的同志喝酒。

只有林建本人知道，春节过后，他将再次回到公安战线工作，只是这一次将回到市局担任要职。这新修消防营地一事，他暗地里使了不少劲。

苏国利执意要先送走董理一行。虽然有些眩晕，但还是返回食堂向每名士兵敬了酒。

桂海云生平第一次喝冒汽的雪碧，高兴地向每一位战友祝贺新年。酸酸甜甜的饱嗝让他回味无穷，他不经意间喝了整整一瓶两升装的雪碧，对另一瓶没有开启的雪碧爱不释手，拿起来又放下。赵纯刚则说，喜欢喝，就拿一瓶回寝室去，隔天有空想起来又可以喝。

"这样不好吧。"桂海云挠着头，红着脸不好意思地说道。

"有什么不好意思的，不就一瓶雪碧吗？要不，你就帮大家打扫操场一周，大家绝对没意见。"赵纯刚纯粹就是在开玩笑。

哪知，春节的一周里，桂海云每天都比大家先起床一个小时，独自一人把操场打扫得干干净净。他已打定主意，回乡探亲时，带上那瓶雪碧，让半瘫的妈妈和没有出过大山的弟弟妹妹们尝一尝。

大中队干部一行人将支队领导送到门口。苏国利意犹未尽回过身来对指导员罗勇拳说道："你半年时间写的稿件，部局刊发八篇，总队二十八篇，支队一百一十八篇，我们为你骄傲。难道消防部队就没有值得你留恋的地方吗？"

"我是一个犯过错误的人。"罗勇拳不自信地低下了头。

"哈——哈！我的档案袋里还装着两个处分呢。古人有云'不拘一格降人才'，支队用人在其长，这样吧你再考虑考虑，春节过后决定吧，执意要走，还是到我那儿拿回你的转业申请报告。支队将在春节后改组宣传科，不走就来主持工作吧。"她依旧笑眯眯地看着他，心里面没有说的话是，总队乃至部局都在电话询问罗勇拳的情况，都想把他调往更高的层面搞宣传。而他眼圈红红的，不住地点头。

谁也不知道她的脑袋里装了多少事，因为她还在说："刘汇海，今天会餐的跑山鸡很好吃。春节过后，罗勇拳走后，支队会分配一个地方大学生干部来，担子依然很重。"

"又是大学生干部？"刘汇海一想到地方大学生干部，头就大了。

"怎么，有成见？"她依旧笑眯眯地看着他。

"别说他们基层干部有意见，就连我们很多机关干部都有这样的认识。尤其是司令部的同志。"

"看来这就是个系统性问题了，需要我们系统性地把它解决好。"苏国利话锋一转，继续对刘汇海说道，"考虑到你家庭在市区，困难还是很具体，听说这半年你很少回家，如果干部的家庭因为工作原因出现大的问题，我这个党委书记也不称职。这样吧，在这个中队提一个代理排长，缓减一下值班执勤的压力，我们支队尊重你们支部的意见，有合适的人选吗？"

"有，赵纯刚，党员，不过军龄只满四年，不满五年。"

"又是赵纯刚，看来是个好兵，历练了两年，应该更成熟了，来时参谋长给我说，想把他调回特勤队。"她转过头对着高文勇说道，"参谋长，怎么办？别人不放啊。"

"如果回特勤队当代理排长，我们敲锣打鼓送他走，如果是班长，就算了。"刘汇海抢先说。

"留在六中队吧，这架子刚搭建好，不能让它再倒下了，等他们再过渡一下，不能换得太快了。"高文勇说道。

握手作别，一行人终于踏上回城的路，都很满意六中队的工作，尤其是浦茂明。

孙胜利向刘汇海嗷了嗷嘴，悄悄地在他耳边说道："你应该给支队领导准备两只跑山鸡。"

"鸡的味道确实不错，我们走了。"李大君也很满意，跳上了孙胜利开的车。

"刘队长，你应该给严大队长准备两只跑山鸡。"吴心智有口无心地说道。

是啊，我怎么又忘了，他开始自责起来。

这时，在中队食堂里，赵纯刚正和罗兽医打起了酒仗。

今天这顿晚餐主要是罗兽医的杰作，嗜酒如命的他拽住赵纯刚陪他喝酒，一杯、两杯、三四杯，两代人变成了兄弟好。

门口闪进一位穿红色羽绒服的妙龄女子，蓬松的刘海下是一双水汪汪的大眼睛，赵纯刚盯着她居然怔住了，半天合不拢嘴。

然而，当她看见他酒杯还冒着一丝丝白色烟雾时，温和的脸上瞬间晴转阴。

"来，斟满，我来和你喝。"当她斟满酒杯时，他才知道她是罗兽医的宝贝闺女刘静文。

"要喝就喝交杯酒。"她不等他给出任何反应，就端起他的酒杯，绕过他的手臂，一下就喝个精光。

他却在心里暗暗叫苦，知道他喝水的小把戏已经被她揭穿，只好硬着头皮喝了她那一杯白酒，吞下肚就发觉全身都在燃烧。

谁知，她一点也没有罢手的意思，又倒了两大杯。

"来一个好事成双，你敬了我爸多少杯酒，我这个侄女同样也要敬你几杯酒。"她又把酒杯端到了他面前了，并狠狠地瞪了他一眼。

他想这下糟了，再这样喝下去，非醉了不可，不情愿地端起酒杯。

"丫头，我和赵兄弟喝一杯酒，你在这里瞎搅和什么？"还好罗兽医帮他挡了一下。

"爸，小心他把你骗去卖了，你还蒙在鼓里帮别人数钱。"她没好气说道，转过头来，紧皱眉头恶狠狠地盯着赵纯刚挤眉弄眼，示意他赶快把酒喝下去。

"罗叔说了，不让我与你喝。"赵纯刚好像找到了一根救命稻草。

"你喝不喝？"她圆瞪的眼里好像要喷火了。

他终于知道了她是惹不起的。

"指导员，罗叔叫你来和老根儿喝一杯。"他对着食堂大门高声喊道。

而罗师傅父女转头一看，大门口空无一人，再转头一看，他已经跑得无踪影了。

"你给我站住，必须喝酒。"她端起酒杯不依不饶地追了出去。

一个在前跑，一个在后面追。她终于把他堵在了厕所里。

"一二三，里面的人出来，老娘要进来了。"

她不服输的精神让赵纯刚彻底蒙了，乖乖地又喝了两大杯。

好在指导员来给他解了围："罗叔，上次的恩，这次的情，都在酒里了。"说完，端起满满一碗酒，咕咚咕咚一口就干了，逐渐变红的脸掩盖了他早已通红的眼。

在战士的印象中，指导员是滴酒不沾的。

很长的时间里，邓峰见到赵纯刚就揶揄道："老赵，罗家的门不好进噢。"

说实话，他对她有点念念不忘了。

春节过后，新兵下队，桂海云被选送去学驾驶，邓峰去了支队学习班准备考军校，罗勇拳调去了宣传科任副科长，刚毕业的地方大学生段棵任中队副连职指导员。

冬去春来，万物复苏，枝绿芽新，满山的野花次第开放，山林里冰雪融化，山涧水流潺潺。

雨后的正午，赵纯刚带进来一人，来人急着要见中队长。

原来这几天的雨水，加之山里雪水使河水暴涨，有一座通往下游安仁县的石拱桥，不知什么原因，三个石拱中的两个石拱排水不畅，上游这边水深、暗礁多、漩涡一个接一个，由于两侧的水位落差较大，下游那边陡降十几米。

地方渔民不敢下水查看，所以水务局局长袁雪松亲自到消防队求援来了。如果上游持续涨水，桥就有被冲毁的危险。

四十多岁的袁雪松一身湿透、满脸焦灼、目光呆滞、嘴唇干裂、呼吸急促、声音谦卑地说道："别人告诉我，消防队员能上天降妖、下海驾龙，所以就来求你们帮帮忙了。"

刘汇海连忙端上一杯热茶，安慰道："不急，先到现场看了再说。"

一听说要出现场，段棵表现出他一贯的兴奋。

对于这个新搭档，刘汇海是满意的，并不是说指导员有多能干，而是有热情，能静下心来，沉下身子，与战士打成一片，什么都愿意学，学业务、钻底盘、爬梯子、甩二带、取蜂窝、打篮球、打双扣样样都来劲。消防队有一句谚语：不怕你不会，就怕不肯学。

只是段棵对喂猪、割草始终有抵触情绪。谁让别人是个富二代呢。报到第一天，就是自己一个人开了一辆奇瑞QQ车来的。六万多元的私家车要相当于刘汇海一年多的工资了。

他还非常耿直，因为没有女朋友，一到周末，就让刘汇海回城里看望嫂子，并且把自己的车加满油让刘汇海随便用。平时到支队出公差，也把自己的车当公车使用。

一到现场，四人就看傻眼了，石拱桥有点像赵州桥，只通行人和小型汽车，连接着对岸四个行政村，是六百多人通行的必经之路。

上游下来的水越来越多，水位不断上涨，湛蓝黝黑的河水像一块幕布整体向前移动，波涛汹涌的河面，暗流紊乱，好像河底有一个面目狰狞、长着獠牙利齿、八脚鳞甲褶皮的食人兽等着大家。

比起左边石拱飞溅的流水，中间和右边石拱流水就小了许多。判断应该是被什么堵塞了，但具体情况必须下水才能搞清楚。

赵纯刚抱起一块大石头扔进水里。"咕咚"一声闷响。

"不浅啊。估计有十多二十米深。"段棵说道。

刘汇海阴沉着脸不开腔。

袁雪松眼泪都快急出来了，看看他，瞅瞅段棵，瞧瞧赵纯刚。

沉默，没有人开口。

段棵完全不知道该怎么办。赵纯刚知道全中队只有他培训过蛙人潜水，不过这水深、水急，他也拿不准，况且支队也明确水下作业必须要两人一组。刘汇海可不想拿战士的生命开玩笑，也不能拿自己的前途当儿戏。

"袁局长，我们现有的装备不能完成水下作业。"刘汇海不敢看他那充满乞求的眼神，扭头就走。

"别走呀，你们能不能再想想其他办法！"埋头蹲下的袁雪松悲怆地说道。

段棵无奈地摇头往回跟，赵纯刚纠结着边走边想，回过头看着河面，心一横，追上刘汇海说道："我想试一试。"

"怎么试？不要命了。"他生怕自己会回心转意。

"首先在安全绳的牵引下，让橡皮艇划到桥墩下，然后从橡皮艇上把我放下去，为了加强安全措施，在我下水的地方，先用一根安全绳绑定一块石头沉到水底，以备我在水下急用，为了防止水下渔网、杂草之类的东西缠绕，我下水时带上一把锋利的军用匕首备用。第一次下水，只负责侦察情况，搞清水下具体状况，第二次我再具体操作。行就行，不行再撤。"赵纯刚考虑得非常仔细，让人无懈可击。

刘汇海停下了脚步，认真地看着河面思索起来。

"别逞能！"他指着赵纯刚大声地吼道。

他一开始就觉得这事没有绝对的把握，拒绝是于情于理的，但看到袁雪松满脸的乞求，又很想帮忙。他显得很为难。

他犹豫中回到袁雪松跟前，说道："我们可以试试，不过不敢保证就一定能行，我们先回去带装备，准备器材，你去找两样东西来：第一，长度不小于二十米的钢筋，越长越好，工地上有；第二，水下用的照明工具，这公安局有。一个小时后还在这儿见。"

袁雪松脑袋像鸡啄米一样不停地点着头，由悲转喜说道："谢谢。"

一个小时后，两根长绳成一百二十度夹角一头拴好橡皮艇，将其放到河面顺水缓慢地漂移到桥墩下，另一头固定在河两岸；一根长度超过三十米的钢筋从桥面直插桥墩外侧的河底。

坐在橡皮艇上的赵纯刚穿戴好二十斤重的高压气瓶，加重二十斤的铅块（比平时重了约五斤），穿上干式潜水服、佩戴好面罩和脚蹼，右手打开肩上的照明灯，然后扶住面罩，左手扶住软管，深深地吸了一口气，想起启蒙教练柳亚光叮嘱过的动作要领，望了一眼桥上向他竖起大拇指的刘汇海，一个后滚翻从橡皮艇下水了。

艇上是穿戴好救生衣的段棵和陈秋实，紧紧拽住赵纯刚腰间的安全绳，给他一个往回的拉力，防止被河水往下冲，眼睛紧紧盯着河面。

"咕嘟——咕嘟"，河面冒出急促的气泡，是赵纯刚在呼吸，逐渐变得有序而又有规律了一些。段棵心里稍微宽慰了一些，猛然间手中的绳子变得松弛起来。他的心里又一紧，马上往回收，还在！

"咕嘟——咕嘟"。赵纯刚很快就浮出水面。

"下快了一点，到底了，把泥沙和尘土扬起来了，完全看不见。"摘下面罩的赵纯刚喘着气说道。

"河底水流往下拽的吸力大吗？"刘汇海问道。

"有点大，我今天背的铅块比平时重，加之是顺着钢筋往下沉的，还能把控。"赵纯刚回答道。

"那就休息十分钟再下吧。"刘汇海依旧竖起大拇指，心里平和了许多，他的经验告诉他，赵纯刚已经到过一次底了，就说明问题不是太大。

旁边的吴心智内穿了一个短裤，外披一件大衣，用手哈着气暖着身体，准备随时下水打增援。

袁雪松在安全绳末端打了一个死结，捆绑在自己的身体上。

周围的老百姓越集越多，一个老奶奶抹着眼泪说道："造孽啊，这些青沟子娃娃……"

"妈，别瞎说。他们有神龙附体，绝对没得事。"说这话的是兽医罗勇拳，他正暗自庆幸，为消防队做了几件小事，幸好没有收钱，要不然非遭天打雷劈。他又指着橡皮艇上赵纯刚惊奇地说道："妈，快看，那个就是我给你说过的赵纯刚，招赘来给咱家当上门女婿。"

"算了喂，这个要命的工作，有一茬无一茬的。好揪心噢。"老奶奶继续说道，"静文就是命苦，也不找消防兵。"

"命苦？我不就是你们刘家的上门女婿吗？现在不也是这一片响当当的人物？罗一刀，这才是英雄！盖世英雄！"罗勇拳指着赵纯刚由衷地赞叹道。

"小伙子长得还是很俊的，他愿意吗？"老奶奶的态度明显有了转变。

"我都打听清楚了，他是个孤儿，吃百家饭长大的，招赘到我们罗家是很有可能的。再说了，我们家静文也不差的。"罗勇拳自信满满地说道。

"什么我们罗家，我们是刘家，以后小孩儿还是姓刘。"老奶奶一下子就严肃起来了。

"妈，静文就姓刘了，下一代应该把姓还给我们罗家了。"罗勇拳将八字都没有一撇的事，说得有板有眼的，也完全没有顾忌人家赵纯刚的感受。

"快看，快看，又要下水了。"人群中又有一阵骚动。

"赵排长，你是喝点姜汤还是白酒？这儿还有巧克力。"陈秋实问道。

"喝口姜汤吧，巧克力给我留着，不准偷吃，我要下水了。"

"咕咚"一声，赵纯刚一个后滚翻又下水了。这一次，他信心提起来了，有经验地用脚蹼踩踏着水，身体直立着往下潜。他还是明显感觉到水流把他的身体往桥墩两侧快速地拉，依靠后背保险绳的后拽力和钢筋支撑力，他缓慢地下潜到了理想位置，离河底还有约五十厘米的地方，看清了，是几个铁架子和附着在上的铁丝网、渔网，裹挟着一大堆烂衣服、塑料制品、杂草、窗帘布，还有一只死猪儿，好恶心。他也感觉到越往上靠，水流的拉拽力就越大，身体就越发不受控制。

不小心间，右脚蹼挂在了渔网上，脚一蹬，没有蹬掉，身体极速往下往外坠。他的心一紧，同时也明显感到后背一拉，这应该是段棵在用力往回收绳。赵纯刚左手死死握紧钢筋，屈身向下，快速抽出匕首把渔网划破，打开浮力控制器阀门，同时脚蹼划水上浮。

"是铁架、铁丝网和渔网阻塞了河道。"赵纯刚上气不接下气地说道。

"气压还剩多少？"刘汇海担心的是这个。

"还有十五兆帕，马上就要报警了。"

"这一次你只有十五分钟，把绳钩想办法勾住铁架、渔网。"刘汇海把手拽得紧紧的，暗暗祈祷着：千万不要功亏一篑。

两根连着挂钩的长绳从桥上放了下来，赵纯刚别在腰间，快速下水了。老百姓都退回了两岸，河水已经上涨至桥沿了。

他下水的地方正对两个石拱之间的桥墩，水流在这儿分流了，两个挂钩要分别往左和往右的铁架上挂，每往外挪一点点，身体都将遭受巨大的冲击力量。

他单手依附在钢筋上，使劲伸出另外一只手，抵抗着水流的冲击力量，先用挂钩在铁丝网和渔网上缠绕了两圈，打成死结，最后艰难地挂在了铁架上。

当他挂第二个点位时，明显感觉到，即使自己使劲地吸气，好像也吸不到任何气体一样，汗水已经开始渗出，眼睛有些模糊，大脑一片空白。在这关键时刻，后背的安全绳一紧，他打了一个寒战，深吸一口气，憋着，使出千钧之力把挂钩往最远处挂去……

他迷迷糊糊地感觉到，匕首已经飞了出去；强光灯已经脱落；干式潜水服已经进水，一束光照了过来，身体软绵绵的，好像躺在七彩祥云之上……

突然一个黑影"嗖"的一下窜进了河里，快速地向赵纯刚游过去。

"是黑子。"大家都认出它来了。

黑子仰起头，使其头露出水面，前足不停地刨水，后足使劲蹬腿，然后一个猛子就扎进水中，来到已失去知觉的赵纯刚身旁。

由于赵纯刚身穿沉重的高压气瓶和铅块，黑子使出浑身的力气还是无法把他拽出水。

黑子浮出水面，向橡皮艇狂吠两声，又潜入水中。

橡皮艇上的段棵使劲地往回收拉着安全绳，黑子也用头把赵纯刚使劲往上顶。强大的水流将黑子往下游拉拽，它的后足不觉间被水下的渔网给网住了，黑子依然憋气使出最后的力气把赵纯刚往上顶。

"露出水面了，那个潜水员浮上来了，怎么一动不动了？"

早已穿好救生衣的陈秋实和光胴胴的吴心智"扑通"一声就跳进河里面去了，当然还有罗兽医，他从对岸下的水。

此刻的赵纯刚潜意识里还迷迷糊糊地感觉到有个软绵绵的东西在使劲把他往上顶。

他们快速游到赵纯刚身边，使劲地把他的头抬出水面，拔掉面罩。

桥上的刘汇海一脸铁青，一动不动，裤兜里的双手却早已抖个不停，心都快跳出心窝了。如果……他不敢往下想。

而拴在橡皮艇上的两个安全绳被岸上的老百姓死死地拽住，在波涛汹涌的河面平稳地驶向岸边。

"黑子——黑子！"

水务局的职工在袁雪松的带领下，把堵塞河道的铁架、铁丝网、渔网全部拉开了，河水飞流而下，水位逐渐下降，一切恢复如常。

"哇——"躺在段棵怀里的赵纯刚总算吐了一大摊水。

"黑子呢？"赵纯刚急切地问道。

"刘队长已安排人员顺着河道搜寻去了。"

身子还很虚弱的赵纯刚被带回中队，中队勒令他卧床休息。

四个小时后，浑身伤痕、奄奄一息的黑子被官兵在河道边找到了。

赵纯刚醒来时，床头的桌子上已摆好了营养餐，床下躺着的是刚刚越过生死线、终生残疾的黑子。

他起身一把把黑子抱在怀里，看着它全身的伤痕，百感交集。他那想哭又想笑的表情，令刘汇海终生难忘。

赵纯刚右手轻轻抚摸着黑子的脊背，联想起自己的身世，不禁悲从中来，说了一句让在场所有人员泪奔的话："兄弟，你傻呀！我的命不值得，下辈子你做人我当狗。"

三天后，不食言的袁雪松买来了两套最好的潜水服，走时留下一句话，兄弟退伍后，如果愿意就到他那里去上班。

五月的一天，赵纯刚在取马蜂窝时手臂被马蜂蜇了一下，立刻就胀痛起来，皮肤也大面积起了红斑。

中队不敢大意，紧急将其送往就近的卫生院。

医生诊断后的处理意见为外敷伤口同时还要进行针药注射。

当赵纯刚拿着处方笺和药水来到护士站，一个戴着大白口罩，只露出一对细长柳叶眉硕大桃花眼的年轻女护士接待了他。

有点眼熟，却想不起哪里见过。

"赵纯刚？！手臂消毒、敷药，然后再打针。"

"呀——呀。"他的手不停地在抖，眯起眼睛，上牙齿死死咬紧下嘴唇，把头转向了一侧。

"我还没有碰着你，你干吗那么紧张。现在用的是碘伏，不是以前的碘酒，一点都不痛。"她觉得有点不可思议。

"完了吗？快点。"他开始央求道。

"好了，你还是英雄哇！敷个药恼火得很。脱裤子，打针。"

"那不是吹牛，上天下河任我狂。"他又得意起来了。

"啪"的一声，她一巴掌打在他的屁股上，冒火地说道，"放松，屁股绷得那么紧，肌肉硬得像一块钢板一样，这针怎么打得进去？再说一遍，放松。你是大英雄吗？打个针就像要你的命一样。我还从来没见过。"

他被她呛得开不了腔，原来他从小就晕血、怕痒。

"你是英雄，我们也不是尿包，这个科室六个人都参加过二〇〇三年的抗击'非典'，有着'不计报酬，无论生死'逆向而行的四个月。当然，英雄是不会拿着水冒充酒去忽悠一个老人的。"

"你是谁？"羞红了脸的他已经大概猜到她是谁了。

"哈哈——哈哈。"摘下口罩的刘静文，望着落荒而逃的他，哈哈大笑起来。

第三天，换药的时间到了，可他打死也不去了。出人意料的是，她在下班后来到中队给他换药了。

"赵纯刚，你给我出来，羞羞答答像个娘们儿。感染了，后果相当严重，有可能会截肢的。"

他显得有些拘谨，她倒是落落大方。

思维敏锐的刘汇海希望她能利用休息时间，教授消防官兵心肺复苏、急救包扎等应急医疗救助技能。

当其他战士都不愿意去接送她时，这个光荣而艰巨的任务又落在了赵纯刚的头上。

这一天是刘静文约定最后一次到消防队讲解包扎与固定的医学常识，赵纯刚和驾驶员狄旺早早地就在医院门口等她下班。

"赵纯刚！快，一孕妇大出血，需要输血，快来帮忙。"刘静文满手沾血地跑出来，焦急地嚷嚷着。

"我——我晕血，让狄旺去吧。"他双手已经开始发抖了。

"少婆婆妈妈的，都去，先验血，还不一定用得上。"

他只得硬着头皮和狄旺前往手术室。

"至少需要一千毫升，他们俩最多每人四百毫升，怎么办呀，静文姐？"护士小张急得眉毛与眼睛快要黏连在一起了。

"抽我的吧。"刘静文挽起了右袖。

"别、别，都抽我的吧，我们身体好，你们是白衣天使，留着力气救别人吧。"赵纯刚连忙把她挡在身后，全然忘了自己晕血这回事了。

消毒、扎针、抽血。

当第一滴血液缓缓流进软管，赵纯刚一下就晕过去了。旁边床上的刘静文的眼睛一下就红了，无意间挥动的左手碰着他耷拉在床沿的右手时，只有冰凉凉的感觉，随即她的左手紧紧地握住了他的右手。

五年后的国庆节，三期士官赵纯刚迎娶了刘静文。

"小孩姓罗！必需的。"罗勇拳不容置疑地说道。

"姓刘。"老太太完全是巾帼不让须眉的架势。

"姓什么，酒上过。"赵纯刚提来了两瓶"天号陈"白酒。

这一台酒喝得天旋地转，喝得称兄道弟，喝得剑拔弩张，喝得你死我活。

又一年后，刘静文顺利地产下一女婴，取名赵椤柳。

第二十二章

橙黄色的金盏菊在深秋的午后开得异常鲜艳、明亮、欢快。离开三中队一年零三个月，刘汇海又回来了，肩上又多了一颗星，副营职中队长。更让他高兴的是爱人辜红英和儿子果果可以随军，入蓉都市户口。

然而才过了两天他就显得特别烦躁，在办公室给十一中队的指导员许松打了个电话："阿松，我们中队出了一个怪事。"

"怎么了？打麻将赢钱了？彩票中奖了，还是股票赚钱了？"许松有点心不在焉。

"说正经事，前天指导员龚小敏的派克钢笔不见了，今天驾驶员李欢又丢了五十元钱，这是以前从来没有发生过的事。阿松你帮我分析分析，哪里出了问题？"

"一定是内贼，外人是不敢在营区胡作非为的。你说说你们中队人员流动情况。"

"新兵下队半年多了，从特勤二中队调来三个人，调走的不用说了吗？"

"新兵不可能，汇海啊，麻烦了，肯定是特勤二中队调过来的人，这一点我最烦支队了，其他中队干部也怨声载道，三个特勤队每年新兵先选，普通中队培养的业务尖子，他们变着法给你调走，每年年底又把那些调皮捣蛋的调给普通中队。你们中队的兵王王健不是调到特勤二中队了吗？"许松说着说着就激动起来。

"阿松，我想搞一次点验。"

"必须的。我给你讲，点验是抓不到人的，但等于是告知他，我们重视这件事了，别让我们抓住你，否则有你好看的。当年二中队有个兵时不时偷大伙的东西，被发现后，每人打他一拳，要不是指导员及时制止，最后很有可能要被打休克。中队有了这种人，最烦了，钱又不多，会搞得中队鸡犬不宁的。"许松在电话里开始咆哮起来。

"其实，我已经猜到是谁了，特勤二中队调过来的三人中，其中一个看起来贼眉鼠眼的，说话时眼睛老转个不停，面相看着就叫人不舒服。"

"汇海，那你就做好针对性的管理工作吧，不跟你说了，我要去写检查了，那两个该死的死娃子。"许松又要骂人了。

原来当天上午十一中队接到报警，东川大学电教室发生火灾，指导员许松到锦江消防大队开会了，火灾现场是副中队长孙健和排长仁西泽带队前往处置的。

恰恰就是这两个履职不到两年的新生干部捅了个大娄子。孙健，男，二十四岁，蓉都金堂县土桥镇人氏。二〇〇五年七月大学本科毕业，参加东川消防部队招收地方大学生考试入伍，二〇〇六年一月经半年培训后分入蓉都支队十一中队任副中队长。身高大约是根号二点七五，脸圆肉多，随时随地都有阳光灿烂般的笑容，眯成一条线的小眼睛，远看近看都好似一尊弥勒佛，地中海式（倒U型脱发）头发，先中间后两边。小区干部到中队来慰问，笑称顶多三十岁，孙健只能报以尴尬的微笑。

仁西泽，男，二十四岁，巴中市通江县人氏，一九九七年十二月入伍，二〇〇一年考入昆明消防指挥学校，二〇〇四年分到蓉都支队十一中队任排长，表情木讷寡言，严肃有余，动感不足，秃头也属于农村包围城市的那种（O型脱发），头顶只剩下一圈茶壶盖了。

记得当年穿上新军装的仁西泽到武装部报到时，被武装部长吼"谁叫你穿军装的，回家叫你娃娃来"。

在二〇〇六年第一季度体能考核三千米时，跑道外的群众惊呼："这两老头儿，跑得真快！"

本来东川大学电教室的火灾面积不足五平方米，在密闭的空间以阴燃为主，烟雾比较大，蔓延并不快，两具干粉灭火器就解决问题。孙健到场后，在没有搞好火情侦察的情况下，高举高打一水枪扫过去，打翻八台计算机，损失严重。

支队则让参谋长高文勇彻查此事，当查明许松并没有到现场时，高文勇明白这是新生干部成长付出的代价。

不过电话很快打到了许松的手机上："你作为灭火英雄、二等功获得者、老同志、中队支部书记，传、帮、带工作怎么做的？今天还好只损失了八台计算机，明天就有可能人员伤亡。今天的灭火失败，明面上是孙健和仁西泽战术措施失误所致，实质上是你自私、冷漠、工作懈怠所致。"

受到诘问的许松很是不爽，独自一人在办公室隔空破口大骂。但当孙健和仁西泽提着老妈兔头、油炸串串香、半瓶全兴大曲回来时，三人又是你好、我好、大家好，兄弟好一口干。

孙健也纳闷：这个许松是心地善良、软弱？还是爱贪占小便宜呢？反正孙健从心底有点看不起他这个支部老大。

二〇〇七年上班的第三天就晴天一霹雳：嘉州消防支队一新兵在中队组织的体能训练——三千米长跑过程中突发猝死。消息传来，全省消防部队都很震惊。

刘汇海所在的三中队连续三天都没有开展体能训练。有点矫枉过正了。

支队长苏国利召开办公会议，听取各部门对"新兵猝死"事件的看法。

刚升任司令部分管兵员工作的正营职副参谋长罗进，根据会议安排做主要发言："去年全国新生儿的死亡率大约是百分之一，而在刚解放的一九四九年这个数字是百分之二十，死亡率高有一个情况可能是这样的，体质有先天缺陷的被自然淘汰了，而现在医疗水平提高了，许多人被抢救过来。在接兵时空军、海军、高原兵有非常严格的体检，而我们平原的消防兵体检时，可左可右的边缘问题有可能就被忽略了。早些年彭州、大邑某些专职消防队有一些人员窦性心律不齐，二〇〇三年我支队一中队有一个士兵体能训练后有抽搐的现象，也就是说现在的新兵身高、体重、文化比以前有了长足的进步，但身体素质就不一定比以前好了，尤其是医疗仪器检测不到的内体先天体质。在中国体育专业领域每年都有猝死的现象发生，即使欧洲最顶级的足球联赛也有运动员猝死事件发生。"

"那么说，猝死的现象理论上还有发生的可能？"苏国利忧心忡忡地插话道。

"理论上是这样的。"罗进声色俱厉正告道，"为防止此类事件的发生或者降低概率，我们司令部的建议是：首先，全员做一次家族遗传病调查；第二，做一次全面体检，凡是有边缘问题的，建议调离一线灭火岗位，调入后勤、培训等非战斗岗位；第三，就科学练兵一事，请体育学院的专职教授定期培训、指导；第四，搞好心理疏导。"

而这两天的刘汇海也忙得火急火燎，两岁半的小果果又生病了，华西附二院的号挂不上，其他医院要么较远，要么不放心，而很多时候，辜红英都会选择离家不远的"肖小儿门诊所"。

拿果果外婆的话来说：就服肖医生的药！蓉都市坊间有中医儿科四大权威医

生之说："王小儿""寇小儿""张小儿"和今天的"肖小儿"。

水平高、名气大，人就多，一年三百六十五天，天天门庭若市。今天也不例外，就医者里三层外三层把坐诊外门围个水泄不通。刘汇海抱着儿子站在最后，皱起了眉头。

插队的、问药的、复诊的、推搡的、谩骂的，一片一片。年轻的护士完全没有招架之力。

"解放军同志请到里边来优先就诊。"女护士大声地吼道。

人群顿时安静了下来，纷纷回头望过来，立刻自觉地向两侧挪动着位置，留出一条狭长的甬道。

辜红英用手轻轻推了一下茫然发愣的他。

艺高的人脾气就怪，肖医生对患儿态度和蔼可亲，对家长则是雷霆暴雨，拿他的话来说，就是你们家长粗心大意，小娃娃就遭罪了，不过他今天看见刘汇海着一身戎装，佩戴消防标识，态度好了许多。

"肖医生，我们挂的号是五十六号，今天最少也有七十人吧，忙坏了吧？"在刘汇海的印象中，每月必来一次的"肖小儿诊所"，每次都人满为患。

"是啊，刚刚立春，气候变化较大，家长又不注意，娃娃遭罪啊！"肖医生想了一下，自己退休快五年了，每天的人都差不多，星期六都不能休息。

"为什么每次都有这么多人啊？每个医院的人都很多，现在得癌症等疑难杂症的人也特别多？"刘汇海也百思不解。

"首先是物质条件好了，人们更重视身体健康，一有病就往医院跑，这是好事；其二都市化的进程，特大城市的出现，单位面积上的人口大量增加，生病后的交叉感染或传染，缺乏物理隔离的天然屏障，往往会让疾病爆发性增长，这个也是都市化在疾病防控上的负面效应；其三大部分人都没能活到自然衰老死亡，而在医院去世，都属于病理性死亡，再加之大数据的到来，让生老病死变成冷冰冰的数字直挂在每个人面前，负面效应被叠加放大了；其四，就是人们普遍的认识出现问题，今天生病看医生，明天就应该好转，后天不见好转，就换家医院又看，所以，看病的人就越来越多。"

"那改革开放近三十年，有人说最大的失误是在教育和医疗，人民群众最不满意也在这两方面。"刘汇海想听听名医对自己职业的见解。

"谈不上有多大的失误，不满意肯定是真的，本来就是摸着石头过河，教育和医疗与老百姓息息相关，很重视理所当然。

"就医疗来看，有两项数据很重要，第一个指标，新生儿的死亡率逐年下降，去年不到百分之二；第二个指标，就是人均寿命逐年增加，去年已达七十岁了。这些都是了不起的成就，也有我们医务工作者的功劳。

"人们不满意医疗，最主要是认为时间成本和经济成本太高了，改革开放有一句口号'只争朝夕'，这句话不应该用在医疗上，如果一个人生病了，老天的意愿就是让他休息，而生病的人为了名和利，奉行带病坚持工作，这是违反人性的做法，违反自然法则的做法。人一旦生了病，一定要休息好，三分之一的病不吃药也要好；三分之一的病吃药就能好；最后三分之一的病，吃再多的药也好不了。人们只要认真地善待自己的身体，有病到正规的带有'人民'两个字的医院，而不去私立医院，只要不是疑难杂症，所支出的费用是可控的。来，小乖乖，张嘴，啊！啊——啊。爷爷捉虫虫。捉了虫虫，有糖吃。"

小果果每次来看病都乖得很，不知是不是喜欢吃肖爷爷给的冰糖。

"我搞不懂，为什么每次发烧，都要抽血等一大堆的仪器检查，这是为了创收吗？"

"不全是的，改革开放后，医院被推向了市场，财政不再兜底了，自负盈亏的基础上，医生也要吃饭吧。有些企业又引进什么狼性文化，极个别的医生和医院在追求利益最大化的过程中，过度诊断和过度用药是存在的。但同时你应该相信绝大多数医生的职业操守，望、闻、问、切是没有问题的，而仪器检查则是进一步强化自己的判断。随着社会民生的进步，生命至上的理念深入人心，而这无形给医务人员增加了很大的压力，因为是人就可能犯错误，而医生就不允许犯错误，在医患纠纷中，医生又是弱势群体，所以一开始就会增加一些检查，来强化判断和减少承担责任的风险。"肖医生最后叮嘱道，"小乖乖，要休息一周哦。回家要听话，爸爸妈妈很辛苦的。"

"谢谢，肖老医生。您气色和身体真好！"刘汇海由衷地叹道。

"随性，随心，随情。你们都可以的。"

回家的路上，把果果抱在肩膀上的刘汇海自言自语地算起账来：每个挂号费30元，如果按提成15元，70个人1050元，一个月工作日22天，乖乖！共计22310元。我们果果长大了当医生。想想这一次看病煎药一共花掉100多元，搁在以前一定会很心疼，幸好家属随军都可以报销。

"今年以来，股票涨得很凶，要不我们把结余的两万元钱，投进股市。"辜红英知道他天生对数字很敏感，见天天飘红的股市，也按捺不住觊觎的心。

"还是算了吧，二〇〇五年购买了支队位于建设路四中队八十平的房改房，到现在好不容易还完外债，攒下两万块钱，下半年果果就要上幼儿园了，如果没有摇到公立幼儿园，只能去私立的，加上生活费，一年就要一万五千元。"冥冥之中他想到室友杨运发的提醒：如果真的有钱了，我们可以去按揭，换一套大一点的房子。

"我给你说一件事，你们三中队厨房不是实行的集中采购吗？我有个远房亲戚想来给你们单位送菜。"她说得有些惴惴不安。

"不行。"他回绝得斩钉截铁。

半晌，她才下定决心说道："是林霞，现在生意不好做，想顺道给三中队送菜，挣点油钱。萧和不让她来找你，如果你不同意也别跟萧和说。"

他愣了半天，心一横说道："可以，但一定要比别人的价格低。"

"太好了，你能帮帮他们，是不是师父的面子迈不过。"她露出了调皮的笑容。

"不是，因为我是官儿，我不行。他是兵，他可以。"

又过了半晌，她又冒出了一件事："你六中队的搭档，罗勇拳在负责支队的宣传工作，有些制作、合成、编辑是找我们公司做的。"

"啊……"他吃惊不小。

"别紧张，是他联系我的，价格很低了。"她连忙解释道，"这事儿好像苏支队长知道。"

"啊！"他完全没有想到。

进入五月以来，刘汇海有点心神不安的，公立幼儿园就要摇号了，即使没有摇上，辜红英已下定决心，花钱也要上好一点的私立幼儿园。还花两千多给果果报了个半年的"金鹰宝贝"早教课程。

今天一早他就到公立幼儿园去排队报名摇号去了，办完事回到中队已经是中午十二点了，端起饭碗的他还没来得及吃上一口饭，就听到隔壁家属区门卫室的王大妈在紧急呼救。大伙儿跑过去一看，王大爷心脏病复发昏倒了。

"呼吸没有了！心脏停止跳动了！是心脏骤停，快掐人中！"新兵陈秋实大声疾呼。

"不能掐人中，陈秋实你快打120。"他连忙制止了他，同时命令道，"快快！李欢来做心肺复苏，两手伸直，右手扣在左手上，肘关节不能弯曲，成等腰三角形按在两胸之间，按压深度五到六公分，每分钟一百到一百二十次，每三十次做人工呼吸两次。"七分钟后120救护车接走了王大爷。

昏昏沉沉睡到下午的三点，他的心里毛毛的心不在焉，老想到果果摇号读书的事，如果没摇上，每年要多出一万元，很心疼这一笔巨款。反复纠结于此事的他不停地在暗示自己，一定能摇上，一定能摇上。

下午五点接到报警：辖区府河的新华桥有落水群众等待救援。到场他才发现今天的救援很棘手。

原来是失恋的落寞男青年，赤裸着上身，提着半瓶全兴大曲，醉醺醺地蹲坐在新华桥的桥墩上，摇头晃脑自言自语、絮絮叨叨、骂骂咧咧，拒绝施救的同时还攻击救援人员。刘汇海只能撤回救援人员，并向支队指挥中心做了汇报。

很快，上千名喜欢看热闹的蓉都市民把新华桥附近的新华大道双林路、华星路、猛追湾滨河路阻断了。正值下班高峰期，一时间喇叭声、警笛声、牢骚声、谩骂声、哭喊声四起。

"听说那男的失业了，老婆跟别人跑了，真够可怜的！"群众中议论声四起。

"不对，不对，是炒股亏了几十万，儿子看病的钱都亏没了。"

"听说那个男的被金融骗子诈骗了一百多万，再也要不回来了。"

"不对，不对，是被一个女的骗走了一百多万。"

刘汇海从桥上往下看了看桥墩上瑟瑟发抖、不停抽搐的男子，心里很不舒服，连忙穿上两件救生衣，叫来战士固定好软梯，把自己放了下去。

"兄弟，不要紧张，我下来陪你坐一会儿。"刘汇海刚与那哭泣男子的眼睛一对视，心里不由自主地产生了强烈的惊悸。

这时围观数千名群众看到了奇怪的一幕：身穿橘红色救生衣的消防战士和落魄男静坐于桥墩之上。

自言自语的哭泣男一开口就惊到刘汇海，从口音上很好判断：是老乡，一定是老乡！

心里的隔阂消除了些，沟通就容易些了，不但是老乡，还是同龄人。

"一九九二年，本来我也可以去当兵的，但是却选择了来蓉都打工……"

刘汇海自己也知道，如果自己没当上兵，一定也会在蓉都打工。

当他在恍惚间发现哭泣男右手腕有一颗和自己一模一样的黑痣时，惊恐地瞪大了双眼，后背一凉，汗毛直立。再定睛一看似乎又什么都没有。

数十名警察到现场维持秩序，市公安局领导接到报告后，基于政治、经济、交通各方面因素的考虑。决定采取强制措施，强行带人走。命令下来后，刘汇海还是咬牙拒绝了，把装备和救援器具交给了110巡警，并做好了辅助措施。

"兄弟，待会儿，警察下来了，你千万不要反抗，一定要配合他们，警察也不容易，陪你都站了三个小时了，记住了，千万不要反抗。"他还一步三回头说道。

回到中队后，他显得很沉闷，电视看不起兴趣，扑克牌也不想玩，老是想起那可怜的哭泣男，总是在恍惚间有一种说不出来的苦楚。好不容易睡到第二天凌晨，警铃炸响。

"荷花池日用品交易市场一层二厅三排11号店铺火灾，出三台水罐车！"

支队指挥中心接到报警是早晨六时多，值调度指挥班的是刚刚从十一中队调到支队司令部战训课任参谋的许松，鉴于八年前荷花池火灾的艰难，许松一口气就调出十个中队，共计二十七辆消防车，一百七十三名官兵赶赴现场扑救。

支队第一副参谋长阳洪波作为火场副总指挥到达现场时，十个中队已从东南西北四个方向已抵达现场，占领水源，自成体系，出水灭火。

十台崭新的五十铃高低压水罐车停靠在火场四面八方，雷鸣般马达声嗡嗡作响。一根根高压衬里水带蜿蜒向前，十四只水枪从地面梯次进攻，六只水枪从高空覆盖二千二百平方米的燃烧区。

中队干部孙健、仁西泽、苏讴、陈洪浦、齐春森、刘汇海、龚小敏、陈挺身先士卒、英勇顽强，在灭火过程中带领广大战士执行上下堵截、东西合围、南北穿插、局部分割的战术措施非常坚决。

火场总指挥副支队长黄宽泉到达现场时，增援的六个中队已鸣金收兵了。

刘汇海所属的三中队回到中队时，才八点半，开完早饭，继续操课。下午三时，政治处副主任代雪冰一行五人来到中队做心理测试和心理疏导。给刘汇海做心理疏导是毕业于北京大学医学院、留美博士、东川华西医学院主任医师吴昊。

"你好，我们的大英雄，刘汇海！"吴医生热情地招呼着。

"你好，吴医生。"刘汇海狐疑地走进疏导室。

"你的人生经历，给了我们大多数人启迪、希望、积极的意义。"

"有那么好吗？"刘汇海完全不相信自己耳朵。

"有志者事竟成——这句话在你的身上得到了印证。或者叫逆天改命。奋斗的意义和价值在你身上得以体现。尤其是给平凡的战士树立良好的榜样。"吴医生发自肺腑之言。

"可能没有那么高、大、上吧，最初的想法就是学技术、改选志愿兵、有个铁饭碗。"刘汇海实话实说。

"好，定一个不太高的目标，一步一步实现，总比好高骛远的好。人贵在有自知之明。现在你能用一个字或词来概括你这三十五年来的心理感受吗？"吴医生进入正题。

"怕！"刘汇海半天蹦出来一个字。

"怕？"现在该是吴医生狐疑了。

"对！就是怕。从小就怕，怕被人嘲笑，怕被人欺凌，怕失败，怕比别人差，怕考试垫底；记得很小很小的时候，别人欺负二姐，我就特别害怕，躲在人后哭；新兵连阅兵式，选上了怕走不好出错，选不上也怕被别人嘲笑；怕见领导；怕见漂亮的女孩儿……"

第二十三章

大家记得刚下中队时，老兵编了一个谜语：李欢穿健美裤，打一地名，答曰：仁寿。

半年后，在司务长合理有节制的调剂下，又变成了另一个地名"合肥"二分之一。

说李欢是驾驶员谁也不会相信；说李欢是重型奔驰车驾驶员，有人打死也不相信。乍一看，身高不到一米六，再加上一张娃娃脸，活脱脱一个小人国使者，一坐上重型奔驰车，给人感觉就是无人驾驶消防车来了。但他的确就是驾驶员，且的的确确是重型奔驰车驾驶员。

十五岁驾车进藏，三年下来，俨然成了一个行家能手，哪里有桥，哪里转弯，一清二楚，拿他自己的话说，就是闭着眼睛也能把车开到西藏。当兵第一天，凭着对解放车、东风车、黄河车知根知底的了解，受到装备科科长的青睐，一下中队便成了特种车驾驶员。

到中队便是一个宝，别的驾驶员冥思苦想解决不了的问题，他一拿到手里，三颤两倒，便搞定了。艺高不骄傲，不过他有这真本事：

能从刹车时车子颤抖过程中判断左边还是右边轮胎气压不足；能蒙上眼睛一分钟装拆轮胎；能不用离合器根据发动机声音，把变速杆从一档逐渐加到五档，再从五档回到一档。

所有人都服！

中秋节前几天的午后，听说要和刘汇海去支队开会时，李欢心里特高兴。因为支队后勤处财务科有四大美女，平常只要去支队出公差，有事无事也要去财务科转转，也好养养眼福。

对于刘汇海来说，今天去支队，最重要的事就是到财务科报销全家人的医药费，顺道开一个政治工作例会。

出门不顺！由于驾驶员李欢打望路边的美女，抢险救援车出门不到一公里就追尾了，撞上了一辆大众"甲壳虫"软顶小轿车，全进口的车，总价不低于35万，全责！

刘汇海是丈二和尚摸不着头脑，搞不清楚王牌驾驶员李欢怎么就撞上了，懊恼无比。无奈之下给后勤处装备科副科长龚大敏打了一个电话报告此事，并询问处理程序。

刚刚躺在床上准备午休的龚大敏，气不打一处来，暗地把祖宗十八代全部骂了个遍。但在电话里又显得有情有义："汇海，你不要着急，马上查看清楚，轻微的擦刮开到修理队去修就可以了，如果损失比较大，就走保险。"

甲壳虫轿车上坐着的两位妙龄女孩儿，天真无邪、泼辣又不失可爱的是彭玉坦，发育有些超常、肉嘟嘟的、和蔼可亲的是马欣。刚开始还是怒气冲天的脸，可一看到是消防车转眼就阴转晴，含笑盈盈绽放春光。

"是刘汇海，大英雄，今天总算见着真人了。"两个女孩儿手舞足蹈起来。

"来来我们一起照一张相。"他尴尬地站在两美女的中间，任凭摆布留下倩影芳姿。

原来彭玉坦父亲在省公安厅工作过一段时间，后来下海经商了，与总队、支队的领导都认识。彭玉坦也与支队首长的驾驶员朱兵是好朋友。

而马欣则与鄢晓华热恋了近一年，一直到谈婚论嫁之时，丈母娘突然提出婚房是结婚的必要条件时，他们俩分手就成了必然。

当刘汇海站在支队大门前时，才猛然感到，这新支队办公大楼投入使用一年多了，可对于不习惯往支队跑的自己来说，还是很陌生。

今天可得好好看一看：投资三个亿、建筑面积两万六千平方米的支队新办公大楼坐落于高新区府城大道东段十九号，是全蓉都市消防工作的决策、指挥中心。

近两万平方米的新办公大楼是十二层、五十五米的高层建筑，与东西相连的裙楼成"一"字形、坐南向北排开，玻璃幕墙显得美丽、整洁、明快、新颖。墙体外侧的涂料和瓷砖均为金黄色，迎光面对光线形成强烈的全反射，与背光面暗淡的光线相结合，使大楼的立体感尤为明显，加之硕大的警徽高悬于大楼外墙的顶端，给人以神圣不可侵犯的威严感。

东侧的二层裙楼的底层是可以容纳三百人同时就餐的花园式餐厅，二层是高跨度的大礼堂，可召开三百人的大型会议，或承接同等人数的文艺演出；西侧的四处裙楼的底层是可以停放五辆大型消防车的车库，二、三层是整体一次性装修、总面积超过三千平方米、包括声、电、光于一体的动感荣誉室；四层是集健身房、五星影院、盥洗室、桑拿房、茶吧、咖啡屋、超过五千册藏书的小型图书馆的景观沙龙。

主楼一、二层共享空间大厅的背景墙是反映消防灭火战斗、抢险救援的浮雕文化墙。三至九层为各处、科、队的办公室。凡是正营以上的行政领导都有独立的办公室，参谋、干事、助理员则是两人一间。面对整洁、宽敞、明亮的办公室，司令部战训科高级工程师李平刚从华兴街搬来时，无限感慨地说，以前八个人一间办公室，打个饱嗝，对面办公室马上就能闻出葱花蒜泥味。

十层为机房，十一、十二层才是这栋大楼做核心的部位——消防119指挥中心，近乎是全亚洲最先进的消防指挥中心，堪比卫星发射指挥中心。主要承担蓉都市范围内火灾扑救、应急救援、勤务安保和为民服务的接处警工作。

消防119指挥中心从设计上就构建了纵向贯通公安部消防局、省消防总队、市消防支队、各级大（中）队四级指挥体系，横向联通公安110、社会应急联动单位的综合接处警系统。实现了全域接警、统一调度和可视化指挥。

指挥中心从结构布局上分为接处警大厅、服务机房、指挥决策室和配套功能房四个方面。从功能分区上指挥中心分为接警调度区、辅助决策区、信息处理区、作战指挥区、大屏显示区、值班备勤区、器材存放区等七个区域。

从业务系统上分为三大方面十一项系统，主要为：接警调度信息化（接处警系统、可视化报警系统），指挥决策可视化（天网监控系统、卫星定位导航系统、警用地理信息系统、无线图传系统、灭火救援辅助决策系统），管理工作智能化（指挥视频系统、营区监控系统、重点单位远程监控系统）。

其中接处警大厅位于大楼的十一层，共设置十二个接处警席位和十八个值班值守、辅助决策、信息处理席位，可同时受理十二起警情，并为支队灭火和抢险救援任务提供各类辅助决策信息。受理警情后，按照火警五级、抢险四级的划分标准，根据警情严重程度和消防站辖区划分，相应调度下辖的三十三个消防站前往灾害事故现场处置，并为参战力量提供辅助决策信息，记录、统计、分析各类灾情发生和处置情况。

距大楼正南面八十米是建筑面积约六千平方米的保障大队六层楼房，刘汇海今天没有时间参观了，急匆匆地跑到八层楼装备科龚大敏那儿，简单说明了事件的经过，并表示感谢。

而有些急不可耐的龚大敏敷衍着打发掉他，又一头栽进办公室，锁上外门，埋头于自己的小秘密。

同年兵龚大敏给他的印象一直以来是有点神叨叨的,刚才见面不超过两分钟,他还隐约感觉到龚大敏身上淡淡的玫瑰香水味。

其实,有色心没色胆的龚大敏是个隐形的文学爱好者,不善言辞的他将澎湃激昂的内心世界书之于文,当然也包括戏谑同楼层财务科四大美女(副科长向梅逸、出纳许兰楠、助理员陆竹萱、审计员乔菊叶)秘而不宣的情书。

她们四人总是在初夏和深秋时分的饭后,徜徉在办公大楼和保障大队之间的操场上。

这一天微风裙摆,柳腰翘臀,扬眉颔首所呈现的惊世、醉人之美让雁来红淡色、桂花失香、菊花羞艳。不知有多少青年军官和战士躲在各楼层的窗帘后默默注视着她们消失在天际线。这也包括六楼司令部通信科的参谋彭于亮。

"你怎么没有去追她们了?"刚从十一中队调到司令部战训课任参谋的许松怂恿至今还单身的彭参谋。

"呵呵,还是算了吧。"彭于亮发出标志性的腼腆浅笑。

许松很奇怪:彭于亮都江堰人氏,一九八〇年出生,二〇〇二年毕业于蓉都电子科大。特招入伍,身材修长,性情温柔,举止平和,深邃的眼睛坚定而温和,笑容可掬,面部表情丰富,其心情好的时候,状态就好。对所有人都友好认真,对所有朋友都忠诚可靠;其状态不好时,沉默寡言,神情肃穆,双眉紧锁,心事重重,满脸纠结的样子让人不便打扰,内心世界大门紧锁。

"但愿梅、兰、竹、菊都有好的归宿。"许松有点自言自语。

"为什么这么说?"彭于亮很好奇。

"'自古红颜多薄命'这句话有八百多年的历史了。"许松居然是一声叹息。

"怎么解释?"

"这四个女孩儿,家境殷实,本科以上学历,加之有闭月羞花之容、沉鱼落雁之貌,从小众星捧月般成长起来,现在又是让人羡慕的军中之花,追的人肯定就多,太过顺利的人生,看人就容易雾里看花一般,只看到表相,分不清本质上的优劣。"高中学历、士兵提干的许松有一种吃不到葡萄说葡萄酸的感觉。

"我看她们挺雅致的嘛!"

"但是,你明明就很喜欢她们,可她们就是发现不了你身上的优点:父母为国家高干,仪表堂堂,为人谦逊,工作敬业,既有才,又成材,如雾霾霞光、浊世清流，有着高贵的灵魂，就是躯壳有点无趣罢了，太过于理性了。你彭于亮永永远远也不会说：'为了你，我愿意和全世界为敌！'你也不会为了制造浪漫，看一场电影逃两张票，或是与街上的小混混打一架，严格的家教让你太优秀了，没棱没角的少了点痞子气。追女孩子在保持君子之心的同时，要有小人的伎俩。鲜花总是插在牛粪上的，你要有当一次牛粪的思想准备，要不渣男就跑到你前面去了。大部分人没有你想象的简单和单纯，我们老家政府的无良官员把我的二等功慰问金都给黑了。"他的话好像触动到了心弦，彭于亮一时无语。

"松哥，如果是你，觉得该追哪一个？"

"对了，心动不如行动。首先，四个都很漂亮，每一个都很不错，优的里面选最适合你的。兰楠平时有点小作，以后婆媳关系可能不好处；向梅逸、乔菊叶属于事业型女强人，会给你的工作和生活带来一点小压力；陆竹萱安静恬淡、柔美婉约、巧笑倩兮的感觉非常适合你。"他完全是按照自己的心理感觉在胡编乱造，但有一点是真的，那就是这两人眉宇间飘浮的眼神所掩饰的羞涩感是相同的。

"松哥，如果换作你，你会去追吗？"

"我不会，我们士兵提干的生长类干部，大都来自农村和小县城，有自知之明。"

许松的话对他来说有些令人茫然，好半天才想明白，部队干部中的一种偏见就一直存在着。

生长类干部往往军事业务比较好，更能吃苦，服从意识更强，长期任职基层，是抢险救援的主力军。

大学生干部学历高，情商高，民主意识强，大多数不愿意到基层任职，更喜欢朝九晚五的机关和大队生活，往往在通信、文秘、宣传、后勤、防火监督检查岗位。

因此部队中干部的圈子无形中被划分为两大类了。

而大学生干部中的女干部，出身往往也较好。"

"算了松哥，今天不说这件事了，我的这份工作预案，总觉得哪里有点问题，司令部的三号首长，好像不是很满意？"彭于亮心有旁骛，难以专心致志。

"没问题呀！比我强多了，战术措施应对得当；组织机构架构合理；人员分工明确了然；预案不冗长，可操作性很强。怎么会呢？"

自言自语的许松陷入了沉思。

"要不，你试着把日期改一改，人是很奇怪的，这个预案在实施过程中，当天下午的时间是没有空隙，所有人是不能溜号的，如果三号首长当天有私事，比如爱人过生日，或是小孩儿开家长会，必须参加，碍于身份又不好说，这个非工作原因就会影响同事的关系了。你试一试，日期改了，还不行，就改地点，有些人对方向是有讲究的。"

"明白了，我试一试，如果行了，回头再谢！"

"谢个毛线，心动不如行动，加油！小彭，肥水不流外人田。"要怪就怪结婚太早，他嘀咕着离开了。

而此时的刘汇海刚从罗进的办公室离开就被隔壁的高文勇逮了个正着。

"刘汇海你跑什么跑，像老鼠见着猫一样，我真有那么吓人吗？"

"不是，也不敢。"刘汇海搓着双手拘谨地进了参谋长办公室。他一贯的想法，不会是中队又出什么事了吧？谢天谢地，老天爷保佑不是坏事。

高文勇是典型的刀子嘴豆腐心好人一个，对部队管理极为严格，从不讲情面，对火场上贪生怕死的干部，中队里调皮捣蛋、不服从管理的士兵，处理起来从不手软，但是对受灾有难的战士则私下捐钱捐物，多次在支队党委会上呼吁提高基层中队官兵的福利待遇。当兵后耳闻一九八九年八月青岛市黄岛油库火灾中牺牲的十九名消防员和油库职工，二〇〇三年十一月三日衡阳市衡州大厦火灾壮烈牺牲二十名消防员，时常告诫大家，消防员是和平时期最危险的职业之一，司令部和基层中队指战员是把脑袋拴在裤裆上生活的人，所以一定要加强训练，勤练兵、苦练兵、科学练兵，规范操作规程，降低伤亡发生的概率。

"有很多中队青年干部没事就爱往支队领导办公室跑，希望早日调到安全风险较小的政治处、后勤处、防火处工作，你倒好，一年到头也看不到你几次，电台中你的声音倒挺多。"高文勇心想，你刘汇海当兵十五年了，三十五岁的老基层了，九二、九三年入伍提干的全部调离灭火一线了，就你还在。

"孩子老婆都还好吧，果果该上幼儿园了吧。家里有什么困难吗？"

"谢谢高参谋长关心，果果上了私立幼儿园，公立的没有摇上，没什么大的困难，有外婆在，我们能克服。"

"今天有件事我要征求你的意见，司令部战训课有个参谋的位置，来不来？不要急着回答，给你三天时间，回去和爱人商量清楚，再回答我。司令部不值班的时候好歹也是早九晚五。"

对高文勇的关怀，刘汇海是心存感激的，处理人际关系一向比较单纯简单的他，并不确定自己能否适应机关工作，他得回去听听辜红英的意见。

李欢报账时在许兰楠那里碰了钉子。因为果果的医药费全是收据。刘汇海给

244

许兰楠的解释是，给赵卫处长打过电话。坚持原则的她以不符合财务管理规定一口就拒绝了。

与她的争执是不可避免的，听见了嘈杂声的处长赵卫快步走过来问清原委。赵卫也是七中队成长起来的干部，跟刘汇海感情很深。

至于打没打电话请示自己，作为支队后勤处长需要考虑的太多，不会记得这样的小事，不过处理起来也不费劲，他支开许兰楠叫来副科长向梅逸。比许兰楠年长两岁、机关工作经验丰富的向梅逸处理此类问题就更人性化和艺术化了。

有时对于严格而又死板的制度，适时的变通，能解决不少棘手的问题和避免相当多的麻烦，只是这个度要把握好、把握准。

赵卫做事的原则也是大事讲原则，小事讲风格。

一身便装的许松掐在五点钟响，迈步走出办公大楼，手机响了，是彭于亮打来的。

"松哥，你简直神人啊！预案一次性通过了，大家都满意。谢了！"

"神个毛线，当兵十五年，年长八岁，还和你一个样，参谋不带长，打屁都不响。行了，挂了挂了。"不说还行，一说许松就来气。粗鲁地挂断电话，他马上又给刘汇海打了个电话，态度明显温柔了许多。

"汇海啊，下个月就要进行拟提行政领导干部考评工作，你们基层中队主管和支队机关副营以上的行政领导参加，记着给我打勾，荷花池火灾我们可是过命的兄弟啊！其他的能少划，就少划；能不划，就不划。"

话音刚一落，电话又响了，是鄂晓华打过来的。

"汇海啊，下个月就要进行拟提行政领导干部考评工作，你们基层中队主管和支队机关副营以上的行政领导参加，记着给我打勾。我们可是老乡啊，靠你了，推兄弟一把，其他的能少划，就少划；能不划，就不划。"

三分钟后龚大敏打了同样内容的一个电话。

许松、鄂晓华、龚大敏在电话中说得如此直截了当，还是有些超过了刘汇海的想象。机关深不可测的人事关系及其微妙的处事哲学，脑袋如同一张白纸的他，是根本应付不过来。好歹有自知之明的他当机立断给高文勇打了一个电话："参谋长，我还是继续待在中队吧。"

由于今天是星期五，中队这周的值班干部是龚小敏，他就没有赶回中队，而是直接去了幼儿园接果果，准备一起回家休这个周末。

他不愿去支队并不妨碍与辜红英的感情，有道是小别胜新婚。中队长龚小敏二十六岁，有点佛系青年的味道，并不急着找女朋友，爱好茶道，时常主动放弃休息时间，叫老大哥刘汇海回家团聚。

而刘汇海和老丈母相处得并不融洽，拿他自己的话来说，可能还是两代人的价值观有差异。

由于爷爷奶奶年事已高，且身体不太好，果果从小都是外婆帮忙带大的，不知哪一条养生规定：人每天必须要喝八杯水。外婆就让果果每天不停地喝水。小家伙有时喝着也很难受，刘汇海就消极应付、敷衍了事。

他也有自己的理解，多喝点水是好事，但每个人都有个体差异，差不多就行了，况且米饭、蔬菜和水果中还含有大量的水分。

听说菠菜对身体好处多，外婆一星期都买菠菜来吃。而刘汇海粗心大意，偶尔会把果果带生病，外婆的脸色就很难看。

两父子回到家里，果果翻身就骑在爸爸的身上，把他当马骑。可一到睡觉的时间，就不要爸爸了，只要妈妈。

"让爸爸和外婆睡，我和妈妈睡。"果果又成了混世魔王。刘汇海只好拿一本《读者》到客厅里看书去了。

晚上十点半刘汇海才上床。辜红英的脸色并不好。

"你还记得我们单位安安那个女孩吗？"她突然地问。

"记得。你的闺蜜，上次一起吃过饭的吧。怎么啦？"他有点丈二和尚摸不着头脑，满脸疑惑。

"她和她的飞行员男朋友分手了。"他显然没有注意到她说得很哀怨。

"分了就分了，现在的年轻人，很奇怪吗？"他觉得很普通。

"男的出家了。"她慢条斯理、不经意的一句话对他也是晴天霹雳。

原来安安大学毕业独自一人来到这座城市上班时，由于工作上的不顺心、心灵上的孤独跟一个渣男处过一段时间的对象。

后来换到辜红英公司上班后交往了飞行员。两个小年轻谈恋爱好好的，公司同事"好心人"董克突然善心大发，神道道地给飞行员说了安安以前的事，而那个渣男居然是飞行员的小学同学。

男方心里迈不过那道坎，就无奈分手了，安安辞职去了南方。半年后飞行员回心转意去找安安时，谁知安安已经婚配。飞行员就得了抑郁症，出家当和尚不见家人了。

"在传统的婚恋观里，女生还是更容易受伤的群体，婚姻生活都把弱女子打磨成真的勇士了。"她悻悻地说。

"而社会生活又让男人一生都在卑贱地活着。"他也感到压力挺大，"红英啊，你以后离你们公司的董克这个人远一点，他是个小人。"

"对，对。我怎么把这个人忘了啦！他是个小人，典型的小人！这种人在社会上不是少数。这种小人不是什么英雄豪杰，也不是大奸大恶之人，也许还有点文化，也许也有点能耐，打着伪善的旗号，专干挑拨离间的事，对他自己并不能带来任何的利益好处，却让别人支离破碎，仅仅是为一己虚荣而道听途说、混淆是非、颠倒黑白。这样的人一定会使圈子里的人际关系慢慢变得紧张、尴尬、凶险、混沌、瘫痪，也会让团队的目标走向黯淡、荒唐、紊乱、迷失。明天在你们单位把文件帮我打印出来，再复印两份。文件已经发在你邮箱了。"

"嗯，好的。"他也不反感她偶尔让他在单位帮忙打印、复印文件资料。

"他们投票的事，你是怎么想的。"她随意一问。

"我想了想，还是应该遵照内心的想法。"

第二十四章

二〇〇八年元旦过后的深夜，龚小敏一脚把脱哨的一期士官常伟树从床上踹了下来。这是第N次了，常伟树的懒散在中队是出了名的。

而新年的第一场火灾在这一天的凌晨三点不期而至了。

火灾地点是三中队辖区内的玉双北路一栋居民楼内，烟雾比较大，火势并不大，没有人员被困，而室内面积不过七十平方米。

没有太在意的龚小敏带着两台水罐车就向火灾现场奔去。

到场后发现相关的居民都已经疏散完毕，只有一个小工愁眉苦脸地告诉龚小敏，室内没有住人，是库房，储存大量的中草药和钾。

当一听到有"钾"时，他脑袋"嗡"的一声炸响。而可气的是小工也不知道钾的储存量到底有多少，储存方式也不清楚。

水枪手抱着水枪就要往里面冲，龚小敏一把就把他撂倒在一边，并向他吼道："不要命了！"

龚小敏很清楚钾作为很活跃的碱金属，遇水会燃烧，还有可能发生爆炸。

他这一愣，竟然有一分钟没有任何指令，他很纠结到底需不需要请求增援。室内正噼噼啪啪燃烧着，由于烟雾较大，室外观察并不清楚。

如果增援太多，而事后查明火灾又非常轻微，作为指挥员是非常没面子、非常掉价、非常丢份的事。

"让我来吧。"常伟树没等他置可否，直接命令战士去把居民楼内所有的干粉灭火器找来。说完，他已经把空气呼吸器佩戴好了。

"干粉灭火器越多越好，不够就把小区花园里的泥土铲来也行。"龚小敏说着也佩戴好了空气呼吸器。

好在火势并不大，温度并不高。两人非常谨慎地用灭火器将燃烧区喷了个严严实实。

火灾结束后，龚小敏给辖区派出所做了叮嘱，带着一丝丝庆幸安全地返回了中队。

第二天小区送来了绣有"人民卫士，蹈火英雄"的锦旗。刘汇海数着墙上新增加的八面锦旗。

"如果常伟树能改掉小毛病，那就是个完美的战士了。"龚小敏有些叹息地说道。

"从作风上讲，常伟树是有些懒散，从工作上讲也懒惰；但他在训练场上、火场里、抢险救援过程中，表现积极，很有拼劲，很有血性，成绩斐然。有时他会让新兵替他站岗，但他又在危险场所把新兵留在安全地带，自己顶着危险上；他脱岗、不打扫卫生，却把三等功让给要考学的文书；每次业务竞赛他都能取得很多名次，并把奖金买成香烟、啤酒、宵夜分给大伙儿吃，还慷慨援助贫困地区的失学儿童。也许这就是他心中的英雄梦吧。"刘汇海看人总是比较积极。

"英雄梦？"龚小敏还是第一次听人这么说。

"对，记得我刚当兵的日子里，干什么都不出彩，特想证明自己，别人不愿干的活儿，我来；别人不敢上的危险，我上。累点、苦点根本就不在意，受点伤、流点血，根本就不算啥。就怕被人看不起。"

刘汇海呷了一口茶润了润喉咙，继续说道："金庸的武侠小说之所以在全世界华人地区都很受欢迎，因为它点燃了埋藏在人们内心最深处的英雄情愫：匡扶正义、除暴安良、解危救险。英雄总能被世人所敬仰。

"常伟树就属于这种典型的眼高手低之人，想当英雄，又耐不住寂寞，也不愿做平凡之事。我们做管理工作的，就是扬其长、避其短，多沟通，当他自己的认识再提高到一个新的层面的时候，这些问题就应该自动解决了，尽最大可能让他为部队做出最大贡献，也让他的人生尽最大可能往好的方面发展吧。"

主题词为"继往2007！开来2008！"的全支队二○○八年工作例会在一月中旬召开了，支队院子里的一大片"凌波仙子"——水仙花亭亭玉立，芳花似碗，幽香沁肺。

会场外热情高涨：坊间传闻部队将再次上调军人工资；股票节节攀升，已经站稳5500点关口。

会场内暖人又暖心，支队长苏国利代表支队党委做二○○八年工作展望，提出十大宏伟目标任务。第七项工作任务：做好拥军优抚工作，解决军人子女入园、入托、入学事宜；第八项工作任务：争取给全体干部解决经济适用房一套。台下再次掌声雷动，群情激昂，差一点就欢呼雀跃。第九项工作任务：分三年持续投入资金共计两千余万元，将主城区十二个中队营房，再次进行功能升级改造装修；第十项工作任务，筹集资金两千余万购买更先进的装备器材，结合十年抢险救援经验打造蓉城消防铁军。这是铁军概念的第一次完整性提出。

谁想翻年后此项工作刚刚落地生根，汶川却在五月十二日迎来惨烈的重创。蓉都消防十年磨一剑，重剑护民。这是开创性的预判，还是天意？

会议一完，支队长苏国利并没有打算休息，她要赶在春节前去检查一下春节期间人数最多的祈福圣地——文殊院。

"小罗，通知阳洪波、罗国富和春节期间在文殊院执勤三、七中队的主管，马上到文殊院检查一下消防安保工作，春节人太多，就是有点不放心。"苏国利对罗勇拳命令道。

文殊院是国务院确定的全国佛教重点寺院之一，中国长江中下游四大禅林之首。是集禅林圣迹、园林古建、朝拜观光、宗教修学于一体的佛教圣地。位于蓉都市青羊区文殊院街六十六号，始建于隋大业年间（605—616）。占地二十余万平方米，全木质建筑，植被充盈，绿树成荫，鸟语花香。六重正殿依次正对山门的中轴线，气势恢宏、巍峨壮观。

刘汇海和陈挺到达文殊院时，才发现阳洪波、防火处副处长罗国富、龚大敏、罗勇拳簇拥着支队长苏国利走进文殊院。他们赶紧趋步随后，俯身前倾，不敢遗漏半句一言。

"整个春节期间，大年三十、正月初一、初二、初三、十五这五天人最多，每天都超过十万人来到这里上香、许愿、还愿、祈福。外保有警察负责，内保有保安负责，人员路线全部为单向通道，从正门进、东门出，也符合'不走回头路'的谚语。"罗国富说道。

"整个执勤点位主要有四个，人员由防火处两名干部，两个中队各一名干部，另有八名战士组成。轻便泵、消火栓、水带、水枪已提前接好，人员分为两班倒，昼夜二十四小时不间断，所有后勤保障由寺庙方负责，并提供厢房两间，备勤人员可以卧床休息。"阳洪波接话道。

"退伍期间，中队人员少，压力也大。"苏国利有些担忧，继续说道，"机关干部都派下去了吗？"

"派下去了，大部分都在点位上，今年由政府举办的庙会、灯会、集会、游园会就有二十二个之多，市公安局治安处的同志都发了灭火器。"罗国富手上拿着《春节消防保卫方案》比画着。

刘汇海偶尔会在晚饭后听着电台漫步于中队旁边的夜市，拿他自己的话来说，就是工作生活两不误

"老板，这本盗版的《文化苦旅》多少钱？"他有意将"盗版"两个字加重拖长，以便好砍价。

"十元一本，一律十元一本，不讲价。"老板卖力地吆喝着。

"八元？我来一本。"

"不行，十元一本，不讲价！"老板有点犹豫。

"九元，不卖，我就走了。"他假装要走的姿态。

"成交！"

他从晚上八点就坐在办公室看那本《文化苦旅》，一动不动。

上厕所都在小跑。一会儿哈哈大笑，一会儿手舞足蹈。心里飘飘欲仙暗自思忖：写得真好。

天际渐渐泛白，他睡意渐浓也无法坚持。撒了一泡尿，查完哨，清点完人数，迷糊着上了床。按了一下电子手表，接着传来了林志玲娇滴滴的声音：现在是二〇〇八年五月十二日凌晨四点。

下午二时，蓉都市消防支队的办公机关内，与以往一样，一切工作都在有条不紊地进行之中。

"你说的事，等我开会回来再研究吧！"刚上班的苏国利，对前来请示工作的高文勇说。随即，她拉上车门，小车飞速驶出营区，向市公安局方向行进……

午后的蓉都市区，依然那么热闹。

"这是怎么啦？"苏国利突然发现车子在剧烈摇晃和抖动。

"对不起，支队长！可能轮胎爆了，我下去看看……"司机朱兵拉住刹车挡，伸手拉开车门，走了出去。

他们干什么？怎么都在往大街上跑？苏国利透过车窗，看到满街的人在惊慌地奔跑。她看到所有站在街头的人，都抬头望着两边的楼房……老天，楼房咋都在晃动呀！不好，地震了！她明白了眼前的一切，于是赶紧下车。

此刻，整个街头已乱成一团。有着近三十年消防工作经验的她下意识地看了看手表，表针指向十四时二十八分。

从蓉都支队八楼办公室疏散到地面的向梅逸和许兰楠环顾四周，并没有发现

胆子最小的陆竹萱和乔菊叶。

"糟了，会不会有什么不测？"向梅逸不敢多想，只有暗自祈祷，自己也没有信心返回余震不断的楼上去找寻。

原来，两点一刻时陆竹萱偷偷溜到盥洗室洗头去了，全神贯注眯着眼、哼着歌，摇头晃脑任凭头发垂落水池随波荡漾。

"妈呀！这水怎么晃出来了，把我的新皮鞋都打湿了。"陆竹萱又嘟起了小嘴，回到走廊才猛然发现全楼层不见人影，杂乱狼藉的过道上撒落有皮鞋、水杯、文件。

"人都去哪了？"完全蒙了的陆竹萱有点惊慌失措了。

"都撤离了！"财务室最里面的办公室，悠悠地飘来乔菊叶漫不经心的一句话着实吓了陆竹萱一大跳。

"地震了，估计有八级以上。"有着日本留学经验的乔菊叶，在日本经历过几次地震，有些无动于衷。

"走，我陪你下去吧。"乔菊叶搀扶着陆竹萱走向疏散楼梯，"再不下去，向梅逸和许兰楠她们俩很快就会把我们俩按失踪人员报上去了。"

"不嘛，你们都有男朋友，就我没有，你们都立过功，受过奖，我什么也没有，今天你们都震过了，就我没有震过，不行，重来一次。"陆竹萱发起嗲来，乔菊叶有些受不了。

整幢大楼没有撤离的还有刚刚提任119指挥中心主任的许松和班长李小勇。

大屏幕上一个个红色的箭头从城市的四面八方指向同一个地方，现有动态执勤人数急剧下降。

许松的坚定信心竟然来源于在一个月前的高中同学会上，而时遇见建工集团第八分公司的副总经理，才得知支队办公大楼是他们公司承建的，是按防九级地震标准修建的。

而地震对于刘汇海来说完全是梦游一般的感觉。

由于头天睡得太晚，午餐时犯困的刘汇海胡乱地扒了两口饭就急忙上床午休了。

茫然间，刘汇海走出房门来到一大片开阔地上，人群在寂静中远离而去，他独自突兀地站在那里。突然，身着大红上衣的辜红英从远端出现，慢慢走过来，他想喊她，却开不了口，她一直走，完全没有停下来的意思，默默地从他的身旁走过，他非常着急，手舞足蹈地喊叫着。可一点用都没有，街道、楼房、树林、山丘都在黑暗中合为一体，无边无际、牢不可破的黑暗向他袭来，他不停地挣扎着呼喊着……

不知道是不是过于用力了，好像一个趔趄，刘汇海像被什么尖锐的东西突然击中，抽搐中已经侧坐在床沿。

怎么回事？是在做梦吧。怎么日光灯在摇晃，窗帘也在摇晃，楼房也在摇晃，妈呀，地震了，快跑……

辜红英刚从十七层的公司大楼疏散到地面，来不及给公司领导请假，就往果果上学的幼儿园狂奔。

幼儿园的方院长正按照刘汇海授课的要领，带领全院师生安全地、一个也不少地疏散到了地面的操场。

"报告支队长，情况终于清楚了，汶川发生里氏8.0级特大地震，汶川、都江堰、绵竹、什邡、北川、青川、汉源是重灾区，有大量的人员被埋压，还有就是失踪人员不计其数。全省除甘孜、凉山、攀枝花、巴中以外的所有支队近三千人正赶往蓉都、德阳、绵阳、广元灾区救援。蓉都大邑、邛崃、温江、彭州也受灾了，情况不明，还在统计之中。"彭于亮压抑着自己的悲伤，含泪向同车的苏国利报告情况。他身在都江堰的父母现在还杳无音信。

苏国利第一时间按总队和蓉都市委市政府的命令，在出发前召开了不到一分钟的紧急党委会，决议只有八个字："一级战备，全力救人！"随后立马率黄宽泉、高文勇带领的十五个中队、六十台消防车、八百余名消防官兵奔赴八十公里外的重灾区都江堰。并同时命令代雪冰率领第十中队十四名官兵、两台抢险救援车赶赴温江救援；战训课高级工程师翁茂桂率领四十名官兵、四台消防车迅速赶往彭州。

当苏国利乘坐由蓉都市委市政府花巨资从国外购买的119通信指挥车到达都江堰市中心时，都江堰市许市长马不停蹄地拿出一张密密麻麻写满字的纸条，指着集合待命的向导队伍，用沙哑的声音说："这是七十三个灾情最重的救援地点，排在那里的是向导人员，你快安排吧。"

"彭于亮务必将通信信号覆盖我们所有的救援点。"

"高文勇，报告新建小学情况！"

"牟良权，中医院怎么样？"

"翁茂桂，到彭州多久了？"

"代雪冰，你们增援聚源中学情况咋样？"

......

苏国利在向七十三个救援点部署完兵力后，心中依然放心不下，不停地逐个询问救援进展。

"新建小学已经救出二十人！"

"中医院救出三十人！"

"聚源中学情况还很糟糕……"

"请支队紧急援助我们！"

......

此刻他们还不知道，消防局先后分四批从全国二十六个省、自治区、直辖市调集一万三千余名消防特勤人员和六十多只搜救犬、近五百辆抢险救援车、一百五十台生命探测仪等专业救援装备奔赴阿坝、蓉都、绵阳、德阳、广元等五个重灾区；中国人民解放军陆军、空军、武警部队、民兵预备役部队成建制近十万人投入救灾。

唐山、上海、重庆等地的民间救援队正在赶赴灾区的路上；俄罗斯、日本、韩国、新加坡、德国、意大利、古巴、法国、英国、印度尼西亚、巴基斯坦等国的国家救援队正在集结；载有国家电力、电信、移动、医疗、疾控、水利、气象等部门专家组成员的专机，刚刚降落在蓉都双流国际机场……

第二十五章

刘汇海所率领的三中队在傍晚时分缓慢地进入都江堰市区,天空没有一丝光,像一块大黑幕布把大地盖得严严实实,灰暗无比。

电力受损后,街区照明并没有马上修复。偶有少量红的、白的蜡烛发出的橙色、红色光随风舞动,映射在建筑物上幽暗幽明,冥纸燃烧后烟雾徐徐袅袅,光照度不够,给人一种梦幻、邪异的感觉,仿佛无数的魑魅怪影隐藏在昏暗幽长的市区道路中。

低沉的哀乐夹杂着悲痛的哭声、凄厉的哀鸣声时不时传来,随处的空地上都有白布盖着的遇难者遗体,杂乱地摆放在木板上。

驾驶室内的人员都感到了一丝压抑和恐惧。刘汇海的心揪得紧紧的,后背浸出了冷汗,脚趾丫顶住救援靴撑着车厢,摇起车窗玻璃,以此隔绝外界哀鸣,车窗外悲痛欲绝的人们。四处奔走呼喊的画面,就像无声电影中的灾难片一样镌刻进他的脑海,很多年以后,一经提起就会循环播放,依旧会有毛骨悚然惊悸感。

他索性打开收音机,同时不断地提醒驾驶员小心点、注意安全。

收音机中断了所有节目,传来了蓉都市政府的一号令:请广大市民保持冷静,政府已经有条不紊地开始了抢险救援工作,不信谣,不传谣……

当萧和把照明车停在新建小学的操场上,并把救援现场照亮如白昼时,地震已经发生七个小时了。

救援经验丰富的"2006—2007优秀消防卫士"——代理排长柳亚光所在的救援小组在抢救被埋压小女孩蓉蓉时,遇到了前所未有的难题。蓉蓉被杂乱无章的预制板压在了一个外形酷似棺材的凹槽里面。

特勤大队副团级大队长牟良权和李智敏正赶来指挥。

"报告牟大队长，我们土工作业，挖出长六米的救援信道接近小女孩的位置，作战环境不太理想，不管是用液压扩张器还是用气压起重垫，或是钢筋、铁挺挢起头部，预制板就将压向腿部，造成二次伤害。原理就有点像跷跷板。"柳亚光立马报告。

"救援通道做了顶撑加固了吗？"牟良权问得很细。

"做了，小女孩的四周的侧向支撑也做了。"柳亚光在细节方面做得很到位。

"可否在缝隙处加塞填充物？"牟良权观察现场很仔细。

"缝隙很不规则，填充物在施救过程中会局部变形，失去支撑作用，后果不堪设想。"柳亚光说出了大家一致的看法。

牟良权经救援通道来到小女孩的旁边，环顾四周，发现小女孩有虚脱的迹象，必须马上施救。在电光石火的一瞬间，一个大胆的施救方案已经形成，但基于某种顾虑，没有说出口。

"牟大队长，上手！"萧和和牟良权的想法一样，突然插嘴道。

"上手？"柳亚光惊呼道，"不行！这很容易受伤的！"

"我的意思是用手做填充物，并且可以在施救过程中，始终发力，这样就不至于伤着小女孩。"萧和重复着自己的意见。

"我看行！"牟良权力排众议。

"上谁的手呢？"大家面面相觑。

"当然是我的手。"萧和伸出自己的右手。

掌宽、指粗、皮厚、茧深，从小没有学习打篮球有点可惜了。

"小妹妹不要睡觉、千万不要睡觉，来喝一点水。"萧和深切地关怀道。

"我不渴，想睡觉。"面带倦容的蓉蓉张开干裂的嘴唇轻微地说道。

"必须喝一点。我们来讲故事吧。"萧和张开干裂的嘴唇开始不停地讲。

"叔叔先喝，我才喝。"萧和眼睛一下就湿润了，转过身假装喝了口水，迅速把矿泉水递给了蓉蓉。

"叫医生做好准备，萧和把手活动开，拿酒来。"牟良权把酒从嘴里喷在萧和的手上继续说道："时间很短，想想老师教的硬气功，把一口气憋到底。"

"准备——起！"牟良权一声令下。全体人员一起用力。

萧和满脸通红，青筋暴涨，咬牙瞠目，汗如雨下。

"好了，医生快！"李智敏用力招呼着。

小女孩安然无恙。萧和满手淤血，好在筋骨无损！

"那名消防员简直就是超人！"医生由衷叹服。

"牟大队长，硬气功有用吗？"李智敏在撤换战场的时候向牟良权问道。

"没什么实际作用，能增强自信心，心理的自我暗示也很重要。"

"萧和，快！新建小学有师生被埋。"

新建小学位于都江堰建设路，临街是一幢七层的商住楼，其余三面被居民小区和公共建筑包围。教学楼共四层，每层三间教室，共约五百名师生上课。

该建筑为砖混结构，用预制板扣制而成，地震时，教学楼部分教室全部倒塌，楼梯间和教师办公室尚未垮塌，但已严重倾斜（事后国家地震专家勘验后认定，该楼承重部分已失去作用，坍塌的概率为百分之七十）。

当消防部队到达现场时，才发现情绪失控的家长们已蜂拥而至，都发疯似的冲上废墟，现场一片混乱。

如果教学楼二次坍塌，后果不堪设想。

萧和与战友们手拉手忍受着辱骂，将家长们驱离至全安地带，并设立警戒线，方便救援工作有序开展。

在大型机械和消防官兵人工作业的交替配合下，一昼夜就救出生还者五十人，挖掘出近二百八十具遇难者遗体。

萧和摇了摇恍惚的眼神，呷了一口矿泉水，又在废墟里不停挖着、刨着。

突然，一片黑影从天而降，笼罩了他全身。

他仰头一看，一张熟悉、慈祥、有些疲倦的脸落入眼帘。

"消防官兵，你们辛苦了，谢谢你们，感谢你们。你们是最优秀的人民子弟兵！"两只手握在了一起。

是总理！一经证实还是觉得太突然了，一阵眩晕，迷迷糊糊的萧和条件反射般从牙缝里蹦出了五个字："为人民服务！"

萧和与战友们又在新建小学连续奋战三十多个小时，再次在废墟下救出生还者五人，挖掘出遇难者遗体三十具。

刘汇海刚进入都江堰市区就接到命令，到宝山高空索道增援十二中队，救援被困索道吊舱里的十三名游客。

原来特大地震导致都江堰宝山风景区观山索道机房被毁，塔架塔基受损，索道滑轮变轨，上下行索道在空中突然停车，管理公司本打算启用备用电源将游客吊舱运行到终点未果，十三名游客命悬高空，万分危急。

这里是远离闹市区的旅游风景区，原来的当地人早已搬离到山下的镇上去了，因此事故周边并没有惨烈的人员伤亡，行走在山间小路的刘汇海一行人憋屈的心情也大大缓解。

徒步三小时冒着风雨到达现场后，发现救援难度之大完全超出了想象。

十三名游客分散在四座支撑架之间的七个上行的索道吊舱内，且大多数是老年人，其中六十岁以上的老人就有五名，索道支撑架之间距离约一百五十米，吊舱距离地面有的约三十米，有的约六十米。无论吊舱离地有多高，一个共同的特点就是吊舱都在风雨中飘摇，并随时有掉下来的可能。

此刻地震已经发生十二个小时了，余震不断的情况下，刘汇海估摸着被困人员的情绪会发生强烈波动，便让索道管理公司的工作人员向被困游客喊话，以稳定情绪。

鉴于索道维修工人之前未成功的救援经验，刘汇海借鉴其合理成分快速确定救援方案：由一名特勤队员携带缓降器和救生吊带，从支撑铁塔向上爬到索道钢绳处，再坐索道维修工人使用的简易滑轮车到达吊舱上面，用缓降器和救生吊带将游客安全放至地面。

第二天早晨七点一刻，指挥部决定展开营救。执行这一任务的是常伟树。

"刘队长，你说我能完成此项任务吗？"常伟树还是有点紧张，毕竟这是从来没有训练过的科目。

"相信自己，如果你训练的'深井倒挂救人'和'缓降器救人'这两个科目没有偷懒，那就绝对没问题。"刘汇海相信自己战士的军事业务能力。

"放心刘队长，我的训练成绩全支队能排前五名。"常伟树准备向五十米的高空爬去。

"常伟树，你要切记，向上攀爬过程中，尽量多用脚蹬，少用手攀，减少手上的力量消耗，防止酸痛。不到万不得已，我们不做换人的打算。"

"明白刘队长，不是我吹牛，这几年就没有我扛不下来事，就是有点小紧张。"

"为什么紧张，还是不自信吧，要不就我来。"刘汇海说得面不改色，知道自己有恐高症，他这是在用激将法，又继续说道，"你不是紧张，而是激动，这个事情从来就没有人干过，你将成为第一人，创造奇迹，就像大英雄郭靖和杨过一样，拯救人命于苍穹之巅。"

"对！我也是这样想的，所以就很激动，一激动就会紧张。"

"那就唱首歌吧！转移注意力，你就不紧张了。"

"唱什么歌呢？从小我就最喜欢唱歌了。"常伟树已经爬到二十米左右的地方。

"唱《笑傲江湖》吧。"刘汇海觉得唱这首歌与现场的画面很配。

"沧海一声笑，滔滔两岸潮。浮沉随浪只记今朝，苍天笑……"

"停，停！你唱得太难听了，就像乌鸦报丧一样，你唱歌比地震还吓人，会吓哭游客的。"刘汇海粗暴地想制止他唱歌。

"什么？你要给我介绍女朋友？"位置太高了，常伟树有点听不清他的话了。

"不——要——唱——歌——了。"他扯开嗓子吼。

"什——么——女——朋——友——叫——张——桂——芬。"常伟树越爬越高了。

十五分钟后，他便攀爬到铁塔与索道缆绳结合部，没有片刻的休息，立即挂坐在没有动力的简易滑轮车上水平向前移动。

简易滑轮车座位就像一个小板凳，其长度不过四十厘米，宽度不过二十厘米，常伟树勾着背横坐在上面，先用安全绳将身体与缆绳连接好，做好个人保护。两只手交替用力向前，完全靠上肢力量作横向水平移动。在行进过程中为了防止身体前后摆动过大而增加前行阻力，他刻意保持动作幅度，发力平稳，尽量做到匀速前进，以节省体力，为后期长时间作战做准备。因为最远一个吊舱其水平距离超过了一百八十米。

一个小时后，常伟树终于到达第一个吊舱上方，然后抱住吊舱柱，用脚尖拨开吊舱门闩打开舱门，再下滑深入吊箱内。

"好的，游客们，注意身体前倾、收腹、屈腿。"刘汇海在地面指挥着游客降落。

"咦——！你安全了。"

"谢谢您！兵哥哥！"

常伟树又返回爬上滑轮车向第二个吊舱滑去。

五个小时过后，他再次艰难地滑向最后一个吊舱，突然地面剧烈晃动，山间滚石状若奔雷。

"是余震！起码有六级。"

空中的常伟树右手紧紧抱住滑轮车的柱子，左手向上勾住缆绳，像一片叶子般在空中摇摆，左右幅度超过三十度。

而吊舱内的两名女游客吓得缩着身体掩面跪卧在箱体一角瑟瑟发抖。

地面的刘汇海满手是汗，心都提到嗓子眼儿，上下牙齿紧紧地咬合在一起。

"啊——！不要命了，太难了。"人群中有人不禁失语。

"真英雄！"

六个小时过后，当常伟树随着最后一个游客下到地面，他的双臂已麻木失去了知觉。

第一天的救援就这样过去了。苏国利片刻未息，赵卫递给她一瓶矿泉水，她一口就喝干了。

"报告苏支队长，观景路四十七号居民楼有一高龄孕妇和她的母亲被埋压，情况非常危急。"担任现场调度指挥的李茂向苏国利报告着。

"报告苏支队长，您休息一下，我去。"代雪冰主动请缨。

"一块儿去，还有谁？"她回头一看，刚刚从老家休假赶回来的五中队指导员叶西和他从城区带来的七名战士。

全是大学生干部，苏国利眉头一皱，向朱兵使了一个眼色，随后手一挥，大踏步率众人向前。

朱兵一溜烟撒腿就跑开了，他要去找增援，要去找刘汇海。

苏国利一行十一人赶到现场一看，居民楼在地震前为一幢坐东朝西、南北走向的六层商住楼。整幢建筑东临观景路，约长四十米。一楼为汽车修理、配件经营及其他日杂经营商铺，二至六楼为居民住宅，共两个单元，其住宅入口在临观景路背面。

而地震对该幢大楼造成严重破坏，整幢大楼北端约三分之一的楼梯已经完全坍塌，剩余部分也已严重受损，整体呈现网状断裂并有不同程度的倾斜和倒塌，尤其是二楼，因楼体垮塌，被整体挤压成一个高度约四十厘米的缝隙，二楼以上建筑的一些钢筋混凝土构件及断壁残垣七零八落，摇摇欲坠，随时都有再次垮塌的危险。

而建筑外墙上一个大大的红叉格外醒目，大家知道：此建筑的安全等级已经被建筑结构专家鉴定为零级。

挖掘机的机头将苏国利、代雪冰、叶西送到离地面三米高的二楼楼面，通过现场侦察，发现怀孕八个月的三十四岁孕妇和她年过六旬的母亲被困在一楼和三楼之间不超过四十厘米的狭小空间内，叶西毫不犹豫跨出机头，爬进缝隙，这才发现一根巨大的混凝土建筑结构梁横挡着支撑起垮塌的楼房，为被困者撑起了一个生命孔隙。

叶西一阵窃喜，连忙向外界做了一个OK的手势。

苏国利对代雪冰说道："救人，不惜一切代价救人！"

不过叶西很快就从兴奋的情绪中冷静下来了，发现正是那根撑起生命空间的横梁，挡住了被困者求生的希望，成为摆在救援官兵面前难以破解的一道生死难题。

"先把水和食物送进去。"苏国利命令道。

代雪冰和叶西商量着救援的方案。

首先使用的是小型切割机，但在切割水泥时，效果很差；其次用的是冲击电钻，一用才发现震动太大，有破坏建筑物承重的可能，马上就被否定了；第三个方案是打孔机，却无法解决供水降温的问题。

救援一度陷入停滞。叶西就用一根小锤就不停地锤，不停地凿。

孕妇情绪不时就会出现异常焦躁不安的反应，半蹲着的苏国利就不停地与她家长里短地唠着："我以母亲的名义向你保证，一定把你救下去，请相信我们……"

嘴上说得信心满满，其实心里还是七上八下的，冷汗渗出后颈窝。苏国利很清楚，地震已过二十四小时，后续救援也不是短时间就能完成的，如果这名孕妇有个三长两短，同样作为一个母亲，她过不了心里的那道坎。

何况身后还有黑压压一大片的记者，再后面就是随时替换他们的其他总队的特勤官兵。

在不停地实验摸索中，氧焊和电动冲击镐钻打相结合的方法，被提出来了。

救援队员先对混凝土横梁进行高温加热，然后用水瞬间冷却，再对横梁钢筋实施切割。效果出奇地好，进度大大地提高了。

经过二十六个小时连续奋战后，十四日十六时四十分许，横梁终于被切割开了一个较大的口子，通道最终被打通。

叶西和战士们再一次进入救援洞中，对救生通道中的各类障碍物进行最后清理，三十四岁的孕妇和她的腹中八个多月的婴儿总算得救了，当年过花甲的老母亲被救到地面，一下就往地上跪了下去，好在被苏国利一把扶起。

黄宽泉找人把正在中医院抢救被埋压群众的支队企业指导科长严怀金和王健叫到了跟前。

"人命关天啊！有什么事比救人还要重要吗？"严怀金不明白为什么要让自己撤出战斗，不停地发着牢骚。

"给你们新的任务：立即出动两台地震救援车和十六名官兵，增援绵竹市汉旺镇东方汽轮机厂参加救援。"黄宽泉一脸严肃地口述着任务。

"那里不是有德阳支队、嘉州支队、山东总队吗？"不屑一顾的严怀金认为是多此一举。

"在所有的战斗任务中，我都不提倡以命换命，尽可能地保护好兄弟们的安全，但这一次的任务，不管有多大的困难和牺牲，你们都要不惜一切代价，完成使命！"黄宽泉并没有太大理会严怀金感受。

"凭什么？他们绵竹的命就比我们都江堰的命金贵？就比我们战士的命金贵？"

"有些话不能说，但要这样做。你们将要救助的被困者是东方汽轮机厂的技术专家，他们是我们这个民族的脊梁，国之重器！让你们去，这是最高指示。"

特勤二中队从中医院的救援现场不知不觉地撤走了十六名队员，萧和所在的七中队又增补上去了。大家很快就发现住院部大楼的二楼至三楼之间断裂的预制板下面，埋压着的一名女高中生，关键是她的左小腿被从三楼塌下来的大梁死死压住，小腿膝盖以下近二十厘米肌肉被压烂，一些碎骨和少许肉皮连着，血肉模糊，且身体上部分被预制板、座椅、钢筋和杂乱的物品卡住，右腿也被一块大约长一米、宽四十厘米的混凝土砖块压住，没有大型机械，救援进展非常缓慢。

"救出她太难了，而且根本不可能救活她……"

医生到达现场后，发现该女生身体非常虚弱，生命垂危，脸色发白，便正告道：半个小时救不出来，必须截肢！否则命就保不住了。

萧和再次仔细查看了被困女生的现场情况，压在女孩左小腿上的是根大梁，直径约五十厘米，更加让人犯难的是，大梁上面顶着的还是整体未坍塌的三至五楼的建筑，摇摇欲坠，液压顶杆根本不可能顶起那么沉重的建筑，而仅靠现有的器材装备在短时间也根本无法移开压在腿部的大梁。

"不等了，按医生的意见办，截肢！"萧和面无表情地说道。

由于现场的医疗设备不齐，大家决定用金属切割器。医务人员做好止血、包扎的准备。打麻药、消毒完毕后，萧和脱下迷彩背心搭在已经昏厥的女生脸上。

"哧——当！"时间仅仅过了一分钟。

"快！抬走。"萧和怒吼着。

扔下金属切割器，萧和转身就走，泪流满面。

在黄金七十二小时的救援时间里，居然没有一名官兵睡觉休息。有的仅仅是打个盹，靠浓茶提神来抵抗倦意来袭。年龄最大的苏国利还要用止痛药驱除胃疼的煎熬，不停地指挥着部队与时间赛跑。

代雪冰、罗国富率领一中队、三中队、四中队、五中队共三十四名官兵、六台消防战斗车，紧张鏖战四十八小时，从交通局家属院坍塌的废墟中救出一人，挖出七具遇难者遗体。

在国金证券五楼上五名被埋群众成功救出后，熊文军又率领五中队部分战士到八五三招待所增援前期到达的一中队后，又将被埋压废墟将近二十二小时的七名幸存者救出。

特勤二中队中队长齐春森奔赴绵竹市汉旺镇紧急增援，在东汽中学共计救出生还者八人，挖出遇难者遗体七十具。

十五日上午十一时十分左右，五中队官兵在叶西的带领下，经过六个小时的艰难救援，在都江堰市景环路荷花池菜市场废墟处，先后将被困的七十四小时乐刘会和被困七十五小时的申桂珍成功救出。

都江堰市中医院住院部大楼在地震中整体垮塌，特勤二中队、七中队、十五中队、十一中队、特勤一中队、四中队、六中队共七个中队、十三辆战斗车、九十名官兵先后在牟良权和浦茂明的带领下连续奋战一百二十八个小时，至十九日凌晨，共从废墟、瓦砾中救出被埋人员一百九十人，其中生还九人。

特勤一中队十六名官兵在熊文军、罗进的指挥下，孤军奋战五昼夜，在都江堰市八五三信箱、向峨乡中学、乡政府等救援点成功救出被困群众十三名，清理遇难者遗体二百六十八具。

……

"报告汤副政委：二百份现场标语已经做好了。"代雪冰边跑边报告。

"送到最前沿去！"汤勇基没抬头，直接命令道，马上又给他布置任务，"你赶快做一个火线入党、火线立功的方案出来。"

"龚大敏，今天下午两点之前，三千份盒饭没有送到现场一线官兵的手上，我就撤了你这个副科长。"赵卫对着电台倒骂开了。

已经四十八小时没有合过眼的龚大敏只身一人驾车堵在成灌高速路口超过三小时了。

"罗勇拳你乱弹琴！你把这些中央、省市新闻媒体带到指挥部来干什么，请他们到一线去，宣传报导我们一线的官兵，那些叫不出来名字的战士；去宣传报导萧和、王健、刘汇海。"汤勇基由于睡眠不足，缺乏维生素，口腔开始溃疡了，每说一句话，下颚都会撕裂般疼痛一次。

……

绵阳支队的吴智斌率队第一时间挺进北川……

南充支队支队长徐文翔带领指战员鏖战汉旺……

嘉州支队的冯昆、王涛三进德阳汉旺镇东汽中学……

自贡支队突击队长韩冀领兵增援汶川……

泸州支队的赵兴能驰援绵竹九龙镇……

巴中支队孔天兵疾驰汉源……

总队医院的王兆威、王晓燕、唐艳丽通宵抢救伤员……

汪庆林少将带领重庆消防肖林辉等近五百名特勤人员正在青川中学救人……

上海总队四百名官兵赶赴绵竹、温江……

内蒙古消防总队官兵组织"川籍战士尖刀班"奋战青川……

第二十六章

"医生同志，请您把我的伤口处理一下。"李欢三天没有合眼了，一脸憔悴走向最近的医疗点。

"欢儿！"护士长摘下口罩的同时，泪如雨下。

"妈妈！"号啕大哭的李欢扑倒在妈妈的怀里，"你们怎么上来了？爸爸呢？"

"省卫生厅在全省抽调了部分医务工作者，到灾区来救援来了，我和你爸爸还有二十名老家医院的叔叔阿姨，十三号就到了都江堰，还有就是你老家刚当警察的大表哥也上来了，你爸爸驾驶120救护车去接送伤员去了。欢儿，你要注意安全啊！注意休息啊！"

"妈妈，你和爸爸也要注意身体啊，我身体没问题，这次抢险救援，我已经参与抢救了七名群众了，指导员说了，回去给我报功！"

"功不功的，妈不稀罕！只要你平安就好。"

"妈，不说了，部队有任务了。"

"哎！"她的眼神在很长时间里只剩下李欢的身影。

相对于李欢，彭于亮的运气就要差很多了。

地震发生四个小时后，彭于亮在自己从小熟悉的街道、通信指挥车停放处与父母相拥而泣。同时得知：家没有了！三表弟永远没有了，二表嫂现在医院抢救……

在黄金七十二小时的救援时间过去后，高文勇开始有序地安排前线参战人员进行轮换休息。

作为司令部门的一号人物，高文勇对于前三天的部队工作是相当满意的，没有出现一名官兵伤亡，抢救效率非常高，各级领导和人民群众都非常满意。回想起十年前前任支队长季忠斌提出抢险救援为民工作时，自己还有些抵触情绪，不过从现在的结果来看，这十年的训练、经验、装备、汗水，乃至个别牺牲都是值得的。

刚刚与总队警务处处长李大君一道带齐春森从震中——汶川返回，回想起路途的艰辛，牟良权还是心有余悸。

鉴于地震后所有通往汶川的道路都全线塌方，汶川成了一座孤城，没有任何消息来源。

地震第二天，总队政委根据公安消防部队前线指挥部紧急会议要求，组建由李大君、牟良权、齐春森三人侦察小组于十三日上午八时，出发直奔地震中心——汶川。

驾舟、徒步、爬山、攀岩、涉水、渡河等扑爬滚打后，九死一生的侦察小组一昼夜强行军，于十四日晚带回关于汶川的第一手资料。

此刻站在特勤大队的宿营地，牟良权吸着烟，吞云吐雾间瞅了一眼睡在地面的齐春森，不假思索脱去外衣，盖在他身上。

这个年轻的干部是他一手带起来的，作为新生一代干部中的扛把子，也是个不要命的种，难得的有勇有谋，带领的特勤二中队是目前为止战绩最为辉煌的中队。

当他发现紧邻的一片区域是某东亚邻国国家救援队的营地时，不觉双眉紧锁。

对于这一大群身着深蓝色的异国同行，牟良权并没有太大的好感，因为他们到来后，仅仅发现一具遇难者遗体而已，别的毫无建树。

牟良权老觉得这一群人另有企图，于是对之抱有十万分的怀疑，二十万分的防备，并马上要求队员不准与他们接触。

他仰头远眺星空，暗想自己是不是多虑了。不过世事蹊跷，近期股市掉头向下，震荡下行，让社会多了一些不安的情绪，还是小心一点的好。

站在对面营地里的外国同行，对身着两杠两星的牟良权深感敬畏：这个矮个子队长很了不起，面如白纸，不喜不悲，深不可测；困了，卧地就睡；渴了，掬水就喝；饿了，席地果腹；行如疾风、动如雷霆、目光如炬、令人胆寒。

中医院的废墟上，朗月明星，万籁无声。转战七个救援现场的刘汇海有些疲倦和憔悴，布满血丝、干裂的嘴唇是几天来干咽面包、少食蔬菜、少睡眠的结果。

环顾四周，现在已经比前两日安静多了，只有一台挖掘机还在工作，一排排被拉过来的尸体被消毒，装进袋子，埋进大坑，撒上石灰，回填，压平，一个坑埋五十个人。

不远处有个中年妇女正一边烧着香蜡纸钱一边抽抽搭搭地哭着。传来的是带有唱腔的哀鸣声。

"呜呜——呜呜，你个挨千刀的，叫你今天不出工，你非要去，早晓得这样，我打死都不让你去。

"呜呜——呜呜，你个老狗日的，咋不跑快点嘛，平时都机灵得很，今天咋就笨得跑不赢了嘛。

"呜呜——呜呜，我那口子，苦命啊。结婚二十五年，眼瞅着好日子就要来了，还说明年带我去走走'新马泰'，可现在说没了就没了。

"呜呜——呜呜，孩子他爸，贷款已还完了，娃娃马上大学毕业了，你就这样走了，你让我咋办吗？

"呜呜——呜呜，我那苦命的老伴儿，一生省吃俭用，还没有享福就走了，今天给你带来了你最喜欢的'全兴大曲'，别舍不得吃，你在下面孤苦伶仃好造孽。

"呜呜——呜呜，老头子耶，你就放心吧，我会把家给你守好，照顾好娃娃，让他成家立业……"

让刘汇海感到诧异的竟是，相比于刚刚地震时的自己，现在面对哭天喊地的灾难现场居然如此冷静而沉稳，并且有点无动于衷的麻木。

他恍然记起曾经的教员杨泽都在《美学原理》课上讲过，自然界所有的天体运动都符合一定的动态平衡规律。

地震如同宇宙大爆炸一样，是自然界运行中的自然现象；是岩石层发生断裂和错位，通过释放地球内部由地壳运动过程中积累的能量，从而达到新的平衡。

平衡是一种真实的和谐，和谐又可以理解为一种美，那么从唯物美学的观点来看，地震也是一种美。

那么那些非亲非故的人的眼泪为谁流了？是人类自身在天灾面前的渺小、不堪一击的悲天悯人的宣泄；还是对无良商家修建的豆腐渣工程，所造成的人员伤亡的愤慨吗？

那后者就是人祸，人为者简直就不是人！他们无畏，无惧，无爱，无怜，无人性、良心、灵魂。行为准则和地震中死去的动物一样：极致的弱肉强食。这些人活着跟死人没什么区别，行走在天地间的木乃伊。他想到这里心里稍微有一些慰藉。

"消防队人数都不够了，这两个老头儿都派上场了。"

这是在说距刘汇海不远处的十一中队指导员孙健与副中队长仁西泽（许松调离十一中队后由他俩搭班子），疲惫的两人背靠背、席地、半躺在一起。

不远处三三两两依偎着不少的民间救援队和志愿者的身影。

"这两人，不是烧饭的，就是喂猪的。"

"什么老头儿，什么烧饭的、喂猪的，瞧他们的岁数，不是师长就是团长。消防队真的很拼了，这么高级的军官都到一线来了。"

"走了，让他们休息吧，头发竟然长到脸上来了，胡子拉碴没有人样了。"

人很困，却睡不着，空气中弥漫着大量消毒水的味道，汽车里的卡式录音机放出来低沉、悲怆的歌声：

> 在那些苍翠的路上　历遍了多少创伤
> 在那张苍老的面上　亦记载了风霜
> 秋风秋雨的度日　是青春少年时
> 迫不得已的话别　没说再见
> 回望昨日在异乡那门前　唏嘘的感慨一年年
> 但日落日出永没变迁
> ……

"仁西泽，拿着，断粮了。"孙健将最后一支香烟掰成两截，递了一半给仁西泽。

仁西泽下意识摸了摸裤兜里的最后一包香烟，还在！但没有说一句话。

"仁西泽你看，支队搞的火线入党、火线立功，怎么就没有我们十一中队的名额呢？"

"是的，健哥。我们十一队是第一批到都江堰救援的力量，我们联合、单独作战也救出了十来个活人，清理遇难者遗体八十多具，每天睡眠不足两小时，我们的工作效率不比其他任何中队差。"

"你们可以火线入党、立功，那些志愿者能立功、入党吗？"问话的是浦茂明。他俩太过于疲倦居然没有注意走到身旁的他。

"浦哥，快来坐。"孙健的嘴巴很勤快，"你是团座，可以睡帐篷，怎么在这儿？"

"睡不着，随便走走。"浦茂明吸着烟。

"他们连名字都不会留下，真正做到了功名利禄全抛下，你们看过金庸的《神雕侠侣》吗？救国图存的郭靖成为万世敬仰的大英雄，可谁注意到杨过了吗？常时隐于市，危机显身手，挽狂澜，风流隐——此乃大侠。"浦茂明一边走一边像是在自言自语。

他是告诫我们要正确对待荣誉吗？他们俩想了想，仍然没有想通。

"仁西泽你想过立功受奖吗？救援的目的肯定不是为了立功受奖，但是机会来了，想想都是很美妙的事。"

"我确实没有想过立功受奖的事，健哥，只要不犯错挨骂就行了。怕只怕……工作没干好。"

"怕什么？怕个锤子，已经够好了。"孙健回头一看，仁西泽已经睡着了。

来之前，确实没有想过立功受奖的事，但现在还是有点奢想这件事了，胸前佩戴奖章，再照一张彩色照片，给爸妈寄回去，也让他们在左邻右舍面前显摆显摆，再有可能就是在那一群狐朋狗友面前得意地笑，当然最好能让大学班上的校花看上一看……

孙健狠狠地把烟蒂弹得很远，脑袋清醒而又兴奋，进而又不由自主地回想，仁西泽怕什么呢？

好半天他才搞清楚仁西泽口中的怕原来是敬畏。

松哥上调支队前对仁西泽的评价又萦绕在他的耳边：仁西泽是一个性格内向之人，自信心不太强大，所以做事不会太主动、太张扬，有点谨小慎微，但韧性十足，认准的事，九头牛都拉不回来。不鸣则已是他的内心世界，一鸣惊人则是他坚持到底的结果。

一想到松哥，孙健有点羡慕地大胆推测，此刻的松哥一定在指挥中心的备勤室睡大觉，爽翻了……

许松这两个月以来都很爽！年初被提为指挥中心主任，好不容易挤进支队行政领导的中层，波澜不惊的面部表情掩盖住的是波涛汹涌的狂喜。

每天早晨小参谋、小干事的一句"许主任早"或"许主任好"，往往换来的是老成持重的一个点头，或是一个微笑。而指挥中心每天上午九点的交接班仪式上，许松那冗长的开工演说又让士兵们不耐烦。

地震刚开始的几天，确实让许松焦头烂额，中心城区人口达一千万，而驻守蓉都市区的专业灭火队员不足一百五十人，除八中队全员满编，其余中队只剩下一个战斗小组。

"快，打电话让久疏战阵的企业消防队做好增援准备。"

"快，打电话命令政府消防队所有人员停止休息，全员归队，做好战斗准备。"

装备科龚大敏亲自从特勤二中队开来一辆水罐车停于支队大门口，以备不时之需。

刚刚提为防火处处长的罗国富以"非常时期，非常手段"的管理模式让部分人员密集场所处于停业状态。并让处里面的所有执法警官全部下沉一线，严控死守。否则一旦出现特大火灾，许松就是叫天喊地也无兵可派。

而地震当日同时发生的东川省肿瘤医院危化品泄漏事故和东川大学化学楼危化品火灾，让心惊胆战的他赌博式调出全部人员，就差下楼自己开车到现场去了。

5月12日14时28分—5月12日20时28分，蓉都市消防支队共接处警172次，其中火警44次、抢险救援34次、救助42次，共发生次生灾害78次，一度让指挥大厅风声鹤唳、草木皆兵。

缓过劲来的许松又把皮鞋擦得锃亮，踱步于各楼层间，猛然发现阳洪波调到110应急联动中心联合值守后，自己竟是整幢大楼的职位最高的行政人员。

"物管中心，马上把大门口的菊花摆成半月形。"

"好的，许主任，记得昨天也是按你的要求摆成长方形。"

"是的，明天摆成什么形状，我会通知你们的。"

"好的，许主任。"

硕大一个餐厅竟然只有后勤处的陆竹萱和文职人员张竞，作风稍显泼辣的向梅逸、许兰楠、乔菊叶都被赵卫像男同志一样派出去了。

张竞，东川大学人文社会科学院大四的学生，来支队做半年的社会调研。一米七的身高，窈窕多姿，倾国又倾城；蓬松的黑发之中，夹杂有少量挑染的金黄色发束，惊艳生辉；细弯长柔的柳叶眉精盈妩媚生动；又大又黑的狐狸眼给人魅惑、性感的视觉冲击；粉嘟嘟的娃娃脸真叫人怜香惜玉；东西方血脉带来的异域风韵；不太标准的普通话透露出迷人的嗓音和完美的声线。被广大官兵称为"魔幻美女"。

"许主任，火警！"电台里传来刺耳的吼叫声，"支队大门口，一辆桑塔纳轿车自燃，已经调出八中队一台车，二十分钟到。"

"快！陆竹萱、张竞跟我来灭火。"他如离弦之箭蹿了出去。

"门口的消防车上有水带、水枪和消防栓扳手。市政道路有地上消防栓。快！陆竹萱、张竞！"

"陆竹萱开水！"

一条水龙在支队大门口蛇舞起来。

"张竞你抱着我干吗，抱水带，压水枪。"他高估了这两位美女。

火灭了！哈哈大笑之中是三只落汤鸡。

很多年后，张竞无限感慨地在笔记本上记着：祖国四面八方的角落旮旯里，有许多利己者、颓废者、堕落者、平庸者，行尸走肉般活着，但凡社会文明遭受重创，他们中的大多数依旧能表现出众志成城、舍生取义的英雄气概。

当地震灾区从救援转向重建时，消防局前线指挥部的告示栏定格在：全国消防部队13400多官兵，共营救出1701名生还者。

总队副参谋长李国慧最后一次审核着地震救援总结，用红笔重重地勾画着：东川消防官兵，先后从建筑坍塌的废墟中，营救出被埋压群众和学生6319人，其中，生还者1300人，转移和解救被困群众22033人……

"彭参谋，全国的消防救援力量都撤走了吗？"疲倦的苏国利还在咬牙支撑着。

"都撤走了，我们是最后的了。"

"统计结果出来了吗？"

"出来了，蓉都消防支队从废墟下、高空、危楼里营救被埋、被困人员2766名，其中生还者981人，成功疏散群众13252人……"

"通知汤勇基，尽快联系社会心理学专家对全市参战官兵进行心理疏导和心理干预。"苏国利头一歪，安然地睡在回城路上的车内。

第二十七章

刘汇海从床上醒来，才知道自己已经睡了一天一夜。突然想起，返回时与自己告别的中校警官是谁？记忆深处只有一点点的模糊印象，但始终记不起来在哪里见过，纠结中想着一定要搞清楚。

"李欢，返回时在电信路与我们抢道的消防车是哪个支队的？"如果说全车人都在打瞌睡，那驾驶员就应该最清醒。

"达州支队的，车门上的自编号很清楚。"李欢记得清楚，车队第一辆车是三菱越野车。

"李文欣！对，点火英雄李文欣。"刘汇海如释重负，八年没有见过面了。

"刘队长，问一句不该问的话，我们在都江堰中队接受部局慰问时，那位头发白了一大片的将军是谁呀，他一踏进营区，你的眼圈一下就红了。"李欢小心翼翼地问道。

"他是我当新兵时期的总队长，是一位善良的人，一个高尚的人，一个纯粹的人。"

"老刘，立功受奖名额下来了，听说支队有些人意见很大。"龚小敏消息很灵通。

"攻城拔寨兄弟情，论功行赏明算账！"他对龚小敏的话并没有太大的惊讶。

"老刘，你有意见吗？"

"组织上评不评我，评什么功，我都没有意见。"他顿了顿，继续讲他的大白话，"一二三等功、荣誉称号我都有了，曾经的我也好大喜功，抢险救灾是我们职责所在，也许只是做了一点点成绩，党和人民却给了我们最深的爱。谁不见所有景区我们都免票；所有的办事窗口我们都有特别通道；就连幼儿园和小学都有优待；随军家属还有一些福利。很多次遭了灾的老百姓，在火场上却还对我们是倾其所有；在这次地震中死了那么多的人，他们也是纳税人，是我们的衣食父母。再谈立功，我做不到。"

他的话明显让龚小敏一震。但对于那些年轻人来说，功名利禄全抛下，那是圣人的活法，立功、立言、立德的诱惑太大了。

"我跟你讲，争功的人当中，机关干部比基层中队的干部多；大学生干部比生长类干部多。"消息并不灵通的刘汇海估计得相当准确。

"说说你的理由？"龚小敏有点丈二和尚摸不着头脑。

"谁叫我们是生长类干部呢，当干部已经是人生的顶点了，你们是大学生干部，当干部才是你们人生的起点。"刘汇海不想细说了。

先当兵，后提干的叫生长类干部，院校本科毕业的叫大学生干部。这两种人，因为人生轨迹完全不同，所以服役态度完全不同。如孙健，川大法律系毕业的高材生，可以当法官，也可以当律师，最后却来了消防部队；如李智敏，川师中文系高材生，可以当老师，也可以去上市公司，最后也来了消防部队。他们在成就"大我"的同时，也很注意自我价值的实现，对权益、自由、报酬都会有明确的要求。

而生长类干部更加感恩部队的培养，成为国家干部离不开部队的培养、领导的关心、战友的帮助，支队不断提高基层干战的福利待遇，还给大家分配了福利房，最关键的是像刘汇海如果没有来当兵，或者没有提干，当兵三年就回家乡，这一生很有可能就是老家大山里的半文盲，是狗肉上不了桌，是烂泥上不了墙。

而现在一家三口在这座大城市体面地生活，儿子在窗明几净的现代化幼儿园上课，在霓虹闪烁的大舞台表演，最主要的是他可以理直气壮地说"不"了。因此立功授奖对生长类干部来说就是想而不争。

"他们自私吗？"龚小敏弱弱地问了一句。

"谈不上，他们知识面很广，对应的专业知识也很强，部队也很需要这样的地方人才，而他们的存在，会激励团队更加民主、文明、实事求是。"

"听说你的老队长浦茂明真是个奇人，地震前在家休假陪娃中考，地震后，冲锋到前线，干完活，又消失了，立功授奖人都找不着了。材料都不知道找谁写。"龚小敏甚为不解。

"刘指导，中美大战开始了，"李欢在走道上扯开嗓子大吼着，"不是篮球，是女排！"

八月的北京，世界瞩目。奥运的旗帜第一次在中国飘扬。

几天前的小组赛上，姚明领衔的中国男子篮球队以小分憾负美国队，齐聚电视室全中队干战感到震惊的是美职篮那如天外飞仙一般、随心所欲的掌控之力；而中国队不畏强敌，敢打、敢拼、敢于亮剑的精神，无疑为一次视觉上的饕餮盛宴。

只因为美国女排的主教练是郎平，中国队的主教练是陈忠和，所以全中队人员对"和平之战"报以少见的宽容和恬静。

但是结果很可惜，中国队输给了美国队，当垂头丧气的李欢抱怨道："郎平就不应该指导美国队。"猛然发现刘汇海狠狠地瞪了他一眼，脸色从未如此难看过。

每一次国歌奏响，国旗升起，刘汇海和战友们总是莫名感到亢奋和激动。破天荒的是，他竟然默许大家可以喝少量的啤酒！

刘翔在110米栏的比赛中因伤退出比赛，亲吻栏架后单脚跳出赛道，热泪四溢，龚小敏大吃一惊，而电视机前的刘汇海不知为什么，喉咙哽咽，眼睛红红，马上站起来走了出去，没有让其他战友看见自己情绪上激烈的反应。

刘翔那一撅一拐的伤腿，无助落寞的背影，不甘的泪水，深深刺痛了他，他感到心里堵得慌，十分憋屈。

中秋节前两天，外婆还是生病了，严重的外感加心病。其实她身体就一直不好，但为了帮衬这个小家，一直在咬牙坚持。

对于这个小家，外婆很满意，小两口和睦恩爱，外孙乖巧。女婿工作稳定，收入较高，只是太忙，一个月也见不上几次面，偶尔有些急脾气。她也搞不懂女儿为何脸上很少有笑容，今年以来，才四岁的外孙被他妈妈要求学这学那，好揪心。

平时辜红英两口子一上班，早晚接送外孙，大白天就她一人在家，忙里忙外地收拾完家里，中午就简单地吃些剩饭剩汤或者面条。而瞌睡比较少的她，下午的时光最难熬，连一个说话的人都没有，大城市关门闭户的，老乡也没有，串门都是一种奢望。只是她不知道，城里人称她们这一类人为"身为异乡的异客人，闹市区的空巢老人"。

寂寞的她有时一坐就是呆呆的小半天，辜红英回到家里主要还是辅导果果，为了不影响学习，外婆很知趣地下楼散步去了，看电视对她来说都是一种罪过，而外面的世界对她来说又太陌生了。

空闲时间里，她无时无刻不在想念家乡，想念老伴儿，但是她也无时无刻不在说服自己，坚持！再坚持几年，果果大了，一些都好了。

当入秋后的第一场寒潮来临后，气温断崖式下降，外婆病倒了。辜红英红着眼带着外婆看完病吃完药，心里难受极了，请了年假，把外婆送回老家调养身体去了。一路上外婆惶恐而又喃喃自责道："都怪我，没帮上忙，还花钱，净添乱。"辜红英的心一绞一绞地痛。

刘汇海没办法，单位、家里两头跑，实在忙不过来就把果果带到中队来住，急性子的他完全没有耐心照顾好果果，屋漏偏逢连夜雨，不知怎么搞的，果果生病了，经常在是半个钟头的时间里，他连药都没有喂下去，这人一急，就发脾气，把果果的屁股一顿好打，随后又躲在厕所里双眼垂泪后悔得不得了。

奶奶张彩霞扑爬跟斗从老家里赶过来，乱了套的家里遍地凌乱，看着屁股上青一块、紫一块的乖孙子，对刘汇海就是一顿臭骂。

和她一起到来的还有老表刘勇父女俩。看到亭亭玉立的大姑娘，他这才想起自己当兵时才两岁的小侄女，今年已经十八岁了。

原来是刘飞燕今年高考考中了省城的电子科技大学，这是开学报到来了。刘勇第一次来刘汇海的家，涨红了脸，态度有点谦卑，直夸他能干，给全村百姓争了光，给果果的见面礼是八百元的大红包一个。他嘱咐刘汇海，从今以后刘飞燕就是你的亲侄女，在蓉都就只有这门亲戚，好歹有什么事帮忙照看一下，他满口应承下来。

张彩霞在厨房里忙个不停，刘勇不停地说，少弄点菜。

菜并不多，她眼睛不好使了。最后一个炒土豆丝，刘汇海亲自上灶，依旧是一手好厨艺。

土豆和菜刀在他手中翻来覆去后，如银丝幻影；经清水加盐浸泡，用熟油炝炒，伴佐料泡椒、鲜葱、大蒜片起锅，香辣爽口、色香味俱全，让人垂涎欲滴。

辜红英踏着饭点回到了家里，一进门就埋怨起他来，说老表好不容易才来一次，应该在外面就餐，尝尝蓉都特色。

刘勇连忙摆手说，不碍事，亲戚就该在家里吃饭，这样才显得不见外。

饭后他送刘勇父女一程，在路上他猛然发现他这个表哥也没有儿时印象中那么高大了。

要分手时，刘勇有意识地拽了拽他，很认真地给他讲，地震后，蓉都的房价下降很多，他想在蓉都买一套商品房，未来给女儿留着，请他给点好的建议。

这让他大吃一惊，并善意地提醒他，房价继续下降怎么办？见过世面的刘勇拍着胸脯，信誓旦旦说，国家经济状况非常不错，未来十年依旧是中华民族发展很好的时间段，根据香港、广州、深圳的经验来看，房价还会继续上扬。

　　听他说到刘勇要在蓉都购买商品房时，辜红英也大吃一惊："早年就听说这个能干的老表，承包了两个鱼塘；买了两台拖拉机跑运输；带了一个施工队搞装修，一年能挣二三十万。"

　　他没有接话，是因为他一直在琢磨买房这件事。随着这几年部队工资和补助的上涨，辜红英的勤俭持家，小家庭也有七八万元的储蓄，记得当年天津警官杨运发给他的建议，再看今天刘勇的大胆作为，让一向保守的他对于买房有一点蠢蠢欲动。为了强化自己的判断，他又给千里之外的杨运发打了一个电话，对方回答坚定而又清晰：买！买！买房！

　　"要不，咱们也给爸妈在老家按揭一套房吧。"他也下定决心。

　　她还是被他这一句话吓了一大跳，随即沉默了。她很快就不安起来，整理衣服的手都在明显抖动。

　　因为她不确定他口中的爸妈所指是爷爷奶奶？还是外公外婆？谈恋爱时，她和他的收入都差不多，但现在他的收入明显要比她高了很多，平时接济她家里明显就比刘家要多一些，而他没有一点的怨言。

　　二〇〇五年购买支队的福利房，全是他的积蓄。如果要给爷爷奶奶先买房，她没有一点点反驳的勇气和理由。但是想想操劳了大半辈子，年迈的双亲还在仁寿县人烟稀少偏远山沟里，心里还是有些惆怅，不由自主地叹了一口气。

　　经济的发展和城市的进程让山区的很多人都搬到外面去了。她确实有个愿望就是在县城给二老安个家。但爷爷奶奶只要还住在农村，她就无法开这个口。虽然有点憋屈，但今天的生活状态确实又要比同龄人当中的百分之五十要好了许多。

　　"你下周就带八万元回去，在县城给他外公外婆按揭一套商品房。"

　　"你说啥？"她简直不敢相信自己的耳朵，愣在原地半天没有动静。

　　"我说，你把卡里的钱带回老家，给爸妈在仁寿县城里按揭买一套商品房，钱存在银行就等于贬值。买成房子应该更保值一些。"他同样认为股票碰不得，上半年的牛市，下半年就亏得一塌糊涂。

　　转身后的她泪流满面。

　　他并没有发现她情绪上的变化，正埋头缝补那条已经穿了十年的牛仔裤。自从她生了果果，平时又是外婆在帮衬着带孙子，爷爷早就给他交代过，双方老人家里的事一切以亲家为重！

情绪恢复正常后的她一把夺过刘汇海手中的牛仔裤，随手扔进了垃圾筐：
"换一条吧！"

"别，我当七分裤穿，也许能穿出新潮来。"他还是有点舍不得，又从垃圾筐里把牛仔裤捡了回来。

"我给你说一件事，千万别给别人说。"他欲言又止。

"快说嘛，吊起了胃口，又不说，早知道就别提。快说，我向毛主席保证，绝不做三八婆。"她把右手放在左胸口，假装起誓道，这真是好奇心害死猫。

"许松提为指挥中心主任快一年了，我都以为没什么事呢，这年底才发现，他给我们中队核发的'抢险救援补助费'是全支队最高的。"

"你们中队的抢险救援次数本来就是全支队最高的吗？"她不解地问道。

"是最高，其实跟五中队、八中队也差不多。但核发的费用就比这两个队高出一大截。许松还特意叮嘱我，说我太老实，上报的数据都是实打实的，不像其他中队，把增援未到场的次数都报上去了。他还说，给中队战士多加个餐，吃好一点。"

"松哥这是明察秋毫啊！知道你老实，战士跟着受委屈。这件事松哥办得棒。"她似乎长吁了一口气。

"我怎么觉得这有点假公济私了。"

"这是有情有义，向松哥学着点，官场上混，很讲情商的。听说有领导爱打篮球，松哥就一下午一下午地陪着打篮球；有领导喜欢打乒乓球，他就满地捡球；还有的领导爱吃锅盔，他就驾车四十多公里，买来蓉都市最负盛名的军屯锅盔。"辜红英数落着他。当然也知道他没有听进去，更不会有任何改变，如果有改变，还是他刘汇海吗？

这不，他的思维又跳跃起来，话锋又转向了："我忘了告诉你，萧和因抗震救灾表现突出，被授予国家英模，很快就要提干了，这几天正接受各大媒体的采访，肯定忙得要死。"

"那太好了，你这个老乡也不容易，是个和时间赛跑的人，一年三百六十五天，一天二十四小时，睁眼忙到熄灯，真是天道酬勤啊！"

萧和的确太忙了，头天晚上又是十一点后才睡觉，第二天还要接受家乡电视台的采访，安排在七中队的车库。

小小的合江县在不到十年的时间里出了两个英模，这是一件非常荣耀的事，当地政府非常重视宣传报道，就像九年前宣传刘汇海一样，来到支队为萧和做特别报道。

老家来的电视台采访很顺利，再补拍一个萧和驾驶消防车的镜头就大功告成。

上午十时，驾驶员冯伟将四十吨重的重型消防车驶离车库，停在七中队大门口，熄火后跳下，将车钥匙抛给萧和。

由于压力不足而导致的气动刹车失灵，四十吨重的庞然大物在自重的作用下，沿倾斜的路面滑向街对面。

惊慌失措的冯伟和战友们马上采取紧急避险措施，规避所有的车辆和人员。

静等时态发展——车辆受损。

出乎所有人预料的是一个黑影"嗖"的一声蹿了出去，肩膀死死地顶住车头的保险杠，两只脚胡乱地蹬向地面，想使汽车停下来。

"是萧和！不要命了。快跑！"话音未落，"嘭"的一声，四十吨重的庞然大物顶着萧和撞上街对面的围墙。

"快，送医院！"一脸煞白的中队长陈挺，拉响消防警报，载着萧和向华西医院冲去。

支队七楼党委办公室，正在召开党委会议，研究萧和破格提干后的任职事宜。

"嘟嘟"，党委书记苏国利的手机，一直有未读短消息的提示。

她极不情愿地翻开手机：萧和车祸，重伤，肝肠俱裂，大量内出血，生命危在旦夕。

"休会，高文勇、赵卫马上跟我去医院。"脸色凝重的她急匆匆往外赶。

医院里陈挺哭丧着脸，失去理智地央求着医务人员无论如何也要抢救萧和的命。当年还是新兵的他在参加驷马桥槽车泄漏抢险过程中，萧和把自己的衣服给了他，血浓于水的战友情，他会记一辈子。今天他更是第一个躺在病床上为萧和献血，即使以命换命他也愿意。

地震带给社会、部队别样的人生领悟。很喜欢部队生活的李欢在年底主动要求退伍。当这一天真的来临之际，双眼挂泪的李欢又表现出令人心碎的不舍和眷恋。

"我再也吃不到二嬢包的海鲜饺子！

"再也没有机会和大家打'双扣'了！抽泣中的李欢有一句，无一句的。

"再也不可能和大家一起熬夜、看球赛、喝啤酒了！

"再也没有机会开八百多万的消防云梯车了！

"脱军装容易，再也没有机会穿上它了！"

……

支队修理所队部，全体人员集合完毕。汤勇基宣布命令：任命萧和为修理所正连职所长。

第二十八章

当六月艳丽的喇叭花开满蓉城的大街小巷的时候，刘汇海被任命为特勤四中队正营职中队长。

他依依不舍地告别熟悉的三中队，来到北郊天回镇特勤四中队。中队担负的是整个城市北门的特勤攻坚作战任务。而搭档政治指导员是老熟人段棵。

段棵在刘汇海调离六中队后，与新搭档一起锐意进取，把中队工作搞得有声有色。二〇〇七年时，针对全支队时有交通事故这一顽疾，提出"短期靠概率，中期靠管理，长期靠文化"的理论，受到领导的好评，是同批学员中最早提任中队主管的。

如果说刘汇海以前对大学生干部在工作上有所成见，在遇见段棵后就完全释然了。

段棵随即又被总队随机抽中参加七月的第二届全省政工比武大赛。

刘汇海主动地分担了大量的工作，就是为了让他好好复习，毕竟这是全支队的大事，关系部队荣誉的头等大事。

每四年一届的政工比武，对于政治干部来说就像奥林匹克比赛一样荣耀和神圣。今年段棵作为中队指导员的代表也是信心百倍，发誓要夺冠。

政工比赛是每个支队的党委书记、政治处主任、随机抽取的政治处干事、大队教导员、中队指导员各一名。抽取人员一旦定下来，只有一周的准备时间。

段棵要在一周的时间里熟悉全中队四十五名官兵的姓名、籍贯、出生日期、文化程度、身高、业余爱好、家庭基本情况，时事政治一百题，《中国共产党章程》《政治工作条例》及总队政治工作比武试题题库（一千道问答题）。最难的是即兴演讲，知识要点全部要掌握，还要有临机应变的能力，再加一点点好运气，才能答出好成绩。

段棵给女朋友发短信：一年三百六十五天这一周不属于你，想你都不行。

完全是足不出户，昏天黑地背诵、抄写、答题、改错。黑了一圈的是眼眶，瘦了一圈的是脸。全中队都在配合刘指导迎考：吃饭，睡觉，考段棵。

刘汇海又一次在不经意间给他一个惊喜：夜宵犒劳。半杯啤酒下去，段棵让他给他讲讲二○○五年第一届政工比武的场景……

那一年的深秋，姹紫嫣红的美人蕉摇曳在风中。东川省消防部队第一届政工比武大赛在总队礼堂盛大开幕了。

近五百个座位的观众席座无虚席。总队机关、总队医院和消防学校的寥寥数人被淹没在蓉都支队的人海方阵中，可想而知蓉都支队的主场优势非常明显。

当蓉都支队组成以党委书记苏国利、政治处副主任代雪冰、随机抽取的政治处干部王睿环、大队教导员罗国富、中队指导员李茂，高学历又年轻的竞赛团队时，成为其他支队羡慕又妒忌的对象。

而这当中最耀眼的明星当属毕业于中国武警廊坊学院的李茂：博闻、强识、机智、沉着、自信、潇洒、有大将之风！为大场面而生的比赛型选手，外形和神韵上极像"一九九九年国际大专辩论赛"冠军队成员樊登。

一九九九年毕业后进入蓉都支队，李茂当年与宋晓梅参加部局的文艺调演，荣获金奖，立二等功一次；二○○四年代表十三中队参加支队"六熟悉"竞赛，喜获团体和个人双料冠军，立三等功一次，文武全才，实力绝不可小觑。

第一阶段的笔试，第二阶段必答、抢答有条不紊进行着，嘉州支队准备充分，加之运气太好了，比分异军突起。到最后一个环节——即兴演讲之前，嘉州、蓉都、广元排名前三。

"根据赛制安排和抽签结果，请嘉州支队中队指导员王涛作战前动员，准备时间三分钟。"俊俏的主持人李智敏说道。

王涛来到主席台正中央，不知是紧张还是其他什么原因，呆站三分钟竟一字不发，嘉州支队痛失高分，跌出前六。

观众席一半人惊讶，一半人叹息。

倒数第二个出场的是广元支队，代表支队指导员出场的是孔天兵。观众席上的刘汇海深深地吸了一口气。同年兵，初中同学，高考成绩离本科线只差两分，爱学习，多思考，能同时在操场和讲台冠绝同龄的睿智之人。他既为这样的老乡感到骄傲，又有点担心起蓉都支队来了。真是左右为难！

李智敏要了一个小聪明："广元支队不用抽签了，嘉州支队抽的这道题，没有作答，就由孔指导作答，准备时间三分钟。"李智敏打了孔天兵一个措手不及。

"我广元特勤中队的战友们，昨天我们众志成城、不畏艰难，击败不可一世的强敌——蓉都支队特勤一中队。"孔天兵有意地停顿了一下，他要看看大家的反应。

观众席中嘘声一大片。

观众席第一排正中央就座的省总队政委，向前倾了倾身体，他喜欢并且鼓励部队兄弟单位之间这种剑拔弩张的竞争氛围。

"而今天我们将迎来更强的对手——总队直属中队篮球队。"孔天兵故弄玄虚的假设让人忍俊不禁。

"噢，原来是篮球比赛。"大部分观众也已释然，当然还有一小部分蓉都支队的官兵并不买账，开始吹起了口哨。

孔天兵显然是有备而来，深吸一口气，提高嗓门："面对即将到来的决战，我们身高不占优势；没有主场优势；主力轮换阵容不及他们。可谓前途艰险，困难重重，取胜渺茫。但是强敌面前，我们要敢于亮剑，荣誉高于一切，虽然前景很有可能为负多胜少，但永远不可低估一颗争冠的心，古代剑客狭路相逢，明知实力不如对方，也要勇于亮剑，死于对手的剑下，是剑客的荣耀，但不战而屈，是军人的耻辱。我们可以失败，但绝不让对手轻易地跨过我们的身躯，一定也要让他们掉层皮。宁可站着死，绝不跪着生！为了荣耀，我们可以奉献我们的一切。广元必胜！广元必胜！"身高不足一米六的孔天兵，挥舞着右拳，歇斯底里。

包括蓉都支队官兵在内的大部分观众都报以热烈的掌声。刘汇海感到心脏直跳。

评委给予九十五分罕见的高分。

压力陡然间全部压在了蓉都支队这边，必须也要九十五分才能确保桂冠不旁落。

"请李茂指导员作答：如何对待后进战士？准备时间三分钟。"随着李智敏念完最后这一道题，观众一片释然，偶有议论：这道题好答，但不易得高分。

"评委老师好！各位战友，后进战士普遍存在每个中队之中，所谓'后进'战士，并不是指那些极少数道德质量低劣、违法乱纪之人。而是指那些本意很好，现实结果却不尽人意的士兵。我认为有两点工作很重要，第一，就是全心全力、耐心地帮助成长，让后进变成先进。第二，是我今天要说的重点，就是有一部分战士，他们也许天生就不适合当兵。

"蓉都支队有个士兵叫秦天，文化不高，体能较差，不好音乐、体育，且不太合群，性格内向，出了名的年终考核困难户。但是他独爱书法，醉心笔墨二十五载。现为中国书法家协会会员。全国获奖无数：东川省书法篆刻展最高奖；纪念中国人民解放军建军七十周年东川书法作品展最高奖；二〇〇〇年重庆市'桃花源'杯书法大赛一等奖。他的作品为我广大官兵所喜爱。具有极高的文化、经济、收藏价值。

　　"部队被称为最好的学校，要有百年树人的耐心，每个人的天赋是不一样的，有教无类、因材施教、静等花开是灵魂之光在我们部队政治工作者身上反射。"

　　"好！"作为主评委的东川教育学院政治研究系主任柯玉良教授，从座位上站立起来，使劲地鼓掌，"好久没有听到如此激动人心的演讲了！"

　　"那一年，蓉都支队有惊无险夺得第一名。"他娓娓道来，段棵听得如醉如痴。只是有句话他没说，李茂的演讲稿好像是为他量身定制，每次回忆起，他都会心绪起伏。

　　"李茂获得最佳表现奖，今年已为干部科长的李茂再次以政治处政工干事的身份与你一道参赛。不要紧张，段棵你好好比，一定能夺得第一名的。"

　　谁承想二〇〇五、二〇〇九、二〇一三年，连续三届政工大比武，蓉都支队蝉联三届冠军，而三届的最佳表现奖获得者都是李茂。真是流水的政工比武，铁打的李茂。

　　"明天就要比赛了，今晚就不要打搅段指导了。"他给电话班下了死命令。

　　"刘队长，醒一醒，刘队长。"刘汇海迷迷糊糊睁开双眼，发现是排长胡阳。

　　胡阳是地震后分配到中队的廊坊武警学院本科大学生，身高一米八五，浓眉大眼，眼眶微陷与高耸的鹰钩鼻形成错落有致的雕塑感，眼眸黑又亮，一眨一闪，英气逼人。爱好篮球和唱歌，永远是篮球场上的第一中锋；歌声浑厚高亢、爆发力十足。刘德华、张学友、周华健的新歌，在三五遍后，便模仿得惟妙惟肖，真假难辨。

　　交往一周后，刘汇海才知道，胡阳是自己同年兵胡燕伟的远房表侄，也就说胡阳的父亲是原总队副参谋长胡明忠，而外公则是一九四九年参加革命工作、解放蓉都后的第一批消防兵杨富长老前辈。好一个三代红门，令刘汇海刮目相看。

　　"胡排长，有什么事吗？"睡眼惺忪的刘汇海揉了揉还未开眠的眼睛。

"刘队长，你快来看看吧，中队门口出了一件奇怪的事。"

原来门岗报告，门口晕倒了一位衣着暴露青年女子，大股酒味扑面而来。

"应该是街斜对面'犼狮'迪厅的舞女，我看到她从那里过来的。"门岗哨兵还原了当时的情景。

"是酒喝多了，这样躺着，会着凉的。来，胡排长搭把手，扶她起来。"刘汇海弯腰躬身，一个公主抱抱起女子，小碎步快速向寝室疾步而去。

"她是一名舞女！"胡阳茫然无措。

刘汇海很快就将女子放在了床上，盖好被子，退出房门。对胡阳说："舞女也不容易，她也要生活。快去，叫厨师班煮一碗红糖水来。"

上午八点，段棵踌躇满志去参加比武竞赛了。突然间警铃炸响。

"一辆九路公交车在北三环路川陕立交桥南桥头燃烧。"六中队调过来的班长陈秋实补充道，"彭参谋在119指挥中心亲自指挥，出三台车，要快！"

在刘汇海的潜意识里，公交车燃烧的事例是很少的，想想待会儿还可以去总队机关看看政工比武竞赛，就让胡阳乘坐头车出动了。

正值上班高峰期，消防车要比平时开得要慢一些，距现场还有一公里，刘汇海便发现，前方火光冲天，浓烟滚滚直上。

电台里密集地传来指挥中心的询问声。最先到达的交巡警在开始交通管制，他也是第一次见燃烧如此猛烈的公交车燃烧事件，连忙在电台里疾呼："三台车，不要间距，全部开到最前面来，快速出枪，把水全部打出去。"

燃烧的是一辆标准长度十二米、宽二点五米、高三米，前门上、后门下单桥公交车，车子燃烧后只剩下铁架、铁屑，轮胎和塑料配件全部烧为灰烬。

路旁高大的几棵乔木也被大火烤卷了树叶。

数百名围观群众之中有不少人面露惊恐之色；有的双眼噙满泪水，用手捂着了脸，不忍心看这人间惨剧。

"造孽哦，车上还有一个不到两岁的娃娃。"

"哎呀！死伤这么多无辜的人啊！咋个得了！"

……

刘汇海发现，路边上横躺竖卧十来个受伤的人，有的是翻窗撤离时被玻璃划伤手或脚的；有一个人右侧脸全部的肌肤烧成血肉模糊的红斑型，眼眶爆裂；有一个头发烧卷，后背烧成一大片白色大小水泡状。他也不忍心多看，指挥着大家扩大警戒范围。

二年兵成龙用消防钩艰难地钩开后门一条缝隙。

"咣当。"从车门内弹出一个正冒着水汽的头盖骨。

成龙两眼发直，扔下消防钩，拔腿就跑。

刘汇海迅速来到车后门，这才发现，后门内层层叠叠全是杂乱无章的白色骷髅。

他揣测，乘客逃命时，本能地全部往后门挤，反而使车门打不开。火势又快又猛，后又经过高压水枪的充实水流冲击，现场一片狼藉。

"新兵都不要上前来，其他人退后，一二班长上前来，打扫战场。"他扭头退了两步，感觉心里憋得慌，一股气泡从腹腔向喉咙涌来。"呕！"他紧闭嘴巴，硬是没有呕吐出来。

场面的惨烈程度超过了所有人的想象。为了查清遇难者具体资料，胡阳不得已再一次手拿消防斧进到已经熄火，但已成光架架，还冒着大量白色水蒸气的公交车内，最后确定遇难者为十二人。

脸色煞白的胡阳靠在路边不停地呕吐。成龙闷坐在车厢里，一字不发，浑身哆嗦起来。

120救护车陆续到来，接走伤员。

交警、刑警、巡警愈来愈多。

殡仪馆的工作人员也陆续到达。

总队、支队的领导也到达现场。

……

回到中队后，刘汇海感到特别压抑，满脑子都是骷髅、头盖骨的画面。战士们都很紧张，老是走神。胡阳一句话都不说，不停地洗手。

"刘队长，快来呀！胡排长用刀在刮他的手指了。"陈秋实边跑边喊。

支队不光派了心理医生来中队做心理辅导，还派来了浦茂明驻点蹲守帮扶大家。

"没做亏心事，就不怕鬼敲门。"全中队只有陈秋实毫无心理障碍，就像什么也没发生一样。

"刘汇海，不要让大家闲散，多开展一些丰富多彩的文体活动。拿去，这张盘片的内容是'动物世界'，放给大家看。"浦茂明又马不停蹄去和刘新成谈心去了。

刘汇海这两天还是有些心神不宁的样子，骷髅的影像偶尔也会在脑子里一闪而过。没做亏心事，就不怕鬼敲门，他老是在内心检讨自己，此次火灾扑救是否有过错？进而回想当兵十七年来，好像自己从来就没有侵占过部属的利益，也好像没有做过损公肥私的事吧。

等等。好像有一些吧，他想起，刚结婚，还没有刘辜炎克时，每周星期五下班，总是会用保温桶打一份饭菜回家，还有去年全家到李欢老家眉山市苏东坡故居游玩了一天，一分钱没花，全是李欢父亲招待的。现在回想起来，又好像并不严重，有则改之；无则加勉。他心里安慰着自己。

一提到李欢，他这才想起很长时间没有通电话了，对于机灵的李欢，他还是很喜欢的。

现在才清楚，十分留恋部队生活的李欢为什么要退伍，原来是为了他的父母，很多年就不相爱的两人，为了李欢这个独苗，一直都没有离婚。

这次退伍回家，李欢首要的任务就是要父母好聚好散，各自寻找自己的幸福，因为他们的儿子已经长大了。而刘汇海告诉李欢，他的父母没有离婚是因为有比爱更重要的品质——善良。

好在李欢也比较争气，回到老家后，进了父母的单位——医院，当上了一名120救护车驾驶员。平时开了一个网店，努力多挣钱，孝敬父母，偶尔来趟省城，就会给战友们带上一两只当地特产甜皮鸭。

刘汇海又想起了萧和，觉得快一个月没通电话了，他一定特别忙。他没猜错，萧和不光忙，还生病了。

任修理所所长的萧和，从上任的第一天就感到了压力巨大。记得一九九二年刚当兵时，全支队共有十个消防中队，四十台车；而现在共有十九个消防中队，一百来台车。而修理所的编制还是只有不到十个人，任务增加了一倍多，人数却一个也没多。工作对萧和来说，完全就是五加二，白加黑。

这几天，萧和在工作最忙之际又病倒了，原因居然是牙疼。牙疼不是病，痛起来可真要命！靠止痛片坚持了三天，实在熬不过了，在第四天，萧和才让驾驶员冯伟送他到华西医院就诊。

挂号排队，等了两个小时后，萧和终于就诊了。

"B5隐裂导致牙髓炎，需要根管治疗。"郑玉和主任医生很有把握地说道。

"医生，大约三天前，吃饭时嚼着小石子了，'嘭'的一声，牙齿就开始痛了。"萧和还原当时情况。

"完全有可能，你的年龄也不小了，满口都是四环素牙，以后可要注意了，千万不要做用牙齿开啤酒瓶之类的事了。"郑医生好意地告诫道。

"什么是四环素牙呢？"萧和很好奇。

"你们这种六七十年代出生的人，从小生病后，会吃大量的抗生素——四环素，四环素的副作用会使牙齿的牙釉质发育不全，三十岁后，牙齿的硬度就会下降，隐裂的概率就会增加。"郑医生尽量解释得通俗易懂。

"郑医生，开始治疗吧。只要今天能治好就行。"萧和不需要了解医学原理，想到修理所操场上七八台故障车，就忧心忡忡。

"今天治不好，要治疗五次，每次间隔七天。我要给你讲清楚，根管治疗又称牙髓治疗，是牙医学中治疗牙髓坏死和牙根感染的一种手术，最大的优点就是保留了牙齿，因而与拔牙互补，其治疗分为五个步骤，简单讲，第一步烂神经；第二步抽神经；第三步根管充填；第四步磨整；第五步套牙套。治疗周期三十五天！"郑医生有些无奈地摇起了头，他不明白，现在的年轻人为什么都很急，生病了都不休息。

他会不会想多挣钱了，萧和的心里跳出来一个奇怪的想法。他刚才讲到拔牙，那就试试拔牙，也许能快一点。"郑医生，拔牙是不是要快点？"

"拔牙，只需要来两次，但是我要郑重地告诉你，你的这颗牙完全可以保留，没必要拔掉。假牙安上去，如果不是非常到位，就会影响相邻的B4B6牙，到时它们就会产生松动，不久就会引起脱落，后果非常严重。"郑医生觉得眼前这个上尉军官完全不可理喻。

沉默源于萧和的犹豫。

"不能拔牙，萧所长做根管治疗吧，大不了每周我送您一次，中午吃了饭就走，不耽误工作。"驾驶员冯伟苦苦哀求道，因为他知道根管治疗是唯一的、最正确的选择。

"汇海，你知道吗，公交车燃烧事件是有人蓄意为之，犯罪分子把汽油带上车了，所以才燃烧得那么快、那么猛。"浦茂明觉察到他的心里有包袱。

"犯罪分子抓到了吗？"他对于这个说法，感到匪夷所思。

"已经烧死了。人生也有不如意、不顺心的事，有些人没有客观地寻找自身的原因，而是把逆境和挫折归咎于外界，最后走向极端，报复社会，与人民为敌。"他顿了顿，又继续说道，"人生本不易，世人都会生病，对于那些运气不太好的人，那些社会底层的人，我们极尽所能给一点光吧，照亮他人温暖自己。"

第二十九章

"明天果果就是小学一年级的学生了，太棒了！"八月最后一天晚饭后的刘汇海心里美滋滋的，别提有多开心了。但转念又有些担心，果果这个月才满六岁，是这个班年龄最小的，万一被人欺负该怎么办了？不行！我得教教他："儿子，如果有人胆敢欺负你，第一次就告诉老师；第二次就打回来。"他边说边挥舞着双拳愤怒击打空气。

"妈妈说，不能打女孩子。"刘辜克炎穿着新校服、背着新书包笔直站在镜子前，神气了足足有五分钟。

"好了，没有人欺负你的宝贝儿子的。"辜红英边梳头边揶揄道。

从现在开始的每天早上她都要先送儿子上学，再急急忙忙地往单位赶。公立学校下午放学特别早，只有辛劳外婆去接了，好在家离学校不太远。

刘汇海此时才感觉到机关上班，朝九晚五的重要性。至少可以每天接送儿子上学、放学。对此他总觉得对于儿子和辜红英有一种亏欠。

"我决定给果果一周报三个兴趣班，英语必须上，奥数和语文从二年级下学期开始吧，现在再加一个国际象棋和画画吧。"辜红英随口一说，口气有一种不容反驳的坚定。

还在果果三岁时，辜红英就开始要求果果背诵唐诗宋词，四岁就开始背诵《三字经》《百家姓》。

"啊！一年级就要上兴趣班啊，太早了吧？"刘汇海的吃惊只显得他自己太不懂早教的重要性了。

"隔壁邻居家的苗苗，五岁半，舞蹈已经考了三级了；楼下的桐桐六岁，英语都学了两年了；果果幼儿园的同学百分之八十都上了一到两样兴趣班。"她的语气同样不容置疑。

"改一样体育吧，促进长个儿。"他觉得男孩儿应该学一门体育。

"不改了，再加一样就行了，体育是该学，就打羽毛球吧。我听说羽毛球不光长个儿，还防止近视。我们家附近一公里的范围内有两家羽毛球俱乐部，都不错，一家是'未来星'，另一家叫'黑标'，你看选哪一家？"她像是在征求他的意见吗。

"'黑标'可能是个外来词汇吧，怎么听起来像是黑社会。未来已来，星光熠熠。就'未来星'俱乐部吧。"他马上在脑袋里快速地盘算着兴趣班的支出，即使一节课一百元，一个月就要一千六百元，不是个小数目，工资的三分之一就用完了。

"你把果果带到楼下去，你们俩都该理发了，都成熊样了，顺便到菜市上去看一看。他外婆又去淘相因了，万一买的是米，你去搭把手，毕竟她老人家年龄不小了。"

外婆每天都是很早或者很晚到菜市上去转转，总能买到物美价廉的菜品。两口子总劝外婆不要太劳累，她却总是我行我素。

美琪理发店不管大人还是小孩，理一次头发二十元钱，有空调，温水洗头。

他让果果理了个发，自己觉得还可以再等一等。安抚好果果，就顺道又去了菜市逛了一圈，并没有碰见外婆。正当他茫然往回走时，发现在菜市最里面、不起眼的墙旮旯儿处，一面巴掌大小的镜子挂在墙上，一个老者弓身正在给另外一个坐在简易独凳上的老者理发。

他没有丝毫的犹豫就上前询问价格。

"八元一次，不洗头，可以刮胡子。"

他是带着一丝丝的窃喜坐上独凳的。

余威犹存的秋老虎肆虐着巴蜀大地每一寸肌肤，每一个裸露在天地之间的人们，不会超过十分钟就会汗水涔涔，散落在脸上、脖子、手臂上的发楂子被汗水黏着，皮肤火烧火燎的，难受得叫人发毛。

他在心里默默数着数字，艰难地熬过漫长的十分钟。

回到家洗过澡后，他又在床边给果果指读少儿版的《成语故事》。

难得回家一次的他总是尽量地抢着多干一些家务活。

九点半刚过，果果对他是又打又推："不要爸爸，我要妈妈。"很显然，果果困了，想睡觉了，开始找妈妈了。

当他在中队值班时，果果都和妈妈一起睡觉，可只要爸爸一回到家，果果就发现睡觉时还是妈妈，睁开眼睛就变成了外婆，对爸爸的敌意是把妈妈抢走了：

“今天我就要和妈妈睡，爸爸去和外婆睡。”果果有点发狂了。

“好好好，果果和妈妈睡。”辜红英哼起了儿歌，向他噘了噘嘴巴。

他知趣地拿起一本《平凡的世界》走向客厅。

半个小时后，辜红英才把睡得很沉的果果抱去放在外婆的床上，小机灵鬼还闭着眼，噘着嘴巴，委屈地喃喃自语：“我要妈妈。”

她又安抚了一会儿果果，一整天都有些犹豫，欲言又止，好容易洗漱完毕躺在了床上。她使劲把唾沫咽了下去，才下定决心鼓起勇气轻言轻语地对他说道：“我有个事情给你商量一下？”

“什么事？”他已经回到床上正斜靠在床头捧起《平凡的世界》继续看得津津有味。这是他第三遍看这本书了，每一次都有别样的感动。

“我想去把护照办了，国庆带果果到新、马、泰走一趟。”虽然生活上的事都是辜红英在拿主意，但对于此次花费不菲的出游，她必须征得他的同意，有点遗憾的是，作为现役军人的他是不能出国的。而在生活上极度节约、近似吝啬的他能同意吗？辜红英是没有把握的。

“好啊，你们娘儿俩耍好，我多值点班，值班费也多一点。”他潜意识深处的抠门往往只针对自己，在老婆和儿子身上花钱，他是心甘情愿的。

“二姐一家国庆在我们家住五天，外甥儿要在省城参加一个短期培训。”外甥儿今年十四岁，刚好读初三，成绩很优秀。

“好的。那他们只能自己照顾自己了，把冰箱塞满就是了。”她正盘算着办护照的事。

自结婚后，他们的家就是双方亲戚的中转站、食堂、旅馆。什么七大姑八大姨，只要挨得到边的亲戚、老表、同学一到省城，他们两口子都认真接待。作为农民的后代，他们真心实意的付出是发自内心的，只是一般很少外出就餐。

而父老乡亲同样对他们两口子付以真心和尊敬。每一次全家人回爷爷奶奶家，或是外公外婆家，全村左邻右舍都热情地来看望他们，有的捧来新鲜的大枣；有的拎来刚摘的柚子；有的带来活蹦乱跳的河鲜；而返回时，盖房邻居的新米、菜油、地瓜、土豆、花生总能装满一袋又一袋；乡亲们总是送出一里又一里。

“糟了，差点忘了一件重要的事。”一惊一乍的她确实吓了他一大跳。她下床从衣服外兜摸出一张汇款单扔给了他。“这是你汇给傅文斌父母的钱，被退回来了。”

“怎么会呢？”他自言自语道，“十一年了，一直都在汇款，好好的。怎么说断就断了呢？"

"现在城市和农村变化都大，也许搬家了。十一年了，你的心意也尽到了，汇款票根留着了吗，你用的笔名，只有票根才能退回钱。"她开导着他。

"是啊，当年我负责抢险救援和为民服务，就一根起毛的安全绳，就发生了这样的悲剧，我始终认为我的工作有瑕疵。"他对于这件事始终有点自责，一直用"容东晓"这个笔名，谎称傅文斌的战友坚持给他的父母汇钱，兑现自己当初的诺言。而"容东晓"就是东川蓉都消防的谐音。

国庆节的七天假期里，刘汇海大门都不曾出去，余暇之外的他一点也不惧怕孤独和寂寞。

看电影、读小说、健身也养成了多年的习惯，不花钱的好习惯。

今天是长假的最后一天，午休后，他起床后把营房转了一圈，这也是一种习惯，重点人员全部在位。

胡阳和陈秋实、成龙在电子阅览室热火朝天地打电动。成龙完全不给胡阳面子，一度还争得面红耳赤。

电铃间断响起，他知道这是抢险救援。

电话员告知，在十四中队辖区内的"碧水湾小区"小高层九楼有人跳楼，十四中队需要增援。

本着活动活动筋骨的主意，他留下二班值守，和胡阳一起出动三台车向出事地点驶去。

打头的是一辆五十米的"波浪涛"登高平台车，坐在车头右侧的刘汇海，摸着八百多万的大家伙，想都不敢想，搁在二十年前，那时全支队只有一台云梯车，像个宝贝被大家宠着，平时几乎不用。而今天全支队二十个公安中队里，就有十辆这样的登高平台车。

今天他要让它活动活动筋骨：想在实战中检验检验这台新车的实际作战效能。

到了现场才有点扫兴，路面的消防车道全被私家车占用了，登高平台车根本就开不进小区。

刘汇海一行人到达小区现场，警戒区域面积很大，这一点十四中队的中队长李霆雷做得不错。

楼底正对窗台的位置，几个战士正在给救生气垫充气，旁边几个记者正忙着调试摄像机。而对这一幕他不悦地摇了摇头。

他抬头一看，这一单元楼有十一层高，一梯两户的单元式住宅。一个披头散发的年轻女子一只脚横跨在九楼没有防护栏的窗台上，手上似乎还抱着一个婴儿。

他并不着急，又围着单元楼转了一圈，做了详细的战前侦察，九楼窗台的上下楼层都安装了雨棚。

在确定只有一个通道口后，给留置地面的人员下了一道"抢险救援战斗准备展开"的命令，他就带着胡阳及两名班长上楼了。

两室一厅的房子脏乱差，烟头和换洗的衣物随处可见。社区工作人员、警察、李霆雷等一波人员，在距离四米开外的地方正在劝说着年轻女子。

原因很简单，这个家庭的男人跑了、失联了，留下了无依无靠的孤儿寡母。女的是没有工作、没有收入的外地人，精神受了点刺激，略微有点不正常，时而絮絮叨叨；时而一言不语，暗自垂泪。婴儿刚满周岁。

就这样已经都僵持了一个多小时。他觉得不妥，找来李霆雷和警察、社区工作人员合计了一下，决定让社区工作人员继续做其思想工作；消防人员强攻救援。

他让李霆雷带领十四队人员负责地面的警戒、观察和救生气垫。

由于十、十一楼的住户未在家，他就本中队人员进行战斗分工：陈秋实带领一个救援小组由楼顶下到十楼悬停于阳台处，做好由上至下的抢救准备；成龙带领另一个救援小组从二单元九楼，沿八楼的雨棚顶由东向西横向运动到两单元的拐角处，做好抢救准备。

待攻击命令下达后，从两个方向一起向室内扑，以陈秋实为第一攻击点，成龙为辅助攻击。室内人员择机采取行动，从而确保救援任务万无一失。

准备时间为十五分钟。

"各小组再次检查保险绳、安全绳是否有发毛的现象，安全钩、保险钩有无异常情况。"过道口他神色凝重地用对讲机提醒道。

"应该没问题了吧，再说还有救生气垫嘛。"胡阳还有点抱怨，因为没有同意让他下。

"救（逃）生不到万不得已绝不用救生气垫。"他瞪了他一眼说道，也没同意胡阳下，道理很简单，高空作业，体重越大，风险就越大。

十五分钟后，各小组运动至指定位置。

由于十、十一楼安装了雨棚的缘故，楼顶的安全员无法看到悬空的陈秋实具体的空中姿态，不得以又设置了一个观察哨，即使这样视线也不是很好。

当陈秋实悬空下到十楼阳台下沿时，保险绳就已经嵌入十楼的雨棚，而楼顶的安全员却没有观察到。

而刘汇海面对的最大难题则是如何吸引女青年注意力的问题，因为她一直盯着窗外。

当胡阳从过道走进室内时，他发现女青年的眼神有光彩，直勾勾把胡阳盯着，嘴也说个不停。

"你们认识？"

"不认识。"

"她感觉她认识你。"

"不对，是你感觉她认识我。"

"对，是我感觉她好像认识你。"

"你感觉她好像认识我，可是我确定我不认识她。"

"这不重要，你上！慢慢靠近她。吸引她的注意力，相机采取行动，最好能让她平安退回到屋内，你立头功。"说着他推了他一把。

"那我说什么呀？"

"你喜欢什么就说什么，擅长什么就说什么。"

"我喜欢的就是我擅长的，是唱歌。"

"那就唱起来。"

"唱什么呢？怎么感觉在出卖色相了。"

"不，这是在救命，胜造七级浮屠。"

> 细雨带风湿透黄昏的街道
> 抹去雨水双眼无故地仰望
> 望向孤单的晚灯
> 是那伤感的记忆
> ……

胡阳边唱边向前移步。

真难听，今天胡阳唱得完全跑调了，跑到太平洋了。不知是不是这歌声太过于惊悚，婴儿不知什么原因"哇"一声，突然开始啼哭。

"别过来！往后退！"哭声惊醒了女子，又开始声嘶力竭，并把婴儿举出了窗外。

刘汇海即刻转身背对女子，急促地对着对讲机低声吼道："行动！"

陈秋实双脚用力一蹬，身体弹了出去，却立马又被拽了回来，绳子被雨棚掐住了，下降的高度不够。身体挂在了半空中，上不着顶，下不落台，只差一点够着婴儿。

这尴尬的一幕让屋内的刘汇海、胡阳、社区同志、警察惊恐一愣后，争先恐后地说着胡言乱语以吸引年轻女子的注意力。

还好她并没有发现什么异常情况，正直溜溜盯着屋内的人。

拐角处的成龙手扣着窗沿，脚踏着雨棚，弓着腰，小心翼翼又快速地接近窗台。

只见他右手扣着窗沿，左手猛地一把抓过婴儿，迅速抱在怀里，用头戴的救援头盔死死顶着玻璃窗别着女子，防止女子栽出阳台。

女子惊慌失措地猛然转过身来，疯狂地向成龙扑打。

形势万分危急，成龙立即陷入巨大的风险之中，两个不同方向的力量向他袭来，对于女子的厮打，他只能用头顶着玻璃窗别着女子，一丝一毫都不能松劲；第二股向下的坠力来自两人的体重，由于左手紧紧地抱着婴儿，只能用右手死死扣住窄窄的窗沿（确切地说只有三根指头宽），防止下坠。

与此同时，刘汇海猛地向前推了一把胡阳，冲到窗前死死拽住成龙，恍惚间脱口而出："放心！我一定抓紧你了，傅文斌。"

而胡阳借力加速用双手抱住女子腰间，猛地一个过肩摔，将其放倒在一旁。

警察、社区工作人员、物管人员一拥而上。

待大伙儿下到地面，通道口聚集着很多的群众。这是刘汇海熟悉的场景。当有记者采访时，他又把胡阳支在前面，自己溜之大吉。

回到中队后，胡阳洗完澡，走到办公室发现陈秋实等四名战士垂头丧气地站在那里，正被刘汇海一阵臭骂。

"去，拿上装备到训练塔把整个过程复盘，看看问题到底出在哪里？"

"刘队长，你为什么不喜欢用救生气垫呢？"胡阳好奇地问道。

"主要是中队在训练中曾经一死一伤，仅仅是从二楼跳下。"他陷入了沉思，严肃的面容，看得出他不愿意回忆过去，不过又像是在喃喃自语，"张指导真勇敢，真了不起。"

他口中的张指导是谁呢？胡阳实在不好意思再问了。

晚饭后的本地新闻联播，大家居然在电视上看到了下午抢险救援的画面，特写给了新闻采访中的胡阳，救人场景中只有成龙一个远远的、模糊的身影。大家哈哈大笑着，胡阳特高兴，认为很长脸。

"刘队长，支队总机通知，马上、立刻上报先进人员名单及事迹材料。"电话员吼道。

"是今天的抢险救援吗？"

"对，就是今天下午的救人事迹。"

刘汇海感觉有点怪怪的，胡阳也是："这样的事迹都可以得嘉奖，那么消防中队每个月都有嘉奖令。"

"胡阳，你去组织大家开个会，也算个战评总结会吧，发扬民主，先让大家畅所欲言，讲讲自己都干了什么，然后进行无记名投票，整个名单给支队报上去，我就不参加了。"

胡阳把战评总结会开成了个人初恋的体验会和对陈秋实的批判会，但在投票时，大家还是认为，胡阳成功吸引女青年的注意力是成功的关键。

最后发言的成龙说，他今天有多大的功劳谈不上，不过能为别人拼一次命，他很骄傲，也很自豪。只是现在想起来，脚都在发颤，生与死有可能就在一线之间，还是有点后怕，如果要重来，都不知道自己还有没有勇气再冲一次。

一个人的健身房，很放松的刘汇海正呼哧呼哧地撸着铁。

"刘队长，支队要求重新写立功受奖事迹材料。"电话班通讯员急匆匆向他报告着。

难道还要立三等功，胡阳完全不敢想，心里却是美滋滋的。

"刘队长电话，总队值班室打过来，很急的。"

刘汇海抿了一口水，湿润着喉咙，赤裸着上身从健身房冲了出来，思忖着，总队很少绕开支队，直接把电话打到基层中队的。

"刘汇海，我是李大君，事情很重要，下来后抓紧落实，时间很急。事情是这样的，今天下午的抢险救援经市、省、中央媒体曝光后，人民群众很满意，领导很满意，马上要事迹材料。

"你们的事迹材料上重点突出的人物是胡阳——副中队长吧，其次是二年兵成龙吧，通过总队研究认为，成龙作用是第一位的，虽然胡阳的作用在于成功地转移了当事人的注意力，但是成龙悬空救人是非常成功的，是非常了不起的。从施救的电视画面上看，并没有胡阳的身影，老百姓只看到成龙舍身救人的感人画面，太震撼了！当然大部分参战官兵都值得表扬，但是典型只能是少数。

"再者，我建议你们的事迹材料中尽量不要突出干部。干部指挥有瑕疵，画面上一个战士缩脚扎胯悬在空中，明眼人一看就知道，你们的战术上出现了重大失误，明天一早总队的战训工作组就会到达你们中队进行战术复盘。

"电视画面带来的震动远远超过你的想象，该表扬一定要大张旗鼓表扬，该批评处分的就一定要严厉批评处分，该落实整改的一定要落实整改。

"近千万的登高平台车到达现场施救，这是好事啊，体现了政府'执政为民'的理念和全心全意为人民服务的部队宗旨。但是消防车道被私家车占用，好的车辆装备成了摆设，部局领导也发现这个问题了。很快全省范围内将开展'私家车违规占用消防车道'专项治理工作。

"因此，你们的事迹材料重点突出成龙，下限是一等功。十有八九明年会保送军校读书。"

他屏住呼吸，认真地倾听着，大气都不敢出，思量着。如果说工作没做好，接受批评，对他来说，倒也没什么难处，也习惯了。但这件事如何与胡阳说，他觉得有必要找他来谈谈。

胡阳来到他的寝室时，他还在发呆。

"是这样的，你今天表现不错，嗯——啊——成龙也表现不错，对于一个农村娃娃来说，能够提干，对于他——啊，还有整个家族来说，都是一个根本上的改变。"

胡阳听得云里雾里，暗自思量着，今天老刘怎么啦，平时很顺溜的。好半天才明白，今天的救援处置就表彰一个人——成龙。

"成龙立一等功，好事啊！可以提干了。"胡阳的大度出乎刘汇海的预料。

"刘队长，我有个小要求，下次出警抢险时让我上吧。"

"没问题。"他长长舒了一口气。

第三十章

二〇一〇年底苏国利上调总队任职，新任的支队长为冯昆，从小生在大院，长在军营，话语不多，走路带风，总是一副气宇轩昂的模样。

本年度的最后一次支队党委会上，冯昆宣读着最后一个议题：《关于推荐优秀士官，给予破格提干的相关事宜》。会议一致推荐王健为优秀士官代表，等待上级相关部门审批。

党委会一完，冯昆臀不移席，马上召开战训工作会议。俗话说，新官上任三把火，怎么这第一把火就谈战训工作，大部分人百思不得其解。

当刘汇海坐在会议室角落时，这才发现，参会的人员除了司令部全体，还有特勤大队主官、五个特勤中队的中队长和后勤处保障大队、装备科的负责同志。

"刘汇海，到前排来坐。"冯昆亲自点名。

他一愣，不置可否。

"快点呀，还愣着干什么，支队长点名了。"新任的正团职参谋长牟良权指着他说道。左右两侧分别坐着的是刚刚提任副团职副参谋长的罗进和政治协理员许松。这是部队机构改革——省会城市的消防支队由正团职升格为副师职后，某些职务级别上调带来的新变化。

"我们这支部队是打火起家的，在抢险救援中成长起来的，在地震救援中到达了一个顶峰。今天召开这个会议就是让大家畅所欲言，我们的战训工作怎么迈过这个顶峰，为下一个更高的成绩做准备。市里面的领导也说了，5·12我们欠全国人民一个情，有朝一日，别的地方发生灾难时，我们这支队伍能不能代表全市人民还这个情。今天的会议很简单，就是议一议我们蓉都消防的品牌战斗力在哪里。"

对于这个问题，至少刘汇海一开始压根就没有思考过，对他来说就是，兵怎么练，火就怎么打。《灭火手册》和支队编写的《抢险救援手册》就是他克敌制胜的法宝。

在发言过程中，有的强调人的重要性；有的强调装备的重要性；有的强调战术编成；有的强调技术革新。

好像说的都还是那回事，但又没有给人耳目一新的感觉。

"同志们讲得都很好，又都不全，眼界要高，最主要是有操作性。"冯昆环视了一下会场，继续说道，"我们蓉都市地理位置很特殊，处在龙门山断裂带边缘，有雪域，有高山，有河流，有峡谷；而国家又处于亚洲板块与太平洋板块之间，加之幅员辽阔，地震等各种人为的、自然的灾害不可预见在什么时间、什么地点就会发生。

"灾害发生后，最重要的就是时间，所以我决定依托特勤大队四个中队建立'飞豹'轻型救援突击队，十个普通中队建立重型地震救援队。'飞豹'轻型救援突击队的特点就是快速集结，快速出动，装备精良，人员少而精。车辆配置为'猛士'军用越野车。

"特勤一中队第二个战术课题及专项作战技能，依托现有人员，建立'飞猫'雪域高原救援队，请全国知名的户外救援专家进行授课和培训，在全世界采购一流装备配置器材，并与民用航空直升机形成联动机制；特勤二中队第二个战术课题及专项作战技能，建立'飞龙'高层灭火抢险救援队；特勤三中队第二个战术课题及专项作战技能，建立'飞鲨'水域抢险救援队；特勤四中队第二个战术课题及专项作战技能，建立'飞鼠'地下灭火抢险救援队，对蓉都市地铁和全部地下建筑、人防工层进行实战模拟训练；司令部通讯科和作战指挥中心建立'飞鹰'无人机侦察分队，利用海事卫星电话和3G网络进行声音、图像实时传送；保障大队要摸索建立'飞鱼'远程供水系统。要求就是不间断、大容量、长距离。

"我们蓉都消防要做到全国一流、行业标杆、单兵技术天花板，在未来的战役中，即使不能大获全胜，也要做到不输……"

牟良权和罗进面无表情地一对眼就知道，这半年，加班将成为常态化的事情。

站起身来的冯昆准备宣布散会，突然发现刘汇海在整个会议期间一字不发，顿了顿说道："刘汇海，你作为最前沿的基层代表谈谈你的看法。"

突然被点将，刘汇海立马挺了挺胸膛，然后平静地说道："这几年来，我们支队的抢险救援工作取得了令人瞩目的成绩，切切实实为老百姓排除了险情，为地方政府分了忧。但是我们的接警量却也年年增加，去年达到令人惊讶的52008次。我们的队站越建越多，队员越招越多，素质越来越好，装备越来越先进，但我感觉越来越累，疲于奔命，力不从心。这是什么原因呢？

"城市建设越来越大、人口越来越多是一方面，而还有一个更重要的原因就是人民的安全意识依旧很低，防火避险观念并没有显著提高。我们在加强灭火抢险救援工作的同时，更应该来一个革命化的消防安全宣传。可不可以让消防宣传进学校、进社区、进车站、进码头、进监狱、进工厂、进商场、进医院、进部队……"

"你、你有路不走，多此一举……"牟良权指着刘汇海不知道说什么好。

冯昆愣住了，想明天召开防火处工作会议再专门讲宣传的事，现在却让他捷足先登了。

二〇一一年三月，王健破格提干，被组织上任命为第二十中队正连职中队长。任命的文件到了，可是人却还在支队"铁军"集训队，要一个月后参加完总队竞赛，大概五一节过后才能到二十中队报到。

四月下旬的一天，蓉都消防支队指挥中心接到报警：蓉都市武侯区新希望路一座居民楼七楼发生火灾，且有人员被困。二十中队紧急前往处置。

二十中队到达现场后，只见七楼窗户冒出滚滚黑烟，围观群众把现场围得水泄不通。

"里面有人，快救人啊！"不少群众焦急地喊道。

人命关天，救人第一！

中队指挥员果断下令兵分两路，一路侦察火情，一路灭火救人。二年兵张阳作为侦察组成员，第一个冲了出去。

面对数千围观群众焦急的眼神、越来越浓的黑烟和着火房屋坚固厚实的防盗门。侦察组决定由身体素质最好、战斗经验比较丰富的张阳系保险绳从八楼进入七楼着火房间侦察火情并营救被困人员。

张阳领命后没有半点犹豫，迅速从八楼沿墙壁滑至七楼并破窗而入。当他推开次卧房门打算进入起火的主卧室营救被困人员时，火势发生轰爆，一阵热浪伴着滚滚浓烟向他袭来，使他不得不本能地向窗台撤退，在烈火的炙烤和浓烟的干扰下，张阳脚下一滑，不幸从窗台坠落，抢救失败，壮烈牺牲。

当晚，汤勇基的办公室的灯一宿未灭。他含泪疾书：

每一次的出警
都是群众的呼号
每一次的凯旋
都是亲人的期盼

当青春撞上了使命
忠诚让雪域为之赞叹
当英魂重归了故土
诀别令至亲为之伤恸

每一个战士
都是父母心尖尖最爱的孩子
每一个战士
都是川西莽原上铿锵的高山
每一个战士
都是风雪云霭下翱翔的雄鹰
每一个战士
都是银龙飞虹中沸腾的水滴
每一个战士
都是前赴后继义无反顾的战士

张阳
请稍息

　　"要不，给支队领导说说，调到机关换个工种吧！"辜红英几乎是哀求道。
　　"像什么话！现在基层中队士气如此低落，你却叫我求领导换工种，这就是拖后腿。别忘了，火是全支队官兵一起灭的；险是全支队官兵一起抢的。而这近二十年破格提干的只有我、萧和、王健。也就是说，我们三个人是全支队近二十年、几代官兵肩扛背顶，用鲜血和生命抬进干部序列的！我们要懂得知恩图报！"刘汇海心里憋得慌。
　　"你万一有个闪失，叫我们娘儿俩怎么办！"人到中年，辜红英有一种越活越谨慎的局促感，尤其是听到消防车警报声起，就会有一种莫名的紧张。

几年以后，她和大多数消防官兵家属一样患上了严重的神经衰弱症。

三个小时前，刘汇海好容易安慰好辜红英，让她的情绪稳定了下来，可现在他再一次感受到她的心烦意乱。

今天辜红英被单位辞退了，原先她在一家大型物流公司工作，谁知这一两年来，电脑、互联网、大数据广泛应用，岗位工作人员大量被自动化设备取代。

失业当然不是一件开心的事。他一踏进家门就发觉了她闷闷不乐。

了解完情况后他大度地说道："没关系，就当给自己放一个长假，果果也读小学了，外婆接送他上学、放学，我还有点不放心了，课外辅导培训机构还比较远，你去就太好了。"

"他们凭什么辞退我，还不是欺负我没关系吗？家里开支这么大，正是用钱的时候，想起来就觉得心里堵得慌。"她愤愤不平地说道。

"没关系，我们又要涨工资了，你把儿子带好，我多值一点班，挣点值班费，也挺好的。还有一个好消息就是：支队正在研究将给战训岗位人员发放特殊津贴。"他不住地安慰她，想帮她卸下心里的包袱，所以说话都显得特别轻松。

"只能这样了，过完春节，在合适的时机，再找工作上班了。"她无奈地说道，这是三年来她第二次失业了。

"走，今天刚好有空，我们去看一场电影，张艺谋的《金陵十三钗》。"他的提议得到了她极大的认可，因为张艺谋也是他俩认可的导演。

可谁知一走出电影院，她就郁闷地说道："为什么那群妓女要替那群学生赴死，难道人的生命不是平等的吗？"

"这是电影，这样立意就显得高大上了，更容易过审。"

"那社会的公正、平等、民主、情怀都到哪儿去了？"她有点哽咽了。

"我怎么感觉我和她们的命运是一样的呢，在社会处于大变革时，我们就容易被牺牲掉了呢。"他明显感觉到她说这话时手的抖动。

"也不能这样说，电影里日本兵第一次抓学生时，学生们拒绝下到地窖，就是为了保护那群妓女，而那群中国军人主动放弃了出城的机会，同样保护了学生们。再说了，你不是还有我吗？"他感觉到自己说完这话时特别自豪。

半个月后的二〇一二年春节假期刚过完，他们俩的情绪完全换了个儿。辜红英明显感觉到刘汇海有点魂不守舍，有些絮絮叨叨，有些患得患失，经常在自家阳台上手舞足蹈地自言自语。

面对他这样的状况她很心痛，却没有丝毫办法。他却早已自然成习惯了，在一生中，他是个典型的报喜不报忧的人。

作为功臣、英模、标兵，有些话不能说，有些事不能做，牢骚不能发，便宜就更不能占。

单位上、生活中一有什么喜闻乐见的趣事，他都要和她交流。而当委屈、烦恼、困难来临时，他选择自己扛，扛不住也往死里扛。

这段时间里，他反反复复想着同一件事，当兵二十年，马上就满四十岁了，到达营职干部的最高服役年限。如果今年不能提为副团职军官，年底就该转业走人了，三月份上级就会对拟提对象进行考核。自己提正营三年多了，今年已符合提拔条件。但是三比一的提拔机制，从二十四拟提对象中提拔八名副团职行政领导，让每一个拟提对象都没有十足的把握。

如果没有提拔，转业到地方工作，他并不惧怕从头再来的艰辛，但内心深处对消防的眷恋太深了。他留恋火灾或救援现场千钧一发的紧张感。他也喜欢和战士们在一块儿，虽然他不会唱歌，不会跳舞，球也打得不怎么样，但他的心里面一直有战士，有消防事业。他真的很喜欢！

拟提对象的业绩得分主要是最近三年所在单位的考核成绩和个人体能和综合业务理论考核成绩之和。

75.5分是刘汇海前一阶段考核的总得分，排名第七，第九名是鄢晓华，第十名则是龚大敏。最后一项是"自我陈述"后的民主测评。

三月的蓉都树绿花红，暖阳初升，鸟语花香，一片春意盎然。支队礼堂，大中队主官、支队科级以上干部、士兵代表近一百六十人静坐肃穆。

九点刚过，由省公安厅现役办、总队、市公安局领导组成的"团职干部考核工作组"，在支队两位主官的陪同下步入会场。

"每一位拟提对象自我陈述后，官兵代表民主测评，工作人员在纪委监督下现场公布分数，作为上级机关任用的重要依据。"主持人——总队正师职副总队长苏国利详细地述说着注意事项，"下面请副团职拟提对象，按事先抽签顺序依次发言。"

主席台正中央就座的是本次考核组的组长——省厅现役办主任张魏萍，也是刘汇海新兵连的教导员，当听到他的名字时，嘴角露出了笑容。

第一个发言的就是刘汇海，只见他健步走向发言席。

"尊敬的考核组领导，亲爱的各位战友，大家好！

"我是特勤四中队中队长刘汇海，一九九二年十二月十三日，为了扬民族自尊，建共同富裕，实现个人梦想，我应征入伍到武警蓉都消防支队。那一天母亲含泪相送，父亲铮铮相告：注意安全，建功立业。家乡从此成为故乡。

"二十年的军旅生涯，是对国家大义，个人梦想的真心付出，也是生死相许；也从此开始了长达二十年我对消防事业百分之百的真心、真情、全力付出。

"一九九八年三月五日，季忠斌支队长带领全体官兵以'有警必出，有灾必救，有险必枪，热情服务'，为天地立言。从此红色战车成了蓉城不休的标识，穿梭于大街小巷，实践诺言。我和战友们从此辛劳有加，伤痛频繁，福祸不定，生死不测。

"一九九九年，荷花池宏正火灾，绵阳江油三千吨立式油罐火灾，我们逆向而动，为家族立功。

"二〇〇八年，5·12汶川特大地震，我们一步一泪，极限营救，以命换命，为百姓立命。

"青海玉树地震、东川映秀泥石流、雅安地震、都江堰泥石流，我们千里驰援，为后继者立德。

"二〇〇八年，全年支队累计接警五万余起，支队以全省百分之十七的警力完成全省百分之五十六的接出警任务。冠绝全国！

"我这二十年和全体战友一道，勤勤恳恳，兢兢业业，没有发生一起群死群伤重特大火灾事故，为蓉城百姓守太平。

"当然偶尔忆起烈士傅文斌和张阳，我们也会肝肠寸断、几度哽咽。

"岁月不居，时节如流。在人生的十字路口，我渴望、希望被提拔使用，但是我也明白，比提拔更重要的是初心不改，逐梦而行：

"我梦想有一天蓉都消防铁军福泽九州；

"我梦想有一天蓉都消防文化成为全体官兵的精神乐园；

"我梦想有一天社会化的后勤体系做到保障有力；

"我梦想有一天以网格化防火管理制度筑成的防火墙工程为蓉城百姓铸盛世。

"谢谢大家！"

观众席上掌声雷动，萧和、王健热泪盈眶。

人群中的许松在鼓掌同时，心里暗暗为他高兴，因为他知道，今天这事成了。

道理很简单，生性老实的刘汇海，工作干得不错；再加之基层中队的干部中，他是年龄最大的，任职时间最长的，不出意外的话，基层三十个中队的六十名军政主官和十名士兵代表都会把票投给他，因为他的今天，就是那些基层中队干部的明天；而党委领导为了树立基层优先的原则，在用人选人的导向上也要考虑基层中队干部的心声；而他不上则退，敏感的年龄问题，在感情上也会拉拢一部分人的心。

而鄢晓华和龚大敏则不然，太早离开基层中队，分别去了消防大队和后勤处，与基层中队没有什么交集，和基层中队的干部相互之间都不太熟悉，再加之工作上也没有太大亮点，连续两年都没有提职了。

此刻的许松有点暗自庆幸，二〇〇六年自己离开基层中队后，进入司令部工作，虽然是机关，但整天和基层中队在一起，上操场、下火场，同样被誉为"背心短裤干部"，汗水没少流。俗话说"群众的眼睛是雪亮的"，去年和罗进一起十分顺利地提为了副团职干部。

果不其然，鄢晓华和龚大敏再次落选，没有太出乎人们的预料。

当主持人宣布结果时，许松的心还是紧了一下，没有提拔的人中，有一部分在年底就要离开这支部队了，每年都一样。

二〇一二年四月中旬，拟"任命刘汇海为支队防火处副团职副处长"的命令出现在支队内网上。公示期为七个工作日。

带着激动中又有点恍惚的感觉，刘汇海小心翼翼地坚守在中队。他不能允许任何一点的纰漏出现，每天的工作过筋过脉地梳理好几遍，移交的物品也整理得巴巴适适了。他甚至要求食堂这七天的晚餐都加菜。

可在最后一天的凌晨四点，火警铃声划破寂静的夜，响个不停。

火灾地址是辖区动物园旁的园林路居民小区，有人员被困，支队第一时间调动四个中队和战勤保障大队。

特勤四中队全部出动，首先到场的刘汇海发现，起火的建筑物是四层二十世纪七十年代的俄式砖木结构的居民房三、四层，燃烧面积1600平方米左右。

七十岁的独居老人张大妈被困于顶层的最北侧房间里，当他率领胡阳、冲锋班一、二号员搜寻到张大妈时，楼层唯一的楼梯已轰然坍塌了，退路已断。

他沉着冷静用电台对全中队下达作战命令："第一，段棵派人关闭天然气总阀门，防止爆炸；第二，冲锋班三、四号员出车载水炮压制火势，二号车全体人员搞好供水的同时，抬九米拉梯立在楼层的最北侧靠三层楼窗户外等待接应；第三，三号车人员配合我们楼上的人，将张大妈疏散到地面，具体做法是：我们将抛下随身携带的三十米大绳，做大绳斜拉，反向固定，然后放下随身携带的二十米长绳，做滑绳自救准备；第四，我将用随身携带的缓降器将怀抱张大妈的胡阳缓慢放下，利用大斜拉绳远离着火楼层，九米拉梯上的人员注意接应好张大妈，冲锋车一、二号员从长绳撤离。大家注意，开始行动！"

增援的二、七、一中队的战友们从南北两侧进攻，六条水龙覆盖燃烧区域。萧和开来的照明车把整个火场照得如同白昼，随后又把一百斤重的九米拉梯紧紧抱着固定牢固，防止左右摇摆晃动。

当惊魂未定的张大妈安全下到地面时，四层楼板局部坍塌，同一瞬间刘汇海飞身抓住大绳，安全滑下。

陈秋实依照惯例将月初分配到中队的七名新兵带到现场观摩。

但七名新兵看到冲天的火光，听到轰鸣的坍塌声响，一个个吓得脸色发青，目光呆滞。

而刚刚下到地面的刘汇海看见新战友瑟瑟发抖的样子，走上前摘下消防头盔，露出夸张的笑脸，用右手食指和中指作出一个"V"字，立即又返身组织人员总攻灭火。

他怎么也没有料到，这居然是他作为消防员最后一次参加火场战斗。

第三十一章

刚上任的第三天，蓉都市百年名校"电子科技大学"发生了一场不大的火灾。

辖区中队和增援四个中队从接警到返回中队就用了不到两个小时，无人员伤亡。

火灾是当日凌晨发生的，一栋四层楼的女生宿舍楼三楼三〇二房间最先燃起来，总共烧毁了三、四层共三十间约两千平方米。

罗国富当晚接到指挥中心通知，在明确无人员伤亡后，立即指派"火调技术科"的参谋苏讴和陈宏普到现场处理（科长程鹏正在异地休假，并未通知返回）。

刘汇海是第二天进了办公室才知道此事的，在新工作岗位上有些拘谨的他，又因为对火调知识一窍不通，完全不知该怎么参与其中，更别提怎么发力了。

笑盈盈的罗国富让他到现场去给两个年轻人指导指导，其实真正的用意就是派他去学习学习。

火调专业，在大多数人看来，可能是防火业务中唯一可以称为专业技术的岗位，就如同公安的刑侦专业一样，是要用科学的方法去揭秘真相。

工作过程中，要接触尸体这一项，就夯退了所有女性。再者跟燃烧产物打交道，火调干部又别称"炭碴兵"，一个"脏"字就概括了全部。

所以这个科几乎是最冷门的业务科室，没有几个人愿意来这个科室上班。

苏讴和陈宏普对他来说并不熟悉，坊间传闻都是很犟的人，跟领导、同事之间关系一般，上任三天以来，唯一没主动来他办公室喝过茶的就是他俩了，想到马上就要面对二人，他的心里不免得有些紧张。

起火建筑是一座二十世纪五十年代的苏式预制板、砖木建筑，飞檐反宇的外形古朴典雅，整栋楼房呈大开大合之势，层高超过了四米，承重柱子的直径超过一米，5·12汶川特大地震丝毫未损足见当时工匠的水平，南北通透的通风布局给盛夏的人一种凉爽的感觉。

反倒是带夜光装置的疏散指示牌显得不伦不类。两端头长度超过两米的双跑楼梯完全满足消防疏散的要求，随处可见的干粉灭火器是没有设计室内消火栓的一种补充。这对于特殊年代修建——近乎文物保护建筑来说，消防管理工作已经做到极致了。

火灾刚一发生，学校保卫科的同志极为敬业，马上就抓获了所谓的"肇事者"。

学校刚放假不久，三○二寝室只留有一名贫困地区来的女学生，她向学校保卫人员如实叙述了自己点蚊香的经过，蚊香边上有纸箱，靠窗，然后，她就离开寝室，去了图书馆，后来火灾就发生了。

蚊香，她一直在点，也一直在那个位置。

蓉都市是一个湿度大、闷热的城市，蚊子多，用蚊香的人也就多。

火灾不大，社会反响却很大，这栋楼曾留下几代人的青春记忆，曾经的学生，很多已是高官、学者和名流，所以备受关注。

本市的市长就毕业于这所学校，前不久的百年校庆，市长还出席了剪彩典礼。

所以火灾发生不久，就有老领导、老战友、老同学把电话打到了罗国富的手机上，明喻、暗示、提醒，都指向一个方向。他总是笑而不答，按而不发。

"蚊香能引燃纸箱，吹牛要上天，糊弄鬼吧。"刘汇海一听学校保卫科的解释，没有忍住，哈哈笑起来。

"也许有可能。"陈宏普板着脸，支开校方人员，继续面无表情地说道，"点燃的蚊香和烟头表面温度都可达到200℃—300℃，中心温度都可达700℃—800℃，在火灾案例数据库里有烟头引燃纸箱的案例，倒还没有蚊香引燃纸箱的案例，我们也不能轻易地排除这种可能。"

此时刘汇海的脸上有一种发烫的感觉，谁叫自己的防火知识为零呢，他决定不轻易发表意见。

年长陈宏普一岁的苏讴虽然知道眼前这位刘副处长一上来就开黄腔，但至少表明了立场，总比那些一遇到关键事情就打哈哈的领导强。

"要不，我们再单独见一见那位女孩，这是我和陈宏普做的询问笔录。"苏讴提议道，并把询问笔录递给了刘汇海。

当刘汇海见到那女孩时，她依旧在瑟瑟发抖，神情呆滞，双目无光，可怜兮兮的样子。

进一步的材料显示，女学生来自本省的贫困地区，很纯朴。只是她不知道，今天她的命运很有可能发生巨变。

他极短时间便推断出，她的父母含辛茹苦地把她培养出来，是多么不容易。

眼睛在她身上多停留一刻，他都觉得不舒服，连忙转身来到室外，仰望宿舍楼。

"刘处长，你从外立面来看，一、二楼保持完整，如果是蚊香引燃火灾，那起火点就应该在三楼窗边，向下蔓延的过程中，应该会烧向二楼，但是你看三楼楼板位置的碳化和烟熏痕迹都不重，这说明起火点在高位。"苏讴指着外墙向他解释道。

"那屋内还有什么火源呢？"他问道。

"据我们初步勘验来看，室内没有任何电器，所有目击者都指认火灾就是从三楼三○二房间开始的。"

"火灾真相有欺骗性，更多的是偶然性、巧合性。现场并没有V型燃烧痕迹，反而有大量坠落的不完全燃烧物。"陈宏普表情严肃继续补充道，"从一、二楼房间布局来看，楼层有吊顶，这是老楼房，当年的电线、后来装修维修布的线，年久失修。"

"你的意思是吊顶内电线短路，引燃内部可燃材料，突破外壳，引燃室内，并在吊顶内蔓延成灾。"他谨慎地顺着线索向下推论。

"这只是假设，如果找不出铁的证据，'电气火灾'的结论根本不可能被校方认可，并且落在白纸黑字上必须是科学的、严谨的、确凿的结论，才经得起时间的检验，才能做到如处长要求的那样有理有据。"陈宏普相信自己和苏讴的判断。

"嘟嘟嘟嘟"，陈宏普和苏讴的电话几乎同时响起。

"好的，嗯……好的，谢谢。"

"刘处长，气象部门来电，过去二十四小时，这片地区没有雷电现象，基本排除雷击起火的可能。"

"今天早晨，我们分别通知警务班、电话班休息人员模仿现场复盘，点燃蚊香然后与纸箱接触，看看到底能否引起火灾，并全程摄像。现在得到回复，不能点燃纸箱。"

"火灾发生时，学校已放假，这也是没有造成人员伤亡的一个原因，昨晚全楼共计二十人住宿，我们全部询问过，已经排除人为纵火和第二起火点的可能。"那个女生明确说过，蚊香与纸箱并无直接接触，掉落在纸箱上的是燃尽的灰粉，它的温度已经不高了。达不到纸箱燃烧所需的点火能量。现在，基本可以断定这起火灾与女孩无关了……"

"妈的。"刘汇海不自觉又咬牙切齿骂了一句脏话。

不过他们俩听着却很舒服，心中渐渐有底了。

那火灾的真正元凶是什么呢？

"现在该我们上场了。"苏讴边说边从业务用车的后备厢里取出两双雨靴，二人分别换上。

"干吗？"

"寻证据，抓元凶，找熔珠。"陈宏普手上还拿着簸箕形状的东西。

"什么是熔珠？"

"简单地讲就是电器或导线的某处经受瞬间大电流时，常常有金属被烧熔（1000℃以上），冷却形成游离的金属小圆珠。而一般火灾达不到1000℃，就形不成熔珠。"

"明白了，只要找到熔珠，电气火灾就赖不掉了。"

"OK！就是把火灾现场翻个遍，也要把它找出来。"

盛夏的高温让人们不愿意在太阳下多待片刻；直流水枪浇过的火灾现场，水气化而成的水蒸气从下至上，热量喷人；四周墙壁被火烧烫，热辐射灼烧裸露的皮肤；没有排完的水渍烫得人不由自主地跳起了踢踏舞。

不到三分钟，刘汇海感觉到内衣内裤都已经完全湿透，热空气让鼻腔黏膜异常难受，呼吸很不通畅，眼睛被熏得红红的，仿佛要窒息一般，他连忙退了出来。

陈宏普和苏讴戴着手套和口罩，脱掉上衣，只剩下背心，露出块状肌肉和劲爆体型，裤脚挽得高高的。

他们俩在安静中配合默契，首先将大块的燃烧物件逐一搬出房间，堆在走廊上，用簸箕对全部燃烧粉末进行筛查。

第二天上班时，刘汇海从家里直接赶到现场，才发现他们俩已经连续工作了三十个小时，脸色蜡白，双眼发红，嘴唇干裂。筛查过的粉末在走廊上堆成了小山，至少超过五百斤。遗憾的是还未找到熔珠。

他因为帮不上忙，心里很内疚，就驾车去了食堂买来早点，犒劳他们俩。

"找到了，找到了。"他定睛一看，陈宏普手中一个亮晶晶的小弹珠。

他一抬头发现头顶的天空万里晴空，湛蓝千里，流淌的白云像棉花糖一样轻盈纯洁，西面山脉的四姑娘和西岭雪山都隐约可见。

而两个参谋疲倦的面庞终于露出笑容，他觉得他们俩真帅。

"我们应该给那个女生打个电话吧？"苏讴提议道。

"为什么呢？事实本该如此，她不欠我们的，更不欠这个世界的。"陈宏普又严肃起来了。

"我倒觉得应该给她打个电话说明情况，因为她是在众目睽睽之下被执法人员带走并做了询问笔录，到现在为此，她承受着多么大的压力呀！"苏讴并不在意陈宏普曲解了他的用意。

"对！我赞成苏讴的提议，让她轻松而又充满信心地走回这个世界。"刘汇海说道。

转眼履职三个多月，繁重的防火工作完全颠覆了刘汇海以前的认知：那就是两眼一睁，忙到熄灯。

国庆长假的到来，让他兴奋了一下，本想好好地陪陪家人，不想比平时还要忙。

九月的最后一天，他随同支队长陪白副市长节前检查。

国庆假期第一天的十点钟，总队召开全省各支队机关部门副处以上行政领导参加的电视电话会。

踏进家门已是下午三点钟了，家里却早已鸡飞狗跳了。辜红英再一次在辅导果果功课时发火了。

"这种类型的题，我已经给你讲第三遍了，你还要出错，三年级第一次数学单元测试，你才考了九十二分。"辜红英已经怒不可遏。

"还有考六十五分的，我在班上已经前十名了，你的手指戳到我了。"刘辜克炎的声音比他妈的声音还要高。

"上午打完羽毛球回来，已经三个钟头了，你是东一榔头，西一锤子，啥都没有做。"

"你不要管我。外婆！你的女儿打你的外孙了。"此刻的辜红英与果果正围着饭桌上演猫和老鼠的故事。

"你就听你妈的话，不要顶嘴，你妈还不是为你好。"外婆三番五次央求辜红英不要打娃娃，说一下就行了，娃娃打不得，南海菩萨要生气的。

刘汇海心急火燎的，劝也不是，不劝也不是，他深知娃娃不能输在起跑线，但同时，看到果果每天被繁重的学业压得喘不过气来，心里又很难受。

"站住，你就知道打羽毛球，学习没搞好，羽毛球就停了，后天的比赛就不要参加了。你还跑，你还跑哇。"辜红英气急了，拿起一把羽毛球拍，"你再跑，我马上就摔断它。"

"我不跑，你就要打我。"果果委屈极了。

"啪！"气急败坏的她摔断了刘辜克炎最喜欢的拍子。

"哇——哇！"刘辜克炎哭得更厉害了。

这把拍子是国产最贵的，刘汇海看着也心疼："果果快听妈妈的话，好好地把作业完成了。"

她眼睛一瞪，向他挥挥手："今天还要翻天！"

他知道，她让他出去溜达溜达。

在楼下小区转了两圈后，他心情平复许多，印证了那句老话"眼不见心不烦"。

出大门，右拐，路过公共汽车站台。一个小女孩蹒跚着跑过来，一个趔趄，差点摔了一跤。

他急忙上前一步，把她扶正了，这时从路旁冲过来一位老太太，一把拂开他的手，把小女孩揽入怀中，眼睛恶狠狠地瞪着他，对小女孩说道："如果你从小不认真读书，长大了就跟他一样。"

他很诧异地对着街边门店的玻璃窗打量了一下自己：脚上是一双人字拖，牛仔裤脚高低不齐，白色的跨栏背心洞洞眼眼，一双带血丝的眼睛，眼袋有些浮肿松弛，鸡窝似的头发。

如果你从小不认真读书，长大了就跟他一样，他反刍着这句话，可我还是副团职干部呢。他想起那句话不由自主地讪笑起来。

当他不知不觉又驾轻就熟地走进菜市，心安理得坐在独凳上理发时，才发现近两年了，居然没和老者说过一句多余的话。

"老爹，你为什么不问问我剪什么样式？头发往哪边梳？"他显得很好奇。

"头发往哪边梳？是根据你头顶的'旋儿'的方向定的，不是你想往左就往左，向往右就往右，要不就不自然，第二天就显得乱七八糟的，年轻人你头顶的'旋儿'是往右边旋的，头发往右边梳，好看、自然。我当然就往右边剪了。"老者顿了顿，继续说道，"剪什么样式好看，这要根据你的头型、脸型和职业，很讲究的。难道你要剪一个'杀马特'还是'非主流'？"

"老爹，你还懂'杀马特'和'非主流'？不简单啊！"这下该他大吃一惊了。

"我虽然快六十岁了，但耳不聋眼不花，看书、看报、看新闻，玩支付宝，耍微信，聊QQ。老年人要与时俱进，才能找到自己的快乐。"

"老爹，你猜猜我什么职业？"

"看你正襟危坐的样子，不是军人、警察就是教师。给你剪了快两年了，你能成为我这儿最年轻的回头客，至少说明我给你剪的样式获得了你的肯定。"

睿智的老者这回并没有猜得全对，刘汇海来这儿理发，主要的原因还是价格，在金钱面前，美学概念永远排在刘汇海的第二位。

"老爹，我是一名军人，消防兵。你以前是干什么的？"他心里多了一份崇敬之情，揣测眼前的老者绝不简单。

"当兵好啊。我也当过兵，七一年入的伍，退伍后成为'文革'后的第一代大学生，上过讲台，理发的手艺是部队学的，没丢。"

"老爹，你当过教师吗，你怎么看待当今的教育改革，现在社会对中国应试教育多有批评之声。"他自己也没想到，突然间蹦出了一个严肃的话题，"我儿子小学三年级，书包居然有八斤重，全班四十五人中，近一半眼睛近视。一周包括奥数在内的兴趣班共有八节课，光补课费一个月就要四千元。并且家庭中因为教育问题，造成所有人之间矛盾重重。孩子的童年毫无快乐可言。

"改革开放三十四年了，教育取得非常瞩目的成就，四九年新中国建国时期全国文盲率为百分之八十；到一九七八年为百分之二十；现在大约为百分之四。还有就是我国的专利数量世界第一；数理化奥林匹克竞赛世界第一；教育为中国经济上升为世界第二储备了大量的科学家、工程师等高精尖技术人才。"老者收起了笑容，一脸严肃地娓娓道来，"教育本身是一个长期的内化过程。对大多数人来讲，又是一个不快乐的过程，而现在家长、学校、教师、培训机构、社会则把教育与效率、金钱、名望、成败联系在一起，没有看清教育的本质。"

沉默，还是沉默，他不言一字是对老者的一种尊重。

"打个比方吧，中国有句谚语'人生七十古来稀'！而现在我们中国人的平均寿命都有七十二岁，而社会、父母依旧对子女要求三十而立，却并不是立德立言立功，而是买车买房结婚生子。家长的要求简单来说就是，十八岁金榜题名，二十二岁考公务员一劳永逸，三十岁房、车、婚、子永远的标配。人们太着急了，急功近利已成登峰造极之势。受教育和读书是一辈子的事，为什么不可以大器晚成？为什么不可以厚积薄发？人生的成与败不是由十八岁的高考决定的，聂耳没有上过大学，华罗庚只读过初中，齐白石三十岁前是一个木匠。人最重要的是觉醒。只要觉醒了，就有可能行走在正确的道路上，坚持长久地走下去，就能笑到最后。

"唉——，小伙子，在这样的条件下你居然能打盹，真怕我的剪刀戳到你，你要注意休息，在你这个年龄，都是一个大家庭的顶梁柱，人生不是逞一时的洪荒之力，而是长久的千秋之力。"

"好的，老爹，谢谢您。"不知是不是小息片刻的缘故，他感到轻松多了。

第二天一早，他就把果果送到俱乐部训练羽毛球去了。外婆在厨房忙着。辜红英向他努了努嘴，咬耳朵："电影院上映了一部新片《普罗米修斯》，网上评分很高。"

他和她蹑手蹑脚，一前一后开门外出了。

电影是英语原版的，讲述的是：二十一世纪末，人类的科技水平已高度发达，克隆人技术和宇宙航行早已实现，不再是梦想。与此同时，许多科学家仍孜孜不倦追索着人类起源的秘密与真相。通过对许多古老文明的考察与对比，科学家伊丽莎白和查理发现，人类可能是来自一个遥远星系的外星人创造的。在Weyland公司资助下，他们乘坐宇宙飞船普罗米修斯号前往那颗未知的星球。经过对当地的考察，地球人的设想成功得到印证。可是他们贸然探查"神的秘密"的行为，也将自己引入万劫不复的深渊……

电影所展现出来奇特的想象力、魔幻的拍摄手法、精致的后期制作都是让刘汇海啧啧称奇的；尤其创作人员脑洞大开又匪夷所思的奇思妙想，给他无比的震撼，也许还有可能会给他的认知带来颠覆性改变。而在观影之中的奇妙感受，他把它归结为读万卷书，要不是考虑到三十五元一张的电影票太贵了，他一定愿意每周都和辜红英进一次电影院。

电影同样给辜红英带来无比的震撼。但是这种震撼却是对未来的不可预知性，确切讲是辜红英对未来的不确定性，所变现的就是信心不足，心理上的恐慌，反而强化了她竭尽全力培养儿子的念头。

虽然是科幻电影，但是刘汇海也深知航天工程、克隆技术、转基因和智能科技都是与人类生活息息相关的前沿科技，不管喜不喜欢，抑或接不接受，人们都没有选择，回不了头了。让他很欣慰的是二〇〇三年开始到现在，中国的神舟飞船系列已将航天员杨利伟、费俊龙、聂海胜、翟志刚、刘伯明、景海鹏、刘洋、刘旺送上太空，中国航天大国的地位已经奠定。当然一想到二姐出生的那年，美国人就登月成功了，我们国家离航天强国还有一段不小的距离。

"唉，你知道吗，我最近看了一个科学杂志说，我们的宇宙其实是不仅仅只存在三维空间，有可能是多维空间，或许多达十一维空间。"辜红英若无其事又一脸正经地说道。

"什么意思？"刘汇海完全不知其意。

"我们的日常生活都是在三维空间里进行着。简单地讲，昨天的我、今天的我、明天的我构成的是四维空间；五维空间怎么讲呢？打个比方吧，今天的你是当了兵的你，还有一个你是没有当兵的你，存活在另外一个不交集的宇宙中……"辜红英说得很拗口。

他听起来就更迷糊了，好半天才明白一点点意思。多维空间这个词在他心里默默地念到了两遍，突然心里一颤，脑壳皮一紧想起了多年以前新华桥救援的那个失恋落寞的男青年，当时就觉得怪怪的，现在想起来还是怪怪的。张口想说什么，却不知道说什么。

国庆第三天，是果果参加羽毛球比赛的日子。说好了，全家人都去观摩比赛，为果果鼓劲加油。

可还没等刘汇海出门，值班电话就打过来了，传达支队领导的指示：马上参加由市安监局组织的联合检查。

"你难道就不可以撒个谎，说在外地吗？果果很看重这个比赛的，都三年了，你一次比赛都没有陪过人家。"辜红英非常郁闷。

"工作重要，理解万岁。检查完了，立马赶过来。"他一溜烟就往单位跑了。

幸好这联合检查大半天就结束了。

当他赶到蓉都市羽毛球青少年培训基地，刘辜克炎16进8的单打比赛刚刚开始。辜红英一脸不悦，白了他一眼。

由蓉都市羽毛球协会举办的青少年羽毛球比赛，每年都会吸引全市许多人参赛，而今年就有六百多人，而刘辜克炎所在的、出生于二〇〇四年的这一组就有一百多人。当然了，人数最多的肯定是家长了。暂时没有比赛任务，家长散落在操场上各个角落，黑压压一片，坐着的、站着的、靠着的、喂水的、陪练的、擦汗的、聊天的、叮嘱的。还有一个娃娃比赛，家里七大姑八大姨来了个四世同堂的。

球馆内，比赛正激烈地进行，家长的加油声、呐喊声、助威声此起彼伏。

"好球！"

"漂亮！"

"巴适！"

惊呼声四起。

"唉！"

叹息声一片。

一、四、七号场地临近观众席，有两个家长为了娃娃的比赛居然吵了起来，一个说球出界了；另一个说压线。差一点就全武行了，即使裁判长——羽协主席出面也无济于事，好在两个小选手把手放在嘴上做了一个"嘘"的动作，双手于胸前往下压的动作，制止了纠纷。

赢了球的，娃娃和家长手舞足蹈都很兴奋。

有的娃娃泪眼婆娑，一看就知道输了球，家长不停地在安慰，真是应了那句话：快乐着你的快乐，悲伤着你的悲伤。

后场平高球，劈杀，搓网，回网，高远球，劈吊，勾对角，回抹，起高球，扣杀，截杀！一共十二拍。

球场上的果果气喘吁吁，得这一分，真是太难了！

为了这一分，果果两次鱼跃救球，三次倒地击球，每一次与地面撞击的咚咚声像钢针一样扎进辜红英的心脏，她红了眼，双手握在胸前不停地抖。

而刘汇海一进球馆，心就悬起一般，像打鼓般七上八下。

球场上的果果一个趔趄，打了一个空球，失误送给对手一分。

"唉——"辜红英长长地一声叹息：不要失误，不要失误！

刘汇海在心里默默地念着：对手失误，对手失误。

突然间，他全身一紧，打了一个寒战，怎么会有这种想法，红着脸左右瞟了一眼，确认自己没有说出口，才稍微松了一口气。

果果打球两年多的时间里，两口子已经成为资深球迷了。

一平，二平，三平……

现在是第三局的20：19，最后一分，金球制胜。

他心都蹦到嗓子口了，这哪是打比赛，纯粹是要人命！

"你的手在抖什么抖？"她问道。

"没有抖啊？"他茫然地看了看自己的双手又不自信地回答道。

"明明就在抖，还狡辩。瞧你那点儿出息。"

他不经意间发现她的双手攥得紧紧的。

两个选手的教练已经站了起来，提醒着徒儿，注意力要集中，步伐衔接要紧湊。

裁判清了清嗓子："局点。"

只见果果发了一个高远球，对方回了一个反手位的高远球，质量很高，球的落点很深，紧靠底线。

两口子不约而同地倒吸一口凉气，后背发汗："啊！"嘴巴半天没有合拢，双眼发直，呆住了。

场上的果果很别扭地一拍大斜线劈吊回了过去。很冒险，容易失误下网或者出界，再则质量不高，容易被对手一拍打死。

还好！躲过一劫。他心里默默一念。

一来二往，在不知不觉中已经第十四拍了，对手突然之间推了一个正手位的平高球，果果没有预料到，准备不足，脚打滑，一个趔趄，勉强接到球，但发力也不充分，回了一个半场高球，对手抓住这个千载难逢的机会，蹬地，跃起，扣杀。

他已经万念俱灰，闭上了眼，准备迎接注定的失败。

"啊！——咦！"他瞬间感觉是由地到天、由冰及火。什么叫否极泰来，什么是喜从天降？果果的对手因发力过猛，球下网了。

"咦——"果果居然像大人一样扔掉拍子，双拳紧握，仰天长啸，然后喜极而泣。

"快快，跟对手握手，跟裁判握手。"周教练笑呵呵地提醒着。

握手时两个小孩儿都是泪眼盈盈，一个在天，一个在地。

家长们都哈哈大笑，有的在天，有的在地。

第三十二章

　　立冬过后，蓉都的天整天都是灰蒙蒙、雾沉沉的，有点呛鼻，刘汇海知道这是空气中的霾造成的。当年在北京读书时，一到秋冬季节经常出现这样的天气。办公室的空气净化器从早到晚都运转着。

　　蓉都二绕二环高架路都在如火如荼修建着，地震过后，房价持续上扬，房地产市场欣欣向荣，到处可见地产工地的铁塔高耸入云，地铁二、四、七号线路紧锣密鼓地施工，有种给这个城市开膛破肚的感觉。他坚信：今天的不方便，就是为了明天的更方便。

　　"刘副处长，有个建议不知当讲不当讲？"从后勤处调入防火处工程审核科任助理工程师的许兰楠欲言又止。

　　"关于工作上的事就请说，与工作无关的事，好事就讲，不好的就不要讲了。"他又有点不自然，不敢直视许兰楠那张精致的脸。

　　"刘副处长，你看二环高架路已初见雏形，你不觉得少了什么吗？"

　　"二环高架路是在原二环路上整体修建高架的城市快速路，全长二十八点三公里，双向全封闭六车道，设计时速八十公里，其中双向内侧为城市公交快速道，功能类似于上海的内环高架路，这有什么问题吗？"他有点丈二和尚摸不着头脑。

　　"它好像没有设计修建市政消防栓。"她自言自语中透露出一点不自信。

　　"什么叫好像，到底应不应该？"防火业务并不强的他还是没有理解她说话的要义。

　　"这就要看怎么定义二环高架路，如果定义为高速公路，如机场高速就没有修建消防栓，如果定义为城市市政道路，就应该修建消防栓。二〇〇九年的公交车燃烧事件，你刘副处长可是第一个到达现场的消防员，惨不忍睹又触目惊心。

我的话讲完了，怎么办？你看着办。"她真的很聪明。

"许参谋，你马上形成文字材料，简单点，我电话给罗国富处长请示一下，他和支队长在外地出差。"

"许参谋，罗处长回电话了，传达支队长的指示，这个建议非常好，要我们抓住有利时机，向市上相关职能部门汇报到位，一定要在二环高架路上修建消防栓。我们不能成为时代的罪人。"

得到回复的刘汇海有点兴奋，急急忙忙带着许兰楠就往市规建局跑。

接待刘汇海的是市规建局城建科江科长，当他们说明来意，并递上公文时，江科长面露难色："二环高架路的地勘、财评、招投标早已完成，施工方早已进场，现在却要增加项目，难度太大，程序上没有先例。"

完全没有与市属各部门打过交道的他听完对方的陈述，一下就蒙了，不知如何作答。

"江科长，你好，我是支队防火处工程审核科的许兰楠，我们见过面的。我们支队是市规委会成员单位，所有的新建项目，包括市政道路，都应该邀请我们支队派人参加。"

"对对对，我记起来了，许参谋，有几次开项目评审会，你给我们提了几点非常好的建议。"江科长一拍大腿，作惊呼状，面色转暖，少了些先前的傲慢。

"二环高架路项目，贵单位并没有邀请我们单位派人参加，现在我们发现问题，主动提出修改意见，依据国标《城市消防规划规范》中第四章公共消防设施和《消防给水及消火栓系统技术规范》，在二环高架路每隔一百二十米就应该修建一具消火栓。江科长号称规建局第一业务能手，不会对这些规范陌生吧？"许兰楠不急不躁，有理有据。

"许参谋，我们对于二环高架路是按照城际高速公路来修建的，所以……"

"江科长，二环高架路到底是城际高速公路还是市政道路？国家的规范并没有明确定性，属于新生事物全国都不多见，同属于城际高速公路的机场高速就没有修建消火栓。但是江科长，你应该明白，所有城际高速公路修建的牵头负责单位是交通厅、局，所有市政道路修建的牵头负责单位才是你们规建局；第二，所有城际高速公路运行中，是不准有行人和上下客的，而二环高架路设快速公交且有二十八个站点，无数人在二环高架路上等待上下公交车；第三，城市安全管理有一个显著的特点就是防患于未然，国防和社会安全投入不能简单用经济指标来衡量，二〇〇九年九路公交车燃烧事件还历历在目，未来如果有一天，二环高架路发生火灾，我们用消火栓灭火，能够多抢救一个老百姓的生命，那么今天我们所有的付出都是值得的。"许兰楠义正词严，目光坚毅。

"对，许参谋讲得有道理，对于投资几百亿的二环高架路来说，增加几百万修建消火栓应该没问题，等分管城建的廖副局长回来，我立刻给他报告。"

"那廖副局长去哪儿了？"刘汇海可不想白忙活。

"他去交投集团开会了，整个二环高架路前期由我们单位牵头负责，但业主单位却是交投集团，修建工作具体由他们负责。今天很快就要下班了，你们改天联系了，再来吧。"江科长已经在看手表了。

"那就请江科长在我们这个'公文来往薄'签个字吧，好记性不如烂笔头。"许兰楠做事情细致又严谨。

"你们部队的工作作风就是很扎实，这下我跑不掉了。请你们放心，我签了字，就一定向领导汇报到位。"江科长虽说不情愿但也不得不签上了自己的大名。

"让我来开车吧，现在就去交投集团，事不等人啊！"坐在驾驶室的刘汇海心里默默为许兰楠点了一个赞，心想这才几年时间，以前后勤处矫情的许助理，变成而今干练、敬业的许参谋。

身着职业装、透露着成熟的彭玉坦现任交投集团的办公室主任，当再见到刘汇海时，两人相视莞尔一笑。

随后，落座，沏茶。

当得知来意后，她告诉他，廖副局长还在，正在办公室开会，同时交通集团分管建设的副总刘海洋，工程修建方中铁集团的领导也在，这些人对于修建消火栓都是很重要的。

廖副局长主持召开的这个会是为了落实市委市政府领导的指示：如何消减二环高架路工程施工对市民工作、生活的负面影响。

参会还有交通局、环卫局、城管局、交警分局、公交集团的负责人。会议再次要求：

施工单位负责降尘、降噪，运渣车、运料车上下班高峰期不准运行；

交警部门加大警力对路面疏导；

交通局、公交集团科学调整公交路线，加大运力，确保市民出行方便。

城管局、环卫局要强化对二环路路面进行去障、导流、排污、清洁等工作。

"我们交警部门在绕城以内的区域优化道路107条，调整、整改通行线路93条，并在电子显示屏、广播交通台、微博、微信滚动发送；增加固定执勤点位148处，流动执勤点位72处。工作量增加近三分之一。"

"我们公交集团调整公交线路138条，每天增加运力150台次。每周增加运行支出15万元。"

……

"好了，今天的会议就到这儿吧，请大家记住，牢骚可以发，怨言朝我吐，出了这办公室一切归于零，重新出发，把工作做好，给蓉都人民一份比较满意的答卷。"

会议完毕刚好五点，在彭玉坦的引荐下，刘汇海和许兰楠拜会了廖副局长和刘海洋。

"刘—汇—海，当年老百姓口中的救人明星，现在的刘处长。"廖副局长仔细地盯着刘汇海胸前的姓名牌看了一下。

"廖局长，您好。我是消防支队防火处副处长刘汇海，这是我的同事许兰楠，我们此行的目的是……"他发现廖副局长向他轻轻地摆了摆手，做了个噤声的手势。

"你们此行的目的，我已经很清楚了，小江已经给我发了一条短消息。城市建设涉及老百姓生活的方方面面，本来就应该征求你们行业主管部门的意见，是我们疏忽了，向你们道个歉。消防工作与千家万户老百姓的生活息息相关，这个消火栓应该修。"廖副局长顿了顿，看了看随行的大家，指着刘海洋对他介绍道，"这是市交投集团负责修建工作的副总刘海洋。"

刘海洋礼节性点了点头，从刘汇海那椒盐普通话中已经判断出，这个人极有可能是自己的合江老乡。

在随后的大半年内，这两个名字就经常联系在一起，争吵中才发现竟是同一所中学的校友，只是彼此有六届的差距。

"你们两家下来多碰一下头，还有就是跟二环高架路的承包方市自来水公司开个会，达成一致意见（消火栓的设计、修建、维护又是自来水公司的主体责任）。由市交投集团形成文字材料，交到我们规建局城建科来，我负责解决所需经费。你看怎么样，刘处长？"

"那我代表消防支队谢谢廖局长和各位领导。"

"不要这样说，消防工作不应该是你们消防支队一个部门的事，它是一个社会化的问题。应该用社会综合职能来治理消防工作。说到感谢，我个人还应该首先感谢一下你们119。"廖副局长说到这里，所有人都带着好奇，静候下文。

"大概是十五年以前，我在外地出差，家里只有六十岁的老母亲，外出倒垃圾没带钥匙，风把门吹来关上了，炉盘上还熬着汤。情况非常紧急，就打了

119。很快就来了三个年轻的士兵，他们查看了现场环境，我家在三楼，四楼没人，再向上就是楼顶了，且上不去。一个班长没带任何的保护措施，双手握住落水管，双脚交替向上，很快就到了三楼的夹角处。他一个单臂横挂，再接一个双臂直立，就上了窗台。当老母亲冲进厨房，才发现炉盘已经关好了，转身后，消防兵已不见踪影，都走了。连一句谢谢都没来得及说的老母亲，为此懊恼了十来年。”

人群中的许兰楠向刘汇海眨了眨眼，竖起了大拇指。而此刻的他正努力地回忆，却始终未能从数千起为民服务中记起廖副局长口中之事。

“刘处长你以后有什么事，尽管来找我。”廖副局长大手一挥，语气诚恳。

“那我就趁热打铁再报告一件事，就是老城区缺乏消火栓的事。”他全然不顾别人是不是一句客套话，蹬鼻子就上脸了。

“我知道，这也是历史遗留问题了，全国各个城市都普遍存在的问题，我们的城市建设在相当长的时间里缺乏科学的规划，补建消火栓是关系到老百姓生命安全的民生问题，但是我们也不能为了修建消火栓而修建消火栓，而是要和雨污分离、旧城改造、绿化改造、路面翻新、电缆铺设等工程结合起来，科学统筹，先规划后实施。绝不能干去年敲、今年修、明年补的事了。刘处长你们消防支队接下来和市自来水公司一起把消火栓资料再核实好，尽快把文字数据交到我们城建科来，不说大话，不吹牛，我把它列入下个五年计划，争取用五年时间完成百分之九十的补建工作。”廖副局长信誓旦旦对大家说道。

刘海洋怕没有官场经验的他又冒出一句什么来，忙打圆场地说道：“时间不早了，走！到食堂，有便餐，边吃边聊。”

对这个提议，刘汇海正不置可否，突然发现许兰楠向他噘了噘嘴，幅度很小地摆了摆手，他马上接话道：“各位领导，我们就不参加了，谢谢你们的好意，晚上七点，总队还要视频点名，我作为行政值班人员，还得参加。”他认为不给自己和别人添麻烦而撒个谎，没必要心生内疚。

对于他这种礼节上的拒绝，初次见面的廖副局长和刘海洋微笑送别。

在回程的路上，许兰楠暗自思忖，这个刘副处长上任半年多来，无趣，有点不合群，情商低，但也很耿直，有担当。就拿今天这个补建消火栓工作来说，涉及规划、建设、城管、自来水、政府平台公司，推诿的多，办实事的少，拖了十几年，进展很缓慢，是蓉都消防支队几届领导班子的心病。一个烫手的山芋，别人能拖就拖，能躲就躲。他倒好，一路猛冲猛打过去，效果反而好。

“现在六点四十了，回单位已经没有晚餐了，要不我请你吃碗面条。”对于从不在外就餐的他来说，面条是对她的最高褒奖了。

"不用了，谢谢刘处长，我老公已到支队门口接我了，今天是我俩结婚六周年纪念日，说好了一起吃一顿晚饭。"许兰楠的老公也是现役军人，军人夫妻，牛郎织女的生活早已经习惯了。

"你怎么不早说，下午你就该休息休息，别让你老公等得太久了，这一趟我一个人跑就行了。"这话发自他内心，没有一点虚情假意。

"这倒没什么，我也比较喜欢这种富有挑战性的工作，人生的真理、真知、真相一定不在支队大楼里，而是在基层中队生活的旮旯晃晃里；在防火监督干部的汗水里；在基层官兵的鲜血和泪水中。"她淡淡地说道。

"是啊，我们党的先进性绝不体现在政治处的报告中；也不体现在后勤处的票据上，更不在支队长、政委的口中。而在一线防火、灭火官兵的手上、脚下。"

当刘汇海独自回到单位，已是饭菜皆空，月明星稀。

第三十三章

二〇一三年元宵刚过，整个消防支队大楼已告别了节日的喧嚣，大家匆忙、紧张、有序地忙碌着。而干部的复、转、退工作开始了。翁茂桂、汤勇基、黄宽泉、高文勇、龚大敏、鄂晓华等十八名警官离开工作岗位，年底办理退出现役的手续。

当命令摆在龚大敏的面前时，脸色有些白的他呆坐在办公室里，还是有些接受不了，双手掩面久久不能自已。猛然抓起水杯狠狠地摔在地上骂开了。

鄂晓华则在接到命令的同时，换上貂皮大衣，穿上锃亮的皮鞋，眉飞色舞呼朋唤友去了。

罗进摆了一桌，召集同年兵或者军校同学许松、刘汇海、萧和、李勇给龚大敏、鄂晓华践行。

下午四点，龚大敏才收拾好心情，慢悠悠出门，踏上公共汽车赶往饭店。窗外乍暖还寒的微风吹过一丝丝的春意，他有意打开窄窄的玻璃窗，让清风拂面，回首这刻骨铭心的二十一年军旅生涯：还在他蹒跚学步时，父亲从部队转业成为一名人见人敬的人民警察，除暴安良，解困助危英雄般存在于他的脑海里直至十六岁。

那一年，高中第一学期，有钱、有势家的同学那种颐指气使、高人一等的傲慢态度，老师对他这个小警察儿子不闻不问、漠不关心的举止，瞬间让他明白自己的家庭是如此的平凡，长时间羞愧于父亲仅仅是一名偏远山区派出所的所长，而不是局长、县长、厂长、董事长。

对于他当兵，父亲寄予很高的期望，而他自己也认为至少可以提个团长，超越父亲是理所当然的事。但是这一切随着今天的到来烟消云散了，梦想对于他来说，也不复存在，怎叫人不悲伤。

"前几天，我忘了带钥匙，把门锁上了，就试了试打了119，他们还真是傻了吧唧、热情无比给我开了门，一口水都没喝。今天我又撒了个谎，又打了119，结果他们又来给我免费开门，简直就是瓜娃子。"说这话的是瘦高个儿、人称刀疤脸的柳龟零。

"狗日的消防兵，他们上午操课的呼号声音让我睡不成觉。"这是人称矮冬瓜的贾为民在发牢骚，他的家紧挨着消防三中队。

"打一场火下来，每个人都像黑包公一样，臭死了。"贼眉鼠眼的周博武得意地说道。

龚大敏回过头瞅了瞅坐在最后一排的三人，没开腔。当公共汽车停靠在玉林东路站时，本该下车的他并没有动。

公共汽车到达终点站八里庄站时，车上就剩下他们四个人了，龚小敏有意落在最后一个下车，跟在他们三个后面走到一处僻静的小巷，大声吼道："你们三个给我站住！"

三人迅速转身，当发现只有他一个人时，他们的表情由惊恐转变为诧异，最后定格在不屑："是你在叫我们吗？"柳龟零用手指着龚大敏，满脸的轻蔑。

"你们的嘴真臭，欠揍。"说实话，心情不好时，他总喜欢去拳击场出一身臭汗，哪怕是被别人打，排遣一下压抑的心情，他也很乐意。可今天他的心情却是憋屈到了极点。

"你能再说一遍吗？我没听清楚。"柳龟零故意把右手放在耳旁，作挑衅状。

"嘴巴放干净一点，不要说消防队的坏话，我很生气，后果很严重。"龚小敏上前一步，眼睛紧紧直视他。

柳龟零回身向他那两位兄弟眨了眨眼，转身突然就是一拳向龚大敏的脑门打去。

他并不躲闪，昂头迎拳。"啊！"柳龟零痛苦地甩动右手。他右手的无名指、中指、食指瞬间就全部脱臼了。

贾为民眼见伙伴吃亏，马上冲了过来，飞起一腿。龚大敏迅疾一个侧身，躲了过去，跟进一个马步冲拳，直击面门。他随即倒地，两鼻子血流如注。战斗结束在三秒之内，戏剧性的场面变化让周博武呆若木鸡，恍如隔世般逃之夭夭。

龚大敏无论如何也没想到，眼前这两位也太不经打了，自己完全没有活动开。

不要轻易与地方人员打架。他这才记起牟良权对大家的忠告，当兵二十一年以来的大练兵活动和消防铁军比武竞赛，早就把肉身凡夫的他锻造成铁骨钢筋了。再加之作为支队足球队正牌前锋的他，随时随地都要甩头撞击时速几十公里的足球，铁头功是有名有实。

"记住了吗？以后不要再骂消防队了，再骂，见一次打一次。"

"是的，大哥，我们嘴臭，欠揍。"

"需要打120还是110呢？"他并不急于离开，他想把事情处理完。

"不用了，大哥，是我们自己摔的！"两个人的头摇得跟拨浪鼓一样，对于这些街头小混混来说，也许派出所还有什么案底正等着他们呢。

"那我就真的走了。"龚大敏边走边摇头，不带劲，不经打。

"大哥，这不是一场事故，仅仅是一次演习。"没想到，这两个小混混居然还死要面子。

晚餐很丰盛，盆重盘，盘叠碗，碗垒碟。

白的，红的，啤的。

大杯、小杯、茶杯、圆壶、易拉罐。

"我告诉你们，接下来，我要进入市场经济，买股票，炒基金，开公司，三年挣一百万。"鄢晓华把胸口拍得啪啪响。

"来来，我们先预祝鄢大汉儿生意兴隆，财源广进，干一个。"

"我工作干得也还好，人际关系也还说得过去，怎么说让我走，就要我走了呢？"龚大敏始终还是没有想得通，情绪时高时低。

"其实不想走，其实我想留。"鄢晓华又端起酒杯揶揄道。

"转业到公安局当警察，年终有个目标奖，其实待遇也不差，还能随时随地照顾好家里。"二〇〇八年就转业到市公安局的李勇安慰道。

说到目标奖大家都沉默不语，它是军人心里迈不过的坎，现在才明白，军人也就是表面工资高罢了。

"来来来，喝酒，走一个。"许松喝酒并不是真的喝，不过斟酒的频率确实很高。

"二位，以后有什么事需要帮忙，吱一声，跑路算我的。"在饭桌上，刘汇海并不擅长表达。

"算我一个。"萧和酒量好，喝酒也老实，默默地陪着大家，生怕冷落了谁。

"萧和明年加油，争取提副团，要不，就和我们一样走人了。"鄢晓华猛然想起明年萧和就四十岁了。

"还有我们的副参谋长，明年可以参加正团提拔考核了，也该把'副'字去掉了。"龚大敏道出的是真心话。

罗进哼了一声，脸上露出一丁点笑容，马上又恢复了常态。这个问题他不是没想过，提副团的比例是三比一，那么提正团的比例可能就是二十比一。太难了，不过他已在悄悄复习中。

"嗨！这几位帅哥，你们个个天庭饱满地阁方圆印堂发亮面带红光时运通顶鸿运将至官运亨通。听小弟为大家献上一支歌吧。"现如今流行叫帅哥，只要是十四岁至六十岁的男子，都没错。

"噗嗤。"许松差一点将嘴里豆腐脑全部喷了出来，还官运亨通，今天都成了下岗工人了。

刘汇海这才看清楚眼前站立的这个语速极快，说起话来像打机关枪样的青年。小伙子年龄不大，个子不高，戴着眼镜，背上背着一个四四方方的旧音箱，胸前挂着一把吉他，耳朵上夹着耳麦。

这是一个为人唱歌挣点生活费的人，对于五音不全的他来说，能拿起吉他现场表演，是要有非常高的技能和自信心的，而此人却用它来糊口，刘汇海顿生怜悯之心。

本想恭维一下大家，却不想引发了无比的尴尬。大家一时全部愣住了。

"各位帅哥来一曲儿。"小伙儿也愣了一下，涨红了脸，硬着头皮加了一句。

"好，点一曲，大汉儿，听什么？你点。"刘汇海把歌单递给了鄢晓华。

"好，张雨生的《我的未来不是梦》。"这也是鄢晓华最拿手的保留曲目。

你是不是像我在太阳下低头
流着汗水默默辛苦地工作
你是不是像我就算受了冷漠
也不放弃自己想要的生活
你是不是像我整天忙着追求
追求一种意想不到的温柔
你是不是像我曾经茫然失措
一次一次徘徊在十字街头
因为我不在乎
别人怎么说

我从来没有忘记我

对自己的承诺

对爱的执着

我知道

我的未来不是梦

我认真地过每一分钟

我的未来不是梦

我的心跟着希望在动

小伙子清澈、透亮和纯洁的歌声迎来掌声一片，大伙儿自觉地合着节拍。

"停一下，你伴奏，我来唱。"鄢晓华已经站起身来，收腹运气：

你是不是像我整天忙着追求

追求一种意想不到的温柔

你是不是像我曾经茫然失措

一次一次徘徊在十字街头

因为我不在乎

别人怎么说

我从来没有忘记我

对自己的承诺

对爱的执着

我知道

我的未来不是梦

我认真地过每一分钟

我的未来不是梦

我的心跟着希望在动

跟着希望在动

"好！"掌声雷动。

"绝对的原唱！"

"太美了，天籁之音。"

鄢晓华美滋滋地向大家拱手行礼。

刘汇海再一次注视着鄢晓华。他的表现可以用惊艳来形容了，极具爆发力的嗓音，在没有技巧的帮衬下，随心所欲地在高音音域自由发挥，响亮而清脆，不含一丝一毫的杂音，响遏行云，完美极致。

身高近一米八的鄢晓华长相精致，黝黑发亮的肌肤，浓眉大眼，眼眶微陷与高耸的鹰钩鼻形成错落有致的雕塑感，完全符合东西方的审美观。眼眸黑又亮，一眨一闪，英气逼人！再加之篮球打得好，在高中就是女同学暗恋的对象，有大众男神之称。唯一的缺憾就是试卷上令人惊悚的得分，废话超过文化的涵养。

对比今天快男超女恣意妄为的年代，在那个信息还很不发达的青少年时代，也许鄢晓华真的只差一个机会：一个八线城镇与一线城市的距离。

"再来一首《战友之歌》，还是你伴奏，我们兄弟几人一起唱。"兴致正盛的鄢晓华肯定不会轻易收山的。

> 战友战友亲如兄弟
> 革命把我们召唤在一起
> 你来自边疆他来自内地
> 我们都是人民的子弟
> 战友战友这亲切的称呼这崇高的友谊
> 把我们结成一个钢铁集体钢铁集体
> ……

七个人震耳欲聋的声音暴露了他们的职业身份。

"来小伙子，二十元钱，谢谢你了。"刚唱完，刘汇海第一时间把唱歌的钱结了。

小伙子有点尴尬，自己只唱了半首歌，伴奏了一下。并且面前这位黑高个儿比他自己唱得还要好。

"谢谢几位帅哥了，我还要向这位最帅的帅哥学习学习。这样再送一首《驼铃》送给大家，祝大家身体健康万事如意扎西德勒！

> 送战友踏征程
> 默默无语两眼泪
> 耳边响起驼铃声
> 路漫漫雾茫茫

革命生涯常分手

一样分别两样情

战友啊战友

亲爱的弟兄

当心夜半北风寒

一路多保重

……

瞬间，龚大敏和鄢晓华泪如雨下，许松假装接电话走了出去，刘汇海双眼噙满泪水给大家斟满酒杯。

"想当年我鄢晓华可是全国灭火岗位考试前十名获得者。"

"我为后勤工作呕心沥血，连续三年被评为先进……"

"我确实还留恋部队，喜欢消防工作，怎么说转业就转业呢？"

"不行，我还要找领导说说……"

醉醺醺的龚大敏和鄢晓华早已有点胡言乱语了，仔细一听，醉后言语却全都是消防。

晚餐眼看就要吃成夜宵了，罗进和萧和分别送走了他俩后，人就都散了，刘汇海独自走在黄昏的街头。一来可以消消饱胀，二来平复一下心绪。

月上枝头，灯稀影疏，道路中间绿化带上栽种着与人同高、整整齐齐的樱花树，粉红色樱花摇曳在微风中，道路两旁的小叶榕郁郁葱葱。

他看着这座漂亮的城市，花开全年，四季常绿。心中无限感慨，这种感慨是他作为这个美丽城市的一个普通建设者、参与者、见证者、守护者，全心全意付出后的真心感动。

他不自觉地向空中挥了一拳，觉得身体特别有劲儿，看着这双粗壮、布满老茧的手，居然得意地笑了起来，嘴都合不拢，灿烂而又自豪。

不觉着心中升起一股洪荒之力，托起他加速来了几个连跳，接着一个纵跳，跟着一个大跳。这轻盈的身躯是上千次百米消防障碍锻造的结果，连续的侧手翻如蜻蜓点水一般灵动飘逸，最后的落地站立定格在了后空翻上。口中恣意妄为、毫无音律的哼哼哈哈让路旁的一对小情侣顿生夹杂着厌恶的嘲笑。

好在他并不理会，依旧兴高采烈地伴声前行。

如果说人群中的刘汇海是木讷的、羞涩的、敏感而又紧张的，那独处时的他则是欢快的、奔放的、激情而又从容的。也许他对那句"别人笑我太疯癫，我笑他人看不穿"有着更深切的理解。

好半天又想到今天战友转业了，联系到自己，副团的最高服役年限是四十五岁，到二〇一七年，还有四年，到那时儿子应该读初二。

提正团？他从来就没有奢望过，因为他知道，他所有的才能就是一个合格的执行者，并不具备决策者的格局、学识、远见等。到那时他不会像鄢晓华和龚大敏选择自主择业，一定会二次就业，哪怕是为了果果，还有就是那个家，一个大家。此时他对未来一点都不畏惧，大不了再当一次新兵。他不怕苦，现在回头来看，那都不是事儿。

溜达到家门口已经晚上九点五十分了。一进门就发现辜红英用诧异的眼神看着两手空空的他。

"鞋子买了吗？"辜红英期待奇迹出现。

"糟了。"刘汇海心里暗暗叫苦，送战友太投入，火烧火燎的酒精把买鞋这事儿膨胀出了中枢神经。

明天，果果就要参加新一期的羽毛球集训，旧球鞋破了一个洞，而他答应儿子，今天买一双新球鞋回来。

辜红英努了努嘴，示意果果还没睡，边写作业边等他。

果果没睡其实在他的预料之内，因为作业太多，几乎就没有在晚上十点前睡过觉。就在他还没有想好如何和儿子解释时，开门的声音已经惊扰到果果了。

"爸爸，我的新球鞋呢？"果果冲了过来。

"对不起！儿子，今天爸爸太忙了，把这件事给忘了，明天一定买。"这是刘汇海第二次失言了。

"哇……"果果一下就爆发了，歇斯底里地哭道，"你就不给我买，你满脸酒气，却说成加班，我不要你了。"

"果果不哭了，是爸爸不对，他确实忘了，明天一早，爸爸就给你买回来，不耽误你训练。快去洗漱，上床睡觉。"辜红英忙着打圆场。

"我们不要这个爸爸了，说话老不算数。"果果边哭边吼道，他耍起横来，谁都不认。

辜红英再次向刘汇海努了努嘴，意思是回避一会儿，不理他，冷处理。

果果独自一个人在客厅里哭泣。刘汇海懊恼极致，心里反复后悔自责：怎么就把买鞋这事给忘了呢？怎么就把买鞋这事给忘了呢？果果的哭声让他的心里一紧一紧的。

"该睡觉了，果果乖，爸爸明天一定、必须、百分百给你买回来。"辜红英发现哭声较小了，寻思着得赶快让小家伙睡觉了。

"妈妈，爸爸说话不算数，我们不要这个糟老头儿，换一个吧？"果果总算等到妈妈的关心，发起嗲来，哭声又起。

"啪！"完全出乎人预料的是辜红英直接给了儿子一巴掌。"换一个爸爸？你小小年纪居然说得出口，你每一节羽毛球课时费一百五十元，都是你说的那个糟老头儿进火场、干救援，九死一生拼回来的；你每年出去旅游，而你那个所谓的糟老头儿都在单位上值班，挣那一点微薄的、别人瞧不上的值班费，给你买机票；难道他不想和我们一起去吗？他不能！你今天要求换一个爸爸，在这几年，不讲吃，不求穿，把所有的委屈、羞辱和责难全部独自默默承担，苦苦地撑起了两个家族、三代人的幸福生活，几百里外的爷爷、奶奶、外公、外婆每天都有鸡蛋牛奶吃，是那村子里的骄傲！

"今天我就让你换一个爸爸。你可以出去了，想去哪家就去那家，去做别人家的儿子！"歇斯底里的辜红英已然打开了家门。

"说这些干吗？"刘汇海白了一眼她，走过去关上门，牵着呆如木鸡的果果，走进卧室，"都是爸爸不好，果果乖，睡觉了。"

果果从未见到自己母亲如此这般圆目怒瞪、龇牙咧嘴的责骂，完全蔫了，躺在床上，背对刘汇海，默不作声，微微抽泣。

熄掉果果房间的灯后回到主卧室，看了看情绪逐渐平复的妻子，他也知道她的心里也有些不好受，工作上连年不顺，单位总没有个定数，让她总有一种莫名的忐忑和烦恼。

三下五除二洗漱完毕，躺在床上，体内酒精炽烈地燃烧，使他的脑袋清醒而又亢奋。他在有意识地等待红英，他需要她的爱意。不过女人的洗漱总是需要时间的，一时半会儿完不了，习惯了的他顺手拿起床头一本《平凡的世界》看了起来。

这也是刘汇海第三次阅读这本书了。每隔四五年再次走进这熟悉的故事，咬文嚼字后的津津有味，更能带来血脉偾张的共鸣，总能使他爱不释手。

"说说，你像书中的谁？"辜红英揶揄道。

这个问题像电击一样深深地猛戳他一下，让他沉浸在四十一年的人生履历之中：

像孙少安吗？同样只是初中毕业！想想自己都笑了，怎么能和孙少安相提并论了！孙少安：第一学习成绩数一数二，比田润叶还要好，有时会把作业给田润叶抄写；第二能打，能用拳头教训欺负田润叶的小混混；第三胆略过人、自信心爆棚，有勇气主动给省委副书记献歌；第四能力出众，是改革的坚定拥护者和实践者，十八岁就当上生产队长。

像孙少平吗？自欺欺人了！孙少平：学习成绩好，班干部，文艺骨干，乒乓球比赛第一名；最关键是全身上下弥漫着一股与命运抗争非常旺盛的生命力。

当然孙兰香则是二十世纪八十年代凤毛麟角大学高才生。

"怎么样？想清楚了吗，像谁呀？"洗漱完毕的辜红英惬意地躺在床上，头枕着刘汇海的右手臂，将玩笑开到底。

"有点像——孙兰花。"说完这句话，连他自己都感到吃惊。如果说孙兰花是那种对于别人的好就一定会感恩戴德努力回报的人，他自己则属于那种给点阳光就灿烂的一类人吧。

搂着爱妻的刘汇海，爱意渐浓，一番水乳交融后，彼此都很心满意足。

起身后草草地冲洗了一下，他又习惯性蹑手蹑脚进了果果的卧室，看看被子是否盖好。他大吃一惊的是，刘辜克炎还圆睁双眼，呆望屋顶。

"怎么还不睡觉？明天还有羽毛球训练，很费体力的，快睡觉。"刘汇海庆幸刚才的动作不太大。

"爸爸，世上是不是根本就没有圣诞老人？"

对于刘辜克炎匪夷所思的问题，他并没有简单地回答有还是没有。"关于生活的答案，你要自己去寻找。你已经十岁了，相信自己的判断。"这样的回答，他自己也很满意。

"爸爸，你和妈妈会生小弟弟或小妹妹吗。"

"社会上是有些相关政策方面的传说，政策还没有下来，再说爸爸已经四十一岁了，妈妈三十五岁，身体也不是太好，有你一个就足够了。"刘汇海有意不提经济方面的原因。

"是不是精子和卵子在妈妈的肚子里相遇，就结合成了一个小婴儿。"幸好是夜晚，否则他都不知道如何去迎接刘辜克炎探寻的目光。

"谁给你讲的这些？"他尽力保持平静。

"科学课上老师讲的，还放了碟片给我们大家看。"

"科学课还讲什么内容呢？"他松了一口气。

"科学课和家校共育还会讲'119进课堂''交通事故进课堂''垃圾分类进课堂''防假钞进课堂'……爸爸，老师讲了消防员工作很辛苦，您要小心哦。长大了，我也要当消防员。"

"听老师的。"他鼻子一酸。儿子逐渐懂事了，比自己当年强。

"爸爸，上期期末语文我考了九十七分，全班第四名，妈妈不太满意，说我粗心大意犯了一个小错误。"

"说给爸爸听听。"九十七分对他来说已经很满意了。

"作文扣了两分，下次争取只扣一分，还有一道题就是日本的'日'字，第二笔画名称是什么？"

"你怎么答的？"

"我答的是横折，而老师说是横折钩，就扣了我一分。妈妈就让我把这道题抄写了十遍。不过，我觉得我没错。"

横折，横折钩！刘汇海在心里比画着。

"儿子，你答对了的，老师错了。"他差点蹦了起来，又重复着，"儿子，你肯定是对的，横折钩是美术体的说法，横折是印刷体的说法，笔画名称应该以印刷体为准，参看《新华字典》上的字。"

他当兵以来已经翻烂了四本《新华字典》了。继续说道："改天，我和你的老师沟通一下，把这个问题讲明白，把扣掉的这一分给你加回来。"

"爸爸，明天给我买一双进口的尤尼克斯羽毛球鞋吧！上次领奖时，前几名穿的都是进口的尤尼克斯羽毛球鞋。"刘辜克炎央求道。

"好的，爸爸明天买进口的羽毛球鞋。早点睡了吧！"

第二天天刚亮，刘汇海就急急忙忙赶到了体育用品商店。一双尤尼克斯羽毛球鞋七百多元，而国产羽毛球鞋只要二百多元。他的手在裤兜握紧了人民币。犹豫再三，还是给辜红英打了一个电话。

"你自己答应了儿子，就要说话算数，刘汇海你是个男人，就是一坨屎你也要把它咽下去。买！"她吼得斩钉截铁，不容半点置疑。

第三十四章

"重点保卫科，'糖酒会'的保卫方案制定好了吗？"

"技术指导科，'清剿火患方案'下发了吗？"

"火灾调查科，安仁县宫阙酒厂的火灾调查结案了吗？"

"法制科，《蓉都市消防条例》草案拟定好了吗？"

这一上午，刘汇海就没有歇一口气，咕咚咕咚喝了一大口茶水又捧起《高层建筑防火规范》认真地学习起来。

一坐就是两小时，当他发现字迹有些模糊时，感觉到了一些疲惫，站起身来，走到窗边，揉了揉太阳穴，捏了捏鼻梁上的睛明穴，窗外的万事万物随着他的眼珠子天旋地转起来。

已满四十一岁的他，几乎每天半夜都要起来上厕所，他也感知身体有一些不如从前了，茶杯里的浓茶换成红枸杞。养生理念悄无声息地就打通了他的任督二脉。他对眼球左三圈右三圈的转动来缓解用眼疲劳这一偏方深信不疑。随后他打了一个夸张的哈欠，伸了一个舒展又惬意的懒腰。紧接着他又从抽屉里翻出一面小镜子，对着镜子咬牙切齿地从满头黑发中，一根又一根地拔出那稀稀拉拉却又苗壮成长起来的银丝白发。

右手不自觉地伸进裤兜里，随意地摸了摸，居然摸出一张扑克牌，他这才想起这是昨天晚上从熟睡的刘辜克焱床头边拿走的。

他用食指和大拇指将扑克牌弹向空中。扑克牌在空中无序翻滚飘落而下。

恍惚间他发现扑克牌上似乎写有什么，弯腰躬身随意地从地上拾起扑克牌看了看。

"爸爸又在偷吃我的牛奶了！"他不禁莞尔，能够猜想到儿子写这段话时认真又滑稽的面容。

突然间他双眉一皱，眼光一聚，一个大胆的设想在脑海中闪过。

他迅速打开笔记本，消防常识顺口溜映入眼帘：

危险物品易爆燃　家中存放不安全
危险物品易酿灾　乘车坐船勿携带
欢度节日搞庆典　烟花爆竹谨慎放
突遇火灾莫惊慌　心定方能有主张
火灾面前莫慌张　报警逃生两不误
119电话要记清　及时准确报火警
安全使用液化气　经常检查多警惕
电器起火勿蛮干　先断电源是关键
衣服起火赶紧脱　就地滚压快灭火
头发着火莫乱跑　衣服包头用水浇
火场逃生要镇定　急寻出口保性命
困在屋内求救援　临窗挥物大声喊
发生火灾烟雾浓　巧用毛巾能逃生
安全出口要记清　遇到火情速逃生
遇火电梯难运转　高层跳楼更危险
消防演练经常搞　火灾损失能减少
消防事关你我他　安全系着千万家
消防安全不放松　家庭幸福乐融融

把这些顺口溜、警示语印在扑克牌上免费发给学生、工人、教师、农民、警察……

他脸上露出陶醉、自恋的笑容，悠然地望着窗外，拿起电话给宣传科的老熟人罗勇拳打了一个电话。

窗外不远处耸立着一幢庞然大物，它是整个蓉都市的地标性建筑物——蓉都新世纪贸易中心。据说它是由美国美旗银行和本市的商业银行共同组建的合资公司出资修建的，背后有国有投资公司的身影。

蓉都新世纪贸易中心位于蓉都市南北主轴线天府大道1700号，东临天府大道，西临益州大道，北临锦悦西路，南临蓉都市第一绕城高速，地处蓉都市中心向南发展的核心区域内，为国内最大的综合体建筑群。于二○一○年一月开始修建，二○一二年十二月陆续建成投入使用，该项目建筑面积167万平方米，建筑外观长500米、宽400米、高99.8米，地上21层、地下2层（局部地下3层），为一类高层民用建筑，耐火等级为一级。

蓉都新世纪贸易中心由环球购物中心（建筑面积约17万平方米，主要使用性质为购物、餐饮、影城、滑冰场等），乐天百货（建筑面积约8万平方米，主要使用性质为购物、餐饮等），环球洲际大饭店（面积约8万平方米，位于核心区内海洋乐园外围，主要使用性质为住宿、会议、餐饮），海洋乐园（面积约8万平方米，主要经营休闲娱乐水上项目），写字楼（写字楼总建筑面积约80万平方米，建筑高度99.7m，主要使用性质为办公），停车场（室外停车场及地下停车场合计面积约40万平方米）等多业态构成。

蓉都新世纪贸易中心各业态独立管理、独立经营，其消防安全防控工作是由贸易中心美方老总领导下的消防安全委员会统一协调组织开展。

"你快坐下来，我的大处长。"宋晓梅和同科室参谋罗竹瑄一走进刘汇海办公室就开始嚷嚷道，她们俩是全支队唯一的女子警组。

宣布了退役命令，暂时还没有离开工作岗位的是防火处重点科的工程师宋晓梅，这是消防部队自一九八四年改现役以来的头一遭。原来她的手里有个案件，拖了快三个月了，马上就要结案了，领导希望她坚持一下，把案件办结了再离队。她正有此意。

这也难怪，在任何时间见到宋晓梅，他都是起立或立正站好，毕恭毕敬的模样。对于他新兵连最初见到的第一批军官，他的心里还有一点点紧。

不光是他，早一年提为副团职的副参谋长罗进、政治协理员许松同样在她面前也是老老实实、规规矩矩。老兵绝对不仅仅只是一个称谓那么简单。

作为全省"十佳办案能手"的罗竹瑄详细地给他介绍着案件情况："蓉都新世纪贸易中心这个项目的消防问题主要是甲方没有按合同付清工程款，消防工程公司就没有接通消防设施，整幢建筑的消防设施处于瘫痪状态，消防验收时，设施设备都是好的，在开业前消防检查时，系统就出了问题，据说是乙方在中间这段时间没有收到钱，就断开了整个消防系统。

"消防工程的项目经理叫张晓琳，原八中队退伍战士，工程质量没问题。作为人员密集场所无法取得开业前消防检查合格证，自然就无法使用。

"而我们在例行检查时，也对已经使用的非人员密集场所地下室和写字楼下了限期整改通知书和处三万元的处罚。而对方单位有点无视我们的消防法规，居然在酒店的会所举办内部人员和会员资格的聚会，竟然辩称没有对外营业。他们单位有一支近二百人的安防队伍，这些人当中有贼眉鼠眼的小混混、凶神恶煞的地痞流氓，仗着后台硬，有点有恃无恐，不把我们监督检查人员放在眼里，上一次我们执法，他们就极不配合，百般阻拦，嘴巴上还不干不净。我和宋姐的手机都收到了威胁短信。"

"那你们一定要注意小心了，下次去检查叫上陈宏普或者苏讴，有个男同志，放心一些。"他心有余悸。

"这倒没必要，习惯了！我还怕他们会吃了我？"伴随她浩然之气的是王之藐视。

"要不让新闻媒体曝曝光？"

"没有，这个项目有复杂的社会关系，当地的媒体都三缄其口。"

"本周六晚上，他们就有一个所谓的内部聚会，有金融界、政府部门、社会名流、单位高管共计二百人的宴会，有点棘手。当然只要他们敢开，我和宋姐就去关了它。"罗竹瑄斩钉截铁地说道。

"对！违法必究。对那些公然的违法行为必须严惩。到时候全处各科室一起行动。"他想杀鸡用牛刀。

"处长大人，蓉都新世纪贸易中心这个项目背后有过于复杂的社会关系，支队领导要求我们谨慎处理好，做到有理有礼有节。还有一件事我必须申明一下，半个钟头后新任的蓉都新世纪贸易中心的美方总裁就要到支队来拜见你——处长大人。"一直没有说话的宋晓梅一开口俨然有不离老本行的舞台腔，"关键是来的人是处长你的熟人——嫂子！当然是前任。"

这一句"嫂子"听得他是一头雾水。

"总队副参谋长李大君的前妻秋石女士，被美国美旗银行派回来任亚太区总裁了。"

"她！？"他努力地在记忆中搜寻，好像有一点点模糊的印象，喃喃自语，"兵来将挡水来土掩吧。"

近四十三岁的秋石依旧美得出尘脱俗，岁月完全没有在她的脸上留下痕迹，澄澈的眸子在一张完美俊逸的脸上，乌黑亮丽的秀发覆盖住她光洁的额头，一袭白衣下是同龄人不可比拟的细腻肌肤。

"嫂子，近来可好？"宋晓梅习惯了，改不了口。

"宋姐，别来无恙！"秋石一开口眼圈就红了。

两人手拉着手来到刘汇海的办公室。

"你好，总裁女士，欢迎你们集团到我们这座城市来投资，在法律的框架内，我们一定热情服务。"他公私分得很清。

"你好，处长。就蓉都新世纪贸易中心的消防问题我们需要说明的是，乙方并没有在合同约定的时间内完成修建项目，并且所需资金超出合同预算，增加部分须总部审定，流程还需要一段时间。"秋石所述与实际情况基本一致。

"消防安全容不得半点马虎，还请总裁务必高度重视。"他完全做到了有礼有节。

星期五的下午，他再次针对蓉都新世纪贸易中心的检查工作做了详细的部署：

支队机关警务班和全处人员于星期六下午四点在机关大楼前集合待命；特勤二中队队长仁西泽带一个班两车于星期六下午四点到蓉都新世纪贸易中心邻街附近待命；陈宏普、苏讴在现场注意盯紧一点。

随后他打电话给新兵班长张晓琳，请他在星期六晚上，派工程师把蓉都新世纪贸易中心的消防系统调试好。

之后他从办公桌拿出最新的总队工作方案，方案明确指出要将一批火灾隐患曝光，但他对本地媒体不太放心。当方案中《湘潭消防报》和《广州消防报》出现在他眼帘时，他想到新兵连的战友——谢杰西。他早年提干后因某种原因转业回湘潭，现在成为《湘潭消防报》的著名记者。

"谢杰西吗？蒙顶山茶收到了吗？不用，好的，对对。马上飞过来，机票全报销，今天晚上几个战友聚一聚，明天帮我一个忙。到时，我到机场接你，就这样，回头见。"

他又想到了支队后勤处原文职外聘张竞，现供职于《广州消防报》编辑部。又用了同样的办法将她请了来。

他要做到万无一失，不容闪失。

蓉都新世纪贸易中心的内部宴会刚刚开始，消防支队的四十名执法人员在刘汇海的指挥下列四路纵队迈着整齐的步伐也到达现场了，宴会厅外近一百名安防人员中的大多数见到这么多身着迷彩服、黑皮鞋、腰扎外腰带、眼光肃穆的中国军人都呆愣了，为首的柳龟零、贾为民、刘三，收敛了些平日里的飞扬跋扈，想用身体组成的人墙阻挡队伍的前进，怯生生地说："你们——你们要干什么？"

处于四路纵队的排头位置的陈宏普、宋晓梅、罗竹瑄、苏讴用手强力一推，冲开阻拦的安防人员，豁然大踏步就往前走。

所有安防人员都感觉到刘汇海、陈宏普、宋晓梅、罗竹瑄、苏讴眼神中如剑之光。柳龟零、贾为民、刘三不约而同地想起两个月前在八里庄被揍时，那个人的眼光也有一种令人胆寒的感觉，都往后退。

宴会被现场查封。怔着的还有秋石，她是被四十名军人整齐的步伐所展示出的那种一往无前、众志成城、不得胜利绝不收兵的英雄气概所怔住了。

她猛然想起十八年前，还和李大君耍朋友时，她始终搞不明白，踢正步、叠被子到底有啥用？他总是笑而不答。

今天她才顿悟，中国军人的纪律和铸成的军人之魂，赋予这支部队特有的战斗力，是一种力量，无坚不摧之力。

眼眶泛红的她马上想到了自己的处境，她开始有点后悔这次出任亚太区总裁，来就接了一个烫手的山芋，必须马上处理掉这个棘手的问题，对！必须马上处理。还有就是这里遗留下来的管理人员良莠不齐，个人素质低劣，裙带关系严重，必须马上开始整顿。

蓉都新世纪贸易中心的消防问题处理很顺利，如期开业，皆大欢喜。

很多人都认为是连续跟踪报道的结果。

宋晓梅的军旅生涯也算收了一个豹尾。

事情的戏剧性还在继续：八月，刘汇海被平级调任为培训中心主任。

有人说这是明升暗降；有人说这是为了保护他暂避风头；有人说是多岗位锻炼为下次提拔做准备。

刘汇海根本就没有想太多，只要是穿军装，到哪儿都是领工资吃饭。

好在培训中心的工作不忙，索性就休假与老婆儿子外出转转。

休假开始的第一件事就是全家人去提了一台私家车，总预算八万元，这是全家人省吃俭用的全部积蓄。

刘辜克焱看好的是小别克，辜红英考虑到两边老家山路较多，想买奇瑞的瑞虎，又怕扫了果果的兴致，有点犹豫，最后刘汇海拍板决定买奇瑞，理由就是支持国产品牌。

全家人坐上小轿车那一刻，刘辜克焱是很兴奋的，摸摸这儿，捣鼓捣鼓那儿；辜红英想着哪一天把车子开回老家让爸爸妈妈坐一坐，如果全村人看见会有怎样的表情，不由自主笑了起来。当然了眼下的当务之急就是抽空考本驾照了；刘汇海的心里也是美滋滋的。

处在假期中的全家人赶到了宜宾市，二〇一三年全省羽毛球锦标赛开打在即。暑假中刘辜克焱的确辛苦，整个七月都在上兴趣班，还是连轴转，相反打羽毛球对他来说就是放松。

小家伙参加团体赛、男子单打、男子双打比赛。

先进行的是团体赛，刘辜克焱所在的俱乐部取得了第七名的好成绩。

第三天进行的是单项比赛，刘辜克焱的对手是一名叫徐子航的同龄小孩儿，刘辜克焱一直都领先。

"哎，对手这么眼熟了，呕，记起来了，不是飞扬俱乐部的吗？怎么代表泸州打比赛了？"刘汇海像是发现了新大陆，嗓门高了八度。

"嘘——嘘，你嚷嚷什么呀！"辜红英白了他一眼，把他拉到角落，用食指抵着嘴唇，做了个噤声的意思。

"这是两家俱乐部商量好的，这次代表甲方打，下次则有可能代表乙方打，你就别开腔了，反正对果果没影响。"她咬上他的耳朵轻轻地交代着。

可他还嘀咕着："注册制不是管三年吗？小学生的一个体育比赛还要弄虚作假？娃娃学习羽毛球都是家长一分一分的血汗钱砸出来的，怎么就成了俱乐部的私人财产了？"

她又斜斜地瞟了他一眼："现在哪个行业、哪个部门没有一点潜规则？去年我带果果去北京旅游，被北京的'金星云'旅行社甩客、宰客、骗客，我在长安街欲哭无泪，我的刘团长，那可是'首都'呀！

"你们前前任支队主要领导的侄儿，人品极差，工作懒散，年年考核靠后，基层中队没待几年，这不照样调到经济最好的城区大队去了吗？你就专专心心看球就行了，别那么多废话了。"

他一时语塞。很快他就释然了，庆幸着那些纨绔的官二代不争气，要不然自己早就回老家种田去了，也许连人生的机会都没有。

好球！果果艰难战胜小组最后一名对手，晋级了。

两口子松了一口气，刘汇海突然感觉尿意大增，一溜烟就跑过去如厕，回来才发现辜红英竟然倚靠着栏杆睡着了。

最后一天的比赛有刘辜克焱参加的单项双打第七、八名之争。

他灵光乍现地想起，同年兵老乡孔天兵在这个城市的消防支队任政治处主任。他借用了顾主任的名头在最近的消防中队借了一大堆的锣呀、鼓呀、铙呀、钹呀。

他指挥着本方俱乐部的家长们有节奏地敲打着乐器。

"咚咚咚，刘辜克焱加油！

"哐哐哐，刘辜克焱雄起！"

……

三拍节奏敲出来的声音震天响。

裁判员们不停地往这边瞧；有的观众捂起耳朵离开了；对手俱乐部的家长暗红的脸上挂满了愤怒。

"敲这个东西有用吗？"辜红英总觉得有点不妥。

"有没有用我也拿不准。"他有点暗自得意，他认为总算能帮助到儿子了，继续说道，"足球场、篮球场都有这个东西，是为了营造浓厚的赛场氛围，领先时我们就不敲，落后时我们就使劲敲，落后就意味着输了，死马当活马医，万一对手的心智不成熟，受到这种噪声影响，行为就有可能出现异常，比赛节奏就有可能被打乱了，结果也许会匪夷所思的。"

比赛紧张地进行着，场上的果果一直都比较被动。

自然，他也就把锣呀、鼓呀、铙呀、钹呀打得咚咚响。

"不要敲了。"辜红英摆了摆手，指向了前方。原来周教练传话来了，裁判长希望家长不要敲了。

坐在角落里的他越想越郁闷，你个裁判长管天管地，管起我球迷来了，羽毛球虽说是第一球类运动，但市场影响力远不及足球和篮球，市场就喜欢剑拔弩张的氛围，需要对抗，曝光热点。我把气氛炒起来了，你们却不识货。强词夺理的他互换了家长与球迷的角色。

比赛终于完了，刘辜克焱获得团体第七名和双打第八名，没有奖牌只有获奖证书。辜红英很满意。他却有点追悔最后一场比赛，絮絮叨叨本来可以赢下来。她心宽地说，可以了，第七与第八根本就没有什么区别，都只有一张奖状。

他又默算了一下这几年果果学习羽毛球所花销的经费，不算不知道，一算吓一跳。训练费、服装费、器材费、外出比赛费用，好家伙一年三万只多不少。

从南溪回来，转道去了泸州合江看望爷爷奶奶，只过一天就被她拽着回了仁寿看望外公外婆。他看着她从车上拿下一包又一包的生活用品，他知道这次回来不住八天，也要住五天。

前脚到家，后脚就被七大姑八大姨拉去喝酒了，请吃饭都排到大后天了，都说辜家姑爷在省城当大官。

辜红英马上辞别父母往回赶，她意识到，大多数饭都吃不起了，有要求介绍工作的；有要求借钱的；有要求娃娃当兵的；有要求捐钱赞助的。只有她清楚，老公这个团长在省会城市就是个小喽啰，她自己的工作都搞不定，经常被动下岗。

外婆红着眼不停地往车里塞土特产，叮嘱红英："回去的路上，慢一点，把细一点，过桥过洞时，果果的名字要不停地喊着，阎王婆婆才不会来找他，阿弥陀佛阿弥陀佛。"

　　走的时候天正下着雨，且越下越大，回到蓉都的家里，已是倾盆大雨。她暗自庆幸，躲过了一场暴雨，可蓉都市却没有躲得过。

第三十五章

一天一夜的暴雨让城市积水超过历史警戒水位。

暴雨裹挟着雷电肆虐着蓉城大地。龙泉驿、锦江区、金牛区、青羊区、武侯区、金堂、双流、新都、安仁县的降雨量为60—100毫米。三圣乡、双流合江镇、新都石板滩的降雨量达到了惊人的110—200毫米。

受灾严重的是三圣乡的红砂村：花卉市场洪水齐肩，一片汪洋；小汽车已经被洪水淹没得只露出一个车顶；价值不菲的苗圃只能在洪水中露出一个圆拱形的顶棚；许多群众的桌子、椅子、床铺漂浮在泛黄发臭的洪水之中；孩子们在哭号，老人们在掉泪，大人们在忙着自救……

刚刚躺上床的萧和用手压住隐隐作痛的肚子，刚要熄灯，就接到支队指挥中心打来的电话：一级战备，返回单位，准备抢险。林霞给他披上外衣抱怨道：拿钱不多，净干些拯救地球的事。

萧和接到的第一个任务就是：紧急将五十件救生衣和三十个救生圈、两根五十米大绳送到三圣乡红砂村，交给特勤二中队的孙健。

依维柯抢险救援车被堵死在离红砂村两公里的成洛路上，大雨将道路彻底堵断，路面积水已有一尺有余，数百辆汽车被堵在成洛路绕城高架桥两端，底盘进水的不少，熄火的就更多了。

"徒步把器材扛过去。"萧和看着车上另外两名战士下了命令。

三人把衣服都脱了，里三层外三层使劲把救生衣往身上拢。一根五十米的大绳至少有四十斤。三个人穿上救生衣，捆好救生圈抬起大绳就像变形金刚一样，喊着口号，一步一挪蹒跚前行。

大雨淋透全身，大风吹得人睁不开眼，他们手脚发麻时，还在拼命坚持，用尽了洪荒之力，总算没有让大绳落一次地。把所有东西交到特勤二中队战士手上时，他们三人手脚似乎没有了知觉，瘫在了地上。

有近八十人被洪水围困在红砂村的一个小山坡上，其中包括两个待产姐妹孕妇。平常的小溪暴涨成水流湍急的洪流。近二十米宽的水面，水深一米六。水流太快，一个人根本站不住。

冲锋舟和橡皮舟根本施展不开，并且效率太低。

夜黑、电闪、雷鸣、风狂、雨大、浪急，水位不断上涨。

不能再犹豫了，靠前指挥的副支队长牟良权果断下令："建绳桥，搭人梯。"

话音刚落，齐春森、孙健、仁西泽、胡阳相继跳进了湍急的水流。

两根大绳间隔两米平行凌空固定在河的两岸。四十名着救生衣的消防员手拉着手成两路纵队，左右间隔一米相向站立在水中，腰上的保险钩经安全绳固定在大绳上，两架六米拉梯依次上肩。

牟良权让罗进从梯子到河对岸去，组织成年人从梯子上爬过来，用橡皮舟把孕妇以及小孩和老人逐一从河对岸送过来。

"兄弟们，打起精神来，高个子往河中间站，矮个子站两头，把桩子给我站稳了，别硬撑，要掉链子前，先给老子嘘一声。"牟良权一手拿着扩音器，一手打着手电筒紧紧注视着河面，防止发出意外。他知道兄弟们辗转奋战近六个小时了，很疲倦了。

梯子的效率明显就比橡皮舟高得多，只不过队员付出很大。一个小时就疏散出近四十名群众，孙健咬紧牙关，用手努力地把梯子往上抬，好让血肉模糊的肩膀松弛一下，一个转身又换到另一边肩膀上去了。

这个张皇失措的黑衣男青年脚下一滑，脚蹬在了孙健的脸上。"哎呀！好痛。"这一脚让他耳鸣目眩冒金星，一团怒火直往上冒，忍！我忍！没忍住。

"帅哥，我这个长相本来就属于困难户，三十多岁的人了，至今连女朋友都没，现在你的蹄子又踢到我的脸上，万一破了相咋办？这不是雪上加霜吗？你让我的下半生怎么过？"

"英——雄，我不是故意的，都是我的错，我姐是个大美女，还在后面，自古就有'美女配英雄'，我有意撮合你俩，她名字叫刘巍，下半生的努力就靠你自己了。"男青年指了指后面一个穿红色上衣的女子。

"你还有几个姐？对面那个光头是我的搭档，是个'五保户'。"孙健指向了仁西泽。

孙健——刘巍，是一年后的婚庆现场的男女主角。

高速旋转、做着不规则运动的漩涡裹挟着水浪又一次拍打过来，胡阳"噗噗"吐着水，扬起头大口大口地吸着空气，避免呛水。他数着数，这是第七十二人，最后几个了，他也知道，自己换肩已经九次了，早已麻木了。

水流继续上涨，很快就淹没了最矮士兵李霆雷的下嘴唇。特勤大队大队长浦茂明跳下水，马上替换他。

萧和与其他战士又将过了河的群众再次转移到更安全的地方。

"牟副支队长，'大竹林'生态度假村有群众八人被困，指挥中心要求我们马上前去营救。"通信员传达着下一个作战命令。

特勤一中队、三中队、七中队在西河镇疏散被困群众；

特勤三中队、二中队、四中队、十一中队在双流中和镇疏散被困群众；

……

灯火通明、人头攒动的指挥中心内，通信科长彭于亮整理着气象、电力、交通、医疗等相关信息，把支队的指令发向城市的四面八方。支队长和政委空悬着的心揪得很紧。

水灾最为严重的是位于山区的安仁县，紧邻大山的西邻村马上就成一座孤岛了。

"王健王健，你那里的情况如何？"冯昆通过对讲机焦急地问道。

"进出村的桥已经被洪水冲垮了一座，现在只剩一座石拱桥了，雨量还在加大，洪水还在上涨，有发生泥石流的可能，关键是有一部分村民并不愿意撤离。"喘着粗气的王健回答道。

"必须把村民撤出来，就是绑也要把他们绑出来，一个也不能少。"冯昆下了死命令。

"王书记，村民必须撤出去，有发生泥石流的可能，现在就走，必须！马上！"王健向村支书吼道。

"好吧。我跟村民说去。"熬红双眼的王书记左手撑伞，右手拄着拐棍在泥泞的道路上艰难前行着。

"乡亲们，赶快撤离，洪水就要来了，泥石流就要来了，房屋倒塌了，牲口死了，我负责给大伙儿修，给大家买，只要命还在，一切都可以重建。"王书记声嘶力竭道。

一大部分人开始跟着消防员撤退，还有极少数老者依然不动。

"王大爹，我命令你们全家马上跟着消防员撤离，如若不然，明年你的孙儿当兵就不得行；李三婶，你们也马上走，要不然，你家新修房屋的宅基地，我就不批；二爷，快走了，困难补助我年年都在发，你不想再领了吗？"

"王书记，李婶儿家的二傻子又哭又闹不肯走，这咋办？"

"绑了他！"脱口而出的王健不再犹豫，向队员常伟树、陈秋实使了一个眼色。

"王队长——王队长！"远处高位担任警戒与观察任务的柳亚光飞叉叉跑过来，急切地说道，"雨量还在加大，地面有震颤的迹象，山涧有断续的轰鸣声，可能是泥石流，很快就要到了。"

"救援人员把小孩扛在肩上，把老人背在背上，家禽、物品全都不要了。"站在小山包上的王健面无表情地喊道，"大家快走，过了桥，到了镇上小学就安全了。"

一刻钟过后，大桥"轰"一声被洪水冲垮了，山上倾斜而下的泥石流覆盖了整个村子。

"好险！"站在安全地带的王健望着一个也不少的村民，后背一身冷汗。

随即王健按支队要求，立刻率领山猫救援队乘坐直升机赴都江堰向峨乡营救两名被困驴友……

凌晨三点回到中队的孙健瘫倒在床上，一丝不挂，内裤都湿透了，一双脚泡得雪白雪白，脚掌纹清晰可见。一觉睡一天。

"孙指导，快醒醒。支队组教科乔菊叶科长通过内网发来了一则通知，要求在今天上午十二点前，上报此次抢险救援立功受奖人员名单，人数不超过参战官兵的百分之三十，干部不超过一人。现在已经十一点了。"文书吴心智手拿着一份文件，焦急地询问着他。

"不慌，你先给我端点吃的来，然后，让各班开班务会，民主推荐，待会儿开支部会再审定，干部嘛，我和任队长商量一下，把这份通知交给任队长，让他看看。"他边开始穿衣服边说道。

总算起了床的孙健又一次习惯性地不搞洗漱，伸出黑黢黢的手抓起包子就往嘴里塞，一口气狼吞虎咽干掉八个包子、两个鸡蛋、一杯牛奶。

一个饱嗝过后，整间寝室弥漫着一股葱花味儿。他很纠结，很矛盾，下不了决心。

他和仁西泽于两年前同时被任命为特勤二中队的正营职军政主官，明年又将同时参加副团职的提拔考核。

这两年副团的考核机制还是没有太大的变化：首先是体能考核淘汰制，凡是体能不达标者，一律淘汰；近三年的工作业绩得分占总得分的30%，文化理论考核成绩占总得分的30%；官兵的民主测评得分占总得分的30%（其中支队党委成员测评得分独占10%，支队军政主官都不同意的，一律不得提拔）；还有最后10%的赋分就是近三年的立功受奖情况。

所以这次的立功受奖对他们俩来说都很重要。

如在以前，他根本就不在意这立功受奖，都是一根烟的交情，什么都好说。一样的级别，一样是单身。现在就不一样了，并且在此次抢险救援过程中，两人的表现都是杠杠的，受到官兵们一致称赞。他多么希望仁西泽能主动找自己敞开心扉，只要他开口要，他一定会让给他的，但是他不开口，他又有点舍不得，他为此很苦恼，他认为对方此刻的心情也是一样的。

在这一点上，他的判断是正确的，他的搭档的确也很苦恼。

实在不行就让大家投票表决，谁也不欠谁，孙健想清楚了。

"吴心智，你说立功受奖该评谁？"孙健直溜溜地盯着他。

"评谁，一投票不就清楚了。"吴心智也直溜溜地回答着，顺手整理起他的床铺。

"我说的是干部。"他有点着急了。

"这不一清二楚吗？"他还是直溜溜地回答着。

"直接点。你投给谁？"他很不爽，声音有点高。

"投你呀。"吴心智站直了响亮地回答道。

"为什么？"心里还是一阵窃喜。

"如果一个中队工作成绩搞不好，那书记一定有问题；如果一个中队搞不好团结，那副书记一定有问题。此次抗洪抢险，你和仁队长表现都很出色，不过你的年龄要大一些，任职时间要更长一点，照顾老同志是我们部队的传统。"吴心智没有一点掖着藏着，转身端着碗筷下去了。

精辟！很有道理。他来回踱着步。

时间来到了上午十一点五十分，孙健觉得不能再拖了，作为支部书记的他下定决心。

"吴心智，吹哨开会。"他为自己的果敢感到一种解脱似的宽松。

"孙指导，不用开会，指挥中心紧急通知，立功受奖取消了。"

"取消了？"他一脸惊惑。随即转念一想，又有人砸笨了？

没有人砸笨，只是时代变化太快，一些稀奇古怪的事情总给人们匪夷所思又茫然失措的感觉。

这一次抢险救援中,公安和消防都表现得非常突出,省委政府、市委政府、省厅、总队都非常满意,将消防纳入公安一并表彰。所以今天一上班负责此事的组教科就向全基层单位下发了通知。

可现在指挥中心突然通知取消评优评奖,让身为科长的乔菊叶丈二和尚摸不着头脑。这不,她来到政治处副主任向梅逸的办公室探个究竟。

"取消命令是我下的,还没来得及通知你,出事了。"向梅逸有些惋惜地说。

原来在这次雷暴天气所伴随的雷击、闪电、强风、强降雨过程中,八里庄的一根电线杆被打断在水中,裸露在水中的高压线电死了涉水过路的市民柳龟零;驷马桥路有两个窨井盖被盗,不知情的市民贾为民路过时被水流卷进下水道,一天后尸体在一千米外的跳蹬河被人发现。

这是一个低概率偶发事件,但是家属并不这样认为。一纸诉讼起诉了电力局和城市管理局两家政府部门,同时连带的第二被告还有公安局(应急联动中心)、市规划建设局、街道办等部门。

出人意料的是法院竟然受理了这起民事诉讼(消防部队作为现役部队还没有被起诉)。

记者蜂拥而至、高度关注此事。政府部门始料未及,表彰自然就取消了。副参谋长罗进正在组织相关科室人员写材料。119和110在接警、调度、施救方面是否存在渎职、失职,将接受司法调查。

市规划建设局廖副局长在办公室盯着全市排水详图,一夜未眠。市公安局的林建也是一夜未眠。

第三十六章

二〇一四年寒假到来的第一天起，辜红英就给果果制定了详细、巨量的学习计划表。时不时又鬼鬼祟祟地带着果果，到处参加私立名校的小升初考试。对于果果的初中，忧心忡忡的辜红英下了死命令，如果摇不进公立的四七九（蓉都市一流名校），就读私立的中学，对于二流的公立中学，辜红英压根儿就没有考虑过。

临近春节的这一天傍晚，极度厌倦的果果说什么也不看书了，躺在床上，假装肚子痛，有一声无一声地呻吟着。

以退为进的辜红英承诺，晚饭后全家人可以到临近的沙河电影院观看由冯小刚导演，葛优、白百何、李小璐、郑恺主演的贺岁电影《私人订制》，前提就是要果果再抄背两篇文言文。十分喜好电影的果果极不情愿地噘着小嘴又坐上了课桌。

"注意！眼睛又近了。"不会超过十分钟，刘汇海就要提醒一次儿子，他的内心深处是很痛惜果果的眼睛成为近视眼的。近视眼就意味着，长大后不能报考部队院校、体育院校、招飞、当兵等。

"背打直了，又驼背了。"辜红英的一声怒吼，形成条件反射的果果又挺了挺胸膛。

"来，乖孙子，再喝一杯水。"外婆总是惦记着那八杯水。

"妈，他在学习过程中，不要进去打断他。"她没好气地抱怨着。

一家三口到达影院门口时，购票的人并不多，却被告知临近两小时的票都已经售完。

两娘母都有点失望，刘汇海问了前台，被告知都是网上订完了。有点大意的辜红英无比感慨，4G网络支持的电子商务高效、快捷、方便、实惠，在短短的几年时间里，俘获亿万大众的心灵。

她连忙拿出手机用支付宝购买了一公里外SM广场影院的电影票。一家人计算着时间，高高兴兴地往目的地走去。

"今晚回去后你也教我用手机购物。"只会打电话和发短信的他悻悻地对她说。

"妈妈这就是人们常说的4G网络给人们带来的变化吗？你快给我说说这是怎么一回事？"果果对于用手机就能买东西这件事十分好奇。

"好的，妈妈就给你普及普及，当然，我们另外一个科盲也应该学习学习。"辜红英有意地瞟了一眼他，抿嘴一笑又继续说道，"第一代是模拟制式手机，只能进行语音通话；第二代数字手机，除了打电话，还增加了接收数据功能，可以接收电子邮件和网页；第三代简称3G，它的全称为3rd-Genernation，中文含义就是第三代移动通信技术的线路和设备铺设而成的通信网络，其主要特点是无线通信与国际互联网等多媒体通信相结合；4G通信技术是在3G技术上的一次更好的改良，是将WLAN技术和3G通信技术进行了很好的结合，从而达到更快捷、更清晰、更智慧的效果。

"手机上能买东西、预订机票电影票，就是通信技术与商家相结合的结果，这样我们就可以足不出户买到东西，并让买家送货上门。未来还有5G、6G的出现，将极大改变、颠覆人们固有的生活习惯。

"这些是不是很先进啊，妈妈告诉你，这都是咱们中国的科学家、技术人员设计、研发的，绝对的知识产权，正宗的Made in China。果果你要好好读书，要不就会像你爸爸一样，被时代潮流所淘汰。"辜红英在任何时候都要想方设法正向引导果果。

"中国太了不起了！"果果也显得很兴奋。

辜红英在前台取了票后，全家人悠闲地吃着爆米花等待着十五分钟后的电影。此时一对精神矍铄、满头银丝白发的老两口，蹒跚着向前台走来。

"叫你搞快点！你偏要慢腾腾，电影票又卖完了，跑了三家电影院都没买到票，愁死了我的小心肝——葛优。"老奶奶撒起娇来了。

"我的小心肝，咱不哭哦，来亲一个。"老爷爷边说边亲吻了老奶奶的额头，"他们都是在网上就把票买完了。咱们俩老眼昏花，玩不来那玩意儿，落伍了。我看咱们还是回家吧。"

"我不，今天是我七十岁生日，又是结婚五十周年纪念日，儿女们忙，几年都没有回来了，回家还不是大眼瞪小眼，今天我就不走了，一定要看小心肝——

葛优的电影。"说着话，老奶奶坐了下来，不走了。

一脸醋意的老爷爷手足无措地站在原地，东瞧瞧、西望望。

辜红英一脸的别扭，心里很不舒服。

"爸爸妈妈，我们把票送给老爷爷老奶奶吧，今天我不想看电影了。"果果的话让辜红英很欣慰。

"乖，儿子，咱们把票送给爷爷奶奶好不好，回家妈妈给你放电影。"辜红英竖起了大拇指在果果的头上点了一个赞。

爷爷奶奶却硬是要把票钱给他们，辜红英只收了四十元钱，并告诉他们，网上订票打了五折。

回家的路上，刘汇海捏紧了最后一张票，懊恼着没有退掉。

"妈妈，回家怎么放电影啊？"果果满脸疑惑。

"妈妈刚才不是给你讲了4G移动网络吗，回家我用手提电脑下载去年的贺岁影片，由周星驰监制和导演的，文章、舒淇、黄渤主演的《西游降魔篇》，很好看的。最后还要你爸出面了。"她手指向了他继续说道，"烦请我们的刘大团长用他的金字招牌去楼下的四中队，借来他们的移动投影仪。就OK了。"

"这样不好吧？"他从来没有开过这样的口。

"为了儿子，仅此一回。再说了，电器产品长时间不用会回潮的，更容易坏掉，越用越好用，就像汽车一样的。"她向他做了一个鬼脸。

"别忘了，随手再借用一对音箱。"

"下载一部电影大约需要五分钟，已经很快了。果果乖，回家利用这五分钟再默写两首唐诗宋词。"对她来说，浪费一分钟都是犯罪。

片中只有几处惊悚的画面有点让刘辜克焱偶感不适外，全家人都认为这是一部非常好看的电影。当音乐《一生所爱》缓缓响起，电影落下了帷幕：

从前现在过去了再不来

红红落叶长埋尘土内

开始终结总是没变改

天边的你漂泊白云外

苦海翻起爱恨

在世间难逃避命运

相亲竟不可接近

或我应该相信是缘分

情人别后永远再不来

......

特效和打斗让刘辜克焱很满意，欢快地跑开了。

"睡觉吧，我们又欠了星爷一张电影票。"

开学前，辜红英又带着刘辜克焱参加了几次办学机构私自举办的小升初考试，结果并不知晓，只是被告知等电话通知。

元宵节这天，萧和一家人来刘汇海家做客。他心一横，决定下馆子，大伙儿都觉得可以去不远的东郊记忆看看，顺便可以买些小吃给两个孩子吃。

东郊记忆原名蓉都东区音乐公园，坐落于东川省蓉都市成华区二环东侧建设南支路四号，占地二百〇五亩，建筑面积约十九万平方米。是集合音乐、美术、戏剧、摄影、美食等文化形态的多元文化园区，工业遗址主题旅游地，艺术文化展演聚落，文艺创作交流园区，蓉都文化创意产业高地。

东郊记忆是在原蓉都冶金实验厂旧址上改建而成的现代化文化产业新型园区。被称为"中国的伦敦西区"，是国家音乐产业基地、国家AAAA级旅游景区、科技与文化融合示范园区、国家工业遗产旅游基地名单。

红砖、红瓦，婆娑绿树，高高低低的烟囱，林林总总的管道，星罗棋布的阀门，数字模糊的压力表，硕大无朋的礼堂，楼角高悬的喇叭，悠长僻静的车间道路，斑驳的水泥墙上隐隐约约的标语。蕴藏着作为二十世纪六七十年代，那个红红火火、敢叫日月换新天的光辉岁月。

一种浅浅的忧伤情绪涌上了刘汇海的心头，让他鼻根感到辛辣。他回想起二十年前，战友们在这里跑号操、翻板障、洗热水澡。

时代在变，新世纪的很长一段时间，这里落寞了、荒凉了、穷困了、凋零了。还好有怀旧的官员、精明的商人、多元的设计师、勤劳的工匠们又赋予它生命第二春。

"爸爸，我看见鄢叔叔了。"满嘴糖油果子的果果，边跑边嚷嚷着，"那边新开了一家音乐酒吧，有免费饮料喝，还有人在唱歌，是鄢叔叔。"

众人躲在人群后，高亢的旋律，熟悉的声音响彻耳畔。

随风奔跑自由是方向
追逐雷和闪电的力量

把浩瀚的海洋装进我胸膛

即使再小的帆也能远航

随风飞翔有梦作翅膀

敢爱敢做勇敢闯一闯

哪怕遇见再大的风险再大的浪

也会有默契的目光

……

"这个人是老板，年纪不小了，事事亲力亲为，不容易啊。"这是人群中不认识的声音。

在支队不少人的印象中，鄢晓华属于那种自信心爆棚，有点盛气凌人，又有点刚愎自用的人。

"他自主择业下来不是在开公司吗？"林霞像是在自言自语，又像是在问大家。

"为人太耿直，半年亏了四十多万。"萧和附和道。

"听说他炒股都炒了十多年了，那一定很有钱吧？"辜红英接了一句。

"二〇〇二年开始用老婆的身份证开了一个户头炒股，差不多十二年了。有时赚有时亏。赚钱时住大房子，三百平方米，开奥迪；现在住小房子六十平方米，开二手奥拓。"在刘汇海的心里，这都不是秘密。

"唉！股市。"不约而同的一声叹息。

"龚大敏在干吗？"辜红英好奇地问。

"他呀，在发挥他的专长，埋头写长篇纪实小说《逆行》。还有就是许松，你们绝对想不到，他更神奇了，居然响应国家号召，在家里准备生二胎。太勇敢了！"他说完眼镜直勾勾把辜红英盯着。

"别想了，生二胎？门都没有，有那个精力和财力吗？"她很清楚他那心里的小九九，转而对林霞说道，"你们可以再生一个呀，独生子女太孤单了，再说，你们也有那个条件。"

"今年就四十了，也没有那个精力了，政策早出来几年也许会考虑，再者萧和的身体也不如从前了。"林霞遗憾地回应道。

舞台上载歌载舞的鄢晓华受到了大家热烈喝彩。不可否认的是他在人生中对工作、朋友、战友的那一份热情和慷慨。唱歌是麦霸；喝酒从不拉稀摆带；吃饭抢着买单；打麻将输得再多也是和颜悦色，被支队某些人喻为行走的荷尔蒙。

"听说他现在正积极参加由市人事局组织的各种培训班，有插花班，有书法班，有财经班等，好像还在川大报了一个什么MBA班学习。"萧和的信息很灵通。

"军人最神奇的地方就是不像地方上的人，长着长着就长成了我们曾经讨厌的样子，他们显得年轻些。你们看鄢晓华都四十二岁的人了，在舞台上又蹦又跳，始终相信未来、相信希望、相信梦想，百折不挠无畏无惧勇往直前。"辜红英是说给果果听的。

百感交集的刘汇海认为在这一点上鄢晓华比他强。一个二等功、三个三等功，站着、躺着即使跪着也是一条汉子。

"爸爸，我们过去和鄢叔叔打招呼吗？"果果追问着刘汇海。

"不要打扰鄢叔叔，他很忙。"

两家人围坐在"厕所串串"的一口火锅旁，爽口的荤菜让孩子们吃得痛快；辜红英和林霞一边交流着育儿心得，一边品赏着香脆的蔬菜；热汗微发的刘汇海和萧和酌饮佳酿、大快朵颐。

年长四岁的林霞对辜红英很尊重，开口闭口嫂子长嫂子短。这不单单是刘汇海比萧和的年龄大的原因，更主要的是她俩第一次在林霞餐馆见面时，辜红英给她留下了非常好的印象。

那是刘汇海结婚前一个月的傍晚，彼时刘汇海是官，萧和还是兵，林霞又有一点点紧张。谁知辜红英拉着她有些油腻的手，笑面如花，一口一口"姐"地喊着。

辜红英一屁股就坐在宽窄不一、不太洁净的条凳上，接过结有茶垢的茶杯，一口而干。并且她还主动给林平安夫妇端茶添饭，完全就把自己当成这里的主人。对于林霞端上来的菜品，不多言、不多语，全部一扫而光，吃得干干净净。

临走时，还对林霞说，姐，下次想吃了，就还要来。

"嫂子，何凯走了。"林霞说这句话时，眼睛茫然地盯着地面，似乎是有意无意地回避她的目光。

"怎么就走了呢？"辜红英也是不知所措地说了这样一句。

"跟了我近二十年，他说这次走了就不回来了，回老家结婚。我把火锅底料的配方给他，他却说不用了，早就知道了。"她说得很惆怅。

"走了就走了，走了也好。"辜红英喃喃地，好像是自言自语。她早就注意到何凯这个人了，不多言不多语的，闷头做事的那种人。从林霞口中得知，他从来不提涨工资这种事，在林霞生意最惨淡的时候，还把自己的积蓄拿出来共渡难关。店里一遇检查、纠纷他都有意无意地挡在她前面，虽然他天生腼腆而又柔弱。

"嫂子，你这件红色阿玛尼真好看。"林霞指着她的衣服说道，岔开话题。

"姐，嘘！阿玛尼是好看，但我这件不是的。"辜红英依旧笑盈盈地配合道。

"这明明就是？"

"小声点，我告诉你，这是外单货。"

马上就要参加副团提拔考核的萧和有点心神不宁的样子，火急火燎地向刘汇海询问着注意事项。刘汇海说，锻炼身体、复习文化、尊重同级、善待下级、主动汇报、谦虚友善、低调做人。

刘汇海也知道，自己并不能帮上什么实质性的忙，只能通过肯定或暗示来增强他的自信心和力量。有句话他没有明说，那就是社会也许更讲究人情世故，而消防队要的是摧城拔寨、摘金夺银、能攻善守。公道自在人心。

萧和在随后工作和生活中处处严格要求自己，越发谨言慎行了。

这天他刚刚组织完战勤保障拉练归队，就接到了林霞带着哭腔的电话。安排好工作，就急急忙忙往郓江区人民医院赶去。

他的女儿萧安琪就读于郓江区著名的英才私立学校。今天有大约十来名同学出现上吐下泻、头晕眼花症状，疑似食物中毒，被送往医院急救，还有近百位症状较轻的同学被家长接回了家里观察。

数百名情绪相当激昂的家长围住了学校的厨房并堵住了学校的大门讨要说法，政府的主要领导、警察、城管、食药监局、教育局、街办的工作人员紧急到达现场应急处置，防止时态进一步恶化。

当萧和到达病房，看到女儿神志已恢复正常，并无大碍。紧张的心绪平复了许多。可是林霞却恼怒地用手紧挠着头发，在病房里走来走去。

"不行，不能就这么算了，我要去学校讨个说法。"她愤愤地说道。

"不行，你不能去！相信政府，相信组织，很快会给大家一个说法的。"他伸开长臂紧紧地拦着她。

"萧和，老娘给你说，平时你把事业看得重，把消防放在第一位，把我们母女俩放在第二位，也就算啦！她爷爷去世，你工作忙，是我替你披麻戴孝行男儿孝道。今天不行了。为了女儿，老娘也要拼了，如果给你造成什么负面影响，干脆辞职回家，老娘养你。"噙着泪花的林霞因悲痛欲绝而有些歇斯底里了。

"别去，我求你了。"他同样满眼含泪死死地抱着她，身体慢慢地往下沉，跪在了她面前，"是我对不住你们娘俩，真到了退役的那天，我做牛做马服侍你。"

"啪"的一耳光扇在了林霞的脸上，一双有力的大手一下就把萧和拽了起来，林平安怒气冲冲地指着她骂道，"你敢！去了，就不是林家的人。你们俩外出，向外人介绍都说你是军官的妻子，而没有说他是百万富翁的老公，有了几个臭钱，就嘚瑟了。"

她捂着发烫的脸，怔了一下，在这一生从来就没有挨过哥哥的打，扭头蹲在墙脚呜呜地哭起来了。

"丁零零——丁零零。"林平安接起电话，是父亲林浩然打来的电话。

"找着了，找着了……"

三天后，身着便装的萧和开着车载着林霞、林平安、林浩然夫妇向着蓉都市安仁县安仁镇樊建川博物馆聚落驶去。

樊建川博物馆聚落由民营企业家樊建川创建，建筑面积近10万平方米，拥有藏品800余万件，其中珍贵文物超过1000余件，国家一级文物404件。

博物馆以"为了和平，收藏战争；为了未来，收藏教训；为了安宁，收藏灾难；为了传承，收藏民俗"为主题，建设抗战、民俗、红色年代、抗震救灾四大系列30余座分馆，已建成开放24座场馆，是目前国内民间资本投入最多、建设规模和展览面积最大、收藏内容最丰富的民间博物馆。

今天萧和一行人主要参观与抗战有关的博物馆。

安仁县消防大队的大队长是仁西泽，头天接到萧和的电话，今天早早地就在大门口迎接他们了。

汽车一到博物馆大门所在的迎宾路，刚下车了林浩然就见到耸立在路口的抗日战士雕塑：高昂着头、不屈的眼神、土灰色军装，手握长枪直指苍穹。

太像了，像极了家中老照片中的父亲——林兴国。

太像了，林平安感觉特像老照片中的二爷——林兴族。

太像了，林霞觉得更像老照片中的么爷——林兴家。

"爸，我来看您来了。"话音未落，老泪纵横的林浩然"咚"的一下就跪了下来。

双眼含泪的林平安和林霞兄妹上前想要扶起父亲，虽有千斤之力，但见林浩然却纹丝不动。

突然间，一旁的哑女妈妈张开嘴对着天空："啊——啊——啊！"伴随这撕心裂肺哭腔的是喷薄而出的泪水。

　　萧和只感觉到心底一阵绞心的疼痛。

　　早有思想准备的仁西泽也被这肝肠寸断的哭声震撼着了，原地发蒙良久，很快感觉喉咙干涩，眼眶酸楚，连忙递上一大篮鲜花。

　　有路人驻足凝视，偶有窃窃私语。

　　仁西泽请了一位导游详细给一行人小心翼翼地解说着。

　　"这是中国壮士群雕广场，现有中国抗日壮士雕塑219人，他们是1931年到1945年的中国抗日战争期间，全民族抗日将士英雄的群体形象。"导游小姐的普通话带有明显的东川味。

　　转角临河处是具有显著东川建筑风格的川军抗战馆。

　　川军抗战馆建筑展厅面积2087平方米，通过复原场景、沙盘模型、雕塑、绘画、浮雕、多媒体放映等多种艺术手段再现当年抗战情况。馆内虽然人头攒动，但一片静寂。只留下肃穆参观者沙沙的脚步声。林浩然在多媒体放映"长沙会战"前，久久不愿离去。

　　"妹子，川军出川抗战有多少人啊？"在川军战士雕塑前的林浩然突然发问。

　　"抗战前前后后超过300万。所以世上有'无川不成军'的说法。"

　　300万，300万。林浩然默默念着。

　　川军抗战馆的旁边成飞机机翼形状的建筑是飞虎奇兵馆。

　　"妈妈给我讲过，陈纳德将军和爸爸是好朋友。"林浩然说完这句话，脸上泛起了红晕。

　　他在每一张陈纳德将军的照片前鞠躬，在展馆内一行人详细了解了陈纳德将军和飞虎队的传奇经历。

　　见着老人情绪逐渐恢复了常态，大家才稍微松了一口气。仁西泽也舒缓着心绪给林浩然介绍道："老伯，你看那就是地震中的名猪——猪坚强。"

　　"这个我晓得，八级地震都没有震死的猪，又活了八年，它这个模样，怕有三百斤了吧。我们这个地方的猪都有如此顽强的生命力，何况乎人！"林浩然一只手紧紧地拽着哑女的手，一只手指着猪说道。

第三十七章

四月，火红的玫瑰与高贵的牡丹争奇斗艳次第开放。支队消防铁军比武竞赛正在都江堰防灾减灾应急救援基地如火如荼地进行着。

近千名公安消防队员、政府消防队员、企业消防队员、志愿消防队员把基地变成了奥林匹克赛场。

都江堰防灾减灾应急救援基地是蓉都消防支队历史第一座现代化、综合性训练场。位于都江堰市崇义镇崇义村三组，占地面积二百一十一亩，建筑面积近三万平方米，总投资两亿元；主要由办公区、教学区和综合训练区三大功能区域构成。

办公区为都江堰消防综合救援队（支队特勤五中队）和支队培训中心驻地；教学区建有教学大楼、学员宿舍、餐厅、篮球场；综合训练区建有体能训练场、室内训练馆、四百米标准田径运动场、综合训练楼以及十余种自然和人为灾难，包括水灾、危险化学品泄漏、地下工程塌方、危险化学品槽罐车遇险、气体储存火灾、电气火灾、交通事故、油罐火灾、化工生产装置火灾、建筑物倒塌、十五米深水训练等模拟设施。

"5·12"汶川特大地震后，东川省、蓉都市党政领导亲自批示"要抓紧组建一支综合救援队伍，确保有事拉得出去"的应急救援项目，蓉都市主要领导亲自组织专题会议研究确定都江堰防灾减灾应急救援基地建设项目。

都江堰防灾减灾应急救援基地，立足蓉都、服务全川、辐射全国、感恩世界，承担各种灾害事故的生命救援、地质等自然灾害的抢险和特殊火灾扑救及次生灾害的处置、保卫经济命脉及城市生命线工程抢险、参加各类化学灾害事故抢险、参加处置暴力恐怖事件的消防救援等五大职能任务。基地的建成，必将有效提高蓉都消防综合应急救援能力，筑牢一道更加坚固的安全屏障。

支队培训中心仅有两个人的编制，分为主任和教导员。培训工作都是由培训中心和各业务部门抽调人员及外聘公司共同完成。

胡阳和王健所在的特勤三中队毫无悬念再次夺得铁军竞赛的第一名。

随即支队组成以罗进为队长、刘汇海和段棵（战训科长）为副队长、王健（兼教练）、胡阳、李霆雷、邹锋、赵纯刚、柳亚光、常伟树等十五名队员的铁军集训队，在基地进行两个月的封闭训练，参加六月的全省消防铁军竞赛。

每周六的上午，十五名队员在蓉都体育学院专职体能教练的指导下，一圈又一圈地奔跑着。高抬腿、俯卧撑、后蹬跑、蛙跳、游泳、爬上、仰卧起坐、跳绳、前滚翻、后滚翻、加速跑、变速跑、短程冲刺、器械训练……一项接一项。

下午全是技能训练：绳索攀爬、400米疏散物资救人、背负空气呼吸器5000米跑、负重上20楼、攻坚组百米梯次进攻操、400米初战快速出水灭火操、枪炮协同灭火操、高层建筑攻坚操、泵车联用出水操，一项接一项。

晚上则进行放松训练、学习竞赛规程、观看训练、竞赛视频。

大运动量的魔鬼训练使队员们累弯了腰、刮红了脸、磨破了皮、拉伤了腿。

每周星期天可以休息一天，结了婚的士官和干部就可以离队了。

这是个星期六的下午，刘汇海把罗进和段棵撵回了家。作为唯一一名管理干部，他很乐意留下来。

"胡阳，你怎么不回去呢？"刘汇海知道他全家住在西城外的总队家属院。

"不想回去，我妈老让我去相亲。"胡阳怀里正抱着一个足球，往球场走去。

"不会吧，你太挑剔了吗？"他有点吃惊，毕竟他的身高、颜值、文凭都是鹤立鸡群般的存在。

"一个月休息不到四天，经常性战备。过节、生日、病痛都是一个人过，没有一颗强大无比、耐得住寂寞的心，哪个女孩儿愿意和消防员要朋友？刘主任，一种单身就叫消防铁军。你不知道吧。"胡阳不以为然地说道。

"一种孤独叫消防铁军。"

"一种寂寞叫消防铁军。"留下来的队员七嘴八舌地说道

"一种伤痛叫消防铁军。"王健一瘸一拐地说道。

"刘主任，今天晚餐有什么好吃的。"

"有，小心撑破肚皮，重口味仔姜兔、藿香大鲫鱼、生爆大甲鱼、霸王腰花、香嘴牛肉丝、石锅麻鸡、青椒小香菇、蓝莓土豆泥、豆腐白菜汤、牛奶和蒸

蛋一个也不能少。"当过炊事员的刘汇海一气呵成。

铁军的生活标准是很高的。

围墙外大门口，两双眼睛直往里瞅。

"老姐姐，你也是来看儿子吗？"

"啊。"

"当兵都大半年了，第一次来看孩子，天天想，夜夜念，今天总算就要看见了。"红红的眼圈镶嵌在布满笑容的脸上。

"当母亲都一样，都是身上掉下来的肉，连着心。"

"对、对，哪一个做母亲的不想儿子呢？我很快就要见着儿子了，门卫的哨兵已经去通知了，你呢？"

"我？我……"

"老姐姐，你怎么走了，见着儿子了吗？"

"不见了——你要注意身体，照顾好自己。"

一辆破旧的富康车一溜烟往城里驶去。

"叫你不要来，你非要来，这不是让人笑话吗，别人是来看当新兵的儿子，你却来看中队长。"胡明忠一边开着车一边数落着他的老伴。

"我就来，我还要来。"老伴一边抹着眼泪一边断断续续地抱怨着，"我出生就遇着当消防兵的父亲，知道情况的还好，不知道的还以为我在单亲家庭长大。那个杨富长又擅做主张让我嫁给了消防兵，跟寡妇有什么区别？儿子好不容易长大，又当了消防兵。都说消防兵是和平时期伤亡最大的军种之一，我这颗心就没有一刻消停过。

"半年前儿子处了对象，各方面都不错，本来都到了谈婚论嫁的地步，人家女孩提出先买婚房，你就不答应，结果蛋打鸡飞了，儿子也有半年没有回家了。现在回想起来，人家女孩的要求也不过分，换位考量一下，女方家辛辛苦苦地把女孩养大，成人了、挣钱了，就嫁到夫家来组成另外一个家庭，换作我也要提要求。下次再遇到这种情况，我做主先答应下来，贷款买房全家人一起还就是了，三十岁的人了，连个女朋友都没有，这如何是好？"老伴带着哭腔的抱怨让胡明忠不知所措，很快就缴枪投降了，全方位地让权了。

六月底，微风和煦。全省铁军竞赛在都江堰防灾减灾应急救援基地拉开帷幕。

才情、嗓音都很高远的李智敏和乔菊叶主持着此次比武竞赛。每个支队由支队长和政委组成的观摩团在主席台左侧就座，右侧为参赛队员席位。主席台就座的是省公安厅和总队两杠四星的领导们。

在第一天的比赛中，蓉都支队的成绩喜忧参半，多项比武成绩均获得第一，不过也有失误，总成绩与第二名的自贡支队并没有拉开差距。

屋漏偏逢连夜雨，李霆雷突发阑尾炎，紧急送往医院了。第二天的班组号操中，指挥员岗位必须是干部担任，而邹锋和胡阳负责了其他三个项目。初战快速出水灭火操这个项目，他俩从来就没有训练过。现在都不知道怎么办？

"我上，我训练过。"三十八岁的王健说道。

"你的小腿不是拉伤了吗？不能冒这个险。"罗进也没有好办法。

"十天前的事了，好得差不多了，明天比赛前再打一针封闭就行了。再说了，干不死就往死里干，干死了就当睡觉！"王健坚持道。

"接下来将要进行的是本次比武竞赛的最后一个项目——初战快速出水灭火操。"李智敏的声音通过音箱传遍赛场的每一个角落。

罗进阴沉的脸色如同一张白纸，比武竞赛进行到现在，支队的总分竟只比第二名的自贡支队多5分、第三名的绵阳支队多16分。他隐隐有些担心。

初战快速出水控火操由八名队员在400米跑道上同时操作，需要将22盘水带铺设在跑道上。一、二号员和指挥员还要冲过终点线，驾驶员出高压水流经400米水带，通过多功能水枪打在水靶上，时间不得超过两分钟。

班组号操项目往往人员多，程序复杂，压力水带不好控制，驾驶员操作要求高，否则容易打破水带，致使项目失败，一分不得。已经有8个支队在4个班组号操项目上失败。

现在已经比赛完，最好成绩的是绵阳支队1分58秒88。最后一组两道次分别是蓉都支队和自贡支队，真应了那句老话：不是冤家不聚头。

蓉都支队要想获得团体总分第一名，就必须打败自贡支队，并且不能失误，时间还要控制在1分58秒88以内。

"各就位——预备——砰。"发令员李大君扣响了发令枪。

两个队十四名队员像离弦之箭一样奔了出去。

驾驶员柳亚光急忙打了三盘水带后，抱起二十斤重的两节吸水管，转身、固定、接卡、旋转、紧固、接滤网、开水阀、启动消防车、出水，没有失误，一股水流像水蛇一般蜿蜒向前。

顶替李霆雷出战的王健，在340米的地方打好水带、接好分水器，往终点冲去。自贡支队还有两名队员在他的身后。

"不好！"一号员留下的水带出现了卡壳现象，水流正"嗤嗤"往外冒。不得已，王健只得转身，关闭分水器、接好水带，重新打开分水器。一起身，他感觉到小腿肌肉一股钻心的疼。速度明显慢了下来，自贡支队的一名队员已经赶了上来。

罗进揪得紧紧的心已经提到嗓子眼儿，盯着王健和眼前的秒表。

观摩席的冯昆如坐针毡，脑袋伸得长长、一眼不眨地盯着赛道上的王健。

"王健，加油！"

"王健，雄起！"李智敏和乔菊叶也不管避嫌的禁忌，在主席台上为本支队的选手加油。

奔跑中有点颠的王健明显感到在离终点线5米的地方，自贡支队的最后一名队员——指挥员韩冀快与他平行了。他心一横，用脚一蹬，接了一个前扑鱼跃。当身体与地面平行时，手指抢先韩冀一点点撞线了。

目瞪口呆的计时员为总队警务处长熊文军、通信处长阳洪坡，胸前的秒表停止在1分58秒20。

王健的身体在地上翻滚着，牙齿咬得咯咯响，右手握紧了拳头使劲地捶打着塑胶地面。

当冲上来的罗进用发抖的双手抚抬着王健的头上时，他断断续续地说："疼——疼。参谋长送我去医院。"汗水大滴大滴往下掉。

观摩席上的冯昆不顾众人诧异的眼光，抽身匆匆离去。

刘汇海开着警报，载着王健，把车开得快要飞起来了。

"怎么搞的？不要命了！"蓉都体院骨科医院主治医生生气地问道。他搞不懂，病人居然是左腿跟腱断裂，右腿十字韧带撕裂。

"你不会懂的，我们是消防兵。"刘汇海一脸忧伤。

"从今后，离开赛道。"医生依旧面无表情。

王健之后，蓉都支队再无兵王。

两个月后，以蓉都支队人员为主组建的东川省消防铁军集训队，在上海举行的全国消防铁军比赛中获得第二名的好成绩。

参加完比赛的罗进刚下飞机，就接到牟良权打来的电话："休息取消，回支队，马上开会。"

"什么事？还要不要人活。"罗进一看电话号码就知道了结果，不情愿也必须要接。

"看新闻。"牟良权没好气地挂了。

罗进马上点开百度，一串黑体字：天津大爆炸。

支队长办公室内站着依次牟良权、罗国富、罗进、向梅逸。

"你爹就是我爹；一张张逆行的照片上了热搜、头条。很是提振这个民族的士气。然后呢？……还是会习惯性被遗忘，还不如给他们涨点工资。"

"瞎说什么呢！"冯昆白了牟良权一眼，继续说道，"这次去天津是私人关系，千万记着不要惊动组织。第一，把慰问金带过去；第二，把资料取回来，指导我们下一步的工作；第三，把东川省、蓉都市牺牲战士名单抄回来，烈士回家，我们得下去站个桩。"

各级领导有意将蓉都市打造为国际会议之都、国际赛事之都、国际会展之都、国际旅游文化之都、国际休闲美食之都的宜居之城。通过各级人员的努力，从二〇一五年开始，每两年一届的世界警察和消防员运动会都有蓉都市组队参加，并争取二〇一九年第十八届世界警察和消防员运动会的举办地落户蓉都。

二〇一五年刚立秋，罗进（领队）、王健（教练）、胡阳（队员）、乔菊叶（翻译与联络官）四名同志在市公安局的统一组织下，飞往美国，参加在华盛顿费尔法克斯县举行的第十六届世界警察和消防员运动会。

由于绝大部分队员（士兵）在签证时出现失误，支队领导对这次参赛并没有硬性的指针任务，重点是学习观摩，为以后参赛做准备，毕竟很多国家用的消防装备、器材和设施都不一样，靠一摞文件和几张传真图片是不能做好比赛准备工作的。

当东航MU586降落在华盛顿杜勒斯国际机场时，罗进内心暗想，最发达的资本主义国家，中国崛起最大的对手——美国，我来了。胡阳的一脸笑容掩饰不住内心的兴奋："这个机场也不怎么样，远没有蓉都双流国际机场气派。"

设施设备老旧，通关效率低下，傲慢和偏见都挂在工作人员的脸上。这也是大家的共识。

大巴离开机场向目的地费尔法克斯县驶去。

"这个高速公路怎么坑坑洼洼，顶多相当于国内的一级公路。现在明白了，美国人喜欢用越野车和皮卡车是有原因的，一句话，路不行。"龚泽宇小声嘀咕着。

地广人稀的美国，花团锦簇、郁郁葱葱植被和枝繁叶茂树林随处可见触手可及。蓬头垢面流浪乞讨的人，争取各种权益、表达不同政治意见的游行人群时不时出现在街区。

高层建筑并不多，人们更喜欢居住在郊区的小洋楼里，超大型的商场、卖场、饭店、酒楼少之又少，陈旧的建筑、落后的公共设施比比皆是，蔬菜远比肉禽贵得多。

当负责接待的黑人小伙道森得知中国东川蓉都消防员是现役军人时，竖起了大拇指："China Army Great！"态度上显得真诚和尊崇。一来二往，通过龚泽宇的交流，大家才得知，道森也曾经是一名军人，在美国陆军第二步兵师服役过三年。

道森还善意地提醒大家，太晚了，就不要独自外出，社会治安并不太好；因为拥有枪支合法，地铁站、偏远的郊区不要长时间停留，如果遇到抢劫，最好不要反抗；美国的白人或是黑人，都对华人并无好感，原因竟然是华人太勤劳了，太能挣钱了。

第十七届世界警察和消防员运动会组织依旧不太周密，效率低下，人一多就乱糟糟的。作为参谋长的罗进早就在国内组织过上千人的训练、阅兵、演习、竞赛。他们一行人对世界最发达国家最初的先进、美好、平等、繁荣的预想瞬间土崩瓦解。

当川航3U8633降落在双流国际机场后，罗进是在胡阳的搀扶下最后走出机舱。

"纯爷们！"胡阳对罗进崇拜无比。

原来在运动会期间罗进参加了负重登楼这个项目（40—45周岁年龄组）。参赛队员需要负重30公斤登62楼，攀爬楼层总高度260米。在攀登到60层楼时，右脚侧副韧带拉伤。

胡阳搀扶着他半开玩笑说道，蓉都支队足球队失去了一名黄金左后卫。不想二〇一七年东川消防部队第一次足球比赛，罗进依旧站立在队伍中央，决赛中左膝半月板撕裂。惨烈的伤痛现场让队中的前锋胡阳丢下了一句"老兵不死"。似乎理解了自己父亲、外公对消防部队的情愫，释然了当年父母逼迫自己加入消防部队的隔阂。二〇一九年八月，第十八届世界警察和消防员运动会在蓉都开幕，罗进依旧参加了负重登楼这个项目（45—50周岁年龄组。）

进入二〇一六年，本来还有些清闲的培训中心，一下子忙得不可开交起来。春节过后是班长培训、制图员培训、冲锋舟操作手培训；四月是"第一响应人"

应急培训，支队各级党组织书记培训班，支队政工干部培训班；五、六月支队驾驶员培训；七、八月是总队安排的，全省消防部队晋级士官分期培训；十一月是全市人员密集场所和公众聚集场所的法人和消防主管进行防火培训。明显人都看得出刘汇海在繁忙的工作中日渐消瘦、衰老。

辜红英的日子也不容易，动不动就向果果发火。局外人想当然地认为四十岁的她到了更年期的年龄，其实是果果到了小升初的关键时刻，她的每一天都处在焦虑和忐忑之中。

她早已比照了蓉都市所有初中的师资排名情况，结合蓉都市小升初的招生政策和果果的特长爱好，给他制定切实可行的计划ABCD。

初中每年都有一批提前招生名额，主要针对数理化、计算机、外语、电子竞技全国比赛三等奖以上学生和体育、美术、音乐、舞蹈、乐器等艺体特长生。果果的羽毛球水平同年龄段全市也就是七八名的成绩，但他是八月份的生日，这一年级里有二〇〇三年出生的，所以从年级段来看，他的具体排名应该在十二名左右，而今年四、七、九一类名校招收羽毛球特长生共计八人，看来希望不大。名还是要报的。这也就是她所谓的A计划。

在A计划100%流产后执行B计划。B计划就是根据招生政策参加全市大摇号，简单地讲就是全市所有学生可以任意报名一所学校，参加随机摇号，不过中签率只有5%。她已经给他报了最好的初中：七中林荫校区。

大概率来讲，C计划有33%的结果令她满意。也就说在大摇号结束后，进行小摇号。依户籍而非学籍在所在区进行三选一进行摇号，果果户籍所对应的三所摇号学校分别是十一中（二类）、二十六中（三类）和四中成华校区（一类）。按理说所有户籍学生在这一轮都会被摇中的，只是她没有想过让他去读十一中或者二十六中。

几乎所有的大中城市的义务教育都采取的是以户籍为主的就近入学原则，"学区房"这个概念就应运而生了，其房价比周围的非学区房高出30%—50%，常常还一房难求。

D计划则是最保险的备用计划了，私立的九中北湖校区（一类）的教导主任是自贡人，龚小敏的高中同学，饭已经吃过了，结合果果的学习情况，应该没有问题，只是每年五万的额外支出让他们两口子很有些心疼。

这一夜零点刚到，失眠已久的辜红英打开电脑，想进入蓉都市中小学生教育平台网，查找大摇号的结果，可是却始终打不开网页。一股无名怒火从脚底往胸腔涌来，突然她哑然一笑，全市起码有十万家长正在操作此系统，等等也无妨。

四十分钟后，结果很失望，无奈的她只好把失眠进行到底。

一个月后，果果收到了四中成华校区的录取通知书。

八月，全世界的目光都聚焦巴西，聚焦里约热内卢。NBA球员组成的美国篮球队，掀起一股收视狂潮。杜兰特、安东尼、小乔丹、洛瑞、考辛斯美如画的表演让世界球迷如醉如痴。

田径赛场上，闪电博尔特不出意外地捍卫着他王者的荣耀。

曾经星光璀璨的中国奥运军团成为人们遥远的记忆：风之子——刘翔只留下模糊的一吻，悲怆的身影；百年不遇的篮球天才——姚明再也扛不起中国队这辆战车，只留下阿联苦苦支撑；在职业赛场呼风唤雨的李娜早已安享天伦。

安顿好女儿高中读书事宜后，萧和送母女俩外出旅游去了。这个星期天的上午九点十五分，战勤保障大队的电视室内人声鼎沸。只有在奥运会期间，只有在中国女排比赛期间，部队一日生活制度可以被打破。就连冯昆也说过，女排比赛就是最好的爱国主义教育。

"郎平加油！"

"中国队雄起！"

"踩扁塞尔维亚！"

第一局中国队以19∶25输掉了比赛。大家依然信心满满。

"第一局先热热身，接下来，连下三局，够她们喝一壶的。"

"那当然，郎平就是定海神针，她是神，是天外飞仙。"

"朱婷是郎导的嫡传弟子，是天降神兵，是斗战胜佛。"

"我怎么觉得袁心玥很漂亮呀！"士兵甲说道。

"不对，张常宁才是最漂亮的。"士兵乙颇有点不服气。

"呵呵，都不对，俺认为龚翔宇最好看，呵呵。"士兵丙凑着热闹。

"瞧你那副熊样，还龚翔宇最好看。"士兵丁指着士兵丙鹦鹉学舌，"你这是癞蛤蟆想吃天鹅肉吧，来来来，隔着电视机屏幕亲一个。"

"哈哈哈哈啊哈哈哈……"

"嘘——"班长噘了噘嘴。大家才注意到萧和站在最后面。班长诧异地觉得他的脸煞白煞白的。

第二局25∶17，第三局25∶22，中国队连赢两局，来到关键的第四局比赛。

"暂停，老子要上厕所，憋了好久了。"

"看，大家快看，收视率超过篮球了，全球最高。"

"中国队领先了，好样的。"

"萧大队，你怎么了？萧大队……"

"快！快送医院！"

第三十八章

辜红英一边哼着歌一边推开家门，诧异地发现客厅的灯居然是亮着的，"哐当"之声来自厨房。

"有贼！"这是她的第一反应，弯着腰，踮着脚尖，抓了一把扫帚藏到背后小心翼翼来到厨房，顺着门缝才看清原来是刘汇海戴着围裙正在炒菜。

本想给她一个惊喜，不想给了她一个惊吓。

"你不是去参加'西藏自治区政府成立六十五周年庆典'消防保卫东川增援团了吗？"她记得清楚，他们是今天早上才上的飞机。

"刚到拉萨机场就头晕、心跳加快、呼吸急促、神志不清、全身乏力，高原反应特别强烈，马上就飞回来了，这边一落地，又恢复正常了。"他又想起自出生以来，自己就被认为是体质差的那一类。

即使过去的一个月，进行了封闭的体能训练、技能训练、纪律养成、民族礼仪，却还是过不了那一关。

"就你一个人回来？"辜红英有点紧张。

"不，一共六人，四名战士，两名干部。"他端起饭菜走出厨房来到客厅。

"让我来，你坐下休息吧。"茫然间她脸色凝固。

从来没有如此担心过他的身体，头发白了不少，皱纹也多了起来，她的内心产生强烈的忧郁、自责，这几年把太多精力放在了儿子身上，忽视对他的关心，偶尔在精神上对他冷暴力，她猛然间才发现他才是这个家庭的顶梁柱。

站在厨房里的她，不自觉间双眼噙泪。听闻前些年退役的老领导有的白了头，有的体型大变样，有的体检查出了大问题，即使强如萧和那样耐操性体质也经不起长年的透支。

"你先吃着，我再来一个西红柿炒鸡蛋。"她说着，一口气就打了四个鸡蛋，比平时多了三个。

"别加菜了，吃不完，浪费了就太可惜了。"

"吃不完再说嘛。"她出来时已经是笑面如花了，继续问道，"支队领导怎么说。"

"先让我休息一段时间，培训中心国庆过后才忙。"

"好的，我这几天有点累，你帮我改善改善生活，明天到海鲜市场买点三文鱼回来吧。后天你到果果学校开第一个初中家长会，完了把果果接回来，我给你爷俩加餐。接到果果就直接往'学而思'培训学校送，有一节奥数课，路上大约二十五分钟，叫他左手吃饭，右手练习指力器（羽毛器锻炼手指专用器械），六组，每组十五次，车上循环播放'剑桥中学生英语'。"

"好的知道了，那么就把三文鱼留到后天吃吧。"

"为什么不可以两天都吃？"她交代清楚后，随即岔开话题，"见着你的西藏战友了吗？"

"在机场见着邬勇，差点没认出来，脸绯红绯红的，就是所谓的高原红吧，他们真不容易。"

为了让操劳了一辈子的爷爷奶奶、外公外婆回老家安享晚年，两口子痛下决心，让刘辜克焱读的是公立住宿制学校。为了避免果果在外缺少监督和关爱，心理出现问题，只要是时间上允许，晚自习后，他们就会把儿子接回来住。

对于家长会，全家人格外重视，刘汇海在辜红英的要求下又把结婚时买的西装拢在身上，并且叮嘱他想尽一切办法与老师搞好关系。

他比通知的时间足足早到了二十分钟，在教室最后一排找了一个靠窗位置住下了，大多数家长蜂拥而至抢占着最前面靠中央的位置。

一团红飘然而至，一位长相精致、气质优雅的中年妇女已经站立在他面前，脸上荡漾着春天使般美丽的笑容。

他吃惊的同时，脸已绯红，面前这位是他既熟悉又陌生的同事：向梅逸。

"太好了，刘英雄，我女儿和你儿子在同一班。"

"哦？啊。"他似站非坐，屁股悬在半空。在他的印象中，这是第一次有女干部因私事同他讲话。

"我们都知道你儿子很优秀，又是班长、又是大队委。我女儿就知道贪玩，差远了，现在一个班了，有空我们两家聚聚，让你儿子带带我女儿。"

一股暖气从心中升起，自己的儿子总算可以和那些家境殷实的孩子在同一间教室学习，并且还是他们争相学习的榜样，他突然有了一种飘飘欲仙的感觉。

这时家长会恰好召开了，避免了他无法接话的窘迫。

班主任老师姓马，有点微胖，粉嘟嘟的，很耐看，保养得也好，职业套装很合体，以及特有的知识分子气质加持，感觉年龄不超过三十岁。

声音不大，但音调有点高，眼光凌厉，对全体家长通视一遍，缓缓地说道："今天是我们班第一次家长会，你们做父母的参会情况我做一个通报：有两个同学的父母都来了，在此，我谢谢你们的到来（马老师微微地点了点头），有七个同学的爸爸来了，十一个同学的妈妈来了，还有十个同学的家长是爷爷奶奶、外公外婆、叔叔、小姨来的，特别提醒有两位家长迟到。你们家长都很忙，有很多国家大事需要你们去处理，孩子一学期一次的家长会就被你们这样忽略掉了。黑板上是我的电话号码，也是微信号，马上记下来，以后的沟通就主要靠它了。"

马老师用力地敲了敲黑板。正襟危坐的刘汇海又挺了挺腰，多年的部队生活让他能够得心应手对付这种会议，涉己的就认真对待，无关的就马马虎虎，不过脸上始终挂着空姐般职业的微笑，时不时报以虚假的点头，骗得共鸣。此时的他认为这个马老师有点霸道，对家长不留一点情面，与他脑袋里的教师形象严重不符。不过转念一想，这批孩子刚好处在青春期，软弱的老师根本压不住他们的叛逆。猛然间他觉得这个马老师有点面熟，一时又记不起来。

"古有'孟母三迁'，今有学区房节节高，全市近二百所中学，我们这所中学可以排进前五，我参加工作十五年了，十二年任班主任，连续十年被评为优秀人民教师、学科带头人。你们当中一些人有一种愚蠢的想法就是：好学校很重要；好老师比好学校重要；好妈妈比好老师重要；好爸爸比好妈妈重要。这些都一样重要，谁也不能代替谁。学校、班级就是一个微小的江湖、社会，学生需要的社会价值、社会认同、社会肯定，你们家长、家庭给不了。而这些学校和班级能给予他们。

"初中这个年龄段的孩子正处于青春期这一特殊时期，而有些家长对青春期的认识仅仅是叛逆。这也是一个愚蠢的认识，青春期是一个身体、心智、思维极速成长的过程，是自我觉醒、自我革命、自我突破的过程，是人生的高光时刻。难道你们没有发现：生命节节成长过程中，它带给我们石破天惊的喜悦吗？所以我们需要的是耐心等待。比起自我觉醒来说，家庭教育和学校教育就没那么重要了。因为许多的成功人士并不是出自名校，而且还生长在单亲家庭。

"出名要趁早给这一代年轻人很多误导，大器晚成才是生命的又一次觉醒。孙文弃医从政成民主先驱；鲁迅弃医从文领文坛巨擘。都是觉醒的礼赞……"

当大多数家长主动与老师话别之时，刘汇海又一次站在了人群的最后。

"刘英雄，你还记得我吗？"马老师笑盈盈地对着他说道。

看来肯定是熟人了，可他使劲在脑袋里搜索了一圈，还是想不起是谁，只能红着脸尴尬地笑了笑。

"我是马欣。"

果然是熟人，鄢晓华的前前任女友，他心中一阵窃喜，忙不迭地伸出右手。

"刘辜克焱不错，成绩好，人很阳光，也很自信，但自觉性、自律性要差一点，看来他的妈妈操心不少。"马欣发自肺腑地说。

"这都是你们老师教育得好。"他谦虚地恭维道。

"你的儿子性格与当年的你反差很大，我都很奇怪。如果能中和一下，就很完美了。"

"我的性格太内向，当年……"

"当年你就很优秀，虽然性格内向、不太自信、不爱社交，单纯却很通透，独特却有力量。鄢晓华他们都很佩服你，说人生如果是一百米赛跑，你确实不如同年的罗进、许松、龚大敏他们，但是人生却是马拉松，跑到最后一定像你和萧和这样的人。

"最近一次的作文比赛，刘辜克焱写的《我的爸爸》获得了全校二等奖，作文中他充满自豪写道：'我的爸爸是一名消防员，他每天都很忙，急匆匆地上班、急匆匆地吃饭、急匆匆地洗头、急匆匆地上厕所，总是来也匆匆、去也匆匆，家里很少见到他，妈妈偶尔会抱怨说家只是他休息的窝，可我知道爸爸和他那些战友叔叔是这个城市的守护神，是平凡人中的大英雄，钥匙落家里了，他们负责取；缺水了，他们负责送；地震了，他们往震中冲；发生火灾了，他们总是逆行救人；有困难找警察，有险情拨打119。请爸爸放心，我很听话的，我可以不要新衣服，也可以不要新球鞋，只要爸爸和那些战友叔叔能平安回来……'"

他红着眼惊奇地看着她，确定她不是在说笑话。

她随后用了个"不太自信"来代替"自卑"对他的性格进行了定义。

"你知道吗？刘汇海，世界很多名人如诺贝尔、拿破仑、丘吉尔、斯大林、林肯、华盛顿、罗斯福、比尔·盖茨、莎士比亚、托尔斯泰、牛顿、爱因斯坦、秦始皇、孙中山、鲁迅都是性格内向的人；一半以上的人都曾经自卑或多疑。而尼采、富兰克林、田中角荣、斯坦李、娜塔莉·波特曼、白岩松、张越、王菲都有很长一段时间自卑而又孤独。新东方的俞老师自卑了十年，自卑的路遥写的孙少平、孙少安也曾经很自卑。性格外向、自信也好，内向、自卑也罢，都是上苍给予我们的礼物，主要成因可能还是跟遗传基因有关吧，愚蠢的人们却要分一个优劣。

"终身性的自卑和极度的内向确实不太好，需要看心理医生。有一种自卑是因为自身要求甚高，而由于能力有限，外在的表现没有达到（或者预感达不到）自己的预期，而产生的自责、紧张、懦弱。恰恰由于对自身要求甚高，他们又有一种对生命的高度自觉和极限自律。所谓的人生奋斗其实都是对自己的自卑和懦弱进行的一场决绝抗争罢了。自卑的人往往都容易自我否定；自我否定恰恰是自我革命的前提；自我革命的结果往往是一次又一次的自我觉醒；每一次的自我觉醒都会拔高生命的维度。

"外向型的人天生带有喜感，很有趣，人缘比较好，情商极高，很会来事。还有其他优点吗？我实在找不出来了。

"内向型的人往往外表木讷，却有波澜壮阔的内心世界。不要太强调情商，我觉得它只是能力低下的一种补充。只有把自卑彻底打碎而重建的自信才是真正意义上的自信。若非这般，许多人的自信充其量不过是自负罢了。

"百年一遇的周星驰，情商几乎为零，换一种角度来说，他不需要情商。另外两位喜剧大师卓别林和憨豆都是性格内向之人，自不自卑，我不知道。我想他们也经历过长时间的自卑吧……"

回家的车上，他问儿子新班主任马老师怎么样？刘辜克焱回答道："牛！很牛！超级牛！"

这趟没白来！这趟没白来！他感觉像是吃了蜜糖一般，儿子初中三年可期，高中就不会差，大学……今天晚上他要把这个好消息告诉辜红英。

第三十九章

二〇一六年度秋季招收的新兵在总队基地集训结束后，分配到各个支队进行第二阶段的集中训练。这也是作为培训中心主任的刘汇海最忙的时候。

罗进叮嘱道，这批新兵娇生惯养的多、吃苦耐劳的少；学历参差不齐；留守家庭、单亲家庭的比例是历年来最高的；今年的训兵骨干有点弱。让他多留心一点，防止各类安全事故发生。

警务科科长李智敏则对他央求道："海哥，这几年的春节我都在抓逃兵或者是在抓逃兵的路上。今年能否让我过个团圆年，就靠你了啊！"

再大的困难对刘汇海来说都是小菜一碟。如果新兵在新训营跑了，那一定是管理出现漏洞了，训兵骨干一定难辞其咎，这一次他已下定决心不会给训兵骨干任何开小差的机会。

早在接受任务前，他就给辜红英打过预防针：他要把退役前最后两个月时间，留给消防队。

她对此毫不在意，自从果果读住宿制学校后，每周才回家两天。轻松了许多的她很理解他站好最后一班岗的愿望。

总队第一阶段的训练是以队列训练和条例条令学习为主，支队的第二阶段训练以技体能训练和消防业务学习为主。他相信科学练兵、岗位练兵、主动练兵更出效果，并没有为了追求成绩，一味地加大训练量。

同时根据多年带兵经验，他将新兵营课余活动安排得丰富多彩，避免空闲时间太多，否则老兵就容易溜号，新兵就爱想家。电影、球赛一个接一个；老年大学的大联欢、影视学院的慰问演出一场接一场；英雄、劳模、学者走马换灯轮番登台；时不时就点个名，新兵、班排连长一起点。一个月他没有回过家，就连基地的大门都没出去过。没有他亲笔签名的假条，谁也出不了基地大门。

人齐了，身心健康了，战斗力肯定差不了，训练成绩蹭蹭上涨。

腊月二十九，年前的所有技体能训练在上午按照计划进程全部结束了，下午的安排是全员换洗被褥。

新训营工作理顺了后，刘汇海又重新拾起午睡的习惯。

不觉间他突然发现自己站在教室中央，初中的老师和同学们都盯着看，黑板上的题目忽隐忽现，他依旧回答不出来，班上长得最好看的女生正掩面嗤笑，他的心揪得越来越紧了，汗水也冒出来了。

不对呀，我不是当兵了吗？不是提干了吗？

"咚咚咚"，老师在敲打黑板。

"咚咚咚……"

不对！是有人在敲门。刘汇海一下从床上坐了起来，扑了出去，猛地打开房门。

"刘主任，一连一排三班的嘉州籍新兵王永强不见了。"一排长陈秋实慌慌张张向他报告。

"不要慌，什么时间发现的？"刘汇海感觉心往下一沉，空荡荡的，真是怕什么，来什么。

"听三班长报告，午休时都还在，一回头就发现人不见了，全班人员在宿舍楼找了一圈，确定不见了。结合平时表现，估计是想家了，开了小差，他的日用品都还在，钱被收缴在连部统一保管着，应该没跑远。"陈秋实面露愧疚之色。

"你马上去把连排长、文书吴心智通知到我办公室开会。"刘汇海狠狠瞪了一眼陈秋实，心里想着对策。

此刻，两点钟操课的广播开始响起，广播里播放着王铮亮的《时间都去哪儿了》。刘汇海听着歌曲就觉得不妥。

"吴心智，以后不准放《时间都去哪儿》《常回家看看》这些软绵绵、肉唧唧的歌曲了。"刘汇海没好气地瞥了他一眼。

"那放什么歌曲，军歌也没那么受欢迎。"吴心智也觉得选歌曲曲目是一件头疼的事。

"白天操课，都放军歌。傍晚休息时，放Beyond的《海阔天空》、林子祥的《男儿当自强》、刘德华的《中国人》、屠洪刚的《精忠报国》《中国功夫》和一九八八年汉城奥运会主题曲《手拉手》。"

刘汇海想了想继续说道："基地离崇义镇有一公里的距离，崇义镇距离都江堰八公里，距离蓉都市二十二公里，没有公共汽车。只有出租车和摩的，如果没有钱，他是走不远的。

"第一，陈秋实把王永强的照片打印出来，这里的人每人一份，然后带领一排三个班长马上到崇义镇去搜索找人；第二，连长邓峰带一名班长到崇义镇派出所找黄所长，调出路口全部监控，查找一切蛛丝马迹；第三，二排代理排长赵纯刚带领二排三名班长，把基地211亩、3万平方米的角角落落给我翻个遍；第四，三排代理排长桂海云带领一名班长，马上把全体新兵集合到礼堂，先清点人员，然后放电影《阿甘正传》给大家看；第五，指导员李霆雷马上打开王永强的物品，查看一下日记本之类的东西，看看有没有什么线索，找找同班战友和老乡了解一下，看看有没有可疑情况；记住人手一份照片，出发执行命令吧。"

众人脸色凝重鱼贯而出。

落在最后的是邓峰，欲言又止中结结巴巴说道："刘主任，还是你先给黄所长打个电话吧！"

"打过了，快去吧。再说了，黄所长，你比我还熟，上次喝酒，你就让他俯首称臣了，都叫你大哥了。来，拿上这包烟，求人嘛，态度要低一些，语言要好听一点，找人黄所长比我们有经验、有办法。"

一个小时过去了，没有任何消息……

两个小时过去了，没有任何消息……

三个小时过去了，没有任何消息……

呼吸越来越快、越来越重的刘汇海纠结着：该不该给支队上报这件事？什么时间上报？怎样上报？

他瞅了一眼桌上王永强的照片，一怔：太像了！嘉州人。听陈秋实在工作例会上分析重点人员时说过，他父亲也曾经当过不到一年的消防兵。一定是他。

"丁零零——丁零零"。他马上接起手机。"找到了，找到了，黄所长帮了一个大忙，监控上锁定，派出所联防队员在涵洞下找到的。黄所长让你请他喝'水井坊'。"邓峰的声音像打机关枪。

"告诉黄所长，感谢的话就不说了，一切都在酒桌上过。把人带回来，全体人员在礼堂集合。"

陈秋实一见着王永强就飞起一脚，还好被李霆雷挡开了。

站在礼堂主席台上的刘汇海，看着台下一百四十四名满脸稚气的新战友和二十二名年轻挺拔的训兵骨干。心绪感慨万千，娓娓道来："这也许是我最后一次和大家集体谈话了。

"我小的时候有个何姓同学，父亲是副镇长，后来升为副县长。现在的话来说就是'官二代'。家里有钱有势，书读得很差劲，九二年高中一毕业就进入了公安系统成为一名协警，几年的过程中，函授了一个大专文凭，进入了公务员序列，娶妻生子，又做起了生意，财源广进，一副人生赢家的派头。因为工作上的原因，加之他一点也不自律，不幸染上了毒品，不能自已。家产用光了，人也被单位开除了，妻子带着儿子离开了他，母亲看着萎靡不振的儿子愁白了头，偶尔见着我，都是泪流满面地摇头。

"我一个远房侄儿，前几年大学毕业后，找工作去应聘时要求上夜班的不去，经常出差的不去；好不容易找了一个工作，干了不到一个月，原因竟是受不了老板的脾气就辞职了；半年的时间换了五个工作，后来说什么都不去上班了；父母又出资创业做生意，亏了后，就再也不出家门了，整天整夜打游戏，连续啃老十五年了。

"这些留在父母身边的子女倒成了父母的累赘。什么是孝？最大的孝，就是顺应父母的心，而不是违逆他们的心。当他们年老之时，你们能成为他们的依靠吗？并不是需要你们常回家看看，而是你在外面堂堂正正做人，他们就在老家有尊严地活。当你懂事的儿子问你有什么耀眼的成就时，你不会顾左右而言他？难道你回答，打麻将还行，喝酒还行吗？

"当今世上，能实现阶层跨越、人生逆袭最公平的路径：其一是读书，其二就是当兵。大学扩招后，但凡有点文化之人都去读大学了，'富二代'和'官二代'不会来当兵的。

"部队与我们来说其实是相互成就，这座富裕、美丽、宜居、充满活力的新一线城市，难道你不想拥有一席之地吗？一架通往天庭的梦想之梯已经架好，书读得少，就留点汗和血努力往上爬吧！可现在你们中有些人连脚都懒得抬。

"军旅生涯对你们人生的意义就是在成长过程中，只要经历了消防部队水与火的磨砺，男人就会历练为男子汉，懦夫就会蜕变为英雄，愚者就会成长为智者。

部队生涯能激发你们生命的潜能，让你们找到人生的方向，将你们塑造成真正的勇士。"

当他激昂地训斥着他们时，突然惊愕地想起二十四年前新兵连第一次紧急集合的那个雨夜，二连连长吴仕杰对二连新兵的训话，竟然好像是说给他听的。

他片刻的沉思，僵硬呆板的面容慢慢露出了笑容，这个笑容包含着满足、自信、从容和安详。

一样的人，一样的场景，一样的故事，他可以说上三天三夜，可是现在已经没有机会了，但愿以后还会有……

三月的初春，百花盛开，一片姹紫嫣红，美不胜收。新兵下连队的前一天，支队党委会通过了二○一七年度军官复员、转业的名单，刘汇海的名字赫然在列。这预料之中的消息很快传到了基地。

晚饭后，五味杂陈的刘汇海在赵纯刚陪同下，来到了前面特勤五中队，眼光茫然地在车库前伫立了很久很久。

这是一辆芬兰造、价值近2500万、作业高度可达101米的"博浪涛"登高平台车；这是一辆消防坦克；这是一辆美国造防化洗消车；这是一辆美国造防化侦检车；这是一辆价值近2300万、每秒400升的远程供水系统（车）；这是一辆奔驰牌干粉消防车；这是一辆奔驰牌的空气压缩泡沫车；这是一辆奔驰牌涡喷消防车；这是一艘航速可达30节的喷泵消防救援艇；这是一辆奔驰牌多功能抢险救援消防车；这是一辆消防器材车；这是一辆五十铃中低压水罐消防车；这是一辆五十铃高低压水罐消防车。看着这车库里停放的十三辆种类各异、功能强大的消防车，加上车上的照明、侦检、保险、破拆、封堵、洗消、牵引等器材，价值超过了一亿。他想起九三年初下到七中队时那三辆老解放、老黄河以及破破烂烂的器材，恍惚在昨日。

随后踏梯移步上到三楼，这一层全是功能区。第一间便是近二百平方米的消防红门影院，索尼的投影机和功放、八平方米的投影幕布、重低音立体环绕的山水影响，舒适度很好的布艺沙发，吸音、降噪效果非常好软装修。此刻近二十名官兵正在观看二○一七年度的贺岁片，视听效果有一种身临其境的震撼感。

接着依次是装修精美的书吧、荣誉室、电子阅览室、心理理疗室、带有干蒸和湿蒸的洗漱室、烘衣房，最后是建面约四百平方米综合健身房，八台跑步机一字排开，几个战士正在多功能综合器械上撸着铁。

"海哥好。"战士们附和道。

"你个新兵蛋子，海哥是你叫的吗？明天就改口叫海叔了。"赵纯刚也不知道说什么好，只知道此刻刘汇海用特殊的方式向消防队、消防员、消防犬告别。

这时广播里传来了吴心智的声音："明天我们新训大队的每一名新战友就要分到基层中队了。在这特殊时期，来自蓬莱、毕业于音乐学院的新战友容东晓送上一曲《我们不一样》，祝福大家前程似锦，同时也把这首歌送给我们新训大队的老大哥，明天会更好，让我们祝福他吧！"

　　这么多年的兄弟

有谁比我更了解你

太多太多不容易

磨平了岁月和脾气

时间转眼就过去

这身后不散的筵席

只因为我们还在

心留在原地

张开手 需要多大的勇气

这片天 你我一起撑起

更努力 只为了我们想要的明天

好好的 这份情好好珍惜

……

第二天，新训营一个都不少地送完了新兵后，政治处主任向梅逸向刘汇海宣读退役的命令。眼圈红红的他微笑淡定，她却没有绷得住，呜咽着流下了眼泪。

半晌才平复好心情，她淡淡地说道："支队长和政委回总队开会去了，都想来送你。"

他有些惊讶地说道："不值得。"他清楚每年走的人都比较多，支队长和政委有多忙，每年退役的干部一般都是其他的党委成员或政治处同志送离。

"大家都舍不得你走，希望你常常回来看看。"

他满脸疑惑，猜想着这可能是标准程序。

她好像看出了他的疑惑，微笑着说道："政治处早就分析过你的成长轨迹，得出的结论就是：如果有人要问当兵对于一个普通人来说，有什么意义？那么现在你就是答案。"

"可我也有很多缺点和不足啊，我曾经也很自私自利，还很自卑。"

"就正如你的第一任班长对你的评价，你的自卑和自责是建立在善良的基础之上的。自私自利也是每个人与生俱来的自然属性，不必感到羞愧。最主要的是，在同样的组织领导下、干部的关心下、战友的支持下，只有你的生命潜能被彻底激发，找准了人生方向，成长如此惊艳，成为标杆。

"以前的你懦弱、胆怯，现在的你无畏、勇敢，成为大家称道的英雄；以前的你有眼无光，现在的你满身是光，照亮着一批又一批的新兵前进；以前的你自卑、自责，现在的你自信、自觉、自律，不仅思想觉悟高、业务能力还特别强；

以前的你自私自利，现在你的心中有事业、有家庭、有责任、有担当。这就是当兵的意义，并不一定非要立功、提干、挣多少钱。差点忘了，支队两位领导特别叮嘱我，问问你生活上有没有困难需要组织上解决。"

"没有。"他不假思索地说道。

辜红英一只手提着刚买的瓜果蔬菜，一边开门一边自言自语道："楼下的'好邻居'便民店一瓶食用醋十九块九，盒马超市同样的食用醋也是十九块九，却是买一赠一，活该马老板做大做强、挣大钱。"进门后打开客厅灯她吓了一大跳，沙发角落里的刘汇海泪流满面。

她手一松，瓜果蔬菜散落一地，把他的头揽入怀中说道："哭吧，哭出声来吧。"她知道随着眼泪流出来的还有他对消防最深切的爱。

第四十章

"乔菊叶到我的办公室来一下。"向梅逸几乎是小跑着进办公室的，随口还补充道，"马上！立刻！"

乔菊叶手拿着笔记本，带着刚分配到科里的女大学生——丰满、性感、长得肉嘟嘟很讨喜的干事陈琳"嗖"的一下就坐在向梅逸对面。

"刚才政委给我们政治处布置了一项光荣而伟大的任务，前段时间有人在网络上诋毁我们的英雄人物邱少云，说什么'火烧邱少云'事件是假的、杜撰的。说什么人体燃烧试验下，人要做到一动不动根本就不可能。混淆视听，污蔑、诽谤我们的英雄。现在政委要求我们政治处讲一课，拨乱反正、以正视听。这个课不好讲，你们组教科承担这个任务，科里每名同志都独立思考、独立备课，当然其他科室的同志也欢迎参加，星期五下午试讲，全处干部和外聘人员都参加。"刚提为正团级的向梅逸正干劲十足，已经给政委承诺高质量完成这一任务。

"没问题，我马上下来落实。"正营已经三年的乔菊叶，马上就要进行副团考核了，工作上的事没多想就答应下来了。

一个小时后，她就抓狂了，邱少云的事迹已经过去半个多世纪了，这些英雄事迹留下的材料太少，在没有说服自己的情况下，很难把课讲好。

星期五的试讲课，向梅逸非常不满意，试讲者毫无例外都是空洞的口号、标语、领袖的讲话。立论不清，逻辑混乱，事例没有说服力。全处其他同志也没有太好的建议，都在字面上打太极。

下班时间到了，很不爽的向梅逸让其他科室的同志按时下班了。"乔菊叶你们科去把刘汇海、萧和、王健的事迹材料都给我找出来；把近二十年官兵因公伤亡的事迹材料都给我找出来；把近三十年我们支队烈士的事迹材料都给我找出来。"

刘汇海的事迹材料：

刘汇海，男，汉族，1972年10月出生，东川泸州人，中共党员。1992年12月入伍，先后荣获蓉都市精神文明办"十大文明之星"、公安部"全国优秀人民警察"、蓉都市公安局"十佳优秀民警"、蓉都市"首届十大杰出青年"、荣立个人一等功一次，被东川省委评为"优秀共产党员"，被蓉都市委评为"优秀共产党员"。1998年8月、2000年1月、2001年1月、2006年3月、2008年8月、2009年8月共立个人三等功六次，公安部消防局授予"中国消防十大英模"，1999年、2001年、2006年被公安部消防局授予"先进个人"。1998年8月25日，被公安部授予"抢险救援尖兵"和"二级英模"荣誉称号。

萧和的事迹材料：

萧和，男，汉族，1974年11月出生，东川合江人，中共党员，大学文化。1992年12月入伍，1995年3月入党，历任后勤处装备科助理员、修理所所长、器材站站长、战勤保障大队副大队长，现任东川省公安消防总队蓉都支队战勤保障大队大队长，中校警衔。

入伍二十五年，从一名消防战士破格提干成长为一名优秀干部，萧和同志全身心融入蓉都消防这支"特别能战斗、特别能吃苦、特别能奉献"队伍，先后荣立个人三等功九次，被中共中央、国务院、中央军委授予"全国抗震救灾模范"荣誉称号；被共青团中央、全国青联授予"中国青年五四奖章"；2008年12月，被蓉都市委市政府评为"第十六届蓉都十大杰出青年"；2009年7月被公安部消防局被评为"优秀共产党员"；2009年12月被公安部消防局评为"全国消防部队十大杰出消防卫士"；2010年2月被公安部消防局评为"三争优"先进个人。

王健的事迹材料：

王健，男，汉族，1976年12月生，中共党员。1995年12月入伍，先后被党中央、国务院、中央军委授予"全国抗震救灾模范"荣誉称号一次、荣立一等功一次，二等功两次，三等功十次，两次被评为"蓉都市119十佳卫士"，两次被评为"全国岗位练兵先进个人"。2008年被公安部评为"抗震救灾先进个人"。2010年8月因在玉树抗震救灾中表现突出被党中央、国务院、中央军委授予"全国抗震救灾模范"荣誉称号,并提干。2012年5月荣获人力资源和社会保障部、公安部"全国特级优秀人民警察"称号和被东川省公安厅"全省优秀人民警察"称号。

陈琳看着青白江中队原排长胡浩文受伤的事情经过,感到了命运无常。

乔菊叶看着原七中队副指导员张幻平受伤事件经过,感觉到一种说不出的震撼。

晚上十点钟了,向梅逸似乎有点心得了,连忙把组教科的同志们叫进自己的办公室。

"此次政治教育,是解答网络上对英雄人物的诋毁,我们此前想的是如何正面回答'是'与'非'的问题,由于时代久远,也没有人证、物证来佐证那一段历史。那么我们先不要急着用'是'或'不是'来下结论。人们的疑惑主要是:明明是一件不可能的事,有人非要把它说成可能之事。那么在历史上有没有看起来是不能的事,最后却有人把它做成了呢?有,并且有很多,'愚公移山'和'精卫填海'就是这样的传说。但有人会说这只是传说。现实社会中,首先是都江堰水利工程,还有就是被称为人工天河的'红旗渠',这些都是勤劳的普通民众,经年数月修建的水利工程,把一个个不可能变成了可能。数学上讲同理可得。那么在我们这支部队有没有类似的事情呢?

"答案是肯定的。

"二○○○年九月,六中队的排长胡浩文在抢救落水儿童的过程中,踏碎彩钢瓦,跌落进高速旋转的卷扬机,脚趾骨、脚踝骨多处骨折,四级伤残。同年十二月,七中队在进行气垫跳楼逃生训练时,二年兵詹胜兵不慎因公牺牲,总队前来调查时,要求再来一人跳一次,所有人都不跳时,副指导员张幻平主动请缨,可能是压力太大,落垫时腰部受力不均,造成腰椎爆裂压缩性骨折、伴圆锥马尾损伤,四级伤残。大家来看,胡浩文受的伤是被动的,而张幻平受的伤完全是主动的。有一种明知山有虎,偏向虎山行的大无畏精神。

"第三个案例就是5·12后,作为英雄的萧和在凯旋回队后,在一次车场日活动中,一辆重三十五吨的汽车在无法刹车的状况下滑行起来,为减少损失,萧和用身体来阻挡运行的汽车,造成自身的重大损伤。事后包括高新消防大队大队长陈挺(时任七中队中队长)大部分人都认为,萧和的举动是脑袋进水了,道理很简单:人的生命只有一次,是无价的;而汽车是有价的。当我们常人无法相信邱少云事迹的真与假时，就如同无法相信萧和的事件会发生一样。

"如果他们的行为被称为神迹的话，那么这样的神迹天天在中国上演，中国制造、中国创造、中国建造闪亮世界；中国桥、中国箭、中国船、中国车、中国星震撼寰宇。

"像萧和这样把不可能变为可能的人，在中华民族伟大复兴征程中有很多，只是他们默默无闻，被埋没在人海里罢了。"

寂静的办公室内，人们不住地点头，时针已经指向十一点。

"讲课的逻辑顺序可以借鉴古典文学：起、承、转、合。重点是转与合。转要转得自然、接地气，要有说服力。合要突出中华民族迎难而上、脚踏实地、敢叫天地换新颜的自豪感。接下来，你们再把都江堰水利工程和红旗渠的事迹丰富一点，资料再细一点，下周星期二，我给全支队官兵讲课。"

陈琳长长地舒了一口气，生怕被点名讲课，一颗七上八下的小心脏总算消停下来了。其实她完全多虑了，政委亲自点将，一般都是主任讲或者副主任讲，下限是科长。

乔菊叶走在半道上，接到向梅逸的电话，说到时让她讲，她愣住了，不明其理。

向梅逸就说好好讲，给自己涨涨分。一股暖流涌向乔菊叶全身，她瞬间明白，向梅逸提为主任后，副团级副主任的位置还空缺着，她在帮自己。

"快！出火警！"深更半夜里，刘汇海抓起衣服就要往外冲。

"你都转业了。"辜红英都要被搞成神经质，半年都三盘了，换谁也受不了。

自知理亏，垂头丧气的他这才明白又梦见消防队了。

"下个月你就要到锦江区公安分局报到了，也该适应地方生活了。牟良权、浦茂明和你一起宣布的命令，第二天他们俩就高高兴兴地钓鱼去了。"

"听大姐说，咱妈的身体不太好了，胸口老憋得慌。下周我回一趟老家看望一下她老人家，七十三岁的人了。不行就把妈带到华西医院去看看。顺道再瞧瞧萧和，他确诊癌症快一周了，我们还没有去看过他。"失魂落魄的他双眼盯着天花板挨到天明。

预约了半年的号后，孱弱的张彩霞来到了华西医院门诊大楼前，看着这成百上千、来来往往人们，高耸的医院大楼，七十三岁的她顿时感觉一阵眩晕。二姐有力的双手紧紧搀扶着她，并再一次向她强调，华西医院是西南地区实力最强的综合性三级甲等医院；是当今全世界单点规模最大的医院；是中国西部疑难重症诊疗的国家中心；是大型综合性医院，有着一百多年的光辉历史。其胸内科的张二勇教授在全国范围内都是心脏瓣膜性疾病最顶尖的医生。这一次一定能把她的病治好。

结果很快就确诊了：三尖瓣关闭不全（重度）、心房纤颤。建议手术治疗。

"三尖瓣关闭不全就会引起血液回流；房颤的表相就是心脏跳动没有规律，时快时慢。"脸无血色的刘汇海平静地给辜红英解释着。

"要花很多钱吧？大姐、二姐家庭条件不是很好，我们出大头。"

"花不了多少钱。每年爸妈都买了农村医疗保险，这次住院能报销百分之六十。"还是几年前，刘汇海就一直出钱给二老买这种保险。他还是由衷地感叹，共产党的政策真好！

"那我们就全出吧。"她在表态后还是感到了一种压力，一种心不着地、空荡荡的感觉，自己是独生子女，两边一共有四位老人，万一接二连三地生病呢？想想都不由自主地打了一个寒战。摸了摸裤兜里的手机，已经用了三年半了，外壳都摔坏了，算了，将就着用吧，再过一年再说吧。

"嗯，手术最快也要在半年以后。"他已经知道了张二勇教授的手术已经排在半年之后了。

时间过得真快，院子里缤纷的雏菊、金黄的万寿菊、金盏菊五彩斑斓，张彩霞手术的日子已悄然临近了。

站在镜子前的刘汇海再一次整理了一下警服和帽徽，眼角和额头也爬满皱纹，鬓角出现了些许白发。今天是母亲张彩霞做手术的日子，两口子早早起床就往医院赶。

"别急，拐弯，先加满油再走，今天星期四，中石油加油站加油直降五角。"辜红英的生活过得很精打细算，电影要星期二看，因为半价。总是在盒马超市会员日期间，购置大量的生活日用品。

"这不是家里的摄像机吗？你把它带到哪里去？"她奇怪地望着他。

"单位的坏了，拿它去应应急。"看来是他忘了报告了。

"这么快就把派出所当成家了，前两天不是把家里的电脑数据线拿去充公了吗。"她揶揄道。同时她也发现了他身上那一点点异样的变化：皮鞋随时随地都保持锃亮；头发顺溜溜的，开始知道抹发胶了。

"搁在家里也不是没用嘛。"

"转业到地方，还指望你清闲一点，哪知道派出所的工作比消防队还要忙，明明是双休日，你可倒好，星期六保证不休，星期天不保证休。"辜红英已经死了让他帮衬家里的心。

"丁零零……丁零零"，他接通了手机。

"喂，刘汇海在干吗？"电话是李勇打来的。

"我——我在家洗泡菜坛子。有事吗？"他不想让别人知道母亲生病这件事。

"美国想方设法遏制我们经济增长，在亚太怂恿小兄弟国家搞航母配F35、英法德意搞两边战略、俄印日搞合作、美国惹伊朗冒火要在霍尔木兹海峡炸船堵运；而你在家弄泡菜。你也太不与时俱进吧。"李勇依旧在打太极。

副驾驶上的辜红英竖起耳朵听。

"说正事吧，你这么早不可能打电话给我谈国际局势吧。"弯弯绕得越大，他感觉事情就越麻烦。

"小意思，最近手里有点紧，打一万元钱应急，一个月后如数归还，不要告诉红英啊。"李勇总算说到重点了。

她圆瞪双眼，努着嘴，打着唇语：没有。

"我……你知道的，我不管钱，我单位上还有一千块钱，下午来取吧。"他不情愿地撒着谎，挂了电话。

"刘汇海，你可真大方呀，这年月，往外借钱的是孙子，欠钱的是你爷，专家不是告诉你来吗：经济下行时，不投资，不开厂，不炒股，不买房，不借钱，开源节流，回归理性消费，少在外就餐，多在家吃饭。听人说，李勇用钱买比特币，亏了不少。"她一脸的不爽，好像借出去的是她的要命钱。

他像偷人被抓，低下头，委屈说道："不就一千元钱吗？"

"啊——当。"刘汇海一个急刹车，辜红英的头撞在前挡风玻璃上，一个鹅蛋大小的红包块瞬间就鼓了起来。

"妈的，锤子……"很难得，她也会飙脏话。当看清来人后，两人都收住了嘴。

一个戴着厚厚眼镜片的外卖小哥闯红灯、逆行人行道，差一点就撞上刘汇海的车。

在辜红英的意识中，刘汇海是个急性子的人，高速路上时速低于六十公里的车，他都要骂，此刻他却一言不发。

而在刘汇海的潜意识里，谁都不该闯红灯，但对于在大城市讨生活的外卖小哥，他却实在有种说不出的滋味。他已然明白拿一把尺子来量所有人是不公平的，因为人与人是不一样的。

他望着远去的外卖小哥，猜想他可能眉目清秀，年龄芳华，也许也来自农村，或许是初中生？高中生？大学生？研究生？送外卖，风餐露宿，风里来雨里去，不就为一个平凡的生活吗？

"你听说龚小敏的事了吗？"她在问，也是昨天才听说的。

"嗯。"他也是昨天才听说的。

"他怎么就能在艰苦地区自主择业？工资就是内地的两倍吧？"她有疑惑。

"你是羡慕吧，自主择业的落脚地可以随爱人、随父母、随爱人的父母。"

"他是自贡抚顺县的人，爱人是蓉都的，双方父母也都是内地的，怎么会呢？"

"也许在艰苦地区有房产？也许是离了婚，又在艰苦地区结了婚？"

"办好自主择业又离婚，再出来复婚吧。房产？我不信。这样，有点不地道吧。"

"别来道德绑架，他肯定不违规，不违纪，不违法。道德是建立在自我内心的信仰，约束自我的行动，不是评判外界的准绳。人与人之间、民族之间、国家之间，道德的差异是很大的，孰优孰劣还真不好说。康德那个老头儿不是说过吗？值得他心灵赞叹和敬畏的，一是头顶浩瀚灿烂的星空，二是心中崇高的道德法则。道德根植于内心，说出口就不道德了。

"龚小敏也不容易，老婆没有工作，身体又差；双方父母都不富裕，负担都很重，自己又生了个双胞胎。他现在这样我觉得挺好，有一份退役金，自己再打一份工。我们总习惯于对升斗小民挑刺找茬，法律不禁止的就应该是天赋民权。"刘汇海大段的说辞一气呵成，让她感到吃惊。

两口子到医院后才发现老父亲一脸不悦，二姐满脸通红正在与手术助理争论着。原来是医院建议换生物瓣膜，二姐和爸爸听从其他病友的建议主张换机械瓣膜。

他很快就搞清了两者的区别：生物瓣膜寿命仅为十到十五年，但不需抗凝，价格是机械瓣膜的两倍以上。而机械瓣膜终身不换，但是需要长期使用抗凝药物。

二姐和爸爸抱怨着医院推销更贵的生物瓣膜是为了拿回扣。

他马上把大家召集起来说道："这是政府领导下最大最好的公立医院，要相信医院在政府监管下的运行机制，要相信医生的职业道德和知识分子的磊落胸怀。既然我们选择了来这儿做手术，就要百分之百地信任他。"

随后他又作为病人家属与张二勇教授进行了手术前的最后一次谈话："张教授，我的母亲已经七十三岁了，手术过程中可能出现许多异常情况，您可放心地根据病人的实际情况，临机处置。所有要签的字，我现在就可以签了。成功了，我们全家谢谢您，感您的恩！这就是母亲的福。如果失败了，我们不怨谁，这就是我母亲的命。"说完，他向他深深鞠了一躬。

教授医生愣住了，他从来没想到病人家属会这样说。

一大家人满脸平和地推着母亲向手术室走去。

"水娃，你从小身子骨弱，妈妈一直都很担心，不承想你的命却是最硬的一个，妈妈这一生享着你的福了，没有遗憾了。只是这一次又要给你添麻烦了，谢谢你。"笑容里两滴泪水从张彩霞干瘪的脸上流落下来。

所有人感到一股暖暖的热流涌上喉咙，大姐转过身抹去夺眶而出的泪水。

"妈，好日子才刚刚开始，以后还有的是福给您享，二〇〇六年开始，农民就不交公粮了，二〇一三年，政府给我们修了安置房，发放了补贴款，现在一大家人都在城市里住楼房，这次生病一大半费用都是国家报销，我们掏不了多少钱。"刘汇海宽慰着母亲的心。

"妈，你说什么呢。放了学，我带果果来看您。"辜红英说道。

"别！别带来了，会吓着他的。"瘦削的张彩霞一脸笑容。

今天华西医院大门口的值班保安是原消防一中队退伍战士江勇，他有些诧异，今天来了不少自己原单位的战友领导。有的着藏蓝黑，还有的穿的是没有军衔的橄榄绿，人数最多的却是着新式制服的火焰蓝。

三楼四十八病房外，胡明忠夫妇搀扶着老爷子杨富长激动无比。室内，已是八中队副营职中队长的胡阳红着眼，深情地注视着病床上的爱妻喃喃地说道："是个男孩儿，我们家第四代消防员。"

此刻，围在萧和病床旁人群的是支队长和政委带领的全体党委成员。向梅逸向他宣读着军改后，消防部队集体转业到地方的命令。罗进双手捧起一套崭新的火焰蓝制服递到了林霞的手上。插满各种针管的萧和艰难地举起了右手，敬了最后一个军礼，两行热泪从眼角处滑落下来……

窗外的白杨树被大风吹得哗哗响，雨水"啪啪"地敲打着玻璃窗。

蓉都市消防支队119指挥大厅内，依旧单身的主任彭于亮疾步如飞。

"丁零零……丁零零……"

"这里是锦江110，值班警官刘汇海竭诚为您服务……"

（全文完）

写于2020年2月8日，改于同年8月1日。